Quando o amor decide que
nada pode detê-lo, o
impossível acontece.

Cartas do Passado

Série Warring

Lucy Vargas

Copyright © 2013 por Lucy Vargas
Copyright © 2020 por Editora Charme

Todos os direitos reservados.
Nenhuma parte deste livro pode ser reproduzida, digitalizada ou distribuída de qualquer forma, seja impressa ou eletrônica, sem permissão. Este livro é uma obra de ficção e qualquer semelhança com qualquer pessoa, viva ou morta, qualquer lugar, evento ou ocorrência é mera coincidência. Os personagens e enredos são criados a partir da imaginação da autora ou são usados ficticiamente.

1ª Impressão 2020

Produção editorial: Editora Charme
Revisão: Equipe Editora Charme
Capa e produção: Verônica Góes
Foto: Period Images - Depositphotos

FICHA CATALOGRÁFICA ELABORADA POR
Bibliotecária: Priscila Gomes Cruz CRB-8/8207

V297c   Vargas, Lucy

Cartas do Passado / Lucy Vargas; Revisão: Equipe Charme; Capa e produção gráfica: Verônica Góes – Campinas, SP: Editora Charme, 2020.
416 p. il.

ISBN: 978-65-87150-00-0

1. Romance Brasileiro| 2. Ficção brasileira-
I. Vargas, Lucy. II. Equipe Charme. III. Góes, Verônica. IV. Título.

CDD B869.35

www.editoracharme.com.br

Editora **Charme**

Cartas do PASSADO

Série Warrington - 1

Lucy Vargas

DEDICATÓRIA

Para minha mãe. Sem ela, eu jamais teria
descoberto minha paixão pela leitura.
Dedico esse livro à titia e ao ogro.
Eles ficariam orgulhosos se estivessem aqui.

Para todas vocês que se apaixonaram pela
história de Havenford e esperaram
para tê-lo em suas estantes.
E jamais deixaram de acreditar que o amor
pode levar ao impossível.

PRÓLOGO

Minha bela feiticeira da floresta, a mulher mais corajosa que conheci, mantenha as portas de nosso castelo fechadas. Guarde nosso maior tesouro. E saiba que estará escrito para sempre nas páginas da história o quanto eu a amei.

Jamais deixe que o brilho de seus olhos se apague.

Para sempre seu,
J.D. Warrington

CAPÍTULO I

Norte da Inglaterra, 2012

Depois de passar horas viajando, começando por um táxi, passando por um avião, um ônibus e outro táxi, era compreensível que a pessoa estivesse cansada e irritadiça. O melhor remédio para isso era uma boa noite de sono em uma cama confortável e quente. Mas, ao olhar em volta, Luiza achou que não encontraria nada disso tão cedo. Se não estivesse sentindo o peso da mala na mão esquerda, acharia que era tudo uma ilusão. Examinou o cômodo onde havia acabado de entrar e viu que era imenso.

A impressão visual era de profundidade, mas o sentimento era de puro vazio. Entrava muita luz natural e estava tão limpo que ela ficou com a sensação de que estava faltando alguma coisa, talvez alguma mobília e itens decorativos. As paredes de pedra também não ajudavam a dar um ar de conforto.

Ela se assustou quando uma porta bateu do seu lado direito e duas pessoas vieram andando em sua direção.

— Aí está você! Não leu o aviso do lado de fora? Mandei que todos entrassem pela porta lateral. Aquela é a porta principal! — disse a mulher, em um tom alto demais para um local tão silencioso.

— Boa tarde. Você deve ser a nova estagiária — cumprimentou o homem que a acompanhava. — Sou Marcel Fulton, antigo administrador do castelo. Também chefio a pesquisa, gerencio o inventário, entre outras funções.

Luiza apertou a mão que ele lhe estendeu. O homem que acabava de se apresentar aparentava ter um pouco mais de sessenta anos; o cabelo estava bem grisalho, mas ainda era abundante e ele o penteava para trás. Sua pele era morena como se passasse tempo demais ao sol e vestia-se de forma simples e confortável. Tanto a calça como o suéter e o sapato eram em tons de marrom e bege, de tecido de boa qualidade.

— Sou Luiza Campbell. Não sou a nova estagiária, sou a nova

digitalizadora e restauradora de documentos. Pelo que me disseram, terei uma seção para tomar conta e outras responsabilidades.

Assim que se apresentou, Luiza sentiu-se analisada. Mas não se importou, estava trajada de acordo com alguém que acabara de passar horas viajando. Mudou de um clima que considerava ameno para um bem mais frio. Usava calça jeans escura, botas, blusa reta e seca, casaco com grandes lapelas e um cachecol lilás. Porém, não podia acreditar muito na maquiagem, que não havia sido retocada durante o trajeto, assim como o cabelo, que prendera no avião.

— É, aqui todos nós temos inúmeras tarefas — respondeu a mulher, um pouco menos azeda. — Já que você não é a estagiária, então, não está atrasada.
— Consultou sua agenda. — Está aqui, Campbell, marcada para chegar às seis da noite. — Estendeu a mão. — Sou Betty Tremain, a administradora geral. Isso inclui várias tarefas.

Luiza olhou discretamente para o relógio em seu pulso; eram cinco e cinquenta e quatro. Estava no horário. Betty devia estar próxima dos quarenta anos e tinha cara de poucos amigos. Era sua chefe. Com o cabelo negro e liso preso em um coque frouxo, parecia tentar fugir de uma imagem severa demais. Estava com uma calça de tecido roxo-escuro, bota de cano curto e um casaco volumoso de lã. Dava a entender que era uma mulher prática, porém, mal-humorada e exigente.

Ainda bem que Luiza não torrou seu cartão de crédito comprando roupas novas. Pelo que percebera, suas calças informais e casacos quentes, já um tanto usados, iam servir para o novo local de trabalho.

— Deixe-me ajudá-la — ofereceu o sr. Fulton, e Luiza preferiu lhe estender a menor mala com rodinhas que dava para puxar por uma alça extensível.

— Sou velho, mas aguento mais peso do que aparento — disse ele, pegando uma mala grande e puxando-a também.

Betty deixou-os sem se despedir. Falou apenas que no dia seguinte cedo teria uma reunião com os recém-chegados para passar-lhes suas tarefas. Luiza foi puxando sua bagagem, e como havia se mudado para lá com tudo que possuía, tinha muita coisa. Com dificuldade, tentou ir arrastando tudo, mas acabou distraída pelo lugar.

— É lindo, não é? — elogiou Fulton, olhando-a do meio da escadaria. — Tive essa mesma reação ao entrar aqui pela primeira vez, há mais de trinta anos.

— Trinta anos? — Ela o olhou, surpresa.

— Sim, foi a primeira vez que entrei. E, acredite, esse lugar já foi magnífico. Um dos castelos mais belos de toda a Inglaterra. Uma verdadeira fortaleza que amedrontava os escoceses e os fazia voltar para casa. Nunca foi invadido. Nem pelos piores inimigos dos Warrington.

Luiza parou e olhou aquele salão enorme. Agora era um pouco difícil de visualizar toda essa grandeza. O castelo de Havenford ficava próximo à fronteira noroeste da Escócia. Quando o táxi foi subindo a colina, ela não acreditou que realmente iria trabalhar ali. Era inacreditável que tivesse atravessado meia Inglaterra para chegar àquele lugar. As muralhas permaneciam intactas, uma reforma em certos pontos seria bem-vinda, mas elas estavam de pé.

O caminho para o castelo era uma estrada larga, encravada na colina e coberta de pequenas pedras, que fazia uma curva aberta para a direita. Da janela do táxi, ela já pôde ver toda a área em volta e imaginava que do alto do castelo a visão seria ainda melhor. Luiza não sabia o que esperar. Só sabia que ia trabalhar em um castelo antigo, mas tinha algo diferente em mente.

E não havia aviso algum que indicava a entrada pela porta lateral. Quando desceu do táxi, bem no meio do pátio, o motorista ajudou-a com a bagagem, que quase não coube no carro. O taxista estava muito contente que o castelo fosse enfim reabrir as portas, pois ia alavancar o turismo da região. O lugar parecia inabitado. Se não fossem por alguns carros parados no pátio, um pequeno caminhão com a caçamba aberta e itens que pareciam estar sendo descarregados, Luiza pensaria estar no local errado.

Como se existissem muitos castelos medievais em cima de uma colina numa mesma cidade para ela errar assim. Com dificuldade, ela empurrou a porta principal. Eram portas duplas e altas, de madeira forte e escura, com muitos detalhes entalhados e pedaços de vidro cor de terra molhada e brilhante, enfeitando-a de cima a baixo.

Luiza abriu apenas a porta da direita. Foi quando parou, olhando o salão iluminado pela luz de final de tarde. Havia caixas empilhadas nos cantos, tapeçarias velhas penduradas nas paredes e algumas enroladas no chão, mostrando que seriam substituídas. Poucos móveis completavam o ambiente e, por tudo que já estudara sobre aquele tipo de castelo, sabia que deveria haver mesas, cavaletes, cadeiras, bancos, poltronas, arcas, entre outros adornos. Mas o local estava claramente em más condições.

Não havia um belo e enorme lustre de cristal pendurado bem ali no meio, como o ambiente sugeria; e o chão precisava ser refeito, estava sem brilho, mas os buracos foram cobertos. Dava para notar que aquele salão estivera pior e que recentemente fora limpo e restaurado. Várias janelas altas e grandes deixavam qualquer um perceber que foram construídas com o intuito de prover luz solar até o pôr do sol.

— Deve ter sido um belo local em seus tempos de glória — ela comentou enquanto ainda olhava maravilhada, procurando enxergar a beleza escondida do castelo.

— Sim. Só que foi há séculos. A era de glória dessa família foi encerrada com a morte prematura do último legítimo conde de Havenford, suserano de toda essa região — contou Marcel. — Você vai conhecer melhor os personagens da família quando iniciar seu trabalho. Espero que goste deles, eu sou um fã assumido do último conde.

A escadaria estava com um tapete novo, mas a pedra do mármore estava manchada pela má conservação. O corrimão de madeira havia sido polido recentemente, ainda dava para sentir o cheiro de cera e óleo, mas também não tinha adquirido um brilho muito significativo; os anos de descaso obviamente cobraram seu preço.

— As acomodações dos empregados que trabalham na parte administrativa do museu serão aqui no castelo. Todos os outros, da limpeza e parte técnica, são locais e moram pelas redondezas. A antiga ala dos criados ainda está em reforma — Marcel informava enquanto seguia pelo corredor, fazendo barulho com as malas de rodinhas. — Vai ficar confortável e é para lá que vamos quando terminar a reforma. Os criados modernos! — brincou. — Cada um terá seu pequeno espaço, como um apartamento pessoal.

Luiza olhava tudo em volta, depois que saíram do corredor principal, e notou como o castelo ainda estava precisando de reparos. Dava para ver que a água, provavelmente de chuva, havia arruinado parte do chão da área por onde passavam. Havia ferramentas e materiais que comprovavam que todo aquele corredor estava sendo reformado. As paredes estavam com marcas de quadros que estiveram ali por anos, mas foram retirados. Alguns itens perdidos pelo corredor mostravam que sobreviveram a duras penas, como estátuas, vasos e duas mesas finas e compridas, feitas de madeira pura, do tipo que atualmente não se encontra mais.

O cheiro também era de tinta fresca, madeira recém-polida, carpete novo e cola quente. Mas os locais sem tratamento tinham odor de umidade e mofo.

— Chegamos. — Marcel entrou em um quarto bem no final do corredor. — Estamos todos instalados nessa ala. É a última a receber a reforma total. O resto do castelo, onde ficarão os quartos de hospedagem, já está até sendo mobiliado. — Ele parou e falou mais baixo. — Ouvi dizer que já colocaram água quente! — disse em tom de brincadeira. Afinal, até para eles, meros criados modernos, era difícil tomar banho frio naquele clima.

Após entrar no quarto e colocar suas malas num canto, Luiza achou que encontraria algo pior. Era um cômodo grande, mas estava praticamente puro. A cortina destoava completamente do ambiente, era um item novo e mal planejado. A cama de madeira tinha vigas altas, mas o dossel não estava pendurado nela. O colchão obviamente não fora feito para o móvel, pois estava pequeno. Devia ser novo e as camas atuais não eram como as daquele castelo, mesmo que ela duvidasse que aquela peça ainda fosse uma das originais. Não teria resistido ao tempo em um lugar tão malconservado. Mas ele era macio e o quarto estava com cheiro de lavanda, provando ter sido limpo recentemente.

No canto direito, ela encontrou a porta para o banheiro, que ainda não tinha chuveiro. Teria de banhar-se em uma banheira grande em um cômodo onde também ficava o espaço para guardar suas roupas. Uma espécie de quarto de vestir adaptado, como ainda era possível encontrar em algumas casas antigas.

Um pouco mais tarde, enquanto ainda desarrumava as malas, ela foi chamada por Marcel que disse ser hora do jantar. Pelo menos aquele emprego incluía comida e acomodação por um desconto simbólico no salário. Foi mais um dos motivos para ela aceitar, afinal, após a viagem, sua conta estava tão zerada que o saldo nem aparecia mais na página inicial do banco on-line. Todo o dinheiro que tinha estava na sua carteira e mal dava para uns sanduíches.

No jantar, encontrou mais duas pessoas: Afonso e Peggy Gentry. Eram irmãos e vieram de Birmingham para trabalhar ali. Peggy era mais velha e já trabalhara em museus. Afonso estava formado há cinco anos e, com a ajuda da irmã, estava tentando se firmar na profissão.

No dia seguinte, era muito cedo, fazia um frio desgraçado e eles estavam sonolentos. Mas a voz estridente de Betty era um despertador dos mais incômodos.

— E você, Campbell, vai ficar com a biblioteca, que também foi um escritório e onde está todo o material escrito e recuperado desde a construção deste castelo. Todos os livros, pergaminhos, documentos, cartas antigas, livros de contabilidade e a história da família e região. Seu trabalho é arrumar tudo isso na mais perfeita ordem para o arquivo, recuperar os textos e digitalizá-los. Aquela é a sua seção. O acervo de livros do castelo também precisa de nova organização. Afonso a ajudará nessa tarefa. — Betty apontou para ele com a prancheta.

Luiza viu Afonso se encolher e fingir ter um calafrio, mas Betty já estava olhando para ela novamente.

— Você também precisa escrever breves textos sobre os antepassados da família para colocar no corredor da galeria de quadros e criar os textos para o site do castelo. E rápido, pois precisam passar pela minha supervisão para serem gravados em placas apropriadas e colocados on-line. — Betty seguiu, como se estivesse simplesmente lhe dizendo para escrever uma receita de bolo.

Ou seja, pensou Luiza, o trabalho de uma vida. Ela nem sabia se estava qualificada para todos os pormenores daquelas tarefas; sua experiência também não era longa, ia ter que aplicar tudo o que aprendeu nas aulas. Se todas as caixas que ela olhara de relance ao passar pela porta fossem para o seu trabalho, ela podia ficar ali o resto da vida que, talvez, ao completar uns quarenta anos, tivesse acabado de ler e digitalizar tudo. E isso porque o tal "acervo de livros", que começava na seção de Afonso, precisava ser reorganizado junto com os volumes da biblioteca.

Betty, que era chamada de General Tremain pelas costas e sra. Tremain em sua presença, continuou especificando o que ela deveria fazer. E seguiu o cronograma com todos.

— Estamos com pressa! Temos prazo para abrir este castelo! Portanto, precisam trabalhar! E muito! — disse ela, dando a reunião como encerrada como um verdadeiro ditador, e quase esperou aplausos no final, mas obviamente saiu decepcionada.

Tirando o fato de que estava no fim do mundo, em um local desconhecido, em um castelo malconservado e sinistro, aquele era o emprego dos sonhos de alguém. Não de Luiza. Mas e daí? Não podia se dar ao luxo de escolher. Era formada em Museologia, com alguns cursos extras, e já estava com sorte por ter permanecido em sua área. Era recém-formada — bem, não tão recém, completara dois anos. Estava sem dinheiro para continuar pagando o aluguel caríssimo de Londres, para onde foi assim que saiu de Oxford, então, o que faria?

Seus planos não deram certo, seu contrato de trainee acabara há cinco meses e o dinheiro, logo depois. Vinha se sustentando de bicos e tirando folgas de conhecidos com trabalhos decentes. Não podia dizer que havia passado necessidade, mas podia afirmar que era uma boa coisa a água ser de graça e ela gostar de sanduíches.

Luiza estava perto de completar vinte e seis anos, não conhecia ninguém em especial em Londres, e sua mãe estava na Austrália, morando com seu padrasto, que havia sido transferido para lá. Ela era sua única ligação, pois seu pai morrera há doze anos. Tinha uma avó paterna com quem falava raramente, e não sabia quase nada sobre o resto dos parentes do lado escocês, de onde vinha seu pai. Só sabia que seu ramo familiar estava a ponto de ir para o ralo, pois era filha única.

Então, por que não se arriscar? Pagavam bem, tinha cama e comida. E eles estavam tendo dificuldade de encontrar jovens recém-formados que se dispusessem a ir morar ali. Por que será, não é? Havia conseguido o emprego por indicação de um ex-professor que achou que ela se encaixava no perfil procurado. Era bem a cara dela ser perfeita para ir se esconder em um castelo que, para alguém acostumado a morar em Londres, poderia muito bem ser o fim do mundo. Mas era sua nova missão e, por incrível que pareça, a mais importante que já teve.

Recuperar a memória daquele castelo e de seu povo. O que poderia haver de tão surpreendente nisso?

CAPÍTULO 2

— Bem, está melhor do que eu esperava — ela disse quando entrou em "sua seção".

A biblioteca era comprida e larga, e toda a lateral esquerda era dominada por três grandes janelas de vidro e ferro com detalhes em madeira. No espaço entre elas havia estantes baixas e com poucos livros. Na parede, bem ao lado da porta de entrada, ficava uma estante embutida e gigante que tocava o teto extremamente alto do castelo. Tinha prateleiras em cima e portas embaixo. Logo à frente, havia uma mesa de madeira forte e uma cadeira de espaldar alto. Aqueles itens sim pareciam originais. Eram verdadeiras raridades. Todo o cômodo estava tomado por caixas de madeira e papelão, tudo espalhado, principalmente perto da mesa.

Encare como um desafio, ela repetia mentalmente enquanto olhava todo aquele material.

Sem saber por onde começar, Luiza deixou o notebook em cima da mesa e foi ler as identificações das caixas. Interessou-se particularmente por uma pilha de quatro caixas que estava no canto direito, embaladas em plástico transparente, presas com fita adesiva larga e especial para vedar. Um aviso dizia: *Manusear com luvas.*

Mas o que lhe chamou atenção foi a etiqueta de identificação do lote: *Doado por colecionador anônimo. Conteúdo pessoal de J.D. Warrington. Conde de Havenford (1394 — 1426).*

Embalada em plástico-bolha e lacrada com o mesmo tipo de fita adesiva, havia uma arca em madeira, com laterais de ferro e detalhes fortes que estavam nítidos demais para ser uma peça original. Mas Luiza encontrou uma etiqueta que dizia: *Restaurada. Conteúdo original. 12/320 — 04/2012 — 15 kg.*

Ela levantou e passou os olhos por toda a seção. Seria um trabalho interminável e havia pouquíssimas pessoas para organizar um castelo daquele tamanho. Com tudo que havia dentro da biblioteca, que mais parecia um salão, pelo menos cinco pessoas poderiam trabalhar ali e ficar atarefadas o dia inteiro, por anos até. Mas ela faria isso tudo sozinha. Como? Era uma boa pergunta.

— Pois é, conde... Já que estamos na sua casa, você vai fazer as honras.
— Luiza se abaixou e pegou a arca. Era muito pesada e ela quase tombou para a frente. — Vamos ver o que tem aqui — disse com dificuldade, se esforçou mais e foi levando-a para perto da mesa.

Ela gostaria de olhar tudo que havia ali e traçar uma estratégia de trabalho para começar, mas seu plano foi simplesmente começar pelo último conde de Havenford. Fazia sentido, já que ele era a figura mais famosa da família e da região. Colocaria em ordem tudo que encontrasse sobre ele, depois traçaria outra estratégia.

— Como está indo aqui, gatinha? — indagou Afonso ao entrar. Hoje, ele estava com um lenço no pescoço que era mais colorido do que o do dia anterior. — Já desencavou o passado pecaminoso da família?

— Não, não... — Ela sorriu, olhando para a arca que estava a ponto de desbravar. — Nem sei por onde começar a procurar os pecados. Confesso que não sei nada sobre esse lugar, a família e tudo mais.

— Fala isso baixo, hein? Não deixe a General escutar seu pouco caso. — Ele olhou em volta e assobiou. — Parece que você vai passar longos dias por aqui. — Ele foi andando até uma das paredes que devia estar repleta de livros, mas estava cheia de espaços vazios porque os livros que permaneciam precisavam de restauração e os outros estavam em caixas. Uma hora, os dois teriam que tocar ali.

— Eu sei... — Ela imaginava quantas cartas e documentos teria de copiar, pois o texto contido precisava ser arquivado.

Depois que digitalizasse tudo, precisava ler os documentos para escrever breves textos sobre o castelo e a família. Então, arquivar e guardar de forma que ficassem conservados. Todas aquelas caixas com etiquetas já haviam passado por uma equipe especializada em restauração de documentos antigos e que tinham material para isso. Mas eles só restauravam fisicamente, o conteúdo ficaria por conta dela. Começava a entender por que precisava se mudar para lá, o motivo de um salário bom e das regalias disfarçadas.

Depois de dobrar as mangas e colocar as luvas, Luiza abriu a arca. Estava repleta de documentos escritos à mão. Todos tinham data, e ela se ocupou em arrumá-los cronologicamente. Gastou todo o seu primeiro dia de trabalho nessa tarefa, depois precisava separar em lotes e guardar tudo; não podia deixar nada exposto. Encontrou uma nota dos restauradores, dizendo que o local não era apropriado para aqueles documentos. Depois de abertos, deviam ser guardados nas portas na base da estante, o único local adaptado para recebê-los, mas não havia espaço para tudo. Para isso, seria levado um móvel especial que, obviamente, ainda não fora entregue.

Na verdade, a situação em todos os setores estava instável, para não dizer precária. O governo, seu Departamento de Cultura, curadores de museus e associações especializadas haviam entrado com uma ação para que o castelo não fosse reaberto sem os devidos cuidados e recursos, pois consideravam aquilo um crime contra uma parte da história da Inglaterra.

Afinal, o castelo de Havenford era um edifício listado pelo Departamento de Estado em Grau I, o mais alto da lista, dado apenas a construções de excepcional interesse para a história nacional. Era um castelo que datava do século XIII e estava de pé, então óbvio que seria protegido pelo governo.

Depois que documentos foram encontrados e devolvidos para o castelo, a briga judicial se intensificou. Os Warrington ainda eram donos do castelo de Havenford e de tudo que havia dentro dele, mas, num edifício como aquele, toda alteração precisava ser autorizada. E com seu histórico de descaso, a família perdeu toda a credibilidade.

A família, na verdade, não existia mais, o nome morreu com o conde, em 1426. Ele não deixou herdeiros, e seus parentes mais próximos adotaram o sobrenome apenas para usufruir do prestígio que este trazia. Mas haviam abandonado seu patrimônio e não tinham dinheiro para mantê-lo. Por isso, concordaram em transformar o castelo em um museu e hotel. Historiadores renomados e especialistas em tal transição sequer foram consultados inicialmente. Apenas equipes técnicas entraram em contato com todo o material encontrado ali e com a enorme estrutura do castelo.

A maior parte das raridades estava em poder de Rachel Warrington, a única que se importava com a história de uma das famílias mais antigas da Inglaterra. Ela não tinha condições financeiras de cuidar do castelo e muito menos de viver lá, mas o manteve como pôde, até ceder parte do uso dele.

Ela morava em uma casa de campo a duzentos quilômetros dali e guardou tudo que conseguiu mandar buscar, espalhando por quartos da casa, depósitos externos, pelo porão e cômodos que não eram mais usados. Agora, ela estava morta e os herdeiros brigavam com unhas e dentes pela tal casa de campo, e queriam se livrar o mais rápido possível daquela "velharia" que era o castelo.

Fizeram um novo contrato para ceder todo o castelo e saíram nos jornais dizendo frases falsas sobre como tinham orgulho de, enfim, recuperar a história da família ao transformar o andar térreo do castelo em um museu e permitir a visitação do público. Não conseguiram agradar nem aos comerciantes locais, que sempre sonharam em ver o castelo funcionando para estimular o turismo da cidade. Mesmo com ele fechado, as pessoas ainda iam lá só para ver seu pátio externo, então imagina se o abrissem.

Nos tribunais, os Warrington que sobraram e envergonhavam seus ancestrais foram assessorados por advogados pagos pela empresa que abriria o hotel e investidores que aprovavam tudo, interessados em lucros e pouco se importando com o material histórico. Mas o museu era principalmente da família, pois eles ainda mantinham parte do castelo. Por isso, foi a área que recebeu menos investimento inicial.

A família conseguiu seguir com o trabalho, pois tinham direito sobre a extensão de terras que sobrara, já que haviam vendido tudo em volta, com exceção do terreno do castelo. O que, basicamente, significava ser dono de uma colina inteira.

A comissão histórica do Departamento de Cultura ainda recorreu, alegando que parte dos itens originais não se encontrava no castelo e, sim, na casa de Rachel Warrington. Mas tiveram de entrar em um acordo, pois a casa, agora, pertencia a Alfie Henley, filho mais velho de Rachel. Ele não morava na Inglaterra e estava pouco se importando se aquilo era uma agressão à história, apenas queria era sua parte nos lucros. Então concordou em devolver todo o material para o museu que seria aberto.

O resultado de toda essa briga judicial era a degradação para a qual Luiza olhava. Apesar disso, os herdeiros atuais não podiam ser os únicos culpados. Eram séculos de pouco caso. Muitos haviam abandonado o castelo no século XVIII e só permaneceram ali por tanto tempo porque era o único teto que tinham, já que venderam tudo.

Ao longo do tempo, os herdeiros também venderam vários itens para pagar as contas e quando, enfim, conseguiram se mudar, deixaram o resto para trás e trancaram tudo. O governo local se encarregou de garantir que o castelo permanecesse em segurança, porque, mesmo sem poder entrar, apenas tirando fotos do lado de fora e nos pátios, os turistas que visitavam a região ainda queriam conhecer Havenford, e as lendas sobre ele atraíam muita gente.

O enorme castelo, notável de qualquer parte das redondezas, até da cidade vizinha, era o maior elefante branco do norte inglês, e as pessoas não podiam fazer nada, ou fingiam não ver. Ao menos, a magia em volta da existência do castelo naquela colina não havia morrido, pois isso nem o tempo e a degradação podiam eliminar.

A briga foi uma das mais famosas batalhas judiciais por um edifício histórico. Estranhamente, os herdeiros e a empresa responsável conseguiram ganhar ações que costumavam ser favoráveis à comissão histórica. Diante de sérias acusações de suborno nas cortes locais, o Secretário de Estado decidiu que aquilo tudo era ridículo. Segundo a lei sobre edifícios listados como patrimônio histórico de Grau I, mudanças estruturais estavam proibidas no castelo e todos os itens referentes à história dele deveriam ser devolvidos ao seu lugar de origem.

Isso fez com que alguns itens que estavam com os supostos herdeiros fossem confiscados e levados de volta para onde nunca deveriam ter saído, pois não havia documentos que provassem herança, venda ou doação daqueles documentos e peças. Tudo poderia ser considerado furto e apropriação. Até porque Alfie Henley, o suposto herdeiro principal, adorou ver os parentes serem acusados.

A comissão histórica explorou todo tipo de brecha e interpretação para conseguir ao menos devolver ao castelo seus pertences, e comemorou a manutenção da estrutura externa, pois as mudanças internas para viabilizar o hotel já haviam sido aprovadas por eles.

A empresa que fazia a reforma comprometeu-se a contratar especialistas, que já haviam acompanhado a modernização de castelos ingleses e franceses, para garantir que Havenford permanecesse em seu estado original após as obras. Atualmente, as partes estavam em um período de trégua, provavelmente porque não sabiam que a família estava contratando jovens recém-formados para lidar com itens que datavam do século XII.

Além disso, com exceção de Marcel, os chefes desses jovens eram profissionais anônimos que não apareciam em mídia especializada, nem em artigos da área, ou jamais tinham dado uma palestra sobre o assunto. No fim, a briga ficou tão feia que, para firmar um acordo, a família concordou em parar de contestar documentos e "aposentar" o Warrington, já que, na verdade, os que estavam vivos tinham os sobrenomes Henley, Reed e Maywood.

Ao menos o nome dos Warrington, de descendência dos condes, estava descansando em paz, como constava há séculos em documentos históricos que aquela linha familiar acabara em 1426. A chefe do departamento histórico chegou a dizer nos jornais que a família era uma desgraça tão grande que nem tinham certeza sobre a manutenção dos títulos de barão de Riverside e de conde de Havenford, pois, segundo ela, na verdade, estes foram extintos quando a própria família alegou falta de herdeiro direto e entrou em uma briga interna. A família negava. Alfie disse que os títulos eram dele. Mas estes permaneciam aposentados também.

Após tratar tudo com uma frieza profissional, Luiza parou para realmente olhar com o que estava lidando. Depois de tediosas cartas comerciais, páginas perdidas de contabilidade e mensagens recebidas de outros lordes, o conteúdo daquela página chamou sua atenção. O conde registrava muito dos acontecimentos de Havenford, mas aquilo não era apenas uma das páginas de seus registros da propriedade. Era uma carta que ele escrevera, mas que se encontrava fora dos seus pertences pessoais; estava no meio dos documentos da família.

Ao Lorde de Beatton,

Lamento informar que sua filha está morta. Atirou-se da torre mais alta do castelo.

A criança a qual ela deu à luz pertence a Lorde Aventhold, ela confessou.

Ele virá buscá-la.

Venha recolher o corpo, pois não posso enterrá-la junto a meus entes queridos.

Pegue a estrada ao amanhecer, não há como esconder que ela tirou a própria vida.

Esse pecado eu não poderei encobrir.

A despeito do que diz a lei, dê um enterro humano à minha prima.

Eu lhe disponibilizarei os recursos.

Havenford

Segundo a sua arrumação e a data na carta, Luiza sabia que o ano era 1419. O conde devia estar com vinte e cinco anos e era casado com sua prima de primeiro grau, Tylda. A união havia sido realizada em 1414, quando ele tinha vinte anos e a esposa, dezessete. Foi antes que o conde fosse para a guerra na França, e a esperança era de que ele já deixasse um herdeiro antes de partir. Ele só retornou a Havenford no início de 1416, com a tarefa de controlar a região, ou seja, saiu de uma guerra para a outra e encontrou a esposa sem nenhum filho e com a notícia de que o primeiro nem chegara a cinco meses de gestação.

De acordo com documentos da época, o conde havia morrido em 1426, logo após completar trinta e dois anos. E sua esposa se suicidou quando tinha em torno de vinte e dois.

— Sr. Fulton! Por que a esposa do conde se matou? — Luiza entrou correndo na salinha de trabalho do historiador. Sua curiosidade era tanta que ela nem bateu e deu um susto em Marcel.

— Menina! Já tenho o coração fraco. Não me dê sustos. — Ele virou mais a cadeira de rodinhas e levantou os óculos, apoiando-os na testa. — De onde tirou isso?

— Estou lendo... Digo... Copiando os documentos. O conde escreveu uma carta para o tio, informando da morte — ela explicou rapidamente, querendo logo a resposta para sua pergunta.

— Ah, sim... Ele escrevia muito, algo raríssimo em sua época. Foi um homem culto, apesar da vida de cavaleiro que levou. Mas era assim que ele passava o tempo. Por que acha que estão brigando tanto pelo material que tem aqui? É algo de valor inestimável e boa parte permaneceu escondida por todo esse tempo. — Ele pausou; tinha prazer em falar sobre sua personalidade preferida da história. — Bem, não sei por que você imagina que eu vá saber de uma coisa dessas. Eu não tive a oportunidade de ler tudo que você lerá. Os escritos pessoais do conde são o único buraco em minhas pesquisas. Não sabe como fiquei feliz ao ser informado de que foram encontrados e devolvidos. Só que você é a primeira a ter contato com eles.

— Mas... — ela disse, sabendo que não acabava aí.

— Ela foi uma mulher infiel. Tinha acabado de dar à luz à filha de outro homem, visto que todos sabiam que o conde estava em um torneio no período que supostamente deveria tê-la engravidado; não havia como esconder seu pecado. Ele sabia — explicou Marcel, sua última frase soando como uma sentença.

— E por que não tiveram filhos? — Luiza franzia a testa, pensando no quanto os casamentos naquela época tinham como um dos principais objetivos produzir herdeiros. Era estranho terem ficado casados por cinco anos e sem filhos, mesmo que ele tenha se ausentado por alguns períodos.

— Eles tiveram. Pelas informações que tenho, acredito que tiveram três filhos antes que ela o traísse. Morriam nos primeiros meses de vida.

O semblante curioso de Luiza desmanchou em uma expressão triste enquanto lamentava aquela nova informação.

— Além de todas as dificuldades de conceber naquela época, esse é um dos problemas de casamentos consanguíneos. Primos de primeiro grau que também eram filhos de primos. Muito comum naquela época. Famílias fechadas — disse Fulton, recolocando os óculos.

— Ele sofreu por amor, então? — Ela já estava até sensibilizada com a possibilidade.

— Você precisa continuar lendo para me contar. — Ele lhe deu um leve sorriso. — Amor não era algo comum nos casamentos nobres, ainda mais em uma época como aquela, sei que sabe disso. Mas era possível comodidade e satisfação — Marcel falou num tom de quem sabia que não era uma vida que nenhum dos dois ali, tão acostumados à vida moderna, desejaria.

A torre, antes uma das mais belas visões de Haverford, é agora amaldiçoada. Passei dias admirando a extensão desses campos. Talvez fosse meu local preferido.
E creio que por isso ela o escolheu.

CAPÍTULO 3

Uma semana depois, Betty foi ao setor de Luiza dizer-lhe, de forma grosseira, que ela estava muito lenta. E era para largar aquele bando de folhas e escrever as informações para as placas da galeria, pois haviam acabado de conseguir mais um quadro. Dessa vez, de Josephine Warrington, mãe do conde. Estava em restauração e chegaria em uma semana, junto com quadros mais recentes de outros membros sem importância.

Uma das vilas ao sul foi saqueada. Lorde Aventhold deveria manter aquele lado da fronteira. Mas é difícil o contato, agora que ele mantém em sua casa a filha de Tylda e teme me irritar. Não creio que eu pareça um viúvo vingativo, mas, ainda assim, o povo pensa que ele cometeu um sério delito contra seu suserano, e eu deveria puni-lo mais severamente do que apenas cortá-lo da lista de favorecidos.

Tal ato não cabe a mim. Tylda se entregou a ele por vontade própria, e receio que morreu pela culpa, castigando-o também. Apenas Deus pode julgá-los. O que me incomoda é que a filha de Tylda é também minha prima. Espero que ele olhe por ela, foi o que pude ordenar. Mas sinto por sua esposa. Uma criatura frágil e condescendente como uma roseira no inverno.

Agora Luiza já sabia classificar os personagens da vida do conde e dizer até de que lado da família eles eram. Diante de seu interesse, Marcel retirou de sua estante um livro no qual colaborou como pesquisador local. Este foi feito por um famoso historiador especializado nas famílias da nobreza inglesa. Eram três volumes. O primeiro trazia alguns registros anteriores, mas começava sua história no século X, indo até XIII. Este também falava de clãs e suas ligações. O segundo retomava o século XIV e ia até o XVII. O último começava no século XVIII e vinha até os tempos atuais com o pouco que ainda restava de tais famílias e seus desdobramentos.

Os volumes juntavam tudo que era possível saber: os nomes, as árvores genealógicas, os filhos bastardos, as tragédias, as glórias, enlaces, assassinatos, o fim de famílias e tudo mais que fosse considerado interessante para entreter um leitor e fazê-lo enxergar nos volumes mais do que apenas livros de registro histórico.

Baseado neles, Luiza sabia que, após a morte do conde, que até hoje levantava suspeitas, seu primo Rodney herdou o castelo e o título de barão. Mas ficou uma pendência sobre o condado, já que este fora concedido como honraria ao avô dele, com a condição de ser passado através de seus filhos, que também serviriam à coroa.

Seu posto como suserano da região deixou de ser respeitado, já que ele não inspirava nenhuma lealdade aos outros barões. Então, logo perdeu o posto também.

Na verdade, os lordes leais ao conde o acusaram de assassinato e disseram que, se ele passasse por suas terras, não voltaria com vida. Algo que dificultou demais a vida de Rodney. O regente do rei decidiu não interferir na questão, mas deixou claro que não aceitaria o assassinato do novo barão, já que não podiam provar seu envolvimento na morte de Jordan. No entanto, se ele fosse morto, também seria difícil provar qual dos lordes da região era o responsável. Então não adiantou nada.

Rodney Woodart instalou-se em Havenford com a família e, nos primeiros anos, até conseguiu se manter, porque Jordan deixou as contas na mais perfeita ordem e rendendo muito bem. Quando a notícia de que o conde havia morrido chegou aos ouvidos de alguns antigos inimigos, eles acharam que enfim iriam ultrapassar as muralhas do castelo. No entanto, o exército e seus principais cavaleiros ainda estavam lá para impedir e agiram por conta própria, já que Rodney não tinha o menor talento para guerras e estratégias e também não conhecia o castelo e suas defesas.

Cerca de cinco anos após a morte do conde, a situação começou a decair. Os lucros diminuíram, o povo já não era tratado como antes e a família de Rodney era muito esbanjadora. Até que se tornou insustentável. Para piorar, começou a perder cavaleiros, que se mudaram para servir propriedades vizinhas ou simplesmente iam embora e desapareciam.

— Na verdade, em 1615, Havenford passou para as mãos de William Woodart. Deve ter sido mesmo o sangue ruim da corja de Rodney que estragou esse lugar. Porque William era bastardo, mas foi durante sua vida que o castelo recebeu os cuidados que ainda eram possíveis fazer com o pouco rendimento e as dívidas acumuladas — contou Marcel, que também adorava mostrar seus conhecimentos sobre os pormenores da família. — Garanto que, se ele fosse filho legítimo como aqueles outros, teria apenas piorado a situação.

Luiza não conseguia mais trabalhar sem que Betty aparecesse para perturbá-la. Só conseguiu se livrar dela por dois dias quando as malditas placas chegaram.

Grande coisa, pensou Luiza ao olhar a placa prateada ao lado do quadro de Rodney Woodart e família. Passou por Tylda Warrington e também a olhou com desdém; já estava completamente contaminada pela história, como se fosse fã de uma série de livros e não admitisse que defendessem algum personagem odiado.

Segundo a história, Tylda foi uma bela moça loira, apesar de o estilo do pintor não ser o mais detalhista e ela estar usando aquele chapéu horroroso, um véu e o cabelo tão repuxado que deixava as mulheres parecendo bruxas de contos de fadas.

Em trajes ricos da moda do século XV, ela foi retratada no solar do castelo junto com outras mulheres. Luiza acabou lhe escrevendo um texto curto, dando a entender que ela não fez muita diferença para a história de Havenford, pois seu período lá foi recheado de tristezas e os dados sobre os filhos não eram concretos.

Preferia não ter citado nada, mas teve que incluir que ela se jogou da torre, pois Beth achava que as pessoas iriam querer visitar o local. Gostaria de contar sobre a traição e a menina, mas Betty provavelmente iria despedi-la aos gritos enquanto balançava a prancheta que sempre carregava. Então, simplesmente escreveu a verdade e colocou todos os dados relevantes de sua curta vida com um final trágico.

Mais à frente, Luiza admirou Josephine Warrington, tão bela e etérea nos jardins do castelo que sua pele clara como leite praticamente confundia-se com o ambiente. Não parecia de verdade, mas era bela mesmo assim. O espaço perto delas estava disfarçado, mas o buraco era gritante. O principal quadro do último conde, pintado em sua vida adulta e vendido há séculos, estava escondido em alguma coleção particular e eles precisariam de uma fortuna para tentar recuperá-lo. Algo que definitivamente não tinham. Pelo menos devia estar muito mais bem conservado do que os outros.

    Havia uma miniatura dele no livro das famílias. Era mais jovem, mas deu para imaginar um homem saudável, de cabelo claro e abundante. Não dava para distinguir a cor dos seus olhos. Imaginou que pudessem ser castanhos como mel, mas talvez fossem verdes como folhas de hortelã. Aliás, se ele se parecesse com a mãe, eles seriam cinzentos, mas parece que o pai tinha olhos azuis como o mar. É, era melhor Luiza voltar ao trabalho e parar de imaginar os olhos do antigo dono do castelo. Ele já parecia bem sinistro sem a contribuição dela.

> *Meu estimado amigo e suserano,*
> *É uma verdadeira tristeza saber que não poderá comparecer. Espero que a situação aí perto da fronteira tenha se estabilizado.*
> *Desejo-lhe um bom inverno.*
>
>   *Braydon*

    — Queridinha, eu acho que você está se envolvendo muito com seu trabalho — disse Afonso, sentado no sofá vitoriano que havia sido trazido para o castelo junto com outros móveis para os quartos. — Afinal, hoje é sexxxxxxta! — comemorou e riu. Sabia muito bem que ali isso não fazia a menor diferença.

    — E você deve ser mais rápido do que o Super-Homem! Nunca vi passar tanto. Tem que me contar o segredo — respondeu ela, enquanto embalava mais um conjunto de livros de contabilidade e pensava como o conde era viciado em trabalho para os padrões de sua época.

    — Já fiz tudo que eu tinha que fazer hoje. Cruz credo! Estou lidando demais com mortos para o meu gosto. Você viu a quantidade de livros que chegou hoje? Eu vou morrer trabalhando. Até os ETs devem estar doando livros intergalácticos para cá!

Ela riu e o acompanhou na saída, conversando pelo corredor, que agora já estava recebendo piso novo. Aos domingos, eles podiam fazer o que quisessem, mas tinham tanto trabalho que geralmente davam uma passada em suas seções.

Luiza andou dormindo naquele sofá novo da biblioteca; não podia acender a lareira, mas não estava tão frio assim. À noite, parecia que estava em casa. Podia vagar para todos os lados enrolada em seu edredom, metida em um pijama de flanela e calçando suas pantufas velhas. Sempre ia até a cozinha, o primeiro lugar do castelo a ser completamente reformado e modernizado, fazia chá ou chocolate quente e voltava para sua seção. Era como se aquele cômodo tivesse se tornado sua nova casa. Gostava muito mais dali do que daquele quarto sombrio lá no final da ala leste, onde ela foi alojada.

É estranho não ter pensado neste local antes. Passo grande parte de meu tempo aqui quando a situação está calma. A visão também é bela e as janelas, bem maiores. A propósito, Lorde Regis fará uma visita. Imagino que trará sua filha mais nova. Só espero que não tenha sido uma sugestão do duque.

Em sua leitura, Luiza chegou a 1423. Agora, Jordan tinha vinte e nove anos e estava sofrendo grande pressão para se casar novamente. Mantinha-se viúvo desde a morte de Tylda, não tinha herdeiros e os tempos eram incertos demais para deixar tal patrimônio e um nome tão importante sem continuação. O duque de Gloucester mal assumira como regente da Inglaterra e já sofria com os pais de damas casadouras apontando para todos os malditos nobres solteiros que não colaboravam.

Então ele queria que o conde se casasse e tinha muitas indicações de esposas se ele demonstrasse algum interesse, ou mesmo se não mostrasse. O que mantinha Jordan livre, de certa forma, era a vantagem de viver tão longe de Londres e, após ter enviuvado, fazia de tudo para não pôr seus pés lá.

Seu povo também esperava que ele escolhesse logo uma jovem para dar continuidade à linhagem dos Warrington. Todos temiam que seu lorde morresse sem deixar ninguém. Era como se pressentissem que isso seria a derrocada local. Mas também não queriam vê-lo casando-se com uma mulher que o desgraçaria novamente; correram muitos rumores na época da morte de Tylda, e as pessoas sabiam sobre a filha bastarda. Se algo assim ainda seria julgado nos tempos modernos, na época, era inaceitável. Mesmo que reis reconhecessem seus bastardos livremente, suas rainhas podiam ser julgadas por traição.

O povo tinha esperanças de que, dentre essas damas que queriam tanto casar-se com ele, alguma fosse boa o suficiente para acordar seu coração. Ao menos era isso que diziam os trovadores que visitavam o castelo espalhando ilusões românticas para todo lado; o conde não poderia ser conquistado se nunca foi despertado para o amor. O povo era um pouco mais realista.

Mas o que chamou a atenção de Luiza foi o fato de ele estar escrevendo sobre a biblioteca onde ela estava naquele momento. Sabia que, naquela época, não devia estar configurada como nos dias atuais, talvez nem houvesse aquele monte de prateleiras. Mas era o mesmo local.

Ela notou que a cada dia ele escrevia mais sobre tudo à sua volta e incluía detalhes sobre sua vida. Também guardava toda a correspondência e fazia mais contas, calculando absolutamente tudo sobre sua propriedade, talvez como um passatempo que, no final, estava deixando os seus cofres cada vez mais abarrotados. Jordan também mantinha correspondência constante com outros nobres, padres, estudiosos e comerciantes, que não conhecia direito ou nunca sequer encontrou. Luiza sabia perfeitamente o que era isso. Chamava-se solidão.

O castelo precisa de algumas restaurações. Espero que haja tempo suficiente para terminar a nova torre antes do próximo inverno. Lorde Regis ainda se aproveita de minha estranha hospitalidade, e Lady Lavine é uma dama que aprecia muito travar conversas sem propósito. Toma-me tempo demais.

Luiza estava lendo cada pequeno pedaço como um livro que a cativava, com capítulos pelos quais esperava ansiosamente. Mas precisava voltar; ainda estava copiando as cartas de 1421. Aliás, estava muito adiantada naquela tarefa. Mas tinha caixas e mais caixas de documentos empilhados, esperando que ela parasse de acompanhar a vida de um homem que estava morto há mais de quinhentos anos.

Era sábado à tarde, e deixara de lado aquela mesa cheia de histórias para arrumar pelo menos mais um século de arquivo. Só há poucos dias havia descoberto que não estava arquivando apenas documentos sobre a família; aquela parte do museu continha documentos de outros castelos da região.

Ela ignorava como eles tinham ido parar ali, afinal, houve briga judicial pela maior parte daqueles bens. Devia ter notado antes que era coisa demais para uma família só. Ou seja, era muito mais trabalho do que pensava. Eram arquivos e documentos que provavelmente muitos estudiosos e curiosos estavam ansiosos que fossem disponibilizados, mas nem a culpa por ela os estar impedindo conseguia afastá-la da história de vida do conde.

Ela é parecida com Tylda em aspectos que ignorava antes. Atualmente, é mais um detalhe de todos os defeitos que encontro em tudo e todos à minha volta. Porém, creio ser realista o suficiente para admitir que, na verdade, o defeito está apenas em mim.

Meus campos ainda estão verdes e frutíferos e os ataques, rareando. Não vejo fogo em minhas terras há semanas. Tenho podido permanecer tempo demais em meu castelo.

Espero que a solidão não me leve a cometer o mesmo erro.

Uma semana se passou após a primeira reclamação sobre a língua solta de lady Lavine, mas Jordan continuava escrevendo sobre isso. A sensação de quem lia era de impotência, porque ele não podia cometer esse erro. Para falar a verdade, Fulton não lhe disse se o conde havia se casado novamente. Mas, se ele não tinha herdeiros, Luiza concluiu que não. E nada naquele livro que ele lhe emprestara dizia que houve. A tal Lady Lavine nunca foi citada relacionada a ele.

Luiza interpretou a última frase dele e sabia que ainda dizia respeito à mulher. Entendia como ele estava se sentindo só. Até o momento, não fora tão explícito, mas a frequência da escrita, os detalhes pessoais e as cartas guardadas indicavam isso, estava exposto em cada palavra que ele escrevia com sua letra cursiva e forte. Luiza teve vontade de pegar o livro, talvez encontrasse Lavine na árvore de outra família. Mas não o fez, simplesmente voltou a digitalizar.

Para o trabalho dela, ainda era 1421. Mais tarde, ela foi novamente aos arquivos de 1423 para ler aqueles pedaços. Os dias seguintes ainda estavam embalados e guardados nos armários com ambiente esterilizado e em temperatura ideal.

Para tentar aplacar um pouco a sensação de impotência e de quase dor pelo que sentia a cada vez que lia as palavras solitárias do conde, Luiza pegou a caneta que usava para anotações e escreveu uma resposta em seu bloco. Era apenas algo que ela gostaria de ter escrito a ele, uma fantasia.

Meu estimado suserano,

Milorde deveria ir passear pelos tais campos verdes. Deixe a lady de lado e procure um cavalo para exercitar. Se os defeitos são assim tão aparentes, como ainda pode haver dúvida? Por aqui também não há fogo há semanas, aliás, se me permite dizer, não há nada. Nem frutas.
Simplesmente não cometa o mesmo erro.

L.C.

Luiza divertiu-se com sua resposta. Provavelmente, se dissesse isso ao seu suserano, correria grande risco de levar uma surra. Enfiou o papel na gaveta da mesa onde ela guardava seu material pessoal de trabalho, terminou de digitalizar mais um dia e foi dormir. Dessa vez, na cama.

— Minha nossa! Não cai uma tempestade como essa por aqui há anos! — espantou-se Marcel, olhando pela janela.

O céu estava escuro como se já estivesse de noite e ainda era início da tarde; mal haviam acabado de almoçar.

— Odeio tempestades! Odeio tempestades! — dizia Afonso, antes de sair atrás da irmã e do sr. Fulton.

Luiza estava de pé à frente da última janela da biblioteca, olhando para o lado de fora, onde o vento balançava tanto as árvores que parecia que iria derrubá-las. Às vezes uma rajada vinha tão forte contra a janela que ela a escutava balançar. Foi andando de volta para sua mesa; tempestades na verdade não a abalavam muito. Ela passou pelas outras duas janelas. Na última, as gotas de chuva começaram a ser empurradas contra o vidro.

Apesar de todo aquele rebuliço, eram gotas leves que nem faziam barulho. As trovoadas roncavam alto e, ao longe, parecia que a chuva já estava caindo com toda força. Luiza viu o céu clarear e começou a contar os segundos até escutar o som do trovão. Se lembrava bem, podia multiplicar esse intervalo por 343 e descobrir a quantos metros o raio caiu. A tempestade já estava em cima do castelo. Ela podia escutar Afonso gritando a cada trovoada e não conseguia se concentrar com aquela ventania.

Parando a vários passos da janela do meio, Luiza olhou a situação do lado de fora. Na verdade, estava distraída. Sua visão era um borrão, como se tudo lá fora fosse apenas o verde das árvores, dançando para lá e para cá enquanto o vento as desafiava. Mas era estranho, pois, pela visão que tinha da janela, não parecia chover. Ela piscou para clarear a vista e escutou o barulho — não parecia tão perto, só que sem nenhum aviso a descarga elétrica do raio caiu bem à frente da janela, causando um estrondo ensurdecedor.

Ao mesmo tempo, outra rajada violenta de vento bateu contra o castelo com tanto furor que a janela do meio foi escancarada. O susto, o raio praticamente em cima da janela e a ventania que tomou conta da biblioteca em segundos jogaram Luiza para trás. Ela caiu de costas, mas não perdeu a consciência. Levantou gritando e correu para a janela. O vento varreu sua mesa, os papéis voavam para todos os lados e ela temia que fossem para fora.

Com aquele barulho e o grito que ela soltou ao cair, os outros entraram correndo. As portas haviam sido escancaradas e não havia como eles não notarem. Peggy e Marcel lançaram-se contra a janela assim como Luiza, enquanto Betty, Afonso e mais os outros empregados que estavam presos no castelo pulavam e se jogavam no chão para salvar as folhas.

Eles fecharam a janela e desceram o trinco; não sabiam como ele se soltara da pedra. Dois homens vieram correndo com vigas de madeira exatamente da largura das janelas, que estavam ali antes que o castelo fosse reaberto. Prenderam nas três para garantir que não abrissem.

— Ah, meu Deus... Ah, meu Deus! — Luiza pegou as folhas. Ainda estava com as luvas e tocava em todas com cuidado, temendo que tivessem se danificado irreversivelmente.

— O que foi que você fez? — Betty gritou completamente alterada ao ver tudo jogado pelo chão. O vento foi tão forte que várias caixas tombaram.

Luiza estava atordoada, o barulho do raio ainda zunia nos seus ouvidos e o susto mantinha seu coração completamente fora de compasso. Apenas catava tudo e levava para a mesa enquanto os olhos vasculhavam o cômodo. Marcel estava colado à janela, ignorando o perigo, tentando ver se havia alguma folha perdida do lado de fora, mas, mesmo que houvesse, seria inútil. O vento já teria carregado e, assim que eles trancaram a janela novamente, a chuva despencou com força, como uma represa rompendo as comportas que a prendiam indevidamente.

— Acho que está tudo aqui... — murmurou Luiza, sua garganta seca. Parecia estar engolindo uma massa arenosa e não saliva.

— Por que você abriu a janela? — Betty já havia gritado isso três vezes, mas Luiza só escutou agora.

— O quê? Eu não abri nada! — respondeu, atordoada pela acusação inesperada.

— Sua garota idiota! Você sabe quanto vale tudo que tem aqui? Mais do que você conseguiria em uma vida de contas! — Betty tornou a gritar.

— Eu não abri a janela! Eu não estou louca! — reagiu Luiza, tentando que sua voz soasse mais alto, apesar da garganta não estar ajudando.

— Você é uma irresponsável! Nunca viu uma tempestade? Se algum dano foi causado, você vai ter que arranjar um jeito de pagar! — Betty continuava a toda, com uma veia saltando perigosamente em sua testa.

— Pagar como, mulher? Nenhum dinheiro recupera nada que tem aqui. E pare de gritar — disse Marcel, num tom calmo demais para competir com os gritos de Betty.

— Cale a boca! — Betty gritou, surda ao que os outros diziam. — Eu sabia que não ia dar certo contratar esses moleques mal saídos da faculdade! Como é que você foi abrir essa janela, sua incompetente? Não basta ser lenta, também é louca! — Ela continuava, seus olhos cravados em Luiza, a veia em sua testa ficando mais assustadora e seu pescoço vermelho como o de um peru.

— Você que é louca! Está gritando como uma histérica! Eu não abri a droga da janela! — respondeu Luiza, começando a recuperar a voz. Mas sua mente não conseguia sair dos papéis, não queria discutir com Betty, queria revisar tudo.

Betty gritou de raiva, completamente descontrolada.

— Você não tem ideia! Não tem ideia do que é tudo isso aqui!

— Ela não pode ter aberto e você sabe disso — disse Marcel, que ainda tentava bancar o calmo da situação.

Afonso cansou dos gritos histéricos, marchou em direção a Betty e deu um tapa na sua face direita.

— Controle-se, mocreia. Você está histérica! — Ele ficou olhando-a, esperando o choque fazer efeito.

Betty arregalou os olhos, e o susto do tapa fez com que ela ficasse quieta. Respirou fundo e engoliu a saliva. Fitou Luiza, que estava ainda mais atordoada por Afonso ter literalmente metido a mão na cara da chefe. Só que os outros agora estavam usando todo o seu autocontrole para não rir.

— Eu não abri a janela — Luiza repetiu, mas falava com Marcel, como se precisasse se explicar a ele e não a Betty. — Eu estava longe... Caí de costas ali. — Apontou para o local.

— Ah, é? — perguntou Betty, agora falando em seu tom normal, ou seja, azedo. — Então como é que você me explica o fato de esse castelo ter enfrentado inúmeras tempestades e essa janela nunca ter aberto?

— Como você sabe que... — começou Luiza.

— Um dos fatos mais conhecidos da história desse castelo é que em 1419 um raio atingiu essa parede, bem em cima da janela. E inexplicavelmente ela nunca mais abriu! Até os vidros novos foram colocados com ela fechada, assim como foi feita a restauração da parede. Exatamente para preservar a história. Então você chega e dá um jeito de desfazer séculos de história! Trate de descobrir se está tudo aí e me faça um relatório completo. Para hoje! — Ela foi saindo, fingindo que não havia dado um ataque na frente de todos os empregados do castelo.

Luiza ficou olhando para o nada, só então sentindo a dor de ter sido jogada no chão, e enfim seu coração se recuperava do susto. Sentiu um toque leve em seu ombro.

— Eu sei que você não abriu — disse Marcel, tentando confortá-la.

Um dos rapazes da manutenção foi até as portas e espiou, tornou a fechá-las e só então os outros ali dentro caíram na gargalhada, lembrando-se da cena da General sendo contida por um tapa da mão macia de Afonso. O pior foi que funcionou, ela voltou a si.

— Aquela mulher é desequilibrada. Ela quer te humilhar. Daí a achar que conseguiria abrir uma janela, fechada há séculos, é para acreditar que você é a mãe natureza em pessoa. Me dá um autógrafo, baby? Sempre fui seu fã! — opinou Afonso, revirando os olhos e contribuindo para as risadas.

Depois de se recuperarem do susto e do riso, os outros foram saindo. Marcel foi checar as outras janelas junto com os rapazes da manutenção e Afonso foi jogar xadrez com a irmã. Luiza juntou tudo e tornou a separar como fazia antes. Sorte que na mesa havia apenas o lote em que ela esteve trabalhando no dia anterior e retomara mais cedo. Ela sentiu até vontade de chorar, só de pensar que um dos valiosos escritos do conde pudesse estar perdido.

No meio das cartas, ela encontrou uma fora de ordem. Organizada como era, havia registrado no computador todos os dias desde o primeiro ao último ano que estava arquivando. Separou uma parte para o conde e marcava lá quantas cartas e anotações ele fizera por dia. Aquela estava sobrando.

Luiza olhou a data. Podia estar trabalhando prioritariamente com o material escrito por Jordan, mas já checara outras caixas e sabia que tudo daquela data e feito por ele estava com ela. Então de onde saíra aquela carta?

Minha estimada dama,

Com todo respeito, não a conheço o suficiente para lhe enviar minhas anotações pessoais. Em todo caso, agradeço a preocupação. Se me disser de onde enviou esta missiva, posso mandar entregar-lhe algumas frutas como sinal de cortesia.
E eu não cometo o mesmo erro duas vezes.

Haverford

Luiza arregalou os olhos e sua respiração falhou, assim como seu coração. Era simplesmente impossível.

CAPÍTULO 4

A mão de Luiza tremeu e ela foi obrigada a soltar a carta. Respirou fundo e procurou pensar no absurdo daquilo. Provavelmente havia batido a cabeça e agora estava tendo alucinações. Depois de fechar os olhos e descansar por alguns segundos, ela tornou a ler a carta. Então, abriu a gaveta onde havia deixado o que escrevera ontem e não estava mais lá. Procurou pensar com clareza, ignorando a vontade de começar a considerar o fato de ter enlouquecido. Correu até a última porta do armário, puxou a arca e a abriu. Vasculhou os lotes que ela mesma separara, e estava tudo como deixara.

— Afonso, leia esta carta para mim — pediu, achando que o problema era com ela.

Luiza apenas aproximou a carta do rosto dele para que enxergasse, pois a segurava com cuidado e usando luvas.

— Minha estimada dama... — começou Afonso e leu exatamente o que ela já havia relido umas trinta vezes. — Cartinhas de amor? Olha só, naquela época, o pessoal não perdia tempo!

— Acho que estou enlouquecendo — disse Luiza, encarando a carta.

Ele notou que ela não parecia bem — na verdade, estava pálida e ainda mantinha aquela cara de pura confusão de quando houve o incidente com a janela. Ele se levantou e levou-a de volta para a biblioteca.

— Vamos, arrume isso tudo e vá descansar um pouco. Acho que o susto abalou mais seu coraçãozinho do que imagina. Deixe que eu lido com a General. Se você já constatou que está tudo aí, pode entregar o relatório mais tarde, não acha?

Luiza nem se lembrava de ter deitado em sua cama, mas acordou lá. Abriu os olhos de repente e olhou em volta, procurando se localizar. Viu que agora realmente estava de noite ou a tempestade piorara tanto que cobrira o céu de negro. Tomou banho naquela banheira dentro do armário e desceu novamente. Não viu ninguém no salão, mas encontrou-os na cozinha, e chegou a tempo de ainda pegar o jantar.

Betty estava tão calma que até se movia lentamente, com certeza sob o efeito de calmantes. Pelo menos disse que não ia ler nada àquela hora, mas queria o relatório no dia seguinte cedo e sem desculpas.

Depois de comer, Luiza correu para a biblioteca e ficou andando de um lado para o outro, de tempo em tempo olhando a janela que se abrira e ainda estava emparreirada pela viga de madeira. Ela foi até a mesa, sentou e olhou para as folhas. Havia escrito no bloco que, obviamente, tinha um papel bem diferente daquele usado pelo conde. Procurou novamente nas gavetas e não achou sua suposta carta. Suspirou e olhou bem o papel. Não podia estar considerando fazer isso... Mas pegou a caneta.

Meu estimado conde,

Não me recordo de ter recebido suas anotações. De qualquer forma, não posso lhe informar meu paradeiro, pois acredito que pretende apenas castigar-me por achar que tenho lido o que não devo.
—Agradeço tamanha gentileza, mas posso pegar as frutas sozinha.
—Agrada-me saber de sua resolução.

L. C.

Luiza não acreditou no que estava fazendo. E também não acreditava no que havia acontecido. Só podia ser alguém lhe pregando uma peça. Mas quem? Aliás, quem poderia copiar a letra do conde com tamanha perfeição e ainda ter o tipo de papel que ele usava e parecendo tão antigo quanto os outros? Até os resquícios da cera que ele utilizava para fechar suas cartas estavam lá. Luiza sabia que falsificadores profissionais saberiam imitar isso. Mas não havia nenhum no castelo e precisariam de um pouco mais de tempo. Porque aquela carta não estava ali quando ela começou a trabalhar de manhã.

— Amorzinho! Vamos passear! — chamou Afonso, parado na porta do quarto de Luiza. Já estava vestido e com seu cabelo castanho-escuro bem penteado. O item chamativo da vez era o casaco roxo: lindo, com botões grandes e estilo moderno demais para aquela cidadezinha.

— Como assim? — Ela coçou o olho com as costas da mão.

— Sair aqui do castelo, querida. Não está a fim de dar uma volta? — Ele entrou e foi até a cama. — Vamos, vamos! Lá embaixo nessa cidadezinha cinematográfica deve ter umas esculturas melhores para apreciarmos — disse, e foi puxando-a para se levantar.

— Mas não está tudo alagado? — Luiza deixou-se levantar, o cabelo desordenado porque deitara e apagara completamente.

— Como você desmaiou na cama, não viu que só caiu aquela leva de água, depois ficou fraca. Foi chover em outra vizinhança, ainda bem! Porque umidade demais me dá alergia e estraga meu cabelo. Estou sofrendo desde que cheguei neste castelo úmido.

Enquanto o carro descia pela estrada do castelo, Luiza olhava para trás. Daquele ponto, ela não podia ver sua seção. Logo abaixo do castelo, exatamente após a colina em que ele estava instalado, desenvolveu-se uma cidade. Atualmente, era cheia de pequenas casas muito charmosas, todas feitas a partir de um padrão: brancas ou cor de creme, com telhados de telha vermelha e janelas pequenas. Sempre com dois andares e flores enfeitando, mas havia vidro fumê na maioria delas.

Era realmente uma cidadezinha, com lojas pequenas, lugares diversificados para comer e locais charmosos para hospedagem. Os mais próximos do castelo estavam ocupados ou reservados. Para chegar à colina era preciso passar por uma rua estreita de pedras, repleta de casas dos dois lados, então lá embaixo é que a cidade abria-se, formando pequenos largos e praças.

Luiza passou na farmácia e na mercearia. Não podia comprar muita coisa, pois estava sem dinheiro; seu pagamento só cairia em uma semana. Mas deu para comprar algumas garrafas de suco, aspirinas, lenços de papel, absorventes e não resistiu a uma barra de chocolate. Estava ali há quase um mês e não colocava um na boca há tempos. Além de não ter dinheiro para extravagâncias, tentou perder os famosos cinco quilos que muitos querem eliminar. No caso dela, para ver se o seu quadril ficava um pouco mais fino, mas não adiantava. Pelo jeito, suas curvas não queriam abandoná-la.

Assim que deixou a mercearia, seguida por Afonso e Peggy, que enfiavam doces na boca como dois desesperados, ela olhou para cima. De qualquer ponto da cidadezinha era possível enxergar o castelo, imponente no alto da colina, como se ainda protegesse toda aquela área. Do outro lado da cidade, à beira do rio, havia algumas pousadas aconchegantes, feitas para passar o final de semana, de preferência a dois. Era exatamente para turistas, porque os moradores já estavam acostumados demais para achar o clima local romântico.

— Eu conheço um restaurante escondido lá no final daquela rua. A comida é ótima — disse Marcel, juntando-se ao grupo.

Depois de almoçarem, deram mais uma olhada pelas redondezas, só para saber o que tinha por ali, apesar de Marcel já ter passado o relatório completo. Os habitantes da cidade estavam muito interessados nas novas pessoas que trabalhavam no castelo. A maioria ali crescia escutando histórias sobre Havenford. Afinal, não existia muita gente com o privilégio de nascer ao pé de um castelo medieval, que, apesar de tudo, continuava inteiro. Reabri-lo era quase místico.

Teve gente achando até que era pecado mexer com algo que estava fechado há tanto tempo, outros pensavam que o lugar era mal-assombrado, mas ninguém sabia por quais fantasmas. Os comerciantes já viam os bolsos ficando mais pesados com o turismo impulsionado.

Quando eles voltaram ao castelo, Luiza tentou disfarçar, mas foi correndo para a biblioteca. Os outros acharam que ela estava apenas com pressa para terminar o relatório, mas já dera um jeito nisso. Dessa vez, não havia nada em sua mesa. Ela procurou, olhou nos lotes, na data que deveria aparecer. Já estava considerando que havia sido apenas uma brincadeira, mas abriu a antiga arca do conde e lá estava a carta, no canto, fora de onde deveria estar, como se ela a tivesse deixado ali para arrumar depois.

E o mais interessante é que a carta ainda permanecia selada, como se o conde tivesse pressionado seu brasão na cera quente e vermelha, lacrado a carta e desde então ela nunca mais havia sido tocada.

Milady,

Passei boa parte do meu dia nesta sala e tranquei-a ao sair. Estou indagando-me como entrou para deixar sua resposta. Imagino se tem aliados dentro de minha casa ou se devo começar a crer que sua residência é localizada debaixo de minha mesa.

Informo-lhe que pegar frutas desta propriedade sem permissão é roubo.

Gostaria de saber qual o seu interesse em minha resolução.

Havenford

A carta ficou sobre a mesa enquanto Luiza apertava as mãos e encarava-a fixamente como se fosse um animal muito perigoso. Nem escutou quando Betty entrou na biblioteca e ficou olhando-a.

— Menina, eu acho que o choque de ontem deixou-a surda — disse Betty, espalhando azedume.

— Estou bem. — Esticou o braço, entregando o relatório e devolvendo a cara de poucos amigos.

— Desde que esteja fazendo o trabalho com perfeição, não estou realmente ligando. — Betty pegou o papel e deixou a sala.

Sem saber o que fazer em seguida, Luiza começou automaticamente a trabalhar. Digitava e planejava o arquivo para futuras consultas e fácil pesquisa pelo sistema interno do museu. Quando tudo estivesse pronto, as pessoas teriam acesso aos títulos de seu arquivo pelo sistema de vários museus da Inglaterra e saberiam que os itens que queriam pesquisar se encontravam em Havenford. Era surpreendente o número de pessoas que pesquisavam essas coisas; ela fizera estágio em um museu e o arquivo de cópias sempre tinha movimento.

Luiza pegou as folhas e voltou a 1421, que agora parecia muito sem graça, pois foi um ano tedioso para o conde. Enfrentou algumas batalhas e voltou a vencer um torneio, feriu-se sem gravidade, recusou convites que se amontoavam em sua mesa, especialmente de nobres de todos os cantos da

Inglaterra querendo apresentar-lhe suas filhas solteiras. O inverno daquele ano foi próspero e as caçadas deram resultados satisfatórios, não teve muitas visitas a não ser uma tia insuportável que gostaria que ele se casasse com outra prima da família de sua mãe.

Aliás, o outro lado da família estava tentando pressioná-lo para que fosse visitá-los ou recebesse-os em sua casa, assim poderiam levar todas as jovens aptas para casamento e tentar enfiar outra prima por sua goela abaixo. Pelo que ele escrevia, o cerco já estava se fechando. No último torneio, seus cavaleiros resolveram montar guarda do lado de fora de sua tenda, temendo que mais alguém tivesse a brilhante ideia de "encontrá-lo desacordado na cama com uma donzela".

> *Meu estimado amigo e suserano,*
>
> *É com muita satisfação que lhe informo o nascimento de mais um filho. Minha Angela deu à luz há três noites. É um menino saudável e grande. Tem o meu cabelo. Agradeço-lhe pela doação generosa. Foi possível refazer o telhado que a última tempestade destruiu. Não tenho como lhe pagar por garantir que estejamos aquecidos para receber o rebento. Espero vê-lo muito em breve por essas bandas. É sempre bem-vindo em minha casa.*
>
> *Driffield*

Era a mensagem de um dos vassalos do conde, dono de uma propriedade mais ao norte que não era tão alvejada por ataques. Luiza se lembrava de ter arquivado documentos dessa família. Se as cartas entre eles fossem sinceras, então ele era um dos poucos amigos do conde. Nunca se esquecia dele, às vezes enviava um mensageiro apenas para saber como Jordan estava, gostava muito de compartilhar acontecimentos relevantes de sua vida e demonstrava genuína animação pelas aventuras nas quais o conde se envolvia, mesmo que nem sempre por vontade própria.

Meu caro amigo,

Alegra-me muito saber que sua família continua crescendo. Felicite sua senhora e dê lembranças aos seus outros filhos. Mandei Arryn ir visitá-lo. Tenho certeza de que ele gostará de conhecer o irmão e rever os pais.

E não faço mais do que minha parte para com um amigo. Minha casa sempre estará com os portões abertos para receber sua grande família.

Havenford

Na mesma data da carta, Jordan registrou os eventos do dia e um comentário, indicando que os Driffield tinham a felicidade de ter muitos filhos e que o mais velho, Arryn, encontrava-se em Havenford treinando para ser cavaleiro. Mas que, infelizmente, eles não estavam em boas condições financeiras. Fato que para o conde não importava, ele se odiava por lá no fundo invejar Brice, barão Driffield. Era um de seus aliados mais leais e tivera a felicidade de encontrar uma boa pessoa como Angela, a quem se dirigia de forma tão carinhosa.

Jordan esteve no casamento deles há muitos anos e, ao lembrar-se da imagem, podia saber como foi diferente de seu próprio casamento. Este não gerara bons sentimentos, tratamentos carinhosos ou um pequenino para embalar e proteger em seus braços por mais de poucos meses. E não havia a quem culpar, eram os percalços da vida e ele tinha que se manter forte enquanto passava por eles. Era seu dever e o mínimo que esperavam dele como lorde daquele castelo e suserano da região.

Apesar de tudo, o conde passou cinco anos satisfeito com respeito mútuo, convívio pacífico e poucos desentendimentos em seu casamento. Afinal, eram parentes, agiam mais como familiares do que como casal. A despeito das perdas e do que aconteceu no final, Tylda era uma castelã habilidosa e mantinha o castelo funcionando quando ele estava fora. A maioria dos enlaces era baseada apenas nisso e não seria um viúvo se traição e morte não houvessem entrado no caminho.

O conde não conhecia outro mundo, essa era a ideia que lhe foi apresentada como uma boa relação. A vida de seus pais e de seu amigo Brice eram anomalias que ele sabia não serem reservadas para ele. De toda forma, não sentia falta de Tylda como mulher ou como um amor perdido, mas, antes de ser traído, ainda era melhor saber que havia outra pessoa dentro de seu mundo do que o vazio que ele experimentava agora.

Creio estar sendo enganado por uma dama. Mas só há uma em minha casa no momento e não a achava capaz de tal ato. Subestimei-a.

Luiza engoliu em seco. Esta parte estava escrita logo após a menção aos Driffield. Mas isso não estava ali. Não na primeira vez que ela leu aquela página. Tinha certeza de que não estava. Ela levantou e começou a andar de um lado para o outro, suas botas gastas de cano curto e salto baixo fazendo barulho sobre o chão de pedra. Estava enlouquecendo, tinha certeza. Quando passou pela janela do meio, a mesma que havia causado aquele acidente, achou ter visto algo se movendo do lado de fora. Voltou e olhou novamente, mas não havia nada. Estava começando a ver coisas, sinal de desequilíbrio mental.

Mas então, como podia explicar aquelas provas documentadas? Não podia acreditar que alguém dentro do castelo tivesse coragem de macular algo escrito pelo conde. Antes que ficasse psicótica e começasse a achar que Betty era a única com traços de sociopata ali e estava fazendo isso de propósito, Luiza foi ao computador da administração do museu e fez algo muito estranho: invadiu o banco de dados e olhou o currículo de Betty.

Ela era simplesmente uma administradora, formada por uma faculdade que Luiza não conhecia, mas havia trabalhado em locais muito interessantes, e parecia ser uma boa profissional. E, pelos cursos, se especializara em trabalhar com história e arte. Nada sobre falsificação profissional, mas também, quem colocaria isso no currículo?

Nada consegui de meu novo contato. Também não houve resposta. Sondei demais e corri o risco de ser mal interpretado. Não quero ser preso a um compromisso indesejável.

Luiza não sabia mais se aquela nota estava ali antes. Era simplesmente mais uma folha de anotações onde havia várias, sobre diversos tópicos, a maioria sobre local, clima, decisões e pessoas. Só havia um grande problema: o conde estava achando que as respostas as suas cartas eram escritas por Lady Lavine. Claro! Devia ser a única mulher no castelo da época dele que sabia escrever. De qualquer forma, agora era tarde, Luiza ia entrar na brincadeira. Se alguém ali estava lhe pregando essa peça de mau gosto, descobriria e entregaria a pessoa para a polícia. Mas antes ia lhe dar uma surra, porque isso não era coisa que se fizesse.

— Marcel, encontrei um tal lorde Regis nas anotações do conde. Ele foi visitá-lo com a filha — começou Luiza, sondando a melhor fonte viva sobre a história do conde.

— Não me lembro de saber nada em especial sobre ele — respondeu Marcel, antes que ela fizesse a pergunta.

Como ele estava ocupado, Luiza resolveu voltar outra hora. Novamente, escreveu em seu bloco e colocou dentro da gaveta, trancando-a em seguida.

Meu estimado lorde,

Sinto informar-lhe que não conheço ninguém em sua casa e tampouco me abrigo embaixo de sua mesa. Não seria um local apropriado para uma dama, visto que isto me colocaria à frente de seus joelhos. Mas todos devem ter seus segredos, não concorda?

Gostaria de informar-lhe também que suas frutas já se encontram devidamente consumidas. Agradeço pela sobremesa tão farta e doce.

Interesso-me pelo seu bem-estar. Não cometa o mesmo erro, milorde. Isso é um apelo.

L. L.

Após trancar a gaveta, Luiza pendurou a chave junto com o pingente do colar em seu pescoço. Ela carregava apenas esse colar de ouro o tempo inteiro, o símbolo dos Campbell, uma herança do seu pai,. Infelizmente, o sistema de câmeras do castelo ainda não estava instalado ou já teria checado.

À noite, trancou a porta da sala e ficou bem ao lado dela, envolvida em um edredom. Podia até cochilar, mas se alguém entrasse seria obrigado a acordá-la. Só no meio da madrugada, ela acabou se entregando e cochilou por uns cinco minutos e, ao notar, resolveu usar outra estratégia. Sentou-se à mesa, bem à frente da gaveta. Seria impossível abri-la sem acordá-la. Então pôde dormir.

CAPÍTULO 5

— Luiza! Está aí dentro?

Ela acordou com batidas na porta. Levantou rapidamente da cadeira e sentiu uma dor desconfortável nas costas e no pescoço. Abriu a porta e deu de cara com Afonso.

— Meu bem, assim não dá. Você dormiu aí dentro de novo?

— Foi preciso.

— Por quê?

Ela não ia contar uma maluquice daquela para Afonso. Ele ia desistir de ser seu amigo por achá-la uma louca. Já estava se dando muito bem com ele, e descobriram vários gostos em comum. Sábado à noite juntava-se a ele e Peggy para ver filmes, principalmente aqueles com galãs dos quais os três eram fãs. Atualmente, estavam num frenesi total com o Homem de Ferro 2, já tinham visto o filme três vezes e decorado as falas. Como os novos DVDs que encomendaram ainda não haviam chegado e a TV a cabo precisava ser instalada, já estavam ficando sem opções. Então, assistiam apenas um filme por sábado.

— Eu me senti tão cansada que não tive coragem de subir a escadaria.

— Está me dizendo que você nem trocou de roupa e tomou um banho?

Ela abriu um pouco o edredom e mostrou que estava com roupa de dormir. Felizmente, Afonso ficou muito mais interessado em saber a marca do pijama dela do que em reparar nos seios pressionados contra o tecido.

— Então, você está me dizendo que subiu, atravessou este castelo enorme, tomou banho, trocou de roupa e ainda teve a coragem de voltar tudo e ficar nesta sala? Enquanto lá em cima tem um colchão ma-ra-vi-lho-so e uma lareira que você pode acender — sondou, movendo uma das mãos no ar e apontando para ela no final.

— Um colchão que fica pequeno na cama, mas sim... Fiz isso.

— Você é louca, queridinha. Louquinha de pedra. Agora, vai pôr uma roupa que daqui a pouco os trogloditas da manutenção chegam e não quero que você roube toda a atenção dos únicos filés da área com esse seu corpinho pecaminoso.

Afonso nem precisava dizer, Luiza já sabia que estava louca, mas qual remédio havia? Quem ia conseguir fazê-la parar de checar a arca e ficar pensando em boas respostas para aquele conde educado e gentil? Sim, ela já estava fantasiando como uma garotinha romântica, imaginando toda aquela história maravilhosa que já estudara o suficiente para saber que era mentira. Mas que se danasse. O conde continuava sendo um homem único e culto, que marcara a existência daquela família e assinara seu nome na história. E ela já sabia que era uma pessoa perturbada que pensava estar trocando cartas com ele.

Um pouco mais tarde, ela abriu a arca à procura de sua resposta. Era lá que as cartas soltas estavam sendo encontradas.

Minha estimada dama,

Saiba que eu mandei meu criado de maior confiança vigiar esta sala a noite toda. E o mensageiro não vem ao castelo todos os dias. Portanto, conte-me seus segredos.

Diga-me, qual é o seu nome? Apenas as iniciais não são suficientes para minha memória e, acredite, sei o nome de todos os meus vassalos e seus filhos.

Onde está vivendo no momento? Conte-me como é e garanto-lhe que identifico o local. Quanto às frutas, todas que comi estavam sem gosto ou azedas.

Interesso-me pelo seu bem-estar tanto quanto se interessa pelo meu. Seu apelo me honra, milady.

J.D. Warrington

— Luiza! Temos internet! Finalmente, esse buraco na história chegou à modernidade! — Afonso gritou da porta e voltou correndo com um notebook na mão.

A primeira coisa que ela fez foi ler seus e-mails, que não tinham muitas novidades. A maioria era de ofertas de todas as lojas virtuais em que ela comprara, correntes de algumas pessoas com as quais sequer se comunicava, e-mails tentando infectar seu computador e mais coisas inúteis.

De pessoal, havia apenas um e-mail da sua mãe e outro de seu velho professor, querendo saber mais detalhes sobre seu novo emprego. Ela já havia ligado para ele dizendo que chegara bem e para agradecer novamente, mas foi antes de começar a trabalhar. Uma passada no Facebook e mais de cem notificações a esperavam, vários colegas de faculdade a marcando em fotos antigas, outros a citando em algum tópico que achavam que a interessava. Gastou mais de uma hora tentando ver tudo.

> *Julguei cinco casos esta tarde, felizmente nenhum resultando em execução. É terrível ter de usar este exemplo com homens tão simples. A cidade está crescendo rápido demais, ontem mesmo parecia uma aldeia e agora está recebendo visitantes de todos os cantos do reino. Apesar disso, as solicitações para construções são feitas por locais. Soube que a notícia de que esta região não é muito pacífica acabou se espalhando.*
>
> *A dama está se mostrando cada vez mais ousada. Além de roubar frutas, também faz piadas. Creio que lorde Regis partirá em breve.*

Cansada, Luiza apoiou o cotovelo na mesa e descansou todo o peso da cabeça na mão. Seu pescoço ainda doía depois de ter dormido naquela posição ingrata. Observou os pássaros voando de uma árvore para outra e piando alto, foi acompanhando a paisagem e piscou repetidas vezes, ficando sonolenta. Seus olhos estavam quase se fechando quando viu novamente uma movimentação do lado de fora. Achou que eram os homens da reforma, eram os únicos que passavam, só que muito raramente. A figura estava longe, parada e de costas.

Inclinando-se para trás, Luiza achou que veria melhor pela janela que ficava na parede ao seu lado. Mas não havia nada lá. Ela levantou e foi para perto da janela, sua mente raciocinando o que ela não queria. Nada. Andou para o lado, até a segunda janela, a mesma que abrira na tempestade e da qual ela tinha até medo de se aproximar. E lá estava. Só que agora, em movimento. Ela respirou fundo e esperou o sonho acabar, continuando no mesmo lugar, mas foi a figura do lado de fora que desapareceu.

Meu estimado lorde,

Precisa parar de me vigiar; seus criados não poderão me encontrar. E segredos perdem seu propósito se forem contados.

Já que milorde insiste, vamos passar o tempo. Eu lhe escrevo de uma sala muito grande, não muito aconchegante. Mas é meu lugar de sossego, creio que entende o que quero dizer. Aqui faz muito frio à noite e essas pedras precisam de mais adornos. De minha janela, eu vejo campos extensos e longínquos, mas não estão mais tão verdes nem conservados.

Acho que milorde está escolhendo as frutas erradas, pois apreciei várias e eram doces como mel.

L. C.

Desesperadamente, Luiza precisava saber quem estava brincando com ela e maculando os documentos e como essa pessoa fazia isso. Estava começando a se sentir em um jogo, um RPG, um faz de conta... Uma maluquice completa. O conde estava morto há séculos. E isso era um ponto final. Morto, enterrado e até onde ela sabia seus ossos não foram preservados, pois o antigo cemitério do castelo foi esquecido em meio à neve e à floresta. Os únicos enterrados na capela eram os avós dele.

Passei boa parte de meu dia ao lado de lady Lavine. Não quero lhe dar esperanças, mas não importa o que lhe pergunte, ela não diz nada condizente com os escritos. E como teria respondido se estava ao meu lado? Além disso, percebi que seu interesse por mim não é o mesmo, o que me causa grande alívio.

Jamais passaria pela cabeça de Luiza que era real. Se a sua realidade era alterada, então ela estava alterando a realidade de outra pessoa. Nunca remexeria no passado intencionalmente, era alguém que sabia o valor da história, mas cada palavra escrita gerava outras. Será que havia alguém do outro lado, uma pessoa como ela que estava lendo e escrevendo aquelas cartas e, o pior de tudo, sendo afetada por elas do mesmo modo que lhe acontecia?

> Minha adorada dama,
>
> Segredos também podem ser compartilhados com alguém de confiança.
>
> Por que sua casa não é aconchegante? Tenho certeza de que merece um local bonito para responder minhas cartas. Como andou lendo minhas anotações pessoais, deve saber que aprecio ter um lugar de sossego. Aqui também faz muito frio à noite, mas uma lareira bem alimentada é uma solução quase tão boa quanto outro corpo quente. Deve estar em um castelo pouco abastado se reclama da falta de tais itens e, se tem uma visão tão boa, só pode ser um lugar alto. Conte-me mais.
>
> Sobre as frutas, acho que a lady deveria então colher algumas e me enviar como uma cortesia.
>
> Eu gostaria de saber, como seu suserano, se eu lhe ordenar que se identifique, obedecerá?
>
> J.D. Warrington

Apesar da imensa vontade de passar o dia escrevendo no bloco como uma maníaca que acreditava em fantasias, Luiza não podia deixar o trabalho de lado. Por isso, era muito eficiente durante o dia, mas distraída durante a noite. Divertiu-se com a resposta à sua provocação sobre os joelhos e surpreendeu-se corando por isso. Corpo quente, hein? Que conde mais esperto, jogando verde para ver se ela dava mais detalhes sobre onde estava. Ela bem que gostaria de acreditar...

Estava passando por um sério dilema. Só havia duas opções. A primeira era manter-se racional e continuar procurando o culpado. Isso também podia ser caracterizado como mente fechada e ignorância, além de falta de aptidão para acreditar no impossível. E havia a segunda opção. *Acreditar.* Enxergar que o impossível acontecera e que aquela pessoa que via na janela do meio, e apenas nela, não podia ser fruto de nada explicado racionalmente.

> Meu adorado lorde,
>
> —Acho que ainda não conseguiu conquistar toda a minha confiança. E eu também penso que mereço um local melhor. Mas no momento é tudo que tenho. Por favor, não me tente com sua bela lareira. E não é adequado para uma donzela ficar pensando em corpos quentes, envolvidos e compartilhando calor.
>
> E não faça pouco de minha humilde moradia, mas sim, é um local alto. —Agora, é sua vez de me contar mais.
>
> Sinto informar que não vou lhe colher frutas. Milorde é quem deveria se oferecer para trazer-me algumas. Mas como só encontra as azedas, prefiro dispensar seus serviços.
>
> Quanto à questão que apresentou, tenho certeza de que sabe a resposta, afinal, não estou batendo à sua porta neste momento.
>
> —Até breve,
> L. C.

Ela estava começando a acreditar e, quanto mais o fazia, mais real se tornava. Era como se pensassem ao mesmo tempo. O conde vasculhava a mente procurando pela lembrança de alguma jovem que se encaixasse no que sabia sobre a mulher que lhe escrevia, o que era exatamente um bando de nada. Mas ele se indagava em 1423. Enquanto ela lutava para acreditar nas cartas em 2012.

Jordan olhava pela janela do meio, parado bem perto do vidro, estudando as redondezas; não havia em suas terras outro castelo no alto. E muito menos um que ele soubesse ter carência de adornos. Aquelas janelas eram um luxo enorme para a época, mas ele as adorava. Pena que aquela do meio não abria mais e os estragos que o raio causou custaram a ser consertados.

— Ai, meu Deus! — Luiza tropeçou no tapete e caiu para trás. Era o tipo de pessoa que não caía nunca, mas lá estava ela novamente no chão em meio a uma confusão de cabelo castanho-avermelhado e outra vez por causa daquela janela do meio. Mas, dessa vez, esta se manteve fechada.

— O que foi? — Marcel entrou na biblioteca e se abaixou ao lado dela.

Luiza estava com os olhos arregalados. Estava ali, a imagem estava ali há um segundo! Como um reflexo, como se ela estivesse do lado de fora do vidro e alguém do lado de dentro aproximasse o rosto para olhá-la também.

— Ele estava ali, estava ali... — Ela levantou e foi olhar o vidro, bem onde pôde ver o reflexo de um rosto.

Marcel ficou olhando para ela, mas não disse nada. Apenas esperou que lhe explicasse, mas isso não aconteceu. Ela acabou inventando uma história sobre ter visto um rato passando pelo patamar exterior do castelo. E ele lhe informou para se acostumar, pois era óbvio que ainda havia ratos ali, apesar de o local ter sido dedetizado assim que o reabriram.

Nos dois dias que se passaram, ela não encontrou mais nada. Talvez isso fosse um alívio, pois, depois do reflexo daquele rosto, Luiza ficou realmente perturbada. Mas, no seu íntimo, imaginava se havia escrito algo que aborreceu o conde. Só que agora ela passava mais tempo do que deveria olhando para aquela janela. Se o conde soubesse que o castelo descrito por ela era o futuro do lugar que tanto adorava, ficaria arrasado.

Não gostaria de parecer uma pessoa avessa a companhias. Mas, agora que lorde Regis foi ferido, creio que eles ficarão por mais tempo do que o planejado. Lady Lavine também foi ferida, mas de forma menos severa. Ainda não sabemos de onde surgiram os atacantes. Morey e Cold estão comandando expedições para vasculhar a área.

— É óbvio que foi tudo planejado! — Luiza gritou para o papel que digitalizava no momento. — Atacados uma ova!

Betty avisara que teriam visitas e queria tudo parecendo muito adiantado. Luiza não queria ser o elo fraco do grupo, portanto tratou de providenciar todas as malditas plaquinhas e os textos de apresentação. Além de já ter digitalizado mais de quarenta por cento do material da família nesses poucos dias. Betty podia não gostar dela, mas no momento não tinha motivos para perturbá-la. Mesmo assim, Luiza recebia sua visita com mais frequência do que gostaria.

— Marcel, lembra-se que lhe perguntei sobre a existência de lady Lavine? — questionou Luiza, voltando ao assunto após ter lido a última anotação do conde.

— Lavine, filha de lorde Regis? Oh, sim, claro, foi uma das pouquíssimas amantes do conde — respondeu com naturalidade, enquanto digitava como se catasse milho no teclado do computador. Continuava avesso a essas máquinas malditas e cheias de letrinhas. Mas reconhecia que era um mal necessário.

— Amante? — Luiza gritou tão alto que novamente assustou o senhor.

— É a versão mais difundida — respondeu Marcel, franzindo a testa pela reação exagerada da moça.

— E o casamento? — perguntou ela, tentando soar apenas curiosa, mas falhando completamente.

— Lavine casou-se com sir Morey. Devem ter se apaixonado durante a estadia dela no castelo. E não pense que todas as moças da corte eram virgens ingênuas, Luiza. Se isso de fato aconteceu e o conde tivesse lhe tomado a virgindade, não haveria paixão que impedisse Regis de casar a filha com Havenford. O importante para ela foi livrar-se da influência do pai.

Luiza ficou um pouco perdida. Será que Marcel estava distraído da primeira vez que perguntou sobre os Regis e ele lhe disse que nem se lembrava deles, ou estava levemente esquecido por causa da idade? Ela achava que não, ele era muito consciente e fazia seu trabalho com maestria. Só que antes lady Lavine não havia sofrido um ataque e não estava de cama na casa do conde. Agora ela ficaria lá, presa, dependente e à total disposição da ajuda dele. Ótima situação para seduzi-lo e tornar-se sua amante.

Minha ousada lady,

Gostaria de frisar o absurdo desta situação. Eu deixei minha última resposta trancada em uma gaveta da qual sou o único portador da chave. E, mesmo assim, recebi sua resposta. Não consigo conviver com tanto mistério e com o fato de ter a chave de minha sala e de minha gaveta. Confesso que já estou achando tudo isso irreal.

Acho que também não confio o suficiente em milady para acreditar em sua palavra. Se resolvesse vir à minha presença, certamente lhe ofereceria um aposento com uma bela lareira. E milady há de convir que já pensou mais em corpos quentes do que eu mencionei.

Gostaria de saber também o que uma donzela pensa sobre espiar os pertences alheios? Seu pai sabe que se corresponde comigo? Diga-lhe para vir à minha presença, precisamos conversar. Se acompanhá-lo, colherei todos os tipos de frutas para descobrir por que só encontro as azedas e lhe darei as mais doces que puder encontrar.

Até breve,
J.D. Warrington

A visita dos donos do hotel foi mais agradável do que Luiza esperava, especialmente porque foi divertidíssimo ver Betty parecendo um cachorrinho enquanto fazia de tudo para agradá-los. Marcel aproveitou a oportunidade para falar sobre mais fundos para o museu, afinal, os turistas iriam para lá muito mais interessados em conhecer Havenford por dentro. Com eles também chegou um novo empregado para supervisionar a decoração que o castelo receberia nas próximas semanas. No final da tarde, mais um lote de móveis foi entregue e dessa vez eram peças originais que estiveram na restauração. Estavam magníficas e Luiza juntou-se a Marcel, Afonso e Peggy para admirá-las como se fossem obras-primas.

Morey e Cold retornaram sem encontrar rastros. A trilha que seguiram terminava em um campo de cultivo. As tardes de visita à lady Lavine, que diz ainda estar sofrendo de intensa dor nas costas, estão tomando mais tempo do que eu gostaria. Preciso encontrar um bom motivo para impedir a visita dos meus parentes distantes. Não tenho tempo para mais damas em minha casa. Apesar disso, temo estar a pensar demais em uma dama que não conheço, que não me respeita, recusa-se a vir à minha presença e continua a roubar minhas frutas.

E a suposta dama deixou-o sem resposta por quatro longos dias, em que ele passeou pelo seu castelo, vagando à frente de sua janela e assustando-a novamente com sua figura longínqua. Apesar do absurdo da situação, ela o deixou aguardando por tanto tempo apenas por ainda estar indignada com a história de ele ter arranjado uma amante.

Meu lorde,

Saiba que a situação é igualmente estranha para mim. Também tenho deixado minhas cartas em uma gaveta fechada e, ainda assim, encontro suas respostas. Mas eu adoro mistérios. Estou ultrajada, dei-lhe minha palavra e estou cumprindo.

Por acaso está tentando me chantagear, milorde? Soube que os melhores quartos com lareira já estão ocupados. E eu não estava pensando em corpos quentes até que os citasse para mim. Eu procuro não pensar nisso, já que não estou espiando. E o que milorde pensa de colocar pensamentos indecorosos sobre corpos quentes na cabeça de uma dama inocente? Se papai fosse vivo, não ia gostar nada disso. Já estaria em sua porta cobrando explicações.

Percebe o motivo de eu não poder acompanhá-lo? Mas adoraria ver o senhor estragando suas belas vestimentas para colher frutas.

— Até breve,

L. C.

Ela jamais poderia imaginar como aliviou um coração ao enviar aquela resposta, mesmo que o destinatário a tenha achado malcriada e cada vez mais desrespeitosa. Como sempre lia as cartas mais de uma vez, absorvendo cada detalhe, ele também notara que dessa vez ela lhe escrevera apenas um seco "meu lorde". Sua escrita também não era cheia de floreios e palavras desnecessárias, o que combinava com o estilo dele, que preferia ser mais direto em suas cartas. Inclusive estava copiando as liberdades que ela tomava.

Desde o início, ela assinou com iniciais. Ele passou a fazer o mesmo e agora não via cabimento em formalidades. Seguia cada avanço dela, tentando compreender aquela dama que parecia tão diferente para ele.

— Luiza, em algum momento nas cartas e documentos que tem lido, encontrou alguma menção do conde a alguém chamado E.M.? — perguntou Marcel, enquanto almoçavam em uma mesa do lado de fora. Além de Afonso, agora ela também estava desenvolvendo uma amizade com Marcel. Eram sempre conversas muito agradáveis, sobre o local, histórias das vidas deles, as famílias daquele livro que ele lhe emprestara...

— Não que eu lembre — ela respondeu e continuou a comer. — Por quê?

— Nada de mais. Encontrei em minhas pesquisas e não me lembro de onde retirei essas iniciais.

A resposta do conde veio mais rápido do que ela esperava. E surpreendeu-se ao constatar a própria felicidade.

Minha adorada lady,

Continuo achando a situação insustentável à medida que minha curiosidade aumenta. Não vê que é muito estranho relatar que está passando pelo mesmo problema que eu? Teríamos que envolver uma terceira pessoa para levar as cartas. E alguém muito ágil, já que nunca recebi respostas tão rápidas em toda a minha vida.

E eu também estou ultrajado, pois afirmou não confiar inteiramente em mim.

Prefiro imaginar que milady está a pensar em lareiras e corpos quentes tanto quanto eu. Espero que um dos dois desejos seja realizado antes do inverno. E não se detenha por isso, minha casa tem quartos de sobra e, se assim preferisse, lhe cederia meu próprio aposento.

Sinto muito pela perda de seu pai, foi recente? Mas deve haver algum responsável ou eu teria sido avisado que há uma dama desprotegida em meus domínios. E não deve realmente me ver há muito tempo se pensa que ando pelos campos trajado como um cortesão.

Eu apreciaria muito ter um nome para chamá-la.

Saudosamente,
J.D. Warrington

Luiza havia parado de se questionar. Uma parte acreditava e outra lutava contra a aceitação do impossível. Mas esperava ansiosamente por mudanças na história com a qual estava lidando. E olhava para a janela com esperança, com aquele reflexo gravado em sua mente. Quanto mais olhava através do vidro, mais nítida aquela figura ao longe ficava.

Para comprovar sua teoria, ela repetia perguntas para Marcel, só para ver se ele iria mudar de resposta, mas por enquanto ele se mantinha firme, como se nunca tivesse dito nada diferente.

Meu lorde,

Eu o vi bem de longe esta manhã, admirando seu vasto território.

Não sei explicar como isso está acontecendo. Penso que começo a confiar em sua palavra. Milorde é um danado. Agora estou a *pensar em lareiras e corpos quentes, mas talvez não do mesmo jeito que pensa. A perda de meu pai não foi recente, já faz alguns anos. Acredite, sou mais responsável por mim do que qualquer um e isso há muito tempo.*

Talvez não ande como um cortesão, mas hoje estava elegante. Sempre usa roupas escuras? É muito bondoso de sua parte oferecer-me seu próprio quarto. Mas creio que seja inadequado.

Saudosamente,
L. C.

Luiza não fazia a menor ideia do que estava causando. As consequências que ocupavam sua mente eram completamente diferentes das reais. Ela estava acreditando e, ao fazê-lo, comprometia-se sem saber. E mudava o que para muitos deveria permanecer intocado. De certa forma, o que fazia não era justo, dava esperanças ao impossível. E mudava o mundo de outra pessoa, criava expectativas, sentimentos e frustrações que não chegavam a lhe ocorrer.

No mundo em que ela vivia, existia o virtual, a internet deixava todos conectados o tempo inteiro. Ela tinha a oportunidade de ver tudo com os olhos de uma geração acostumada a rápidas viagens de avião, mensagens de celular, secretária eletrônica e relações à distância sustentadas por muito tempo se comunicando por programas como Skype. Em seu mundo, flertes rápidos resultavam em saídas para locais comuns como shoppings, cinemas e bares.

O conde conhecia apenas uma coisa: cartas. Elas eram enviadas com fins definidos. Podiam variar e tornar-se bilhetes, mas mandar um recado por um mensageiro não era rápido, uma viagem levava uma eternidade, não havia "saídas" nem locais comuns. Ao se corresponder tanto com uma jovem solteira, ele se comprometia. Numa época em que os noivos nem precisavam se conhecer previamente para se casar, trocar cartas era um luxo e com tantas enviadas já era suficiente para tratar formalmente com o pai da dama para acertarem o enlace.

E ela estava passando por cima de tudo isso.

Naquela semana, mais uma visita de vistoria foi feita ao castelo. Dessa vez, por uma comissão de conservação do patrimônio histórico. Eles foram ver se as regras para a reforma do castelo estavam sendo seguidas. Não gostaram muito de algumas coisas feitas nos andares superiores, que haviam sido alterados para poder abrigar mais quartos. Mas a parte estrutural estava sendo bem reformada.

Antes de eles entrarem, Betty apareceu e avisou a Luiza para não falar sobre a tal janela que abriu. A mulher devia achar que ela era alguma idiota. Era óbvio que não diria nada. Mas um dos supervisores ficou muito surpreso ao conhecê-la e saber que alguém tão jovem era não apenas a chefe da seção de documentos históricos do castelo, como a única trabalhando nisso. Mal sabia ele que essa seção nem existia formalmente. Ela só tinha que ficar lá trancada e trazer toda a "velharia" para os tempos atuais. Ele saiu achando que havia algo muito errado ou ela era um prodígio da área e ganhava uma fortuna para estar ali. Pobre coitado.

Minha querida dama,

Creio que está me pregando peças. Como pode ter me visto? Encontra-se em meu castelo? Está tão perto assim? Então creio que nos conhecemos. Tem estado me enganando, milady. Por acaso está tentando dizer que está desamparada? Por isso, afirma ser responsável pela sua própria segurança? Por favor, não se sinta envergonhada e diga-me a verdade. Eu a auxiliarei.

Tentar-me com fantasias sobre corpos quentes está deixando de ser suficiente. Se estiver tão perto, venha até a minha presença. Se fosse minha intenção castigá-la, não responderia suas cartas. Inadequado é recusar-se a revelar sua identidade, mas continuar a iludir-me com suas doces palavras. Não é justo para mim.

Saudosamente,
J.D. Warrington

Ele estava extremamente insatisfeito. Mas também se sentia patético. Culpava aquele vazio em seu peito e a solidão corrosiva pelo fato de estar obcecado por uma desconhecida e ainda por cima considerá-la sua companhia. Jordan tinha amigos que viviam sob seu teto: sir Morey e sir Cold. Fiéis companheiros de batalhas com quem podia conversar abertamente. Dois bons homens de quem já salvara a vida e recebera o mesmo em troca. Pessoas que o apoiaram e estiveram ao seu lado quando teve de ir buscar o corpo todo quebrado e machucado de sua primeira esposa que, antes de tudo, foi uma prima com quem partilhou duras perdas. E, ainda assim, estava esperando ansiosamente por uma mulher sem nome e sem rosto que a qualquer momento poderia lhe tirar tudo ao que ele se apegara.

Meu adorado lorde,

Não estou lhe enganando e nós infelizmente nunca fomos apresentados. Não posso ir ao seu encontro, não há como. Eu não estou desamparada e sei me cuidar. Mas não posso ir. Milorde também me tenta com fantasias inconcebíveis. Mas por isso elas são apenas fantasias.

Eu não quero iludi-lo, mas o que posso fazer? Não responda, se assim preferir. Continuei escrevendo por acreditar que milorde precisava de um pouco de conforto. Assim como eu preciso. Sinto muito, é com pesar que digo não poder atender seu pedido. Sendo assim, creio que será melhor que nosso contato seja terminado enquanto temos doces palavras para guardar na memória.

Carinhosamente,
L. C.

Afonso a encontrou chorando no canto do sofá perto da janela do meio. Luiza não quis lhe dizer nada, mas ele insistiu. Ela acabou mentindo, disse ter sido uma desilusão amorosa. Mas, no fundo, não era totalmente uma inverdade. Ela podia não perceber, mas também se sentia só e criara todo tipo de sentimento real sobre aquelas palavras trocadas. Não podia mais deixá-lo sentir-se enganado.

Nervoso, o conde esperava sua resposta. Ainda tinha esperança de que sua dama misteriosa atenderia aos seus apelos. Temia que tudo não passasse de pura fantasia que ele, um homem adulto e endurecido demais pela vida, se dispusera a viver. Estava sendo mais fácil fingir. Mas, quando ela lhe trouxe de volta à realidade lhe confessando que o vira, de forma real e não em sua mente, ele teve de expulsar a fantasia.

Ela era real, ele também. Assim como as palavras trocadas, o significado delas e os sentimentos de quem as escrevia. Então, por que não podiam passar de pensamentos, tinta e linhas para uma apresentação? Ele ainda era um homem saudável, apesar de tudo, poderia... Ele não sabia bem o que poderia, mas tinha certeza do que desejava. E tudo apenas levado por aquelas doces palavras.

Quem diria que, depois de tantos anos agarrando-se ao véu que era a morte da esposa, ele cogitaria abandonar seu papel de viúvo? E justamente por uma jovem que ele nunca vira.

— Onde está Luiza? Preciso lhe perguntar uma coisa — indagou Marcel, ao ver Afonso fechando a porta da biblioteca.

— Ah, ela foi para o quarto. Coitadinha, não está bem.

— O que aconteceu? — Marcel quis saber, preocupado.

— Desilusão amorosa. Deve ter terminado com alguém por telefone ou internet. Ela não me disse os detalhes, apenas a encontrei chorando. Detesto ver mocinhas boas como ela chorando pelos cantos — lamentou-se. — Minha irmã vivia assim por causa de um canalha.

— Vocês jovens são assim. Amores da juventude, vai passar... Mas então deixe que eu feche a biblioteca, vou dar uma olhadinha por conta própria para não incomodá-la.

Marcel entrou e antes de tocar em qualquer coisa colocou as luvas. Acendeu a luminária sobre a mesa e olhou os próprios arquivos que levara com ele. Havia anotações ali que nem ele se lembrava. Por que havia escrito sobre os Regis? E quem diabos era E.M.? Também não se lembrava de ter informado a Renan, o historiador que escrevera os livros sobre as famílias da nobreza inglesa, que o conde teve uma paixão secreta. Mas isso estava escrito com a sua letra.

Havia algumas notas do conde que Marcel já tivera acesso e esteve acompanhando os arquivos que Luiza digitalizava e mandava para a rede, lia tudo e esperava por mais ansiosamente. Mas não tivera acesso ao ano de 1423. Por algum motivo, ela não liberara nem os primeiros meses do ano. E sabia que já estava trabalhando nele devido às perguntas que lhe fazia.

Ele destrancou os armários e encontrou os arquivos que queria. Ela arrumava tudo tão bem e com os lotes identificados que foi muito fácil para ele. Depois colocaria tudo exatamente como estava. Foi olhando as notas e ficou abismado. Sua pesquisa carecia de muitos detalhes sobre a vida pessoal do conde, mas nada tão grave quanto não saber que três anos antes de sua morte, ele esteve se correspondendo com uma mulher e assumidamente apaixonado por ela. Isso não fazia o menor sentido. As anotações do conde não condiziam com as cartas escritas nem com os documentos registrados por Luiza.

Marcel procurou sua caneta e não encontrou, abriu a gaveta que estava destrancada e encontrou as cartas destinadas à dama. Por cima, havia uma folha com a letra de Luiza. Era a resposta que ela havia escrito antes de Afonso encontrá-la chorando. Marcel leu cada palavra de todas as cartas, já estavam em ordem de recebimento e condiziam com as anotações do conde. Assim que leu a última resposta de Jordan, ele olhou para a janela do meio e sua retina foi se dilatando.

Cartas do PASSADO

CAPÍTULO 6

Marcel Fulton recolocou tudo no lugar, exatamente como estava, e saiu praticamente correndo da biblioteca. Mas, no meio do caminho, parou e riu. Que loucura era aquela? Já havia entendido o que aconteceu. Luiza, uma moça com ótima imaginação, notou que aquela carta do conde para sua amada era a última. Por algum motivo, a relação terminou abruptamente. Marcel já havia notado que Luiza ficou muito ligada ao seu trabalho com a história de Havenford, ou melhor, a história do conde. Então, ela escreveu uma resposta como se fosse a dama. Apenas para entretenimento pessoal.

Claro, era exatamente isso. Fulton já podia voltar à sua pesquisa, ainda queria anotar umas coisas e especialmente essa grande novidade sobre o último amor da vida do conde e, até onde ele estipulava e a história contava, o único.

De manhã, quando entrou na sala, Luiza foi direto para a gaveta. Encontrou-a aberta, pois, quando Afonso a levou para fora tentando consolá-la, esqueceu-se de trancá-la. Mas surpreendeu-se porque a carta que havia escrito continuava lá. Não sabia que Marcel havia retirado o bloco da gaveta e tornado a colocá-lo. Geralmente, a carta desaparecia misteriosamente.

Na verdade, seu bloco de tamanho médio, em papel branco e com linhas quase apagadas, não estava diminuindo. Parecia até que as letras escritas simplesmente desapareciam e isso já seria ir longe demais. Luiza o recolocou no mesmo lugar e trancou a gaveta. Peggy chamou-a da porta e saíram do castelo para ir ao principal banco da cidade; era dia de receber e comprar algumas coisas.

— Milorde. — Um criado trouxe a correspondência e lhe entregou. Ele ficou aguardando à frente da mesa para ser dispensado ou receber alguma ordem.

O conde passou as cartas rapidamente e lá estava. Pela primeira vez, a carta dela era entregue em suas mãos por outra pessoa e não simplesmente aparecia em sua mesa como se alguém misterioso a tivesse escondido ali.

— Onde está o mensageiro? — perguntou ele, pulando da cadeira.

— Na cozinha. Betia prometeu-lhe uma boa refeição...

Ele não escutou o que a cozinheira prometeu, avançou pela escadaria e desceu todos os lances em um único fôlego. Atravessou a cozinha, assustando e surpreendendo os criados com sua presença, e agarrou o pequeno mensageiro pela roupa. O homem de baixa estatura chegou a se engasgar, pois estava prestes a ingerir outra colherada do maravilhoso ensopado quando foi tirado do banco e levantado no ar.

— De onde trouxe esta carta? — Ele mostrou o papel ao homem.

— Eu... Eu... Não sei, milorde. Não faço ideia — o homem dizia, com os pés balançando no ar.

— De onde você veio? — insistiu o conde, como se interrogasse alguém suspeito de um crime.

— Vim de lá... — Levantou o braço, mostrando. — Do oeste. Contornei a colina... — O pobre homem estava tremendo no lugar.

Os criados estavam paralisados observando a cena se desenrolar.

— Quem lhe entregou a carta? — O conde colocou o homem no chão, mas este havia levado um susto tão grande que suas pernas fraquejaram e ele caiu sentado no banco.

— Ninguém, milorde. Digo... Eu não lembro, criados me trazem as correspondências. Podem ter me entregado na cidade. Só posso falar sobre as cartas que levo e trago diretamente de outra propriedade. — Ele suspirou, o esforço para dizer uma frase comprida sendo muito grande.

Decepcionado, o conde os deixou e voltou ao seu refúgio para abrir a carta. Após ler o conteúdo, amassou-a com força e jogou para algum canto. Andou até a janela, sempre a do meio, e ficou encarando um ponto qualquer no oeste, de onde supostamente vinha o mensageiro.

Alguma coisa estava errada, pensou Luiza. Já fazia cinco dias e ela havia enfim chegado a 1423 em seu trabalho. Olhou novamente aquelas páginas que havia lido e onde agora existiam tantas menções às cartas trocadas. Mas havia um buraco entre as datas das anotações. Jordan escrevia ao menos uma nota todos os dias, no máximo com um dia de diferença ou intervalos maiores quando estava viajando. Mas, desde a resposta dela, ele não escreveu uma letra sobre absolutamente nada.

Nenhuma notícia sobre o castelo, as reformas, suas contas... E Luiza estava enlouquecendo ou todos os dias depois desses cinco estavam com as letras borradas, como se não houvessem sido restaurados ou como se estivessem sendo apagados.

Ela foi até a arca e não havia nada lá. Correu até a janela, colou-se ao vidro, tocou nele pela primeira vez desde o dia da tempestade e ficou olhando. Pouco depois, ela conseguiu ver nitidamente a figura de costas e, dessa vez, com roupas diferentes, bem menos volumosas. Havia uma espada presa à bainha e o vento fraco movia algumas mechas finas do cabelo claro que, de longe, parecia cobrir todo o seu pescoço. Quando uma rajada mais forte de vento passava, a capa azul voava livremente, demonstrando a silhueta de alguém alto e robusto.

— Eu gostei muito das anotações do início de 1423 — comentou Marcel, sentado ao lado de Luiza enquanto tomavam chá na recém-mobiliada sala de descanso dos funcionários. Ficava nos fundos do primeiro andar e os móveis eram propositalmente de aspecto rude e antigo, como uma cozinha medieval. Haveria um tour pelo castelo e a saleta estava incluída, apenas por isso recebeu tanta atenção. — Parece que vai ser um ano promissor.

— Sim, é um bom ano... — respondeu ela, segurando a xícara e observando o líquido âmbar e fumegante.

— Encontrei meu outro caderno de anotações. E olhe que tolice a minha, estava tudo no livro de Renan. Enfim descobri quem é E.M. — Ele estava todo animado, achando que ela também gostaria de saber.

— Não vi nenhuma E.M. nos arquivos que li... — murmurou.

— E.M. são as iniciais de Elene de Montforth — informou, mas Luiza não reagiu, pois o nome não lhe dizia nada, nunca o havia lido em nenhum lugar dos arquivos.

— O que tem ela? Foi alguma outra amante do conde? — perguntou com certo mau humor, incapaz de tirar da mente que nunca mais se corresponderia com o conde, e ele estava lá com sua amante, a tal lady Lavine.

— Elene de Montforth morreu em 1423. A comitiva dela atravessava as terras de Havenford. Dirigiam-se para o castelo, onde acredito que pernoitariam. Mas foram atacados por um grupo de mercenários que andou aterrorizando a região. Ninguém sobreviveu. E Elene era a última Montforth, levou o nome e a linhagem com ela para o túmulo. Lembrei-me dela porque, assim como o conde, está no livro, na lista dos últimos nomes de linhagens nobres do século XV.

— Uma lástima também — Luiza murmurou, levantou-se, pediu licença e foi para o seu quarto. Ainda estava sofrendo como se tivesse realmente perdido alguém.

Depois de cinco dias de muitos exercícios com a espada, treino de arco, corrida a cavalo, inspeção dos muros da fortaleza, longas caminhadas, julgamentos, viagens ao mercado, treinamento dos futuros cavaleiros, rondas pela região e até pagamento de penitência... o conde ficou sem imaginação e energia para atividades que o distraíssem. Rendendo-se, ele abriu sua gaveta e desamassou a carta que havia guardado. Estava tão cansado fisica e mentalmente que sua mão até tremeu quando ele esticou o braço para pegar sua pena. Ele tornou a ler o conteúdo, observou as letras arredondadas e caprichadas da mulher que lhe escrevia e firmou a ponta da pena para escrever sua resposta.

Minha adorada dama,

Gostaria de não continuar sendo iludido, mas admito que nossas fantasias têm preenchido meus dias. E está certa, não sei como sabe tanto sobre mim através de simples palavras, mas eu aprecio muito o conforto que me oferece. Se ainda for de seu agrado, escreva-me novamente. Volte ao meu convívio. Mas eu lhe peço, se não o quiser, diga-me um explícito não, pois a espera desesperançada é como uma morte não velada.

Saudosamente,
J.D. Warrington

Luiza continuava abrindo a arca esperançosamente. E mal acreditou quando encontrou a resposta. Correu até a mesa e leu várias vezes antes de destrancar a gaveta para pegar seu bloco. Sua mão também tremeu ao segurar a caneta, mas de puro nervosismo. Sentia um enorme alívio; não sabia mais o que fazer, pois havia decidido não escrever mais se ele não enviasse uma resposta dizendo que queria continuar. Mas quase entrou em desespero por isso.

> *Meu amado lorde,*
>
> *Não imagina como fico feliz pela sua resposta. Suas palavras enriquecem meus dias, e nossas fantasias me tornam feliz. Ofereço-lhe meu conforto por quanto tempo for de seu agrado. Não sei mais como passar meu tempo fora de seu convívio.*
>
> *Saudosamente,*
> *L.-C.*

O conde apoiou o cotovelo na mesma mesa que ela usou de apoio para escrever aquela resposta. Ele cobriu os olhos com a mão e soltou o ar longamente; ela estava acabando com ele. Foi mais uma carta que o criado trouxe e não sabia lhe dizer de onde o mensageiro viera. Ela estava em algum lugar por ali, perto dele. Não era possível que estivesse tão alheia ao seu desespero para encontrá-la.

Jordan não sabia lidar com o que sentia, nem imaginou que algo dentro de seu coração pudesse se manifestar de forma tão repentina, mas tão poderosa. E por simples e verdadeiras palavras que atingiam seu âmago. Não estava obcecado e muito menos cometendo um erro por causa da solidão. Só queria encontrá-la, olhar seu rosto, tocá-la e ter certeza de que não era apenas fruto de sua imaginação. Depois poderia saber se ela gostaria de ficar ao seu lado quando o conhecesse de verdade e descobrir se merecia ser chamado de *meu amado lorde* ou se era só mais uma fantasia para confortá-lo.

Marcel estava cismado, era simplesmente algo que colocara uma pulguinha atrás da sua orelha. E, nos últimos quatro dias, Luiza não ajudou muito a retirá-la. Havia também o fato de ela não liberar o resto dos arquivos de 1423. Ela estava fazendo tudo, textos, placas e até o sistema de resumo da história da família e da região. Tarefa que era trabalhosa e ela precisava consultá-lo o tempo inteiro e, mesmo assim, já estava sendo feita. Mas por que ela deixara de lado algo tão mais simples quanto os arquivos do conde?

Havia uma boa explicação: ela começava a achar que era responsável pelas mudanças nos arquivos. Isso só poderia ser completamente aceito por ela, agora que acreditava verdadeiramente no que estava acontecendo. Não tinha um nome para dar, mas era real.

> *Finalmente lorde Regis conseguiu ficar de pé. Espero que ele possa montar em breve, pois, se continuar muito tempo aqui com lady Lavine, a reputação dela pode ser comprometida. Vão espalhar histórias e o duque quer apenas um motivo para deixar de apenas sugerir que eu me case para ordenar que o faça.*

— Marcel... — Luiza o chamou depois que ele conferiu as primeiras páginas do resumo.

— Sim? — atendeu ele, sem tirar os olhos do livro que consultava para bater os dados do que havia sido escrito por ambos.

— Lembra-se que eu lhe perguntei sobre lady Lavine? Sabe quando ela conseguiu virar amante do conde? — Luiza queria saber se, enquanto escrevia cartas carinhosas para Jordan, ele já estava dormindo com Lavine. Não sabia exatamente por que isso importava e em que mudaria alguma coisa, mas queria saber.

— Sei. — Ele assentiu e abaixou o livro. — Nunca.

— O quê? Mas você disse! — exclamou ela, ficando confusa.

— Deve estar enganada. Só uma lady Lavine visitou Havenford, e ela não foi amante do conde. Estipula-se que, durante a convalescência de seu pai, ela e sir Morey tenham se apaixonado e por isso se casaram pouco depois. Morey foi um dos melhores amigos do conde, jamais o trairia dessa maneira.

— Mas ela veio até aqui para tentar conquistar o conde — insistiu Luiza, que podia até ter cogitado estar louca por causa das cartas, mas sabia muito bem o que escutava.

— Sim, imagino que não teve sucesso e se apaixonou por Morey. — Ele moveu a mão no ar, como se o fato não tivesse importância, e voltou sua atenção para o livro.

Luiza deveria ter gravado quando Marcel lhe disse que Lavine foi uma das poucas amantes do conde. Assim poderia provar que ele lhe disse isso.

Minha adorada dama,

Sei que vou gostar muito de ter seu conforto. E como aprecia tanto mergulhar-me em fantasias, diga-me a cor de seus olhos. Preciso de um ponto para começar a imaginá-la ao meu lado.

Saudosamente,
J.D. Warrington

Luiza estava começando a ficar mimada com as cartas que recebia, e agora o castelo não lhe parecia mais tão frio ou solitário. Só por saber que ele esteve ali, sentado exatamente onde ela estava, era um grande conforto.

Não havia muitas coisas da época do conde que Luiza pudesse olhar e ficar imaginando como havia sido para ele. Mas lá atrás, numa área que agora estava cercada, repleta de plaquinhas e por onde a pessoa só conseguia chegar dando a volta pela lateral do castelo, havia árvores de mais de duzentos anos. Ela não achava que qualquer uma delas fosse sobrevivente da época dele; deviam ser no máximo herdeiras, sementes que foram florescendo, morrendo e nascendo ao longo dos anos.

Eram poucas, a maioria não dava frutos comestíveis. Mas havia umas duas macieiras, arbustos de amoras silvestres e um pé de framboesa. O resto era de plantas e árvores que ela não conhecia, apesar de já ter placas embaixo delas.

Supostamente, só o jardineiro podia ultrapassar a corda que separava aquela área de terra do castelo. Mas, como dizia em suas cartas ao conde, desde que descobrira esse espaço, Luiza não obedecia a nada disso, pulava a corda e ia ver as árvores. Até acabou achando uns frutos esquecidos, mas os galhos estavam secando e já quase sem folhas para a entrada do inverno.

> Meu adorado lorde,
>
> Está se mostrando um homem muito curioso. Mas vou lhe satisfazer esse pequeno desejo. Meus olhos são verdes. Conte-me que fantasia espera ter com essa pequena informação. A propósito, como estão seus hóspedes? Soube que foram atacados recentemente.
>
> Carinhosamente,
> L. C.

Depois de tanto olhar aquela figura longínqua pela janela, Luiza decidiu ir lá fora. Ficou se indagando se ele também a veria como se estivesse longe dali, mas de que adiantaria? Não saberia que era ela. Andou por onde via o conde passeando, mas sabia que, na época dele, o terreno não era assim. Sentou-se lá no mesmo lugar que o via parar e apoiar o pé em uma pedra. Ficou olhando a paisagem, que estava completamente diferente da que ele observava em seu tempo.

Ela via tetos coloridos da cidade abaixo da colina, quintais com mesinhas e pequenas piscinas. E, ao longe, via o rio, já com suas margens domadas, pontes de pedra o atravessando e do outro lado ficava a parte mais moderna da cidade. Quando o conde olhava, via apenas suas terras. A pequena cidade em formação, os intermináveis campos de plantio, pastos, aquela magnífica floresta, o rio ainda selvagem e as estradas de terra batida.

Jordan esteve olhando na direção da plantação de árvores frutíferas, mais uma vez se perguntando de que ponto do oeste as cartas vinham. Enquanto isso, Morey lhe passava as informações sobre o bando que andava pelas redondezas, mas ainda não chegara a atacar por ali. Só que o conde não via ninguém do lado de fora. Não podia olhar para um futuro que ainda não existia.

> Minha adorada dama,
>
> Agora estou em menor desvantagem: ao menos posso imaginar seus olhos. Será que são verdes como as copas das árvores por onde espero vê-la? Sempre penso que vou encontrá-la roubando algumas frutas em minha plantação. Mas, com a sua pequena informação, sonharei que encontrei belos olhos verdes me encarando ao amanhecer. Imagino ser um ótimo jeito de começar o dia.
>
> Meus hóspedes passam muito bem, até demais para meu conforto. Espero que lorde Regis esteja em condições de partir. Mas não sei se lady Lavine o acompanhará, pois recentemente ela me pediu para ficar um pouco mais.
>
> Espero notícias suas em breve, minha dama. Deixou-me sozinho por quatro longos dias.
>
> Saudosamente,
> J.D. Warrington

Quatro dias em que Luiza esteve com Betty atrás dela como formiga procurando por açúcar. A mulher simplesmente cismou com a cara dela. Na verdade, Betty estava morrendo de inveja da sua amizade com Marcel, o único da equipe que não tinha idade para ser seu filho. Afinal, não arranjou nenhum amigo ali. E, mesmo que disfarçasse, naquele lugar tão grande, onde o silêncio da noite parecia calar o mundo, ter alguém para conversar às vezes era muito reconfortante.

Luiza sempre imaginava que na época do conde devia ser muito pior. Não havia as luzes da cidade, nem uma buzina ao longe ou as festas que ela podia ver lá de cima. Não havia nada, apenas o breu da noite do lado de fora das janelas dele. O silêncio total, quando todos no castelo se recolhiam e ele não sentia sono. Não havia nenhuma pessoa para ele olhar, escutar ou conversar. Apenas o nada por todos aqueles corredores longos e frios, pedras e mais pedras e somente o som dos passos dele ecoando pelas paredes. Devia ser opressor.

> *Meu lorde,*
>
> *Saiba que eu havia parado de roubar suas frutas, mas decidi que vou voltar a pegá-las! E eu gostaria muito de saber por que lady Lavine quer permanecer um pouco mais e por que o senhor parece muito inclinado a concordar com isso.*
>
> *L. L.*

O conde passou alguns minutos sorrindo enquanto segurava a resposta de sua dama. Ela já havia dado inúmeras pistas de que desaprovava a estadia de lady Lavine no castelo dele. Mal sabia ela que Jordan já havia passado horas andando pelo meio das árvores frutíferas e plantações, somente pela esperança de encontrá-la.

Mesmo que agora as árvores já estivessem secando pela chegada do inverno. Em sua época, seus campos pareciam intermináveis e não ficavam relegados a meras árvores sobreviventes atrás do castelo. Começavam à beira da colina e iam embora até onde os olhos mal podiam ver. Se dependesse dele, ela podia acabar com todas as suas frutas, se isso fosse ajudá-lo a pegá-la no flagra.

Como não era tolo, ou talvez porque fosse, passou a andar também por perto do depósito do castelo. Se ela estava roubando frutas novamente, não devia ser direto do pé, pois a produção de inverno ainda não estava pronta para a colheita e ela dizia só encontrar as melhores frutas. Duvidava que fosse do pequeno mercado, então ela teria que se arriscar muito mais e entrar no castelo.

Ele nunca a vira, mas tinha certeza de que saberia se pudesse olhar bem dentro daqueles olhos verdes que imaginava todas as noites antes de dormir e todos os dias ao acordar. Deitava-se sozinho em sua cama, lamentando saber que, na verdade, ela era mesmo fruto de sua imaginação, uma voz que vivia apenas através de palavras escritas e promessas dolorosamente inviáveis. Até quando ele aguentaria continuar com essa farsa sem suplicar-lhe novamente que viesse ao encontro dele?

> Minha adorada dama,
>
> Agradeço por responder tão rapidamente. Milady realmente me diverte. Mas não precisa roubar as frutas, dou-lhe permissão para comer quantas quiser.
> E Lady Lavine disse ter gostado muito da região. Creio estar intermediando negociações ilícitas entre ela e um cavaleiro que estimo muito.
>
> Saudosamente,
> J.D. Warrington

CAPÍTULO 7

Marcel esperou Luiza ir dormir e entrou na biblioteca para resolver o problema com aquela sua pulga atrás da orelha. Acessou os arquivos trancados de 1423 e todas as anotações do conde. A cada dia, ele falava mais de sua misteriosa dama. Logo, o conde começou a escrever sobre ela de maneira tão natural e íntima que Marcel ficou em dúvida se ele continuava sem saber com quem estava se correspondendo ou se agora sabia, mas não queria revelar.

Talvez ela fosse casada... pensou Marcel, com sua curiosidade queimando.

O pesquisador se divertiu apreciando cada palavra escrita pelo conde. Tinha que admitir que, mesmo sem saber preciosos detalhes sobre a vida de Jordan, praticamente o idolatrava. Para Marcel, era uma enorme realização poder ler os relatos de seus últimos anos de vida. Antes de partir, ele tentou abrir a gaveta, mas hoje estava trancada. Pelo menos, sabia as senhas para abrir o armário, encontrou logo a arca e, para sua sorte, as cartas estavam ali. Luiza as havia guardado dentro do armário porque precisavam ser conservadas também e aquela gaveta não proporcionava isso.

Mas a surpresa de Marcel não pôde ser maior quando ele descobriu que aquela carta que ele leu da última vez que esteve ali não foi a última. Agora havia várias outras. E, para seu espanto, a carta que ele havia lido no bloco de Luiza tinha uma resposta, escrita pelo próprio conde. Com a letra dele, selada com seu brasão e assinada e datada por ele. Mas quem poderia ter devolvido as cartas que ele enviou?

A mente de Marcel começou a concluir as coisas mais absurdas. Ele leu tudo de novo, lembrou-se da resposta que leu no bloco de Luiza, leu todas as respostas do conde e, quando estava começando a ficar mais confuso, ele se lembrou da gaveta.

— Luiza! Está acordada? — Ele bateu na porta do quarto, provavelmente depois de uma da manhã.

Ela abriu um pouco depois. Nem mergulhara em sono profundo ainda, tinha acabado de deixar o livro no criado-mudo e apagar a luz.

— Sim, Marcel, aconteceu alguma coisa? — Ela o olhou, estranhando sua presença. Marcel definitivamente não era o tipo que importunava alguém depois do horário para falar sobre trabalho.

— Você poderia vir comigo? — Havia excitação em sua voz, apesar de tentar manter o tom educado de sempre.

— Agora? — Ela ergueu uma sobrancelha, achando o pedido estranhíssimo.

— Sim! Vamos! — Ele não conseguiu se conter dessa vez.

Ela não entendeu nada, mas resolveu segui-lo para saber o motivo de tamanha animação. Ficou surpresa quando entraram em sua seção. Ele foi direto para atrás da mesa.

— Agora, menina, realize o desejo de um velho. Abra a gaveta, por favor. Eu até poderia ter tentado, mas me recuso a macular algo que pertenceu ao conde e tenho respeito por você.

— Por que você quer que eu abra? — Nem passava pela cabeça dela que ele poderia querer ler o seu bloco, afinal, até hoje não sabia que ele havia entrado ali naquele dia; ele era o pesquisador chefe, tinha autorização para olhar qualquer material.

— Curiosidade.

— E essa sua curiosidade precisava se manifestar à uma da manhã? Espero que haja um fundo falso nessa gaveta e você ache que há algo valioso nele — dizia, enquanto abria a gaveta com a chave que carregava presa ao cordão em seu pescoço.

Marcel chegou bem perto dela e, antes que Luiza pudesse pegar o bloco, ele colocou a mão sobre a dela e, forçando seus olhos por trás das lentes dos óculos, leu o conteúdo.

Meu adorado lorde,

Saiba que vou comer todas as suas maçãs e as amoras também. E estou realmente surpresa por lady Lavine ter conseguido enxergar qualquer outro homem além de você. Aliás, gostei muito de sua sugestão. Dormi imaginando que, no dia seguinte, acordaria antes para observar sua expressão calma durante o sono e saudá-lo com meus belos olhos verdes. Estou lisonjeada, milorde.

Agora, gostaria de lhe fazer um pedido. Será que poderia deixar sua resposta do lado de fora, em frente à janela do meio de sua sala? Estou testando uma teoria. Prenda-a com algo, mas deixe-a lá. Se não receber uma resposta em dois dias, escreva-me novamente.

Carinhosamente,

L. C.

— Marcel! Qual é o problema? — Ela escondeu o bloco.

— Está inventando as cartas para as respostas que lê, não é? Eu não quero começar a achar que a idade já está me enlouquecendo.

Ela ficou olhando-o e levou alguns segundos para formular a mentira.

— Claro que sim. Eu... Apenas imagino que a tal dama tenha escrito isso.

— Sim, e onde está a resposta para esta carta que você tem escrita no bloco?

— Eu... Não sei.

— Perdeu a carta?

— Não! — Ela negou com a cabeça; perder um daqueles documentos era tudo que ela não podia fazer.

— Então, onde está? Estou muito curioso e Renan vai dar pulos de alegria quando souber que temos tantas cartas do conde. Afinal, ele teve algum conforto no final de sua vida.

Luiza ficou tocada por notar que Marcel sentia-se feliz por imaginar um pouco mais de felicidade para a trágica vida do conde. Era exatamente o que ela queria.

— Eu... Acho que guardei.

— Sim? Junto com as outras?

Ela ficou olhando para ele e virou para os armários, procurando uma solução.

Cartas do PASSADO

— Acho que aquela foi a última. Depois que ele permitiu que ela comesse as frutas, não houve mais resposta — disse Luiza, sendo péssima em sua mentira.

— Está insinuando que aquela dama tão estimada pelo conde, que passou a ser parte da vida dele e com quem ele nem usava o título como assinatura, escrevia-lhe apenas com o intuito de receber permissão para comer as frutas? E, quando conseguiu, o deixou?

— Não! Que absurdo! Ela jamais faria isso! — ela reagiu, indignada, mas logo se controlou.

Marcel juntou as duas mãos e manteve o olhar na jovem por quem já desenvolvera uma boa afeição, até por partilharem de gostos em comum, mesmo com a grande diferença de idade.

— Você ainda não tem a resposta, não é? — indagou ele, com jeito, como se não quisesse assustá-la.

Luiza arregalou os olhos e o encarou. Mordeu o lábio pensando se deveria dizer.

— Você acreditaria nisso? — ela perguntou baixo, esperando alguma negativa que envolvia a palavra "louca".

— Tenho uma mente extremamente imaginativa, uma pequena prova e eu juraria de pés juntos — respondeu Marcel, surpreendendo-a.

— Se você assinar um documento dizendo que jamais vai dizer isso a alguém, clamar como milagre, descoberta científica, histórica ou o que for, então talvez seu sonho de ter alguma relação com o conde possa ser real. Mas, se disser algo sobre isso a qualquer um, eu jurarei em frente a todos que, desde que cheguei aqui, percebi que está caduco. — Ela disse tudo isso com um tom tão agradável como normalmente falava com ele, que nem pareceria tão sério assim se não prestasse atenção nas palavras. Mas Luiza falava muito sério. Não importava quão fantástica era aquela situação, ninguém ia se meter entre ela e o conde.

Marcel achou que ia ter um mal súbito. Chegou a ficar sem ar e precisou sentar-se. Ele já não tinha mais idade para essas emoções. Era melhor ir fazer aquela visita ao cardiologista que ele tanto vinha adiando. E talvez ao seu terapeuta também, afinal, estava imaginando coisas, não é?

— Mas vai parar de ler minhas cartas escondido — completou ela.

Era final de tarde e Luiza estava colada ao vidro, acompanhando a figura com quem fantasiava todos os dias andar por ali para colocar sua carta. Com a iluminação do pôr do sol, ele parecia mais irreal do que nunca, a imagem longínqua e desfocada.

Queria tanto vê-lo de perto e descobrir como eram seus traços faciais. Dizer-lhe mais do que promessas impossíveis através de um papel. Mesmo que nunca fosse estar ao seu lado, queria que tudo fosse diferente. Ele devia ter vivido mais, ter sido mais feliz, ter amado e sido correspondido. E devia ter tido o orgulho de ver um filho crescer para continuar a família que ele tanto prezava e o castelo que defendera com seu sangue. Era óbvio que ele amava Havenford e tudo à sua volta. Seu espírito, onde quer que estivesse, devia estar muito decepcionado. A vida dele não foi justa, realmente não.

— Eu ficaria ao lado dele enquanto vivesse... — ela disse baixo, sabendo que ele ia morrer em dois anos.

O jeito como ela já se sentia em relação a ele quebrava-lhe o coração e lhe trazia lágrimas aos olhos todas as noites ao lembrar que o tempo dele estava acabando. E até o último dia de sua vida o conde não saberia como era partilhar amor nem poderia amar seus filhos como queria. Amargaria a dor da perda deles e nunca saberia o que era ter o amor correspondido pela mulher a quem dedicasse tal sentimento.

Até seu último suspiro, a única coisa que teria era a adoração de seu povo, pelo qual ele seria assassinado e que cairia em desgraça após a morte dele. Ultimamente, Luiza chorava todas as noites pensando no tempo que estava terminando para ele e no quanto era injusto e ninguém podia fazer nada.

Marcel não via nada do lado de fora, mas colocou a mão em seu ombro para confortá-la. Mesmo que ela estivesse completamente louca, ainda sim demonstrava estar realmente sentindo o que dizia.

Um pouco depois, ele seguiu Luiza, mas não encontraram nada. Ele já começava a desistir, mas ela entendia melhor aqueles fatos inexplicáveis. Eles aconteciam com ela. Então, foi andando decididamente até a frente da janela, ajoelhou na terra mesmo, pouco se preocupando em sujar a roupa, e começou a retirar as pedras do jardim e a procurar buracos no muro. Algumas eram pesadas e ela fazia muito esforço para retirá-las.

O buraco do raio já havia sido tampado e perto do estrago havia uma pedra grande, bem embaixo da janela. Ela a empurrou com força e achou o que procurava, desencaixou uma pedra quadrada da parede e, no espaço que apareceu, encontrou sua carta enrolada como um canudo. Estava embrulhada em tecido e não deveria mais existir, mas as letras borradas ainda cumpriam seu papel, apenas porque precisavam passar sua mensagem.

Minha amada dama,

Colherei todas as frutas do condado e levarei a carta onde pedir, mas venha me ver. Diga-me onde está e vou lhe buscar onde for. Milady sequer me dá o direito de implorar que me atenda, pois não tenho como engolir meu orgulho e ajoelhar à sua frente, já que não consigo encontrá-la. Este é o único desejo que tenho na vida neste momento, o único que rogo a Deus que seja atendido.

Venha me ver.

Carinhosamente,
J.D. Warrington

Marcel balançou a cabeça em negação enquanto lia por cima do ombro dela. Era incrível como ele teve a capacidade de aceitar algo tão absurdo muito mais facilmente do que ela, que, em certos momentos, ainda relutava em aceitar que era possível.

— Mas isso é impossível... — Marcel lamentou-se pelo fato de não haver jeito de eles se encontrarem.

Assim que ela terminou a leitura, o papel em sua mão se desfez em pedaços velhos e borrados, espalhando-se no chão à frente dela, que não tentou impedir ou catá-los. Luiza sentou-se na pedra que acabara de virar. Tampava parte do rosto com as mãos e balançava a cabeça negativamente.

— Não fique assim, meu bem... Você sabia desde o início. Mesmo assim, deu-lhe todo conforto que pôde — Marcel tentava consolá-la. Mas quem poderia fazê-lo em uma situação tão adversa? Não era simplesmente a distância, a idade, a classe, o estado civil... Nenhuma daquelas barreiras em que coragem já resolve o problema. Era simplesmente o impossível que estava entre eles.

Ela secou os olhos, ficou de pé e se virou para a janela. Marcel tratou de catar os pedaços da carta e guardá-los. Apesar de ser uma resposta para algo que ela escrevera no dia anterior, foi colocada ali na época do conde e era a menos conservada de todas. Falando muito sério, ele ia ter que inventar alguma mentira, pois seria difícil explicar que eles encontraram uma carta que estivera todos esses anos enrolada num tecido e dentro da parede, protegida pelas pedras.

Precisava ir imediatamente para a restauração antes que não tivesse como recuperar sequer uma palavra, porque também era a carta em que o conde apresentava seus sentimentos de forma mais explícita.

Marcel, que achava já estar velho demais para essas emoções todas, levou outro susto quando Luiza subiu na pedra solta na parede e começou a bater na janela repetidamente.

— Eu preciso vê-lo! Deixe-me encontrá-lo! — ela dizia alto, como se houvesse alguém lá dentro que pudesse abrir a janela para ela.

— Menina! Pare com isso! — Marcel pegou-a pela cintura e a tirou de cima da pedra, sentindo imediatamente sua coluna reclamar.

Sir Morey dizia ao conde que estava desconfiado daquele grupo de mercenários que estava indo para o oeste. Um mensageiro chegou dizendo que houve confusão perto do mercado do outro lado do rio: os homens roubaram alguns itens e pegaram a estrada para o oeste, desaparecendo de vista.

— Está escutando isso? — o conde perguntou ao seu cavaleiro.

— O quê? — Morey olhou para os lados, procurando algo que pudesse produzir algum barulho diferente, mas só escutava muito ao longe o som do martelo do ferreiro.

— Batidas repetidas. — Ele chegou perto da janela, mas não escutou mais nada. — Deixe para lá, é o ferreiro. Continue falando.

Enquanto Luiza se lamentava na biblioteca, sem ter nenhuma desculpa para dar ao conde, Marcel ligava para a equipe de restauração, dizendo que enviaria mais alguns itens. O castelo era muito grande e os poucos empregados para muitas funções ficavam atarefados a maior parte do dia. Às vezes, eles passavam horas sem entrar em contato com outras pessoas. Como agora, os dois haviam saído do prédio principal do castelo, contornado a construção, voltado para a biblioteca e apenas o segurança do portão tinha lhes acenado amigavelmente.

> As terras em volta do castelo parecem estar instáveis. Saí em expedição e surpreendemos um grupo de homens atacando duas casas. Já instruí todos para não se instalarem em locais afastados demais. Infelizmente, mataram três homens e violentaram as mulheres. Temos doze prisioneiros. Ainda aguardo notícias do mensageiro que vem do oeste: já faz cinco dias.

— Luiza, acorde! — chamava Marcel.

Dessa vez, ela estava dormindo profundamente, mais uma vez sonhando com o conde. Nos últimos dias, o mesmo sonho estava se repetindo. Desde que bateu na janela e nunca mais escreveu para ele, sonhava que o encontrava, mas ele não a reconhecia e ia embora. Deixava-a no meio de um campo verde que parecia sem fim, e logo tudo secava e começava a nevar.

Luiza tinha certeza de que, mesmo que ele não a reconhecesse, não ia deixar uma moça desprotegida no meio do nada. Sabia que estava sendo covarde, mas não tinha coragem de escrever dizendo que não podia atender ao pedido dele. Não tinha mais desculpas. E queria tanto que as palavras dele fossem verdade que lhe doía pensar nisso.

— O que foi? — perguntou ela, sonolenta.

— Venha! Precisa escrever para o conde imediatamente! — disse Marcel, puxando-a da cama.

— Do que está falando? Não posso escrever para ele, não sei o que dizer!

Marcel acendeu a luz, ferindo momentaneamente os olhos dela, e voltou até a cama. Abriu um livro pesado e cheio de marcações. Era dele, havia mandado imprimir todas as suas pesquisas anteriores e encadernar com capa resistente. Podia simplesmente ter deixado tudo em um laptop para consultar quando necessário. Mas era um homem antigo, era assim que gostava e trabalhava muito mais rápido. Tanto que achou exatamente o que precisava.

— Sabe sim! — Bateu na folha. — Vai dizer ao conde para executar todos os prisioneiros ou matá-los no campo de batalha. Não sei se já estão com eles.

— Por quê? — indagou ela, achando ter ouvido errado devido ao sono.

— Em 1423, os prisioneiros do castelo de Havenford escaparam e promoveram uma verdadeira chacina dentro das muralhas. E saíram pela vila espalhando medo e mais mortes. A maior parte da guarda estava fora, colocando ordem nas redondezas e caçando os ladrões. Encontrei essa informação enquanto relia minha pesquisa e tomei a liberdade de olhar o lote de anotações que você ainda não trabalhou. Queria ter certeza antes de vir acordá-la.

> Encontrei o pátio de meu castelo manchado de sangue. Meus fiéis criados foram brutalmente assassinados. Meus guardas foram subjugados. A vila está queimando e aquelas pessoas simples não puderam se defender. Errei. Deixei minha casa sem proteção suficiente por jamais esperar um ataque que nasceu dentro de meus muros. Há corpos até na estrada de Havenford. Não adianta cometer poucos erros se, ao cometê-los, eles são catastróficos.

— Mas o conde não morre em 1423...

— É mesmo? E você já parou para pensar que muita coisa mudou? E se ele não tiver saído do castelo? E se ficou lá naquele salão esperando por uma carta que não chega? Porque alguém deveria ter pensado nisso antes de começar a se comunicar com o passado!

— Marcel, como você conseguiu acreditar nesse absurdo tão rapido?

— Não me faça começar a questionar minha sanidade mental. Esse absurdo é tudo que eu jamais sonhei ser possível. Agora venha escrever a carta. Ele já tem doze prisioneiros. Com os outros que trará, deve completar mais de trinta esperando julgamento!

— Marcel, você quer mudar a história intencionalmente. Isso não é contra os seus princípios?

— Às favas com os princípios. Salvaremos muitas vidas e pouparemos o conde do pesar e da culpa por um erro que ele não cometeu. Ele nunca teve provas de que foi traído! Ou você acha que esses prisioneiros escaparam sozinhos e armados de um lugar bem guardado como Havenford?

Meu querido conde,

Escrevo-lhe esta carta com extrema urgência. Soube que mantém prisioneiros em seu castelo. Peço que leve meu aviso a sério e destaque uma guarda maior para vigiá-los ou livre-se deles o quanto antes. Você será traído. E, quando voltar ao castelo, não traga mais prisioneiros.

Sei que vai se perguntar como e por que estou lhe escrevendo isso. Também sei que, depois de tanto tempo sem enviar-lhe uma resposta digna, não mereço sua consideração. Mas, por favor, eu lhe peço, vigie os prisioneiros e não coloque mais desses homens dentro de sua casa.

É o pedido de alguém que lhe quer muito bem.

Saudosamente,
L. C.

Jordan realmente ficou pensando em como ela poderia saber daquilo. Cada vez mais ela lhe provava que estava muito perto dele. Às vezes, parecia que ela frequentava o castelo. Mas, se estava tão perto e era tão urgente, por que não veio pessoalmente avisar? Nada podia fazê-lo entender a razão para ela se recusar a vê-lo, até porque, ela nunca lhe deu um motivo concreto. Porém, a dama não lhe pedia nada absurdo, mas muito incomum.

— Morey, quem está vigiando o calabouço? — Jordan resolveu seguir o conselho, afinal, mal não iria fazer. E, no fundo, ele ainda mantinha alguma esperança.

— O jovem Fox.

O conde pensou sobre a parte em que ela lhe dizia que seria traído. Mas por quem? Será que andara subestimando seus homens?

— Destaque dois homens de sua confiança e mande para lá. Coloque guardas na única saída que há do calabouço para o castelo. Mande dois arqueiros para a guarita do portão para o pátio interno. E fique de olho em Fox — instruiu o conde, estranhando dar uma ordem baseada nas convicções de outra pessoa.

— Está desconfiado de alguma coisa? — perguntou Morey, estranhando as ordens do conde. Especialmente a parte dos arqueiros, que só ficariam ali se o castelo estivesse sob ataque.

— Apenas cautela... Mande homens bons. E deixe a guarda de sobreaviso. Vamos levar apenas metade dos cavaleiros quando sairmos.

— Não gosto quando vem com essas histórias de instinto... — resmungou Morey enquanto deixava o cômodo.

Jordan sorriu e deixou o amigo com seus resmungos; pior seria se ele contasse que, nesse caso, os instintos nem eram seus, mas de uma dama desconhecida, que era a causa de suas noites mal dormidas e desses últimos dias em que seu humor estava péssimo.

O conde saiu do castelo naquela manhã, mas a guarda ficou a postos. Questionava-se do motivo de seguir os desmandos de uma mulher que nunca encontrara. A mesma que o fazia sofrer sem esforço, apenas por deixar de lhe enviar algumas linhas. Mas, quando ela demorou tanto tempo para responder, ele soube que podia perder as esperanças. Ela não atenderia seu chamado.

Então havia acabado para eles. Pois ele não podia mais seguir. O que queria dela ia muito além de algumas palavras. E, mais cedo ou mais tarde, chegariam a esse ponto. Ele não podia mais suportar não saber se algum dia a veria; ela já era importante demais e existia apenas nas folhas que ele segurava e relia quase diariamente. Mandara até fazer uma pequena arca, onde fingia que guardava toda a correspondência, mas foi especialmente para guardar as cartas dela. Não podia viver assim. Até a solidão doía menos.

Os homens ficaram aliviados ao saber que não traríamos ninguém para casa. Assim, não precisariam passar o caminho vigiando prisioneiros sem valia. Mas foi uma batalha desleal e rápida. Morey, que anda muito irritado pelo descaso de Lorde Regis, descontou sua ira em todos os corpos que pôde cravar a espada. Demoramos muito tempo para cavar a vala e enterrá-los. A vila estava em alvoroço ao retornarmos, pois havia luta no castelo. Os criados fugiram a tempo e os guardas estavam retomando o controle. Cavaremos mais covas. Felizmente, a maioria não nos pertence.

Antes de tomar aquela decisão dolorosa, o conde esperou mais alguns dias por outra carta — ao menos que respondesse a sua mensagem anterior —, mas esta não veio. E talvez fosse melhor assim. Quanto tempo mais queria se enganar lendo as doces desculpas disfarçadas e sem cabimento que a dama lhe escrevia? E quantas vezes mais ele poderia implorar a ela que viesse?

— Estou com uma vontade louca de comer pizza — comentou Afonso, sentado no sofá de um dos espaços de descanso do segundo andar. Enquanto não abriam o castelo, eles aproveitavam os móveis novos.

— Podemos pedir — sugeriu Luiza, sentada à sua frente e tentando parecer menos miserável ao menos enquanto estava com eles.

— Se você encontrar algum lugar que entregue pizza neste castelo, eu mudo meu nome — respondeu ele, revirando os olhos.

— Eu acho que tem, sim — opinou Peggy, indo pegar o guia da cidade; já tinham vários espalhados pelo castelo, cortesia da associação local de comerciantes.

— Vamos ver, como pretende se chamar? Arnold? Ramone? — provocou Luiza.

— Ah, meu bem, vou ter que mudar para o nome de guerra! Depois de Priscila, a Rainha do Deserto, conheçam Betina, a Rainha do Castelo! — disse Afonso, entrando na brincadeira e fazendo as duas gargalharem, quando ele levantou e iniciou sua performance pelo corredor.

No fim, eles conseguiram as pizzas, e os três devoraram o primeiro pedaço com tanta vontade que começaram a rir com suas bocas ainda sujas de molho. Afonso ficou contente por seu vexame com os champignons ter alegrado Luiza. Ele achava que o tal bofe que ele pensava ter ficado em Londres não merecia o sofrimento dela.

Minha estimada dama,

Escrevo-lhe para agradecer o valioso aviso. Prefiro não perguntar como ficou sabendo, pois será apenas mais uma questão sem resposta. Porém, agradeço-lhe de coração. Todos os habitantes de Haverford estarão em dívida eterna com milady. Celebraremos essa vitória com um farto jantar e brindaremos à sua saúde. Obrigado.

Sinto ter de me despedir após um ato tão honrado de sua parte. Acredito que milady tinha razão quando me ofereceu suas palavras de conforto, mas infelizmente elas não têm mais o mesmo efeito. E minha mente parece ter me privado da habilidade de fantasiar livremente sem esperar por mais. Sua companhia foi o mais belo presente de final de outono, mas o inverno será duro e eu lhe aconselho a estocar muita lenha para sua lareira e se enrolar em mantas quentes.

Milady terá eternamente minha permissão para saborear todas as frutas doces deste condado. E lembre-se que eu jamais apreciarei novamente esses extensos campos verdes sem imaginar seus belos olhos.

Saudosamente,
J.D. Warrington

CAPÍTULO 8

O inverno estava mesmo chegando, e a cada dia esfriava mais. Luiza sentia como se o frio estivesse partindo de seu corpo e baixando a temperatura do ar à sua volta. Ela se aproximou mais ainda do vidro, soltou o ar contra ele e o viu ficar embaçado. Passou o dedo sobre a pequena mancha e, não importava o quanto olhasse por aquela janela, nunca mais conseguiu vê-lo. Ela passou os mesmos dedos frios pelos olhos, onde outra lágrima ameaçava descer pelo seu rosto e secar fria contra sua pele.

Era um suplício ter de continuar trabalhando nos escritos dele quando sabia que nunca mais receberia uma carta. E como poderia responder àquela despedida? Já tentara, jogara folhas e mais folhas no lixo. Nenhuma palavra podia respondê-lo. Não importava quantas letras colocasse no papel, não era de palavras, vírgulas e pontos que ele precisava. E nem ela.

— Essa garota não bate bem. Tinha que ter sido indicada por aquele velho maluco! — reclamou Betty. Ultimamente, ela não tinha mais o direito de importunar Luiza. Marcel saía em defesa dela, e Afonso disse que, se ela fosse lá ter outro ataque histérico, ia denunciá-la por perseguição no ambiente de trabalho. Depois de ter de estapeá-la outra vez.

— Vá procurar alguma coisa para fazer, Betty. Ao contrário de você, que passa grande parte do dia colocando defeito no que está sendo feito aqui, nós precisamos trabalhar — disse Marcel, em um raro momento de exaltação.

— Olha só quem fala! Você é outro maluco! Todos vocês! Vá dizer àquela garota que eu quero todos os arquivos dela prontos para serem consultados pelo sistema interno. Hoje!

— Sistema este que acabou de ser instalado e nem funciona! — reclamou Afonso, saindo de sua seção e se metendo na conversa. — Eu já tentei colocar o que eu fiz na rede, mas não funciona. Por que você não vai atrás do pessoal da manutenção e reclama um pouco por lá? Já acabou seu horário aqui na nossa área.

Marcel aproveitou para entrar na biblioteca sem Betty em seus calcanhares gritando impropérios. Luiza já havia liberado tudo que digitalizara sobre 1423. Só que o conde parou de escrever por mais de uma semana.

— Ele está triste, Marcel. Ou muito aborrecido. Ele só para de escrever quando está triste demais para fazê-lo ou tão irritado que não consegue resumir os pensamentos no papel — disse ela, afastando-se um pouco da janela.

— Ele *estava* triste. Ele só *parava* de escrever... Você tem que se dirigir a ele no passado, Luiza. Ele existiu, não existe mais. Ele não está aqui neste momento lamentando pelo acontecido. Ele esteve. Há muitos anos. — Marcel tentava soar firme e compreensivo ao mesmo tempo. Agora que o relacionamento acabara, ele tentava trazê-la de volta à realidade para diminuir seu sofrimento. Mas nada adiantava. Ela estava presa ao passado, atada à fantasia que vivera. O real e atual não lhe importavam mais.

O conde esteve naquela biblioteca, na noite passada. Sentado naquela mesma cadeira, os cotovelos apoiados, as mãos juntas à frente do corpo. O olhar vagava do papel em branco para o nada. Estava guardando seus pensamentos para si mesmo, seu sofrimento não iria para aquela folha e os últimos acontecimentos do castelo não pareciam dignos o bastante para a ponta de sua pena.

Ele estava machucado, desiludido com sua falta de oportunidade. Não pudera sequer tentar; ela nunca viera para ele, nem lhe dissera aonde ir. Invadira sua vida, existira nela por pouco tempo, mas ele sabia que, a menos que acontecesse um milagre, ela tinha conseguido destruí-lo usando apenas palavras e muita audácia.

Era óbvio que Jordan já pensara em todo tipo de teoria. Talvez ela fosse uma dama casada e tudo que disse a ele não passava de mentira. Mas, se assim fosse, ele preferia saber. Pois, então, teria certeza de que ela era cruel e de uma vez por todas a deixaria de lado. Qualquer um que o conhecesse minimamente saberia que ele não se envolveria com uma mulher casada. Mas, como ela mesma escrevera, queria lhe dar apenas conforto... Tudo que ele não se sentia no momento era confortado.

— Foi melhor assim, meu bem... Isso tudo era absurdo demais — disse Marcel, que não tinha exatamente essa opinião, mas achava que era o que ela precisava escutar no momento.

— Não foi, não — Luiza negou veementemente e olhou para a janela.

Marcel suspirou, desejando que ela esquecesse tudo isso em breve, algo que achava impossível. Ele não vivera aqueles acontecimentos com a mesma intensidade que ela e duvidava que algum dia fosse esquecer. Mas era triste porque ela era jovem demais e ficaria marcada por aquelas cartas para sempre.

Luiza foi andando até a janela do meio, seu olhar decidido, de alguém que não tinha dúvidas do que ia fazer. Acreditava com toda a sua fé. Ela segurou o trinco, que era de puxar, e começou a empurrá-lo para um lado e para o outro, tentando soltá-lo do lugar.

— Ela não abre, lembra-se? Só uma tempestade e um raio são capazes de abri-la. Imagine só! — lembrou-a Marcel, que mexia distraidamente em uma caixa cheia de livros.

Havia chegado duas caixas novas. Como os prisioneiros não causaram uma tragédia em Havenford, muitas coisas pareciam ter acontecido na vida cotidiana do castelo, e agora eles tinham o antigo acervo da igreja localizada dentro do castelo.

Depois da tempestade, eles já haviam tentado abrir aquela janela novamente, mas não obtiveram sucesso. Os rapazes da manutenção disseram que podiam dar um jeito, agora que sabiam que ela abria. Mas Betty os havia proibido de chegar perto da janela. E inclusive passou ordem para ninguém dizer o que aconteceu; era melhor conservarem o mito da janela que nunca mais abriu depois do raio. Os turistas iam adorar isso, e eles poderiam até cobrar por uma foto especial à frente daquela janela. Afinal, a vista era linda.

— Abre sim — teimou Luiza, decidida.

Marcel franziu a testa, mas não moveu os olhos da página interessantíssima do livro de registro que passava detalhes sobre os outros castelos da região — alguns deles agora eram apenas ruínas. Ela falou com tanta convicção que parecia conhecer algum jeito infalível de abrir a janela. Mas, enquanto virava a página, ele escutou o barulho inconfundível do trinco: ferro batendo contra ferro e emitindo um som agudo e forte. Fechou o livro imediatamente e olhou para lá.

Luiza puxou com força os dois lados da janela e deixou seus braços irem junto, escancarando as partes envidraçadas para dentro da biblioteca e sentindo o vento gelado que imediatamente invadiu o cômodo, fustigando seu rosto e espalhando seu cabelo para trás como ondas no ar. Marcel ficou hipnotizado por alguns segundos, vendo como as ondas longas estavam parecendo chamas vermelhas voando atrás da garota.

— Como você... — Ele deixou o livro na mesa, mas foi só o tempo de notar o que ela ia fazer.

Era o primeiro andar, mas, em um castelo como aquele, a janela do primeiro piso ficava longe do solo; pular dali e cair de mau jeito significava quebrar uma perna, um braço ou algo até pior.

— Não, não faça isso! — gritou Marcel, mas suas pernas não lhe permitiram ser rápido o suficiente para impedir.

Ela subiu na bancada de pedra da janela e fechou os olhos antes de abandonar-se no ar. E tudo ficou negro, como se ela tivesse desmaiado.

CAPÍTULO 9

A primeira coisa que Luiza notou assim que sua consciência voltou foi que estava abaixada e encolhida. Suas mãos estavam sobre o rosto e o cheiro do local era estranho. Retirou as mãos, abriu os olhos e arrependeu-se imediatamente.

Sua primeira visão foi um corpo estirado no chão, o sangue empapando a roupa do homem que estava trajado como um cavaleiro medieval. A mão dele permanecia descansada sobre o cabo da espada que atravessava outro corpo, que estava em parte caído por cima dele. Ambos mortos.

Assustada, Luiza pulou de pé, deu um passo para trás e bateu em mais um corpo. Ela sufocou um grito levando as mãos à boca e tropeçou novamente, dessa vez, em algo que, pelas roupas, parecia ser uma mulher, mas o rosto estava virado para a terra. Ofegante, rodou em seu eixo; estava no meio de um lugar verde e esmaecido. Às suas costas, começava um bosque, mas, devido à perda das folhas de outono, ele estava sem graça e deixava a luz do sol fraco passar por entre seus galhos secos.

O cheiro de sangue pairava no ar. Ela viu dois baús tombados e com o conteúdo espalhado pelo chão. Um cavalo ferido estava perto, tentando não se mexer por causa da dor. Enquanto dava passos perdidos, seus sapatos afundavam nas poças de sangue, assim como a barra de seu vestido claro, mas ela sequer notava isso.

Desesperada e a cada momento avistando outro corpo, ela virou-se ao escutar o som de cavalos. Aquela entrada do bosque ficava logo depois de uma curva, então, assim que se virou, ela viu o grupo de homens. Eles trajavam partes de armaduras, protegendo os principais pontos do corpo, e vinham montados em cavalos robustos. Não precisava ser nenhum gênio para saber que estavam todos armados.

Ela correu, tentando alcançar novamente seu esconderijo, mas eles já a tinham visto. Os três primeiros desmontaram e já foram vasculhando a área com os olhos, as espadas em punho prontas para serem usadas. Um deles ficou em cima do cavalo com um arco pronto para disparar, seus olhos afiados escaneando toda a área.

Eles avançavam e davam leves chutes nos corpos, procurando por sobreviventes. O primeiro dos homens foi passando por cima dos cadáveres e se aproximando mais dela. Assim como os outros, ele usava um elmo que lhe cobria a cabeça e parte do rosto, uma proteção de ferro bruta cobria seu torso e outros pedaços menores protegiam o corpo; a capa escura ajudava a escondê-lo e torná-lo ainda mais ameaçador. Mesmo assim, ela subjugou o medo.

— Fique onde está! — Luiza escutou-se dizer em um inconfundível tom de ordem. Então, ficou de pé e saiu de trás de um dos poucos arbustos com folhas e pequenas flores brancas e secas.

A imagem dela em meio a toda aquela desgraça era surpreendente. A barra do vestido claro estava suja de sangue e o resto respingado de vermelho, seu cabelo se soltara e estava revolto, seu rosto tinha uma mancha que de longe não dava para saber se era terra ou sangue seco. Mas estava viva. E a paisagem à sua volta era terrível. Ela parecia a dama dos mortos, o único item belo e de pé em meio aquele bando de homens com gargantas cortadas, espadas atravessando e mutilando seus corpos. As mulheres foram mortas sem dignidade, suas saias ainda levantadas e as coxas de algumas delas com marcas de sangue devido ao estupro antes da morte.

Era a cena mais apavorante que Luiza podia imaginar. E no meio do nada.

— Está ferida? — perguntou o homem, numa voz forte e direta e com um sotaque ainda mais acentuado do que o dela e de todos que escutava no seu dia a dia.

— Não! Vá embora! — Ela viu que os outros atrás dele embainhavam as espadas, constatando que estavam todos mortos e não seriam atacados de surpresa, pois não havia onde um grupo inimigo se esconder por ali.

— Não vamos machucá-la. Viemos ajudar — respondeu ele. — Não podemos deixá-la aqui.

Ela não acreditava nele. Continuou no mesmo lugar, desconfiada e pronta para fugir ou lutar. Mesmo que não soubesse como faria nenhuma das duas coisas.

— Era sua comitiva? — indagou ele, depois de dar mais uma rápida olhada ao redor e voltar a encará-la. Mesmo com o elmo, dava para ver que nenhum deles parecia assustado, como se já tivessem presenciado cenas muito piores.

Ela apenas assentiu, os olhos cheios de desconfiança ainda o vigiando. O homem fez um sinal com a mão para que os outros parassem e não o ultrapassassem.

— Eles a violentaram? — Ao perguntar isso, ele usou um tom mais suave e falou mais baixo, como se fosse algo que pudesse ficar apenas entre eles.

Ela negou com a cabeça. Após essa resposta, o cavaleiro se aproximou mais; devia estar esperando ela negar ou confirmar para saber qual a extensão do seu trauma e se reagiria muito mal à aproximação de um homem, mesmo um com o intuito de ajudá-la. Não queria ter de persegui-la pelo bosque adentro; seria ruim para ambos.

Nervosa e vendo que os outros também se aproximavam para checar os corpos perto dela, Luiza procurou algo para se defender. Viu a espada do cadáver que encontrou assim que abriu os olhos. Não teve dúvidas e pegou a arma, arrancando-a do corpo morto; era pesada, a lâmina estava suja, mas segurou-a com as duas mãos. Levantou a espada acima da cabeça e gritou, partindo para cima do homem com quem esteve falando.

Luiza chegou bem perto dele e foi deixando o peso da espada guiar a arma para acertá-lo na cabeça. Bem mais alto do que ela e treinado para usar uma espada, ele pouco se alterou ao segurar as duas mãos dela com apenas uma das suas. Ao fazer isso, prendeu a espada entre elas e fez com que Luiza parasse no lugar, quase imobilizada e presa na ponta dos pés. Com a outra mão, ele retirou a espada que ela segurava e passou-a para trás.

A arma foi imediatamente recebida por seu companheiro. Ele foi abaixando os braços dela, mantendo suas mãos juntas, até que colocou a outra mão sobre as suas. Não pareceu se aborrecer pelo ataque dela e movia-se com muita calma para não assustá-la ainda mais. Na verdade, tanto ele como os outros ficaram surpresos por sua coragem; ela devia estar achando que ia morrer, portanto decidiu fazê-lo de forma honrada. Lutando até o fim.

— Qual é o seu nome? — indagou, de volta ao tom direto, mas agora estavam tão próximos que não precisava falar alto.

— Sou lady Elene de Montforth. — Ela se escutou dizendo com o orgulho e a dignidade que lhe sobravam naquele momento.

Ela sentiu que o estranho tirou uma das mãos de cima das suas e ficou calado, olhando-a pelo espaço que o elmo permitia. Podia perceber que ele ficara tenso.

— E.M... — ele disse baixo. — Elene... — O nome foi apenas um murmúrio.

Ele tocou seu ombro, mas agora ela não sentia mais medo. Não pressentia nenhum mal vindo dele. A mão do homem foi para o início de suas costas e, em seguida, ele a trouxe para perto gentilmente, até que seu braço a envolvesse e ela se encostasse em seu peito coberto pela vestimenta dura. Surpresa, ela soltou o ar que esteve segurando, apertou a mão dele e fechou os olhos. As lágrimas vieram instantaneamente, e chorou de forma nervosa, muito abalada. Só que ao mesmo tempo não estava. Sentia-se chocada por ter visto tantos corpos. Era como estar dividida, como assistir a uma cena antes de tomar o controle.

E quem diabos era *Elene*?, Luiza se perguntava.

Enquanto isso, ele respondia essa pergunta mentalmente. Elene era E.M., a mulher que assinava todas as cartas que ele recebeu e a quem implorou que viesse vê-lo. A dama que sequer lhe deu um sobrenome e de quem se despediu, desiludido e machucado. Aquela era E.M. Ele não tinha dúvida, sempre soube que, quando se encontrassem e pudesse ver seus olhos, teria certeza de que era ela.

— E quem é você? — perguntou, depois de recuperar a voz e afastar-se um pouco dele.

Ele retirou o elmo com a mão que esteve nas costas dela, pois a outra ela continuava a apertar. Imediatamente, o sol fraco iluminou o cabelo claro que estava preso atrás de seu pescoço.

— Sou Jordan Devan Warrington, conde de Havenford. — Ele nem precisava mudar o tom para se anunciar; a dignidade e o orgulho daquele nome e de quem ele era já estava implícito na pronúncia. Mas, para ela, o conde se apresentou de forma diferente do usual, assim ela saberia que ele estivera respondendo suas cartas.

Ela arregalou os olhos e ficou paralisada, sentindo que perdia a força das pernas. Estava se confortando nos braços do conde? O *seu* conde? Aquele de quem achou que nunca mais saberia nada além do que já virara história?

Ela se afastou lentamente, soltou sua mão e levantou o rosto até conseguir encontrar os olhos dele, que, sob o sol fraco, pareciam duas esferas brilhantes. Ele a olhava fixamente, bem dentro de seus olhos, de maneira tão profunda como se isso fosse lhe dizer se ela era ou não quem dizia ser. Isso foi como um estalo em sua mente. Luiza olhou para baixo; nunca vira aquele vestido em toda a sua vida. Mas também nunca vira aquele lugar e muito menos... O conde. Ela estava com ele, e isso só podia significar...

— Recolham tudo que os ladrões deixaram para trás. Creio que esses baús pertencem à dama — ordenou Jordan aos demais.

— Esse cavalo é muito bom, músculos fortes, bom comprimento. Está apenas com um ferimento do lado. Acho melhor levá-lo, posso curá-lo — disse sir Morey, enquanto passava a mão no pescoço do animal, tranquilizando-o.

— Juntem os corpos, vamos mandar enterrá-los dignamente — ele continuou seus comandos.

Os cavaleiros do conde começaram a cumprir as ordens dadas e ele tornou a virar-se para ela, que estava ali parada, nem havia se mexido, seus olhos vidrados em nenhum ponto especial.

— Tem certeza de que não está machucada? — Ele passou olhos por ela e franziu o cenho novamente ao ver o sangue que sujava seu vestido. — O que é isso em sua mão?

Luiza olhou o dorso de sua mão direita, onde havia um corte que atravessava em diagonal do pulso até a junta do dedo indicador. Estava coberto de sangue seco, mas ela não conseguia sentir a dor que deveria vir de um ferimento como esse. Pelo corte, Jordan calculava que ela o conseguiu ao levantar a mão para se defender de alguma arma cortante.

— Apenas esse. Eu fugi e me escondi — contou. Luiza simplesmente dizia, como se estivesse na sua mente, mas sabia que, quando abrira os olhos, todos já estavam mortos. — E... deixei os outros. Mataram todos. — Ela sentia-se triste, e seus olhos se encheram de lágrimas novamente. Luiza compartilhava daquela tristeza, era parte dela, mas não era causada por ela.

Ele se aproximou novamente e tocou seu ombro.

— Era o melhor que podia fazer em tal situação. É um verdadeiro milagre que esteja viva.

E era mesmo. Isso causou outro estalo na mente dela. Elene... Foi como escutar a voz de Marcel em sua cabeça: *Elene de Montforth morreu em 1423. Sua comitiva foi atacada por um grupo de mercenários que andou aterrorizando a região. Ninguém sobreviveu. E Elene era a última Montforth, levou o nome e a linhagem com ela para o túmulo.*

A comitiva já havia sido atacada. Com certeza estavam nas terras de Havenford, mas Elene não estava morta. O vento frio do inverno, que já queria apressar o outono a ir embora, fez Luiza sentir o corpo arrepiar de cima a baixo. Teve calafrios, mas isso também fez com que mechas do seu cabelo em desalinho voassem em torno de seu rosto. Era uma longa cabeleira e ela só sentiu o peso em suas costas naquele momento. Tinha ondas que lembravam muito seu cabelo, só que em maior quantidade. Parecia ser bonito, só que... Era vermelho. Luiza tinha o cabelo castanho, podia até ser avermelhado, mas não como aquele. Os fios que estavam voando em torno dela eram naturalmente vermelhos e, com a luz do sol fraco que não os aquecia, refletia em tons de fogo.

Ela olhou para as próprias mãos. Havia um anel que não conhecia e suas unhas eram curtas e estavam sem esmalte, e, mais importante do que isso, era o tom de sua pele. Era mais clara do que o tom que Luiza estava acostumada a ver nela mesma. Precisava ver para saber como era exatamente, mas não tinha dúvida. Era Elene agora. O E.M. pelo qual o conde a chamou e que Marcel tanto queria saber de quem se tratava. Era *ela*.

O conde retirou sua capa e a envolveu, pegou-a no colo e levou em direção ao seu cavalo. Um animal grande, cor de mel e com uma crina aparada. Ao ser colocada em cima do cavalo, Luiza retesou-se, com medo de cair.

— Sinto não ter um meio mais confortável de levá-la — informou, antes de montar logo atrás dela e segurá-la, o que a tranquilizou muito. — Mas acho melhor partirmos agora.

— Milorde está salvando minha vida, não tenho do que reclamar — ela respondeu baixo, segurando-se ao braço dele.

— Você salvou sua própria vida, só estou ajudando a completar a tarefa. Não se culpe pelo que fez. Em ocasiões como essas, é muito mais sábio fugir e sobreviver do que ser um tolo, bravo e morto.

— Não é verdade então que aqueles que fogem e vivem são esquecidos nas linhas do tempo e os bravos que ficam e morrem são eternizados como heróis?

Ele sorriu levemente para ela, que não pôde ver por estar de lado sobre o cavalo e olhando para a paisagem, mesmo sem enxergar nada. O conde podia culpar-se mais tarde por deixar aflorar um sorriso diante de uma cena tão trágica. Mas aquela definitivamente era a dama de suas cartas. A diferença é que agora estava falando com ele, e podia ouvir sua voz em vez de reler suas palavras milhares de vezes.

— Não, Elene. Cada situação pede uma solução e cada um tem seu papel na história — disse ele, dando-se o prazer de chamá-la pelo nome pela primeira vez. — Os bravos e mortos jazem muitas vezes em túmulos sem nome. Talvez seu comandante seja lembrado como bravo por vencer sobre a morte de muitos. — Ele apertou-a mais para poder colocar o cavalo em movimento e ter certeza de que ela não cairia. — Mas um sobrevivente sempre pode voltar. Quando você vive para contar a história, sempre haverá alguém para escutá-la. Como você acha que os bravos nascem? Alguém precisa contar.

Morey e os outros sabiam que seu lorde era bondoso, principalmente com mulheres e crianças. Mas estavam surpresos com o cuidado excessivo que ele estava dedicando àquela jovem. Talvez estivesse tocado pelo milagre que foi ela ter sobrevivido intacta a um ataque tão brutal.

O castelo de Havenford não ficava muito longe dali, mas, poucos minutos depois de partirem, ela adormeceu profundamente, amparada por Jordan, que a mantinha segura. Luiza estava no controle agora, ao menos da mente, mesmo que pudesse lembrar naturalmente o que só Elene sabia como o fato de ter corrido para se esconder. Mas seu corpo estava exausto, sentia-se esgotada. Quando contornaram a colina e subiram pela estrada, ela acordou, esperou que chegassem ao pátio e agradeceu por ele ajudá-la a descer do cavalo.

Elene sabia montar e estava acostumada a isso, mas Luiza nunca montara um cavalo em toda a sua vida. O povo olhava com curiosidade para a mulher que o conde trouxera. As roupas dela podiam estar sujas de sangue, especialmente na barra, mas com certeza era o traje de uma dama. Ele a carregou para o quarto e deixou-a na cama, e saiu sem dizer nada enquanto duas criadas entravam para ajudá-la a se livrar das roupas sujas.

    Luiza foi instalada em um aposento confortável, com uma cama de dossel, pesadas cortinas cor-de-rosa e uma grande lareira. Assim como o conde lhe disse que seria, mas não foi preciso que ele cedesse seu quarto; havia muitos aposentos vagos. Mesmo que quisesse ficar acordada para tentar pensar sobre como tudo isso aconteceu, seu corpo não aguentou. E o conforto do colchão de penas fez com que Luiza adormecesse rapidamente. Ela estranharia tal fato, mas Elene estava acostumada a dormir numa cama velha e um colchão duro, quase inexistente, então seu corpo reconheceu a novidade do conforto instantaneamente.

> *Desde a última invasão dos escoceses, não precisamos cavar tantas valas. Depois de retornar ao castelo para deixar minha dama, voltamos a vasculhar a área. Localizamos parte do grupo de mercenários numa taberna, bêbados e parcialmente vestidos. Junto com eles, havia alguns pertences que se assemelhavam muito aos que encontramos com a comitiva. Também levavam muitas moedas. Espero poder voltar à calmaria que estava em minhas terras; não quero deixar as muralhas de Haverford. Um milagre poupou a vida de Lady Elene de Montforth, dona das únicas palavras que confortavam meus dias, mas atormentavam minha paz. Passar mais tempo no castelo parece-me imprescindível no momento.*

CAPÍTULO 10

Quando Luiza abriu os olhos, viu que o quarto estava claro. Passou a mão pelo rosto e, ao virar-se, notou um movimento no canto direito do aposento. Uma criada jovem que aparentava ter uns catorze anos aproximou-se da cama.

— Milady, está se sentindo bem? — perguntou ela.

— Estou... — Apoiou as mãos e sentou-se, notando que não estava mais com aquele vestido; usava algo que parecia ser uma anágua. Um vestido fino e leve.

— Precisa de alguma coisa, milady?

— Um pouco de água...

Ela pediu água e recebeu sidra diluída, mas bebeu mesmo assim e sentiu-se um pouco melhor. Retirou as cobertas e ficou de pé sobre o enorme tapete peludo que cobria o chão do quarto. Parecia ser feito da pele de algum animal. Olhou sua mão e viu que o sangue fora limpo e estava enfaixada. Deve ter realmente desmaiado, pois não sentiu nada daquilo acontecendo.

— Eu gostaria de um banho. — Luiza esperou a criada sair correndo para atendê-la.

Quando ficou sozinha, ela olhou em volta. Não sabia que quarto era aquele, mas certamente estava melhor do que o outro ocupado por ela lá no seu tempo. Estava bem cuidado, os móveis robustos de madeira estavam novos, o colchão era do tamanho certo e uma colcha pesada o cobria. Surpreendeu-se com os tons de rosa bem forte e pelo tamanho da cama. Também havia uma mesa sob a luz da janela e sobre ela um vaso de rosas de inverno brancas e acompanhadas de suas folhas. Mas, fora isso, não havia muito mais, completamente diferente dos quartos de hóspedes de seu tempo, cheios de detalhes e móveis muitas vezes supérfluos.

A criada voltou com outras duas e encheram de água quente a banheira de cobre em frente à lareira. Então, as outras se retiraram e a mais nova permaneceu. Luiza continuou esperando até se dar conta de que ela queria ajudar. Um pouco encabulada, foi andando até a banheira e retirou o que usava, entregou à garota e entrou na água. Distraiu-se ao perceber que tinha no pescoço um colar com um medalhão similar ao seu, só que com outro símbolo. Imaginou que aquele representava os Montforth.

— Você tem um... um...

— Sabão, milady?

— Sim, acho que sim — Luiza respondeu, imaginando que ela lhe daria algum sabão que servia no máximo para lavar roupas, e sua pobre pele, ou melhor, a pele de Elene, sofreria as consequências da desidratação. Mas isso era tolice sua, ali era a única coisa disponível desde sempre.

— Claro, milady. Este é feito aqui mesmo, com as flores do castelo.

— Claro... — disse Luiza, enquanto aceitava o pedaço de sabão que para ela parecia uma pedra escura, mas pelo menos cheirava bem. — Você tem uma... jarra? Eu gostaria de lavar os cabelos. — Agora, Luiza estava se achando a entendida. Até sabia que ali não ia encontrar uma boa ducha forte para lavar seu longo cabelo, ou melhor, o longo cabelo de Elene. Ela ia custar a se acostumar com esse negócio.

— Neste minuto, milady! — A criada correu até a cômoda, pegou a jarra e trouxe. — Vou lavar para a senhora!

Luiza estava achando tudo aquilo muito estranho, mas precisava tomar banho e lavar aquele cabelo que ela nem conhecia ainda e não sabia como se comportaria após uma lavagem. E era bem provável que isso não fosse exatamente importante ali. Secou-se e ficou muito incomodada com a falta de roupa íntima. Claro que não ia encontrar uma calcinha por perto e aquele troço que parecia uma anágua e aquela coisa de amarrar que ela nem queria saber onde seria presa não seriam nem cogitados.

— Tem um calção aí dentro desse baú? — Luiza apontou para a peça grande que ficava no canto do quarto, perto do biombo.

— Não, milady. Talvez esteja lavando, algumas roupas recuperadas ficaram com as lavadeiras — sugeriu a garota, obviamente pensando numa peça de roupa bem diferente da que passava pela cabeça de Luiza como ideal.

— Entendo... Então aperte isso para mim — pediu à criada e levou um susto quando ela apertou o cordão do seu vestido bem abaixo de seus seios.

— Perdão, milady! Está muito apertado?

— Não... — Respirou e ajeitou a peça no corpo como se já estivesse acostumada a isso. Era estranho, comportava-se naturalmente em alguns momentos e, em outros, se achava completamente perdida.

Precisava de um calção. Ao menos uma ceroula. Ou iria cortar aquela anágua e transformar em algo mais efetivo para cobrir sua área íntima. Não conseguia entender como as mulheres andavam sem calcinha por aí naquela época. E se batesse um vento? Aquele vestido não era muito leve, ainda havia a anágua por baixo, mas mesmo assim. Nunca foi acostumada a andar sem calcinha, ainda mais de saia. E que diabos era aquela coisa cheia de cordões? Era pra usar por baixo? Do quê?

— Entre os vestidos que sobraram em seu baú, este é um dos mais bonitos — disse a criada. — Tinha um pequeno rasgo, mas eu o costurei enquanto milady dormia.

— Obrigada, é muito bonito — agradeceu. Era a primeira vez que via aquele traje azul e branco, mas o tecido era pesado e de qualidade.

Assim que estava vestida, ela sentou no banco do que parecia ser uma penteadeira, então encarou o espelho. Ficou cerca de dois minutos se olhando, analisando aquele rosto desconhecido. Chegou mais perto, para ver os detalhes da face de Elene de Montforth. Sua pele realmente era mais clara, o cabelo estava úmido, mas dava para ver que era ruivo, um tipo de vermelho-escuro. As sobrancelhas eram levemente arqueadas, menos do que o jeito que Luiza estava acostumada a modelar as suas. O nariz era mais afilado, só que o formato era muito parecido com o seu, assim como os lábios cheios, sendo o superior um pouco mais protuberante. Ela moveu a boca para os lados, como se testasse.

O formato do rosto também era similar, mas Elene tinha a base mais oval. Mesmo assim, a similaridade de traços era perturbadora e havia um item naquele rosto que era idêntico ao seu, como se estivesse se olhando no espelho lá em 2012. *Os olhos*. Eram os mesmos, exatamente a mesma cor e o mesmo formato. Havia um pente à sua frente, ela o pegou e começou a se pentear. Nunca havia tido um cabelo tão comprido quanto aquele, sempre usou cortes longos, mas não tanto assim. Aquele cabelo todo batia facilmente em seu cóccix.

— Você tem uma tesoura... Ou navalha ou... Algo bem afiado.

— Não me diga que vai cortar os cabelos, milady! — exclamou a criada, aterrorizada.

— Só as pontas — disse Luiza, sabendo que não adiantaria explicar os motivos à jovem.

Difícil foi secar um pouco aquele volume de ondas e grandes cachos contando apenas com a beira da lareira. Sinceramente, era para ela queimar os fios? E enfiar todo aquele cabelo na rede que deveria usar foi difícil. Isso era uma espécie de regra? Será que poderia escolher? Com um coque apertado, o trabalho ficou mais fácil e ela se deu por satisfeita em usar aquilo para manter o cabelo preso. Pelo jeito, um rímel para melhorar a dignidade não ia conseguir, não é?

Um pouco depois, ela foi seguindo um criado por aquele mesmo corredor que Luiza conhecia tão bem. Era a passagem principal para ir da ala onde ela e os outros funcionários estavam instalados, mas era muito diferente do jeito que estava no tempo dela comparado ao castelo em sua época de glória. As paredes estavam cheias de tapeçarias e quadros, tochas estavam distribuídas perto de cada porta, o chão era coberto por tapetes e havia pedaços de folhas e flores cheirosas nos cantos. O castelo estava realmente vivo, habitado e vibrante. A despeito das pedras, aquele sentimento de frieza e abandono não estava ali.

Ela foi conduzida ao gabinete do conde e, quando entrou, estacou e arregalou os olhos. Sem as caixas, aquele lugar era bem diferente. No fundo do cômodo, a majestosa lareira estava acesa, as janelas tinham vidros diferentes, e a mesa e a cadeira dele estavam novas e com todos os detalhes intactos. Outros assentos demonstravam que ele se reunia com várias pessoas ali. Uma grande e bonita tapeçaria cobria a parede atrás da mesa e um tapete em tons de terra e vermelho dominava o centro do aposento.

— Erin me disse que você havia acordado muito bem.

Ela levou um susto e se virou rapidamente, a tempo de ver o conde entrar e andar até a mesa. Reparou como ele era alto, exatamente como imaginara ao ver aquela figura longínqua. Só não recebera a informação de que ele era realmente um cavaleiro medieval no seu estilo rude; era forte, de ombros largos e dominantes. O cabelo claro que via ao longe era real, as pontas descansavam sobre seus ombros, misturando algumas nuances de loiro e formando mechas mais claras do que o tom que partia da raiz. Por passar um tempo considerável ao sol, vasculhando e inspecionando suas terras, sua pele não era clara como a de Elene e, se chegasse bem perto, dava para ver que sobre seu nariz e maçãs do rosto havia pequenas sardas.

Seu rosto devia ter sido barbeado há pouco tempo, pois dava para ver que do lado esquerdo da face do conde havia uma cicatriz horizontal que começava no meio de sua bochecha e passava por sua orelha, mas não era possível ver o fim, pois devia acabar no couro cabeludo. Era claramente um ferimento muito antigo e ficava parcialmente oculto quando seu cabelo estava solto como agora, mas fazia pensar como ele a conseguiu e, mais ainda, como sobreviveu. A mandíbula dele tinha um formato quadrado e masculino que lhe dava um ar atraente e sério. Ela ficou surpresa ao constatar os detalhes do homem que só via como um vulto ao longe.

— Ah, Erin, a menina... Sim, eu estou me sentindo bem, milorde.

Jordan assentiu e ficou olhando-a, parado à frente daquela mesa que ele não sabia, mas compartilhava com ela. Pela forma direta e séria como ele se comportava, Luiza não conseguia saber como estava seu humor. Parecia simplesmente calmo, como se fizesse isso todos os dias. Bem, ele fazia, de certa forma. Tratava com as pessoas, todas que viessem à sua presença e, com certeza, ele tinha que receber uma quantidade considerável de visitantes, devido às suas responsabilidades com a região.

— Nós trouxemos para cá o que eu imagino ser uma parte dos seus pertences, apesar dos rasgos. Eles estavam com suas capas e mantos; não deu para recuperar muito... — Ele pareceu desconfortável ao dar essa notícia, afinal, as roupas eram valiosas naquela época, e ela não teria nada para repor. Além disso, preferiu não dizer que os homens foram enterrados com o que roubaram dela porque já estava sujo demais para trazerem.

— Fico contente em ter minhas roupas de volta. Consertarei o que for possível — declarou ela, lutando para que sua língua funcionasse e pensando que, na verdade, mal sabia pregar um botão. Então, seria bom que a enxerida da Elene, seu novo alter ego, fosse uma costureira muito hábil. No momento, não conseguiu pensar sobre a falta que roupas lhe fariam; nem sabia do que se tratava, eram as roupas de Elene. Além do mais, estava acostumada a encontrar casacos em qualquer lojinha de esquina.

— Havia algum parente seu na comitiva? Alguém a quem queira dar um enterro especial? — Ele continuava de pé, conversando com ela como o suserano que era: pleno em seus deveres de lhe dar amparo, receber as informações que precisava e fazendo de tudo para não estampar em sua cara como estava assombrado por enfim conhecê-la. Justo agora, quando já perdera toda a esperança e tinha certeza de que nunca mais receberia uma carta sua.

— Não, milorde. Eram empregados pagos para me transportar, não os conhecia bem. Mas espero que recebam um enterro digno.

— Sim, serão todos enterrados dignamente — ele respondeu com toda a sua formalidade e o tal sotaque acentuado. Ainda estava lutando para aceitar a realidade de que ela estava realmente ali, de pé à sua frente e em sua casa.

Luiza estava mantendo um comportamento humilde, imaginando ser assim que as pessoas se comportavam à frente de seu suserano, ou talvez Elene estivesse fazendo isso, não sabia mais, mesmo que não soubesse o que fazer durante as pausas que ele dava antes de responder, pois ficava apenas olhando-a, daquela forma extremamente direta e fixa, que ela chamaria de encarar intensamente demais para a sua saúde.

— Espero que não se importe, mas tomei a liberdade de resgatar isso dos pertences encontrados, antes que os criados achassem que era apenas papel e jogassem tudo fora. — Ele colocou sobre a mesa um pequeno malote do que pareciam ser folhas dobradas que estavam amarradas com uma fita.

Elene devia saber do que se tratava, porque Luiza logo reconheceu como as cartas que ele havia lhe enviado. Ficou olhando para o pequeno pacote, então desviou os olhos para ele. Jordan rodeou o móvel, abriu a gaveta e de lá tirou as suas cartas e espalhou-as sobre a mesa. Eram as mesmas que estavam com Luiza, lá no museu, só que ali tinham uma aparência bem mais nova. Ela chegou mais perto para ver e corroborar o que ele dizia, viu as suas cartas, só que, em vez de estarem assinadas por L.C., o remetente era E.M.

— Elene... — Ele balançou a cabeça negativamente enquanto olhava para as cartas sobre a mesa. — Por que não me disse? — Agora ele estava irritado com isso, pois a recusa dela em lhe dizer quem era e onde estava poderia ter custado a sua vida. Ele teria ido buscá-la, o que evitaria aquele ataque. Mas ele não sabia que jamais conseguiria impedir e nunca imaginaria o que realmente a manteve viva.

Luiza, que estava achando muito estranho ser chamada de Elene, apenas baixou a cabeça e moveu o ombro direito. O que ia dizer a ele? Não formulara nada, nem uma mentira, nem um motivo. Escutou os passos dele e encolheu muito o ombro junto ao rosto quando sentiu que o conde parara bem à sua frente. Ele tocou sua face e levantou-a gentilmente, fazendo-a olhá-lo.

— E se... — Ele ficou olhando-a bem de perto, absorvendo cada detalhe da face dela. Ela sentia a palma quente da mão dele aberta contra sua bochecha. Jordan perdeu a linha de raciocínio, dando-se conta de que estava enfim encarando aqueles olhos que eram mais fascinantes do que sua imaginação conseguira conceber. — Eu nunca soubesse que é real.

Ela não resistiu e tocou o rosto dele também e ficou olhando-o do mesmo jeito que ele a olhava. Seus olhos se encheram de lágrimas, e agora não sabia por que demorou tanto a acreditar no impossível. Ele estava à sua frente, podia olhar seu adorado conde bem de perto, tocá-lo e sentir a quentura de sua pele contra sua palma.

— A realidade é tão melhor do que minha imaginação — ela disse baixo, observando os olhos dele também, que, na verdade, tinham um tom cinzento de azul; não era exatamente uma cor bem definida. Dependia um bocado da iluminação, do seu humor e de como ou o que ele estava olhando.

Jordan sorriu levemente. Ela fechou os olhos e encostou a testa em seu peito, que não estava mais escondido pela armadura. O conde pôde, enfim, abraçá-la de verdade. Não estava se importando nem um pouco com o inadequado e seu dever como suserano de, acima de tudo, protegê-la. Aquele momento foi muito esperado, e ele passou os dois braços em volta de seus ombros delicados e do início de suas costas, englobando-a, escondendo-a e apertando-a junto ao seu corpo. Fechou os olhos ao fazê-lo e sentiu-a colocar as mãos em suas costas e segurar com força no tecido de sua túnica. Nunca saberiam dizer por quantos minutos permaneceram assim.

— Milorde... — Ela se afastou o suficiente para encará-lo.

— Diga. — Ele ficou olhando-a atentamente.

— Estou com fome... — confessou de forma envergonhada, mas havia um buraco em seu estômago; não se alimentava há muito tempo. Aliás, não sabia quando foi a última refeição de Elene. Pela forma como se sentia, parecia ter sido há dias.

— É claro que está. — Ele deu um passo para o lado, virando-se para a porta. — Venha, tenho uma mesa farta a esperando.

À noite, ela retornou ao salão. Dessa vez, para o jantar. Ao entrar com ele, causou muito mais especulação do que da primeira vez, quando foi apenas compartilhar o desjejum preparado para os dois e para os cavaleiros que voltaram junto com eles. A cena se repetia e havia muito mais gente para testemunhar, aliás, muitos deles estavam ali só para vê-la.

Luiza sentou-se no lugar de honra ao lado de Jordan na mesa principal. Ele sorria livremente, conversando e interagindo muito mais do que o normal. Claro que sua atenção era dirigida quase inteiramente à nova hóspede. Mas não eram apenas boas maneiras. Lorde Regis e lady Lavine estavam passando uma longa temporada no castelo e nem isso fez o conde desenvolver melhor suas habilidades sociais.

Luiza estava com problemas: a memória de Elene não estava lhe suprindo as lacunas. Ela não queria comer, não sabia o que eram todas aquelas comidas e rejeitava tudo. Tinha que admitir: em seu tempo, era uma pessoa com gostos seletos. Agora, esperava adquirir os hábitos da mulher que era no momento. Mas só havia duas opções: isso não acontecera ou Elene também era tão seletiva como ela.

— Coma, é apenas pão. Betia é uma ótima cozinheira, este aqui tem um gosto leve — disse o conde, que se dirigia a ela em um tom mais baixo.

Durante o dia, ele notou que ela dissera estar com fome, mas comera pouco. Agora, o fato se repetia, e ele viu que ela analisava muito antes de ingerir algo. Ele cortou mais carne, mas ela não quis. Pensando no que poderia fazer para alimentá-la melhor, e sim, ele estava bem preocupado com isso, procurou partes mais bem assadas e cortou em pedaços menores. Fingiu que não estava prestando atenção e ficou satisfeito quando ela pegou todos os novos pedaços que ele cortou.

Mas ainda achava que ela parecia um passarinho, e, se não comesse, poderia adoecer. Sua mente estava muito desconfiada das pequenas informações que ela lhe deu nas cartas — confessou viver em um local sem conforto e provavelmente sem boa alimentação, já que precisava vir roubar frutas de sua plantação.

Era óbvio que Luiza não conseguia comer, não sabia o que era. Não queria pôr a mão, ainda não tinha uma faca pessoal e a única colher que vira por perto era grande demais. Mas acabou comendo todo aquele pão, os pedaços de carne da tábua que estava dividindo com o conde e havia um molho que ela não quis saber do que era feito ou sabia que não comeria, mas ficava muito apetitoso com o pão.

Lorde Regis resolveu conversar com ela. Ele falava preferencialmente em francês, e Luiza era fluente nesse idioma em sua época, mas Elene também devia ser, pois entendia tudo, mesmo com aquele sotaque dele e a linguagem cheia de floreios e termos obsoletos. Ela não sabia se a pronúncia dele era ruim como soava ou se naquela época era assim.

O homem lhe lançava olhares furtivos, às vezes rancorosos, outros cobiçosos e, por último, indefiníveis. Quanto à lady Lavine, não demonstrou nenhuma animosidade por ela ter aparentemente roubado seu lugar, talvez porque já estava apaixonada por sir Morey. Luiza estava achando tudo fascinante, porque convivia agora com todas aquelas pessoas que antes eram apenas personagens da vida do conde.

— Podemos dizer, então, que milady nasceu novamente — disse Regis.
— E que ótimo momento para trazer mais essa dádiva a Havenford. Fico feliz que tenha sido antes que o inverno domine a região ou certamente teria sucumbido ao frio. Afinal, quanto tempo esperou que chegasse ajuda?

Nem Luiza nem as supostas ajudas que a mente de Elene lhe davam podiam entender todas as entrelinhas do que Regis dizia, ainda mais porque ele, um cortesão muito experimentado, sabia usar um tom neutro e interessado. Mas, enquanto ela concordava e dizia que não sabia exatamente quanto tempo esperara, o conde lançou um olhar de advertência ao seu hóspede, que fez apenas uma observação em resposta e deixou a moça em paz. E era bom também que ele parasse de olhar para ela com aquela cara de andarilho faminto que chega numa festa e encontra um enorme leitão assando, ou ia acabar com os olhos temperando o molho.

Estava muito difícil para Regis se conformar com o fato de que partiria no dia seguinte, sem ter conseguido prender o conde em sua teia de tramoias, e olha que usara inúmeras armas. Mas foi prejudicado pelo fato de Jordan não ter demonstrado atração por Lavine, por não ter gastado seu tempo socializando com eles, e sua filha ter parado de colaborar. E agora mais essa! Aquele cavaleiro sem nada para oferecer, além das terras que o conde lhe dera, havia pedido a mão de sua filha.

E, para acabar completamente com suas esperanças, o conde trouxera uma bela jovem para casa e lhe dava tanta atenção que o resto do mundo parecia ter saído de cena. Aliás, uma atenção exagerada, que ia contra os costumes solitários dele de forma tão gritante que todo mundo ali percebeu.

— Aqui, milady! Terminei o calção que me pediu! — anunciou Erin, muito feliz em poder ajudar. Pretendia fazer todas as vontades da nova lady, por mais estranhas que fossem, assim, garantiria seu lugar bem longe da cozinha.

Luiza ficou olhando para a peça de um tecido que ela nunca escolheria para uma calcinha, uma espécie de linho mais grosso. Ela não era grande conhecedora de tecidos, ainda mais aqueles fabricados no século XV, mas, pelo menos, parecia ser quente, e o frio ali era daquele que chegava aos ossos.

— Está ótimo, Erin, muito obrigada. — Era melhor do que nada e agora pelo menos "suas partes" estariam bem protegidas, e ela andaria por aí com mais confiança. De qualquer forma, a única outra mulher que se vestia de forma similar à dela, apesar de mais complicada e luxuosa, era Lavine. Todas as outras eram trabalhadoras e usavam túnicas e vestidos simples. — Vou precisar de mais alguns, vamos arrancar esse bando de camada interna dos vestidos e usar o tecido.

Depois do jantar, o conde se despediu dela e desapareceu. Até o momento, não havia tentado conversar sobre outras questões a respeito das cartas, mas ela sabia que ele o faria. Fora gentil durante as refeições, não questionou seus problemas sobre comida — aliás, não questionou nada. Era como se estivesse lhe dando um pouco mais de espaço, quem sabe mais uma noite de sono e tempo para pensar no que ia dizer. E era uma boa questão a se pensar... o que ela ia dizer a ele?

Só havia duas opções: mostrar que era louquinha de pedra e começar uma história doida sobre um futuro onde o castelo dele estava arruinado. Ou contar a verdade sobre a vida de Elene. Claro, se ela soubesse alguma coisa sobre o passado de Elene, seria ótimo. Era uma pessoa com uma sorte estranha. Quando conseguia o que tanto queria, sempre tinha que vir com alguma cilada.

De manhã, Erin lhe ajudou a se vestir, ela colocou o tal calção, que até ficou bom, e teve menos problemas com a maldita touca, que, segundo Erin, lady Lavine chamava de chapéu. Sinceramente, ela não ia continuar usando aquilo, o negócio era uma tortura, repuxava o cabelo de forma dolorosa e o dividia ao meio de um jeito que a desagradava. Não era uma completa ignorante no assunto; ia arranjar outro jeito de ficar na moda e atender às necessidades sociais da época, sem aquela maldita touca ou seja lá o nome que ela tivesse. Luiza chegou ao salão ainda irritada com aquela coisa na cabeça, mas o caos que encontrou mudou completamente seu foco.

— Só pode ter enlouquecido! — lorde Regis gritava, no meio do salão.

— Não, nunca estive mais lúcida! — respondeu Lavine, puxando o braço para que o pai a soltasse.

Claramente transtornado, lorde Regis deu-lhe um tapa no rosto e levantou a mão para continuar a bater.

— Não criei uma filha para ser meretriz de um miserável! — gritou ele, no auge de sua raiva, e desferiu-lhe outro tapa.

Antes que ele batesse nela novamente, o conde os alcançou e se meteu entre eles, levando um tapa no braço, onde estaria o rosto de Lavine.

— Lorde Regis, não posso permitir que tenha esse comportamento violento dentro de minha casa — disse o conde, encarando-o. — Afaste-se de lady Lavine imediatamente.

— Mas ela é minha filha! Eu tenho direitos sobre ela — insistiu Regis, fulminando o conde com o olhar.

Lorde Regis pensava que o conde também era responsável pela atual situação desastrosa. Era um homem dos mais estranhos, não tomava porres nem saía atrás das mulheres do castelo. Assim ficava difícil enfiar a filha na cama dele um dia que estivesse apagado após vinho demais ou totalmente dominado pela luxúria.

— O senhor me transformou numa meretriz, papai. Tentou me jogar na cama de todos os nobres influentes que queria usar. É a primeira vez que faço uma escolha sozinha — ela falava, protegida atrás do conde.

O comportamento do conde também a ajudou a ter coragem de tomar essa decisão. Diferente dos homens que conheceu na corte, ele não demonstrou interesse em levá-la para a cama, e interagia com ela sem procurar nada além. Eles nunca foram amantes, nem antes que ele começasse a receber as cartas de Elene. Foi aí que Luiza percebeu que pelo menos esse episódio da história não havia sido mudado por ela, pois apenas impediu a propagação de um boato.

Sir Morey entrou correndo no salão. Alguém fora lhe avisar da confusão; dava para notar que ele se vestira às pressas.

— O que esse crápula fez a ela? — perguntou ele, o ódio fervendo em seus olhos castanho-escuros enquanto ele mesmo avançava para proteger Lavine.

Apesar de seu porte de cavaleiro e físico avantajado, Lorde Regis permaneceu inabalado, acostumado demais a mandar para conseguir entender que estava sendo ameaçado por um mero cavaleiro.

— Esse crápula é o pai dela e diz o que ela faz. Você não tem nada, portanto não serve para minha filha — acusou lorde Regis, apontando para Morey com escárnio.

— Eu lhe pedi a mão de sua filha honrosamente e, apesar de milorde me ignorar, ela aceitou. Procurei um padre, e ele realizou o casamento; temos testemunhas. E sua filha se entregou a mim por livre e espontânea vontade. Mas, se milorde não aceita essa união, creio que teremos de resolver isso de outra maneira — disse sir Morey, desembainhando a espada.

— Não vai haver luta alguma no meu salão! — contestou o conde autoritariamente, calando o burburinho com sua voz forte. — Guardem as espadas — ordenou aos dois homens, e seu olhar dizia que ele mesmo ia lá tirar a espada deles se não o obedecessem. Morey já estava acostumado e apenas embainhou sua arma, mas, dessa vez, lorde Regis teve dificuldades com sua mão trêmula.

— Eu não vou a lugar algum, papai. Casei-me com sir Morey e agora o meu lar é onde ele estiver. Ele é um homem muito mais honrado do que aqueles para os quais me entregou em troca de suas regalias. Ele me aceitou, mesmo sabendo que não sou a noiva que ele merecia — disse Lavine, com lágrimas ardendo em seus olhos por dizer em voz alta o que tanto a envergonhava.

— Cale a boca! Não gastei meu tempo para que termine casada com um cavaleirozinho qualquer — respondeu Regis, apontando para a filha.

— Ele é um dos melhores cavaleiros que já vi lutar e fiel ao conde. Portanto, meu lugar é aqui em Havenford ao lado dele — alegou, surpresa com a própria coragem. Era a primeira vez na vida que desafiava o pai.

Morey olhou para sua esposa com orgulho, e ela parecia ter conquistado também o respeito do conde. Luiza pelo menos estava admirada e notava como a história não fazia justiça. Era provável que esse episódio jamais fosse contado; Lavine constava na história de Havenford como uma figura sem muita importância.

Antes, foi apenas parte de um boato que a retratava como uma das poucas amantes do conde, e agora, ela provavelmente seria lembrada como esposa de sir Morey. Esperava que ao menos o cavaleiro fosse lembrado como o grande amigo do conde. Ou então que Jordan escrevesse sobre esse episódio o suficiente para ser um acontecimento marcante.

— Isso não ficará assim, Havenford. Se não tomar uma providência, recorrerei ao rei — ameaçou Regis, agora se dirigindo ao conde.

— Eu não tenho autoridade para desfazer a benção de Deus, lorde Regis. Eles se apresentaram diante de um padre e fizeram seus juramentos com testemunhas presentes. Por vontade própria. Também já consumaram o enlace. Depois disso, quem você acha que vai querer comprá-la como esposa? — argumentou o conde, que continuava entre Lavine e o pai.

Obviamente, Regis não se contentou com isso e disse que arranjaria um jeito de acabar com esse absurdo. Ele não chegou a ameaçar uma guerra, porque não teria como enfrentar o exército de Havenford e todos os outros que viriam apoiá-lo e sabia muito bem que ninguém guerrearia por tal motivo.

O duque de Gloucester, como representante do futuro rei, também não ia gastar seus homens para resolver algo tão pequeno e por uma mulher que ele sabia que já fora usada como joguete do pai. Lady Lavine podia ser bela e de linhagem nobre, mas não tanto para valer uma contenda armada. Todos na corte sabiam que Regis estava tentando desesperadamente arrebatar um marido rico para cobrir suas despesas exorbitantes.

Havia uma pessoa para quem Lavine significava tudo no mundo e por quem ela lutaria contra quem fosse, e esse alguém era Morey.

Regis partiu insultado e não se despediu da filha. Mas já casara outras duas filhas, e seu herdeiro recebera um dote muito bom. No entanto, Lavine, que era a mais bonita, foi sua esperança de fisgar um peixe bem grande.

— Fascinante! — exclamou Luiza, parada ao lado de Jordan, vendo a comitiva de Regis partir enquanto repuxava aquela maldita coisa em sua cabeça. — Você podia mesmo fazer isso?

Ele não notara que ela estava assistindo àquela confusão e muito menos que já chegara às portas do salão. Pelo jeito, ela era tão esquiva pessoalmente como era nas cartas.

— Creio que sim, afinal, funcionou — respondeu. — Mas o mérito não é meu. — Ele olhou para o casal. Lavine chorava de emoção enquanto o marido a confortava.

Jordan voltou a olhar para onde Luiza esteve parada, mas ela não estava mais lá. Procurou-a com os olhos e encontrou-a já no meio do salão, aproximando-se de Morey e dos outros com intuito de parabenizar o novo casal.

— Parece que milorde enfim se livrou dos hóspedes indesejados — observou Cold, parando onde Luiza esteve.

— O hóspede... agradeço a Deus por não ter nascido mulher para ter de seguir os mandamentos de homens como Regis — respondeu o conde.

— Eu também, milorde. Quando presencio situações como essa, passo a dar mais valor a essas adoráveis criaturas que são as mulheres — disse Cold, que não tinha compromisso com ninguém e não pretendia ter tão cedo, o que não o impedia de desfrutar dos prazeres da vida. — Por falar nisso, já que Morey está recém-casado, eu posso liderar a comitiva para levar a dama em segurança.

— Qual dama? — O conde virou o rosto para ele rapidamente.

— Oras, lady Elene, a nova hóspede. Milorde não prefere que ela chegue ao seu destino antes que a neve comece a cair? Se demorar a partir, terá de esperar o fim do inverno. Posso levar a comitiva, não quero que Morey se afaste. Os homens ficarão prontos rapidamente.

O conde ficou olhando seu outro fiel cavaleiro, seu cenho muito franzido como se o homem estivesse sugerindo o maior dos absurdos. O que, aliás, estava.

— De onde você tirou essa ideia, homem? Lady Elene não vai a lugar algum, ela vai ficar aqui. Principalmente agora, o tempo já está frio demais. Ela acabou de passar por um trauma. Não há a menor chance de eu colocá-la de volta na estrada.

— E ela sabe disso, milorde?

A pergunta feita num tom suave fez a expressão de Jordan mudar, e ele levantou as sobrancelhas, afinal, estavam agora mesmo falando de como as mulheres podiam sofrer tendo que obedecer sem questionar. Só que ele não a obrigou, mas o comentário de Cold fez com que percebesse que já dera tempo suficiente à dama para se recuperar. Precisavam começar a acertar umas coisas ali. E havia outro ponto crucial nisso: ele não queria que ela fosse a lugar algum. Depois da dificuldade que foi para enfim encontrá-la, ia ser muito difícil alguém tirá-la dali antes que ele tivesse a chance de conquistá-la para que ela ficasse por livre e espontânea vontade.

— A dama não manifestou vontade de partir — o conde limitou-se a responder e foi entrando, preferindo não olhar para trás, pois tinha certeza de que Cold estava sorrindo.

CAPÍTULO 11

Depois de parabenizar Lavine e Morey pelo casamento, Luiza sentou-se no mesmo lugar do dia anterior. Ela passou mel e geleia em fatias de pão e se fartou com isso. Ali, eles tomavam cerveja não importava a hora, mas ela ainda não conseguia ter estômago para isso, por mais que, de certa forma, o corpo não fosse seu. Será que Elene também era dada a começar a beber cedo? Bem, Luiza já estava até se acostumando com a sidra, mas, na noite anterior, usou o pequeno caldeirão da lareira e ferveu água para beber no dia seguinte. Ninguém parecia doente por causa da água dos poços, mas as pessoas dos tempos modernos liam coisas horríveis sobre a água da época.

— Precisamos conversar — disse-lhe o conde, e agora o tom dele era bem mais sério.

— Sim... Milorde — ela respondeu e teve dificuldade para engolir o último pedaço de pão. Uma hora, ela ia esquecer esse negócio de milorde para cá, sir para lá... Será que era muito desrespeito ou os livros de história exageravam?

Ele tinha algumas pendências para resolver e gostava de colocar suas tarefas em dia já na parte da manhã, portanto a conversa ficou para a tarde. Luiza decidiu andar pelo castelo para passar o tempo; queria admirar aquela bela construção em seus tempos de glória. De acordo com a descrição, ele era um dos mais seguros de sua época, com as muralhas fortes e altas e por ficar em cima de uma colina. Um inimigo não podia se aproximar sem ser visto de bem longe, o que dava tempo de reunir as defesas e os habitantes da vila fugirem para a proteção das muralhas.

E era considerado também um castelo moderno para sua época, com uma planta bem planejada, prédios independentes, altos e fortes, todo feito em pedra com paredes grossas e com madeira usada como enfeite e acesso externo, e não como estrutura principal.

Por dentro, apresentava todos os confortos possíveis, sem exageros, mas procurando passar aconchego para quem vivia ali. O conde não podia se gabar por se preocupar com decoração e inovações domésticas, mas sua mãe deixara os exemplos que ao menos ele mantinha. Mesmo que se limitasse a apenas aprovar reposições de uma peça velha por uma mais nova quando Joan vinha lhe informar.

— Milady nunca havia visitado o castelo? — indagou o conde, que a avistou no corredor e foi ao seu encontro.

— Não... — ela respondeu de forma vaga. Havia visitado sim, mas, teoricamente, isso ainda não acontecera.

— Tem certeza? Porque ainda não entendi como tinha acesso à minha sala, onde conseguiu minhas chaves, como entregava e recebia minhas cartas... E como sabia sobre os prisioneiros no castelo. — Ele foi andando lentamente ao seu lado.

— Eu... — Não queria mentir para ele, mas também não podia dizer a verdade. Jordan nunca acreditaria e ainda acharia que ela era louca. — Não sei. — Balançou levemente a cabeça, lamentando a péssima resposta.

Afinal, que maluquice ela ia inventar? Não era uma moça desconhecida e estranha que pulara em cima dele na estrada. Ali, ela era Elene de Montforth, não sabia praticamente nada sobre a vida da moça, mas sabia que era alguém que vivia naquele tempo em um castelo bem menor e longe dali. E que estava fugindo. Ou seja, nada de bancar a vingadora do futuro. Essa parte era só na sua mente.

Mas e se Elene fosse uma louca, uma assassina, uma insaciável devoradora de nobres da corte...? O que ela ia fazer? A mulher devia ser alguma coisa dela, porque eram parecidas demais. Mas não sabia o quê; ela podia ser a ancestral que desgraçou a família. Não, a pobre Elene não era nada disso, ela estaria morta agora se Luiza não tivesse ido parar ali. Como é que iria começar a contar toda essa insanidade ao conde?

— Não minta para mim, Elene. Você não precisa. Eu só quero saber como leu minhas anotações. Como entrou aqui e como conseguia pegar as respostas, mesmo quando eu as trancava — insistiu Jordan, ainda querendo entender a situação e especialmente saber por que ela o torturou por tanto tempo e se negou tão veementemente a revelar quem era ou deixá-lo ir ao encontro dela.

Pressionada, ela andou mais rápido, como se isso fosse ajudá-la a raciocinar melhor para dar uma resposta plausível. Mas precisava ser algo que ele pudesse entender e aceitar.

— Eu não sei, eu não sei! Foi estranho para mim também. Milorde não tinha como receber minhas respostas — ela disse por fim, convencendo-se de que não estava mentindo. Era verdade que não fazia ideia de como as cartas iam e voltavam.

Ele andou mais rápido e tornou a alcançá-la, obrigou-a se virar para encará-lo e a manteve segura pelos dois braços.

— Eu lhe disse para não mentir, Elene. Se estava tão longe, como sabia do que se passava aqui? E como praticamente previu que uma desgraça ia acontecer se mantivéssemos os prisioneiros? Estou disposto a ser um bocado esquecido e relevar boa parte dessa sua história inexplicável, mas também não sou tão tolo.

— Não sei! Eu apenas soube! É algo que não procurei, simplesmente foi acontecendo. Não há explicação lógica, eu soube e eu recebia suas cartas do mesmo modo, nunca descobri quem as trazia — disse Luiza, amaldiçoando mentalmente aquela maldita rede em sua cabeça que resolvera apertar e coçar justo agora que ela estava encurralada e presa pelo conde. O que ia fazer para se livrar da comichão? Dar com a cabeça na parede? Aí mesmo que ele a tomaria como louca.

Ele a segurou mais firmemente, suas mãos próximas dos ombros dela, apertando seus braços. Ela não tinha explicação para nenhuma de suas questões, devia estar mentindo descaradamente; até o povo estava curioso sobre ela. E, mesmo assim, ele só conseguia pensar em sentir novamente aquelas formas macias entre seus braços.

— Sabe, Elene, creio que você é uma feiticeira. Sim, isso é certamente o que você é. Só algo assim para explicar tudo que não sabe e o fato de não estar aqui nem há dois dias e já ter me enfeitiçado completamente. Você e esse seu cabelo vermelho. — Ele retirou a touca e a massa de ondas ruivas soltou-se imediatamente. — Você é exatamente como as lendas dizem que as feiticeiras da floresta são. Olhos verdes como as folhas, cabelo vermelho como fogo e bonita demais para a sanidade de um homem.

Jordan não acreditava nessas lendas pagãs, mas ela criara uma grande confusão nele, algo que nunca havia lhe acontecido, com sentimentos que geravam comportamentos e vontades inesperadas e diferentes para ele. Só algum tipo de feitiço poderia causar isso, e o povo gostava de acreditar nessas lendas. Feiticeiras da floresta, olhos verdes como a relva e cabelos vermelhos como fogo. E a maldita ainda adorava frutas e dizia sempre conseguir encontrar as mais doces.

— Não sou nada disso! — afirmou, acreditando que talvez ele não achasse a comparação boa e dando graças por tê-la livrado da maldita rede.

— E como você ficou viva? Não havia um lugar ali para se esconder. Todos os homens da guarda estão contando sobre o seu milagre, sobre como foi a única que sobrou viva, de pé em meio àquele lago de sangue. Mas nenhum deles sabe que suas peripécias vão muito além. Diga-me a verdade. De onde você veio? Como sabia de tudo isso? — pressionou, seus olhos sérios cravados nela, como se pudessem ler toda a verdade que estava escondida em sua mente.

— Você jamais acreditaria. Eu escrevi para você, mas não sei como a carta chegou. Não sei quem nos colocou em contato ou como. Só sei que, de alguma forma, eu precisava vir até você. — A sinceridade da forma como alegou que precisava encontrá-lo conseguiu abalar a resolução dele de interrogá-la. Afinal, tudo que mais quis foi que ela viesse.

— Não pode ser pior do que eu ter certeza de que você me enfeitiçou. Completamente. Estou agindo como um tolo há meses. E você causou isso. Piorou muito desde que chegou aqui. — Ele deixou as mechas vermelhas correrem pela sua mão, admirando a cor daquela profusão de grandes cachos. — E eu quero saber o que fez comigo, mais do que todo o resto que andou aprontando. Não sou um homem fora de controle e você não vai me transformar em um.

— Eu não sou uma bruxa só porque tenho cabelos vermelhos e acha que o enfeiticei. Eu nunca lhe faria mal. Tudo que fiz foi querendo o seu bem.

— Não me fez mal, só me enfeitiçou de alguma maneira. — Ele olhou para os lábios dela, suas mãos se moveram em seus braços e ele acabou apertando-a mais forte e trazendo-a para mais perto do que o adequado permitia. Não conseguiu mais resistir e roçou a boca úmida pela dela, sugando sutilmente os seus lábios para saber que gosto ela tinha. Não se passara uma noite, desde que ela invadira sua mente, que ele não imaginasse que gosto teriam seus lábios.

Luiza moveu a boca, retribuindo e acompanhando o movimento, e inclinou mais a cabeça para trás, encorajando-o a continuar. Separou os lábios, querendo ser beijada ardorosamente, como imaginava que ele podia fazer. A recíproca apaixonada que Jordan não estava esperando da dama que segurava e receava insultar com seus avanços conseguiu estremecer as barreiras do autocontrole que ele estava se impondo. E era disso que ele estava acusando-a.

As barreiras dele eram tão fortes quanto as muralhas que protegiam Havenford, não tremiam e intimidavam qualquer inimigo, não o contrário. O conde construíra seu próprio castelo interior, levantara suas muralhas, cavara seu fosso e sua guarda nunca estava desprevenida. Mas aquelas cartas o sitiaram, venceram seus portões, e ela viera pessoalmente lhe dar o golpe de misericórdia. Como derrotara um inimigo tão poderoso sem grande esforço? Enfeitiçando-o, claro. Jordan estava certo, só que não era o tipo de feitiço que bruxas faziam.

Incapaz de retroceder sem experimentar um pouco mais, ele desceu as mãos pelos braços dela, chegou a tocar seus quadris, e agora ela o incendiava, sugando seu lábio inferior e tentando tocá-lo também. Ela era muito mais provocante do que ele jamais teria vivido em qualquer um dos sonhos eróticos que definitivamente mantinha fora de suas confissões ao padre. O conde deu um passo para trás e se separou dela, virou o rosto, fechou os olhos, apertou os punhos e soltou o ar. Mais um pouco e ia deitá-la naquele tapete. Maldição! Ele não andava por aí querendo deitar ninguém em tapetes.

Luiza ficou apenas olhando-o, levemente recostada na parede, segurando as próprias mãos. O cabelo lhe emoldurava o rosto, caindo por cima dos ombros e passando por cima de seus seios, que se apertavam contra o tecido do vestido. Ele preferiu nem olhá-la; era tentação demais.

— Feiticeira — ele disse antes de continuar pelo corredor.

— O que vai fazer agora? Preparar a fogueira para me queimar por bruxaria? — ela perguntou em tom de desafio, provando que era a mesma que o estivera provocando nas cartas.

— Só se for a fogueira em que você me transformou! — ele respondeu de forma mal-humorada e virou no corredor, parecendo até que era perseguido por mil demônios.

Ela se abaixou e pegou novamente a maldita rede enfeitada. Sinceramente, não ia se importar muito de queimar na fogueira que supostamente o fizera virar. E a Elene que agora vivia dentro dela não parecia estar contra isso, pois não a impediu.

Decidida a tornar-se uma só e não viver naquele conflito interno, Luiza passou parte do dia à frente do espelho acostumando-se e procurando adorar a sua nova imagem. Em alguns momentos, divagava sobre quem era agora. Aquela era ela, independente do nome pelo qual a chamariam. As decisões também eram suas. E, além disso, começava a gostar daquele nome.

— Não vou mais usar essa touca, chapéu, seja lá o que for essa coisa horrenda — Luiza informou a Erin, que ficava apenas olhando para ela com adoração. Erin era outra que estava embasbacada pela moça. Não só pela beleza, mas pela forma diferente como ela agia. — Não valoriza minha imagem.

— Posso trançá-lo — sugeriu Erin, sem procurar entender o que a dama queria dizer. Ela já dissera que se recusava a fazer aqueles penteados medonhos, mesmo que a garota nem soubesse do que ela estava falando.

Luiza concordou, arrumou uma parte para o lado como preferia e a deixou prender tudo com uma trança grossa, presa por uma fita de seda da cor de seu vestido verde. A garota parecia achar que todos os véus dela foram perdidos no roubo, e Luiza só podia concordar. Então ficou de pé e alisou as saias. Erin ficava apenas olhando-a, achando-a muito diferente de todas as outras nobres que passaram por aquele castelo. Ela fazia tudo diferente e, em sua imaginação de garota, já a imaginava a única no mundo que servia para o conde, que também povoava um lugar muito especial na sua mente.

— Milady é mesmo uma aparição... Deve ser por isso que milorde ficou tão encantado — disse Erin timidamente e com as bochechas vermelhas.

Ao escutar a declaração tão espontânea, Luiza arregalou os olhos, pois, devido à conversa que tivera com o conde naquele dia, interpretou a frase dela de maneira ambígua. Aparição podia ser bruxa, feiticeira, assombração...

E encantado podia ser enfeitiçado! Eles já haviam começado a desconfiar de bruxas naquele tempo, e mais um pouquinho e as fogueiras se acenderiam. Ela definitivamente não queria ir parar no século XV e se meter justamente num boato de bruxaria.

— Por que acha isso? — perguntou, puxando a trança para cima do ombro.

— Porque milorde dá muita atenção à milady nas refeições e... Ele a estava beijando no corredor. Minha mãe diz que já vieram várias damas aqui e ele nunca beijou nenhuma no corredor... Nem em lugar nenhum, eu aposto.

Dessa vez, Luiza começou a tossir e foi ela quem ficou vermelha.

— Você viu? — questionou baixo, como se houvesse mais alguém no cômodo.

— Eu não estava espiando, milady. Eu juro! — Erin ficou olhando para baixo e juntou as mãos, em uma pose humilde. — Só passei para trazer roupas secas! Juro!

— Eu acredito. — Realmente não havia cogitado a possibilidade de alguém ter visto. Era isso que dava se distrair com aquele seu conde atraente demais. Não foi isso que imaginou, tampouco pensou que ia chegar ali e quase cair dura quando desse de cara com ele. Deu o beijo mais casto que poderia e mesmo assim já estava enrascada. — Você contou a alguém?

— Só para minha mãe, milady.

Ela preferiu não perguntar se a mãe dela era fofoqueira. Apenas sorriu e foi saindo do quarto, fazendo orações mentais para não chegar ao salão e todos a olharem com jeito de que estavam a par de seus segredos. Nos livros, sempre se divertia muito quando os criados ficavam fofocando e se metendo, mas não sabia se ia gostar de viver isso na pele.

Foi então que se lembrou de que ela já sabia muito sobre aquele lugar; não era uma completa desconhecida. Luiza lera tudo sobre Havenford e seu povo, sobre a vontade que tinham de ver o conde satisfeito e com alguns herdeiros. Sabia sobre as mulheres que paravam lá para tentar conquistá-lo, as primas que o outro lado da família tentava jogar em seu colo, as pretendentes que o duque sugeria. E, no fim, ele morreu solitário, sem deixar ninguém, apenas a lembrança de um lorde justo e querido por seu povo.

Um arrepio a percorreu da cabeça aos pés só por pensar nisso. Nas histórias, o rei vivia obrigando os nobres a se casarem, então por que não o obrigou? Talvez tivesse sido melhor, ou quem sabe, ele estava só esperando mais um pouco para ver se o conde escolhia sozinho. Se não acontecesse, ia dar-lhe as opções ou simplesmente mandar o nome da mulher que deveria buscar para se casar. Só que Jordan morreu antes disso.

Depois que se livraram de lorde Regis, o conde decidiu dar um casamento decente ao seu amigo e chefe da guarda. Com direito a um farto jantar e à bênção do padre Ofrey, residente na igreja do castelo. Mas não antes de ele ter passado um sermão fenomenal no casal por ter ido procurar aquele padreco da igrejinha do mercado do outro lado do rio.

Luiza teve a sensação de que sua entrada no salão causou até o término da música, o que foi uma infeliz coincidência. Os músicos estavam apenas trocando a canção. Mas estava certa quanto à sensação de estar sendo observada, afinal, a mãe de Erin não pôde conter a empolgação, e muito menos a língua.

Mal sabia Luiza onde estava se metendo; era óbvio que todo mundo ali tomava conta da vida do conde. Afinal, qual figura era mais importante na vida daquelas pessoas do que seu lorde? Ele era a celebridade local. Só não existiam revistas para ele estampar nem programas de TV para aparecer. Mas, no TOP 10 do papo do jantar, das tabernas, estradas e durante o trabalho, ele era o assunto mais polêmico e importante, acima da fofoca familiar e dos vizinhos. E agora Elene entrara na pauta.

— Venha. Betia lhe preparou algo especial — convidou o conde, oferecendo-lhe o braço para que o acompanhasse até o tablado e sentasse novamente ao lado dele. Ele estava dividindo sua tábua com ela e cortando tudo que ela queria.

— Mesmo? — Ela se sentou e, depois de o criado com a água de rosas esperar que ela lavasse as mãos, novos pratos começaram a ser servidos.

Estava um pouco atrasada para o banquete; já estava escutando música lá embaixo desde que levantou. Mas tinha se sentido cansada, seus músculos doíam, como se tivesse passado dias cavalgando. Imaginava que Elene havia levado pelo menos dois dias para chegar até as terras de Havenford.

— Isso é apenas carne assada com cebola e ervas. Pedi para Betia cozinhar separado e deixar os pedaços bem passados. Está bom, eu provei — explicou o conde, depois que a carne estava na tábua. — Esses pães são feitos com a melhor farinha da região. Experimente-os e use esse molho que não tem sangue de porco como ingrediente. — Ele escondeu seu divertimento ao lembrar-se de que ela chegara a empalidecer durante o jantar anterior quando lhe disseram de que era feito o molho.

— Milorde não precisava se preocupar — disse sem jeito, achando encantador que ele soubesse falar sobre os ingredientes da comida. Ela não precisava saber que ele fizera Betia repetir aquilo umas cinco vezes para ele memorizar. — Desde que cheguei, já experimentei alguns pratos novos, e eram bons.

— Quero que coma e aproveite como todos. Não me importa, realmente, o motivo de não tolerar tudo que vem a esta mesa. Acredite, madame, essa sua comida simples é até mais fácil de preparar — falou com um sorriso. Se contassem pelas redondezas, ia ser difícil acreditar que o conde estava falando dos pormenores de como a comida era feita.

Luiza não estava achando nada simples ali, mas, comparado àquele bando de coisas que eles comiam e ela não queria nem saber do que era feito, preferia manter a simplicidade. Mas estava tocada por ele ter tido a sensibilidade de notar sua dificuldade durante as refeições e não ter se importado. Se nada mudasse, o conde ia ter que aprender a não se importar com muitas esquisitices da parte dela.

— Esse queijo também está muito bom, prove. — Ele colocou uma faca menor do que a dele à frente dela. — Já que perdeu a sua, esta é apenas para você, até trocarmos por uma apropriada. O molho também é apenas seu. Os homens não iam gostar muito dessa mistura pouco condimentada. — Achou graça e esperou um pajem colocar vinho nas taças.

Os homens eram uns selvagens, isso sim. Devoradores insaciáveis de carne e pão. Jogando molhos dos mais estranhos por cima e colocando tudo na boca. Na opinião de Luiza, eles precisavam aprender que uma coxa de animal não era uma colher. Aliás, ela roubara uma colher, lavara com água quente e estava usando-a como garfo. Quando começou a juntar a comida, e inclusive tentar cortar com o lado da colher e usar o pão ou a faca como apoio, foi realmente engraçado.

O conde continuou cortando e servindo os pedaços para ela. Lady Lavine pegou a colher que tinha mais por status do que para uso e começou a imitá-la. Os outros preferiram permanecer usando apenas suas facas pessoais, afinal, quem mais tinha sua própria colher?

Betia havia até dito ao conde que a nova lady furtara uma colher de prata e, segundo Erin, fervera o talher na lareira do quarto. Ele disse para a cozinheira que Elene devia ter perdido a dela e que era para deixá-la roubar colheres, facas, cumbucas e o que mais ela precisasse. Na verdade, se ela quisesse pilhar o castelo, Jordan estava pouco se importando. Desde que continuasse ali dentro.

— Obrigada. — Pegou a faca, e ia cortar o pão, mas o menino responsável por servir os pães adiantou-se e cortou, querendo mostrar serviço para a convidada especial do seu lorde. — Não sei como agradecê-lo, milorde. Foi realmente muito sensível de sua parte preocupar-se com algo tão bobo quanto isso. Estou até envergonhada. Tenho certeza de que poucos homens tratariam uma feiticeira com tamanha deferência. Ainda mais, quando ela o enfeitiçou — alfinetou ela.

— Fico lisonjeado pelo elogio, madame. — Ele beijou levemente sua mão, mas seu olhar dizia que ele tinha guardado aquela alfinetada para mais tarde. — Agora, beba. Não faça a desfeita de não acompanhar o brinde.

Todos se levantaram e brindaram aos noivos. Luiza ia ter que encarar aquele vinho. Ela não bebia nem em sua época e estava evitando ali, mas era impossível, já que o conde bebia vinho nas refeições. Mesmo que ela visse mais cerveja sendo servida, tinha ainda menos vontade de experimentá-la. Assim que engoliu o primeiro gole do vinho, ela começou a tossir e baixou um pouco a cabeça. Jordan sorriu e tirou a taça da mão dela antes que derramasse no vestido.

— Parece que a lady ainda não está acostumada com o vinho daqui! — falou Morey, brincalhão e feliz, sentado à direita deles, no lugar de honra.

Todos riram do comentário, e Luiza sorriu encabulada e com a face vermelha.

— Mais forte do que suas poções, milady? — perguntou o conde, devolvendo a alfinetada. Isso ninguém mais escutou.

— Não preciso de poções, sabe disso. — Ela empinou o nariz e comeu o seu pão. — E eu gosto da carne em fatias — disse a ele, que não se importou com o tom dela e cortou como ela preferia. — Que carne é essa? — quis saber por curiosidade porque estava mesmo apetitosa.

— Acho melhor que não saiba. — Jordan deixou a faca e bebeu mais um gole de vinho enquanto sorria para si mesmo, provavelmente porque sabia bem de onde viera a carne.

Como estava com fome, ela aproveitou muito a comida especial que foi feita para ela. E até começou a achar o ambiente mais agradável, principalmente com as mesas do salão mais afastadas, os músicos tocando e as pessoas dançando. Os noivos foram dançar ao som de uma melodia suave e contínua que ela não estava acostumada a escutar. Luiza nunca pensou que veria esse lado de Lavine, de quem fez mau juízo quando ainda lia apenas as histórias. Mas estava ali, disposta a mudar completamente e a viver em outras condições para poder ficar com sir Morey. Ele não poderia lhe dar os luxos que recebia da família, mesmo assim, ela o escolheu.

A forma amorosa que os noivos se olhavam era tão inspiradora que ela quase sentiu vontade de chorar de emoção, como acontecia quando via aqueles filmes melosos junto com Afonso e Peggy. Mas isso ficara no seu passado. Ali, os únicos filmes que veria seriam aqueles da vida real.

O conde pediu a um dos meninos que ajudava a servir a mesa para trazer uma jarra do vinho menos concentrado. O menino voltou o mais rápido que pôde e, por indicação do lorde, colocou a bebida na taça dele, que deu um pequeno gole para ver se aquele era mesmo o mais fraco.

— Experimente esse. — Ele entregou a taça a Luiza.

— Vou começar a tossir novamente e todos vão rir... — Ela olhou para o líquido dentro da taça, notando que era mais claro do que o outro vinho.

— Não vai, é bem mais fraco. — Segurou levemente a taça, colocando a mão sobre a dela e aproximando-a de seus lábios. — Beba um pequeno gole — ele pediu mais baixo.

Ela aceitou e sorveu um golinho do líquido, percebendo que conseguia bebê-lo sem problemas, então aceitou mais. Ele manteve a mão sobre a dela e a olhava beber como se estivesse admirando o desenrolar de uma cena que o agradava muito.

— É bom! — Ela sorriu e bebeu mais três goles. Estava satisfeita; agora poderia beber nas refeições como os outros. Era um item a menos para fazê-la sentir-se deslocada.

— É mais suave. — Foi a única coisa que ele conseguiu murmurar. Observá-la tirava-lhe a concentração e até quebrava sua linha de raciocínio.

Luiza era um pouco alheia a certos detalhes que aconteciam, como o fato de estar bebendo da taça dele. Não lembrou que a taça do conde era diferente de todas as outras da mesa e que só ele podia beber nela. Os outros nem a tocavam e ela era pesada e bonita. Bem no meio dela, pedras preciosas em tons de verde, azul e negro a circundavam.

Elene provavelmente notaria isso, mas Luiza não sabia. E era como se todos ali que notaram de onde ele estava fazendo-a beber já soubessem o que ele queria dela. Estavam até se acostumando a vê-la sentada exatamente onde estava, porque era o lugar que deveria continuar se sentando se um dia fosse a condessa. Mas ali, naquele salão, repleto de pessoas que moravam em Havenford, que serviam ao conde há anos e alguns o acompanhavam desde sua infância, todos souberam desde o início.

Até as crianças se acostumavam a ele, já o conheciam, sabiam como era, o que esperar dele e que podiam confiar nele. No primeiro dia, durante a refeição diurna, foi quando os habitantes do castelo começaram a notar e, no jantar, tiveram certeza.

Mas as pessoas não sabiam das cartas, muito menos que eram daquela dama. Estavam achando que seu adorado conde fora finalmente arrebatado e estava tentando conquistar a jovem que acabara de conhecer. De certa maneira, era verdade, mas, ao mesmo tempo, eles já sentiam um conhecimento muito maior, conquistado através de cartas que, com poucas palavras, expressaram muito do que sentiam. E, toda vez que ele falava com Elene, aproximava-se dela ou a cortejava tão claramente como fazia agora, alguns olhares cravavam neles, aflitos, pedindo silenciosamente que ela o aceitasse e gostasse dele também.

— Sabe dançar, milady? — indagou ele, depois que ela terminou a refeição e já estavam há alguns minutos apenas apreciando a dança e olhando os casais no círculo.

— Sei — ela respondeu com convicção. Luiza sempre ficava aborrecida por não poder controlar as informações que podia tirar de Elene. Ou talvez não soubesse acessá-las. Porque ela não tinha certeza se sabia dançar, mesmo parecendo ser simples, mas Elene devia saber.

— Então, concede-me essa dança?

— Claro.

Ele ofereceu-lhe o braço e levou-a para o círculo no meio do salão, juntando-se aos outros e dançando harmoniosamente. Quando os músicos resolveram trocar de ritmo, já que agora todos ali pareciam ter terminado de comer e até o lorde animara-se para dançar, eles continuaram. Luiza viu-se metida entre aquelas pessoas, hora ou outra vendo uma taça levantando fora da roda de dança. Mas começou a se divertir e a sorrir com elas, e via a mesma felicidade no rosto de Jordan. Nesses momentos, ela percebia o quanto estava embasbacada por estar ali.

— Nunca tinha participado de nada assim! — disse Luiza, quando deixaram o círculo. Conseguiu até sentir calor e se abanava com a mão. Se estivesse em seu tempo, já estaria arregaçando as mangas compridas do vestido e talvez até balançando disfarçadamente a saia para fazer um ventinho nas pernas.

— Não tinha festas ou bailes onde morava? Aqui não tem muitos. Mas, às vezes, temos uma mesa mais farta, música de fundo e liberdade para essas pessoas se divertirem.

— Não tinha e eu nunca podia fazer isso. — Luiza sorriu. Era notável a forma carinhosa com que ele falava do castelo e das pessoas que o habitavam. Ela percebeu quando ele disse que as pessoas se divertiam e deixou de se incluir. Só imaginava se ele percebia isso.

Ela encostou-se à parede, aproveitando um espaço exposto perto da escada, onde a superfície fria da pedra foi reconfortante. O conde parou à sua frente e ficou apenas observando seu rosto, até que ela lhe lançou um olhar sedutor antes de iniciar um assunto para quebrar o silêncio.

— Milorde contou a mais alguém sobre aquela história?

Ele se inclinou um pouco para escutá-la bem e poder falar num tom baixo, já que a algazarra no salão era bem chamativa.

— Qual delas?

— Sobre eu tê-lo enfeitiçado.

Jordan olhou em direção ao salão pelo canto do olho, depois voltou a olhá-la.

— Eu não acho que preciso contar. — Ele pendeu a cabeça para o lado, indicando as pessoas. — Todos já notaram.

— Você é um tolo... — Ela desviou o olhar do dele. Jordan estava conseguindo fazê-la corar desde que chegou ali. Pelo menos nesse quesito estava mesmo sendo uma dama inocente, que vivia com as bochechas vermelhas, e não era por causa do frio.

— A cada dia mais... — murmurou ele, como uma confissão humilde e verdadeira.

Luiza voltou a olhá-lo, totalmente inconsciente de como ele estava achando-a incrivelmente bonita, encostada contra aquela parede, bem embaixo de uma tocha que iluminava seu cabelo e dava-lhe o tom de fogo, ao mesmo tempo em que tornava o verde de seu vestido e de seus olhos ainda mais igual.

Enquanto escrevia *minha adorada dama* e a imaginava, nunca chegou perto daquela visão tentadora. Nem sabia que sentiria essa doce tortura, muito melhor do que a agonia sentida ao implorar para que ela viesse. Devia ter pedido mais vezes, pois o sentimento que palpitava em seu peito agora era maravilhoso. E ele não tinha medo. Não estava nem um pouco receoso por estar se arriscando em território desconhecido, por mais que tivesse noção de que isso era mais perigoso do que suas incursões a territórios inimigos ou cada vez que levantou a espada para morrer ou matar.

Com outro daqueles sorrisos sutis, porém, cheio de significados, ela se virou e subiu alguns degraus, depois o olhou por cima do ombro. E, pelo jeito que era encarada, sabia que os vários minutos à frente do espelho, acostumando-se com a imagem de Elene, sentindo-se mais confortável e, enfim, aceitando-a como sendo agora a sua imagem, haviam surtido efeito. Com os dedos tocando levemente a parede, ela foi subindo devagar, um degrau de cada vez.

O conde apenas olhou o salão por cima do ombro, então a seguiu, não apenas com os olhos, mas subindo a escada atrás dela. Não achavam que o desaparecimento deles passaria despercebido, no entanto, não estavam realmente se importando. No segundo andar, Luiza andou pelo corredor, seguindo à direita.

— Ainda não conheço todos os locais do castelo. — Ela não havia mesmo explorado toda a construção, nem agora nem em sua época original, quando estava todo em obras.

— Tem alguns lugares que precisa visitar — respondeu Jordan e abriu uma das portas daquele corredor, convidando-a para entrar com um gesto elegante de seu braço.

Luiza voltou e entrou no cômodo que ele indicava, andando até o meio. Estava pouco iluminado por algumas velas em um grande castiçal em cima de uma mesa alta e fina que era apenas para ele. O resto da iluminação vinha do fogo fraco da lareira e da luz esfumaçada da lua que entrava pelas janelas, que eram bem menores que as do gabinete do conde.

Era início do inverno, a neve não havia chegado, mas o ar estava frio, e parecia mais denso e cheio de nevoeiro pela manhã. À noite, a temperatura caía e as lareiras eram um enorme conforto. Jordan foi avivar o fogo e colocar mais duas toras de lenha. Isso iluminou mais o ambiente, e Luiza reconheceu como uma espécie de sala, com cadeiras, mesa e uma cômoda comprida que dominava todo o lado direito e ficava abaixo de uma tapeçaria enorme. Os tapetes no chão eram menores e espalhados em transversal. Como não havia cama, sabia que não estavam em um quarto.

A quantidade de móveis do castelo provava o quanto o lugar era rico. Os olhos dela estavam acostumados aos tempos modernos, quando as pessoas tinham mania de ocupar todos os cantos com móveis. A sala onde estavam parecia cheia de espaços, mas era muito mais mobiliada do que se esperava. Felizmente, Josephine Warrington, a mãe de Jordan, tinha mania de cadeiras, porque veio de um castelo onde apenas o pai podia bancar assentos confortáveis e de espaldar alto, e os outros que se virassem com as costas curvadas nos bancos.

— Algumas cartas foram escritas aqui — contou ele, vendo que ela olhava para a mesa.

— Então esta sala é sua?

— Considerando que vivo sozinho, milady, todas as salas acabam sendo minhas. Mas esta é, sem dúvida, a que mais uso no segundo andar.

Ela andou até perto da mesa onde ele estava e parou ao seu lado.

— Pois eu acho que este castelo é grande demais. Assim, deixa outras salas perdidas no abandono — opinou, com o coração doendo por saber como aquele belo castelo ficaria no futuro.

— Eu não poderia concordar mais. Milady tem minha permissão para reavivar os cômodos que quiser.

Ela encolheu um dos ombros que deixava exposto um pequeno pedaço de sua pele. Jordan estava apenas parado ali, observando-a com olhos atentos que, imersos na pouca luminosidade da sala, alteravam-se com o dançar do fogo. Às vezes, mais escuros e azulados, e outras, sem cor aparente. O mesmo acontecia com ela, mas o conde achava que o escuro em seus olhos devia-se ao que sentia agora.

— Não acha que notarão seu sumiço e podem parar a comemoração por isso?

— Não estou realmente me importando com isso, Elene. Contanto que não venham atrás de mim.

Luiza levantou as sobrancelhas. Ele usara seu nome algumas vezes e soara estranho porque não era realmente seu, mas, no momento, foi como se ele a tivesse chamado pelo nome certo. Ela virou o rosto para ele, e seu tronco também ficou quase imperceptivelmente em uma posição mais receptiva. Ela mal podia ver os olhos dele, eram pontos escuros, com leves reflexos e rajadas azuis que às vezes dançavam pela íris.

Ele chegou mais perto e ela esperou, controlando a vontade de morder o lábio por ansiedade. Pedia em seu íntimo que ele a tocasse novamente, que aplacasse aquela vontade que escapava por todos os poros do corpo dele e transferia-se para ela.

Ela entreabriu a boca quando o rosto dele estava chegando bem perto de tocar o lado do seu. Parecia que uma corrente elétrica chegava antes dele, tocava sua face e ia se espalhando. Até que Jordan tocou-a e pareceu que toda a eletricidade retornou ao ponto daquele toque. Luiza puxou a respiração, manteve-a presa por alguns segundos — o mesmo tempo que levou para que os lábios dele também tocassem sua pele —, então ela soltou todo o ar.

Fechando os olhos e pendendo levemente a cabeça, sentiu a respiração quente do conde enquanto ele a mimava com aqueles toques tentadores. Seu nariz, sua boca, seu queixo, o rosto e a leve aspereza agradável da barba já por fazer causaram um arrepio no seu corpo, da base de sua espinha ao pé de seu cabelo. A sensação a fez suspirar e abrir os olhos, o que durou pouco tempo, porque, seduzido por aqueles lábios rosados e entreabertos, Jordan beijou-a de forma leve, umedecendo sua boca, provocando-a com a língua.

Luiza correspondeu automaticamente, e a ponta de sua língua encontrou-se com a dele. A sombra que o fogo da lareira causava na parede atrás deles parecia com a aura de desejo que se desprendeu imediatamente de seus corpos.

Sentindo que o contato era perdido, ela o procurou, tentando-o a perder o controle que mantinha com um esforço quase sobre-humano. Ele murmurou, faltando pouco para pedir-lhe que não o testasse dessa maneira.

— Eu a quero, Elene — ele murmurou num fio de voz.

— Isso é bom — ela sussurrou de volta.

— É terrível. — Negou com a cabeça.

— Por quê? — A resposta foi acompanhada por um franzir de cenho.

— Porque eu a quero. — Ele foi mais incisivo. Talvez ela não tivesse entendido o jeito que ele a queria.

Ela balançou a cabeça, segurou em sua túnica, deixando-se ficar mais perto, e virou-se até sentir que seu quadril encostou-se à mesa; talvez fosse um bom apoio para quando voltasse a ficar sem força nas pernas.

— Precisa beijar meus lábios para que o feitiço seja concretizado.

— Então é fato que eu não deveria fazê-lo.

Gentilmente, ela o fez chegar mais perto, e ele tentava não deixar seu corpo colar-se ao dela ou teria sérias complicações.

— Confesse, milorde, gosta de ser enfeitiçado ou jamais se arriscaria dessa maneira.

Era a mais pura verdade e ele nem se atreveu a negar.

— Me chame de Devan... — ele disse baixo. Não pediu.

Ela ficou olhando-o, franziu levemente a testa e um sorriso aflorou em seu rosto, criando uma covinha sutil do lado direito. A letra D de J.D. Warrington costumava ficar esquecida e quase não era vista nos documentos, porque a maior parte dos textos que ela trabalhou eram escritos por ele ou falavam dele em termos formais. E ele sempre assinava como *Havenford*. Com exceção das cartas escritas para ela.

— Devan... — sussurrou, sem tirar os olhos dos dele.

O conde desviou momentaneamente o olhar para os lábios ainda úmidos e instantaneamente umedeceu os seus.

— Precisa entender que não há parte alguma minha que falte ser enfeitiçada.

Essa confissão fez com que ela lhe lançasse um olhar mais confiante, antes que pendesse a cabeça para trás e oferecesse os lábios de forma irresistível. Jordan apoiou as mãos na mesa, bem atrás dela, tomou sua boca sem aviso e com uma vontade arrebatadora. Beijou-a de um jeito abandonado, de quem não conseguia aguentar nem mais um segundo e com a fome de um homem que lutava enquanto a paixão e o desejo brigavam para se libertar.

Surpresa, mas satisfeita, Luiza soltou a túnica dele e passou os braços em volta de seu pescoço, deixando-o devorar seus lábios e retribuindo-o igualmente enquanto acompanhava os movimentos excitantes de sua língua. Foi inevitável deixar o corpo colar-se ao dele, o que rapidamente gerou muito calor entre eles e uma imensa vontade de prolongar e aumentar o contato.

Jordan sentiu que suas mãos suavam sobre a madeira, implorando para explorar aquele corpo cheio de curvas que se insinuava entre seus braços. Ele podia sentir as formas redondas dos seios colando-se ao seu peito, gerando mais calor, como se não estivessem em pleno inverno e no canto oposto à lareira.

A necessidade foi tão forte que, antes que se desse conta, sentiu suas mãos delineando o corpo de Luiza, tomando consciência das formas, circundando a cintura e subindo seus dedos, tocando o abdômen até encontrar os seios. Ele os segurou, mediu em suas mãos, a palma esfregava-os, sentindo o volume dos mamilos eretos roçando entre seus dedos. Ela apertou seus ombros fortes, suspirou e soltou o ar contra a boca do conde, revelando seus lábios inchados e vermelhos pelos beijos possessivos.

O conde sabia que ia tomá-la, ia reclamar ali o que ainda não tinha direito. Já estava subjugado e seria dominado em poucos segundos, então afastou-se usando de uma força de vontade ferrenha. Os punhos fechados e a respiração profunda buscavam o retorno do autocontrole. Luiza permaneceu no mesmo lugar, e apenas apoiou uma mão na mesa. Ele olhou-a. Podia simplesmente andar para longe dela; seria mais fácil para se recompor. Podia deixá-la ali, recuperando-se sozinha, talvez lamentando ter sido deixada agora, e, em pouco tempo, sentiria frio e sensação de abandono. Mas não ele, isso não era digno do homem que ele era.

Aproximando-se novamente, voltou a abraçá-la, envolvendo-a completamente e apertando-a contra ele. Corria o risco de voltar ao estágio anterior, mas preferia, pois ela deitou a cabeça contra seu peito, encolheu-se e fechou os olhos. Ele a deixou se recompor enquanto a confortava — não a deixaria sentir frio, e agora já não importavam as consequências, pois tinha em seus braços tudo que queria.

O conde estava decidido. E.M., que havia fugido tanto, escorregado por entre seus dedos e ameaçado não colocar os pés naquele castelo, nunca mais ia deixá-lo sem ele. Ninguém precisava lhe contar; ele já sabia que ela era dada a se envolver em encrenca, mas, se dependesse dele, o único problema que ia arranjar para sua vida agora seria um marido dado a ter a vida ameaçada. Ou seja, ele.

CAPÍTULO 12

Erin nunca se viu tão assediada. Com apenas catorze anos e neta de Betia, ela ainda estava aprendendo a ser uma boa criada pessoal. Não tinha muitas oportunidades porque não havia mulheres no castelo, e, quando alguma visitante, como lady Lavine, aparecia, era por pouco tempo. Por isso, mandaram-na para cuidar da hóspede recém-chegada, já que ela veio sem uma criada. Mas agora queriam trocá-la e ela não aceitava.

Na verdade, sua avó queria colocar a mãe de Erin, Joan, no lugar da neta. Assim, talvez conseguissem mais informações. Mas Joan tomava conta dos outros criados. Para que nada saísse errado, precisavam dela lá embaixo. Era uma espécie de governanta sem o título.

Havia certas coisas que o conde não sabia lidar ou não se interessava. Uma delas era o trabalho de Tylda como castelã. Mas ela morrera há anos, e alguém precisava fazê-lo. Em vez de colocar um homem no lugar ou uma amante, ele deixou que Betia e Joan tomassem a frente. Afinal, os homens de Havenford eram criados simples, tinham uma função específica ou eram guerreiros. Não havia um administrador dentro do castelo, o conde fazia esse trabalho. O castelo funcionava de forma prática e racional, sem criados específicos para cada coisa mínima. Raramente recebiam visitas. O conde vivia de uma forma atípica e tinha costumes que faziam a rotina do castelo diferir de muitos outros.

— E então, ela tomou a sopa? — perguntou Betia, assim que viu a neta entrando.

— Não — respondeu Erin, colocando a tigela sobre a mesa.

— Garota danada! Ela não come nada! — reclamou.

— Acho que ela não gosta daquele tipo de sopa com coisas dentro — opinou Erin. — Apenas olhou e nem pegou aquela colher dela para provar.

— Mamãe, você acha mesmo que vai adiantar colocar uma poção do amor na sopa da lady? — questionou Joan.

— Fale baixo! E não é uma poção do amor! É só algo que dizem deixar o coração mais aberto ao amor — disse Betia, cruzando os braços e parecendo bem chateada por sua famosa sopa ter sido ignorada.

— Mas ela não come nada em que você coloca isso. — Joan cruzou os braços da mesma forma que a mãe. — Acho que ela sente que tem algo.

— Eu acho que milorde não gostaria de saber que conquistou a lady por causa de uma poção — opinou Erin, olhando para a mãe e a avó.

— Milorde jamais saberia! — retrucou Betia. — E eu já disse que a poção não serve para isso! A lady só ficaria mais aberta a novos sentimentos. E do que você está reclamando, mocinha? Se ela for embora, você vai voltar a descascar legumes! Mas, se a dama ficar, todos ficaremos felizes! Porque milorde vai estar feliz. Então, não me envergonho nem um pouco de querer dar um empurrãozinho nisso — argumentou Betia, com a sua teimosia típica.

— Você quer que ele continue sozinho? Sem nem uma boa mulher para confortá-lo? Sem uma criança correndo nesta casa?! Milorde não merece isso. — Ela balançava a cabeça negativamente e Joan concordava.

As três foram avançando pela cozinha. Betia carregava um grande pedaço de carne de veado que pretendia temperar e deixar para curtir.

— Se ele gosta da lady, então ela precisa gostar dele também — continuou Betia, pegando uma faca e dando um golpe na carne. — Não quero outra mulher destemperada aqui dentro, que vai traí-lo e ainda se jogar da torre! — dizia, com a sua língua afiada e, quando Betia desatava a falar, era difícil fazê-la ficar quieta. Podia discursar e argumentar por horas, por isso era a líder de todos os criados do castelo.

— Bem, ela acompanhou milorde ao segundo andar. E estavam sozinhos — comentou Joan, como um lembrete oportuno. — E Erin já os viu juntos.

— Isso não garante nada, Joan. Não quero ver milorde se arrastando aos pés de moça nenhuma, por mais bonita que seja. Como vamos saber se ela não veio atrás do dinheiro e do título?

— Mas ela não veio para cá, foi resgatada — lembrou Erin.

— E o que tem? — retrucou Betia. — Depois de ter visto como é o castelo, pode resolver fisgá-lo.

— Milorde não é tolo — Erin defendeu. — Afinal, desde que a prima se matou, ele não caiu no conto de qualquer outra. E já perdi as contas de quantas tentaram.

— Sim, mas isso foi antes de ele ficar encantado por uma delas — respondeu a avó.

— Eu gosto da lady... — resmungou Erin, cruzando os braços.

— Vou amá-la se o fizer feliz — declarou Betia.

O dia estava lindo, apesar do ar frio. O céu estava limpo, muito azul e nuvens brancas e leves eram vistas ao longe. Quando chegou à janela de seu aposento, Luiza viu que era um ótimo dia para um passeio. No meio da manhã, ela deixou o prédio principal do castelo. Queria desbravar a área externa que agora parecia tão diferente, não sabia se por estar viva, por ter tanta gente passando ou pelas mudanças que ainda não haviam sido feitas.

Parecia que havia mais espaço e com certeza mais vegetação enfeitando as áreas que não estavam cobertas com o chão de pedra, que devia ter camadas e mais camadas para nivelar o castelo acima daquela colina. Ela ainda ficava imaginando como eles construíram aquele monstro ali em cima e naquela época, sem toda a parafernália moderna e os guindastes.

Segurando a saia do vestido, ela foi contornando o castelo, encontrando entradas e descobrindo passagens entre os prédios, que eram todos feitos com propósitos bem claros. Como Havenford foi construída em níveis, a torre mais longe do portão tinha no alto dela uma capela linda que Luiza só conseguiu ver pela porta, pois, em 2012, ela estava lacrada para futura reforma. Havia a torre na ponta do castelo, a mais alta. A janela leste dela dava para o pátio externo, era muito alta e só tinha janelas lá no topo. Ela sabia que Tylda havia se jogado dali.

— Milady. — Cold apareceu por uma porta que ela não fazia ideia de onde ia dar.

Ela se sobressaltou com a voz dele e se virou rapidamente para encarar o cavaleiro. Era sua primeira oportunidade de realmente olhar para aquele personagem que viu ser citado tantas vezes pelo conde. Ele também era alto, forte e com ar perigoso, mas o que combinava com seu nome eram seus olhos claros como um mar congelado. Era um tom lindo de verde-água, mas muito frio e atento.

— Sim? — Ela parou onde estava, apenas esperando.

Ele passou o olhar por ela rapidamente, olhou em volta e ela percebeu que a mão dele se afastou da espada lentamente enquanto seus ombros relaxaram, como se tivesse soltado a respiração. Então, sem dizer nada, ele colocou a cabeça pela porta e ela escutou um assobio alto, longo e bem agudo. Um minuto depois, o conde passou pela porta, hesitou por um momento, apenas olhando-a, e avançou em sua direção. Quando chegou bem perto dela, ele já havia conseguido retirar a tensão de sua face.

— Passeando, milady? — perguntou ele, tentando soar desinteressado.

Ela pendeu a cabeça e viu que Cold continuava lá parado e falava com alguém do outro lado da porta. Podia apostar as moedas, que não tinha, que era com Morey.

— Estava procurando por mim? — ela indagou, virando-se novamente para o caminho que seguia.

— Você saiu para passear há algum tempo... — Ele tocou as costas dela, parecendo que era para ajudá-la no terreno irregular onde estavam, mas era por puro conforto pessoal.

— É mesmo? — Ela olhou o pulso. Estava muito acostumada a ter um relógio em seu pulso esquerdo ou um celular no bolso. Ali não tinha nada para medir as horas. — Quanto tempo?

— Mais de uma hora...

— Não percebi.

— E desapareceu. — Ele pausou e soltou o ar lentamente. — O pátio externo é de circulação livre hoje. Aliás, em vários dias...

— O que você quer me dizer?

Jordan desistiu de fingir que estava tudo muito bem e que não esteve os últimos minutos em pânico, percorrendo todo o castelo atrás dela, com o coração na garganta, a mão na espada e seus homens espalhados pela descida da colina e perguntando se viram a lady deixando o castelo, ou melhor, sendo levada dali.

E foi encontrá-la entre a parede externa e a interna, um espaço onde não havia nada e o chão era de grama e plantas silvestres. Se alguém a seguisse até ali, batesse nela, a ferisse, ou pior, se escutassem seus gritos, até localizarem de onde vinha e... Só de imaginar, Jordan sentia o suor descendo pelas suas costas e estava particularmente frio. Ela ia deixar todos os cabelos dele completamente brancos.

— Elene, o que você está fazendo aqui fora?

— Eu queria explorar o castelo, mas acho que me perdi, então só continuei andando até encontrar uma saída de volta para o pátio.

— Externo...

— Creio que sim. — Ela deu de ombros, continuando sem saber onde estava.

— Que tal se eu lhe mostrar o castelo, sim? — sugeriu o conde, pensando que ia mandar alguém ficar de olho nela quando deixasse o pátio interno.

— Já vi quase toda a área externa.

— Eu imagino, uma hora dá bastante tempo.

— Não precisava colocar Morey e Cold atrás de mim.

Ele a olhou e riu, porque era um ótimo remédio para espantar o nervosismo. Ela não fazia ideia, não é mesmo? Não podia simplesmente desaparecer ali. Quando Erin não a encontrou em lugar algum e veio com um apavorante: "a lady sumiu", Betia saiu histérica pelo pátio interno, avisou Aaron, que sempre ficava de guarda ali, e despacharam a notícia.

Quando o conde chegou, já haviam revirado o castelo inteiro. Faltava sair para o pátio e para a cidade. Ele tentou ter sangue frio e ficar calmo como sempre fazia em situações adversas. Só que antes elas não envolviam Elene. Seu coração batia tão forte que ele chegou a se sentir mal.

— Não os coloquei atrás de você. Eu coloquei o castelo inteiro no seu encalço.

— Mentira!

— Betia deve estar até agora olhando embaixo das camas. Meus homens ainda devem estar lá embaixo na cidade revistando carroças e perguntando sobre você.

Ela começou a rir, imaginando o pandemônio que estava por trás da parede onde estavam escondidos. Ia demorar um pouco até Morey conseguir circular a notícia de que ela fora achada.

— Vamos colocá-la à vista de todos.

Eles voltaram para onde Cold estava e passaram para o pátio externo. Luiza sentiu que estava todo mundo olhando para ela e quis abrir um buraco no chão. Será possível que uma dama da Idade Média não podia sair para passear em paz? O que era apenas uma hora desaparecida? Aquela gente não conhecia privacidade? Mas que coisa...

— Você acha que consegue andar em terreno perigoso? — Jordan perguntou, quando chegaram aos portões.

— Vai me levar a um local perigoso? — Ela parecia muito animada.

— Você disse que queria conhecer tudo. E eu sei de um local secreto.

— Claro! Onde é?

Ele levou-a para o lado de fora do castelo e, para surpresa dela, ajudou-a a sair da estrada e ir andando pela fina faixa de terra que havia entre aquele lado do castelo e a pedra na qual ele parecia estar fundido. O conde segurava a mão de Luiza, fazendo-a andar devagar enquanto ela queria avançar logo.

— Seus sapatos escorregam, imagino que saiba disso.

— Você não me traria se eu pudesse rolar morro abaixo e morrer.

— Provavelmente ficará presa nas árvores e terei de usar uma corda para resgatá-la.

— Milorde!

Ele riu, parecendo bem recuperado do susto que ela lhe deu, já que conseguia brincar com a possibilidade de ela escorregar dali. Isso sim seria um infarto assegurado.

— Durante a primavera e o verão, quando as copas de todas as árvores estão cheias e bem verdes, se você olhar de longe, parece que o castelo está flutuando no meio delas. Não dá para ver a base dele, nem a pedra abaixo e até a colina é toda coberta pela vegetação. A única exceção é o lado dos portões.

— Deve ser magnífico. — Ela apertou a mão dele que a puxou para um espaço repleto de grama seca.

— Sim, espero que tenha a oportunidade de ver. — Ele puxou-a para se abaixarem. — Fique bem rente ao chão e olhe nessa direção.

O conde deitou com a barriga sobre a relva e Luiza o imitou, despreocupada em sujar o vestido. O espaço era fino e não dava para deitar de frente, tinha que ser de lado para o castelo. Ela olhou bem na direção da mão dele, começou a escutar o som de água e logo encontrou a fonte que fluía da colina, e descia quase silenciosamente.

— Uma queda d'água!

— Ainda não sei que nome dar a isso, mas foi uma surpresa encontrar água fluindo daqui.

— E onde vai dar?

— Tem um minúsculo lago lá embaixo. Fui investigar e descobri que toda a extensão de terra no caminho está inundando, inclusive impedindo o plantio naquela faixa.

— Será que em alguns anos vai haver um rio?

— A água é muito fraca, mas leva ao rio. — Ele apontou para longe, para o rio que passava bem mais à frente e provia água à região, assim como separava os dois lados do que todos conheciam como as terras de Havenford. Luiza sabia que, no futuro, ele seria controlado e explorado por barcos que faziam passeios com turistas e os traziam de locais próximos.

Eles se sentaram e ali dava para encostar-se às muralhas do castelo; ela estava achando magnífico. Um dos pássaros que ela sempre via sobrevoando o castelo passou bem perto, soltando um pio que não parecia ter sido de boas-vindas.

— Estamos perto do ninho? — Ela olhou para o pássaro, que sumiu sobre a muralha acima deles.

— Não, eles não fazem ninho aqui.

O pássaro voltou, sobrevoando a área bem à frente deles, voando devagar e subindo novamente.

— Você tem medo? — o conde perguntou, notando que ela havia chegado mais para perto dele.

— Sabe... Do lugar de onde venho, não temos contatos com essas aves selvagens. As pessoas morrem de medo. Se você gritar "gavião!", todo mundo abaixa.

O conde se divertiu com o relato, enquanto a ajudava a voltar pelo caminho até a subida da colina.

— Na verdade, aquilo é um falcão — esclareceu ele, quando o pássaro ficou rodando sobre a cabeça deles.

— Como é que você sabe? Eu vi uns cinco bichos desses voando aqui.

— Aquele é um gavião — disse ele, apontando para um que voava bem mais longe.

Um dos pássaros, sem ser aquele que estava vigiando-os quando estavam no caminho, voou até a árvore mais próxima e pousou, observando-os.

— Esses dois não gostam muito de mim, não é?

— Eles são meus, vão gostar quando conhecê-la.

— Não são todos seus?

— Na verdade, não. Eles são fiéis a quem os treina. Aquela... — Ele apontou para a ave que os observava. — É uma fêmea.

— Ela é linda, mas não gosta de mim.

— Não creio que goste. Agora eu a esqueci e meu tempo é apenas seu.

Luiza apertou levemente o braço dele, mas ficou olhando o pássaro dar uma volta lá em cima da vila e retornar.

— Eu o libero para brincar um pouco com ela. Tenho amor à minha cabeça.

— Aquele é o macho. É o par dela. — Ele apontou para a ave que voltava para o castelo. — Estão se exercitando, eles precisam desse tempo. E esse voando aqui é o meu falcão. Se estiver solto, ele sempre me encontra.

— Ela também... — Luiza indicou o gavião fêmea.

— Também. — Ele sorriu e deu uma olhada na manga, ainda com a proteção no braço que usava quando soltava as aves. — Fique quieta.

Ela mal abriu a boca para perguntar, e ele levantou o braço na direção da ave pousada. Ela alçou voo e desceu majestosamente até pousar no braço dele. Luiza ficou apenas olhando para a ave, sem respirar, apertando o outro braço dele e mais embasbacada do que em sua primeira visita ao zoológico. Nunca vira uma tão de perto e nem tão grande.

— Esta é Myra — ele apresentou e trouxe o gavião claro com asas rajadas de marrom para mais perto dela. — Viu? Ela gosta de você, nem tentou bicá-la. Ela quase arrancou o nariz da última prima que me visitou. — Ele acariciou a ave.

— Eu tenho medo, confesso! — disse ela, sem se mexer. — Mas foi bem feito para essa sua prima.

— Tudo bem, tudo bem... Ela só está conhecendo você. Vou treiná-la para encontrá-la.

Cartas do PASSADO 139

— Pelo amor de Deus, não! — exclamou Luiza, vendo imagens daquele gavião a perseguindo em campo aberto. Enquanto isso, a ave parecia muito meiga, aproveitando a atenção do seu dono.

— Não é discutível. No próximo período de cio, Hoth e ela terão uma cria, e você vai treiná-la para lhe ser fiel — ele falou, e descobriu que estava apreensivo que ela lhe respondesse algo sobre não ficar ali tanto tempo para isso.

— Não pode ser um coelho? — perguntou ela, ignorando a ideia de ir embora.

— Myra comeria o seu coelho — respondeu o conde, sorrindo.

Ela lançou um olhar para o gavião, que, para seu horror, mantinha os olhos nela, como se já estudasse as maneiras de encontrá-la.

— Um cachorro?

— Tenho vários cachorros que adorariam procurá-la. Mas não são rápidos como ela nem enxergam tão bem. Se você gostar de um filhote, é seu.

— Eles farejam.

— Não vou mais deixá-la desaparecer, Elene. Redish, o falcão aqui em cima, também é ótimo em caçadas. — Ele moveu o braço, e Myra levantou voou, parecendo mais contente agora, depois de receber um pouco de atenção. Ao menos, não estava mais tomando conta deles. Redish, uma ave bonita e avermelhada, pousou quase instantaneamente no braço do conde, e Elene agarrou as próprias mãos.

— Vai me caçar, milorde? — Ela podia estar com medo do falcão, mas estava bem o suficiente para provocá-lo.

— Se necessário...

O conde ainda tinha mais um gavião, e ela teve o prazer de conhecer Hoth e mais cinco enormes cachorros de caça. Depois, foram os três cavalos que Jordan montava alternadamente e também não pareciam nada dóceis. Dois eram cavalos de guerra não castrados e bem nervosinhos. E o terceiro, o mais velho dos três, era o mesmo no qual ele a levou para o castelo. Era ciumento e criado para caçadas — rápido e forte. Obedeciam muito bem a ele, mas ela não queria montá-los por nada no mundo. Quando saiu do estábulo, estava pronta para perguntar se ele também não tinha um leão escondido por ali.

Erin ficou feliz de revê-la depois do sumiço da manhã. Luiza só queria um banho depois de tanto contato com os animais selvagens do conde; até os cachorros dele tinham histórias macabras e iam caçar como predadores. Mas ela havia se divertido muito. Pensou em suas experiências de passeios por parques com patinhos no lago, um sanduíche no shopping e toda a emoção ficava a cargo do cinema no fim do dia.

Em Havenford, se queria passear um pouco, Jordan a apresentava a caminhos perigosos na base de um castelo, uma queda d'água escondida, aves de rapina com temperamento próprio, cachorros caçadores, garanhões de guerra... E ele mesmo, que sozinho já era muito perigoso, especialmente para o coração dela. Ele simplesmente elevara um simples passeio diurno a outro nível na sua escala.

Infelizmente, parece que todos os bandidos da região resolveram invadir minhas terras para conseguir provisões para o inverno. Este ano, eles estão piores, agindo covardemente e exagerando com as vítimas. Não posso permitir que isso continue, as pessoas estão sendo brutalizadas. Não apenas os moradores, também os viajantes estão com medo e os comerciantes não querem trazer sua carga para cá, exatamente na época que a região mais precisa. Deixaremos o castelo para caçá-los. Justamente quando não quero deixar Elene sem companhia.

CAPÍTULO 13

Luiza chegou ao andar térreo e ainda era bem cedo. Ela sempre achava que chegava atrasada, mas agora notava que, na verdade, não havia ali uma refeição pela manhã como era mais tarde. O conde sempre levantava cedo demais e comia rapidamente, ninguém mais vinha ao salão pela manhã e os cavaleiros comiam no prédio anexo ou passavam, pegavam o pão e iam embora.

No pouco tempo em que estava ali, ela também descobriu que os homens eram livres para morar na vila logo abaixo, que, pelos padrões da época, já era uma pequena cidade dividida em duas. Desse lado do rio e coladas ao pé da colina, ficavam casas mais simples, dos trabalhadores que precisavam acessar o castelo rapidamente. Conforme ia se aproximando do rio e também do outro lado, comerciantes, artesãos, oficinas e tavernas estavam instalados, ditando o crescimento local.

— Milady acordou cedo hoje — disse Joan, que estava jogando umas folhas e pétalas em determinados lugares, fazendo exalar um cheiro bom.

— Sim... E não tem ninguém por aqui.

— Estão no outro prédio, os homens vão sair.

— Sair? Para caçar? — indagou Luiza, interessada.

— De certa forma. Algumas casas foram atacadas, pessoas mortas, comerciantes saqueados. Parece que, além de mantimentos, os homens também roubaram umas moças.

— Moças? — Luiza gritou.

— Sim, milady, e não é a primeira vez — contou num tom de lamentação.

Luiza atravessou o pátio. Estava tudo tão silencioso que conseguiu escutar seus passos sobre a pedra. Até que se aproximou de uma entrada em arco e escutou vozes de homens. Ia entrar, mas eles já saíam do local e passavam por baixo do corredor aberto para o pátio. Joan olhava-a da porta que dava para o salão para depois poder contar à mãe.

— Você vai trazê-las para cá?

— Eu nem sei se ainda estão vivas — o conde respondeu automaticamente, então parou e franziu bem a testa, olhando para ela.

— É melhor estarem — respondeu ela.

— Volte para dentro, está muito frio — Jordan disse, percebendo que ela nem usava uma sobreveste para se proteger.

— Traga-as para cá. E não quero moças sendo levadas como se fosse algo comum!

Luiza sabia que não estava em sua época e que ali as regras eram diferentes. As histórias de estupros e abusos contra mulheres eram rotina naquela época. Se no século dela o mundo ainda sofria com esse tipo de problema, ali seria insuportável para sua mente radicalmente contra esse tipo de abuso. Os crimes não chocavam a sociedade como em seu tempo, ela não teria para quem recorrer e o conde não podia mudar isso. Mas, se aqueles homens iam sair armados para pegar os malfeitores e trazer as moças de volta, significava que não aprovavam isso. Ótimo! Pois ela abominava. Não deveria haver essas coisas em Havenford.

O conde parou, olhando-a, assim como Cold, Morey e outros cavalheiros que ainda estavam próximos o suficiente para escutá-la. Todos tinham a mesma expressão, entre surpresa e admiração.

— O que estão olhando? Não sabem que não é educado ficarem tanto tempo encarando uma dama? — Ela colocou as mãos na cintura e levantou o queixo, fazendo os cavaleiros se virarem imediatamente. Mas continuavam escutando e espionando discretamente.

— Pelo que me disseram, parece ter sido parte dos homens que atacaram sua comitiva. Pelo jeito, ainda não encontramos todos os malditos — respondeu Jordan, que quase havia se virado também.

As bochechas dela ficaram mais vermelhas e seu olhar tornou-se vingativo. Aqueles malditos! Elene parecia ter uma memória bem vívida do terror que passou por causa deles. E Luiza jamais esqueceria dos corpos no chão, do sangue e das mulheres que tiverem suas gargantas cortadas após o estupro. Sentiu um arrepio percorrer seu corpo, pois não adiantava esconder, aquele teria sido o fim de Elene, se ela não estivesse ali agora.

— Pois então me traga um vivo para eu mesma escalpelar! — declarou e balançou a mão no ar como se estivesse segurando alguma arma. O conde desviou o olhar para aquela mão delicada e reprimiu um sorriso. Pelo que via à mesa, ela parecia ter escrúpulos até com a carne, que dirá com o escalpo de um homem. Mesmo assim, foi convincente, e ele apostaria a própria vida de que ela seria capaz.

Ela conseguiu provocar aquele mesmo olhar nos homens, só que dessa vez eles arregalaram os olhos pela surpresa aliada a uma dose de diversão. Luiza cruzou os braços, um pouco envergonhada pela atenção que recebia, mas com sua resolução inabalada.

— Aquelas pessoas não mereciam morrer e nem essas meninas — afirmou, fazendo-os lembrar, mais uma vez, de onde haviam encontrado aquela dama: de pé, suja de sangue, no meio dos mortos.

Os cavalariços trouxeram todos os cavalos, os homens terminaram de carregá-los para a viagem e estavam prontos para partir.

— Volte para dentro, milady — pediu o conde antes de partir à frente dos outros. — Não quero retornar e encontrá-la congelada.

— Pois, então, é melhor milorde voltar inteiro! — gritou Betia, parada à porta do salão.

Luiza olhou a mulher rechonchuda e pequena, falando com tanta segurança com o conde, e ficou curiosa para saber de quem se tratava. Voltou pelo pátio e parou perto da porta que dava no salão.

— Esta é minha avó, aquela de quem lhe falei, milady — explicou Erin.

— É uma honra, milady. — Betia fez uma rápida reverência.

— Então, enfim, tenho a honra de conhecê-la — respondeu Luiza. — Obrigada pelos pratos especiais que preparou para mim. Estavam uma delícia.

— Fiz apenas o que milorde recomendou — disse Betia. Mesmo assim, ficou envaidecida pelo cumprimento. — Por falar nisso, é melhor que entre, milady. Está frio.

Para surpresa das mulheres, Luiza seguiu-as em direção à cozinha. O lugar era separado do salão por uma grande porta dupla em arco, que dava em um cômodo menor com uma mesa. Era preciso sair da ala principal do castelo para entrar no prédio da cozinha. Luiza se lembrou de que, na sua época, a cozinha já havia sido ligada ao prédio central. Ainda assim, devido à configuração de Havenford, ela ficava muito mais perto do que se esperava.

— Milady não vai querer ficar cheirando à comida. E nem ver como lidamos com certos assuntos delicados na preparação dos alimentos — aconselhou Betia, antes que entrassem. Se a lady não comia uma porção de coisas, imagine se entrasse ali e desse de cara com aquele bando de carne crua, animais sendo abatidos, degolados, estufados, limpos e abertos.

— Bem, eu estava com a esperança de encontrar um pedaço de pão, queijo ou, quem sabe, umas frutas.

— Oh, milady está com fome! Por que não disse antes? — Betia notou, brigando com Erin e dando-lhe um tapinha.

Betia, Erin e Joan saíram correndo, as três procurando guloseimas para Luiza. Mas a última voltou, dizendo para que esperasse mais confortavelmente perto da lareira velha. Onde, antigamente, assavam carne, mas, após a reforma, tudo foi separado. A lareira do salão era a maior que Luiza já tinha visto na vida, em todas as proporções; o patamar superior chegava a ser mais alto do que ela. Mas, lá em 2012, a pedra de um dos lados havia desmoronado, estragando a beleza dela.

Erin foi à frente, levando pão, queijo e sidra. Betia mandou Joan ficar supervisionando a cozinha enquanto levava maçãs e peras para a dama. Algo nada usual, mas ela tinha seus motivos e planos.

— Milady está gostando daqui? — indagou Betia, com um tom casual de quem apenas puxava conversa.

— Sim, é muito agradável. Fico impressionada com como cuidam bem deste lugar — disse, principalmente por já ter visto como ele ficaria no futuro pela falta de cuidado.

— Ah! Sim! Somos todos instruídos por milorde a preservar nosso lar — respondeu Betia em tom de vendedora.

— E, certamente, gostam muito daqui — observou Luiza, enquanto comia um pedaço daquele queijo de gosto forte que era feito lá.

— Ninguém ama mais Havenford do que nosso lorde. E com certeza todos nessa terra o amam igualmente — disse Betia, tão seriamente que parecia estar no meio de um discurso formal.

— O conde realmente é muito querido — endossou Erin, enquanto colocava sidra na caneca e olhava a avó de rabo de olho, tentando entender o que ela estava pretendendo.

— Tenho certeza de que sim — respondeu Luiza, antes de colocar um pedacinho de pão na boca. Andava à frente da lareira, estava com fome, mas a preocupação desviava sua atenção da comida.

— Eu garanto à milady que não vai encontrar lorde mais amado que o nosso — continuou Betia. — Apenas um homem bom e justo despertaria esse sentimento nesse povo sofrido. — O conde ia ficar muito aborrecido ou encabulado se soubesse que Betia andava fazendo toda essa propaganda sobre ele.

— Eu acredito — respondeu Luiza.

— Algo a aflige, milady? — indagou Erin, mudando de assunto antes que Betia começasse a falar sobre as qualidades físicas do conde.

Luiza ficou rodando a caneca de sidra na mão.

— É que Devan saiu e eu... Não lhe disse nenhuma palavra de encorajamento ou conforto e, só agora, parei para pensar que ele pode se ferir, assim como os outros homens. — Luiza estava sendo muito sutil, porque ela não podia gritar por aí que estava aterrorizada com a ideia de Jordan morrer. Sem ele, não teria o que fazer ali naquela época. Ainda acharia que tinha dedo seu na morte adiantada dele. Era horrível saber que aquele não era o ano da morte dele e ao mesmo tempo ter consciência de que, por culpa dela, estava tudo mudando.

Betia ficou muda por quase um minuto, o que não era costume dela.

— Não se aflija, milady. A revolta e a preocupação que demonstrou avivou a coragem deles. Afinal, se a senhora pode escalpelar alguém, eles têm o dever de fazer pior — disse Erin, com um sorriso.

Luiza tentou sorrir, mas seu medo não diminuiu. Talvez, se Elene não tivesse sobrevivido, aqueles homens nem estivessem ali atacando casas e o conde não precisaria ter saído. Queria continuar alterando tudo de forma positiva, e quem sabe pudesse impedir o terrível destino dele. Já havia conseguido impedir a morte de muitas pessoas; talvez Erin, Betia e Joan nem estivessem mais vivas se ela não tivesse alertado Jordan sobre os prisioneiros. Mas nem esse pensamento a acalmava.

— Tenho certeza de que, se milady desejar com fervor, milorde voltará inteiro, assim como nossos homens — falou Betia, antes de fazer um sinal com a cabeça para que a neta a seguisse.

As duas chegaram até perto da porta que dava para o cômodo anexo. A mulher olhou para trás, mas Luiza estava distraída, andando de um lado para o outro à frente da enorme lareira.

— Acho que eu estava me preocupando demais — concluiu Betia.

— Eu lhe disse que ela preocupava-se com o bem-estar de milorde. — Erin usava aquele tom de "eu avisei".

Betia segurou o braço da neta e a fez encará-la; elas tinham a mesma altura.

— Notou como ela o chamou? — perguntou baixo, em tom de conspiração.

Erin franziu a testa, sua mente trabalhando até que seu rosto se iluminou e ela arregalou os olhos.

— Sim! — respondeu a avó. — Tenho certeza de que milorde teve intimidades com a dama! — Ela deu um soco na palma da mão esquerda. — Ela não teria como chamá-lo por esse nome se não tivessem conversado intimamente.

— Intimidades? — Erin arregalou os olhos, ainda muito inocente para ficar distinguindo intimidades. Betia mantinha todos os homens bem longe da neta, e todo mundo sabia que a garota estava sob a proteção do conde. Então, nada de momentos inapropriados perto dela, mesmo que já estivesse na idade de casar.

— Sim... Nem a falecida, que Deus a tenha... — as duas olharam para cima ao mesmo tempo e voltaram a se encarar logo depois — chegou a chamá-lo assim. Eles tiveram intimidades! Ninguém o chama assim desde que nossa amada lady, mãe do conde, nos deixou. E que tipo de criada pessoal é você que não notou isso?

— Mas, vovó! Eles ficaram sozinhos por pouco tempo. Não tiveram intimidades.

— Tiveram! Alguma, eles tiveram. E você trate de deixar essas orelhas em pé. Isso é perigoso. Já imaginou se, depois de baixar a guarda desse jeito, milorde for atacado por um punhal traiçoeiro, bem no meio de seu coração? — disse Betia de forma dramática. — Nada disso. Vou colocar um pouco daquela poção na comida especial que prepararei para a dama. Ela não vai pôr os pés para fora desse castelo. Acho muito bom que ela esteja morrendo de preocupação. E traga de volta aquela jarra de sidra que também vou pôr um pouco ali — ordenou Betia, resoluta.

Betia foi embora para a cozinha dizendo que sabia muito bem o que preparar para milady; já havia entendido o tipo de comida que ela tolerava. E, certamente, pretendia pôr bastante da sua poção milagrosa em todos os pratos.

Não houve sinal do retorno dos homens, e estava muito frio. Luiza não queria que passassem a noite ao relento. Por sorte, ainda não começara a nevar, e o ar mantinha-se apenas frio e denso. Ela passou o dia todo no salão. Para desgosto de Betia, disse não ter fome, pois havia comido o que elas trouxeram pela manhã quando estava mais calma.

Ao anoitecer, tentou comer uma maçã, mas, por mais doce que estivesse, não conseguiu. Pelo jeito, eles foram para longe do castelo, seguindo o rastro dos homens que andavam vandalizando as terras do conde. Joan lhe disse que, durante o inverno, os ataques aumentavam, pois ficava mais difícil conseguir alimento ou trabalho. Os homens tornavam-se muito perigosos, e não era seguro sair de casa desprotegido.

— Milady, o guarda da torre avisou que os homens estão voltando — anunciou Erin, ao lado da cama, ainda sonolenta por também ter sido retirada de seu sono antes de mal amanhecer.

Luiza empurrou as cobertas e correu para trás do biombo onde fazia sua limpeza matinal. Voltou rápido, jogou água no rosto e colocou um vestido de lã para permanecer aquecida. Desceu rapidamente com a trança se desfazendo e pequenas mechas começando a se soltar. Erin corria atrás dela, levando o único xale que lhe sobrara.

Os guardas avistavam qualquer aproximação de muito longe, mas, devido ao nevoeiro, já os viram mais próximo que o normal. Pelo jeito, estavam com muita pressa, cavalgando rapidamente colina acima. Luiza encontrou um pandemônio no pátio, os cavalos entraram com rapidez, batiam as patas no chão de pedra, produzindo muito estardalhaço, e Betia gritava e batia em dois homens com algo que parecia ser uma colher de pau muito grande.

— Como foi que vocês deixaram que o ferissem? Eu trabalho dia e noite para fazer boas comidas, com bons ingredientes para deixá-los fortes como touros para proteger milorde, e como me retribuem? — a mulher dizia enquanto não parava de distribuir colheradas para todos os lados, mas estava se concentrando principalmente em dois homens, que Luiza tentava distinguir no meio dos cavalos.

Luiza se meteu no meio da confusão e avançou na direção de Betia, procurava o conde com os olhos. Mas a situação ainda lhe parecia inacreditável. Aquela mulher pequena dava colheradas em Cold e Morey, homens grandes e fortes, metidos em gibões rígidos, proteções e cotas e carregando espadas enormes. E ela não demonstrava o menor medo.

— O que aconteceu? — Luiza enfim encontrou Jordan. Cold ajudava-o a desmontar, mesmo com Betia lhe dando colheradas.

— Não é nada... — o conde respondeu, com um de seus braços dobrado junto ao corpo, e ele não parecia bem, pois estava muito pálido. Mas ela não tinha como saber exatamente, já que ele ainda usava a proteção de aço, e a pesada capa o envolvia. Mesmo assim, pôde ver a mancha de sangue quando ele se movimentou.

Ela viu que passaram carregando duas moças enroladas em cobertores.

— Nós as trouxemos de volta... — murmurou ele, não demonstrando felicidade com isso, pois elas certamente sofreram e ele sentia dor suficiente para não abusar.

Betia continuava exigindo saber como deixaram o conde se ferir dessa maneira. Luiza nem sabia que havia tantas mulheres ali, mas o pátio estava cheio delas, que ajudavam a levar os feridos para serem cuidados. Ninguém parecia ter algum ferimento mortal nem se mostrava desesperado. Era como se lidassem com essas situações todos os dias.

— Betia! Eu tomo conta da retaguarda de milorde e da minha vida! Se eu morrer, quem vai olhar a retaguarda? Não posso fazer nada se ele resolve se atracar com um gigante com o dobro do nosso tamanho, armado e disposto a matar as mulheres antes que pudéssemos pegá-las — explicou Morey, que não aparentava nenhum ferimento grave, ao menos que estivesse à vista.

— Obrigado pelo aviso... — respondeu Cold com certa ironia e se sentou. Na verdade, soltou-se num degrau e Luiza pôde ver que sua perna sangrava muito.

Luiza seguiu os dois criados que acompanhavam Jordan, que mancava e tinha a visão turva pela perda de sangue, assim ela não pôde saber do resto da história. Colocaram-no em sua cama, e uma senhora chamada Délia, que disse ser irmã de Betia e curandeira do castelo, apressou-se a começar a despi-lo. Luiza não teve tempo de imaginar se todos naquele castelo tinham algum parentesco com Betia. A mulher disse-lhe para virar-se, pois não queria ferir sua delicadeza.

Como se eu nunca tivesse visto um homem nu!, pensou Luiza, pois, no seu tempo, podia ver um em cada banca, outdoor, programa de TV, etc. Mas era muito provável que Elene nunca tivesse visto nada perto disso.

Escutou-o soltar um gemido de dor, mas Délia já havia colocado um cobertor sobre ele. O rapaz que ela conhecia como Arryn e havia ajudado a despir o conde saiu levando a cota, o gibão pesado e os restos das roupas dele.

— Sabe lidar com ferimentos, milady? — indagou Délia.

— Sei — respondeu Luiza, que sabia primeiros socorros lá no tempo dela. Será que Elene sabia algo mais? Pois aqueles ferimentos pareciam ir muito além do treinamento básico que ela recebera.

— Então pressione isso, milady.

Ela ficou pressionando um tecido sobre o ombro esquerdo de Jordan. Délia deu uma garrafa de bebida alcoólica ao conde, que tomou um longo gole. Depois, ela jogou a mesma bebida na ferida, fazendo-o trincar os dentes com a ardência insuportável. Aquilo não era nenhuma bebida típica encontrada à mesa — ela mesma a trouxe e sabe-se lá o que havia dentro.

Logo após, ela começou a limpar tudo e, quando se deu por satisfeita, iniciou a costura do ferimento da lateral da perna direita dele. A mulher já parecia ser daquelas que aprendeu que limpeza contava na hora da cura, porque anestesia local não existia e o antisséptico era o álcool daquele líquido que ela usou. Luiza assistia a tudo com os olhos arregalados e não percebeu quando Jordan abriu os olhos e a fitou.

— Não devia estar aqui, Elene — comentou ele, mas não era uma reprimenda. Adoraria que ela não precisasse testemunhar isso agora, mas essa era a realidade da vida dele e ela precisaria enfrentá-la.

— Não fique falando. E não deveria ter voltado ferido — respondeu ela, sem parar de pressionar a atadura no ferimento do ombro.

— Por que não avisou? Eu teria me refugiado em alguma caverna até que os ferimentos cicatrizassem — falou, e ela pensou em como ele podia fazer piadas enquanto era costurado. Mas achou que ele conversava porque o distraía da dor.

— Como arranjou isso? — Ela ainda tentava formar a imagem na mente e, pela situação, só conseguia imaginá-lo sendo tragado por um bando raivoso.

— Um brutamontes. — Ele teria dado de ombros, se isso não fosse fazê-lo desmaiar de dor. — Nada fora do comum.

— Este aqui pode ser, milorde. Mas o do seu ombro foi um pouco de descuido — ralhou Délia, como se ele tivesse se distraído na hora de pôr o chá na caneca e derramado um pouco na mão.

— Eu sei, me distraí com o grito de uma das moças — explicou, também no mesmo tom de chá derramado.

Apenas por curiosidade, Luiza levantou um pouco o tecido que pressionava e estava empapado de sangue, mas virou o rosto imediatamente. O ferimento era feio, um corte de adaga que certamente fora feito de maneira brusca. O corte estava bem aberto e ia do ombro ao braço, afinando no final, virando um talho, sendo a pior parte em cima. Luiza não sabia se o fato de o ombro dele ser tão rígido ajudava ou piorava.

Ela podia ver seu pescoço retesado pela dor, grosso e forte, os ombros largos e o peitoral com as formas definidas. O corpo dele era construído para lutar, mas não era como algo definido em uma academia, era moldado por anos e anos de um mesmo propósito, todo rígido e quase não apresentava gordura. Mesmo coberto, ela já podia ver algumas marcas que os anos daquela vida deixaram nele.

— Por que não começa a costurar esse também, Elene? Prefiro quando resolvem tudo de uma vez — disse o conde, como se estivesse pedindo para ela colar um band-aid. Ele até levou a garrafa à boca e bebeu mais um gole antes de puxar o ar entre os dentes e estremecer quando Délia enfiou a agulha em um ponto particularmente doloroso.

Ela o olhou, sem saber o que fazer. Será que Elene sabia mesmo costurar pessoas? Era como cozer roupas? E será possível que aquele homem era dormente? Ou estava tão habituado a ser costurado que virara rotina?

Por Deus, ele estava sendo costurado daquele jeito rústico e doloroso! Ela desmaiaria na primeira agulhada. Não, era melhor deixá-la morrer, ela não queria saber de ninguém lhe jogando bebida e costurando nada nela.

— Minhas mãos estão tremendo... — ela respondeu, e até era verdade.

— Não banque a fraca comigo — ele ralhou baixo, os olhos apenas entreabertos e claros demais. — Preciso de sua ajuda. Feche meu ombro. Apenas tente dar pontos retos e estará bom.

Ela pegou a agulha já preparada por Délia, que ficou observando-a e ajudou a limpar o ferimento. Então, com surpreendente sangue frio, começou a fechar o corte no ombro dele com pontos menores que os de Délia, o que provocou mais sofrimento a Jordan, que precisou de outro longo gole de bebida e pareceu sair de órbita por uns momentos, mas a cicatriz seria bem mais discreta.

Quando acabou e ela saiu do quarto porque exigiu que ele fosse banhado, Elene parecia ter deixado o controle novamente e Luiza tremeu, com as costas bem coladas à parede. Apesar do frio, estava suando tanto que seu vestido colara-se ao corpo sobre a chemise suada e sua respiração estava irregular.

— Você precisava ver, Betia. Ela deu pontos perfeitos — comentou Délia, enquanto estavam sentadas, fazendo a ceia da noite. — Até melhores do que os meus. Parecia que estava costurando calmamente no solar e não sobre a pele do conde, que hoje estava particularmente inquieto. Geralmente ele bebe, fecha os olhos e fica lá imóvel enquanto o costuro.

— Ela não tomou a poção que você preparou — reclamou a irmã, que já a colocara em tantos lugares que o próximo passo seria dar banho na moça com a tal poção. E devia estar arranjando um problema, porque outras pessoas iam acabar bebendo o que não deviam.

— Fale baixo. Podem achar que é uma poção de bruxaria, e não para o seu bem-estar — ralhou Délia.

— Milorde vai passar bem durante a noite? — Betia quis saber, com ar preocupado.

— Creio que sim. Dei-lhe algo para dormir. Ah! E sabe o que ela me perguntou? Se ele estava completamente fora de perigo. A pobre dama suava frio. Eu disse-lhe que com ferimentos no corpo tudo é muito incerto. E que esse é o preço a se pagar para proteger seu povo com honra. — Délia levantou o queixo e fez uma pose soberba.

Betia aprovou e as duas riram, mas depois ela olhou para a irmã. Acabou condoendo-se pela preocupação da lady. Não queria que ela ficasse sem dormir — o que ela sentia parecia genuíno.

— Devia ter lhe dito que ele já se recuperou de ferimentos como esses facilmente. Ela tem de ver que ele é forte e destemido, não ficar com medo por ele ter algum ferimento após essas incursões — opinou Betia, pensando em aliviar um pouco a preocupação da moça pela manhã.

No final da manhã, Jordan acordou dolorido e com o corpo mole por ter dormido por tantas horas. Mesmo assim, sentia-se melhor, pois o descanso também recuperara seu corpo. Piscou algumas vezes e virou um pouco a cabeça, sorrindo levemente ao encontrar o olhar de Luiza atento sobre ele.

Ela estava sentada em um banco acolchoado, mas completamente inclinada para a frente, com os dois braços apoiados na cama e o queixo descansando sobre ambos.

— Lembro-me de ter lhe escrito dizendo que gostaria de acordar e contemplar seus olhos... — Ele voltou a olhar para cima e um sorriso quase imperceptível moveu os cantos de sua boca. Engoliu a saliva antes de continuar. — Mas a ideia realmente não era estar me sentindo fraco como um bebê quando isso acontecesse.

Ela sorriu levemente com a menção das cartas, mas se ateve ao ponto que deveria tratar.

— Délia disse que você perdeu muito sangue.

— Besteira... Já me senti muito pior do que agora. Em uns dois dias, vou estar bem.

— Ela disse que levaria no mínimo uma semana e meia.

— Délia sempre tem esses delírios em que me faz ficar de cama por mais de três dias. — O conde já se sentia mais acordado e, com o braço bom, tentou se ajeitar melhor, mas ainda estava fraco.

Luiza levantou e o ajudou a sentar, colocando um travesseiro em suas costas. Aproveitou para ver se ele estava com febre.

— Mas acontece que antes eu não estava aqui para garantir que ficasse na cama o tempo necessário. — Ela constatou que ele estava, sim, com um pouco de febre e ia ter de mantê-lo bem quieto e tomando aquelas beberagens todas que ela não fazia ideia do que eram.

— Não é desse jeito que eu pretendo que me mantenha em uma cama, Elene. Realmente, não — ele respondeu com um toque de humor. Já havia sentido mais dor do que agora. Não eram seus piores ferimentos nem de longe e já passara dias com febre alta, portanto não ficaria gemendo em cima da cama.

Ela havia se afastado para pegar um pouco de sidra, virou-se e o olhou enquanto estreitava os olhos, voltando com a caneca.

— Pois saiba, milorde — parou ao lado da cama e apoiou uma das mãos sobre o colchão —, que, se não se recuperar plenamente, esse vai ser o único jeito em que o manterei na cama.

Ele aceitou a caneca que ela levou aos seus lábios e bebeu tudo em pequenos goles. Depois, ela se afastou novamente.

— Eu não sei onde pensa que fui ferido, mas lhe asseguro que não foi em nenhum lugar próximo de me aleijar.

Ela apenas o olhou por cima do ombro.

— Por enquanto. — Virou-se de frente, com uma faca na mão. Na verdade, sua pequena faca de comer, mas a empunhava como se fosse algo muito ameaçador. — Saia desta cama e terá de se entender comigo! — Foi andando para a porta. — Agora, vou mandar que tragam seu mingau, para fortalecê-lo. — Sorriu, pois Délia já havia lhe dito que ele odiava mingau.

Luiza saiu do quarto e Jordan recostou a cabeça e fechou os olhos, mas começou a rir sozinho. Devia ter realmente dormido por um longo tempo. Afinal, deixou-a sozinha no castelo por apenas um dia e agora ela já estava ameaçando-o e distribuindo ordens por aí. Gostaria de rir mais um pouco, mas, quando o fazia, seu ombro doía. Portanto, manteve apenas o sorriso por mais um tempo.

Todos os bandidos que encontramos foram julgados e executados ou mortos em combate. Mesmo que fosse diferente, nunca levamos prisioneiros para casa no inverno. As duas moças que encontramos foram trazidas de volta, mas confesso estar sem coragem de encará-las. É duro ver o brilho do olhar de uma pessoa desaparecer. E era assim que estavam quando as encontrei. Só Deus sabe quantas vezes foram estupradas por aqueles homens, e meu estômago se revira ao pensar.

Preciso me confessar por não pedir piedade pelas almas deles quando queimamos os corpos. O último deles causou um estrago em meu ombro do qual sofrerei por semanas. Mas os cuidados de lady Elene parecem aliviar a dor do corte. O ferimento de minha perna é costumeiro e espero que cicatrize o quanto antes. Está difícil decidir se a idade resolveu me alcançar ou se perdi o entusiasmo para rolar no chão com malfeitores.

O conde permaneceu descansando calmamente por cinco dias, não aceitou ficar deitado e paralisado como um enfermo, mas concordou em ficar comportado em seus aposentos. Os ferimentos cicatrizavam bem e Délia mantinha-o dormindo por boa parte da tarde, pois colocava a mesma poção em sua primeira refeição. A cada dia ia colocando menos, até que, no quinto dia, colocou tão pouco que ele dormiu apenas por uma hora.

A cor já havia voltado à sua face e Jordan já não sentia mais uma pontada horrível de dor quando tentava mover o braço. Inclusive, já conseguia sentar-se, levantar sozinho e, mesmo que mancasse um pouco, já recompensava por poder atender às próprias necessidades.

No resto do dia, ele recebia visitas. Morey ia lá todo dia fazer relatórios e conversar. Cold só apareceu no final, pois passou sua própria cota de dias na cama curando a perna. Betia e Délia também o visitavam todos os dias. Erin levava a comida, que, agora, já era melhor que mingau. Até o padre Ofrey apareceu. Era o religioso mais cego que alguém poderia ter em seu castelo; depois de uns goles de vinho, ele ficava muito divertido. E ele sempre parecia ter tomado alguns.

Luiza não era uma visita, pois passava quase todo o tempo lhe fazendo companhia, jogavam xadrez de um jeito um pouco diferente do que ela conhecia, discutiam sobre diversos assuntos e ele lhe contava muitas coisas sobre Havenford, seus habitantes e os conhecidos que tinha. Ela também estava lendo para ele, mas Jordan podia escrever, pois o fazia com a mão direita. Erin já havia entrado no quarto duas vezes e o encontrado acordado, com Luiza encolhida, dormindo ao lado dele. Mas preferia não contar à avó e à mãe porque elas provavelmente inventariam outras maneiras de manter a dama em Havenford.

— Olhe só, Devan, está com uma ótima aparência. A vermelhidão está até sumindo — disse Luiza, enquanto refazia o curativo no ombro dele.

O conde levantou a cabeça e olhou o ferimento antes que ela o enfaixasse.

— Eu lhe disse, não preciso ficar de cama por duas semanas por causa desse cortezinho.

— Não seja bobo, não pode forçá-lo. — Ela apoiou a mão sobre o peito dele, e com a outra se certificou de que o curativo estava bem colocado e não o machucaria.

Jordan ficou olhando-a, admirando seu rosto, e fechou os olhos. Estava começando a pensar na possibilidade de fingir que dormia até poder sair do quarto, pois estava muito difícil manter-se longe dela. Principalmente no final da tarde, quando ela sentia sono por ficar com ele desde muito cedo, mas não queria deixá-lo. Então, se aconchegava perto dele e dormia, encolhida e aquecida por seu corpo.

O conde achava que Elene devia ser mesmo muito ingênua para achar que ele estava tão fraco a ponto de não sentir nada. Afinal, onde ela achava que ele havia sido ferido? Mas Luiza, apesar de ter um conhecimento que ia muito além de Elene, não se importava, porque era ela quem estava decidindo tudo e preferindo ficar perto dele. Não achava mais que ele estava em perigo. Mesmo assim, preferia ficar.

CAPÍTULO 14

— Enfim vou poder comer algo real... — disse Jordan, de pé do lado de fora do castelo.

— Eu ainda acho que milorde não deveria abusar. — Délia era uma boa curandeira, mas todos ali sabiam que ela sempre exagerava no período de recuperação que aconselhava.

— Não vamos demorar. Essa deve ser a última vez que poderemos sair antes de a neve cobrir tudo e ficar tão frio que não concordarei em levá-las para tão longe do castelo — argumentou o conde enquanto montava em seu cavalo.

— Deixe que eu tomo conta dele — pediu Betia, que também iria.

Eles partiram para a pequena cidade do outro lado do rio, entre Havenford e Driffield Hall, a propriedade de Brice, um dos poucos amigos do conde fora do castelo. O resto, com quem também se dava bem, podia ser chamado de aliados fiéis. Precisavam trazer mais alguns itens para completar a dispensa do castelo e ele prometera a Luiza que lhe mostraria o mercado, depois de ficar surpreso por ela nunca ter estado em um.

— Vai me dizer que seu braço não dói nem um pouco. — Luiza já superara o medo de cavalos, mas não estava confiante. Talvez Elene não soubesse montar tão bem assim.

— Apenas quando preciso puxar as rédeas com força — respondeu ele.

— Não precisava se esforçar tanto, eu poderia conhecer o mercado depois do inverno.

— Então milady pretende estar aqui até lá — Betia intrometeu-se na conversa.

Luiza sorriu levemente e corou. Betia olhou para o conde e piscou o olho direito, fazendo-o balançar a cabeça negativamente, apesar de estar sorrindo. Também gostara de ouvir essa declaração espontânea de que ela tinha planos de ficar. Até agora não haviam tocado nesse assunto nem feito nenhum plano.

O mercado estava uma verdadeira bagunça, como Jordan sabia que estaria, com todos aproveitando os últimos dias agradáveis para ir lá. Eles se separaram em dois grupos. Betia foi tratar dos mantimentos enquanto o conde passeava com Luiza. Ele mostrava-lhe as barracas e notava como ela ficava surpresa com tudo que via.

Cada vez mais ele tinha certeza de que sua adorável dama foi mantida reclusa, longe daquele mundo tão normal para pessoas como eles. Mas ela não lhe falava sobre o passado. Mesmo durante o tempo que passou lhe fazendo companhia em sua convalescência, tomava o cuidado de ser vaga e fugia de certos assuntos. Ele precisava saber mais sobre ela.

A essa altura, ele já mexera seus pauzinhos e conseguira informações sobre os Montforth — era simples, eles não existiam mais. Tudo indicava que ela era a última. Ainda havia pessoas mais velhas que compartilhavam do sangue dessa família, mas não mais com esse nome. Através de casamentos, as mulheres perderam o nome, e seus filhos seriam os próximos da geração de outras famílias. E o mesmo aconteceria com Elene de Montforth, se ficasse ao lado do conde; daria uma parcela do sangue daquela família aos filhos, mas estes seriam os herdeiros dos Warrington.

Jordan se perguntava se ela sabia que tinham isso em comum, que ele também era o último. Mas tinha a única vantagem de que seus filhos continuariam seu nome. Se ele não os tivesse, outro ramo da família assumiria tudo que tinha. Pessoas que não conheciam aquelas terras e não se importavam. Os mesmos que só queriam assegurar a herança. Portanto, mandaram-lhe Tylda e continuavam tentando enviar outra prima para outro casamento que nem poderia acontecer.

Luiza estava achando tudo surpreendente — ler sobre isso era muito diferente de visitar pessoalmente. Os comerciantes pareciam todos tão espertos e sem-vergonha, como os que encontrava espalhados por Londres. A confusão de pessoas, sons e cheiros lembrava-lhe das feiras que precisou frequentar nos meses antes de ir trabalhar no castelo, pois tinha pouco dinheiro e lá conseguia boas pechinchas. E toda a surpresa não era só por ela, pois Elene não tinha nenhum conhecimento para lhe dar, ela realmente nunca esteve em um mercado. Elene não fez muitas coisas, viveu livre em seu mundo cercado, podia olhar o céu e imaginar todos os lugares através de alguns escritos e experiências que lhe relatavam, mas sem chegar até eles.

— Lá onde você morava não havia feiras? — Jordan perguntou, andando bem perto dela enquanto Cold e Morey abriam caminho para eles.

— Não sei, nunca andei muito por lá. Não deixava os domínios da fortaleza.

— Elene, eu sei que não morava mais na casa onde viveu com seus pais na infância. Onde vivia?

— Está enganado, milorde. Nos últimos quatro anos, eu voltei a morar lá. Meus... parentes tiveram um surto de bondade e mandaram me trazer de volta.

— De onde?

— Do convento.

Jordan estacou. Cold e Morey olharam para trás imediatamente, provando que, apesar de disfarçarem muito bem, estavam escutando a conversa. O conde chegou mais perto e perguntou baixo, assustado com essa nova informação.

— Você não fez os votos, não é? — indagou.

Luiza levantou a sobrancelha direita e o encarou. Reprimiu a vontade de gargalhar pela expressão que ele fazia. Era de genuíno terror. Mas, sinceramente, Elene foi educada em um convento? Não parecia ter aprendido muita coisa.

— Por acaso eu pareço uma freira, milorde?

Jordan piscou várias vezes para reprimir a vontade de olhá-la de cima a baixo. Ela estava particularmente atraente em seu vestido vermelho-escuro.

— Certamente que não. Nem se comporta como uma... — Ele não podia nem fingir que não estava lembrando-se da noite da festa de casamento de Morey, em que eles tiveram um breve interlúdio em seu escritório.

— Pois não sou mesmo uma freira — disse ela, achando graça da reação deles. — Até porque, já estou fora de lá há quatro anos. Eu morava no convento a maior parte do ano, foi onde recebi educação. As freiras tinham muita consideração pelos Montforth, que lhes faziam altas doações quando eram vivos. E, no verão, eu ficava com uma tia idosa. Mas ela morreu recentemente. Foi quando voltei para cá.

Os homens se entreolharam. Ela nunca havia dado tantas informações

Cartas do PASSADO   159

sobre seu passado. E, quando Cold e Morey voltaram a andar, ela virou-se para o conde e disse baixo:

— Minha tia era uma feiticeira de verdade. — Então sorriu e seguiu os outros.

— Ela deve ter jogado alguma poção em sua cabeça, milady! — brincou o conde.

— Claro! Foi assim que meus cabelos ficaram vermelhos como os dela!

— E o que ela jogou em seus olhos? Sua tia deve ter jogado muitas poções em você.

— Saiba que isso eu herdei de minha mãe. É uma característica da família dela.

Ela tivera a sorte de ficar com uma parte da bagagem de roupas de Elene, mesmo que sem seus agasalhos. Levaram as sobrevestes, capas e até os véus. Mas não tinha nenhum dinheiro e, portanto, não podia comprar nada. Também não aceitaria nenhuma moeda de um homem que não fosse seu parente ou marido. Não era certo. Apenas mulheres de vida fácil aceitavam esses tipos de presentes.

E Luiza tinha uma independência enraizada nela que não combinava com a época em que estava vivendo agora. Mas era muito útil em seu tempo, quando tinha que se virar sozinha há anos. As duas personalidades aliadas causaram um sério problema na feira, pois não aceitou um presente sequer ou mesmo um empréstimo. Tornou-se desobediente, malcriada e teimosa.

Era o que os homens da época costumavam chamar de gênio ruim, e nenhum deles queria se casar com uma mulher que o tivesse. Alegavam que elas acabavam os obrigando a usar a força, pois causavam verdadeiros pandemônios dentro de suas casas, criavam inúmeros problemas e não se sujeitavam quando deviam. Eram até ruins para gerar herdeiros, pois achavam que podiam dizer não quando eles queriam visitar suas camas.

Se perguntassem a eles, iam todos dizer que o conde era completamente insano, pois ele achava mais graça a cada resposta malcriada que levava. Já estava descobrindo inúmeras maneiras de provocá-la, porque os olhares fulminantes que ganhava daqueles olhos verdes aqueciam seu coração.

— Pois saiba, milorde, que minha tia me ensinou a não obedecer aos homens cegamente. Porque são todos um bando de tolos!

— Tenho certeza de que era exatamente isso que as freiras lhe ensinavam nos intervalos entre as orações — respondeu ele, divertindo-se com as contradições dela.

— Eu não considerava tudo que elas me diziam... — revelou, levemente encabulada com a observação dele.

— Se não me contasse isso, juro que jamais notaria — disse ironicamente, procurando manter um tom sério. Ela certamente ia contra todos os ensinamentos que as freiras devem ter tentado incutir em sua cabeça.

Ele comprou dois pastéis de carne e duas canecas grandes de hidromel e levou-a para comerem em um local mais afastado. Claro que Cold e Morey estavam por perto, mas não o bastante para escutá-los. Lavine os havia acompanhado, mas não estava comendo com eles, pois seguia Betia. Queria aprender umas coisas para ser mais útil no castelo. E também para poder cuidar da casa que ela e Morey teriam em breve e dos filhos que viriam. Precisava aprender muitas coisas práticas, pois o que sabia era pura teoria para ser uma boa dama nobre. Mas ela não se arrependia — a cada dia ao lado do marido, tinha mais certeza de sua escolha. Além de amor, agora tinha respeito de todos à sua volta e, principalmente, respeito por si mesma.

— Beba isto, tenho certeza de que vai gostar — sugeriu o conde, entregando uma das canecas a Luiza.

Ela bebeu e adorou, confirmando as expectativas dele. Também gostou muito do pastel de carne, mas só conseguiu comer metade, pois parecia uma grande torta, e deu a outra para ele, que comeu como se fosse apenas mais uma mordida, afinal, não iam desperdiçar boa comida.

— Creio que vai me deixar comprar-lhe um doce — sondou ele, enquanto a ajudava a levantar. — Em nosso suposto acordo, estou proibido apenas de lhe dar certos bens materiais que não são típicos de um pretendente; doces são permitidos.

— Pois vá só pensando que me encherá de doces e me deixará incapaz de usar meus poucos vestidos! Essa tática não funcionará — ela disse em tom de acusação, causando risadas.

Encontraram com Betia no meio da feira. Ela resmungou ao saber que eles tinham rejeitado as comidas que trouxera para comer um simples pastel de carne, que, na verdade, era bem grande e os deixaria alimentados até a ceia.

Luiza distraía-se andando pela beira do rio, comendo um confeito coberto de açúcar e simplesmente pensando sobre o que lhe acontecia agora. Era inevitável não imaginar como tudo começara. Se estava ali, então quem estava lá no castelo em 2012? Se agora era Elene, então será que Elene era ela? Se fosse, estaria muito mais perdida lá, naquela época. Mas isso não era possível porque Elene estava morta. Ela sabia que Elene morria naquele ataque. Luiza achava que só estava ali porque, de alguma forma, Elene não estava mais. Mas como poderia ser assim se sentia que a outra lhe dava informações constantemente? Nunca entenderia, e o pior de tudo: não podia dizer a ninguém.

Até mesmo o conde, por mais compreensivo que pudesse ser, ia achar que ela enlouquecera. Como lhe diria que era Elene, mas ao mesmo tempo não era e escrevera aquelas cartas do mesmo castelo que ele, só que no futuro? O conde seria obrigado a aceitar que ela era louca, pois nada disso jamais faria sentido para ele.

Às vezes, Luiza esquecia a realidade. Ele era inteligente e seria encantador em qualquer época. Porém, isso não mudava o fato de que vivia em um período muito diferente do seu. *Será que conseguirei me manter aqui?* Nem havia pensado em voltar. Primeiro, porque não sabia como e, principalmente, porque não queria.

Podia tentar não admitir, mas estava mais feliz ali do que era lá, naquele seu emprego no castelo, onde vivia sozinha, não tinha ninguém, não tinha para quem ligar ou com quem se preocupar. Havia sua mãe, mas ela não hesitara em mudar de continente e deixá-la para trás. Era como se estivesse fazendo o mesmo, só que não daria para telefonar periodicamente.

Notou que estava sozinha há muito tempo e virou-se para onde estavam os outros. Encontrou Jordan encostado na árvore mais próxima dela, observando-a de forma casual, assim como também olhava o movimento do rio, e apenas esperava. Tão perdido em pensamentos quanto ela.

— Desculpe, eu me distraí. — Ela andou para mais perto dele.

— Não queria atrapalhar sua reflexão. Também gosto de perder o olhar no rio, é como se o movimento constante ajudasse a movimentar os pensamentos.

— A chuva também...

— O vento movendo as copas das árvores... — continuou ele.

— Ondas em um lago, batendo na borda onde você está...

— Neve caindo... Você nem nota o tempo passar e, quando vê, já está tudo branco.

— As chamas da lareira dançando sem parar quase hipnotizam...

Os dois perderam o olhar, pensando em como gostavam de, às vezes, simplesmente parar em um canto sossegado e observar esses fenômenos naturais enquanto a mente mantinha-se trabalhando sem esforço. O olhar de Jordan caiu novamente sobre a mulher à sua frente, quieta e contemplativa. Sua expressão não demonstrava tristeza ou aflição. Ficou feliz que os pensamentos dela não corressem nessa direção.

— Não me importaria se me fizesse companhia para observar a neve que vai cair nesse inverno e o fogo das lareiras que deverão nos aquecer — disse ele, com uma pontinha de expectativa na frase. E até hoje ele não havia perguntado qual era o destino final dela quando foi atacada. Ela lhe dissera que pretendia chegar ao castelo e pedir abrigo por uma noite. Mas e depois? Era isso que o assombrava, o momento que ela lhe dissesse qual era o seu destino.

Ela virou o rosto para ele e acabou sorrindo.

— Acho que já está tarde demais para eu partir, milorde. — Voltou a olhar o rio. — Por outro lado, não queria abusar da sua bondade e hospitalidade. Já me salvou...

Jordan afastou se da árvore e parou um pouco mais à frente, entre ela e a margem do rio. O sol fraco iluminava sua figura e ele ficou um pouco de lado, deixando a luz solar criar sombras no seu rosto enquanto clareava seu cabelo. Luiza pensou que, se as mulheres de sua época soubessem que existiram uns poucos homens tão bonitos e encantadores quanto ele, a fila para voltar no tempo seria enorme.

— Eu creio que não preciso mais fazer rodeios, Elene. O que estou fazendo não se caracteriza mais como bondade ou hospitalidade, e nós dois sabemos disso. — Ele virou o rosto e ficou olhando-a. — Ou melhor, eu espero que tenha conseguido expressar isso ou demonstrar de forma clara que a quero mais do que como uma hóspede.

Com a mão direita, ela segurou os dedos da mão esquerda e manteve-se mirando-o. Estava com o cenho levemente franzido e prestava atenção nele. O que não ajudou muito a língua do conde a funcionar, já que ele nunca havia precisado entrar nesse tipo de assunto com alguém.

— Eu... — Ele balançou a cabeça e foi quase inevitável não sorrir. — Não estava brincando, também não estou usando-a.

— Não achei que estivesse, eu consenti.

Ele foi até ela e parou tão perto que Luiza precisou levantar bem o rosto para encará-lo. Surpreendeu-se quando ele tocou seu rosto, pois não demonstravam intimidade em público. Mas apreciou o gesto e tocou delicadamente as costas da mão dele com os dedos. Jordan a olhava e acariciava discretamente o lado esquerdo de sua face que a mão dele escondia.

— Eu quero poder tocá-la quando quiser e onde estivermos, sem que lhe classifiquem como uma amante que partirá em breve. Quero olhá-la sem que eu pareça mais um desses homens sem moral que dormem com suas hóspedes e suas criadas. Porque eu quero ter direito de fazê-lo. — Ele baixou um pouco mais o rosto, quase sucumbindo à vontade de beijá-la. — Mas eu só posso fazê-lo se...

— Se eu quiser? — ela completou a frase rapidamente, aproveitando a hesitação dele.

— Quero que passe este inverno comigo e, na primavera, decida se gosta daqui, do castelo, do povo... E se me aceitaria como marido.

— Milorde acha que agora eu ainda não posso tomar uma decisão acertada, não é?

— Não quero que se arrependa.

Ela franziu a testa e mudou o tom.

— Mas já tem absoluta certeza do que quer, ou não me diria.

Jordan enrugou quase imperceptivelmente o cenho, tentando entender a mudança de tom.

— Uma coisa independe da outra.

Dessa vez, ela soltou o ar com força.

— Claro! — Virou-se para sair de forma intempestiva, mas esqueceu do maldito vestido e tropeçou. Ele a segurou rapidamente, impedindo sua queda.

Luiza se desvencilhou e foi andando em direção ao grupo, segurando as saias vermelhas. Se ele a queria tanto, podia muito bem ficar em agonia esperando uma resposta. Por castigo! Não deveria duvidar da intensidade dos sentimentos dela. Ele tinha certeza, mas vinha lhe oferecer mais tempo para organizar sua cabecinha confusa. Nem cogitou a possibilidade de ela também já saber o que queria e desejar ficar ao lado dele tanto quanto ele parecia desejar ficar com ela.

O conde ficou com a testa franzida quando ela lhe fez aquelas perguntas, depois não lhe deu resposta alguma sobre ficar o inverno inteiro e muito menos sobre o que ele acabara de lhe propor. Por Deus! Dissera que queria ser seu marido e ela saiu aos trancos, parecendo furiosa. Será que estava indo tão mal assim? Era óbvio que não tinha jeito para seduzir mulheres. Não procurou se especializar nisso ao longo de sua vida; tinha muito mais o que fazer.

Com Tylda, ele nunca precisou fazer a corte, ela veio e pronto. Eles haviam sido apresentados anos antes e, então, se casaram. Simples assim. Como marido, ele procurava ser próximo, gentil e esmerava-se como podia para que ela também ficasse satisfeita em seus poucos momentos íntimos. Mas, realmente, era a primeira vez que se encontrava em tal situação e, no fim, sua falecida esposa ainda se apaixonou por outro.

Até com as demais mulheres com quem se relacionou brevemente não passou por essa aflição. Elas sempre vinham atrás dele, com o intuito de capturarem-no em um casamento, ou eram pagas, no caso das visitas àquele local que ele fazia simplesmente para não se tornar um monge.

Jordan não teve muitos relacionamentos. Aliás, com essa definição, só houve seu casamento. E, assim como ele nunca precisou pedir ninguém em casamento, nunca ficou tão aflito, esperançoso ou teve tanta dificuldade para dormir, porque aquele incômodo entre suas pernas não descansava mais. Mas havia uma coisa que ele não estava: *confuso*. Ele a queria e ponto final. Suas confusões eram apenas em relação às novidades que ela estava representando para ele.

— Devan... — Ela parou de repente.

Ele estacou e virou-se para ela.

— Vai ficar longe de mim o inverno inteiro?

As duas sobrancelhas do conde se ergueram e se poderia dizer que ele congelou, o que era impossível acontecer ultimamente. Principalmente, quando estava perto dela. Luiza continuou observando-o com fingida inocência e viu-o abrir a boca duas vezes, procurando pela resposta apropriada. Ambos sabiam que ela não estava falando sobre conversar, passear ou qualquer outra ação similar. A cada dia, parecia que eles precisavam se encontrar mais vezes para cometer atos inapropriados; nem a convalescência conseguiu manter os lábios dele longe dos dela.

— Sim, entendo, milorde... Será mesmo uma pena — disse ela, quando ele tentou responder pela terceira vez. Então, seguiu seu caminho em direção aos outros.

CAPÍTULO 15

Minha adorada lady,

Gostaria de convidá-la para cear comigo. Tenho sentido sua falta. Ainda não temos neve suficiente, mas podemos cear no primeiro andar, onde há uma lareira espaçosa.

Saudosamente,
J.D Warrington

Erin entregou a carta e voltou rapidamente com a resposta.

Meu adorado lorde,

Sinto ter de recusar seu convite, vou me recolher muito cedo hoje, pois combinei com Délia que irei ajudá-la a colher as últimas ervas assim que o sol nascer. Além disso, não tenho ceado, pois estou tentando perder medidas para continuar cabendo em meus velhos vestidos.

Desejo-lhe uma boa ceia.

Carinhosamente,
E. Montforth

O conde não conseguia entender por que ela estava castigando-o com sua ausência. Já tentara lhe pedir desculpas, mas não adiantava, já que não sabia pelo que devia se desculpar. Encontrava-a várias vezes ao dia, no salão, no pátio e em outros locais comuns do castelo, mas, desde o dia em que foram à feira, não ficaram mais sozinhos.

Embora não se sentisse mais solitário, agora conhecia outra necessidade. Por ela. Ansiava por abraçá-la e sentir novamente o gosto de seus lábios. Naquele dia, completava uma semana, e ele estava um pouco sentido. Começava a achar que o que a afastara fora seu pedido de casamento que sequer foi explícito, pois deu-lhe até um longo tempo para considerar a proposta.

Luiza pretendia torturá-lo apenas por uma semana, só para aprender a nunca mais subestimar os sentimentos dela. Aproveitou esse tempo para adaptar algumas coisas para poder viver ali. As criadas já tinham se acostumado aos vários banhos que ela tomava e passaram a esquentar a água no segundo andar. Também conseguira uma tesoura só para ela e agora precisava de uma navalha. Tinha muitos planos modernos que precisavam ser mantidos em segredo.

— Bem, Elene, agora me mostre seus dotes de jardinagem. — Luiza falava sozinha, parada à frente das várias cestas de ervas, pétalas e plantas que Délia e outras mulheres andaram colhendo antes que o inverno chegasse.

Luiza queria fazer algumas loções e o que mais fosse possível para manter um pouco da dignidade de sua vaidade moderna. Lady Lavine também estava lhe ensinando sobre os truques femininos que as mulheres da corte usavam naquela época. Ela achou tudo pavoroso e acabou ensinando outras coisas à mulher. Logo viu de onde vinham aquelas histórias macabras. Onde Lavine estava com a cabeça? Lesmas, fezes de lagartos, morcego... As coisas mais nojentas! Ela obrigou a mulher a tomar um banho e se esfregar muito bem, caso houvesse resquícios daquilo.

No início da tarde, um mensageiro chegou a Havenford. Não era um dos rapazes habituais nem o mensageiro que trabalhava no castelo, era um desconhecido. Mesmo assim, após explicar o que trazia, deixaram-no entrar e descansar perto da parte de trás da cozinha, onde os criados comiam, e lhe deram um prato de caldo quente. Ele tinha de esperar a resposta do conde.

— Milady, o conde mandou que fosse à sua presença imediatamente — avisou Erin.

Ela entrou no gabinete dele. Sempre sorria ao entrar ali, pois era onde trabalhava.

— Mandou me chamar? — indagou ela.

— Sim, recebi uma mensagem de seu tutor — Jordan respondeu

enquanto molhava a pena, sentado atrás da mesa que ela conhecia muito bem.

— De quem? — Ela estacou no lugar e sua voz saiu aguda.

Luiza sentiu o pânico tomar conta dela e não era por sua causa, já que nem sabia quem era o tutor. Mas, às vezes, Elene provava que existia dentro dela, como agora. Subitamente, viu-se completamente apavorada e chegava a prender a respiração. Suas pupilas estavam dilatadas e sua respiração, incerta.

— Seu tutor. — Ele indicou a mensagem, não parecendo nem um pouco satisfeito.

> Ao lorde de Havenford,
>
> Milorde, primeiramente, gostaria de me apresentar. Sou Erold Reavis, senhor de Mounthill, uma propriedade que fica bem a oeste daí, fora de sua suserania. O motivo desta missiva é que eu soube, através de conhecidos, que o senhor encontrou uma comitiva que foi vítima de um ataque de bandidos. Entre os sobreviventes estava uma jovem dama de nome Elene de Montforth. Sou seu tutor. Entendo que ela esteja sob sua proteção. Gostaria de saber como ela está, pois estou procurando-a há semanas. Eu estava fora quando ela partiu e desde então não nos comunicamos.
>
> Gostaria de saber como posso agradecê-lo por protegê-la. Estou muito preocupado, sou como um pai para ela e espero poder vê-la em breve. Minha esposa quase não dorme mais de preocupação e seria um enorme conforto receber notícias boas.
>
> Estou hospedado na casa de um amigo, lorde Barthold Ruther. Creio que deve conhecê-lo. Aguardo sua resposta
>
> Atenciosamente,
> Mounthill

— Este homem está aqui? — Ela jogou a mensagem para longe como se o papel pudesse machucá-la.

— Está em uma propriedade que faz fronteira com meus domínios.

Não sou suserano dessas pessoas que o hospedam, mas os Ruther nunca me causaram problemas. Pelo contrário, temos alguns acordos comerciais.

— Não podem ser bons se hospedam aquele homem! — Luiza gritou.

Jordan levantou as sobrancelhas. Já estava intrigado com a reação dela e agora começava a ficar surpreso. Mas, entre os segredos de Elene, ele achava desde o início que um deles era ter fugido.

— Tem alguma coisa que queira me dizer, Elene? — indagou ele.

— Tem! Diga a esse homem que estou morta!

— Não posso fazer isso.

— Então vá para o inferno! Eu não vou voltar! — Ela andou para longe da mesa e parou em frente à janela do meio.

Jordan se levantou e pegou a carta do chão, colocou-a sobre a mesa, depois foi até ela.

— Devia ter dito que tem um tutor, Elene. Realmente, devia ter me dito. Dessa forma, fica parecendo que a estou escondendo. Ou pior, aprisionando.

Ela continuava encolhida junto à janela, as mãos fechadas e juntas à frente do queixo, e ela mordia a ponta do polegar direito. Estava claramente nervosa.

— O que esse homem lhe fez? — o conde indagou. Seu tom havia mudado de aborrecido pelo que ela escondia para perigoso.

— Eu não vou voltar para lá, não vou. É tudo mentira. Ele não é como um pai, a mulher dele não gosta de mim. Eles gastaram tudo que eu tinha.

— Por que não me disse que havia fugido?

Por que eu não sabia, pensou Luiza. Tudo que sabia simplesmente explodia em sua mente; não tinha como ela tirar as informações quando queria. E tudo que ela podia fazer para contornar era contar meias verdades ou meias mentiras, dependendo do ponto de vista.

— Tive medo de que quisesse me devolver ou chamasse esse homem.

— Você não confia em mim, Elene — afirmou e virou-se, voltando para a mesa.

— Desculpe-me, eu... só tive medo. — Isso tinha que ser verdade, porque ela sentia o medo e o desespero de Elene.

Ele balançou a cabeça e sentou-se, voltando a escrever. Ela se aproximou da mesa, segurou na pontinha dela e ficou olhando-o.

— Devan... — disse baixo num tom de pedido.

O conde apenas olhou-a, depois voltou a escrever.

— Esse homem é o senhor de sua casa.

— O desgraçado roubou tudo! Tudo! Aquela casa é da minha família! É minha e de minha irmã!

Jordan soltou a pena com brusquidão, recostou na cadeira e a olhou de forma bem séria.

— Por Deus, Elene. O que mais você não me contou? Agora tem uma irmã!

— Não tenho mais... Ela sumiu antes de me banirem para o convento, fugiu e nunca mais voltou. Foi pouco depois que aquele homem tomou posse de nossa casa. Nem sei se está viva e não preciso saber. Ela foi embora com o homem que amava, e eu espero que eles estejam muito longe e felizes.

O conde não sabia como era ter um irmão, mas ficou surpreso com ela. Afinal, sua irmã a havia abandonado à própria sorte, fugiu sem levá-la, nunca deu notícias e mesmo assim ela não a condenava. Simplesmente esperou ficar mais velha como a irmã e seguiu o exemplo dela.

— E você esperou até ficar mais velha e fugiu também — ele deu voz às suas conclusões.

Ela olhou para baixo, relanceando a carta que ele escrevia e que agora estava manchada, devido ao jeito que ele soltou a pena.

— Não me mande para ele... — ela pediu baixo, sua voz chegando a falhar.

O conde se levantou, agora não só irritado, mas também insultado pela falta de confiança dela. Ele a havia pedido em casamento, estava disposto a fazer qualquer coisa por ela, já tentara demonstrar isso de toda forma e, no primeiro problema que aparecia, ela achava que ele iria simplesmente entregá-la ao seu tutor. Ele foi saindo e levando a carta de Erold.

— A confiança que tem em mim, Elene, é inacreditável. Não vou mandá-la para lugar algum! — Ele bateu a porta ao sair.

Ao senhor de Mounthill,

Informo-lhe que resgatei apenas sua sobrinha, não havia mais sobreviventes na comitiva. Ela passa muito bem, está instalada em minha casa e recebendo os cuidados necessários para seu bem-estar.

O senhor não precisa me agradecer, não fiz mais do que o meu dever, afinal, encontrei-a em minhas terras. Peço-lhe que envie a notícia à sua esposa. Lady Elene manda-lhe recomendações.

Atenciosamente,
Havenford

Ele mesmo foi entregar a resposta ao mensageiro, perguntou-lhe algumas coisas, e o rapaz, agradecido pelo bom tratamento, disse-lhe que trabalhava para os Ruther, e não para Reavis. E que recebeu uma recompensa para trazer a mensagem. Disse que Reavis havia chegado com uma comitiva apenas de soldados e que o homem era o único da família que estava presente.

Quando o conde retornou à sua sala, encontrou-a esperando. Luiza levantou-se de uma das cadeiras que ficavam à frente da mesa e foi até ele. Segurou suas mãos e o encarou.

— Perdoe-me... Eu só fiquei com medo. Eu não quero ir embora daqui.

Jordan ficou olhando-a, odiando ser lembrado de que a mulher por quem ele estava apaixonado tinha segredos. E, pelo jeito, eram muitos e mais graves do que não saber explicar como se comunicava com ele através de cartas nunca enviadas. Ainda estava irritado, mas, quando ela lhe disse que não queria ir embora, seu humor clareou um pouco e aquele semblante duro com o qual entrou foi ficando mais leve.

— Não vou mandá-la embora. Se não se lembra, há uma semana, eu lhe pedi para ficar. — Ele passou por ela e foi para sua mesa.

Luiza o seguiu, olhando para baixo, um pouco envergonhada. Não tinha como explicar que a culpa não era totalmente sua. Nessas horas, amaldiçoava Elene. Se ela resolveu lhe dar o corpo, por que não deixou todas as memórias como herança? Tudo seria muito mais fácil. Agora, era ela quem tinha que lidar com um conde ressentido e decepcionado.

— Eu quero ficar. Já lhe disse isso e você não acredita.

— Não tente mudar o foco. Não gosto de ficar imaginando o que mais você esconde — respondeu ele, mais severo do que costumava ser com ela.

— Nada relevante, ao menos que eu me lembre no momento. — Assim ela esperava ou estaria muito enrascada.

— Acho que nossa opinião sobre relevância não é a mesma.

Luiza foi andando até lá e parou ao lado da cadeira de espaldar alto onde o conde se instalara novamente e remexia em seus livros de contabilidade. Ele estava sempre envolvido com eles, procurando novos negócios, revisando os impostos, atualizando as contas, planejando acordos com comerciantes e administrando seu território. Sempre com muita cautela, ele sabia que manter aquela propriedade sem render seu máximo não daria aos moradores, seus criados, servos e dependentes o conforto com o qual estavam acostumados, mesmo que parecesse muito simples aos olhos dele.

Mas pão, bons legumes e um teto aquecido era algo que muitos por ali sonhavam. Apesar de unida, a comunidade de Havenford era um pouco hostil, e levava certo tempo até aceitarem estranhos. E isso não era por ordem do conde — as pessoas se organizaram assim e davam seu jeito de manter o núcleo, apesar da cidade em expansão.

— Sabe, milorde, eu sei ler e escrever muito bem e em mais de um idioma. Posso ajudá-lo. — Inclusive, Luiza sabia alguns métodos de administração que ainda não eram conhecidos naquela época, mas podiam ser aplicados com sucesso.

— É boa com números?

— Sou o suficiente para ajudá-lo. Notei que não tem um administrador nessa propriedade.

— Eu sou capaz de cuidar das contas do castelo, ocupa meu tempo livre. Mas, se quer ajudar...

Ela rodeou a mesa e puxou a cadeira para mais perto. Teve de arrastá-la, pois era um móvel pesado.

— Posso lhe explicar os métodos diferentes que sei...

— E onde aprendeu esses métodos?

Na faculdade, pensou ela.

— Ah, a madre do convento era uma mulher de rara inteligência. Muitos homens de negócios iam consultá-la em segredo. Aprendi umas coisas sob sua tutela. — Ela lamentava ter que mentir, mas, se dissesse a palavra *faculdade*, ia ser o mesmo que gritar no meio do salão que era uma bruxa do futuro e sabia quando todo mundo ali ia morrer.

Com jeitinho, sem parecer que estava dando aulas sobre métodos novos, Luiza foi contando ao conde o que sabia. E ele falava sobre como mantinha todos os livros, as outras propriedades, os investimentos, impostos e o comércio que estava começando a lhe dar um lucro significativo em novas parcerias que fizera.

Ele conseguia ser muito eficiente com seus próprios métodos e usando uma lógica inteligente de balanceamento, sem tirar de um lado para colocar no outro, mas sempre mantendo as contas estáveis. Ela esperava ajudá-lo a progredir com umas dicas mais modernas, que era melhor ele não contar por aí.

A resposta do conde não agradou Erold Reavis, que achou-o muito evasivo a respeito de sua tutorada. Queria logo receber uma resposta que marcasse o dia para ir buscá-la, antes que as estradas ficassem intransitáveis. Precisava reavê-la o mais rápido possível para continuar com as negociações que tinha em mente ou para se livrar dela pessoalmente.

Prezado Havenford.

Fico muito agradecido com a resposta rápida, milorde. E seria uma desfeita não agradecê-lo de forma apropriada. Gostaria de saber quando poderei levar lady Elene para casa. Como já lhe disse, minha esposa está aflita, a moça é para ela como uma filha caçula.

E, como milorde bem sabe, as estradas já não estão em boas condições. Se puder levá-la logo, chegaremos em casa rapidamente.

Atenciosamente,
Mounthill

De acordo com as informações que o mensageiro de língua solta dava a cada prato de comida que ganhava, Betia já estava sabendo de algumas coisas. Sabia que o homem que enviava as cartas era tutor de Elene, uma espécie de parente distante. Ela logo concluiu, pelo comportamento dela e do conde em relação a isso, que não podia ser coisa boa. Preferiu não dizer nada, mas ficou prestando atenção.

Era óbvio que o tal homem queria levar a moça dali. E isso não estava nos seus planos. Ela só havia se preocupado em ajudar a dama a se apaixonar pelo conde e ficar ali por vontade própria. Não contara com interferências externas. E agora? Não podia fazer nada quanto a isso!

Mas seu adorado conde ia sofrer demais se levassem a moça embora. Não podia deixar, nem que precisasse armar uma revolta entre o povoado. Ele não ia ter o coração quebrado dessa maneira, não agora que ela começava a ter certeza de que a moça queria mesmo ficar.

Ao senhor de Mounthill,

Insisto que não me agradeça. Como cavaleiro do reino, devo proteger mulheres e crianças sem pedir nada em troca. E sobre lady Elene, asseguro-lhe que ela é uma hóspede bem-vinda e está sendo tratada com respeito. Mas a lady manifestou o desejo de permanecer em Havenford durante o inverno. Por isso, aconselho que leve a notícia para acalmar sua senhora.

Atenciosamente,
Havenford

Jordan podia responder às cartas de Erold sem precisar consultar Luiza, já que só precisava negar sua vontade de levá-la dali. Mas, como agora ela costumava fazer-lhe companhia no gabinete, acabava sabendo sobre a comunicação. Luiza preferiu não deixar o receio de Elene dominá-la novamente. Estava lhe custando o suficiente reconquistar a intimidade do conde e convencê-lo de que realmente confiava nele.

Cartas do PASSADO

Prezado Havenford,

Milorde, apesar do bom tratamento que tenho certeza de que Elene está recebendo, insisto que preciso levá-la para casa o mais rápido possível. Peço que milorde não caia no erro de atender a todos os seus caprichos, pois são em grande parte culpa de minha esposa, que a mimou demais. Entenda, milorde, não vejo Elene há um tempo, gostaria de vê-la e levá-la para casa, que é seu verdadeiro lar. Rogo-lhe que atenda meu pedido.

Atenciosamente,
Mounthill

Essa carta foi picotada em mil pedaços por Luiza, enquanto dizia que era tudo mentira, que a esposa sempre a fez trabalhar para ela. E que ele era incômodo e desagradável. O conde disse-lhe apenas que ia continuar a negar, e ela se manteve o mais tranquila possível, mas Elene só se acalmaria quando aquele homem estivesse longe dali. Enquanto isso, Luiza ia continuar assegurando ambas em Havenford e, mais importante ainda, no coração do conde. Mesmo que ele afirmasse com outras palavras que ela estava mais firme do que ele gostaria.

Mas, fosse como fosse, ela sabia que estava se metendo em um relacionamento amoroso. Independentemente da época, para ela, ia funcionar como sempre foi. Ela estava apaixonada por ele, mas era cautelosa como uma gata. Duvidava que um coração quebrado doesse menos só porque estava no século XV. Ali, nem ia poder sair para afogar as mágoas em vodca, dançar que nem uma louca na pista, postando tudo na internet e, pior, ficar com outro cara que ela não ia lembrar o nome e morrer de arrependimento.

Assim que olhou os pedaços de papel no chão, Luiza catou todos eles e guardou em um saquinho de pano. Sabia que, se aquela carta fosse mantida ali, algum dia, alguém poderia restaurá-la. Agora precisava controlar Elene para que ela não rasgasse mais cartas que um dia seriam documentos históricos e valiosos do acervo de um museu. Parando para pensar, Luiza notou que, se ficasse deixando seu lado profissional sair, teria sérios problemas, pois o próprio conde às vezes destruía documentos e rasgava folhas de suas anotações. Teria que inventar algo para impedir. Ela era a única ali que sabia como aquele lugar iria precisar de sua história intacta.

Ao Lorde de Mounthill,

Lamento ir contra suas necessidades, mas não obrigarei lady Elene a deixar minha casa: ela é bem-vinda aqui. A dama reafirmou que prefere passar esse inverno aqui a ter de enfrentar uma viagem desconfortável e fria. E não acho que seja adequado obrigar uma dama a viajar em tais condições. Ela aconselhou-o a voltar para casa imediatamente, antes que a viagem fique mais difícil.

Atenciosamente,
Haverford

CAPÍTULO 16

Naquela noite, Luiza conseguiu seu maior avanço, pois a neve enfim começou a cair. Ainda estava fraca, não parecia que formaria aquele interminável tapete branco, mas dava para ver os cristais caindo do lado de fora da janela. Ela se aproximou do conde, que se aquecia no raio de calor da lareira, mas não estava perto do fogo. Ele estava sentado em uma poltrona de madeira enquanto olhava pela janela.

— Devan... Posso ficar até mais tarde?

Ele sempre atendia rapidamente quando ela chamava por esse nome que ninguém mais pronunciava. E, nesses últimos dias, desde o episódio da carta, Jordan dizia-lhe para dormir cedo e também deixava o gabinete, como se ter de escrever para o tutor dizendo que ela estava sendo tratada com respeito incluísse mantê-la o mais longe possível de seu anfitrião.

— Sim, venha, acomode-se. — Ele moveu a cabeça, mas a outra poltrona estava lá perto da lareira. O conde se levantou para puxá-la para ela, mas Luiza disse que não precisava e foi buscar a cadeira mais próxima.

Ela havia notado como os móveis daquela época, feitos à mão por carpinteiros habilidosos e com madeira de qualidade, eram bem mais pesados do que as cadeiras levíssimas e de péssima qualidade do apartamento que alugava em Londres. O engraçado era que, quando estagiou num museu, teve a temporada de decoração histórica. Se ela tocasse nos móveis sem luvas, o curador morria, e havia cordas de contenção impedindo que o público chegasse perto demais. E agora, lá estava ela arrastando aquela cadeira e provavelmente estragando um pouco seus pés.

Luiza não apreciou a cadeira — comparada ao local onde realmente queria se instalar, ela era patética. Observou a neve do lado de fora, mas dava para notar que nem ela nem o conde estavam naquele estado de calma reflexiva sobre o qual conversaram à beira do rio. Estavam simplesmente sentados, parecendo muito tensos.

— Ainda estamos no começo do inverno, mesmo assim, nessa época, a paisagem já deveria estar bem mais branca — comentou ele, com os olhos colados no vidro.

— Gostei muito dos metros de lã e veludo que me deu. — Luiza o olhou.

— Você precisava. As roupas que recuperamos não eram quentes o suficiente para o inverno — respondeu o conde, usando um tom prático para comprovar a lógica do que dizia.

Pelo que sabia, Elene não tinha tantas roupas e fugiu sem levar tudo. Os ladrões roubaram as capas e sobrevestes quentes que poderiam usar para se aquecer ou vender. E ela ficou com alguns vestidos, mas o inverno era muito cruel para que aguentasse apenas com eles. O conde encomendara capas de pele e outros tecidos para criar vestidos, que simplesmente começaram a aparecer em seu aposento nos braços de Erin, como se ele tivesse receio de que, se fosse de outra forma, ela não aceitaria. Bem, ela não tinha um centavo furado e estava cada dia mais frio. Por que seria tão cabeça-dura?

— Não sei como agradecê-lo...

— Pare de me agradecer, Elene! — Ele virou o rosto e ficou com o olhar preso ao chão.

Não queria parecer que estava tentando agradá-la, comprá-la, ou o que fosse para que ela ficasse. Só pensava no seu bem-estar, e ela precisava ficar bem-vestida e aquecida. O inverno ali era cruel. Não tinha ideia do que faria se em algum momento ela simplesmente lhe pedisse para ir embora. Mas não queria que ficasse pelos motivos errados. Sabia que seria muito mais doloroso constatar isso do que voltar para sua vida solitária, porque ao menos já estava acostumado à vida que tinha antes de ela chegar.

Percebendo que não estava obtendo sucesso ao tentar convencê-lo e sentindo tanta falta dele que desconfiava que o sentimento era duplo, ela se levantou. A cada carta de seu tio, ele parecia destruir todos os avanços que ela havia conseguido nesse meio-tempo. Decidida, aproximou-se e precisou apenas de dois pequenos passos para estar ao lado dele. O que poderia acontecer de mau? No máximo, seria rechaçada e ficaria magoada. Ela não invadiu o espaço dele de forma inesperada — ele levantou o rosto para ela, como se esperasse seu próximo movimento. Na verdade, ansiava.

Ela sentou-se de lado sobre a coxa dele e recostou-se contra seu peito de forma um tanto tímida, mesmo sabendo que ele jamais a empurraria ou agiria de forma brusca. Seus temores foram abafados pelos braços que a envolveram, aconchegando-a contra a quentura do corpo dele. Ela se manteve encolhida e baixou um pouco o rosto, curvando os ombros. Jordan teve certeza de que sua tensão se dissipou ao segurá-la entre os braços novamente.

— Está bem aquecida? — perguntou ele um bom tempo depois.

— Claro que sim. Seu corpo é tão quente... — Ela esfregou o rosto contra a túnica dele, e consequentemente contra seu peito forte.

O conde ficou tenso, não era possível que ela fosse tão cruel para não notar o que causava nele. Mas a declaração dela não foi mais do que verdadeira, pois, sempre que podia encolher-se junto a ele, sentia-se imediatamente aquecida e confortada.

Mas ela não podia deixar de notar a tensão que também causava quando ficava próxima demais e, principalmente, de maneiras íntimas. Isso trouxe à sua cabeça algumas perguntas sobre ele, na verdade, sobre seu passado e seus hábitos. Já estava ali há tempo suficiente para conhecer alguns costumes. Durante a convalescência do conde, ele lhe contou fatos sobre sua infância e juventude. Mas nunca falava da esposa suicida e dos filhos mortos. Falava sobre os pais de maneira saudosa e conformada. Parecia ter sentido mais a morte da mãe, que se foi jovem demais.

— Se contar por aí que estou sempre tão quente, vão achar que tenho febre constante. Délia não me deixará sair da cama nunca mais.

Ela riu e continuou encolhida junto a ele.

— Eu duvido que ela consiga obrigá-lo a ficar de cama.

— Ela vai dar um jeito de pôr aquelas beberagens dela no meu vinho. Aquilo derruba até um cavalo! — ele disse num tom aborrecido, que provocou mais risadas. Enquanto esteve de cama, sempre acordava aborrecido por Délia ter lhe dado aquela infusão para dormir por tanto tempo.

— Délia é quem faz poções e eu que sou a feiticeira!

— Mas é claro! Milady não usa poções, lembra-se? É pura feitiçaria.

Ela fingiu ficar insultada, mas depois acharam graça. Luiza ficou contente pela reaproximação, mas continuava intrigada com os detalhes pessoais da vida do conde. Precisava saber mais do que ele contava e mais do que a história lhe disse. Ele manteve-a aconchegada e acariciava lentamente suas costas. Luiza sentiu as pálpebras pesadas e adormeceu. Acordou na própria cama, mas lembrava-se como um sonho de Erin ajudando-a a livrar-se do vestido para poder dormir mais confortavelmente.

Bem descansada, ela desceu para o salão muito cedo. Erin já havia lhe dito que o movimento na cozinha era menor naquele horário. Sua intenção era encontrar Betia, pois queria saber umas coisas. Mas pareceu até que a mulher adivinhara, porque desapareceu. E Erin não sabia nada do que ela pretendia perguntar.

— Aí está você... — disse Luiza, assim que encontrou Betia saindo pela porta lateral da cozinha.

— Milady não deveria estar aqui fora tão cedo, esse tempo não lhe fará bem. Estava me procurando?

— Sim, eu quero saber umas coisas.

— Coisas...

— Sobre o conde.

A criada levantou as sobrancelhas. Pelo tom da lady, soube logo que não era um assunto que ela poderia perguntar a qualquer um ali.

— E milady não pode perguntar isso a milorde?

— De jeito nenhum.

— Mas...

— Betia, se eu supostamente vou ficar aqui até o final do inverno e quem sabe depois dele, então preciso saber onde estou me envolvendo.

E a história não contava nada específico sobre a vida pessoal do conde. Ele não escrevia esse tipo de informação, e os boatos que conseguiram atravessar os séculos, no máximo, o ligavam a alguma dama que o visitou, como foi o caso de Lavine.

A cozinheira não gostou do "supostamente" que a dama incluiu na frase e muito menos do "quem sabe". E Luiza incluiu essa dúvida em sua argumentação para convencer Betia a colaborar. O que deu certo.

— E o que milady quer saber? — a cozinheira cedeu, fingindo contragosto, mas ia dizer tudo que precisasse para a dama ficar ali.

— O conde tem amantes? — perguntou diretamente, fazendo a criada arregalar os olhos e corar.

— Absolutamente! — reagiu energicamente.

Luiza franziu o cenho pelo modo insultado como a criada respondeu.

— Mas isso é normal, segundo me... — começou ela, olhando de forma desconfiada.

— Não, milorde não tem — interrompeu a cozinheira, de forma enfática.

— Mas é mais estranho ele não ter do que ter — argumentou Luiza, e logo ela teimar que ele tinha amantes era mais estranho ainda. Mas ele era viúvo e, ainda mais naquela época, era estranho não haver ninguém.

— Pode ser, milady. Mas ele não tem — Betia continuou, agora num tom definitivo.

— E por quê?

— Como milady espera que eu, uma humilde criada... — Vendo que a dama não parecia convencida, ela mudou o discurso. — Não sei, penso que milorde é um homem muito ocupado e comprometido com seu povo e tem outras ocupações. Além disso, acho que a falecida, que Deus a tenha — olhou para cima, depois voltou a olhar Luiza —, não deixou uma boa impressão nele.

— Está querendo dizer que o conde é uma espécie de monge? — ela perguntou num tom engraçado, pois isso era impossível, visto que ela já andara tendo certas intimidades com ele. Não chegou realmente a ser nada mais ousado do que beijos e abraços. Mas, mesmo assim, não era algo que um monge faria. E Luiza não era tão inocente quanto Elene. Ela sabia o que significava o volume na calça dele toda vez que ficavam muito próximos.

Betia olhou para os lados. Não estavam sozinhas no pátio e, devido à atenção que a lady chamava, qualquer um por perto ia gostar de escutar a conversa. Ela fez sinal para que Luiza a seguisse. Entraram por umas portas e foram passando por corredores e subindo escadas. Quando Luiza se deu conta, viu que passavam pela casa dos criados, que agora não era chamada de "antiga". Afinal, estava em pleno uso. Mas não ficaram por ali, entraram em outro local, onde encontraram Délia, que pulou de pé quando viu que Betia trazia a lady.

— Betia, o que você está aprontando agora?

— Fique quieta, estou conversando com milady. — Virou-se para Luiza e ofereceu-lhe o banco mais confortável do cômodo, mas ela preferiu ficar de pé. — Milorde não é um monge. Ele apenas é... ocupado.

— Ele nunca teve amantes? — indagou Luiza, divertindo-se com o embaraço de Betia.

Délia arregalou os olhos e ficou prestando atenção na conversa.

— Milady... — Betia parecia até que estava com vergonha. — Uma vez ao ano...

— Não acredito que você vai contar a ela sobre o local! — interferiu Délia.

— Mesmo que eu fosse inventar uma mentira, agora vou ser obrigada a contar, já que você falou! — reclamou Betia. — Bem, perto do aniversário de milorde...

— No final do ano também e quando um dos cavaleiros vai se casar e na entrada do inverno, no festival de primavera, após a colheita... — Délia foi adicionando e, antes que continuasse, levou um cutucão bem forte de Betia.

— Milorde vai ao local — Betia disse entre os dentes e olhou Délia para ela calar a boca. — É uma casa... Veja bem, não é uma taberna! Porque milorde não se envolve com essas moças. E milorde não dorme com criadas! Ao contrário da maioria, ele fica longe de todas as criadas! Não tem um bastardo dele nessas terras! — enfatizou Betia.

— E como você sabe? — indagou Luiza, achando engraçado como Betia ficava defendendo o conde e escondendo qualquer coisa que pudesse fazê-la ficar em dúvida.

— Nós sabemos de tudo, milady. Tudinho. E é verdade, milorde vai ao local algumas vezes ao ano — falou Délia. — Betia vai lhe dizer que é apenas uma vez, mas são umas dez! Uma perto do aniversário e outra no início do inverno e quando algum deles está prestes a se casar ou por alguma convenção entre os homens. Às vezes, eles resolvem comemorar...

— E o que tem nessa casa? — indagou Luiza, já imaginando bem o que era e pensando que Marcel ia ter orgasmos e se estrebuchar no chão se soubesse de uma coisa dessas.

— Mulheres? — a pergunta de Délia foi pura sugestão.

— Mulheres limpas! E caras! — gritou Betia, desesperada para não estragar o romance do conde e sem perceber que Luiza estava achando tudo muito cômico. — Não, são moças. Moças que... Bem, lá os cavaleiros encontram boa bebida, bom pão, bom queijo...

— E boas moças — concluiu Luiza e depois riu. — Umas dez vezes ao ano, hein? — Riu novamente, e as duas mulheres pequeninas à sua frente coraram ainda mais, se isso era possível.

— Ele não vai mais a Londres com frequência, mas antes... — Délia foi interrompida por uma forte cotovelada de Betia.

— Mas na corte eu tenho certeza de que milorde deve encontrar damas disponíveis. Milady deve saber como é — completou Betia, sem querer contar que sabia muito bem que, quando ele ficava um tempo em Londres, mulheres surgiam.

Sim, pensou Luiza. Damas belas como lady Lavine. Não tinha ciúmes dela, mas era a única dama que conhecia, e precisava partir de algum exemplo para imaginar as outras. Mas sabia também que Devan dificilmente ia à corte e, quando ia, passava pouco tempo. E como já digitalizara os anos anteriores, sabia que ele esteve lá há certo tempo, que foi exatamente quando estreitou relações com lorde Regis e virou alvo do pai de Lavine.

— Mas estamos no início do inverno — observou Luiza, enquanto pensava que, na verdade, Betia e Délia não sabiam de tudo. O conde e seus cavaleiros passavam muito tempo fora. Elas não podiam saber o que estavam aprontando, onde estavam dormindo ou descansando. Mas não ia estragar a ideia delas sobre as datas especiais, também podia ser verdade.

As irmãs se entreolharam.

— Milorde não foi... — disse Délia.

Então, Betia foi virando lentamente o rosto para Luiza, com um sorriso leve e a sobrancelha esquerda bem levantada.

— Ainda... — continuou, usando isso contra a lady para tentar garantir que ela ficasse ali no castelo muito atenta para o conde não sair para visitar outras moças no tal local.

— E a antiga condessa? — Luiza perguntou. Sabia muito pouco sobre Tylda, tirando sua infidelidade e o suicídio.

— A pobre... Não pode ter ido para um lugar bom. — Délia fez o sinal da cruz.

— Pobre sou eu — rebateu Betia. — Ela foi infiel e recebeu um castigo. Ficou tão culpada e envergonhada que não aguentou. Ela e o conde nunca deviam ter se casado.

Luiza imaginou se Betia ia usar a história de Tylda como um bom exemplo para ela não cometer o mesmo erro e trair o conde. Ato que jamais faria, mas tinha curiosidades. Afinal, o que aconteceu? A condessa era triste? Sentia-se sozinha? Apaixonou-se pelo tal amante? Ela deu voz às suas indagações.

— Foi muito rápido, milady. O conde foi à corte, ficou lá por uns meses e a falecida preferiu visitar amigos pelas redondezas. Lorde Aventhold e a família ficaram cerca de uma semana aqui no castelo e aconteceu. A menina nasceu com cabelos e olhos negros como os dele. E tanto milorde quanto a antiga condessa tinham olhos e cabelos claros. Depois das mortes de três filhos, o conde não estava mais se deitando com a esposa. Não sabemos, mas acho que foi para evitar mais sofrimento. Ao menos por um tempo. Então, não foi preciso pensar muito para saber que ele não fizera filho algum... Mas ele não ia colocá-la para fora. Ia devolvê-la para a família deles junto com o bebê, só que todos já sabiam da infidelidade.

— Ela nunca mais saiu do castelo desde que deu à luz, até que um mês depois se jogou da torre. Ela nem quis o bebê, arrumamos uma ama de leite. Foi muito triste, milady — Délia completou e ainda contou mais detalhes, disse que eles eram primos e se davam bem, só que não como um casal, mais como familiares.

Betia terminou dizendo que Tylda era apaixonada por Aventhold, que se sentia atraído pela beleza dela. Mas, na verdade, não podia manter um caso logo com a esposa de seu suserano. Durante a semana que ele ficou no castelo, elas sentiram pena da esposa dele, porque não dava para esconder o que estava acontecendo entre Tylda e o lorde. Para Luiza, a história parecia um drama mal escrito, desses que o leitor morre de ódio porque o final não compensa as intermináveis páginas de sofrimento. Mas, ao menos, ela pretendia fazer um livro à parte para o conde.

CAPÍTULO 17

No dia seguinte, Luiza estava ensinando Erin a costurar o que ela queria. Agora, tentava fazer um sutiã, porque não queria ficar enfiada em um corpete o tempo todo e achava que alguns vestidos seriam melhores assim. Além disso, queria algo mais confortável para usar à noite e por baixo das novas camisolas que havia feito. Já havia tido sucesso em fazer três calcinhas, que Erin nem sabia para que serviam. Estava achando que era para segurar melhor as meias ou algo similar. Só era chato ter que arranjar maneiras alternativas de secá-las à noite, depois de lavá-las. A lareira, a parte interna da janela, estirada no baú...

— Olhe só, basta que eu encontre um tecido mais maleável e estaremos...

As portas duplas do quarto dela se abriram de repente, batendo dos dois lados da parede e emitindo um barulho alto de madeira se chocando contra pedra. O conde entrou como um furacão e avançou na direção delas. Parecia que estava trazendo todo o vento sul com ele. As duas pularam de pé imediatamente e Erin correu para ficar bem longe do caminho dele. Eles raramente viam o conde tão furioso como estava agora. A garota pensou até em correr para chamar a avó porque achou que aconteceria uma desgraça. E nem fazia ideia do motivo. Luiza, então, nunca o vira furioso para saber o tamanho do perigo.

— Elene! — Ele não a chamou, trovejou seu nome pelo quarto.

A pobre Erin chegou a tremer no lugar.

Luiza notou que ele segurava um papel amassado, mas, antes que pensasse sobre isso, Jordan colocou o papel em sua mão.

— O que mais você está escondendo? — ele indagou no mesmo tom em que havia chamado seu nome.

Ao lorde de Havenford,

Milorde, eu sei que estou insistindo, mas creio que, como sempre, minha sobrinha não lhe contou tudo. É algo típico dela, por isso lhe pedi que não fizesse suas vontades. Preciso levar Elene de volta para casa, pois retornamos recentemente da corte, onde fomos encontrar com seu noivo. Jorde Arrigan está perdidamente apaixonado por Elene e fez o possível e o impossível para me convencer a lhe dar sua mão. Temos um acordo, e eu preciso entregar a noiva. Não quero me indispor com ele, pois é um homem temperamental e, como eu disse, está muito apaixonado. Peço-lhe que mande minha sobrinha se aprontar para partir e me diga a data mais próxima para que eu possa buscá-la.

Atenciosamente,
Mounthill

Luiza arregalou os olhos e ficou pálida como uma vela. Achou que entraria em transe, mas não teve chance porque o conde a segurou pelos dois braços e obrigou-a a encará-lo.

— Está noiva, Elene? — ele decidiu perguntar, apesar de já ter recebido a resposta, pela reação dela.

Ela abriu a boca para respondê-lo, mas não conseguiu e precisou pensar melhor no que dizer. Amaldiçoava Elene com todas as pragas que sabia. Como ela pôde esconder isso? Luiza entendeu que podia haver muito mais que não sabia. Mas era melhor ela começar a dividir ou ia abrir a boca e contar toda a verdade, mas sobre ela, Luiza. E aí sim elas iriam ver a desgraça. Ambas! Porque eram apenas uma agora e Elene estava arruinando tudo.

— Eu não concordei... — Foi o que ela conseguiu murmurar.

— Raios de mulher mentirosa! Estou farto de seus segredos! — Ele se virou e saiu do mesmo jeito que entrara, como um furacão raivoso que levava tudo em seu caminho.

— Não! Não! — Ela correu e segurou o braço dele. Parecia até que estavam brincando, pois ela se agarrou e ficou tentando usar o seu peso para pará-lo. Fincava os sapatos no chão e tentava puxá-lo, como se tivesse alguma chance em um embate corporal.

Jordan não queria machucá-la, por isso deixou-se parar.

— Eu não concordei com esse noivado! Eu não aceitei! Ele me vendeu!

Eu não vou me casar com aquele homem! — ela dizia, entre desesperada e surpresa. Lutava para reparar o estrago enquanto Elene era obrigada a compartilhar tudo e deixar que Luiza tomasse o controle.

O conde virou-se, a olhou seriamente e foi andando de volta para o aposento dela.

— Vá passear, Erin — ele disse à criada, sem nem olhá-la, e a garota correu para fora, certamente para contar tudo à avó.

Luiza entrou novamente no quarto e andou até perto dele — não podia começar a dar uma de covarde agora.

— Eu não menti, só achei que isso ficaria para trás — explicou, de volta ao seu tom normal.

Mas Jordan apenas andou até perto da janela, sua postura rígida, e ele estava distante. Parecia que tratava com um dos seus cavaleiros e não com a mulher que amava e esperava se casar. Mas isso foi antes que ela deixasse claro que não confiava nele e, especialmente, antes de saber que já tinha um noivo e não lhe contara.

— Você fugiu de casa, disso eu já tenho certeza. — Ele se virou de lado, assim podia vê-la. — Você tem para onde ir?

— Não... — Ela balançou a cabeça e olhou para baixo, mas logo se deu conta e decidiu manter o rosto erguido e o olhar nele.

— Tem alguém para acolhê-la, além de seu tutor?

— Não. — Ela fechou os olhos apenas por uns segundos, sua mente começando a trabalhar no motivo para aquelas perguntas.

— E você tem algum dinheiro?

— Tudo que tinha foi levado naquele ataque.

— Também não pode voltar para o convento, não é?

— Não. E eu não quero. Teria que fazer os votos.

Ele assentiu e foi andando para a porta. Dessa vez, seu passo era lento. Ele não estava apenas furioso. Esse pequeno diálogo acabara com suas certezas, e trouxera desilusão também.

— Eu creio que agora entendo por que você realmente quer ficar aqui.

Ela negou com a cabeça e começou a protestar.

— Fique aí, eu preciso de um pouco de paz — informou antes de rumar para o próprio quarto do outro lado do corredor e fechar atrás de si as portas duplas idênticas às do quarto dela.

Luiza sentou na cadeira perto da lareira apagada, dobrou-se e escondeu o rosto nas mãos.

— É tudo culpa sua, Elene, absolutamente sua. Por que você foi esconder isso? — ela murmurava sozinha enquanto massageava a têmpora.

O que mais a revoltava é que não podia pegar Elene pelo pescoço e lhe dar uns tapas. Queria agarrá-la e balançá-la até que ficasse tonta. Sinceramente, ela queria dar uns socos em Elene. Mas como, se ela era Elene? E nem o medo ou o pavor que estava sentindo no momento faziam com que sentisse menos raiva.

Sabia que era como se Elene estivesse lhe contando o que sentia e por que realmente escondera o noivado e até a existência do tutor. Porque estava com medo e acreditava que ali poderia esquecer-se do passado e criar um novo futuro. Mas não estava dando certo. Ela precisava entender que não podia partir para a próxima fase se deixava questões pendentes. Uma hora, tudo voltaria para assombrá-la e, no caso delas, voltou mais rápido do que podiam esperar.

Erin chegou ao primeiro andar, ainda mais pálida do que quando saiu correndo do quarto, e trazia as notícias dos últimos acontecimentos. Betia entrou em desespero e a história não custou a se espalhar pelos corredores do castelo. E foi criando novas dimensões e se transformou.

Logo, a notícia era que o noivo enfurecido da lady estava ameaçando atacar o castelo para resgatar a noiva. Os soldados, sem saber o que fazer, já começaram a contar as flechas e afiar as lâminas. Na dúvida, era melhor estarem preparados. As pessoas da cidade começaram a empacotar mantimentos e itens pessoais, caso tivessem que fugir para dentro do castelo. O interessante é que ninguém estava interessado em devolvê-la, se essa não fosse a vontade do conde.

— O que você quer que eu faça? Posso ir lá e dar cabo dos dois. Do maldito tutor e do tal noivo — disse Morey, parado logo após a porta do gabinete do conde.

Jordan estava sentado atrás de sua mesa, com o cotovelo no braço da cadeira e o queixo apoiado sobre os nós dos dedos. Ele pensava exatamente no que responderia. Era muito raro ele ficar sem palavras para escrever, mas só tinha duas opções: devolver Elene ou comprar uma briga.

Ele sabia muito bem quem era lorde Arrigan, já encontrara o bastardo inúmeras vezes na corte e no último torneio ainda dera uma surra na equipe dele. O que piorava tudo. Não tinha o menor medo dele, seus problemas não estavam fora de seu castelo, mas sim dentro dele.

— Você até que demorou — comentou Jordan, pois Morey sempre ficava sabendo de tudo em poucos minutos e aparecia ali rapidamente.

— Eu estava tirando um cochilo e, quando acordei, Lavine me contou. Mas então, eu posso levar pessoalmente a carta. Diga a esse salafrário que você não vai devolver a dama! Ela é sua! O lugar dela é aqui. Ela já disse que não quer ir.

O conde apenas olhava para o papel em branco.

— Acho que ela realmente está aqui pelo local. Sente-se segura.

— Não diga tolices, homem. Sei que está se considerando um tolo desde que ela chegou. Eu acabei de passar por isso, mas não vá parar no meio do caminho. O que aquele desgraçado disse na carta? Espero que esteja desconsiderando as mentiras e os exageros que ele deve ter contado para sujar a imagem dela. Agora que já passei pelo papel de tolo apaixonado, sei o que estou dizendo. Precisa acreditar um pouco mais no que sente. Você sabe que ela sente o mesmo por você.

Jordan não sabia de nada e também não tinha a mesma confiança de sempre ao empunhar a pena. Mas sabia usar bem as palavras e disfarçar a confusão que se passava dentro dele.

Ao senhor de Mounthill,

Deixo claro que entendo sua delicada posição. Porém, volto a repetir que não vou obrigar Lady Elene a fazer algo que ela não quer. Ela não deseja partir e não irá enquanto não for de sua vontade. Não me importo com o temperamento de Lorde Arrigan, diga-lhe que pode me escrever e lhe darei os mesmos motivos.

*Atenciosamente,
Havenford*

Luiza gostaria de ficar em seus aposentos tentando descobrir se teria mais alguma surpresa por causa de Elene. Mas não podia, não era isso que esperavam dela. Se quisesse ficar à altura do conde aos olhos de todos ali e merecer o respeito e a fidelidade do povo de Havenford, precisava ser corajosa e não se esconder num canto quando surgisse o primeiro problema.

A castelã de Havenford jamais faria isso. Ela ainda estava longe desse posto e achava que agora se distanciara ainda mais. Mesmo assim, sentou-se à mesa para o jantar, mesmo que o conde não estivesse lhe dirigindo a palavra. Ele podia ter dado inúmeros motivos para desaparecer, mas estava ali, comendo mecanicamente.

Ela também descobriu que o castelo era afetado pelo humor dele. Era algo estranho de dizer, mas era a mais pura verdade. Parecia até que o salão estava menos iluminado. O clima era tenso, havia menos pessoas e as poucas que estavam presentes falavam baixo e até bebiam menos. Os olhares furtivos e aflitos na direção deles haviam aumentado significativamente.

Betia nem conseguiria dormir esta noite, achando que o tal noivo viria buscar lady Elene e ela teria de ficar assistindo seu adorado conde definhando pelos cantos com o coração partido. Sua esperança residia no fato de que duvidava que o conde fosse entregar a dama se ela o convencesse de que queria ficar.

Ao conde de Havenford,

Milorde, esta nossa bela conversa já chegou ao limite do aceitável. Eu quero minha sobrinha de volta. Tenho compromissos a honrar. Ela é uma jovem irresponsável e insuportavelmente mimada. Acha que é dona de si. Lorde Arrigan já mandou parte do dote e preparou a festa e sua casa para recebê-la. Ele não acha nem um pouco adequado que sua noiva seja mantida sob a proteção de um homem solteiro. Devolva minha sobrinha ou considerarei isso um sequestro.

Mounthill

O conde estava mesmo achando que Reavis demorou muito para mostrar as garras. Ele, certamente, havia feito algum acordo com Arrigan e lucrara com isso. Jordan se lembrava bem dele, um tipo de homem que embrulhava seu estômago. Com certeza, o desgraçado mal podia esperar para colocar as mãos em Elene, e odiava pensar que alguém já o houvesse feito. Ele acreditava que Reavis a havia vendido para o tal.

Luiza franziu a testa enquanto lia a última carta de seu tutor, que agora mudara o tom cordial para ameaças. O conde continuava deixando que ela lesse as cartas também, já que era o assunto principal.

— Desgraçado... — murmurou ela, amassando um pouco a folha amarelada.

— Quando milady irá partir? — Erin apertava um pedaço de tecido entre as mãos, parecendo triste, seus olhos vermelhos.

— Partir? — Luiza virou apenas o rosto para a garota.

— Sim... Eu vi os homens arrumando os cavalos e os suprimentos para levarem na comitiva.

Ela se apoiou na mesa, pois achou que iria cair.

— Quando?

— Estão lá fora... — Erin parecia que ia começar a chorar a qualquer momento.

— Não! — Luiza deu a volta e foi correndo em direção à escadaria central.

Ela atravessou o salão e passou pelas portas. Viu logo o pátio cheio de cavalos e os homens guardando as armas. O conde nem havia lhe perguntado. Ela o encontrou ajeitando os alforjes de seu cavalo. Foi até lá e o surpreendeu.

— Eu não quero ir! Não quero! — Ela o atacou, de forma muito mais violenta do que naquele dia no bosque quando pegou uma espada para se defender. Dessa vez, suas únicas armas eram seus punhos, que nunca feriram ninguém. Mesmo assim, batia no peito dele, atacando-o com força e quase cegamente. — Era para você acreditar em mim e não nele! Ele me vendeu!

Era mais uma daquelas situações em que ela fazia todos pararem. Os cavaleiros pareciam estátuas enquanto observavam a delicada dama batendo no peito de seu lorde com tanto furor, e ele simplesmente não a impedia. Os criados arregalaram tanto os olhos que alguns tiveram que protegê-los imediatamente porque o vento frio levantava poeira no ar.

— Pare com isso, Elene! — Jordan disse por fim e segurou os punhos dela, que os puxou com brusquidão. — Vai se machucar!

Ela se virou e correu de volta para o castelo.

— É tudo culpa sua, Elene! Completamente sua! — ela falava enquanto atravessava o salão, só que dessa vez falava em alto e bom som.

Tomada por revolta, Luiza decidiu procurar a única saída que poderia funcionar. Elene ia ter que dar um jeito de resolver os próprios problemas. Foi por culpa do medo dela que estavam para ser entregues a um homem que uma não conhecia e a outra abominava. Talvez agora Elene aprendesse a usar a própria coragem. Afinal, foi extremamente corajosa e destemida ao fugir do tio, então por que teve medo de contar tudo ao conde? Justamente quando mais precisava, a idiota se encolhia no canto e ficava de boca fechada. Luiza a odiava tanto agora. E estava presa ali!

Jordan disse para os homens continuarem se arrumando e entrou no castelo atrás de Elene. Queria saber o que acontecera agora. Ele não entendia, pois não pretendia levá-la a lugar algum. Os homens iam caçar. Nessa época, os animais se aproximavam mais do castelo e da vila em busca de calor e alimento. Então, eles aproveitavam para encher a despensa do castelo de carne. Era para isso que estavam saindo e levando armas, principalmente arcos.

— Elene! — Jordan viu a ponta do vestido dela no topo da escada e galgou os degraus de dois em dois.

Ela disparou pelo corredor e desceu pela escada lateral para despistá-lo. Jordan não se deixou enganar pelo truque e desceu logo depois dela. Luiza deu a volta pelo salão e rumou decidida para o gabinete dele. Elene ia arcar com as consequências. Luiza não ia ser mandada junto com ela para sabe-se lá onde. Amava apenas o conde e, se ele ia levá-la embora, então não queria mais ficar.

Ela nem parou para observar as janelas, já as conhecia muito bem. Foi direto para aquela que ficava no meio e, do mesmo jeito que aconteceu em 2012, Luiza conseguiu abri-la sem muita dificuldade.

Foi quando sentiu o vento frio no rosto que ela hesitou. Queria ficar com ele, queria muito ficar com seu amado conde. Mas, se ele desistira dela, não tinha mais motivo para ficar. Ao menos em seu tempo, poderia sofrer sozinha, sem ser entregue a nenhum outro. Mas abandonar Elene era como largar uma parte dela; sabia que não podia fazer isso. Com lágrimas descendo pelo rosto e abandonada pela sua fiel determinação, subiu na bancada de pedra e pulou.

CAPÍTULO 18

Assim como aconteceu da primeira vez, tudo ficou negro. Mas, de repente, ela sentiu muito frio. Caiu em algum lugar mole e não pôde ficar de pé, estava de barriga para baixo, sua roupa pesava e ela estava com dificuldade para se mover. Tentou abrir os olhos, mas era impossível, e o frio aumentava a cada segundo. Parecia que sua pele estava sendo furada por várias agulhas e, naquela posição, ficava difícil se levantar — todo lugar que ela procurava apoio afundava assim que colocava mais peso.

Então sentiu que foi puxada para cima pela cintura, uma mão áspera passou rapidamente pelo seu rosto, limpando-o, e ela abriu os olhos enquanto tossia. Estava tudo branco. Mas logo notou que era encarada bem de perto por olhos azuis preocupados e um cenho muito franzido.

— Por que foi fazer isso, Elene? — Ele puxou-a para mais junto dele, sentindo que ela tremia. — Não pode estar com tanta vontade assim de partir.

O conde puxou a capa que estava usando para ir caçar e passou em volta dela, embrulhando-a novamente, como fizera no dia que a encontrou no bosque. Só que, dessa vez, realmente apertou-a dentro da capa pesada para aquecê-la e pegou-a no colo. Saiu com dificuldade do monte de neve fofa e derretida que se formava bem embaixo de toda aquela área do castelo e foi carregando-a rapidamente para dentro. Foi mais uma daquelas situações que causavam comoção e paralisação no castelo. Ele subiu os degraus e entrou no quarto dela, disse a Erin que não precisava de ajuda e colocou-a em cima da cama.

— Retire as roupas molhadas — ordenou ele.

Mas ela apenas se encolheu, ignorando-o, mesmo quando Jordan repetiu a ordem. Ele apoiou um joelho na cama e abriu a capa.

— Perdoe-me, mas não vou deixar que fique doente. — Ele tirou a adaga do cinto e cortou parte do vestido, depois o puxou. Ela acabou ajudando para poder se livrar rapidamente da roupa molhada. Por baixo, havia a anágua branca de linho, mas, como estava úmida, ficou suficientemente transparente para ele preferir nem olhar.

O vestido foi jogado no chão e Luiza puxou novamente a capa e as cobertas, envolvendo-se nelas para se aquecer. O conde foi até a lareira avivar o fogo que estava quase apagando e colocou mais lenha. Logo, o aroma de macieira se espalhou pelo cômodo. Depois disso, o silêncio tomou conta do quarto e Luiza só conseguia ouvir o crepitar da madeira. Encolheu-se ainda mais, cruzando os braços à frente do peito e dobrando as pernas até os joelhos ficarem perto de sua barriga. Jordan ficou parado ao lado da cama, apenas olhando-a. Envolvida em sua capa, parecia uma bolinha, mas pelo menos não tremia mais.

Ele não conseguiu deixá-la ali, foi tomado por um sentimento de ternura e proteção. Se ela estivesse com frio, precisava aquecê-la. Se fosse medo, iria aplacá-lo e prometer-lhe que ninguém a machucaria. O que ela estivesse sentindo de ruim, ele daria um jeito de apagar de sua mente. Também precisava acalmar o próprio medo, pois não podia negar que ficara apavorado ao vê-la pular e cair naquele monte de neve derretida, que todos ali sabiam ser uma armadilha.

Nem lembrava exatamente o que fizera, sabia que correra, pulara pela janela, caíra no mesmo monte, mas, como já sabia o que ia encontrar, conseguiu manter-se de pé e pisar nas pedras e na elevação do terreno. Então enfiou as mãos e a puxou de forma desesperada.

Jordan não se lembrava de jamais ter sentido tanto medo na vida, nem nas várias vezes que esteve frente à morte certa pela espada de inimigos.

Luiza achou que ele havia ido embora e a deixado, e sentiu os olhos arderem, apesar de estarem cerrados. Mas, pouco depois, o colchão afundou mais do lado esquerdo e ela foi puxada para o meio de braços fortes e reconfortantes. Voltou a se encolher, mas dessa vez não era como forma de proteção. Queria se aninhar perfeitamente no corpo quente de Jordan e permanecer ali. Ele apertou-a e descansou uma das mãos sobre sua cabeça. Luiza pôde ficar bem quieta e começou a pensar sobre a tolice que cometera.

E se tivesse dado certo? E se ela retornasse ao seu tempo? O que teria acontecido a Elene e ao conde? Será que teriam ficado juntos ou Elene simplesmente cairia morta? Ou talvez tudo voltasse ao que era antes, como se ela nunca tivesse estado ali.

Mas Luiza queria ficar com ele por quanto tempo fosse possível. Temia que, a qualquer momento, a fantasia acabasse e ela fosse levada para longe dele. Isso não podia acontecer. Agora, era Elene e pertencia àquele mundo, pertencia a ele. Jordan só precisava acreditar nisso. Luiza sabia o que Elene sentia e queria exatamente o mesmo. Não sabia mais o que faria em 2012. E se tivesse que voltar àquela biblioteca destruída para apenas ler sobre a vida do conde e não mais fazer parte dela, provavelmente ia entrar numa depressão tão profunda que teria de largar o emprego.

Ela levantou o rosto, disposta a não perder mais tempo.

— Devan, eu quero ficar aqui. Com você — declarou, procurando soar o mais decidida possível.

Ele ficou apenas olhando-a, e ela retribuiu, do mesmo jeito que se encararam da primeira vez que se encontraram. Como se existissem dois mundos, mas apenas aquele que um enxergava dentro dos olhos do outro. Luiza tocou-lhe o rosto, e ele apreciou o contato.

— Se o que disse no rio ainda for...

— É a mais pura verdade — ele completou quando ela hesitou.

— Eu aceito. É tudo que eu quero. — Ela balançou a cabeça e continuou. — Mas não é porque eu não tenho para onde ir, nem tenho dinheiro, alguém para me proteger ou qualquer outro recurso. Precisa acreditar, eu...

Jordan tocou os lábios dela com os seus, interrompendo seus argumentos. Afastou o rosto o suficiente para olhá-la.

— Não precisa. Eu acredito — afirmou, sendo sincero e sentindo-se satisfeito por lhe assegurar isso. Afinal, que homem seria ele para amá-la daquela maneira, mas não acreditar nela? Era um risco que ele achava melhor correr agora do que se arrepender pelo resto de sua vida. Preferia confiar na mulher que amava para que ela pudesse confiar nele da mesma forma.

Luiza ficou esperando um beijo para selar a sua aceitação, mas Jordan parecia achar que ela devia tomar a iniciativa. Na verdade, ele apenas se distraiu, pensando sobre sua proposta e sobre tudo que pretendia realizar ao lado da esposa. Não devia achar isso, mas ele ainda pensava que tinha alguma culpa no que aconteceu à sua falecida mulher. Talvez, não devesse tê-la deixado sozinha; ou deveria ter tentado se apaixonar por ela; quem sabe, passado mais tempo ao seu lado; ter sido mais tolerante... Mas não sentia falta dela, sentia pena pelo fim trágico que ela não merecia.

Agora, via uma grande chance de felicidade com Elene e não queria estragar tudo. Afinal, já estava tão apaixonado que se considerava enfeitiçado. Aquele sentimento, que ele não reconhecia, mas era forte e dominador, só podia ser amor. E também era muito recompensador, quando correspondido.

— Milorde não vai me beijar? — ela mais sugeriu do que perguntou.

— Por quê? Está tentando relançar o feitiço? — indagou tão seriamente que a viu ficar na dúvida.

Luiza arregalou os belos olhos verdes de Elene, tão idênticos aos seus.

— E precisa? — ela questionou de forma preocupada.

Ele lhe lançou um olhar divertido e beijou-lhe os lábios.

— Jamais, minha adorada, jamais. — Ele roçou-lhe os lábios, provocando-a com o leve contato.

— Será que podemos continuar a trocar cartas? Assim, ainda me chamará de minha adorada dama, minha ousada lady...

Ele sorriu e notou que não sorria tantas vezes há muito tempo. Mas, desde que ela chegara, era o que mais fazia. Por mais noites em claro e cabelos brancos adiantados que ela tivesse lhe dado.

— Vou adorar lhe escrever. Mas sempre posso chamá-la de tudo isso.

— Vai me escrever quando viajar?

— Eu não vou deixá-la aqui. Irá aonde eu for.

— Gostei disso! — Ela passou um braço em volta do pescoço dele, mas sua mão foi deslizando desde o início do peito até parar em sua nuca. Estava fascinada com aquela intimidade.

Ele imitou o gesto dela, mas parou ao segurar seu rosto. O beijo foi mais profundo, passou direto de um roçar de lábios para uma dança de línguas. O contato íntimo e úmido enviou ondas de excitação pelo corpo de ambos. Luiza afastou um pouco a capa e deu mais espaço para eles. Consequentemente, expôs sua anágua de tecido fino, que não servia para esconder muita coisa.

Os seios livres, arredondados e fartos prenderam a atenção de Jordan. Ela corou um pouco ao notar para onde ele olhava, mas apenas puxou-o para beijá-la novamente.

O conde obedeceu e beijou-a com ardor. Suas mãos procuraram as formas daquele corpo que ele evitava tocar, mas o contato ainda não havia sido tão direto. Aquele maldito vestido quase transparente que ela usava também não servia como barreira para nada. E Luiza cedia aos toques dele, procurando o que ela também queria e tentando tocá-lo. Provocou-o, colocando a mão por dentro da túnica e encontrando o tecido da camisa, mas sentindo a quentura do peito rijo e com músculos fortes.

Parecia que não conseguiam pensar além do contato pelo qual ansiavam. Mesmo ao abrir os olhos, não enxergavam mais nada, apenas um ao outro. As sensações tomavam conta deles. Aquela cama, aquele ambiente, era o mais íntimo em que já haviam se relacionado. Luiza conseguiu soltar a túnica de Jordan, e suas mãos experimentaram o peito, o abdômen, mesmo que por cima da camisa de linho; era uma experiência nova.

Quando pararam de se beijar, eles se encararam. Ela deitou a cabeça no travesseiro e seus olhos mantiveram-se presos aos dele. Sentia aquele toque quente, espalhando excitação e arrepios. A mão dele subiu pelo seu ventre macio, alcançou o seio e deslizou até ficar bem em cima. O mamilo estava ereto contra seu polegar, denunciando que ela sentia o mesmo que ele. Então ele o afagou, arrancando um gemidinho dela, que também moveu o corpo em resposta.

Luiza adorou o toque e a sensação nova. Ofereceu os lábios e ele os beijou enquanto afagava seu seio. Ela serpenteou o corpo, deixando claro que queria ser mais tocada. A inocência e o receio estavam sendo suplantados pelo desejo. Além disso, continuavam com as roupas. Mas, ao se mover, ela pressionou mais os quadris dele e, consequentemente, sua ereção, que pulsou, pedindo libertação. A carga elétrica de puro desejo que se espalhou pelo corpo dele foi tão forte que até clareou sua mente e o fez enxergar além da névoa que parecia ter coberto a cama.

— Elene... — Ele puxou a capa e enrolou-a nela, cobrindo-a completamente e escondendo aquele belo corpo da sua visão.

Ao notar como já a estava tocando, a ponto de puxar aquela maldita anágua, e como seu corpo respondera, o conde achou que seria melhor pular da cama e sair correndo. Jordan sentou-se rapidamente, colocando as pernas para fora e apoiando as mãos no colchão. Ele olhava para baixo, vendo o estado lamentável em que se encontrava, para não mencionar o volume indiscreto em sua calça. Certas partes pareciam que iam explodir. Sentia-se como um menino travesso e, depois dos trinta, isso era ridículo. Precisava acabar com aquela tortura.

— Nós vamos nos casar, Elene — anunciou ele. Seu tom era mais do que decidido e não dava margem a questionamentos.

Luiza mantivera-se apenas observando as costas dele e sorriu levemente ao escutá-lo.

— Eu sei, acabei de aceitar.

— Você não está entendendo. Vamos nos casar neste sábado, então chame as criadas e dê um jeito de arrumar seu vestido a tempo. Eu vou procurar o padre e marcar a data.

Luiza ergueu as sobrancelhas, mas não protestou. O conde levantou-se da cama rapidamente enquanto fechava a túnica e pegava seu gibão.

— Até lá, é melhor eu arranjar um jeito de me manter longe de você — declarou ele, repondo suas roupas.

Ele saiu apressadamente do quarto, preferindo não olhar para trás. Já estava mais do que irritado — essa devia ser a décima vez que precisava sair correndo sem olhá-la. Erin já havia voltado e estava do lado de fora esperando. Ele lhe disse para entrar e ajudá-la com roupas secas.

Quando o conde voltou ao pátio e aproveitou o ar frio, notou logo que seus homens haviam obedecido às suas ordens e saído para caçar sem ele. Mas não deviam estar muito longe. Ele resolveu pegar seu cavalo, que continuava carregado, e alcançá-los — estava precisando de uma atividade física bem exaustiva, do tipo que o deixasse quase morto, para ver se aquela ereção adormecia por um tempo. Mas deixou ordens, mandando o padre não desaparecer, pois queria falar com ele assim que voltasse.

Quando o conde retornou na manhã seguinte, achou até que haviam recebido alguma graça em sua ausência, pois a cidade inteira devia estar do lado de fora lhe desejando felicidades. Óbvio que não precisou pensar muito para descobrir o motivo. Elene devia ter começado a preparar o vestido. Todos já deviam saber que ele estava atrás do padre e juntaram os fatos. O conde ia se casar. Os comerciantes já estavam até lhe oferecendo presentes, querendo garantir sua presença na festa.

Mas foi tudo culpa de Betia. Erin bem que tentou lhe dar a notícia de forma discreta, mas a avó desmaiou de emoção. Ao acordar, começou imediatamente a gritar ordens e a preparar o banquete para a festa. Pouco depois, Padre Ofrey, que também era outra figura nada discreta, veio correndo e disse que o conde estava atrás dele. Depois disso, a notícia se espalhou como poeira levada pelo vento. E Jordan nem conseguira falar com o padre ainda. Mas, a essa altura, era provável que o próprio já tivesse até marcado a data sem precisar de ordens.

— Padre, eu preciso que reserve o sábado para mim. Não sei exatamente o horário, mas espero que lady Elene prefira casar enquanto ainda houver sol. Depois, o senhor sabe que está convidado para a festa e, portanto, deveria se ausentar de seus compromissos do dia. — O conde procurou pelo religioso assim que chegou da caça, que foi bem-sucedida e muito cansativa, mas não tanto quanto ele precisava.

— Meu filho — começou o padre, mal contendo a euforia. — Eu já desmarquei o sábado inteiro e coloquei o aviso na porta! A capela estará novamente à disposição de todos no domingo à tarde. — Padre Ofrey não tinha nem vergonha de fingir que não beberia muito vinho na festa, o que o impossibilitaria de estar disponível no domingo de manhã.

O conde agradeceu e balançou a cabeça enquanto voltava pelo pátio do castelo. Já devia saber que, mesmo que ele não marcasse o casamento, marcariam para ele. Provavelmente, também o vestiriam e carregariam até o altar se ele estivesse impossibilitado. Ficava tocado e agradecido por todos desejarem sua felicidade com tanto fervor. Mas, às vezes, era embaraçoso. Para não dizer cômico.

— Ele já marcou, não é? — indagou Cold, quando o conde voltou.

— Sim — respondeu Jordan.

— Passe as moedas para cá — Cold disse a Morey, que desafivelou a bolsinha do cinto e tirou a quantia que haviam apostado.

— Eu pensei que pelo menos o padre seria mais discreto. — Morey entregou as moedas enquanto Cold ria da ingenuidade do amigo.

Lavine veio correndo receber o marido. Apesar de ele ter ido apenas caçar, agora ela sabia como era difícil ficar esperando que voltasse e rezando para que viesse inteiro. Cold e o conde se despediram e sorriram. Morey ainda ficava sem jeito com as atenções e carinhos de Lavine. Chegava até a corar, o que causava horas de caçoada dos amigos.

Mas o conde não estava imune. Seus dois amigos passaram a caçada inteira fazendo piadinhas com a situação dele e com o fato de agora estar parecendo um tolo apaixonado. Diziam até que estava com cara de bobo e não confiavam nele para sair por aí sozinho, pois andava distraído demais pensando nos atributos de certa dama que ele ainda não podia ter. Então, teriam de vigiá-lo para o seu próprio bem e com isso aproveitavam para caçoar um pouco mais. Claro que tudo isso ficava apenas entre os três, o povo de Havenford já sabia demais para o gosto do conde. Não precisava que até as suas intimidades fossem mais discutidas do que já eram.

CAPÍTULO 19

Meu amado lorde,

Recebi esta manhã a notícia de que o padre marcou o casamento. Antes mesmo de milorde! Perdoe-me, mas isso é realmente engraçado. Mas também fui informada de que ele pretende casar-nos após a missa, como o costume. Saiba que eu não quero me casar de manhã. Quero que esteja quase no pôr do sol quando tudo terminar. E você anda desaparecido.

E eu vi uma cerimônia de casamento... Preciso me preparar para dizer votos que não sejam repetidos?

Elene

— Milady, recrutei mais essas duas costureiras! Elas são ótimas, tenho certeza de que todo o seu enxoval estará pronto a tempo.

Luiza estava começando a ficar perdida. Ela não tinha enxoval e a melhor costureira de Havenford largara tudo para ajeitar seu vestido e sua roupa para as núpcias. Claro que trouxera ajudantes, portanto o quarto dela se transformara num amontoado de mulheres falantes. Muito mais, agora que Betia resolvera que ela teria um enxoval pequeno, mas ao menos teria. Só que ela não tinha nada, absolutamente nada. Sabia que Elene tinha um enxoval para disfarçar o fato de não ter um dote real. Só que era para se casar com lorde Arrigan e era óbvio que Erold Reavis, seu tutor, não iria mandar entregar nada.

O preço da noiva havia sido negociado em Londres. E não havia dote, pois Erold tomou posse das terras e dos bens dos Montforth. E o valor foi alto. Ela era de uma família nobre e conhecida na corte, mas o valor ficava por conta da sua beleza encantadora. Era como o conde lhe dissera: ela evocava ideias, daquelas mais pagãs, como um feitiço.

Reavis a vendeu para Lorde Arrigan, que, desde a primeira vez que a viu, desenvolveu uma espécie de obsessão por Elene e estava disposto a pagar uma fortuna para tê-la. Ele foi o primeiro para quem Erold a mostrou, quando a levou à corte especialmente com o intuito de vendê-la para um noivo com recursos.

Arrigan era viúvo de duas esposas e poucos anos mais jovem do que Reavis. Como condição para o pagamento, ele exigiu que ela fosse levada de volta para Mounthill, assim, nenhum outro faria uma oferta melhor. Mas eles não contavam com a fuga dela logo para Havenford, um lugar que eles não podiam nem se atrever a tentar invadir. Iam ter que usar muito bem a imaginação para ameaçar o conde e ter sucesso nisso.

Minha amada lady,

Eu fiquei imaginando quando conseguiria um jeito de caçoar da afobação do padre. E eu já o avisei que não pretendo me casar antes que o galo cante. Ele apreciou a ideia e resolveu fechar a igreja para o dia especial. Eu não posso impedi-lo. E você também anda desaparecida. Da última vez que passei à frente de seus aposentos, só pude vislumbrar um monte de tecido movendo-se no meio do quarto. Por acaso era você?

Esta notícia me surpreende, Elene. Estava sendo obrigada a casar-se e nunca esteve em um casamento? Eu devia cortar ao menos a língua de seu tutor para guardar como recordação.

Quanto aos votos, não precisa se preocupar, nós só repetimos. Mas pode enviá-los a mim, se for de seu desejo. Acalentará o seu sumiço no meio dos tecidos, e espero que consiga sair do meio de tanto pano antes do dia do casamento.

Devan

Agora, Luiza estava cercada de tecidos, as mulheres cortavam, emendavam, bordavam, coziam... preparavam o essencial para ela. Eram toalhas, lenços, tapetes e roupas de cama. Pretendiam preparar a maior parte em cinco dias, pois um já havia passado. Era óbvio que os itens não ficariam prontos para o sábado, mas, se continuassem nesse ritmo, ela ia ter material para redecorar o andar inteiro em algumas semanas.

Ao menos o vestido pertencia a ela, pois Elene fugira levando seu vestido de casamento, que não estava acabado, e, quando começou a ser feito, ela nem sabia se um dia teria um noivo. Ela o levou mais pelo tecido valioso do que pelo que ele representava, pois podia aproveitar todo aquele pano para fazer outro vestido.

Certo dia, a esposa de Erold simplesmente apareceu, disse que ela já estava velha e precisava de um vestido para casar e sumir de Mounthill. A peça era em seda clara, num dourado muito leve e a melhor costureira o desfez quase todo. Os fios de ouro seriam bordados nas mangas compridas, no decote e na barra do vestido que arrastaria atrás da noiva. O véu ainda estava sendo medido e seria branco e leve. Luiza logo viu que eles não faziam economia de tecido naquela época e gostou da ideia de ainda não ser costume se casar de branco.

Betia ficava indo lá ver e dizia que certamente passariam meses recebendo presentes vindos de vários locais, e entre eles viriam mais itens que reporiam o enxoval que seu tutor não iria devolver. Aliás, Joan andava um bocado ocupada, tendo de tomar conta da cozinha, pois, até sábado, Betia só queria saber do casamento do conde e planejava um banquete memorável. Mas, até lá, precisavam servir refeições todos os dias.

Meu amado lorde,

Fico feliz por saber que não precisarei acordar com as galinhas no dia do casamento. Mas padre Ofrey é o religioso mais festeiro que já conheci. E milorde está muito cheio de piadas ultimamente. Saiba que haverá revanche. Não posso impedir que elas me cubram de tecidos.

Quanto àquele homem, nem pense nisso, ele não pode ter uma língua bonita, não seria uma boa lembrança.

Sabe que meus votos são os mais sinceros, já lhe garanti que não esconderei mais nada, não farei nenhum feitiço na frente de estranhos nem roubarei todas as frutas doces do castelo. Também não colocarei fogo em nada, a não ser em você. Serei a mais fiel das esposas, honrarei seu nome e a sua pessoa. Serei digna de minha nova posição e, se milorde cumprir a promessa de não colocar mais a própria cabeça a prêmio em batalhas desnecessárias, serei a mais amorosa de todas as esposas. Será orgulho de mim.

Prometo mantê-lo enfeitiçado eternamente e desobedecê-lo sempre que possível. Tenha certeza de que meu voto principal será amá-lo, por cada dia de minha vida. Completarei os votos apropriados assim que conseguirmos tempo e privacidade. E assegure-se para que esta carta não caia em mãos erradas.

Elene

E lá se foi o pajem pelo corredor para levar mais uma carta do quarto da lady para onde quer que o conde estivesse no castelo. Depois, ele provavelmente voltaria correndo pelo mesmo caminho para trazer a resposta.

Ao lorde de Driffield,

É com muita satisfação que lhe informo que vou me casar. Sei que é um aviso em cima da hora, pois a cerimônia se realizará no sábado. Mas ficaria muito honrado com sua presença e de sua família. Pode trazer todos os seus rebentos. Tenho certeza de que lady Elene, minha futura esposa, ficará encantada em conhecê-los tanto quanto gostará de lady Angela.

Atenciosamente,
Havenford

Os Driffield podiam chegar a Havenford em cerca de um dia e meio de viagem e se hospedar para participar do casamento. O filho mais velho de lorde Driffield logo se consagraria cavaleiro quando terminasse seu treinamento como escudeiro. Jordan ainda enviou uma mensagem a Lorde Braydon, mas, como ele morava mais longe, não acreditava que pudesse vir.

Os dois eram os convidados que ele mais apreciaria a presença. Mas também convidou outros de seus vassalos com quem tinha boas relações. Obviamente, não gastou seu tempo convidando a família, que certamente acharia isso uma desfeita. Assim que estivesse casado, ia enviar uma mensagem avisando. E nem ia se preocupar em dar alguma desculpa ou culpar o inverno pela impossibilidade de convidá-los. O casamento era seu, a casa também e ele convidava apenas quem fosse bem-vindo. Termo que não se aplicava àquela família que sequer podia considerar como sua. O conde não queria contratempos nem problemas na cerimônia. Elene não merecia isso.

Minha amada lady,

Pode ter certeza de que você nunca viu um religioso mais sem modos do que padre Ofrey. E é melhor se acostumar, pois ele não se cansa de aprontar. Quanto às piadas, milady está mais afiada do que nunca. Sou um mero amador à sua frente. Não consigo decidir se é pior falando ou escrevendo.

Precisamos nos encontrar para discutir esses seus votos. Especialmente sobre essa habilidade que anda desenvolvendo com fogo. Asseguro-lhe que não é seguro para mim. Brincar com fogo traz consequências. E eu cumprirei, estarei aqui. Não pretendo partir para lugar algum. Não me arriscarei em nada desnecessário. E acredite, você me orgulha. Mas acho que milady está calculando os ingredientes de suas poções de forma errada. Já estou fatalmente enfeitiçado. Se continuar me aplicando esse seu feitiço misterioso, não estarei aqui para contar o resto da história.

Minha lady, nunca me diverti tanto escrevendo nem enviei cartas para alguém dentro de minha própria casa. Mas asseguro-lhe que honrarei cada voto seu. Serei honrado e fiel até o último dia de minha vida. Jamais usarei de violência para tratá-la. E espero mantê-la eternamente ocupada pensando em feitiços para mim, já que eu não sei preparar nenhum. Creio que nunca terminarei de acrescentar votos, mas considere meu amor como um voto inquebrável e interminável.

Devan

No entanto, o contratempo se apresentou dois dias antes da cerimônia, quando o guarda avisou que uma comitiva estava chegando. Acharam até que se tratava de algum convidado que saiu de casa com antecedência, com medo de ser atrasado pelas condições das estradas ou por alguma nevasca. Mas logo notaram que não. Nenhum brasão tremulava anunciando um convidado e a comitiva era formada apenas por homens montados e armados. Não havia carroça ou sinal de que transportavam uma dama e até crianças. Eram simplesmente soldados.

Quando entrou nas terras da cidade, a comitiva levantou o brasão junto a outro totalmente branco, significando que estavam em missão de paz. E mesmo que não estivessem, era uma comitiva pequena demais para ameaçar o castelo. Só que isso não evitou que os guardas da muralha ficassem de olho neles e os outros se postassem perto dos portões, apenas como garantia.

Eles pararam no meio da última subida para os portões, e um mensageiro foi avisar sobre o que se tratava. O conde desceu as escadas, terminando de prender sua capa, e foi em direção aos portões. Imediatamente, Morey e Cold, que também já estavam devidamente vestidos e armados, o seguiram de perto.

— Não estou gostando disso — falou Morey, indo atrás do conde, do seu lado direito.

— Está parecendo uma mulher rabugenta — implicou Cold. — Só reclamando. São só meia dúzia de homens. — Cold o seguia um pouco atrás, do lado esquerdo.

— Pois eu contei trinta e cinco — respondeu Morey, que já havia subido na muralha e olhado. — Tirando o lorde à frente.

O conde ignorava o que os dois falavam, apesar de estar escutando muito bem. O cenho dele estava tão franzido quanto possível, ele andava rapidamente e logo alcançou os portões, que não foram completamente abertos, apenas o suficiente para eles saírem junto com os guardas. Imediatamente, o vento frio os atingiu, fazendo a capa do conde esvoaçar e bater contra as pernas dos seus dois cavaleiros. Estava tão frio que nem as aves estavam soltas, o mercado estava fechado e a cidade abaixo tinha pouco movimento. O inverno já estava transformando a paisagem e mudando a rotina diária.

Erin, como sempre, era a portadora das notícias. Ela apareceu no quarto de Luiza tão rapidamente que estava até sem fôlego. E Betia já havia se armado com um facão e uma pá de colocar pães no forno, dizendo que, se eles tivessem vindo pegar a lady, iam ter que lutar.

Luiza desceu a escadaria principal do castelo mais rápido do que se achava capaz de fazer. Correu para o lado de fora, e Erin ia atrás levando sua capa. Ela não queria que Jordan saísse, podia ser uma armadilha, um golpe. Qualquer coisa! Sabia que seu tutor era capaz de muitas coisas. Elene a deixara saber tudo logo depois que Luiza aceitou o pedido de casamento do conde. Ela simplesmente adormeceu e, na manhã seguinte, sequer se lembrava de haver se levantado e se vestido. Era como se por umas horas tivesse trocado de lugar com Elene e ficado observando, mas agora sabia absolutamente tudo sobre ela.

No fundo, achava que sua ameaça de se jogar da janela é que havia surtido efeito. Mas não precisaria mais mentir para o conde nem inventar histórias. Muito menos cogitar a possibilidade de contar aquela versão maluca sobre não ser realmente Elene e ter vindo do futuro. Ela não viera de lugar nenhum, porque ela era Elene. O passado que tinha não era o seu, era o de Elene. E era isso que precisava contar. Seu trabalho agora era construir um futuro, mas não poderia fazê-lo se o seu conde estivesse morto!

— Milady, não pode sair atrás deles. E precisa ficar calma. Realmente acha que o homem seria tolo de fazer alguma coisa contra o conde na porta da casa dele? Já viu quantos guardas tem aqui, não é? E todos aqueles homens escondidos em cima da muralha estão apontando flechas para os visitantes. Esse castelo nunca foi invadido e por um bom motivo.

Erin podia dizer o que quisesse, Luiza via filmes de guerra e lia romances policiais. Ao menos, ela leu um dia. E lembrava de tudo. Vir à porta do conde era exatamente o que ninguém esperava. E nenhum daqueles homens devia estar esperando que Reavis tivesse a audácia de atacar ali. Mas ela não achava que ele atacaria ninguém, sua mente imaginativa ia além.

Se fosse o seu roteiro de filme, Reavis ia dar um jeito de fazer o conde de refém, então os homens da muralha não poderiam atirar flechas, pois correriam o risco de acertar Jordan. Todos ficariam impossibilitados de fazer qualquer coisa, pois Reavis ia colocar uma adaga contra o pescoço do conde. E então exigiria que lhe entregassem Elene.

Luiza foi andando para a muralha, pensando nas milhões de falhas que havia nesse seu roteiro maluco. Ela só precisava olhar para ver. Erold Reavis era uma criatura covarde e traiçoeira, acostumado a ter o que queria através de traições e armadilhas, nunca usando as próprias mãos. Ele só estivera no campo de batalha uma vez em toda a sua vida e ficou assistindo seus cavaleiros lutarem para expulsarem uns poucos invasores de Mounthill. Quando ele pensasse em tirar a adaga da cintura, Jordan já estaria com a espada no seu pescoço.

E ainda havia dois pontos muito importantes: Morey e Cold. Não havia possibilidade de Reavis colocar as mãos no conde e não ser imediatamente alvejado pelos dois cavaleiros. Ela também precisava contar com o péssimo humor do conde, que apertava o cabo da espada, querendo saber o que aquele homem estava fazendo ali. Ele não se enganava facilmente e duvidava que pudesse ser por um bom motivo.

Os trinta e cinco homens de Reavis estavam sendo devidamente vigiados pelos vinte que esperavam à frente do portão. E os homens da muralha estavam até apostando para ver quem derrubava mais com menos flechas. E esses eram apenas os homens da guarda do castelo num dia normal. Quem estava do lado de fora jamais sabia o que aguardava por trás daqueles muros altos e grossos.

Erold se adiantou, afastando-se uns seis passos dos seus homens e com um de seus cavaleiros bem perto. O conde foi até ele com Morey o acompanhando, Cold ficou a uns três passos de distância. Então os dois cavaleiros que acompanhavam os lordes pararam e eles continuaram por mais dois passos e pararam frente a frente.

— O que o traz à minha porta numa tarde fria como essa, Reavis? — indagou o conde, sem preâmbulos.

— É muito óbvio, milorde. Eu deveria ter vindo há mais tempo, pois tal assunto só deveria ter sido discutido pessoalmente. — O homem tentava disfarçar a antipatia com um sorrisinho leve.

— Eu concordo. Mas, agora que já começamos por cartas, não imagino o que tenha mudado sua atitude — respondeu o conde, com cinismo.

— Milorde, minha sobrinha está comprometida e de casamento marcado com outro homem. Não pode se casar com ela.

O conde não estava surpreso pela notícia já ter ultrapassado os limites de suas terras, e olha que no inverno a circulação era bem menor. Mas Reavis devia estar mantendo espiões naquela área.

— Ela não é sua sobrinha, você é apenas tutor dela. E Elene aceitou se casar comigo, fato que não aconteceu com lorde Arrigan. Aliás, onde está ele? Já que está tão interessado na noiva, pensei que viria pessoalmente.

— E creio que milorde sabe que, como tutor dela, tenho ainda mais autoridade do que como um tio. Eu a prometi para Arrigan e assinei um contrato. Milorde não tem autoridade para invalidar isso.

— Não vou invalidar nada, Reavis. Vou fazer o contrário. Validarei minha união com lady Elene e, assim que ela tiver meu nome, Arrigan pode esquecer que a conheceu. Eu aconselho que ele esqueça imediatamente.

— Havenford, eu vim buscar minha sobrinha — disse Reavis, encarando-o e deixando a política de boa vizinhança de lado para falar de igual para igual. Não tinha o físico do conde, mas também era alto, mesmo que patético. — Saiba que obtive a permissão do próprio duque, agindo como regente da Inglaterra, para realizar essa união. A lei está ao meu lado. Acho que Elene não lhe contou que a levei à corte pessoalmente para se arranjar com lorde Arrigan. Pelo que calculo, não é a primeira vez que ela lhe esconde fatos. O que mais acha que ela anda escondendo?

Claro que ele ia tentar semear a discórdia colocando o caráter de Elene à prova. E, nas entrelinhas, o conde entendeu muito bem o que mais Reavis estava insinuando sobre a pureza da noiva. Aquele homem jamais entenderia que para Jordan isso não fazia diferença — ele amava Elene e a queria como fosse.

— Sim, tem razão. Faltam uns pequenos detalhes que ainda não são de meu conhecimento. Como, por exemplo, o caso do dote ao contrário. Diga-me, Arrigan já lhe pagou por lady Elene? Deve ter lhe dado ao menos metade do valor, então você já gastou tudo e agora está desesperado porque não tem mais a... mercadoria? — O conde juntou as mãos à frente do corpo, fingindo estar em dúvida, mas seus olhos estavam bem cravados em Reavis, afinal, raposas velhas são ainda mais traiçoeiras.

Reavis ficou vermelho de raiva. O conde estava concluindo a história tão bem que quase fazia adivinhação. Ele havia mesmo levado Elene à corte e praticamente a colocara à venda. Não era como lorde Regis fazia com Lavine, porque Erold não queria ficar perdendo tempo com Elene. Ela lhe causaria problemas se tentasse usá-la para negociar suas vontades. Ele queria era vendê-la pelo maior preço que conseguisse e então ela seria problema de outro homem. Ele vivia dizendo que já a sustentara até hoje, e agora era hora de ela servir para algum propósito. E também gostava de culpá-la pela fuga de sua irmã, que ele julgava ainda mais insuportável do que ela.

A cicatriz no queixo de Reavis foi causada por Dora, irmã de Elene, que o cortou com uma faca quando ele tentou estuprá-la. Depois disso, Dora apanhou tanto que quase morreu. Assim que se recuperou, ela fugiu na companhia de um prisioneiro escocês que elas libertaram. Dora disse a Elene para fazer o mesmo assim que pudesse. Elene esteve conformada em esperar o melhor momento até que foi arrastada para a corte. Reavis não tentou tocá-la porque uma noiva "usada" não valia nada naquela época. Ele não era a favor de Arrigan nem contra o conde, o que ele queria era dinheiro e já havia feito um acordo e recebido parte dele. Queria o resto, e o conde não ia lhe pagar nada, muito menos agora.

— Devolva minha sobrinha, milorde. — Tirou um papel do bolso e mostrou. — Aqui está a permissão para o casamento.

— Reavis, esse papel podia ter sido redigido pelo próprio rei se ele já tivesse idade para tal e, mesmo assim, eu não lhe entregaria lady Elene. E pare de falar em "devolver", pois eu não lhe roubei nada. Ela fugiu por conta própria, fato que já me diz o suficiente sobre esse casamento que você planejou — respondeu Jordan, irritantemente calmo, mesmo com seu tom de voz cortante e decidido.

— Está roubando agora! — disse o homem, elevando a voz, pois o conde já havia abusado de sua paciência. — Eu tenho direito de entrar e pegar minha sobrinha. Você não tem a menor autoridade sobre ela!

Jordan estreitou os olhos e baixou um pouco a cabeça para encarar o homem de forma ainda mais acintosa. Ele também já estava sem paciência e, só por estar na presença desse homem, que vendeu sua dama, ele sentia o estômago embrulhar e o ódio e a repulsa se avolumarem. E isso, porque ele não sabia os detalhes, para sorte de Erold.

— E como pretende entrar e pegá-la? — ele perguntou num tom de verdadeira curiosidade, mas que logo mudou para uma narrativa que escondia algumas ameaças tão verdadeiras que nem podiam ser chamadas por esse nome. — Primeiro, terá de entrar em meu castelo, e seria o primeiro a conseguir tal façanha. Depois, precisaria encontrar meu quarto e tirá-la de minha cama — disse, deixando bem claro o grau de sua relação com Elene. Que se danasse se estava enganando aquele desgraçado, ia se casar com ela e não precisava da aprovação dele. — Então, precisaria sair. E eu gostaria muito de saber como pretende fazer isso. Vivo. — Jordan notou que Reavis apertava o cabo da espada. — Mesmo que me matasse agora, não entraria no meu castelo.

— Mas teria Elene de volta... — o homem disse entre os dentes.

— Acha mesmo que eu ia morrer sem levá-lo junto? — indagou o conde.

— E deixá-lo aqui para se apossar dela?

— Já provou seu ponto. Notei que não vai nem me convidar para sair desse frio. Mas ainda preciso de minha sobrinha. Vá buscá-la. Seu verdadeiro noivo a espera.

— Não recebo ordens, Reavis. Eu dou ordens. Você está em minhas terras, cabe a você sair ou ser jogado de cima dessa colina.

— Quero ver Elene! — ele gritou, e seu cavaleiro deu um passo em sua direção, ato imitado por Morey, que deu um passo ainda maior em direção ao conde. — Não tenho tempo para isso! Quero casá-la antes do final do mês! Já perdi muito tempo nesse fim de mundo. Estou cansado de nobres como você. Já deve tê-la possuído à exaustão, não precisa se casar com ela por isso! Não vou lhe dar dote algum! Pode esperar sentado!

O conde ignorou deliberadamente a maior parte do que o outro disse ou a solução seria cortar sua língua.

— Olhe em volta, Reavis — mandou Jordan, sentindo sua mandíbula dura devido à tensão de ter que se controlar.

Erold continuou encarando-o.

— Olhe. Eu quero que você olhe em volta. Mas olhe bem — enfatizou o conde, deixando claro que não era uma opção.

Soltando o ar com impaciência, Reavis olhou em volta.

— Olhou bem? Agora me diga, eu pareço com alguém que precisa de um dote vindo de você? Por acaso tudo que viu em volta parece com algum lugar que necessite de qualquer esmola vinda de você? — Jordan pausou enquanto o olhava. — Agora que nos entendemos, suma daqui.

— Não vou a lugar algum sem ver Elene — o homem disse entre os dentes; estava difícil se controlar. Ele estava acostumado a fazer o que queria e agredir os outros, com suas costas protegidas por seus cavaleiros, mas dessa vez isso não ia bastar. — Você não pode me negar esse pedido. Afinal, como vou saber se Elene está mesmo viva se não a vi? Nem posso dizer ao duque que fui obrigado a concordar com isso se nem tenho certeza de que ela está viva! — falou alto, de propósito.

Cold quase sacou a espada frente àquela acusação ao conde, mas contentou-se em apertar o cabo. Jordan não tinha a menor intenção de deixar aquele homem se dirigir a Elene; sabia dos danos que causara a ela. Por mais irritado que tivesse ficado por ela ter lhe escondido alguns fatos, o terror que vira estampado no rosto dela só pela possibilidade de voltar para as garras do tutor foi genuíno. E ele também não esqueceu da reação violenta que ela teve quando pensou que ele estava arrumando a comitiva para devolvê-la.

— Não vai chegar perto de Elene — decretou Jordan, e agora era ele que apertava o cabo da espada.

— Então, como posso saber que ela está bem e que concorda em se casar com você? Até agora, só tenho a sua palavra! Não pode negar ao seu tutor o desejo de vê-la!

E pior que nesse ponto o desgraçado tinha razão. Jordan trincou os dentes. Ia mandar buscarem Elene para que ela aparecesse na muralha, mas sabia até o que Erold ia dizer quanto a isso.

Betia teve vontade de bater na cabeça da dama para que ela desmaiasse e desistisse de ir lá fora. Mas ela estava irredutível, não ia ficar se acovardando ali. Iria lá despachar Reavis de uma vez por todas. O conde fizera seu papel, mas Luiza precisava fazer o seu. Já sabia de tudo e tanto ela quanto Elene precisavam exorcizar aquele homem de suas vidas. Se ele queria vê-la, então iria ver. E se arrepender disso.

O portão tornou a abrir, dessa vez ainda menos, apenas o suficiente para Luiza passar por ele. Ela trajava seu vestido vermelho, sua nova capa de veludo azul e estava com o capuz. Assim que ela saiu, os arqueiros na muralha ficaram de pé e chegaram para a frente, sem precisarem de ordens para isso. Os vinte homens que estavam à frente do portão desceram atrás dela e pararam a cinco passos de onde Cold estava. E ele a acompanhou, pois Morey guardava o conde, e ele guardaria a futura condessa. Com esse movimento, dois cavaleiros de Reavis vieram para perto dele.

Erold ficou surpreso por ela sair, mas estreitou os olhos vendo como a força do castelo avançara só porque ela saíra. Queriam deixar bem claro a posição dele. Se movesse um dedo além do necessário, ia levar uma flechada na testa e possivelmente seria atravessado por várias espadas. Então, o conde não mentira afinal, a desgraçada da sobrinha o conquistara.

Ela chegou até eles, mas Jordan não deixou que passasse à sua frente. Segurou seu antebraço e manteve-a protegida por seu corpo. O vento arrancou o capuz da cabeça dela, exibindo o vermelho de seu cabelo, que contrastava tanto com a paisagem branca. Luiza estreitou os olhos ao enfim encarar Erold e, por mais que o conde não quisesse, ela deu um passo para o lado, querendo ver bem aquele homem e falar com ele de igual para igual.

— Se eu fugi, só podia ser porque não queria ver sua cara novamente — disse ao tutor, usando seu tom mais firme.

— Elene, deixe de tolice. Sabe muito bem qual é o seu dever. Instruí-lhe para isso. Pessoas dependem de você. Prometeu a lorde Arrigan, lembra-se? — Erold concentrou-se nela, procurando ignorar a presença do conde e lembrar à garota a quem ela devia obediência.

— Claro que me lembro. Prometi para que ele tirasse aquelas mãos nojentas de cima de mim. — A expressão dela era de completo asco ao lembrar-se daquele dia em Londres quando teve de aguardar na sala, sem saber que seria apresentada ao noivo que Reavis escolheu.

— Não fale mentiras! Sempre foi mentirosa e agora quer enganar essas pessoas!

— Você me deu para lorde Arrigan. Ficou olhando enquanto ele colocava aquelas mãos sujas em mim! — ela falou com repulsa. Só de pensar sentia calafrios. Saber que Elene esteve a um passo de ser estuprada pelo futuro noivo e conseguiu fugir apenas para ser morta deixava Luiza tão machucada que sabia não conseguir mais separar uma da outra. Agora, era como se tudo tivesse acontecido a ela.

Erold estava tão acostumado a castigá-la que, apesar de o conde estar no caminho, ele levantou a mão para esbofeteá-la. Jordan pegou a adaga tão rapidamente que ele nem viu e apontou-a para seu olho, como se o lembrasse de sua presença. O cavaleiro de Reavis sacou a espada, mas, quando ele fez isso Morey, já estava com a espada em seu pescoço.

— Mexa-se e eu faço sua barba aqui mesmo — Morey avisou ao homem.

— Não vou bater nessa vadia mentirosa! Tire essa adaga de perto de mim — reagiu Reavis, e tudo que conseguiu foi ser agarrado pelo pescoço, pois o conde não gostou nada do insulto que ele proferiu contra sua noiva. E, naqueles tempos, um insulto era um bom motivo para matar. Reavis devia estar se esquecendo disso.

— Aquele porco só não consumou o estupro porque, apesar de tudo, o bastardo queria uma noiva virginal à frente do padre para ele estuprar somente na noite de núpcias! E você, seu nojento, estava só esperando ele me usar para que pudesse, enfim, fazer o mesmo! Até tentou convencê-lo a experimentar para ver se eu prestava! Se eu tivesse uma espada naquele dia, você já estaria morto!

Enfim surgiu a verdade de toda aquela história de casamento, ainda sem os pequenos detalhes sórdidos que Luiza jamais falaria. Jordan puxou o ar, e o ódio tomou conta dele de uma forma tão forte que ele ficou cego. Não havia neve nem paisagem branca. Tudo ficou vermelho. E aquele homem tinha coragem de vir à frente dele...

Reavis não pôde respondê-la, pois o conde o agarrou e Cold sacou a espada, ameaçando o outro cavaleiro enquanto puxava Luiza para trás dele.

Depois que ela gritou as façanhas de Reavis, todos os homens da comitiva desembainharam as espadas, pois acharam que seriam mortos ali mesmo pelos pecados que o maldito cometeu contra a noiva do conde. Imediatamente, os guardas do castelo também sacaram suas armas e os arqueiros miraram nos homens de Erold.

    Tudo virou uma confusão em segundos. Erold sacou a espada e Jordan segurou o pulso dele e arrancou a arma, levantou-o no ar pelo pescoço e o esmurrou. Sua mão desceu para a túnica que o homem usava e ele não o deixaria cair enquanto quebrava aquela cara maldita. Ele batia com tanto ódio que, em três socos, o estrago era digno de uma briga inteira.

    Ele ia matá-lo, se lhe dessem mais um minuto — ia bater com tanta força que a cabeça de Erold ia rachar ali mesmo. Ele sequer estava enxergando bem onde batia. As palavras ainda ecoavam em sua mente, ele podia ver Elene sozinha numa sala, enojada e apavorada enquanto Arrigan tocava nela, e Erold assistia com muita satisfação, com as calças apertadas enquanto esperava sua vez. O conde nunca teve sede de sangue, mas agora ele rasgaria Erold com os dentes e cuspiria os restos em cima de seus cavaleiros.

    — Jordan! — Luiza agarrou o braço dele e teve que realmente segurá-lo junto ao seu corpo para impedi-lo. — Pare com isso!

    Cold correu e ajudou-a. Morey mantinha os homens de Reavis sob vigilância, e outros cavaleiros do castelo desceram para evitar que eles avançassem.

    — Mande seus homens recuarem — o conde disse a Reavis, que apenas o olhou com ódio usando o olho direito que ainda funcionava. Então, com um fraco movimento, mandou os cavaleiros recuarem.

    — Todos eles! — exigiu o conde, e Luiza ainda estava segurando o punho dele, que continuava fechado com tanta força que ela não pôde abri-lo.

    Com um movimento da mão de Reavis, os trinta e cinco homens deram alguns passos para trás.

    — Esqueça que Elene existe. Antes que você chegue a qualquer lugar para reclamar, ela já vai ser uma Warrington e ninguém vai tirá-la de mim. — Ele finalmente o soltou e empurrou-o. Só então Luiza soltou a mão dele e Cold puxou-a para trás. — Agora, saia de minhas terras e nunca mais coloque os pés aqui. E dê o mesmo recado a lorde Arrigan, pois, se eu o encontrar, ele vai ficar sem as duas mãos. E eu sou um homem de palavra, Reavis. Minhas ameaças são cumpridas. — Adicionou a última frase em um tom sombrio. Cold e Morey podiam garantir que ele cortaria as mãos de lorde Arrigan com um machado cego, para doer e demorar mais, pois a espada era rápida demais.

Reavis passou a mão pelo rosto, tentando parar o sangue. Pela dor que sentia, alguma coisa em seu rosto estava quebrada.

— É melhor não ir muito longe de suas terras, Warrington — Reavis ameaçou, mas, com a boca machucada como estava, o que ele dizia estava difícil de entender.

Jordan desembainhou a espada enquanto o olhava.

— Então é melhor resolvermos isso agora, não gosto de insegurança — respondeu o conde, claramente convidando-o a resolver o problema.

Agora que sua razão estava de volta, ele não queria ter que matar ninguém na frente de Elene. Não queria que ela tivesse esse tipo de lembrança dele, não quando estavam prestes a se casar. Afinal, o conde queria muito deixar os campos de batalha em segundo plano e ter uma vida mais tranquila ao lado dela. Mas, se fosse preciso, mandaria que a levassem para dentro, mesmo duvidando que Erold fosse aceitar seu desafio.

Reavis não o respondeu com palavras — seu olhar, mesmo que com um olho só, disse tudo. Se tivesse oportunidade, iria arrancar a cabeça de Jordan. Mas ele não teria. Era esperto o bastante para saber o que o conde queria. Se aceitasse o desafio, Warrington poderia matá-lo sem ter que dar explicações pelo assassinato de outro nobre. Lançou um último olhar de ódio para Elene, a culpada por sua desgraça.

Erold estava quase falido e precisava do dinheiro que receberia por ela. Ele sempre a considerou mais calma e pacífica do que a selvagem da irmã, e não reagia com violência como Dora fazia. Sempre usava palavras e olhares que diziam muito.

A única vez que ela chegou a machucá-lo e o ameaçou com uma faca foi justamente no episódio com lorde Arrigan. Reavis desconfiava que estava vivo agora porque ela se esquecera de mencionar algumas coisas, como o tremendo tapa na cara que seu futuro noivo lhe dera para que parasse de lutar com ele.

A maldita foi esperta o suficiente para apelar ao pecado aos olhos de Deus e a praga que podia cair sobre as terras do pecador. E assim conseguiu atingir a única coisa que Arrigan prezava e ele preferiu esperar para consumar na noite de núpcias o que tinha começado ali mesmo na sala, onde Reavis seria testemunha.

Erold não gostava de mulheres assim, pensativas demais. E tinha razão, pois olha onde estava metido. Para Reavis, tudo aquilo fora planejado pela mente vil e vingativa de Elene. Mas essa conclusão errônea era um ótimo castigo, pois ele morreria achando que havia caído numa armadilha preparada por uma mulher. Ele desprezava as mulheres, achava que eram inferiores e só serviam para serem usadas. Isso era muito mais humilhante para ele do que a verdade, e nunca mais esqueceria essa lição.

— Deixe-o vivo — pediu Luiza. — Ele terá de conviver consigo mesmo. Em breve, sequer terá como manter todos esses homens que o seguem agora.

Jordan embainhou a espada. Mesmo sem o pedido da noiva, Erold não aceitara o desafio e já estava se retirando com seus homens. Se ela não o tivesse impedido antes, agora estaria olhando para um cadáver sem rosto.

— Acompanhem-nos até a saída da cidade — disse o conde aos guardas. Não queria correr o risco de Erold causar algum dano aos moradores locais.

Morey e Cold ficaram de frente para a comitiva que se virava para partir. O conde passou o braço em volta de Luiza e levou-a rapidamente para dentro. Ela foi com ele, achando que seria repreendida por ter saído, mas, mesmo assim, sentia como se um peso deixasse seu coração. Era o alívio de Elene por nunca mais ter de sentir medo do tutor e a alegria de ambas por Jordan estar vivo e ela ainda ter sua chance de construir o futuro que tanto queria.

Quando estavam a salvo dentro do castelo, o conde levou-a para dentro do salão e para perto da lareira para aquecê-la. Ele parou à sua frente e colocou as duas mãos em seus ombros, olhando-a atentamente e tentando descobrir seu estado de espírito.

— Você está bem? — indagou ele.

— Sim... — Ela assentiu levemente.

Ele sorriu e desamarrou a capa dela, jogou-a em cima da cadeira e dessa vez segurou suas mãos.

— Você foi muito corajosa ao enfrentar esse homem que já lhe custou tanto. Estou muito orgulhoso de você. — Ele tinha um sorriso sincero enquanto a olhava.

Surpresa, Luiza sorriu também e o abraçou, segurando com força no tecido de sua capa. Jordan abraçou-a também e afagou seu cabelo. Apesar de Elene temer o tio, Luiza não sentia medo dele, seu maior temor agora era algo de ruim acontecer ao conde.

— Obrigada por me defender, minha irmã foi a única que tentou e agora eu nem sei se ela está viva.

— Você é minha família agora, Elene. Nós sempre devemos defender quem amamos. Esse homem nunca mais vai machucá-la e eu farei tudo que estiver ao meu alcance para não magoá-la.

Luiza teria aceitado se casar com o conde ali mesmo. Ele poderia repetir isso em seus votos e ela adoraria do mesmo jeito. Mas não precisaria esperar muito mais. Aliás, depois daquele incidente, todos ali queriam que os dois dias passassem o mais rápido possível para o casamento se realizar logo.

CAPÍTULO 20

Para surpresa de Jordan, lorde Driffield chegou com a família no dia seguinte, dizendo que queria acordar ali no dia do casamento, porque só assim acreditaria em tal façanha. E, como sugeriu o conde, eles trouxeram os quatro filhos mais novos. Incluindo o bebê, que Luiza adorou conhecer. Ela pretendia aproveitar a experiência de Angela para descobrir mais sobre crianças. Afinal, não lidara com elas nem no seu tempo, que dirá numa época como aquela. Os filhos de Brice eram as primeiras crianças com quem estava entrando em contato em Havenford.

No dia seguinte, Jordan recebeu outra surpresa: Jaden, lorde Braydon, chegou acompanhado da esposa e do filho. Lady Nadia era a segunda mulher do lorde, e estavam casados há apenas um ano. Ela ostentava uma pequena barriga de três meses de gravidez. O menino de oito anos era fruto do primeiro casamento dele, que, assim como o do conde, terminou de maneira trágica. Era mais um ponto que os levou a se identificar e estabelecer amizade anos atrás. A esposa de Jaden fora assassinada na sua frente e a do conde cometera suicídio. Era um jeito infeliz de identificação, mas muito real.

Luiza notou que Jordan ficou muito contente por seus únicos convidados de honra terem vindo. Ela não tinha convidados. Havia três pessoas que gostaria muito de convidar: Marcel, Afonso e Peggy. Mas isso era impossível. Assim como convidar a própria mãe, pois Elene não tinha mais uma e a dela talvez não viesse, mesmo que pudesse atravessar pelo mesmo corredor que a levou para lá.

Mesmo sabendo que, naquele tempo, não havia algo como "despedidas de solteiro", Luiza teve certeza de que Jordan, Morey, Cold, Brice e Jaden estavam trancados lá no gabinete jogando, bebendo e tendo conversas de homens. A grande diferença era a falta de strippers, cassinos e coisas do tipo, que já eram costume nas despedidas do século XXI. Bem, ela estava feliz por isso! Pois, se eles resolvessem ir à tal casa onde havia umas moças simpáticas, os cinco apanhariam. Aliás, Cold era o único desimpedido.

Betia dizia que ainda não aparecera moça que conseguisse fisgá-lo, pois era um rapaz muito arredio. Erin falava dele com brilho nos olhos e pura admiração feminina, mas a avó dizia logo que era apenas sonho de menina, pois ele não gostava de garotinhas. Erin reagia, mas, para Luiza, ela era uma garotinha de catorze anos. Era uma graça e pequenina, pois aparentava ser mais nova do que era. Ela provavelmente ficaria baixinha, como sua avó, tia e mãe. Todas eram bem mais baixas do que Elene, que Luiza achava ter a sua altura de um metro e setenta. Betia e as outras deviam ter um metro e meio.

Naquele dia, mais convidados chegaram. Pelo jeito, devia ser uma regra não chegar no dia do casamento, pensava Luiza. Mas a pequena lista estava completa, o resto das pessoas seria local. Jordan ficou um pouco chateado por Betia e Délia terem inventado que ele não poderia ver a noiva nem na noite anterior e muito menos antes do casamento. Mal sabia ele que foi Luiza quem disse isso. Porém, logo deixou para lá, sua perspectiva ia muito mais além. Em poucas horas, ela seria completamente sua. Jordan sorria sozinho, aproveitando aquela felicidade diferente e enternecedora que chegara como uma novidade e agora era uma certeza. Nunca mais queria deixar de sentir-se assim.

— Não vejo Devan desde ontem. Eu disse que, para dar sorte, o noivo não devia ver a noiva nas horas anteriores ao casamento, mas não precisava tanto — lamentou Luiza, achando estranho nem encontrá-lo.

Erin já havia se acostumado a escutá-la chamá-lo por esse nome e não demorava mais a responder por não ligar o nome à pessoa.

— Minha avó disse para milorde ficar longe daqui, lembra-se? Além disso, ele saiu.

— Saiu? Para onde?

— Foi... visitar os filhos. — Erin olhou para baixo. — Às vezes, ele vai...

— Filhos? — Luiza pulou de pé, soltando a costura.

— Sim, milady. Estão enterrados em outro local.

As sobrancelhas dela se levantaram ao ouvir a palavra *enterrados*.

— Mas milorde sempre vai sozinho e sem avisar. As pessoas daqui ainda levam flores para os pequenos em seus aniversários. Mas ninguém toca no assunto. Jamais. Milorde nunca fala. Só vai até lá uma vez ao mês. No inverno, ele vai apenas uma vez, pois toda a área fica coberta de neve espessa. É um vale mais baixo. Ele fica lá um tempo, apenas olhando.

Luiza foi franzindo a testa enquanto escutava o pequeno relato de Erin, que era sua principal informante sobre as histórias de Havenford. Pelo menos aquelas que ela não teve como saber apenas lendo o que o conde escrevia. Ele nunca escrevera sobre os filhos, assim como não falava deles. Ela vira essa parte das pesquisas de Marcel. Jordan apenas noticiava a morte, como um dado. Era apenas: *Meu filho morreu esta manhã. Deus o tenha.* E não escrevia mais nada na página. Podia parecer que era por insensibilidade. Mas era vazio. Cada morte levara um pedaço tão grande dele que não conseguia dizer mais nada.

— Daqui dá para ver o local? — indagou Luiza.

— As árvores escondem o local exato, mas dá para ver, sim. E como fica mais baixo, ao chegar perto, é possível avistar.

— Mostre-me.

Ingenuamente, Erin foi até a janela e apontou o local para Luiza, que memorizou. Ela tinha um ótimo senso de direção e era louca o suficiente para entrar numa floresta onde nunca esteve. Ela fechou a janela e foi andando até suas botas de couro, pegou sua capa e prendeu-a, puxando o capuz para cima da cabeça enquanto enfiava a longa trança para dentro.

— O que milady está fazendo?

— O que você acha?

Em pouco tempo como criada pessoal da lady, Erin já estava ficando rápida no raciocínio. Afinal, era comum Luiza tomar alguma providência do nada. E isso sem contar as ideias estranhas que tinha e as perguntas descabidas que fazia. Erin ficava imaginando de onde a dama tinha vindo; pelas coisas que ela deixava escapar aqui e ali, parecia um lugar atípico demais.

— Mas milorde sempre vai sozinho. Jamais fala com ninguém! Não devia ir lá.

— Esse é o problema. Milorde sempre vai sozinho, jamais fala ou escreve sobre isso. Há anos!

Ele jamais vai escrever ou dizer. Jamais vai deixar a dor sair. Vai morrer com ela o sufocando se eu não fizer nada, pensava Luiza, que já lera tudo que ele escreveu na época das mortes.

Erin foi seguindo-a pela escada; já estava começando a ficar acostumada a descer a escadaria correndo toda vez que Luiza subitamente resolvia fazer algo que, supostamente, não deveria fazer.

— Mas milady vai sozinha? — perguntou Erin.

Luiza olhou para a égua que montara quando fora ao mercado. Ficou apreensiva por estar sozinha, mas balançou a cabeça e pensou: *Vamos, Elene, você monta desde criança! Deve ser ótima!*

Ela montou e, depois de um segundo de hesitação, segurou as rédeas e bateu o calcanhar no lado da égua, que logo entendeu o comando e saiu num trote rápido. Cold saiu correndo de dentro do castelo, nem tendo tempo de se vestir apropriadamente. Apenas afivelou as armas e pulou para cima do cavalo que o esperto cavalariço aprontara junto com o da lady.

— Milady pode me dizer para onde pretende ir com tanta pressa? — gritou assim que a alcançou.

— Para lá. — Luiza apontou.

— Entendo sua vontade súbita, milady — disse ele, obviamente mentindo. — Mas a partir de agora nunca mais vai sair sem mim!

— Oras, então você vai ter que aprender a se arrumar mais rápido! — ela gracejou e apertou o passo da montaria.

Assim que entraram pelo meio das árvores de galhos secos, avistaram a clareira. E logo encontraram Morey sentado em uma pedra aquecendo as mãos em uma pequena fogueira. Estava na parte de cima, atrás de algumas árvores e troncos tombados, como se tivesse seguido o conde sem ele saber. Sempre ia junto, só que um pouco depois, para lhe dar privacidade.

— Cold, o que você... — Morey ficou em pé assim que eles chegaram perto o suficiente para escutá-lo.

— A lady fugiu — respondeu, fazendo Morey olhar para ela.

— Não me olhem com essas caras de paspalhos — ela disse assim que o cavaleiro lhe ajudou a desmontar. — Eu precisava fazer isso. — Luiza foi andando até a beira da clareira e olhou o conde, que estava de costas para eles. Lembrou-a muito da visão que tinha da janela. O cavaleiro solitário ao longe, trajando roupas escuras, com a capa tremulando e o cabelo claro dançando ao vento. Só que ali não ventava como no alto da colina, onde ficava o castelo. Com o frio que estava, ele usava roupas pesadas e as pontas do cabelo estavam escondidas dentro do capuz.

— Você veio sozinho com ela? — Morey perguntou a Cold. — Somos apenas um para cada um deles. Não devemos ser pegos desprevenidos, ainda mais depois do que aconteceu.

— E você acha que deu tempo de chamar mais alguém? — indagou Cold. — Além disso, o conde não ia gostar nada que trouxéssemos uma multidão de homens justamente para esse local. Para todos os efeitos, nem estamos aqui.

Luiza encontrou facilmente o local para descer, aproximou-se devagar e parou um passo atrás do conde. Reparou que havia três pequenos túmulos, com nomes e datas inscritos, junto com cruzes no topo. Na base, havia alguns detalhes entalhados. Jordan virou o rosto e franziu a testa ao vê-la ali, mas apenas voltou a olhar para frente. Ela entendeu logo que ele não ia iniciar o assunto. Pelo menos, não a mandou embora nem fugiu.

— Você nunca falou dessa época de sua vida — comentou ela.

Ele demorou um pouco, mas respondeu.

— Não tenho muito o que falar.

— Tem sim, Devan. Nunca é tarde para começar. — Pausou, mas ele nem sequer se moveu. — Estamos prestes a prometer o resto da vida um ao outro, então quem melhor para saber o que veio antes? Vou guardar muito bem. Eu lhe prometo.

Jordan ficou quieto, apenas fitando algum ponto à sua frente. Luiza resolveu fazer mais uma tentativa, ajudando-o a tocar no assunto. Se não negara veementemente, talvez estivesse ponderando; ao menos era um bom sinal. Ela deu um passo, sem passar à frente dele, apenas para conseguir ler os túmulos.

— Eu pensei que eram três meninos... — murmurou, olhando os túmulos marcados pela pedra entalhada em cima e a cruz no topo.

Ele assentiu e fitou o túmulo da menina de forma demorada.

— Eu sinto tanto... — ela tornou a murmurar e sentiu os olhos arderem apenas por olhar aqueles pequenos túmulos, alinhados lado a lado.

Luiza não podia explicar a ele que já sabia e não por ter escutado boatos no castelo. Ele mesmo lhe contara cada morte em apenas uma frase dolorosa, seguida por vazio e sofrimento escondido por trás de cada palavra escrita nos dias que vieram. Era como se a tinta ficasse mais pesada a cada ano que passava e uma nova morte era derramada naqueles escritos. Agora se sentia uma intrusa, sem direito algum de saber isso, mas, olhando para ele, tinha plena consciência de que, na verdade, não sabia de nada.

Apenas encarando as palavras não podia olhar seu semblante como fazia agora. Ela faria de tudo para não deixá-lo sufocar naquela dor tão bem escondida pela figura do conde, mas nada faria doer menos. Não sabia se teria força para suportar o mesmo fardo. A dor no rosto dele enquanto seus olhos úmidos plantavam-se longamente sobre aqueles túmulos já era demais para ela aguentar de cabeça erguida. Mas não importava como, ela o sustentaria enquanto ele mantinha os ombros firmes sob o peso da dor.

— Eles se foram muito jovens — começou, mas não estava dizendo que isso não lhe deu tempo suficiente para amá-los. Sua falecida esposa esperou cada um por longos meses e, mesmo que por poucos dias de vida, ambos os embalaram.

— Cedo demais — respondeu ela, incentivando o diálogo, mas sentindo a própria voz falhar.

O conde passou os dedos pelo lado do rosto, seus olhos ainda fixos, como se não conseguisse olhá-la.

— Eram todos bebês. Pequeninos e sem defesa. Eu nunca entendi por que nasciam tão fracos. Eu sei que crianças morrem todo dia, mas... — Ele balançou a cabeça. — Quando voltei da guerra, soube que Tylda já havia perdido um nos primeiros meses da gravidez. O segundo veio logo após, ela o perdeu em torno do quarto mês. Tylda apenas sangrava e chorava. E eu não sabia exatamente o que lhe dizer ou fazer para ajudar. O terceiro... — Ele olhou o primeiro túmulo. — Nasceu antes do tempo. Tão miúdo... — Ele cruzou os dedos das mãos e prensou os lábios.

Luiza franziu o cenho enquanto olhava para o primeiro túmulo, e preferiu não dizer nada. Saber os detalhes era algo que ela nunca imaginou. Todos sempre souberam apenas os dados, até mesmo Marcel com seus anos de pesquisa, só sabia que os bebês morreram, sem explicação, com data registrada pelo conde. Jordan nunca escrevera sobre os dois abortos.

— Creio que ele já nasceu muito fraco, morreu dormindo no primeiro mês. Ela demorou a se recuperar da perda, afinal, foi quem o encontrou. O quarto... — Ele apenas moveu os olhos para o segundo túmulo. — Nasceu no tempo esperado. — Jordan apertava as próprias mãos. — Ele nunca conseguiu manter o pescoço ereto. Uma noite, já em seu terceiro mês, ficou febril, num inverno como esse...

Ela virou o rosto e o olhou, e o único sentimento que podia ver na face dele era dor. Ela nem podia imaginar como era sentir tamanho pesar. O semblante dele se transformara. Dentro de seus olhos desfocados, ela podia ver o quão fundo ele estava indo para descrever tudo em simples palavras.

Luiza perdera o pai aos dez anos, mas, sinceramente, tinha mais lembranças saudosas do que dor. Sentiu muito na época, mas agora era também uma memória, uma saudade dolorosa que, às vezes, batia em seu peito. Não uma dor pulsante como via nele.

Também havia Elene, que mal se lembrava dos pais. Tinha muito mais ressentimento pelo que fizeram com o que eles deixaram do que dor verdadeira pela perda. Era tão pequena quando eles se foram que suas memórias foram evocadas pelas descrições da irmã. Ela sentia mais a morte dos tios, mas vinha acompanhada de raiva, pois foi por isso que ela e a irmã caíram nas mãos de Reavis.

O conde olhou o último túmulo, o de uma menina. Ele mordeu o lábio com mais força, e ela percebeu que aquela perda foi a que mais o machucou. O queixo dele tremeu e Jordan precisou de mais alguns segundos antes de conseguir falar. Mas franziu o cenho, provavelmente forçando-se a ser forte como vinha fazendo há anos.

Luiza quase podia enxergar a ferida profunda e aberta que nunca cicatrizara e ela estava fazendo-o abri-la ainda mais. Como naquele tempo era muito comum que as crianças morressem, as pessoas chegavam a imaginar que os pais se acostumavam e que talvez nem machucasse tanto, mas ela descobriu ali que era bem diferente.

— Ela... deu-nos esperança — ele disse com a voz embargada. — Nós a chamamos de Evory e parecia um anjo, seu cabelo tão claro que de longe mal dava para ver. Foi a mais esperta dos três. Mexia-se muito e eu posso jurar que, pelo seu olhar, ela já nos reconhecia.

Ele fez uma longa pausa. Luiza sentia as lágrimas descendo pelo rosto e chegando geladas ao seu queixo devido ao ar muito frio.

— Eu pude realmente ficar com ela — o conde continuou o relato, fazendo de tudo para não se deixar afetar. — Até emitia sons e apertava meus dedos. Tylda não conseguia ficar muito tempo com ela, tinha medo de se apegar. Eu a entendia, mas... — Ele balançou a cabeça e olhou para baixo. — Eu não sei o que aconteceu. Não consigo explicar. Foi tão súbito quanto os outros. E eu não pude fazer nada, absolutamente nada. — Ele cerrou os dentes, dominado por aquele sentimento de impotência que era insuportável.

Luiza viu que uma lágrima desceu pelo rosto dele. Lembrar-se da filha era demais para ele. Nada lhe causava tanta dor quanto isso. Seu coração apertava, sua garganta se fechava e ele cerrava os punhos, sempre se perguntando como e por que tinha acontecido. Nunca entenderia. Ele deu um passo para o lado, afastando-se de Luiza. Passou a mão pelo rosto e empurrou o cabelo para trás, deixando o ar frio tocar sua face. Ela ficou pensando se ele já se permitira chorar por isso. Talvez, no escuro do seu quarto, quando ninguém mais o estava observando e esperando que fosse o corajoso conde que sempre amparava e protegia todos.

Jordan virou-se de repente e a olhou, talvez pensando no que ela achou depois de ouvir seu relato.

— Eles não eram apenas herdeiros nem continuidades para garantir terras e títulos. A menina nem herdaria isso, mas eram meus filhos. Estavam nos meus braços num dia e, no outro, debaixo desse chão gelado. — Ele balançou novamente a cabeça e desviou o olhar, e moveu o pé, sua bota remexendo a neve.

O conde não precisava explicar o que sentia, ela acreditava nele.

— Depois de cinco filhos. — Ele deu um passo à frente e se abaixou, passando a mão sobre o túmulo da menina e retirando a neve e as folhas secas. Sua voz agora estava mais firme, como se ele estivesse começando a lacrar a ferida. — Nunca mais tentamos. Tínhamos medo. Minha prima não aguentaria outra perda.

Nem você... pensou ela, imaginando que, se perdessem o sexto filho, Tylda iria voltar a sofrer em sua torre e ele iria continuar sofrendo em silêncio e fingindo controle para que seu povo não achasse que iria enlouquecer de dor.

Luiza mordeu o lábio. Nem podia abrir a boca, pois sabia exatamente o que ele estava prestes a contar. Ela só conseguia se perguntar se a dor justificaria o que aconteceu em seguida. Jamais saberia, pois a mulher que suportara a mesma dor que ele não tinha mais como contar o que sentira. Não conseguia sequer se colocar no lugar dela.

Se algum dia ela tivesse oportunidade, colocaria um pouco de sentimento na placa que escreveu para a falecida condessa em 2012. Era um texto curto, com fatos citados, como um registro. E agora Luiza sabia tudo que ela passara e podia entender melhor por que o conde não se revoltou com a traição e, no fim, exigiu que enterrassem sua falecida esposa dignamente.

— Eu me afastei por um tempo. Minha prima tinha até medo de que eu me aproximasse e ela acabasse grávida novamente. — Nas entrelinhas, ele estava dizendo que achava que intimamente Tylda o culpava também. — Havia muitas pendências a resolver na corte. — Ele a olhou pelo canto do olho, só para saber se ela continuava ali o olhando atentamente com aquele misto de compaixão e sofrimento.

— Sim... Foi o período que você passou na corte — ela respondeu, apenas para não ficar completamente passiva no diálogo. — Quando ganhou os torneios... — Tentou lembrar-se de algo que ele havia usado como escape para o que sentia. Agora ela entendia por que ele tomou parte nesse tipo de festividade e também por que ganhou tantos. Não era apenas seu talento como cavaleiro. Na época, deve ter sido uma obsessão. Sua única fuga, já que não podia voltar para a guerra na França.

— Eu tenho certeza de que você já sabe o que aconteceu depois — ele respondeu e passou por trás dos túmulos, tocando cada um, como se estivesse se despedindo, ao menos até a próxima visita.

— Sei o que os outros disseram. O que aconteceu? — Ela hesitou. Sabia o que outras pessoas falaram, mas nunca soube qual era a visão dele sobre tudo aquilo.

Jordan parou atrás dos túmulos. Não esperava que ela fosse perguntar, apenas que confirmasse já ter escutado por aí o que se passara naquela época.

Mas essa parte era mais fácil de contar — era só relatar os fatos como se apresentaram para ele, pois infelizmente não pôde mudá-los.

— Quando retornei, soube que Tylda tinha um novo bebê. Ainda pensei que ela pudesse ter pegado a criança de alguma família pobre e resolvido criá-la como uma espécie de consolo. Só que ela não queria me ver e tampouco me deixar ver a criança. Mas eu tive de fazê-lo. — Ele franziu o cenho enquanto seu olhar parava no túmulo da filha. — Ela confessou o que fizera, disse que nossa família devia ser amaldiçoada, pois acabara de descobrir que o problema não era ela. Afinal, lá estava sua filha para provar e ela tinha certeza de que essa não iria morrer.

Ele continuou relatando que enviou uma carta a Lorde Aventhold, comunicando-lhe do nascimento de sua filha. Tylda ficou transtornada quando soube que seu amante queria ver a criança e estava a caminho de Havenford. Ela questionou o marido, perguntou-lhe como podia permitir que seu amante voltasse lá. Então Luiza descobriu mais uma culpa que Jordan guardava. Ele disse à prima que não precisava se envergonhar, pois não fora ele quem cometera adultério, e o bebê também não tinha culpa alguma.

Ele pretendia enviar Tylda para os pais, onde poderia criar a filha e tentar superar o sofrimento pelo qual passaram. Ele também não era feito de ferro, e conviver com a filha de outro homem embaixo de seu teto enquanto todos os seus filhos morreram não seria possível. Como Tylda se jogou da torre na manhã seguinte, antes da chegada de Aventhold, o conde somara aquilo à parcela de culpa que já imaginava carregar.

— Aquela criança nasceu corada e saudável. — Ele não tinha ódio ao se referir ao bebê que sua esposa gerou com outro, mas havia muita decepção e incompreensão. — Tirando o cabelo negro, era até parecida com a minha pequena. Só que bem mais pesada. — Ele olhou para baixo. — Mas era filha de outro homem. E Tylda não precisava ter deixado a filha sem mãe. Eu lhe disse que não deixaria Aventhold lhe tomar a criança se ela quisesse criá-la. Jamais entenderei o que ela sentiu depois de tudo para preferir a morte.

Luiza começava a entender melhor o final. Depois de cinco perdas, Tylda deu à luz a uma menina saudável que vingou. Então ficou muito envergonhada, pois todos sabiam que o bebê não era do conde e, por ironia do destino, era o único vivo.

Imaginou a antiga condessa sentindo-se culpada pela traição e ainda consumida pela dor da perda dos outros filhos. Ela preferiu a morte a ter que enfrentar as consequências. Teria que deixar Havenford e voltar para casa com a filha, assumindo que era uma mulher adúltera.

Luiza tinha certeza de que sentiria muita raiva da injustiça do mundo se sua filha tivesse morrido enquanto a filha de outro homem, resultado da traição de sua esposa, tivesse nascido saudável. Ninguém podia culpar o pobre bebê, que esperava estar sendo bem cuidado na casa do verdadeiro pai, mas por que tudo precisava ser sempre tão injusto? Não sabia como teria se comportado no lugar dele. Na verdade, de nenhum deles.

— Acho que é melhor voltarmos... Vai nevar — murmurou ele, evitando olhá-la. Talvez estivesse envergonhado por revelar tanto do que sentia e parecer fraco.

— Venha aqui — ela ofereceu seu conforto tardiamente, mas bem na hora de tirar o peso do silêncio daquele coração que já carregava dor demais.

Jordan relutou, dividido entre aceitar o conforto e permanecer sendo a figura forte que tinha obrigação de representar. Mas cedeu para ela, que conseguira sua confiança para que dissesse o que vinha guardando. Ele não contara em detalhes, nem ficara descrevendo suas dores e preocupações — apenas falar desse assunto já englobava todo o resto. Ele foi para perto dela e inclinou-se em sua direção, aceitando o abraço. Era sempre ele quem a abraçava, por ser maior e tão protetor, mas dessa vez foi ela quem o abraçou. Passou seus braços em volta daqueles ombros largos e o confortou e protegeu como se fosse duas vezes maior do que ele, e não o contrário.

Visitei meus filhos pela última vez nesse inverno. Mas, dessa vez, Elene me acompanhou, mesmo sem eu chamá-la. Creio que acabei de ganhar uma aliada para as situações mais inesperadas. Ela muda minha vida diariamente. Espero com anseio pelo momento em que vou deixar de sentir o peso do anel em meu peito para vê-lo em seu dedo.

CAPÍTULO 21

Betia estava uma pilha de nervos. Andava de um lado para outro, querendo que tudo saísse absolutamente perfeito. Afinal, era o dia do casamento do seu lorde. Seu amado conde, aquele que ela adorava como se fosse seu, enfim teria outra chance. Ela estava muito mais nervosa do que a noiva, que, desde que acordara, mergulhara em um estado de contemplação e calma. Sua expectativa estava controlada e Luiza procurava manter sua mente ocupada.

— Aqui, milady, pode vestir — disse Erin, sentindo-se muito importante por segurar o vestido de noiva.

A pobre menina havia ficado triste, achando que seria deixada de lado na preparação da noiva. Tudo começou na noite anterior, quando Luiza pedira tiras de linho, sua navalha nova e quis ficar sozinha com o pequeno caldeirão fumegante que Erin não sabia o que tinha dentro. Um pouco depois, Betia irrompeu desesperadamente pelo quarto, pois achou que a moça queria se matar justamente na noite anterior ao casamento. Foi uma verdadeira confusão. Délia chegou logo depois com uma cesta enorme, pronta para usar tudo que tivesse para reanimar a noiva. Mas era apenas mais uma das invencionices da lady para embelezamento, ou seja, algo que Luiza fazia no seu tempo e tentava personalizar para fazer ali também.

O acontecido acabou estragando a ideia de que os noivos não deveriam se ver. Com o escândalo de Betia e Délia gritando pelo corredor para deitarem a lady que ela estava chegando, Luiza teve de explicar pessoalmente a Jordan que estava apenas executando uma tarefa feminina e não queria ser interrompida. Ele teve a decência de não pedir detalhes, mas mandou Délia dar algo para apagar Betia até o dia seguinte.

Depois do vestido, Luiza deixou que Erin penteasse seu cabelo, mas não queria trançá-lo, para não perder o formato natural. Ele foi divido ao meio e escondido sob o véu. A capela no alto da torre já estava repleta de convidados, mas nem todos que estariam presentes na festa poderiam estar no casamento, pois não havia espaço.

O conde estava pronto para arrasar o coração de qualquer dama, usando sua vestimenta azul-escura, com o gibão da mesma cor, a jaquette com pele clara e bonita e a túnica nas cores do seu brasão. O cabelo loiro estava preso por uma fita de couro. Seus olhos brilhavam tanto que estavam até mais azulados, e o sorriso era contagiante. Os detalhes vermelhos de sua túnica combinavam perfeitamente com o vestido da noiva.

Erin e outras moças formavam a comitiva da noiva e ajudaram com o vestido, pois tiveram de subir a escadaria da torre. Ao passar pelo corredor de madeira e pedra que ligava um prédio ao outro, Luiza olhou distraidamente para a paisagem tão à mostra pelos lados abertos do corredor. A capela parecia feita para a ocasião, pois era repleta de vermelho, mármore, pedras, dourado e vitrais. Os convidados trajavam vestes formais muito diferentes do que Luiza estava acostumada a ver em seu tempo. Mas só foi reparar nisso bem mais tarde.

Quando ela parou na entrada da capela, soltou o ar lentamente, abriu um sorriso e seguiu. Cold estava todo pomposo e orgulhoso por escoltá-la ao conde. Ele seria o protetor pessoal da nova condessa e a defenderia com sua vida, do mesmo jeito que defendia o conde. Morey, por sua vez, estava próximo ao conde, observando a chegada da noiva.

Jordan sentia o coração acelerado, um rebuliço na boca de seu estômago e uma sensação de deslumbramento que não lhe era comum. Sentia que havia um sorriso em seu rosto que ele não conseguia apagar, mesmo que quisesse. Observava a noiva deslizando em sua direção, iluminada pelos reflexos coloridos dos vitrais e brilhando envolta em tecido.

Era uma visão incomum, feita em branco, dourado e o vermelho de seu corpete e cabelo. A beleza da combinação o enervava. Seu nervosismo crescente atrapalhava sua respiração, mas, antes que se tornasse pior, Cold o encarou, levantando a sobrancelha e fazendo uma cara engraçada. Ao mesmo tempo, Jordan sentiu o leve toque em seu braço. Ele se moveu e segurou a mão da noiva, de volta à realidade. No mesmo instante, tudo passou. Enquanto virava-se para o padre e segurava a mão dela, seu coração ficou plácido e sua respiração, regular.

Padre Ofrey abriu os braços, abençoando-os e também ao seu caminho e aos seus filhos. Iniciou a cerimônia, que não foi longa; até o padre parecia estar com pressa de oficializar logo a união que, na verdade, era mesmo apressada. Nem houve proclamas e ele sabia que a noiva fora prometida a outro, mas depois que os abençoasse seria tudo passado. Tinha certeza de que seu lorde podia lidar com isso, mesmo que ele soubesse que a carta de aprovação do duque ainda não havia chegado.

O conde virou-se de frente para Luiza. Deveria tirar o anel do bolso ou recebê-lo de alguém, mas tocou no cordão de prata em seu pescoço e o puxou para fora da túnica. Pendurado nele estava o anel, grosso e valioso. Não era uma aliança nem de longe. Era o anel dos Warrington, colocado no dedo da condessa no dia do casamento, no dia que desse à luz ao primeiro filho ou, segundo a tradição, no dia em que o amor existisse dentro da união. Havia poucos itens materiais que Jordan estimava tanto, entre eles estavam sua espada, sua pena, seu tinteiro e esse anel.

Os outros cavaleiros até achavam estranho que ele incluísse pena e tinteiro, mas ele sempre respondia que cada situação pedia um tipo de arma e, em algumas delas, uma espada não servia, era quando entrava a pena, uma arma que podia ser tão ou mais poderosa quando bem empregada.

Mas o anel... estava longe de ser uma arma. Apesar de seu valor material, sendo de ouro finamente talhado e incrustado por pedras preciosas, ele não o via como uma joia. Dar aquele anel era como entregar a parte que faltava de si. Poderia desembainhar sua adaga nesse momento, abrir o peito e retirar seu coração que daria no mesmo. E o anel ficava exatamente junto a ele, batendo à frente de seu peito, o toque do metal sobre a pele lembrando-o de sua presença.

Quando não estava com ele, o anel ficava guardado em um local secreto de Havenford, conhecido apenas pelos condes que habitaram o castelo. A joia representava sua família, e a última vez que esteve no dedo de alguém foi quando Jordan teve de se debruçar sobre o leito de morte da mãe e retirá-lo de seu dedo, deixando apenas a marca na pele quase translúcida.

Ele realmente pensou em deixar que a enterrassem com o anel. Na ocasião, não imaginava que mais alguém pudesse vir a usá-lo. Mas, na época, era também jovem e esperançoso, guardou-o como uma lembrança da mãe amorosa e com a fantasia de colocá-lo em uma mão similar. Muitas famílias tinham um anel como esse, geralmente o lorde o tirava do próprio dedo e colocava no dedo da esposa. Mas aquele anel nem cabia no dedo dele e tinha medo de perdê-lo ou maculá-lo.

Jordan fez seu juramento enquanto segurava a mão da noiva. De longe, Betia franzia o cenho e apurava a visão, tentando confirmar se aquele era o anel dos Warrington. E o conde foi colocando-o no dedo da noiva, rezando para que coubesse. Quando notou, já estava lá, debaixo das pontas de seus dedos e perfeitamente alojado naquela mão delicada que ele segurava. Enquanto isso, Luiza fitava-o sem entender por que ele ficara mudo, fitando sua mão. Não havia nada sobre aquele anel nas anotações que ela digitalizara, e Marcel nunca o mencionou em suas conversas sobre Havenford e os Warrington.

E era verdade. Desde a morte de Josephine, o anel nunca mais foi visto, alguns achavam que sumira, outros imaginavam que havia sido enterrado com ela. Tinha gente que achava até que era maldição e os Warrington não conseguiriam progredir enquanto não achassem o tal anel que os representava.

Infelizmente, o conde nem podia acreditar nessas lendas para tentar entender as mortes de seus filhos, pois o anel esteve com ele o tempo inteiro. Seu pai só colocou a joia no dedo de sua mãe quando se apaixonou por ela, e isso foi após o casamento. Ele nunca se apaixonou por Tylda, então não podia dar-lhe a joia — era uma tradição que veio desde os barões. O conde de Havenford pertencia de corpo e alma à dama que tivesse o anel em seu dedo. Jordan não era mais um jovem esperançoso e iludido, seu coração era machucado e corroído pela culpa que só ele enxergava, porém, era grande o bastante para abrigar o povo que vivia em suas terras.

Seu coração era também desconfiado e descrente, mas seus machucados não provinham de amores não correspondidos. Talvez por isso ele estivesse se deixando acreditar no que sentia agora, e tirara um pedaço do que ainda havia no peito para dar àquela dama. Ela o encarava de forma amorosa, mas ainda não fazia a menor ideia do que significava aquele metal quente que circundara seu dedo há menos de um minuto.

Luiza encarou-o e jurou fidelidade, obediência e amor eterno. Ela deu ênfase a cada palavra, falando pausadamente. Havia sinceridade ao jurar fidelidade. O conde notou um olhar travesso quando ela disse a palavra obediência e teve vontade de rir, sabendo que nesse item ela iria pecar e jurou só pelo costume. Aliás, já vinha pecando antes do casamento. Mas, ao declarar amor eterno, seus olhos brilharam como se naquelas simples palavras já enxergasse um futuro feliz. Ela sabia que vivia uma realidade incerta, tudo aquilo podia deixar de existir em um segundo. Tão repentinamente como chegara ali.

Mas, se a deixassem ficar, ia cumprir seu juramento à risca, ia amá-lo durante cada dia de sua vida. E, se existisse alguma coisa depois disso e agora que estava ali, ela passara a acreditar em coisas impossíveis, então nunca ia terminar. Sentia plenamente, bem lá no fundo, sem conflito e sem dividir-se em duas que isso seria verdade. Seu amor era forte, como se respondesse por dois corações. E ela achava que precisaria mesmo dos dois para aprender a amar aquele lugar e aquele povo do mesmo jeito que ele, e para ter força o bastante para reconstruir todo o amor dele e partilhar com a família que um dia teriam.

O conde tocou seu rosto e sorriu, ao contrário do que realmente gostaria. Queria apenas abraçá-la, fingir que a capela não estava lotada e beijá-la longamente, para ter certeza de que estavam mesmo casados. Parecia que havia sido ontem que lhe confessara o que queria à beira do rio. No entanto, dias já haviam se passado e muito acontecera nesse meio tempo. O mistério das cartas já não fazia diferença diante do presente que lhe trouxe; ela conquistara sua confiança de jeitos que não imaginara quando ainda estavam apenas escrevendo e fantasiando.

Vivas foram emitidos por todo o caminho, foram felicitados inúmeras vezes e receberam muitos desejos sinceros de felicidade. Pelo menos dentro daquelas terras, a maioria dos cumprimentos que recebessem seriam verdadeiros. Atravessaram para o prédio principal pelo corredor suspenso. Em poucos minutos, estavam no salão. Antes de poderem se sentar, ainda precisavam distribuir muitos cumprimentos, e todos queriam chegar perto da nova lady de Havenford, talvez por seguirem a lei do "só acredito vendo".

Em certo momento, foram separados e, um tempo depois, o conde passou a procurar pela esposa, que aparentemente não estava mais dentro do salão. Então procurou por Cold, que era uma sombra das mais eficientes. O cavaleiro estava realmente levando a sério sua nova função de proteger a condessa, até mesmo dentro do castelo. Ele alegava que não podia baixar a guarda, havia muita gente lá dentro por causa da festa, ia manter os olhos bem abertos e só sossegaria depois que todos tivessem saído e fizessem a varredura de cada canto.

Jordan já estava acostumado a receber uma graça e logo depois lhe tomarem, levando em dobro. Estava feliz demais e, pelas suas experiências anteriores, isso significava que logo teria algum problema. Só não esperava que fosse tão rápido. Saiu do castelo, seguiu pelo pátio, mas logo avistou Cold encostado na parede e apenas gastando o tempo calmamente. Jordan passou por ele e viu que devia parar com isso. Junto com a nova fase da vida, precisava começar a ser mais otimista.

Sua dama estava ali, segura e feliz. Estava parada, perto do monte de neve e em um lugar mais alto, onde dava para ver a paisagem ao fundo. O jovem Aaron olhava-a fixamente, mas a admiração de seu olhar era diferente da que havia no olhar do conde. O rapaz estava pintando-a. Fazia seu esboço, era um talento nato.

Quando era mais novo, foi resgatado pelos homens do conde depois de um ataque a seu grupo de artistas e, para não ser mandado embora, resolveu aprender uma habilidade. Sua precisão com o arco e flecha era digna de suas pinceladas. Assim, pôde ficar ali, e ainda tinha liberdade para viajar pelos castelos dos vassalos do conde.

— Estou indo o mais rápido que posso, milorde — disse Aaron, ao notar o olhar do conde sobre ele.

— Então vá mais rápido, não quero minha esposa congelada antes do jantar! — respondeu Jordan, fazendo Cold e Aaron rirem.

— Estou indo! Preciso aproveitar o resto de luz do dia.

— Está muito frio, Elene. — Ele foi para mais perto dela, mas não o bastante para atrapalhar Aaron. — Pode posar outro dia.

— Não vou me vestir de noiva novamente — rebateu ela, mesmo que também sentisse os pelos do corpo arrepiados pelo vento frio e os pés gelados pela neve.

E é claro que Luiza também não fazia ideia que estava posando para um quadro que seria famoso e valioso. *A Noiva do Inverno*, era como seria chamado. No futuro, o quadro teria seu valor estimado em milhões de euros e seria reproduzido diversas vezes, inclusive como cartão postal da cidade de Havenford.

E a beleza de Elene seria eternizada ainda muitas vezes, mas essa seria a tela mais conhecida. *Uma visão além de sua época*, diriam os críticos sobre o trabalho do talentoso Aaron, que ainda teria outras telas famosas, entre elas, o concorrido quadro do conde. Ele foi o único a pintá-lo em sua fase adulta.

O banquete só teve início quando os noivos sentaram em seus lugares à mesa principal sobre o tablado. Foram inúmeros brindes à felicidade, ao amor, à nova condessa, ao conde, a Havenford, à boa colheita que tiveram, à sorte nas caçadas... Tudo combinado chegava ao momento de felicidade que viviam agora. Para o banquete, Betia tomou o cuidado de fazer vários pratos que Luiza comesse, afinal, ela não podia ficar de fora da própria festa de casamento.

Do lado de fora, criados robustos retiravam dos espetos o touro, o porco e o veado que estavam assando para alimentar a todos. Antes que as pessoas abusassem das bebidas, os noivos dançaram, receberam mais cumprimentos e voltaram para seus lugares. Ficavam na mesa mais elevada, sentados em cadeiras de espaldar alto, parecidas com tronos. Eles permaneceram mais juntos do que o habitual, trocaram olhares e toques de mão. E dessa vez não havia olhares aflitos em cima deles; agora eram de pura expectativa. Claro que o povo não se contentava facilmente, e mal podiam esperar para acompanhar a relação após o casamento.

O conde começara a ficar diferente no dia em que a dama chegou, e estavam todos fantasiando um amor tão arrebatador que resultou na união às pressas, apesar de agora as cartas não serem mais segredo. Mas ninguém mais sabia da forma misteriosa como elas começaram.

A história mais difundida era que lady Elene estava desesperada para fugir de um casamento indesejado com o inescrupuloso lorde Arrigan. Sabendo da bondade e coragem do conde, resolveu aproveitar o fato de que passaria por suas terras para pedir-lhe ajuda. Mas antes, passou a enviar-lhe cartas, sem se identificar. Foi então que no caminho sua comitiva foi atacada e milagrosamente ela sobreviveu. E o conde a resgatou. Estavam destinados a se encontrar.

Ao menos era nisso que o povo acreditava e pretendia agradecer ao

Senhor pela graça. Agora, todos queriam ver crianças pelo castelo. E quase ninguém comentava mais sobre feiticeiras da floresta; não dava para misturar duas crenças distintas. Para que não dissessem esse tipo de coisa da condessa, era capaz de mudarem a história e começarem a dizer que tais mulheres tinham o cabelo amarelo como o sol e não vermelho como fogo. Mal sabiam eles que secretamente o conde e a esposa divertiam-se bastante com essa semelhança. Ele nunca deixaria de acusá-la de feiticeira, e ela, de ameaçá-lo com seus poderes ocultos.

— Betia realmente caprichou no banquete — comentou Morey, que já comera tudo que conseguia.

Brice brincava dizendo que adorava vir à casa do conde só para comer aquelas delicias.

— Só espero que ela não tenha causado um rombo na dispensa para o inverno! — disse Luiza, e os outros riram, vendo como ela havia virado a castelã apenas há poucas horas e já estava tomando conta da dispensa.

Os convidados estavam se fartando e, no finalzinho da tarde, já estavam animados demais. O vinho era forte e não precisavam consumir muita quantidade para ficarem bêbados. Misturando tudo à cerveja então, já estava deixando as línguas soltas. Mas o conde bebeu muito pouco. Na verdade, Luiza só viu o pajem enchendo sua taça na hora do primeiro brinde e uma vez para acompanhar o jantar, e ele ainda não a bebera inteira. Jordan queria estar completamente lúcido quando se retirassem — bebida não combinava nada com o que ele tinha em mente. Ele segurou a mão da esposa e a beijou; era o máximo de intimidade que se permitiam ali. Mas gostaria de abraçá-la com força e beijá-la com abandono, agora que não precisava mais sentir-se culpado.

Já estava bem escuro e Luiza não sabia exatamente o que devia fazer. Até que Erin apareceu e, fingindo lhe trazer um doce, inclinou-se bem perto dela e ficaram conversando baixo. O conde fingia que não estava vendo as duas cochicharem e tentava não escutar. Então Erin se afastou e ficou comendo o doce que Luiza não quis. Um pouco depois, ela pediu licença bem baixo para não atrair atenção e foi seguindo sua jovem criada da maneira mais discreta que pôde. Ou seja, todos notaram que ela estava se retirando, e ela ficou vermelha como um morango maduro.

O conde fingia que estava muito concentrado em sua torta doce, para não embaraçá-la ainda mais. Ouviu-a dizendo que demoraria a se ajeitar, e isso significava que precisava de tempo. Bem, ele pretendia continuar ali no salão o tempo que fosse possível, pelo menos até sentir-se constrangido demais pelos convidados que começariam a olhá-lo, imaginando se não iria se retirar também.

Era realmente gratificante conseguir ser adorado por seu povo, podia ser constrangedor, mas ele já se acostumara. E, agora que estava casado, não precisava ficar se preocupando com nada disso. Podia sair dali a hora que fosse, ir para o quarto ou fazer alguma outra coisa completamente sem cabimento, como pular no telhado cheio de neve, e ninguém iria poder dizer nada.

Claro que não estava incluindo a parte em que diriam que ele enlouquecera de felicidade. De sua parte, pouco se importava se diriam que ele se tornara um devasso, mas não podia arriscar a reputação de sua dama. Sabia muito bem que o boato sobre seus inocentes beijos no corredor e o período que ela passou junto com ele no quarto durante sua convalescência havia se espalhado pelos quatro cantos do condado. Mas agora... Jordan sorriu enquanto encarava sua taça. Estava livre para fazer tudo que quisesse. Honradamente.

Erin realmente achava a nova lady um tanto estranha, tinha uns métodos e uns segredos que ela não entendia. Queria sempre tesouras, navalhas afiadas, pedaços de linhos, pastas de mel, água quente, recipientes onde pudesse esquentar algo... Gastava mais sabão e água perfumada do que ela jamais viu. E vivia lavando aquele cabelo com as mais loucas misturas que incluíam leite, flores, frutas e o que mais ela quisesse experimentar. E o pior é que incutira no conde várias de suas manias. Eles eram as pessoas mais frescas que ela já conheceu!

Se fosse fofoqueira, ia ser mais uma história para espalhar por toda Havenford — os hábitos de beleza da nova condessa. A maioria ela nem sabia como era, pois Luiza a expulsava do quarto. Já não bastava aquelas roupas íntimas estranhas que ela ajudara a dama a costurar. Ela chamava as pequenas peças de nomes que Erin nunca escutara e ainda lhe ordenava que não dissesse nada por aí.

E a garota, muito dedicada e decidida a permanecer no cargo de criada pessoal, não abria a boca nem para a avó e a mãe. Erin nunca mais queria ir descascar e cortar coisas na cozinha. Também odiava depenar e matar animais. Era muito melhor ficar com a condessa e suas frescuras. A pobre garota jamais saberia como no futuro as manias estranhas da condessa seriam mil vezes mais radicais, e ela fazia o que podia para adaptar ao tempo em que estava agora. Não era uma maravilha, era complicado, ela se cortou no início, até queimou a perna, mas acabou dando seu jeito.

Jordan já estava até sem graça, portanto cerca de quarenta minutos depois, levantou-se. Ao contrário de Luiza, ele não podia simplesmente "escapulir" pela saída mais próxima. Teve de anunciar sua saída, escutar embaraçosos vivas e vários encorajamentos enquanto deixava o salão antes que acabasse corado como um adolescente inexperiente. Fugiu pela escadaria e seguiu para o seu aposento, ainda se acostumando com a novidade de não estar mais sozinho por lá.

Ele abriu a porta do quarto lentamente e entrou. Erin levantou-se e correu para o lado de fora, deixando-os sem graça pela rapidez. Luiza deu uma leve risada de onde estava sentada — nem tivera tempo de olhar para a menina antes que ela corresse para fora. Ele sorriu e depois soltou o ar lentamente. Quase não reconheceu o próprio aposento. Estava acostumado com as cores escuras, mas sua cama exibia colcha e cortinados novos e bem mais claros. Os tapetes também foram trocados, adornos foram adicionados, assim como o baú e a cômoda do quarto onde Luiza ficava haviam sido trazidos e arrumados do lado esquerdo.

— Juro que fiz o mínimo possível — disse ela, enquanto observava-o passar os olhos pelo quarto.

— Está ótimo, aquele tema escuro já estava ultrapassado — respondeu ele, pouco se importando se ela ia pintar o quarto de amarelo e escarlate, desde que ela estivesse dentro do aposento.

— Você demorou a fugir do salão.

— Milady disse que precisava de tempo.

— Não de uma hora...

— Eu não queria atrapalhar o preparo das poções de núpcias — brincou.

Ela abriu um sorriso.

— Pois, segundo Betia, as únicas poções que tomaremos nos próximos dias serão taças e mais taças de hidromel.

— Ah... A história do hidromel.

— Adorei essa bebida... — comentou Luiza, que havia experimentado a mistura adocicada na feira, mas a feita por Betia era ainda melhor.

Quando ele atravessou o cômodo em direção à nova cômoda onde estavam dispostos itens para seu uso pessoal, Luiza percebeu que estava mais apreensiva do que pensava. Subitamente, aquela confiança que estivera juntando pareceu um pouco abalada. Soltou o ar e moveu os ombros, dissipando a tensão. Resolvera não esperar na cama, seria um tanto convidativo demais para uma donzela virgem e inocente. E era exatamente o que Elene era. Bem, agora ela também. Tirando a parte de que estava muito mais apreensiva por lembrar-se de sua terrível primeira vez.

Toda aquela maravilha que andara lendo nos livros de romance era mentira. Havia sido horrível e não apareceu nenhum daqueles prazeres desconhecidos que brotam do âmago. Esses tais prazeres eram frequentes nos livros melosos de romance que ela lia e adorava. Graças a Deus nunca mais viu aquele garoto ruim de cama.

Em um dos poucos conselhos que lhe deu na vida, sua mãe lhe dissera por e-mail para arranjar um homem, e não um adolescente com ejaculação precoce. O seu namoradinho da época não tinha esse problema, era só ruim demais. Ele havia deixado uma péssima impressão, mais do que ela gostaria. Foi só dor, sangue, barulhos estranhos, entre outros fatos que ela não gostou. E o filho da mãe ainda confessou que só sentiu aperto! Isso era coisa que se dissesse a uma garota recém-deflorada? Aperto!

Agora, desiludida das promessas de seus adorados romances, esperava mais tato do conde, que já era um homem feito há muito tempo, e de resto, enfrentaria tudo com coragem. Depois ficava melhor, ao menos era o que diziam as mulheres. Aliás, sua mãe dissera isso via e-mail, depois que ela lhe contou a desgraça que foi. Queria ver a cara da mãe se um dia lesse num e-mail que ela esteve num castelo, se entregando a um cavaleiro medieval, meio rude, mas galante e adorável. *Mamãe, ele é um fogaréu ambulante!* Ela jamais acreditaria.

— Posso sentir seu frescor daqui, milady. Não estou muito digno depois de horas naquele salão enfumaçado e cheirando à comida. Espere-me.

Ela soltou o ar e quase riu. Teria mais uns momentos para se ajeitar. Quando o viu saindo pela outra porta, já que a banheira estava no aposento adjacente, Luiza deitou a cabeça no encosto da cadeira. *E onde milorde pensa que eu vou agora enfiada em uma camisola indecente? Certamente irei voltar para o salão, dançar em cima da mesa e beber aquele vinho que me faz engasgar!*

Esse pensamento fez com que se lembrasse do hidromel. Levantou rapidamente e foi beber um gole da bebida doce. Suspirou e perdeu-se em devaneios inocentes que pareciam muito mais de Elene do que dela. Aliás, desde que entrou naquele quarto, tudo que ela pensava parecia contaminado pela ingenuidade de Elene. Poucos minutos depois, sentiu que não estava mais sozinha e virou-se. Jordan retornara ao aposento. De onde ela estava, podia ver seu corpo ainda úmido do banho, refletindo as luzes das velas.

Ele usava algo que parecia um calção íntimo, jogou a túnica para cima de uma cadeira e agitou o cabelo úmido com um tecido felpudo que usava para secá-lo. Ela suspirou outra vez e achou que estava novamente com problemas para manter as pernas firmes. Os olhos dele se prenderam em sua silhueta, agora que podia vê-la, e nem conseguia distinguir o azul, pois os olhos escureceram de desejo.

O conde se aproximou, deleitando-se com a visão e com o fato de que podia olhá-la como quisesse agora, e não ia se privar disso. Ele soltou a toalha e se aproximou mais, notando como o fogo por trás dela tornava o tecido fino e branco da camisola bem transparente. Mas notava que havia algo embaixo, escondendo as partes íntimas. Quanto mais perto ele chegava, mais pele desnuda entrava no campo de visão de Luiza, que imaginou se por acaso estava com um sorriso tolo no rosto. Esperava que não.

Com a aproximação da fonte de luz e calor que era a lareira, ela também pôde começar a ver as cicatrizes de Devan. Franziu levemente a testa, imaginando quantas vezes ele já devia ter sido costurado. Havia uma atravessando o lado do seu abdômen e entrando pelo calção íntimo que ela não podia nem pensar onde terminava. Outra passava bem em cima do lado direito de seu peito. Havia uma marca bem grossa em sua coxa esquerda e outra notável na perna direita. Além daquela mais recente, que ela mesma costurara à frente de seu ombro. Sem contar algumas marcas menores de ferimentos mais leves e aquela que partia da bochecha dele. Imaginava que também devia haver mais em suas costas.

— Espero que elas não a assustem. Não doem mais, são apenas lembranças.

Ela só conseguiu negar com a cabeça e fez um esforço enorme para tirar os olhos dos músculos do peito dele. Jordan não fazia o menor esforço para tirar os olhos do corpo dela, aliás, quanto mais perto chegava, mais fixamente a olhava. E ele só usava aquele calção para não escandalizá-la ou assustá-la, pois dormia sem nada. Já não estava adiantando muita coisa, visto que o tecido era fino e ela podia ver muito bem o formato do que havia embaixo.

Luiza notou que estava dando a taça para ele. Por que diabos estava lhe entregando sua taça? Ela era justamente seu apoio, estava se agarrando ao objeto decorado como se fosse cair se não o fizesse. Ele pegou-a de sua mão e seus dedos roçaram no dela, e, no momento, o toque simples pareceu ter muitos significados. Pensou em algo para dizer, estava com a boca fechada, ou melhor, tolamente aberta, mas não dizia nada. Ela não conseguia raciocinar nada além de: *Meu Deus! Mas que maravilha*! Ou... *Mas que belas cicatrizes!* Onde já se viu? Belas cicatrizes... Onde estava sua tagarelice em um momento desses?

— Não assustam — respondeu ela, incapaz de formar mais frases.

O conde voltou um passo e depositou a taça que ela lhe dera sobre a mesa. Virou o rosto e Luiza sentiu uma excitação crescente só pela forma como era observada. Ele já a havia olhado dessa maneira, mas de forma menos intensa. Agora sabia o que aconteceria: seria plenamente devorada e sem precisar de nenhum tempero.

Luiza sentiu a palma quente da mão dele contra a sua face, e gostava da sensação. Ela moveu o rosto, fazendo-o acariciar sem nem se mexer. Jordan se aproximou e beijou-a nos lábios — os beijos agora eram naturalmente íntimos. Os lábios se entreabriam para permitir o contato, a boca estava sempre úmida e suas línguas provocavam sem recato. E o fato de o conde não ter mais nenhum peso na consciência pelo que estava fazendo contava muitos pontos para mudar a situação.

Ele trouxe-a para mais perto; agora podia colar o corpo ao dela sem contar o tempo que levaria para precisar sair correndo. E parecia que encontrava novas formas com as mãos, ou talvez fosse apenas por ser a primeira vez que estava fazendo com muita calma e atenção. Luiza gastou cinco segundos sem saber onde colocar as mãos. Antes era fácil, pois todas as partes estavam cobertas por pelo menos duas camadas de roupa. Mas agora, ela estava com dificuldades para encontrar algum tecido.

Incentivada pelos toques que já sentia, decidiu descansar as mãos nas costas do conde. Encontrou a pele levemente úmida e macia, sobre músculos tensionados que ela podia sentir movendo-se sob suas palmas conforme ele mudava de posição. Mordeu o lábio quando ele parou de beijá-la e foi deslizando a boca quente e úmida por sua pele, passando perto de sua orelha, alcançando seu pescoço e respirando ali.

Ela desceu as mãos, apertando a nudez que ele oferecia, e chegou a encolher os ombros e mover-se de satisfação entre os braços dele. Não era a única ali sentindo algo. Jordan correspondia às sensações que ela provocava quando o acariciava com uma curiosidade excitante de quem fazia uma nova descoberta a cada centímetro que apalpava.

Luiza suspirou quando ele se afastou dela, mas não foi longe. Passou os olhos por seu corpo, como se admirasse a camisola pela última vez, então soltou os laços e foi empurrando pelos seus ombros. O tecido leve caiu aos pés dela, que tirou um deles e com o outro levantou a peça no ar para que ele pegasse. Jordan pegou a camisola que ela lhe estendia enquanto tinha um sorriso muito leve e foi levantando o olhar, reparando no que ela estava usando. Ele ficou parado por uns segundos, apenas olhando-a.

— Madame, eu não sei o que está usando. Mas definitivamente faz efeito. — Ele observava as peças íntimas sem saber do que se tratavam. Normalmente, ele não encontraria nada por baixo da camisola.

Ela virou um pouco de lado e deu um passo em direção à cama. Por baixo da camisola, ela trajava uma das peças que Erin ajudara a confeccionar. Uma espécie de calcinha e sutiã mais rústicos. Não encontrara nada que esticasse por ali, então preferiu fazer tudo de amarrar. Ambas as peças eram de seda vermelha. A suposta calcinha era amarrada dos dois lados, como se fosse um biquíni. E a imitação de sutiã também era presa com um laço em suas costas. Para ela, era algo bem simples do qual sentia muita falta. Mas o conde nunca colocara os olhos em nada parecido com aquilo. Não fazia ideia do que era, mas estava adorando.

— É algo que será o único a ver — ela respondeu com um sorrisinho sapeca e sentiu que sua perna encostara do lado da enorme cama de dossel que tomava conta daquela parte do aposento. E era melhor ele não contar a ninguém que vira algo assim, pois séculos se passariam até inventarem o sutiã.

— Com os diabos que sim! — Ele jogou a camisola para cima da poltrona. — Se alguém mais vê-la assim, eu arranco os olhos do desgraçado. — Ele avançou para onde ela estava.

— Bem, milorde. Eu espero que também não ande pelo castelo nesses poucos trajes. — Ela lançou um olhar, indicando a única peça que ele trajava.

O conde parou a um passo dela e olhou para baixo, depois tornou a olhá-la, com um sorriso mortalmente sedutor.

— Talvez não assim. — Ele puxou o cordão que prendia aquele calção infame. — Eu não aprecio o uso de roupas para dormir. E espero o mesmo de você.

Ela puxou o ar rapidamente e suas bochechas ficaram quentes e vermelhas quando seus olhos acompanharam a única peça que ele vestia ficar frouxa em sua cintura e descer pelo menos uns cinco centímetros, demonstrando o leve caminho de pelos que ela sabia muito bem onde terminava. Jordan finalmente tornou a ficar bem perto dela, praticamente emitindo ondas de calor, e ela achou que a febre era contagiosa.

Sem cerimônia alguma, ele passou o braço por baixo de suas pernas e segurou-a facilmente no colo como já fizera outras vezes, só que agora estavam quase sem nada lhes cobrindo. Ele olhou-a bem enquanto depositava-a sobre o colchão e ia apoiando um dos joelhos. Luiza manteve o olhar nele, não dava para desviar nem se quisesse. Além disso, se desviasse, ia olhar para baixo para saber se o calção descera ainda mais e não queria fazer isso tão descaradamente, ao menos não ainda.

— Não vou mentir para você, Elene. Vai doer, incomodar e se sentirá invadida. Mas farei o possível para que sinta prazer na invasão — ele disse baixo, enquanto recostava-a contra a guarda da cama, mantendo-se tão perto que respiravam um contra o outro e podiam enxergar todas as nuances do colorido dos seus olhos.

— Creio que meus portões estão enfraquecidos, milorde. Peço clemência — ela declarou, usando seu tom mais sedutor.

— Então os abra. O prazer da conquista é inevitável. E só concedo clemência após rendição total e irreversível.

— Jamais me rendo sem lutar. — Ela levantou as sobrancelhas quando ele afastou suas pernas, ajeitando-se entre elas.

— Então vamos à guerra — declarou ele, iniciando sua primeira batalha contra os lábios convidativos da esposa, que só abandonaria quando já estivessem inchados pela pressão dos seus beijos.

Luiza pressionou os ombros contra a guarda de madeira maciça da cama, fechou os olhos e deitou a cabeça, liberando outro caminho para o conde experimentá-la. A boca dele sugava e beijava, suas mãos pressionavam suas costas enquanto os dedos procuravam o laço daquela peça íntima que ele não conhecia, mas conseguira excitá-lo ainda mais. A lareira ficava à frente da cama, do seu lado direito, portanto a cabeça dele fazia sombra sobre ela, mas mesmo assim conseguia ver tudo que queria e precisava. Luiza olhou para baixo, vendo o que ele queria. Segurou na frente do sutiã que não tinha um decote profundo — elas ainda não tinham tentado esse método, o corte dele era simples, em um V raso que pressionava os seios. Com os dedos, ela foi afastando a peça, começando a expor o seio.

Jordan viu o que ela fazia. Satisfeito, baixou a cabeça e foi seguindo com a boca cada pedacinho da pele que ela expunha. Até que o mamilo eriçado foi libertado e ele o abocanhou, chupando-o com vontade. Ela gemeu baixo, surpresa pela sensação repentina enquanto ele soltava os laços e sentia o tecido ficar frouxo em suas mãos. Antes de jogar a peça para fora da cama, ele ainda olhou rapidamente o que era, então cobriu seus seios com as duas mãos, massageando-os num semicírculo, um deles já mais avermelhado pela pressão de sua boca. Por isso, ele resolveu fazer o mesmo com o outro, deixando mais marcas no corpo dela, mas não estava se preocupando com isso, ninguém além dele veria.

Mesmo que conservasse os olhos fechados, Luiza mantinha as mãos tão ativas quanto as dele. Só não sabia ainda o efeito que causava. Além disso, ele a prendera ali e estava disposto a torturá-la dessa forma tão prazerosa. Ela movia o corpo, inconscientemente oferecendo-se mais, pois queria que ele continuasse, aliás, que não parasse nunca. Jordan divertiu-se soltando os laços daquela pequena peça que sobrara sobre o corpo dela. Puxou-a lentamente e também a olhou antes de jogá-la para o lado, tentando entender o que era.

Sob a luz da lareira, ele contemplou seu corpo, e subiu as mãos quentes por suas pernas dobradas, apreciando a maciez que lhe parecia pura seda. Adorava os segredos daquele corpo macio e delicado em comparação ao seu, que era bruto, rígido, marcado e castigado pelas lutas que lhe deixaram cicatrizes e lembranças dolorosas. Mas a única memória que queria ter desse momento era de prazer e paixão. Não queria parecer bobo, mas, a cada centímetro que seus dedos percorriam dela, Jordan podia vislumbrar as palavras que escrevia quando nem achava possível tê-la ao seu lado.

A sensibilidade de Elene ia ter que desculpar Luiza, mas ela estava curiosa e ansiosa demais. Não havia nervosismo em seu ser, mas suas mãos queriam experimentar. Continuava corada pela ausência completa de roupas, mas não importava, podia superar isso. Mordeu o lábio inferior e desviou o olhar para Jordan, que a olhava como se esperasse ser encarado. Ele voltou a se aproximar, inclinando-se mais para ela. Luiza colocou as duas mãos sobre o peito dele e desceu-as lentamente, enquanto acompanhava com o olhar. Ele deixou que ela o fizesse até chegar à barra do calção, então ela tornou a levantar os olhos para ele.

Com um leve toque de seu indicador sobre o lábio dela, Jordan fez com que ela parasse de mordê-lo e o entreabrisse, então beijou-a vorazmente, levado pela excitação e invadindo-a com a língua. Enquanto se beijavam, ele usou o mesmo dedo que a tocou nos lábios para começar a estimular seu ponto íntimo. Luiza interrompeu o beijo, mas ele continuou beijando-a pelo rosto, mordiscando seu queixo e sugando sua pele. Ela gemeu baixo, e ele gostou do som. Passou a usar dois dedos, provocando-a e procurando descobrir como o corpo dela reagia. Fazia movimentos circulares, provocando aquele ponto mais sensível, e experimentou estimular de cima para baixo e ao contrário, pressionando mais ou menos e mantendo os olhos nela. Era recompensado por suas reações e gemidos.

— Pare com isso... — pediu ela, cedendo à tortura, mas era óbvio que não desejava que ele realmente parasse.

— Não — ele murmurou de volta. — Quero descobrir do que você gosta.

— Devan... Isso é... — O gemido dela continuou o sentido da frase.

— Quero senti-la úmida. — Ele desceu os dedos até a entrada, sentindo que conseguia o que pretendia. — Vai ser muito mais prazeroso.

Ela fechou os olhos e inclinou a cabeça, tomada pelas sensações que ele provocava, seus gemidos contínuos e seguidos. Moveu o quadril no lugar, fazendo-o sorrir de satisfação. Seus dedos estavam úmidos e deslizavam com facilidade. Jordan usou um deles para provocar a entrada de seu sexo e começou a penetrá-lo lentamente. Luiza gemeu mais alto e respondeu com outro movimento de seus quadris, que não chegava a tirar totalmente do lugar.

— Dói? — ele indagou com um pouco de preocupação.

— Não... — murmurou. Havia pressionado as unhas nas costas dele, mas sequer se deu conta.

— Vou tocá-la com a boca, Elene. Quero que me diga se gosta.

Jordan umedeceu os lábios, escorregou na cama e segurou-a firmemente nas coxas, para que as mantivesse afastadas daquele jeito. Então a puxou um pouco para baixo e beijou a parte interna de sua coxa direita. Foi sugando a pele até seu centro, onde esfregou a ponta da língua repetidamente contra o ponto rijo e sensível. O corpo dela relaxou contra a guarda da cama, e seu gemido saiu profundo e baixo.

— Sim... Sim... — ela disse em resposta ao que ele tinha lhe pedido. Na verdade, no momento, essa era a única palavra que estava conseguindo raciocinar.

Ele deleitou-se ao sentir seu gosto. Foi bom ter ficado treinando seu autocontrole, pois sentia o membro pulsando dolorosamente. Jordan achava já estar no limite, mas, quanto mais a sorvia, mais a queria.

— Você pode sucumbir agora, milady — ele sussurrou antes de voltar a colar a boca contra ela, cumprindo a promessa muda de devorá-la.

O gemido que ela deixou escapar foi tão prazeroso que ele sentiu a própria excitação chegar ao máximo do seu controle. Luiza moveu os quadris, pressionando-se contra a boca dele, que não parava de exigir-lhe rendição. Os suspiros entrecortados que Jordan escutava junto com toda a umidade que podia sentir na boca diziam-lhe que conseguira relaxá-la como queria. Agora ela estava mais sensível e pronta para ele.

Luiza escorregou um pouco mais na cama, e sentiu o travesseiro embaixo da curva de suas costas. Piscou várias vezes, seus olhos ainda anuviados e, ao focar, levantou o olhar para o conde, que ficou de joelhos sobre a cama. Ela o observou por inteiro; aparentemente, agora já podia olhar para a linha imaginária abaixo de sua cintura. Luiza puxou o ar e soltou em um suspiro, vendo o tecido claro da peça íntima moldando-se àquele membro duro e extremamente excitado e que já não conseguia contê-lo. Luiza dobrou mais as pernas e umedeceu os lábios, inclinou-se para frente e afrouxou mais o cordão. Jordan deixou a peça deslizar e jogou-a para o lado.

Dessa vez, foi ele quem mordeu o lábio enquanto apoiava-se nos braços e ia se inclinando sobre ela. Luiza segurou seus quadris e se ajeitou para encaixá-lo perfeitamente entre as coxas. Sentiu o toque da ponta dura do membro contra suas partes íntimas, deslizando pela sua umidade até chegar ao local certo e começar a pressionar para entrar.

Eles se beijaram demoradamente, de um jeito puramente sexual e íntimo enquanto ele começava a penetrar seu corpo. Deslizou firme, invadindo-a como disse que faria. Luiza sentia o esforço de seus músculos para se esticar e aceitar seu tamanho. Ele pressionou mais para ultrapassar a barreira do corpo intocado e não se deteve quando ela deixou escapar um barulhinho agudo pela pontada de dor.

Jordan ficou olhando-a. Parecia que todo o seu corpo estava pulsando junto com seu membro, mas ele parou para que ela se acostumasse a tê-lo todo dentro. Quando Luiza tornou a abrir os olhos e encará-lo, ele se moveu. Deixava parte do peso nos braços e usava os quadris, entrando e saindo lentamente, mas sem parar, firmemente, às vezes mais fundo e mais rápido.

Ela cravou as unhas nas costas dele e, quando fechou os olhos novamente, foi para gemer pelo prazer que voltava a se espalhar pelo seu corpo. Mas agora lhe parecia diferente e começou a procurar mais estímulo, entendendo que conseguia mover-se também. Jordan esfregava os quadris nos seus; gostaria de experimentar agora como fizera antes. Mas ambos estavam excitados demais para isso. Ele não conseguia parar, sentia os músculos dela apertando-o e sugando-o. Seu corpo pedia para livrar-se do desejo contido por tempo demais. Ele finalmente gemia de puro prazer, com os sons elevando-se junto aos dela, entrecortados no início, mas contínuos depois. Palavras sem nexo eram ofegadas, o barulho da lenha crepitando era abafado pelo de respiração, suspiros e gemidos além de corpos se chocando.

Jordan sentiu os pelos se eriçarem, uma descarga elétrica percorreu suas costas passando para ela e, enquanto gozava dentro de seu corpo, seus olhos permaneceram fechados. Ele perdeu a noção de espaço e tempo por vários segundos. Luiza não tinha a mesma noção do que acontecera, mas perdera a consciência pelo mesmo tempo que ele, disso ela tinha certeza. Fechou os olhos e tudo que sentiu foi tão intenso que o incômodo de sua primeira vez ficou esquecido durante aquele maravilhoso momento, que deixou uma sensação de languidez e completude em seu corpo.

Novamente o barulho da lenha crepitando estava lá, acompanhado de respirações ofegantes e corações batendo ainda em ritmo muito acelerado.

— O castelo é seu, milorde. Eu me rendo — ela declarou quando sua respiração ficou mais cadenciada. — Mas saiba que não vai governar sozinho.

— Eu já tomei a liberdade de hastear minha bandeira — disse ele, deixando um sorriso satisfeito aflorar em seu rosto e salpicando beijos lentos em seu pescoço. — Mas não quero governar sozinho, nunca mais.

Ela sorriu e tornou a fechar os olhos. Jordan lhe fez carinho na face com a ponta do nariz. Luiza virou o rosto para ele e deu-lhe um leve beijo nos lábios. Estavam suados e agora sentiam calor, então ela concordou em diminuírem o fogo da lareira, que parecia ter se animado sozinho por influência do calor deles.

Luiza achou estranhíssimo quando ele trouxe a bacia de água limpa e morna e o pedaço de linho para limpá-la. Não podia acreditar que, depois de rir tanto das garotas dos livros, a vez dela tinha chegado. Quase morreu de vergonha, a despeito de ele já ter feito algo muito mais íntimo com ela. Mas teve de reconhecer que foi reconfortante e aliviou o leve desconforto que ficou depois de sua primeira vez, que, na verdade, era de Elene. Mas Luiza ia tomar a liberdade de substituir sua memória antiga por esta. Especialmente porque o cuidado do conde possibilitou que mais tarde fizessem amor novamente, dessa vez, de forma mais demorada.

Jordan ia precisar de várias noites antes de considerar-se devidamente satisfeito, mas, agora que tinha todo o tempo do mundo, estava se empenhando em descobrir os segredos do corpo dela e tudo que poderiam partilhar.

CAPÍTULO 22

Estava de manhã, dava para notar pela iluminação e pelos barulhos do castelo, mesmo com o dossel da cama completamente cerrado. Luiza estranhou, pois adormecera nos braços do marido, mas acordou sem ele. Olhou em volta e viu que sua camisola estava nos pés da cama, vestiu-a e ficou de joelhos sobre o colchão. Com a mão direita, empurrou um pouco a cortina do dossel e espiou o quarto. Jordan virou-se na poltrona e sorriu, mas havia hesitação na expressão dele.

— Já trouxeram o desjejum. — Ele pausou como se pensasse no que dizer em seguida. — Não pensei que você se levantaria agora.

Luiza franziu levemente a testa. Essa era a primeira frase dele ao amanhecer?

— Você levantou cedo — disse ela.

— Sim, eu... Não ia demorar muito aqui, posso ir para a antessala. — Ele se levantou rapidamente.

— O quê? Não...

— Assim você terá privacidade para se levantar — continuou ele, como se não a tivesse escutado.

Ela empurrou mais o dossel e o conde parecia sem saber o que fazer, se ia ou se ficava. Mas Luiza acabou tendo uma ideia do problema. Depois de ter liberado aquele lado da cama, ela sentou-se sobre as pernas, ainda sobre o colchão.

— Você era expulso do quarto pela manhã, não era? — indagou ela, da forma mais delicada que podia.

Jordan deu de ombros. Ele queria ter permanecido na cama junto com ela; sair de baixo das cobertas e enfrentar o frio do quarto foi ruim. E olhar para trás e vê-la muito confortável, mas fora de seus braços, foi doloroso.

— Eu saía porque ela gostava de... — ele procurou a palavra, mas, sem encontrar uma, usou a mesma que dissera há pouco — privacidade.

Luiza assentiu e ficou olhando-o.

— Mas agora você não precisa mais sair. Eu vou adorar acordar com você.

Ele sorriu para ela de um jeito mais confiante, achando-se o próprio idiota. Ele já havia passado por um casamento e, mesmo assim, era ela quem lhe dizia o que fazer.

— Venha aqui — chamou ela.

Ele foi e sentou-se na cama. Luiza se concentrou na tarefa de arrumar o cabelo dele com os dedos, logo procurando seu pente para dar um jeito naquelas mechas loiras e bagunçadas por terem secado enquanto ele dormia. O cabelo dele era natural e abundante, e ela o adorava, não queria que o cortasse nunca. Tinha um cheiro selvagem que lhe lembrava da floresta e do ar livre, talvez porque o sabão dele era feito daquelas folhas e ele vivia cavalgando pelo meio das árvores.

— Bem, eu não podia mesmo ir além da antessala. Todos esperam que eu acorde muito tarde. Acho até que, se eu aparecesse lá no salão para o desjejum, eles iriam me expulsar — disse Jordan, já rindo da situação. Ele deitou a cabeça para trás e fechou os olhos por um momento, deixando que as pontas dos dedos e das unhas dela massageassem seu couro cabeludo. Aquilo era bom, ele nunca havia sentido, mas ela podia fazer sempre.

Ela riu também.

— E Betia enviou ainda mais hidromel — continuou, virando a cabeça e olhando divertidamente na direção do outro cômodo, onde estava o desjejum.

— Mais? Ela quer nos embebedar? Eu já penso que bebi demais ontem. — Ela passou os dedos pelo cabelo dele, ajeitando-o para trás.

— Sim, mas é melhor se acostumar. Todos vão nos obrigar a consumir hidromel por um mês. É a tradição, um mês de hidromel para nascer um filho varão. Não duvide das crenças. — Ele riu e Luiza sorriu de forma romântica, pensando que estava em período de núpcias.

De fato, Betia estava preparando um grande estoque de hidromel — eles não sabiam o que os esperava. Ela pretendia servir essa bebida em todas as refeições. O vinho do conde ia desaparecer até o próximo mês. E, claro, tudo com uma dose generosa de uma poção da fertilidade, preparada especialmente por Délia.

O novo casal teve um longo período de núpcias, sem perturbações. Os habitantes do castelo prepararam um verdadeiro mutirão contra problemas para poder dar um tempo de sossego ao conde. Ele nem podia imaginar toda a confusão que estava acontecendo diariamente nos fundos da cozinha por causa disso. Cold era o responsável por tomar conta da segurança e ir resolver tudo que fosse preciso deslocar o conde. E coitado dele se falhasse. Morey tinha que bancar o administrador e ver tudo que precisava ser feito para já dizer a Jordan antes que ele precisasse ir olhar.

Jordan acordava cada dia mais satisfeito. Nunca mais pretendia ficar sozinho naquele quarto. Não conseguia mais passar horas escondido em um canto sem que a esposa sentisse sua falta e fosse descobrir se ele estava com algum problema. Era verdade que estava estranhando. A vida solitária não era um hábito do qual sentisse falta, era simplesmente o estilo de vida ao qual estava habituado.

Quem estava realmente estranhando era Luiza. Deveres de uma castelã? Conta outra! Ela ia surtar. Elene parecia ter saído de férias. Eles se casaram, mas foi ela quem viajou em lua de mel consigo mesma. Então agora precisava regular a dispensa? Ordenar o cardápio? A única coisa que conseguia fazer muito bem era controlar as contas referentes aos seus "deveres". Estas difeririam das contas que o conde regulava.

E as chaves agora eram sua responsabilidade. Ela levou dois dias para descobrir exatamente o que todas elas abriam. E onde estava Elene quando todos esperavam que ela fosse fazer mudanças na decoração do castelo? E os cômodos que esperavam que ela os abrisse e trouxesse de volta à vida. A torre seria reformada? Também esperavam ansiosamente que ela mandasse modificar toda a ala das crianças. Que encantador, ela não fazia ideia de como essas coisas eram feitas naquela época. Se estivesse em 2012, ia ligar para uma decoradora e dizer "manda brasa". Onde estava agora, Erin iria correndo a uma lareira lhe trazer umas brasas frescas.

Aliás, Erin havia parado de tentar entender as esquisitices da condessa, que, para seu desespero, aumentavam a cada dia. Depois de casada, Luiza descobriu mais hábitos modernos que poderia adaptar para usar naquela época. Com o inverno perdendo força, as folhas eram sua nova aquisição para rituais de beleza que Erin jamais entenderia.

Durante esse período, o conde recebeu uma resposta do duque sobre seu matrimônio. Ele estava aliviado por esse problema ter sido resolvido e com uma esposa de uma boa família nobre, mesmo que terminando nela. Também não haveria problemas, pois lorde Arrigan havia preferido não reclamar a perda da noiva, e o tio de Elene não colocara os pés na corte.

O outro lado da família do conde enviou pelo menos cinco cartas reclamando da falta de consideração. Alguns queriam ter sido convidados para o casamento e outros achavam que deveriam ter sido avisados ou até consultados antes do enlace. Jordan sabia que, se respondesse uma das cartas, todos receberiam o aviso. E ele deixou claro que não queria ninguém se metendo em sua vida, pois ele não deixava seus afazeres para intrometer-se na vida de ninguém. Portanto, esperava a mesma consideração. Com o "esperava", ele queria dizer que era uma ordem.

Ao senhor de Istahill,

Agradeço os desejos de felicidade que não recebi. Combinam perfeitamente com os convites que não enviei. Sobre meu recente casamento, espero que entendam que lady Elene e eu somos recém-casados e estamos nos adequando à nova vida conjugal, e por isso, preferimos ficar sozinhos por algum tempo.

Aprecio o apoio de todos da família e agradeço se puderem resolver suas questões sozinhos, como faço com as minhas.

Apesar de tamanha consideração pela minha decisão, enviarei recursos para que consigam levar água ao castelo novamente, antes que o verão chegue.

Haverford

Para alívio de Luiza, as coisas finalmente foram entrando nos eixos. Conforme se relacionava com suas tarefas, tudo ficava mais claro. Finalmente, Elene estava de volta das férias. O castelo estava impecável estruturalmente, então ela se ocupou abrindo todos os aposentos que estavam fechados e relegados ao desuso. Colocou os criados para trabalhar na limpeza, mas também ajudava esfregando e espanando.

Encomendou cobertores e colchas novas, pois o castelo estava com o estoque muito baixo, especialmente, na área reservada a hóspedes, já que o conde raramente recebia visitantes. Mas isso mudaria em breve. Seus poucos amigos já haviam prometido voltar no verão e suas famílias eram numerosas. Os Driffield, por exemplo, tinham filhos para dar e vender. E eram os vizinhos mais próximos.

Só havia algo que Elene não era boa: cozinhar. Ela sabia lidar com o nome de todas as comidas, como eram feitas, o que tinha mais qualidade, o que devia ser servido e quando. Mas não precisava pôr a mão em nada para saber de tudo isso. Em questão de comida, ela só sabia preparar doces simples e apenas porque a doceira de Mounthill gostava de colocá-la para ajudar como forma de castigo.

Na verdade, ela salvava Elene de uma punição pior, pois assim Erold pensava que sua tutorada estava sofrendo na cozinha. Betia aceitou ajudar a lady a aprender mais, só que, como a cozinheira já sabia, a dama era "sensível" a certas coisas, como animais crus que estavam tendo seus interiores arrancados em cima da mesa para serem recheados com iguarias e depois assados. Sem contar outros detalhes mais... Então, toda vez que a condessa ia para a cozinha, Betia mandava fazerem a limpa no ambiente.

— Betia! Tive uma ideia, quero preparar algo para o meu marido — dizia a condessa, contente e entusiasmada.

Essas suas idas à cozinha também estavam rendendo muita curiosidade em Betia. Principalmente, depois que a dama pediu para fazerem um pão achatado e encheu a superfície de queijo e todo tipo de condimentos que teve a coragem de pôr a mão e depois mandou assarem. Então ela pulou de felicidade quando ficou pronto e levou para o marido.

Logo depois, Betia obrigou os padeiros a lhe fazerem o mesmo pão e encheu a parte de cima com todo tipo de iguaria. Não fazia ideia do que estava preparando e tampouco conseguiu copiar exatamente o que Luiza havia feito. Mas ninguém sabia disso e todos queriam provar as coisas que a lady preparava apenas para o marido. Assim, Betia seguia espionando e copiando o que conseguia, mesmo sem ter a menor ideia do que se tratava.

Era início da tarde de um dia típico no castelo. Jordan tinha reservado um tempo para compromissos pessoais. Ele foi andando até a porta e, antes de entrar, virou-se para Aaron e deu-lhe um recado que deveria ser repassado.

— Se alguém escutar som de metal tintilando, algum grito ou qualquer barulho estranho aqui dentro, não é para pôr a porta abaixo. Entendeu?

Aaron ficou olhando para ele, seus olhos castanhos arregalados até que a paralisia passou e ele não conseguiu esconder da face o pensamento que passou em sua mente.

— Não seja pervertido. Vou ensinar umas coisas a lady Elene.

— Entendo, milorde. — Ele seguia com a mesma expressão.

— Coisas sobre espadas e luta.

— Ah... — Ele assentiu, agora entendendo a questão. Mas, então, pensou melhor no que escutou e franziu o cenho gravemente. Ensinar sobre espadas e lutas a uma dama?

O conde o ignorou e entrou logo no gabinete do segundo andar.

— Pronta ou não, milady, você quem pediu por isso.

Luiza saiu do canto onde esperava e foi andando até o meio do cômodo.

— Você disse que seria bom uma dama saber como se defender com uma espada de verdade.

— Estávamos na cama quando eu disse isso, não estávamos?

— Sim, e que diferença faz? — Ela cruzou os braços, alfinetando-o com o olhar.

— E sem nossas roupas. — O tom dele era sugestão pura.

— Isso não faz diferença! — retrucou.

O conde estava sorrindo enquanto avançava para a mesa onde havia duas espadas. Ele dera um bastão de madeira a Elene e, enquanto estavam no quarto, ficava lhe falando sobre pontos fracos e boas formas de se defender, mesmo usando um objeto sem corte. Isso colocou ideias na mente dela. Claro que seria ótimo que ela soubesse matar alguém para salvar sua vida, mas ele não conhecia nenhuma mulher que soubesse usar uma arma ou, ao menos, que tivesse precisado dela. Pegar uma faca e brandi-la como ameaça não contava, qualquer um podia fazer isso.

— Venha aqui — chamou, passando os dedos sobre as espadas. Não eram o tipo de arma que ele usava habitualmente, eram leves e mais finas. Ele só usou umas assim quando era bem novo.

Luiza se aproximou dele. Quando esticou o braço para pegá-la, ela pulou para trás e se esquivou.

— Não vai me enganar dessa vez! — disse ela.

— Juro que dessa vez não estou brincando. Venha ver as lâminas.

Ela se aproximou novamente e olhou as espadas na mesa, parcialmente dentro das bainhas. O olhar dela ficou focado nas armas e, quando menos esperava, Jordan capturou-a e levantou-a no seu colo, levando-a para o meio da sala.

— Você jurou! — Ela riu por ele ter conseguido ludibriá-la. Parecia tão absorto nas espadas e estava só esperando sua deixa.

— Jurei?

— Como se sente jurando em vão, milorde?

— Mil perdões. Estou me sentindo tão mal, tão errado — ele disse cinicamente e enfiou o rosto na dobra do pescoço dela, puxando o ar com força antes de deixá-la no chão.

Ela tinha um cheiro tão bom e que ele reconhecia como único — era como algo que nunca sentiu. E ele gostava de saber que ela era apenas dele e seria o único a conhecer seus encantos. Não podia pensar em nenhum outro homem perto dela. E sempre tinha vontade de passar o resto do seu dia bem junto a ela, inspirando seu aroma tão fresco e sentindo sua pele macia. É, o conde se sentia um tolo apaixonado, totalmente enfeitiçado.

— Conde tratante — acusou, empurrando-o para longe.

— De meu amado conde para meu conde tratante... O que o casamento não faz...

— Ei! Essa última frase é minha!

Jordan voltou para perto dela com o cinto da bainha de uma das espadas. Ele se inclinou um pouco à frente dela e passou um lado por trás de suas costas, acariciou sua cintura enquanto demorava prendendo à fivela apoiada sobre a dobra de seus quadris. Ele puxou até o final para conseguir apertá-la naquela cintura mais fina do que a de um cavaleiro. Ele subiu as mãos pelos quadris dela, ajeitando o cinto e a espada no lugar. Estava aproveitando a função bem mais do que o necessário.

— Eu quero que você tenha noção exata de com o que está se metendo — ele disse, finalmente tirando as mãos dela e se afastando para olhá-la.

— Eu tenho noção total.

— Ainda não. — Ele pegou a espada da mesa e assumiu sua posição. — Fique em guarda, como eu lhe ensinei.

Ela afastou as pernas, virou o corpo e colocou seus braços em posição de ataque com a espada, e de defesa com o braço solto, como se segurasse um escudo.

— Pegue a espada, Elene. Está com medo?

— Claro que não. — Ela levou a mão ao cabo.

— Nada disso. Saque a sua arma como se estivesse pronta para atacar.

O conde ficou observando-a. Estava bancando o destemido como fazia com os rapazes que estavam aprendendo a lutar. Mas o problema com ela é que tinha pavor que ela se cortasse.

Puxando a espada, ela tentou fazer um arco no ar ao sacá-la para já deixá-la em posição de ataque. Mas era mais pesada do que parecia quando ficava presa em sua cintura. Seu braço não obedeceu direito ao movimento e ela a pegou com as duas mãos.

— Você devia ter me dito para usar as duas! — acusou ela, levantando novamente a arma.

— Eu lhe disse. Quando era um bastão.

— Você é mau! — ela disse e provocou risadas.

— Ora essa, Elene. Parece até que nunca me atacou com uma espada. Já se esqueceu que a primeira coisa que fez quando nos encontramos foi tentar acertar minha cabeça com uma?

— Eu não sabia que era você.

— Meu pescoço agradece. — Ele bateu na espada dela, e ela revidou. — Use os pés. Vamos, revide.

Luiza avançou, atacando a espada dele.

— Está tentando quebrar a minha arma? — perguntou ele.

— Não!

— Está olhando só para ela. Olhe para mim.

Ela tentou se concentrar nele e na arma. O problema é que ela seguia atacando-o impunemente, avançando sem consequências. Então, quando ele revidou, ela não esperava, complicou-se e tropeçou, enrolando-se com o vestido. Ele segurou sua mão, pegando a espada.

— Você ia cair e se cortar. Quero que sempre se lembre de que a lâmina pode machucá-la também. — Ele balançou a arma no ar. — Tem que saber com o que está lidando. É assim com qualquer arma que empunhar.

— Prometo não fazer pouco do bastão.

Ele sorriu e lhe devolveu a arma.

— Quem dera você concordasse com tudo tão rápido. Pegue o bastão, vou ensiná-la a se defender.

Ela embainhou a espada e olhou para baixo, insatisfeita. Aquele vestido que usava ficava se enroscando em suas pernas — tinha se acostumado a andar e correr com ele há pouco tempo. Ainda se esquecia de levantar a barra quando estava com a sobreveste. Então, prestar atenção numa luta e se entender com a maldita roupa ao mesmo tempo ia ser algo que aconteceria em etapas.

— Estamos trancados, milorde?

— Sim, e devem estar em pânico lá fora. As pessoas aqui não podem escutar som de metal que querem logo entrar no baile.

Ela andou até a cadeira que estava afastada, soltou o cinto, desfez os cordões do vestido, soltou o corpete, a saia e saiu de dentro do monte de pano. Então, puxou sua anágua de linho e amarrou-a em suas coxas como uma saia curta. Estranhamente, não foi interrompida, havia muito silêncio do outro lado da sala. Ela voltou para onde esteve, agora com seu bastão na mão.

— Não posso lutar com aquela roupa. Aqui, os homens têm toda a vantagem no vestuário.

O conde continuava apenas olhando-a. Ele piscou algumas vezes e ela percebeu que seu olhar se movia. Mas sempre acabava em suas pernas, e ele franzia mais ainda o cenho com aquelas sobrancelhas castanhas bem cerradas sobre seus olhos.

— Você vai ficar aí parado? — Ela colocou a mão livre na cintura.

— Não estou acostumado a lutar com damas em trajes menores.

— E com damas nuas, milorde já lutou? — Ela não resistiu a fazer a provocação.

— Fora da cama?

— Anda lutando muito por aí, seu conde tratante?

— Só com você, minha dama depravada — respondeu ele, seu olhar ainda parado em suas pernas e na anágua amarrada. A parte de cima de sua roupa era lisa, e ela estava usando uma anágua completa e justa, sem decote.

Luiza avançou e ele nem se moveu. Ela bateu no braço dele com o bastão e se afastou rapidamente.

— Será possível que nunca viu pernas descobertas?

Ele levantou a sobrancelha direita e ela pensou bem na situação. Não, o conde não via pernas descobertas. Nunca. A visão de pernas nuas de uma mulher de pé e se movendo à frente dele provavelmente era inédita fora do contexto sexual. Afinal, na cama, ele a via nua e devia ter visto mais algumas mulheres. Mas Luiza já havia descoberto que todo mundo naquela época era estranho. Era como se as intimidades acontecessem em um plano diferente do dia a dia. Tudo bem ficar nu para dormir, mas andar por aí mostrando qualquer coisa que não devia era impensável. Como lá no tempo dela havia praias e pessoas praticamente nuas para todo lado, sua experiência não podia nem ser comparada à do conde nesse aspecto. Ah, como ela gostaria de caçoar disso.

— Recentemente? — Ele desviou o olhar, como se precisasse pensar.

— Tudo bem, foi uma pergunta estúpida. — Ela gostava da confusão que ele demonstrava e não conseguiu conter outra provocação. — Gosta do que vê?

— Está usando um daqueles paninhos que você tem para cobrir as partes íntimas?

— Não são paninhos, Jordan! — respondeu ela, revoltada por seu árduo trabalho para inventar um maldito projeto de calcinha e sutiã que, na verdade, mais pareciam biquínis, porque eram mesmo panos de amarrar. — E sim, estou bem coberta.

— Que droga, agora vou ficar imaginando.

— Fique em guarda! — mandou, ameaçando com o bastão, e ele se esquivou dessa vez.

— Você está me desconcentrando — ele avisou.

Ela tentou atacá-lo novamente, obviamente fazendo tudo errado, nada de posição de defesa ou de ataque.

— Pare de pular — instruiu, porque, como olhava suas pernas, sabia muito bem o que seus pés estavam fazendo. — Não pode atacar pulando, fica sem base, sem equilíbrio.

— Então você está prestando atenção! Mas não está em guarda!

Ele se esquivou novamente e deixou a espada na mesa, pegando um bastão.

— Estou um bocado em guarda por aqui, milady. Mais do que isso vai ser um problema.

Ela estreitou os olhos para ele e levantou o bastão.

— Dessa vez, eu não vou errar essa sua cabeça loira! — Ela tentou acertá-lo.

Ele a atacou com um golpe simples e ela levantou o bastão com as duas mãos, se defendendo. Jordan gostou de ver como ela aprendia rápido e tinha bons movimentos também. Ele insistiu e ela seguia pulando para se defender.

— Pare de pular!

— Você é muito alto, isso não vale! Seus golpes vêm por cima!

— Estão no mesmo nível.

— Mentira! — Ela bateu no bastão dele.

O conde rodou a arma de madeira que ele usava, passando por baixo da dela e tirando-a de suas mãos. Quando fez isso, avançou em sua direção. Luiza estava no ar quando ele atacou, seu passo para trás foi desajeitado e ela cambaleou. Jordan a pegou, passando um braço em volta dela e tirando-a do chão. Ela estava ofegante em seus braços e se moveu, tentando se soltar, esquecendo que nem tinha mais com o que bater nele.

— O que eu lhe disse? — perguntou ele.

— Para não pular.

— Não, disse que me desconcentrou.

— Também!

Ele foi carregando-a pelo cômodo daquele jeito, com um braço a mantendo no ar e apoiando no seu corpo, segurando o bastão na outra mão, até que largou a arma perto da lareira.

— E que agora estava condenado a ficar imaginando. — Jordan colocou-a no chão e virou-a de frente para ele.

— O que me disse outro dia quando falava de armas? — perguntou ela, dando um passo para perto da lareira.

— Não sei, já lhe disse coisas demais.

Luiza se afastou dele rapidamente e pegou o bastão que ele havia soltado, virando em sua direção e o ameaçando.

— Para jamais soltar a arma perto de um inimigo vivo! Livre-se dessa agora, milorde!

Jordan levantou as mãos e permaneceu no mesmo lugar, mas seu olhar sobre ela era divertido.

— Estou desarmado, sem condições de me defender.

— Não pense que terei pena! — Ela acertou a barriga dele com a ponta redonda do bastão.

Jordan se inclinou e colocou a mão sobre o lugar onde ela batera, mas deu um pulo para trás, evitando ser acertado novamente. Luiza estreitou os olhos e seguiu tentando acertá-lo. Sem o vestido, ela era muito mais ágil. Mas ele também era irritante e se esquivava o tempo todo, mantendo o olhar bem atento nos movimentos dela.

— Está indo bem! — disse ele, abaixando-se e evitando um golpe na cabeça.

Eles rodaram sobre o tapete grande que havia à frente da lareira, enrugando-o e tirando-o do lugar. Luiza só pulou uma vez para evitar uma dobra, que a derrubaria. Tentou aproveitar que ele havia aberto a guarda e acertá-lo no abdômen. O conde pegou o bastão bem a tempo e puxou-o com força, passando-o do lado de seu corpo. Como ela não era do tipo que soltava, e Jordan sabia disso, veio junto e bateu contra ele, imediatamente se agarrando aos seus ombros e se deixando ficar ali.

— Você não joga limpo, Devan — ela disse mais baixo, com os braços em volta dele.

— Com você lutando nua? Não. — Jordan jogou o bastão para longe e passou os braços em volta dela.

— Você conhece a palavra seminua?

Ele a inclinou para trás e colocou a mão entre seus seios, passando o olhar lentamente por ela.

— Você sabe que essa anágua é transparente, não sabe? Linho fino...

— A mão dele deslizou para o lado, capturando seu seio e o manuseando lentamente. Ele podia ver os mamilos dela através do tecido e mais agora que eles estavam pontudos e chamativos.

— Desde o início — ela falou, sua voz num tom bem mais doce.

— Você não joga limpo, Elene.

— Sabia que ainda está armado? — ela perguntou, sua mão se fechando em volta do cabo da adaga presa ao cinto dele.

Jordan moveu-se rapidamente e deitou-a no tapete, prendendo-a com seu corpo. Sua mão estava sobre o antebraço dela, mantendo-o acima de sua cabeça, e ela segurava a adaga.

— Como é trabalhoso ter uma esposa perigosa — murmurou o conde, com o rosto enfiado na dobra de seu pescoço, os lábios deixando uma trilha de beijos.

Ela adorava a atenção, então virou a cabeça para que ele pudesse beijar o outro lado também e, com a mão livre, acariciou suas costas.

— Solte o meu braço — pediu ela, querendo se mover mais.

— Solte a adaga.

— Já soltei.

Ele liberou seu braço e ela o abraçou, beijando-o com força, seus lábios pressionando os dele. Jordan se virou de lado, tirando o peso de cima dela, e Luiza aproveitou para passar uma perna por cima dele e dominar a situação.

— Não me diga que achou que eu o ameaçaria com a adaga. — Ela apoiava as mãos no peito dele.

— Você é tão imprevisível... — Ele aproveitou que a tinha por cima e ao alcance de suas mãos e voltou a acariciá-la.

— Sou extremamente previsível, só vivo para o seu prazer.

O conde gargalhou, sua cabeça descansou sobre o tapete e ele soltou uma longa e espontânea gargalhada.

— Menos de dois meses de casamento e você já está caçoando das minhas boas intenções! — ela acusou, dando um soquinho no peito dele.

— Você precisa de péssimas intenções para viver pelo meu prazer. — O conde se sentou, deixando-a sobre suas coxas. Achou a barra da anágua dela e foi enfiando as mãos por baixo até encontrar seus seios e segurá-los. Ele deixou que suas mãos os cobrissem e os massageassem, até seus dedos capturarem os mamilos excitados.

Agora foi ela quem pendeu a cabeça, mas demonstrando gostar muito do toque.

— Então condes dessa época também dão rapidinhas...

Jordan queria vê-la, era uma das partes que ele mais gostava, então levantou a barra da anágua e a retirou pela cabeça dela.

— Dão o quê? — Ele franziu rapidamente o cenho.

— Rapidinhas. — Ela soltou a túnica dele e depois os cordões de sua camisa.

— E isso seria... — Jordan já estava adorando aqueles paninhos dela, que soltavam fácil.

— Sexo rápido.

Ele ajeitou os quadris dela por cima dos seus e beijou o meio dos seus seios, provocando-a antes de ir para os mamilos rijos.

— E quem disse que vai ser rápido, milady? — Ele ergueu uma sobrancelha com o sorriso mais sacana que ela já vira em sua face.

— Estamos no tapete de sua sala, no meio do dia...

— E em frente a uma lareira. — Ele foi beijando até capturar o mamilo esquerdo entre os lábios e arrancar um gemido dela. — Corpos quentes, Elene... corpos muito quentes.

— No meio do dia... Não te deixam em paz... — ela murmurou entre um gemido e outro.

— Tranquei a porta. — Ele a derrubou sobre o tapete e arrancou a camisa antes de acompanhá-la.

Duas horas depois, o conde abriu a porta e encontrou uma fila de pessoas esperando para uma audiência com ele. Aaron vigiava o corredor e fazia cara de paisagem. O conde levou a mão ao ombro. Escondido sob duas camadas de roupas, estava repleto de mordidas, porque sua esposa precisava de algum escape para não gemer alto. Quando Luiza chegou à porta, estacou ao ver a fila para audiência com o conde.

— Então, milady, retomaremos nossas lições amanhã. Estou muito orgulhoso de seu desenvolvimento — disse Jordan, com a cara mais cínica do mundo.

— Sim, milorde. Amanhã, virei devidamente trajada para a ocasião e espero toda a sua atenção — ela respondeu, parecendo uma dama calma e dedicada.

— Tudo para o seu contentamento. — Ele fez uma mesura e ela se retirou com as mãos juntas à frente do colo enquanto recebia olhares de aprovação.

Aaron era o único escondendo a diversão e preferindo olhar para cima.

CAPÍTULO 23

Um mês depois, era início de tarde quando Luiza entrou na cozinha e todos estavam ocupados com o jantar. Ela nunca os atrapalhava e tentava ir em horários mais livres. Mas, hoje, as coisas atrasaram. Serviriam carne de veado e sopa de vitela. E ela deu de cara com aquele pobre animal sendo cortado por duas pessoas que tiravam tudo de dentro e colocavam para o lado com a maior naturalidade. Mas não era só a sensibilidade dela que estava afetada — apenas virar o rosto e sair já bastaria. Mas ela exultou e soltou um som agudo, então correu para o pátio, onde depositou todo o conteúdo de seu estômago. Betia quase teve um troço, como sempre. Erin ficou aparvalhada, não sabia para que lado ir nem o que fazer para ajudar. Joan mandava todos continuarem seu trabalho enquanto espiava pela janela.

— Mas que história é essa? O pajem foi até a vila me dizer que Elene está se esvaindo! — O conde foi atravessando o salão rapidamente.

Betia deu um tabefe na cabeça do garoto, acusando-o de sequer saber dar um recado.

— Não é nada disso, milorde! — Ela precisava correr para conseguir acompanhá-lo, pois suas pernas eram curtinhas e grossas.

— Imagino que não, ou você não estaria no salão fingindo estar ocupada enquanto, na verdade, me esperava — ele comentou quando chegou ao topo da escadaria muito antes dela.

— Eu estava arrumando as mesas. — Ela correu, tentando alcançá-lo.

O conde resolveu não perguntar por que Betia continuava seguindo-o. Ele entrou no seu quarto e não encontrou a esposa, então atravessou o corredor e a achou em sua antiga cama. Mas eles viviam no mesmo quarto agora. O dela estava lá apenas para servir como espaço particular e guardar itens femininos que começavam a aumentar cada vez mais.

— Por que vocês estão aqui? Há algo de errado com o outro quarto? — ele indagou, estranhando que Erin estivesse lá, apenas olhando. E Lavine, volumosa e pesada, sentava-se na ponta da cama, ostentando a barriga de cinco meses de gestação.

— Milady disse que o cheiro da macieira na lareira do outro quarto a estava enjoando — explicou Erin, contente em ser útil.

Lavine riu e o conde franziu a testa.

— Você está doente? — ele perguntou à esposa, aproximando-se mais da cama onde ela estava sentada, recostada contra um travesseiro.

— Milorde! Não se pergunta a uma dama no estado dela se está doente. É descortês — ralhou Lavine, com sua pose de dama da corte.

Jordan levantou as sobrancelhas e já ia dizer: *Mas é uma pergunta óbvia.* Então, ele se lembrou de Betia o seguindo, o pajem dizendo que sua esposa colocara tudo para fora no pátio e estava se esvaindo. Lavine, pesada como estava, subira a escadaria e estava em seu quarto. Foi o comportamento das pessoas que lhe deu a pista.

— Acho que meu mal é um pouco diferente... — disse Luiza, nem um pouco segura disso. Não sabia absolutamente nada sobre estar grávida, nem ela e muito menos Elene. Simplesmente havia sido informada de sua situação por Délia, Lavine e uma quase histérica Betia. Se estivesse em seu tempo, iria correndo à farmácia comprar uns três testes de gravidez. Mas ali só podia confiar na "experiência" daquelas mulheres.

— Hidromel... Eu disse que faria efeito — Betia se pronunciou, desistindo de tentar ficar escondida ali na porta.

Mas, ao contrário do que se esperava, o conde ficou tenso. Deu para perceber quando os músculos de seu rosto tensionaram e suas costas ficaram rígidas. Ele tentou logo disfarçar, sorriu e perguntou se Elene tinha certeza. As três mulheres no quarto confirmaram rapidamente antes que ela sorrisse sem graça e dissesse que acreditava no que elas diziam. Luiza mal sabia os sintomas da gravidez. E agora Elene estava esperando um bebê! Isso era totalmente atípico.

Poucos minutos depois, Morey apareceu para buscar Lavine e ficou sabendo da ótima notícia. Em minutos, o castelo todo sabia e dava para apostar em quanto tempo todos num raio de quilômetros iam saber das boas-novas. Luiza nunca imaginou que as pessoas naquela época podiam ser tão fofoqueiras. Ou será que era privilégio do povo de Havenford?

Quando ficaram sozinhos, Jordan beijou-lhe a mão e sorriu para ela, que também não parecia tranquila com a notícia. Era óbvio que ele sabia que isso aconteceria, dormiam juntos diariamente, não tentavam evitar nada e sempre que podiam estavam novamente juntos. Não deveria ser uma surpresa. Mesmo assim, ele mudou. Daquele momento em diante, Luiza simplesmente notou a mudança nele. Estava preocupado, quase não saía do castelo. Não a sufocava, mas sempre sabia o que ela estava fazendo e como estava se sentindo. E vivia escrevendo, provavelmente colocando para fora o que sentia, já que se recusava a dizer. Não havia um dia que ela não o visse com os dedos manchados de tinta.

> É novamente época de colheita nos campos de Haverford, as pessoas trabalham do amanhecer ao entardecer. Aos poucos, os campos altos de cereais desaparecem, deixando apenas o espaço onde outra colheita será semeada. Mas, ao olhar daqui e não observar mais o trigo tremulando com o vento e colorindo minhas terras de dourado, sinto certo vazio. Toda colheita é assim.
>
> O povo está alegre e otimista para enfrentar o próximo inverno com alimento suficiente. Parece que será um bom ano. Tenho esperanças. Não sei realmente o que posso prometer ou a quem. Também não sei quem pode apontar meus erros, senão Deus, que importuno constantemente com meus pedidos. Não faz sentido que meus campos tenham voltado a exultar de vida se o mesmo benefício não for estendido à minha casa. Não sei o que esperar, porém creio não suportar outra...

Luiza teve de convencê-lo de que podiam continuar a vida conjugal e que ele não a machucaria quando fizessem amor. Ela não podia nem argumentar sobre os estudos da medicina, porque, naquela época, muitos achavam que era até pecado fazer sexo durante a gravidez. E, para piorar, o conde nunca havia tido relações com uma mulher que esperava um bebê. Ao menos, que ele soubesse.

Depois que Tylda confirmava a gravidez, eles não se tocavam mais e, depois da última perda, nem tentaram. Mesmo com todos os cuidados, sua primeira esposa perdeu o bebê. Seus filhos nunca nasciam saudáveis, além de Tylda sofrer muito durante os partos. Por isso, foi bem difícil para Luiza convencê-lo de que não estaria machucando nem ela e, muito menos, o bebê.

— Pare de se preocupar. Nada vai me acontecer. — Luiza abraçou Jordan e recostou a cabeça contra seu ombro.

— Eu sei, não vai... — respondeu ele, passando o braço em volta dela. Mas não tinha a menor certeza disso. Tocou o lado da barriga dela, que agora já estava dilatando-se e ficando cada vez mais redonda. Estava crescendo a olhos vistos e rapidamente. As costureiras corriam com os vestidos para a gravidez, porque já estava quente para ela continuar usando as sobrevestes como substitutas.

— Não seja tímido. — Ela segurou a mão dele e a colocou bem em cima de sua barriga. — Se ainda estiver com essa ideia tola de que pode me machucar, eu vou bater em você! — Ela ficou com a mão sobre a dele, sentindo a quentura confortável sobre a pele. — O bebê gosta disso. Sabia que eles podem sentir, mesmo quando ainda estão dentro da barriga da mãe? — Lá estava ela lhe falando coisas que descobrira lendo revistas do século 21.

— Não, não sabia... — Ele acabou sorrindo, sentindo o movimento embaixo de sua palma. Nunca sabia de onde Elene tirava tanta informação. Às vezes, ela o bombardeava com coisas desse tipo. Como a maioria era "coisas de mulher", Jordan achava que era normal ele não saber.

— Viu? Ele gosta de você.

— Não sabia que alguém, além da mãe, podia sentir a criança se movimentar — comentou o conde, que nunca havia colocado a mão sobre a barriga de uma mulher grávida. Ele vira Tylda grávida bem de perto, mas era como se não tivessem exatamente intimidade para isso. Era difícil para ele explicar sua relação com a prima, e ainda bem que Elene não perguntava.

— Vivendo e aprendendo, milorde. Agora, mantenha a mão aí, nós adoraremos dormir assim. — Ela fechou os olhos e se aconchegou melhor a ele.

Estava começando a ficar com aquele problema de não achar uma boa posição, e o conde ajudava muito nessas horas. Ele gostava de ficar perto dela. No fundo, Jordan sabia que, se algo de ruim tivesse de acontecer, não poderia impedir. Mesmo assim, preferia ficar. Poderia, ao menos, fingir que sua presença ali evitaria algum mal. Isso ajudava a aliviar sua preocupação.

Foi no meio do outono que finalmente nasceu o primeiro herdeiro dos Warrington. O castelo estava repleto de presentes. Até os menos afortunados deram um jeito de enviar algum agrado para a lady e o bebê. Nem que fosse o mais simples possível, como rosas silvestres colhidas no campo.

Naquela tarde do outubro de 1424, lady Elene Warrington, condessa de Havenford, entrou em trabalho de parto. Luiza tinha ciência de que todos os documentos que havia lido em 2012 agora estavam com uma história completamente diferente neles. Afinal, antes de tudo isso, Elene havia morrido em 1423 e, no entanto, agora ela estava viva e dando à luz a outra vida.

Antes, o conde estaria ainda sozinho, amargando a tristeza de achar ter cometido o erro que matou tanta gente em seu castelo. Mas, nesse momento, ninguém fora assassinado ali. E Jordan estava apreensivo e sombrio enquanto via sua esposa gritar de dor e lutar para pôr o bebê para fora. Ele fechou os olhos, incapaz de olhar, mesmo que os gritos dela entrassem estridentes por seu ouvido.

No fundo, sabia que eram gritos diferentes dos que ouvira há anos. Ela não estava em agonia. Quando gritava por uma contração, empurrava com mais força e mais determinação. E ele não fazia ideia do tamanho da determinação dela para trazer seu filho no mundo, vê-lo crescer saudável e, junto com isso, sairia revigorada desse nascimento. Não ia ficar jogada em uma cama por semanas, nada disso. Ela ia continuar mudando aquela história.

— Parabéns, milady! Milorde! É um menino! — Délia disse, eufórica, quando retirou a pequena criaturinha, coberta de sangue e chorando a plenos pulmões.

Jordan abriu os olhos e soltou o ar. De onde estava, ao lado da cabeceira, viu a mulher passando o bebê para Betia, que foi limpá-lo. Luiza continuava apertando sua mão com muita força.

— Você está bem? — indagou ele, tocando a testa da esposa com a outra mão.

Luiza apenas negou com a cabeça, apertou mais a mão dele e com a outra segurou com força no lençol que estava por baixo de seu corpo. Ela voltou a ofegar e trincou os dentes.

— Milorde. — Délia estava de volta ao seu lugar. — Eu... Eu não creio que a lady tenha terminado...

— Como, Délia? — ele perguntou, olhando a mulher e realmente achando que ouvira errado.

— Empurre mais, milady — instruiu a mulher.

Assombrado, o conde viu a esposa gritar e fazer um último esforço enquanto Délia retirava outro bebê. Este levou alguns segundos para começar a chorar, como se tivesse demorado a notar que já estava do lado de fora, mas, assim que foi virado no ar, seus gritos começaram.

— Não é possível... — murmurou ele.

Luiza sorriu, finalmente soltando a mão dele. Foi um sorriso cansado e ela manteve os olhos fechados. Mentalmente, dizia a Elene que ela era muito forte, afinal, seu corpo aguentara corajosamente aqueles dois belos bebês. Pareciam ratinhos minúsculos, mas, para ela, a mãe, eram dois lindos garotões.

— Eu lhe disse que essa barriga tinha crescido demais, Betia! — exclamou Délia, passando o segundo bebê para Joan ir limpá-lo, virando-se para terminar seu trabalho e então começar a limpeza. — Você não quis acreditar! Mas eu mantive o tratamento da lady para receber dois! — disse Délia, falando orgulhosamente de seus chás fortalecedores.

— Eu não queria incentivá-la para você não contar sua suspeita a milorde, pois ele ficaria ainda mais preocupado! — Betia estava embasbacada. Ela levou alguns segundos para acreditar que havia dois bebês naquele quarto.

Antes que Jordan pudesse protestar e começar a ameaçar cortar as cabeças das duas por terem escondido algo tão importante, Joan rapidamente levou o primeiro bebê para eles.

— São dois meninos, milady. Dois! — exclamou Joan, sem conter a emoção.

Pouco depois, os dois herdeiros dos Warrington estavam nos braços da mãe. Ela aguentou por alguns minutos, mas se rendeu ao cansaço. Passou os dois para o pai e adormeceu. Jordan ficou sinceramente sem saber o que fazer. Estava imóvel, com um bebê em cada braço, sem saber para qual olhar, apenas alternando. Se alguém perguntasse depois, ele iria dizer que não fazia ideia do que se passava em sua cabeça. Estava eufórico, não acreditava no que via. Eram dois meninos, muito pequenos em seus braços, ambos ainda encolhidos e com os olhos fechados. Cada um estava envolvido em uma manta de lã bordada pela melhor costureira de Havenford.

    O conde sentiu que seus olhos ardiam pelas lágrimas que ele tentava conter, mas eram de felicidade. Agora, começava outro estágio penoso para ele. Será que seus filhos sobreviveriam? Não seria a primeira, mas a quinta vez que ele poderia ver um filho morrer, só que dessa vez seriam dois. Ele passou as duas crianças para Betia e Joan, deixou o quarto e foi rapidamente até a capela no alto de uma torre do castelo. Ajoelhou e pediu que Deus fosse misericordioso e poupasse seus filhos. Não era a primeira vez que lhe pedia isso, mas precisava ter fé que dessa vez seria atendido. Pediu também pela plena recuperação de sua esposa, afinal, quantas vezes recebera notícias de que esposas de seus conhecidos não haviam resistido após o parto?

Escrevi que minha esposa estava muito perto de dar à luz ao nosso bebê. Eu estava preocupado e não conseguia pregar os olhos. Mas fui surpreendido esta tarde, pois Elene deu à luz a dois meninos. Posso dizer que estou surpreso como jamais estive na vida e tão feliz que estou procurando outra palavra para descrever a sensação. Felicidade está começando a se tornar um termo repetitivo e precário. E, por fim, confesso estar assustado. Rezo por meus filhos, para que eles tenham a chance de viver muito mais do que alguns meses. E sei que Elene é forte e estará de pé antes que eu consiga impedi-la.

    Nas semanas seguintes, a rotina do conde se resumiu a ficar ao lado da esposa e impedir que ela exagerasse. Sabia que Elene era muito ativa e queria ter certeza de que ela estava recuperada antes de poder deixar seus aposentos. E havia os bebês. Jordan não conseguia deixá-los. Já havia parado de checar sua respiração, mas aquela ruga de preocupação só deixava sua testa quando algo o fazia sorrir. Ainda bem que ultimamente os motivos eram muitos.

— Pois é, milady, além da alcunha de feiticeira, ainda me presenteia com gêmeos — disse o conde, olhando para um de seus filhos.

Os gêmeos pareciam idênticos, a não ser por um detalhe: a cor dos olhos. O mais velho, que nasceu dois minutos antes, foi chamado de Haydan e tinha olhos verdes e idênticos aos da mãe. Já Christian, o mais novo, tinha os olhos cinza-azulados do pai. Começavam a ter uma sombra de cabelo naquelas cabecinhas delicadas e pequenas e parecia que ao menos de início viria algo de cor clara, do tipo loiríssimo como o pai.

— Não vou me desculpar por mais essa! E minha mãe e minha tia eram gêmeas. O que posso fazer? — Ela sorriu e fechou os olhos, deixando o sol fraco continuar a iluminá-la enquanto amamentava Haydan.

Apesar de algumas pessoas ainda terem medo de gêmeos, ali em Havenford, eles só tinham um significado: benção. Era muita ignorância achar que bebês idênticos significavam pacto com o diabo ou que traziam mau presságio e era preciso livrar-se de um deles. Para o conde e a esposa, o fato era muito engraçado. Afinal, desde o início, ele tinha dito que Elene era uma feiticeira e, então, ela lhe deu gêmeos. Era quase uma prova. Mais uma coisa para rirem em suas conversas à frente da lareira.

Depois de receber tantas cartas avisando da chegada de mais um filho e sempre responder felicitando os pais e providenciando um presente, o conde ficou sem saber o que dizer agora que era sua vez de dar o aviso.

Ao lorde de Driffield Hall,

É com extrema felicidade que lhe informo o nascimento de meus dois filhos. Elene e eu fomos abençoados com dois meninos sadios. Eles se chamam Haydan e Christian.

Espero que, em breve, possa nos visitar para que nossos filhos se conheçam. Tenho certeza de que crescerão juntos nessas terras.

Havenford

Aos poucos, o medo de Jordan foi cedendo, já que as crianças não davam a menor indicação de que eram doentes. Cresciam e ficavam cada vez mais fortes. Elene se recuperara bem e já podia sair do castelo. Mas o clima estava esfriando e, em dois meses, estavam novamente no inverno. Os gêmeos só teriam alguma chance de deixar a proteção do castelo quando o clima esquentasse.

— Devan, quero voltar para o nosso quarto — disse Luiza, num dos vários momentos do dia em que o conde vinha ficar com ela.

Ele parou antes de se aproximar de um dos berços.

— Mas, Elene, eu nunca disse que...

— Você disse que era melhor eu me recuperar aqui.

— Achei que seria melhor para você. Assim, não precisaria ficar andando até os bebês. Délia disse o mesmo sobre andar muito e...

— Era — disse ela, negando com a cabeça levemente.

Jordan sorriu levemente.

— Eu acho coisas demais, não é? — ele admitiu.

Ela apenas assentiu com olhar de reprovação e cruzou os braços para ajudar na encenação. Ela simplesmente queria o marido de volta, agora que estava plenamente recuperada, e ele parara de achar que a machucaria ou que ela morreria. Sinceramente, onde estava a ultrassonografia, teste do pezinho e outras milhões de ferramentas para as mães? Aquele tempo era cruel.

— Venha aqui — ele pediu, abrindo os braços e recebendo-a entre eles. O conde abraçou-a apertado e beijou sua cabeça. Luiza levantou bem a face para que ele a beijasse nos lábios. — Era terrível ficar sozinho lá.

— Mas você não ficava. De noite, vinha para cá olhar os bebês e se deitava ao meu lado.

— Está vendo como era terrível? Sequer aguentei. — Ele abriu um sorriso enorme como se estivesse precisando convencê-la de que falava sério.

— Nem eu. Mas você fugia logo antes do amanhecer... — Ela fingia que não estava acreditando muito nele e continuava a fazer uma expressão de reprovação. — Acho bom ter exercitado muito bem sua imaginação, para que eu possa pensar em perdoá-lo por tamanha falta.

— Eu exercitei. Diariamente. — Ele falava sério.

Eles ficaram se comunicando apenas pelo olhar por alguns segundos e chegaram a um acordo. Jordan passou o braço por baixo das pernas dela e pegou-a no colo. Olhou as crianças dormindo e atravessou o corredor correndo, carregando-a de volta para o quarto deles.

Foi em março, com a chegada da primavera, que, aos cinco meses, Haydan e Christian conheceram o exterior de Havenford. Eram pequenos e não entendiam nada, mas ninguém além das pessoas mais chegadas vira os gêmeos. Todas as pessoas do pátio externo correram para dar uma olhada, mesmo que de longe, e depois saíram espalhando pela cidade ao pé do castelo. Afinal, era verdade, o conde tinha mesmo dois filhos.

— É um milagre — sussurrou a velha tecelã para todos na cidade que se esticavam para ouvi-la descrever em detalhes os dois bebês. — Eles são idênticos, eu vi. Com cabelo de trigo dourado como o pai.

Pouco depois, o castelo recebeu novamente seus convidados. Dessa vez, para o batizado dos gêmeos, pois Jordan havia preferido esperar mais. Não contava a ninguém, mas à noite ele sempre ia olhar os dois filhos. Afinal, seu segundo filho havia morrido assim, adormeceu e nunca mais acordou. Mas, quando constatava que os dois estavam muito vivos, ajeitava suas cobertas e ficava lá por mais alguns minutos, sem coragem de parar de olhar para aqueles rostinhos serenos.

Mas, na cerimônia de batizado, ele apenas sorria enquanto olhava para os dois pequeninos gorduchos que o padre abençoava. Haveria uma festa, mas com certeza os bebês não ficariam presentes o tempo inteiro. O berçário estava repleto de presentes. Não houve um nobre na região que não enviasse um agrado e até alguns que ele não esperava, inclusive o duque de Gloucester, que mandou um mensageiro levar seu presente e suas felicitações. Junto com uma carta, dizendo para o conde levar um pouco de sua felicidade à corte, pois estavam precisando.

Para quem sabia lidar com o homem, entenderia que, nas entrelinhas, ele expressava seu desejo de conhecer a esposa de um de seus mais importantes cavaleiros, que, inclusive, vivia longe demais da influência da corte.

Em 1425, Luiza ficou se lembrando dos escritos de Jordan que leu antes de ir parar em Havenford. Naquele ano, o conde estava conformado e vazio, mas suas palavras jamais ficaram melancólicas ou dramáticas. Para entendê-lo, era preciso não só ler, mas interpretar as particularidades e os sinais que escapavam em uma ou duas palavras perdidas entre frases pragmáticas e tão disfarçadamente desesperançadas.

    Agora, pelos olhos de Elene, podia constatar o contrário. Ele nunca havia sido tão feliz e completo. Curiosa, havia entrado escondido naquela biblioteca que ela conhecia tão bem e lido um pedaço das anotações dele, só para constatar a diferença. Mas, como presente, deixou-lhe uma carta que ele encontraria do mesmo jeito misterioso que chegaram as outras que iniciaram toda essa história.

    Meu amado lorde,

    Gostaria de informá-lo que não concordo com o que anda escrevendo. Quem lhe disse que tenho o dom da rebeldia e que Haydan herdou isso de mim? E de onde milorde tirou a ideia absurda de que Christian é mais quieto e, por isso, o estou estimulando a travessuras propositalmente?

    Saiba que andei lendo uma página de suas anotações, assim como fiz há um tempo. Há exatamente dois anos. Foi quando lhe enviei a primeira carta, lembra-se? Sei que sim, afinal, eu também sei onde ainda as guarda.

    Bem, milorde, em dois anos, tivemos muitas realizações. Posso considerar nossa união um verdadeiro sucesso. E, antes que peça, estou escrevendo da sua mesa, e meus olhos ainda são verdes. Mas preciso lhe informar algo que deveria ter mencionado naquela carta, há dois anos: meus cabelos são vermelhos. Isso representa algum problema para milorde? Como respeito demasiadamente o meu suserano, não revelarei a ninguém que tem medo de feiticeiras da floresta.

    Não quero tomar muito o seu tempo, mas teria por acaso um

quarto com uma grande lareira para disponibilizar a uma dama desamparada? E, por favor, não me prometa corpos quentes. Sei que fantasias deixaram de ser suficientes há muito tempo, por isso procuramos realizar todas elas. Mas creio, milorde, que esquecemos uma. Por isso, lhe provarei a extensão de meus poderes. Sei exatamente quando encontrará minha carta. Assim como sei que vai entender qual fantasia está faltando. E espero, milorde, que meus poderes sejam fortes o bastante para guiá-lo até onde estou lhe esperando com algo muito doce.

Com amor,

E.M. — Não mais, milorde. E. W. — Elene Warrington, condessa de Havenford.

 Jordan não pensou que ela se lembraria. Afinal, há um ano, isso passou completamente despercebido a ambos. Mas tamanha foi sua surpresa ao encontrar a carta exatamente no mesmo lugar que encontrava antes, quando E.M. era apenas uma fantasia que ele procurava desvendar. Ao terminar, ele se levantou com um sorriso e deixou o castelo.
 Com a carta na mão, o conde avançou pelo meio das árvores frutíferas até que a encontrou. Ela estava parada bem embaixo de uma delas, aguardando calmamente e usando os cabelos vermelhos soltos, de modo que era bem notável, especialmente com a iluminação natural do dia. Ao seu lado, havia uma cesta repleta de frutas, assim como a árvore que ela escolhera para esperar estava carregada, pronta para ser colhida. Ele abriu um grande sorriso e rumou em sua direção, até que parou à sua frente.
 — Então, milorde, está convencido de meus poderes? — Ela tentava não abrir um sorriso tão grande quanto o dele, apenas para poder terminar sua brincadeira.
 — Creio que milady também tem a habilidade de ver sonhos, pois há dois anos eu sonhava todas as noites que a encontraria entre a minha plantação de

árvores, roubando as frutas que mencionava nas cartas.

— Hum... Então era um poder desconhecido. — Ela ficou olhando-o. — Escolha de onde quer sua fruta, milorde.

Ele olhou a cesta e depois as árvores.

— Direto do pé, como sempre imaginei.

Ela assentiu e subiu numa espécie de banco que os camponeses usavam para colher as frutas, pegou uma maçã e levou para ele. Antes de lhe dar, limpou em seu vestido e então lhe ofereceu.

— Morda.

Jordan pegou a maçã e deu uma bela mordida, mastigando por alguns segundos. Ela sequer o olhava com expectativa, parecia que realmente tinha certeza de que escolhera a fruta certa.

— Doce como mel — ele disse e só então ela deixou aquele sorriso enorme aflorar.

— Eu lhe disse, milorde. — Ela pegou a fruta de volta e deu uma grande mordida, chegando a fechar os olhos enquanto mastigava a fruta suculenta e doce.

Jordan soltou o ar numa espécie de suspiro jubiloso e se aproximou dela. Ele olhava-a comer a fruta como se fosse a primeira vez que a via. Tão encantando quanto ficaria se a fantasia de encontrá-la ali tivesse se tornado realidade há dois anos.

— Eu jamais duvidei. — Pausou. — Mas, em meus sonhos, assim que finalmente a encontrava, eu a beijava.

— E como me achou? Não estou no mesmo lugar que nos seus sonhos.

— Ora, milady. Sabe como: seu grande poder me trouxe. — Riu brevemente, sendo acompanhado por ela. — Agora, deixe-me realizar o sonho antes que eu acorde.

Ela se deixou beijar bem ali, entre as árvores e as frutas. Ignoravam a possibilidade de alguém ver — não importava mais. Para eles, só aquilo era certo — felicidade não era mais uma possibilidade, era um dever que seguiam à risca. E o povo de Havenford aprenderia a se acostumar com isso rapidamente. Provavelmente, mais rápido do que eles.

Mas, no ano novo, as coisas mudaram um pouco para Luiza, que se dividiu entre a felicidade de ver os dois filhos andando pelo salão do castelo e a preocupação por ter chegado a 1426. Às vezes, parecia que estava assistindo a um sonho, como se alguém tivesse permitido que participasse das memórias mais felizes de sua própria vida, que, na verdade, não era sua. Elene estava agora com vinte e dois anos, e seus filhos tinham um ano e dois meses. O conde completaria trinta e dois anos em cerca de três meses. E era isso que estava tirando o sono de Luiza.

Afinal, quanto daquela história ela realmente havia mudado? E, se não tivesse sido suficiente, o que mais ela poderia fazer? Era difícil esconder o desespero que começava a se apossar dela a cada dia que passava. Quanto mais perto do aniversário de Jordan, mais atormentada ela ficava. E o pior é que precisava sofrer sozinha, em silêncio e sorrindo, pois, se o marido notasse, o que ela lhe diria?

Quando começou a dormir mal, ele insistiu em saber o que estava lhe incomodando. Ela precisou mentir, disse não saber e alegou estar apenas com problemas para dormir e nada mais. No dia seguinte, pediu a Délia para fazer algo que lhe induzisse o sono. Mesmo sem entender, a mulher preparou uma espécie de chá para lhe ajudar a dormir.

Mas não deu certo, pois, às vezes, funcionava tão bem que ela acordava tarde demais e, certa noite, quando Jordan a procurou para fazer amor, ela estava tão profundamente adormecida que nada a acordou. Ele ficou desesperado com a possibilidade de perdê-la, achou que estava desmaiada e muito doente. Então, chamou Délia, que acabou lhe contando sobre o pedido da condessa. Agora, ele achava que ela estava realmente doente, e mandou até chamar um médico de Londres.

CAPÍTULO 24

Para acabar com os nervos de Luiza, que já estavam em frangalhos, o castelo recebeu visitas para o aniversário do conde. A família dele. Bem, o outro lado da família, que, no último ano, havia procurado uma aproximação, já que agora não poderiam mesmo jogar nenhuma outra prima para cima dele. E é claro que eles deviam estar informados que Havenford estava plenamente nos eixos e rendendo mais do que nunca. Foi um golpe muito forte no autocontrole da condessa, pois Luiza havia lido nas anotações do conde que, antes de sua morte, ele havia recebido a visita de parentes. Então, esse fato permanecia igual.

— Vejam só quem nós encontramos — disse Jordan, entrando na biblioteca com um filho em cada braço.

— Mamãe! — exclamou Christian e, assim que se aproximaram, ele pulou do colo do pai para o dela.

Haydan tinha uma natureza menos expansiva, porém, mais rebelde. Parecia até que já entendia que era o mais velho e um dia iria ser o conde de Havenford. Mas, obviamente, ele não fazia ideia do que era isso. Esperou o irmão terminar de se agarrar ao pescoço da mãe e estendeu os braços para ser apanhado por ela.

— Eles estavam à sua procura — revelou Jordan.

— É mesmo? — Ela apertou os dois num abraço afetuoso. — Tenho que aproveitar enquanto sou sua dama favorita. Um dia, não serei mais — brincou.

O conde riu, observando os três.

— Duvido. Mas não se preocupe, sempre será a minha.

Erin estava agora com dezessete anos e surpreendeu todos ao crescer mais dez centímetros depois que suas regras vieram pela primeira vez. Betia não gostou muito disso. Agora, a neta estava mais alta do que ela e Joan. Por isso, culpou logo a filha por ter se casado com aquele soldado alto. Erin entrou na biblioteca e foi até eles.

— Milady, quer que eu olhe as crianças? Assim, pode voltar para a festa com milorde.

A verdade é que Luiza preferia ficar ali, agarrada aos seus pequenos e vendo seu marido vivo. Mas não podia. Afinal, não ficariam ali para sempre. Era melhor arranjar forças, levantar e enfrentar o que fosse com a dignidade que a condessa deveria demonstrar, mesmo que internamente estivesse em desespero.

— Obrigada, Erin. Mande me chamar se precisar. — Ela colocou os dois filhos no chão e acompanhou o conde de volta para sua festa de aniversário. Ele completava trinta e dois anos.

Durante a comemoração, Luiza conheceu um dos personagens da história do conde que preferia jamais ter visto: Rodney Woodart, o possível assassino de Jordan. Foi nele que tudo começou, onde toda a história dos Warrington desmoronou e foi perdida no tempo. Ele e a família estavam lá. Segundo a história, após o assassinato do conde, que foi impossível provar, Rodney, que era primo de Jordan, herdara tudo e também jogara fora, se afundando em dívidas e gastando até o último centavo dos cofres de Havenford.

E nenhuma moeda foi gasta em prol do castelo ou do povo. Os novos donos não conheciam nada do lugar e das pessoas que o habitavam e pouco se importavam com o fato de todos ali em volta dependerem de como o castelo rendia para poderem sobreviver. Eles passariam a morar sob aquele teto, ocupariam os aposentos do conde, sentariam em sua cadeira, beberiam de sua taça, dariam ordens aos fiéis criados de Jordan, maculariam seus pertences, desdenhariam de suas memórias...

Não mais, uma voz sutil e delicada soprou no ouvido de Luiza e sua mente clareou.

Sim! Estava certa. Rodney Woodart jamais colocaria as mãos em nada que pertencia ao conde e não poderia fazer mal a nenhum dos habitantes de Havenford. Porque ela havia impedido. Na história anterior, quando Rodney chegou ao castelo, encontrou o conde sozinho, amargo e infeliz. Seu propósito de vida era unicamente manter as propriedades e o bem-estar de todos que lhe serviam. Com ele fora do caminho, toda a sua riqueza passava para o outro lado da família.

E, falando sério, a família achava mesmo um desperdício ele ter tudo aquilo, não dividir com eles e viver isolado naquele castelo gigantesco. Já que era sozinho, o conde devia ter lhes oferecido moradia, dado-lhes cargos em suas propriedades para poderem usufruir do que ele tinha como sanguessugas famintas, sugando tudo que viam pela frente. Mas ele os mantinha bem longe, mais ainda depois da morte da prima. Então, Rodney, que era o primeiro na linha da herança, resolveu tomar uma providência drástica.

Só que agora eliminar o conde não ia bastar. Ele não apenas se casara, como tinha dois herdeiros. E sequer avisara à família que estava se casando. Eles nem souberam que ele havia conhecido alguém. Quando foram informados sobre o casamento, a nova condessa já estava até grávida.

Ela foi rápida, pensava Rodney, *e duplamente eficiente.*

Para Rodney e família, Elene não era nada mais do que a melhor golpista da história. Tirar o conde daquele poço fundo e coberto de água que ele havia mergulhado foi uma jogada de mestre. Mas fazer isso, convencê-lo a se casar em poucos meses e engravidar de gêmeos no mesmo ano era sensacional. Se não o tivesse atrapalhado, podia até admirá-la. Agora, como ela havia conseguido?

— Seus filhos são lindos. É um verdadeiro milagre que tenham sobrevivido até agora — disse a esposa de Rodney, sem o menor tato. Ela não parecia entender muito a situação, já era a terceira esposa dele.

— Não acho, sempre soube que sobreviveriam. — Luiza decidiu deixar a mulher e ir procurar algo mais para fazer; simplesmente não conseguia ficar perto deles.

Jordan estava se esquivando de seu primo, que gostava tanto de conversar sobre negócios. Na verdade, Rodney não tinha muito o que dizer sobre as suas coisas, ele gostava de conversar sobre o tema para descobrir como andavam as finanças do conde. Mas nem era preciso muita conversa, ele viera viajando pelas terras de Havenford, passou pela cidade no pé da colina e fiscalizara o castelo. Dava para ver como tudo andava bem demais para o seu gosto.

— Onde está milorde? — perguntou Betia, entrando no caminho da condessa.

— Não sei. Deve estar com Morey, que não o deixa sozinho desde ontem.

Desde que a família do conde chegara, Morey estava desconfiado. Antes de Elene entrar nessa história, apenas o conde foi testemunha de como seus dois cavaleiros fizeram de tudo para protegê-lo e nem assim conseguiram evitar seu assassinato. Nem eles esperavam algo tão baixo. Agora, tudo se repetia. Morey não gostava daquele castelo apinhado, nem da família do conde. Não saía da retaguarda de Jordan, com os olhos bem abertos sobre qualquer um que se aproximasse, e estava de olho até no que ele comia, e dissera a Betia para tomar conta da cozinha. Cold permanecia seguindo a condessa disfarçadamente.

— Toda vez que essa gente vem aqui, parece que está há anos sem comer — resmungou Betia, olhando de soslaio para a família de Rodney, que praticamente tomara a mesa principal e se empanturrava de comida sem parar. Os filhos mais velhos já estavam acima do peso e não deviam ser de muita valia com uma arma na mão. Os mais novos, dos dois últimos casamentos, já tinham um aspecto mais capaz. — Eles são piores do que o povo daqui, que nem é nobre.

— Deixe-os, Betia. Não é a comida que vai nos fazer falta — disse Luiza, que preferia que aquela gente se empanturrasse até cair ou passar mal, assim não poderiam fazer nada de ruim.

A cozinheira resmungou mais alguma coisa e foi andando de volta para a cozinha. Erin apareceu ao lado de Luiza e disse que achou melhor chamá-la. A condessa não entendeu, mas, quando chegaram ao aposento, ela mandou que a garota fosse comer e deixasse as crianças por sua conta — preferia mesmo ficar ali. Ela entrou na biblioteca onde os filhos estavam e surpreendeu-se por não encontrar a outra criada que auxiliava Erin a cuidar das crianças sempre que Elene estava ocupada. Quem estava com Christian era uma moça desconhecida.

— Haydan? — Luiza entrou e olhou em volta, procurando o outro filho.

A porta se fechou atrás dela, que se virou e deparou-se com Rodney, que estava com seu filho mais velho no colo, e o bebê não estava nada satisfeito com isso. Não chorava, mas estava rígido e não se segurava no homem. Assim que viu a mãe, estendeu o braço livre e abriu e fechou a mão, chamando-a.

— Não pude resistir à curiosidade. Já que vocês preferiram não levar as crianças para a agitação do salão, eu queria muito conhecer meus primos — disse Rodney.

— Primos distantes o suficiente... — respondeu Luiza, avançando para pegar o filho, mas o homem começou a andar como se acalmasse a criança.

— Não fomos propriamente apresentados. Não sei por que, mas o grosseirão do meu primo não deixou que nos conhecêssemos melhor — continuou Rodney, referindo-se ao fato de Jordan não ter feito a menor questão de que o primo conversasse com ela.

Luiza virou-se e olhou a jovem que estava com Christian. Ela brincava com o bebê, que parecia à vontade, diferente de seu irmão mais velho. Ela tornou a olhar o homem, que, mesmo sem conhecer, já odiava tanto. Ao contrário do conde e de seus vizinhos mais próximos, homens que viviam ao ar livre e precisavam de praticidade e proteção em lutas, ele era bem magro e vestia aqueles trajes bufantes, usados pelos nobres que frequentavam a corte, com tecidos delicados, muito coloridos e sapatos levíssimos de bico fino. Seu cabelo era castanho-claro, seus olhos tinham um tom sujo de verde e ficavam o tempo todo analisando tudo e todos. Não era feio, mas para ela parecia mesquinho e patético.

— Esta é minha filha mais nova. Ela adora crianças, gosta tanto que ano que vem vou enviá-la logo para o noivo — disse o homem, usando um tom tão banal que não parecia se referir a uma pessoa com vontade própria, ainda mais sendo sua filha.

Ao olhar melhor para a garota, Luiza percebeu que ela não devia ter mais de treze anos e, levando em conta quem era o pai, o noivo escolhido devia ser tão ruim quanto ele.

— Já conheceu as crianças. Agora me dê meu filho e saia.

— Não seja descortês comigo, garota. Estou nessa família há muito mais tempo que você.

— Não importa, esta é minha casa. E, para seu governo, não é bem-vindo aqui.

— Foi você quem decidiu isso? Tem medo do quê? Precisa afastar o resto da família porque pretende se livrar de meu primo sem deixar indícios para se casar com algum amante? Se eu fosse você, não faria isso.

— E você, pretende se livrar do meu marido, dos nossos filhos e de mim sem deixar indícios? Se eu fosse você, nem tentaria.

— Eu sabia que você ia mostrar as garras assim que ficássemos sozinhos! Pensa que não sei de onde você veio? Acha que as pessoas na corte não sabem que já andou nas mãos de lorde Arrigan, com quem devia ter se casado? E, realmente, todos sabem que seu tutor não ia deixar passar uma beleza dessas sem usar.

— Saiba que meu antigo tutor tem a cabeça a prêmio nessas terras. Assim como lorde Arrigan. Acha que só porque é um primo distante não vou pôr um preço em você também? Eu sei o que você quer fazer. Sei até quando e como! — ela o acusou, levantando o dedo para ele.

Rodney franziu o cenho, ultrajado com a forma que ela falava. Aproveitando o seu momento de distração, ela puxou Haydan para seus braços. O bebê se agarrou à mãe, sentindo-se seguro. Mas, depois de ser bem apertado por ela, se debateu para ser deixado no chão e correu para onde o seu gêmeo estava.

— Não ouse me acusar, mulher! Não sou suscetível como o pobre do meu primo. Você pode ter usado muito bem o que tem debaixo das saias para envenená-lo. Mas não acredite que está completamente salva aqui.

Estreitando os olhos, Luiza traçou seu plano rapidamente. Se aquele homem armou para ficar sozinho com ela, com certeza tinha algo em mente, e ela seria sua primeira vítima. O próximo podia ser o conde, afinal, bebês sem proteção seriam fáceis de matar e ele seria nomeado tutor.

— Eu sei, Rodney. Eu sei do seu plano, sei do fogo na vila e sei da flecha envenenada e atirada pelas costas. Ouse ferir meu marido e você não viverá para ver o sol da próxima manhã — ela ameaçou, juntando suas armas contra ele.

— Lorde Woodart... — Foi só o que ele conseguiu murmurar, desacostumado que alguém usasse seu primeiro nome. Estava em choque com o que ela disse. Como ela sabia? O fogo e a flecha eram o plano inicial antes de saber do casamento do primo.

— Lorde uma ova! Quem ia atirar a flecha? Você? Duvido! Algum dos seus filhos mais novos que está treinando para cavaleiro? Qual deles eu devo mandar pendurar pelo pescoço? Ou devo mandar enforcar todos os seus herdeiros? Aqui. Esta noite! — Ela apontou para o chão, dando ênfase à sua promessa. Aquele homem não fazia ideia de quem ela era e muito menos do que ela seria capaz de fazer para evitar a morte de seu amado conde. Fora longe demais para falhar agora.

— Então é verdade... Sua bruxa! Feiticeira dos infernos! Mulher dos diabos! Vou denunciá-la! A igreja vai fazer o trabalho por mim. Vou mandar você e esses dois demônios que você pariu para o inferno! — disse ele, já fazendo menção de ir para a porta cumprir sua ameaça.

Rodney podia ser muito ganancioso, péssimo em finanças, covarde e capaz das maiores baixezas para tomar a fortuna do primo, mas ele tinha medo de bruxas, assombrações, gnomos e todas essas coisas que eram lendas muito reais naquela época, e a igreja as usava para amedrontar as pessoas.

Luiza passou à frente dele, empurrando-o bruscamente para o lado, e trancou a porta, enfiando a chave no decote. Surpreendido, Rodney escorou-se na parede para não cair e a observou andar até a parede oposta e puxar de um dos vários suportes uma das espadas finas que enfeitavam a sala. A filha de Rodney levantou o olhar imediatamente e ficou de pé, puxou as crianças e correu para o canto da sala. Haydan nem precisava da ajuda dela. Quando a garota os apressou, ele deu a mão a Christian e correu para debaixo da mesa do pai, onde ele e o irmão gostavam muito de brincar.

— Você insultou a mim, aos meus filhos e ao meu marido. E agora ameaçou as nossas vidas — ela começou. — Puxe a espada! — Ante o olhar de assombro do homem, ela continuou: — Sim! Essa coisa inútil que você carrega na cintura e nunca usa! — Ela moveu a espada no ar como aprendera com o conde.

— Você só pode estar brincando! — desdenhou Rodney e puxou a espada, mas não tinha metade da postura que um bom guerreiro apresentava quando pegava sua arma.

— Fique em guarda, seu desgraçado! Não vou perfurá-lo sem o mínimo de dignidade — ela comandou e puxou do cinto a pequena adaga que ganhara de aniversário. Falando assim, ela soava perigosamente igual ao marido.

Além de bruxa, agora, Rodney achava a mulher louca e, ainda por cima, sem o recato que uma dama devia apresentar. O homem continuava sem acreditar, achava que ela realmente estava apenas provocando-o ou tentando amedrontá-lo. Mas Luiza estava entre ele e as crianças e não parecia disposta a recuar quando cortou o ar, e Rodney foi obrigado a levantar a espada para se proteger dela. Ele se desviou mais duas vezes da espada e esqueceu-se da adaga que ela usou para cortar a manga de sua túnica e causou um corte leve em sua pele. Ele tinha uma péssima postura para luta e mantinha o outro braço levantado e indefeso. Agora sim, ela havia conseguido amedrontá-lo como queria.

— De agora em diante, você tem duas opções, Rodney. Morrer aqui e agora ou ficar bem quieto lá no buraco de onde você saiu. Não pense que não terei alguém à espreita, pois eu terei. Dê um passo na nossa direção e você é um homem morto. E mortos não herdam nada, só ficam ricos de terra na cara — avisou ela, apontando a espada para ele.

O barulho de metal colidindo dentro do castelo de Havenford era praticamente como uma sirene. Despertava até o mais bêbado dos soldados que estivesse no raio de alcance do som. Em poucos segundos, a porta se escancarou e Cold entrou, já com a espada e a machadinha nas mãos, seguido por dois guardas, que pararam, também chocados com a cena. Mas Cold nem hesitou, entrou no meio do suposto duelo e se pôs em posição de luta contra Rodney, seu olhar dizendo que mataria se o homem tornasse a se mexer. Nem se importava se foi a condessa que começou a luta, era só o homem respirar mais forte e pedaços iam começar a rolar.

Não passou um minuto para mais guardas aparecerem e abrirem caminho logo depois, quando o conde atravessou as portas, seguido por Morey, devidamente armado e pronto para atacar quem fosse. Como se já soubessem que o pai estava armando para ficar sozinho com a condessa, os filhos de Rodney vieram correndo, mas os guardas barraram todos.

— O que você está fazendo aqui, Woodart? — Jordan olhou sua esposa, procurando algum ferimento, então passou à frente de Luiza, pegou a espada da mão dela e encarou o primo. Cold continuava no mesmo lugar, vigiando o homem.

Rodney estava mais do que chocado. Ele mostrou que estava abaixando a espada, mas, antes que conseguisse, Morey se adiantou e tomou a arma dele. Luiza guardou a adaga, se virou e chamou os filhos, que vieram correndo para ela.

— Eu? — o homem falou com uma voz mais aguda que o habitual. — Essa mulher enlouquecida me desafiou para um duelo, aqui dentro! Ela me cortou! E você questiona a mim? Espero que você aplique um bom castigo nessa sua mulher sem controle! Não é assim que se educa uma esposa.

Mesmo com um filho em cada braço, quando Rodney falou sobre educar uma esposa, Luiza ficou rígida e o encarou de forma ameaçadora. Jordan apertou as mãos e andou para perto do primo.

— Não me diga o que fazer com minha esposa. E eu levo muito mais a sério um insulto feito a ela do que a mim. Agora, vou repetir a pergunta, Woodart: o que estava fazendo aqui e por que ela o ameaçou com uma espada?

— Uma espada e uma adaga! Eu não sei por que ela...

— Ele assustou meus filhos, me insultou e ainda nos ameaçou. — Ela olhou para Jordan e disse pausadamente: — Toda a nossa família.

Eles ficaram alguns segundos se encarando, deixando os outros alheios com aquela comunicação apenas através de trocas de olhares. E, logo depois, eles tomavam a decisão, como se não precisassem dizer nada para entrar em acordo.

— Não pode acreditar na palavra de uma mulher contra a de seu próprio primo — argumentou Rodney de forma indignada.

Jordan pegou Haydan do colo de Luiza, libertando um dos braços dela e aliviando o peso das duas crianças.

— Mau, papai, mau... — Haydan disse para o pai e depois olhou feio para Rodney, que ficou seriamente tentado a rosnar para a criança. Mas o pequeno não esqueceu que aquele homem o havia erguido bruscamente pelo braço e o aprisionado em seu colo.

— Está tarde e frio. Ao contrário de você, tenho piedade das pessoas. Mas amanhã cedo você e sua família estarão a caminho de casa — determinou o conde. Suas palavras eram claramente uma ordem.

— Nossa família! — respondeu Rodney. — Família esta que essa sua mulher quer separar!

— Eu tenho outro conceito de família, Woodart. Apenas compartilhar ligações sanguíneas não é suficiente para mim. — Jordan fez um sinal para Morey acompanhar Rodney para fora dali. — E diga alguma coisa sobre a minha família e eu irei atrás de você, primo. Você não tem muitos lugares para se esconder de mim, tem?

Rodney ainda olhou para Luiza, como se lhe desse um aviso mudo, mas ela também fez o mesmo com ele, intensificando a expressão facial, como se prometesse pegá-lo mais tarde quando estivessem novamente sozinhos.

Ela não tinha confiança em sua habilidade com uma arma, só sabia mesmo alguns movimentos básicos de defesa e ataque, que não durariam contra um dos guardas do castelo, que eram duramente treinados. Mas o que Luiza queria mesmo era deixar Rodney bem avisado de que não podia mais atentar contra a vida de ninguém ali. Nem toda aquela comoção a deixara completamente segura de que Jordan estava salvo. Ficaria mais tranquila quando Rodney e toda a sua família estivessem bem longe.

— Afinal, o que você arranjou com ele? — perguntou o conde quando ficou sozinho com a esposa e os filhos.

— Eu disse. Ele nos insultou e nos ameaçou. Ele se aproveitaria da primeira oportunidade para nos matar. Acredite em mim, ele nos quer mortos. Especialmente você.

— Pois agora eu acho que a raiva dele por você ficou mais forte do que a ganância por Havenford.

— Ele foi? — perguntou Haydan, olhando para a porta.

— Sim, ele já foi — disse o conde ao filho, acariciando sua cabeça logo após. Ele ainda ficava todo bobo quando ouvia as crianças falando, era inédito para alguém que era pai pela sexta vez.

— Viu como nossos filhos são espertos? Certamente puxaram a mim. Fora do campo de batalha, você é bonzinho demais — implicou Luiza.

— É mesmo? Pois daqui para frente vou cortar todas as suas regalias e tratar de educá-la. Assim vai ver o quanto posso ser realmente bom.

— Mal posso esperar, milorde. Que armas nós vamos usar dessa vez? Uma espada ainda mais rígida? Será que é possível?

Ele estreitou os olhos e lhe lançou aquele olhar conhecido. Mais tarde, ela ia ver só. Essas provocações não iam ficar impunes.

Pouco antes do aniversário de dois anos dos gêmeos, o conde recebeu em sua casa os Driffield. Seu castelo havia sido atacado e, apesar de ainda não ter sido tomado e a luta continuar, a família teve que fugir para a segurança de Havenford. A notícia de que a luta se intensificara demorara a chegar aos ouvidos do conde. Ele não queria mais brigas entre os arrendatários que viviam nas fronteiras com as terras de outros suseranos. Os outros não pareciam se importar, mas ele já tinha trabalho demais com aquela eterna rixa entre ingleses e irlandeses. Não precisava de gente dentro do mesmo país tentando tomar as terras uns dos outros.

Mas, dessa vez, era diferente, não era um problema interno. Era uma briga maior. Outro suserano queria suas terras. Hugh Golwin era um velho conhecido, esteve quieto nos últimos cinco anos, talvez porque andara muito ocupado aumentando a família. Mas os Golwin nunca deixaram de ser um problema, pois clamavam aquele vasto pedaço de terra ao noroeste, onde ficava a propriedade dos Driffield e um pedaço das terras dos Eldren.

Segundo a história contada, quando estavam em guerra em torno de 1246, os Warrington derrubaram os Golwin na disputa por um pedaço de terra, que incluía um lago ligado ao afluente do rio principal, que provia os castelos vizinhos. Fontes naturais de água aumentavam absurdamente o valor da terra. A disputa havia sido limpa, então o rei considerou como parte do território dos Warrington quando concedeu a suserania.

Já Jordan, fora ensinado desde pequeno que aquele pedaço de terra sempre foi de sua família, e ele deveria impedir que os Golwin o roubassem. O principal problema na cabeça do atual conde era que aquela parte de seu domínio era habitada por dois de seus vassalos e incontáveis servos e comerciantes. Ali, ficava um mercado, uma feira e uma pequena cidade em desenvolvimento. O número de mortos já era desconhecido, o castelo dos Driffield estava sendo destruído e as tropas inimigas agora rumavam para as terras dos Eldren, que tinham um pouco mais de poder bélico, mas também não poderiam resistir por muito tempo ao poder dos Golwin.

— Ele vai partir de novo, milady — avisou Erin. A garota andava preocupada com o estado de nervos da lady. Dava para ver que ela não estava bem, não dormia direito, não se alimentava como devia e vivia nervosa. Especialmente quando o conde saía por mais de um dia.

— Eu sei... — ela respondeu.

Agora já fazia tanto tempo que estava ali que provavelmente se alguém a chamasse por Luiza, ela demoraria a entender que era com ela. Mas responderia prontamente se chamassem por Elene. O marido sempre dizia seu nome, ele parecia gostar de dizê-lo. *Elene, Elene...* Até quando faziam amor, ela sentia prazer em escutar seu nome dito de forma tão apaixonada.

E, no entanto, aquela sensação de que deixaria de ser Elene continuava perturbando-a. Talvez, quando o ano de 1426 acabasse, sua paz retornasse. Aquele era um ano maldito. Era como se soubesse que, se passassem por ele, ganhariam um bônus de tempo.

— Agora ele vai para ficar... — murmurou Erin.

— Como assim? — Luiza ficou de pé e virou-se para a moça.

— Eu escutei os homens dizendo. Os Driffield vão cair a qualquer momento e os inimigos já rumaram para o próximo alvo. Os Golwin querem aquele pedaço de terra desde sempre, a briga dura mais de cem anos.

— Não! — ela exclamou em desespero. — Agora não. — Continuou a frase murmurando a súplica para o nada e saiu do quarto apressadamente.

Quando ela entrou no espaço pessoal do marido, que era exatamente aquela biblioteca onde ele passava tanto tempo quando estava em casa, o encontrou sentado em uma das cadeiras perto da lareira. Mas ele não estava lá aproveitando a quentura do fogo, estava parcialmente vestido para sair, o que significava que estava se armando.

Mas as crianças estavam brincando sobre o tapete, e ele as observava de forma tão distraída que nem viu quando ela entrou. Ele estava sozinho naquela parte da sala pessoal, mas não no cômodo. Morey, Cold e mais dois comandantes dos diferentes setores das tropas de Havenford estavam debruçados sobre a mesa no canto oposto, estudando algo que parecia ser o esboço do mapa de toda a extensão de terras sob a responsabilidade do conde.

— Milorde, temos uma ideia sobre a estratégia que usaremos para bloquear a entrada das tropas de reforço dos Golwin — disse Cold.

— Veremos... — respondeu Jordan.

Quando ele ficou de pé, não se surpreendeu ao encontrar a esposa. Ela se apressou e o abraçou com força. Nos últimos anos, as pessoas que viviam em volta deles tiveram que se acostumar com um comportamento que para eles não era habitual ou mesmo adequado.

— Não vá...

— Eu sabia que você viria — ele falou. Ela sempre vinha lhe desejar boa sorte nas poucas vezes que ele precisou se ausentar do castelo por mais de um dia nesse último ano.

— Não vá, por favor. Não vá! — As lágrimas começaram a rolar instantaneamente pelo rosto dela.

— Elene, sabe que não posso deixar que eles partam sozinhos... — ele respondeu baixo, mas os outros não estavam escutando o que conversavam.

— Eles sabem o que fazer. É só dessa vez, por favor, não parta! — Ela o abraçou mais forte e escondeu o rosto, mas o som do seu choro tornara-se mais forte e os homens na sala notaram, mas fingiram estar ocupados. O conde moveu a cabeça, e os outros saíram rapidamente.

— Você nunca gostou que eu fosse me arriscar, mas sempre compreendeu que ainda preciso. Por que agora? — ele perguntou, pendendo um pouco a cabeça para ver seu rosto.

— Porque dessa vez eu sei! — Ela levantou o rosto e o encarou. — Eu nunca lhe pedi isso, mas dessa vez eu imploro, não vá! Não nos deixe!

— Não estou deixando-os...

— Não vá! — ela disse mais alto, apertando seus braços em volta dele.

— Elene, por acaso quer me dizer alguma coisa? Algo que sabe? — Ele automaticamente se lembrou daquela vez em que ela lhe avisou sobre os prisioneiros do castelo e com isso salvou todos em Havenford.

— Eu sei que você não pode ir dessa vez. Vou perdê-lo! Não vai voltar, eu sei que não.

Os gêmeos nunca haviam visto a mãe chorar e acharam estranhíssimo, mas entenderam que ela estava muito triste. Christian começou a chorar também e Haydan se levantou e foi se agarrar às saias dela.

— Elene, eu vou voltar. Nada vai me tirar do lado de vocês. — Ele se abaixou e pegou Christian, mas o bebê queria ir ficar com a mãe, ainda mais agora que Haydan, mais esperto, já ocupava o colo dela e nem precisara chorar para isso. — Mas eu não posso deixar que eles continuem matando, pilhando e destruindo.

Luiza sabia disso e concordava. Mas seu desespero para não vê-lo partir muito possivelmente para morte estava sobrepujando seu bom senso. Ela esticou o braço e puxou Christian para ela, o bebê agarrou-se à sua trança e a frente do seu vestido, já que o irmão tinha se abraçado ao pescoço dela. Jordan ficou olhando-a andar de um lado para o outro com os dois filhos no colo, e realmente teve vontade de se trancar na biblioteca com sua família. Era difícil ficar entre o amor e o dever — nos dois lados ele sempre ficava dividido.

— Eu já lhe prometi alguma coisa e não cumpri? — perguntou ele.

— Não, mas você não tem controle sobre isso!

— Se eles vencerem lá, para onde acha que irão em seguida? — Jordan prendeu a última peça de sua armadura, que ainda não era daquelas completas. Eram placas de metal com peso distribuído e protegendo pontos vulneráveis e específicos, presas sobre a cota de metal, vestimenta de linho e proteções de couro. Depois pegou o resto das armas e prendeu-as também. Ele soltou o ar de forma pesarosa e vestiu a capa que aqueceria seu corpo durante a viagem a cavalo. Seu escudeiro reclamaria de ter sido deixado de lado, mas paciência.

Ela parou próximo à janela e colocou os filhos no tapete em frente, talvez por não aguentar mais tanto peso emocional e físico. Seus ombros caíram e sua habitual determinação arrefeceu.

O conde foi até ela, seus passos agora faziam mais barulho, já que estava pronto para sair e totalmente armado. Abraçou-a mesmo de lado, prendendo-a junto a ele, e acariciou seu rosto com o nariz, esperando que ela resolvesse olhá-lo para beijar seus lábios com suavidade. Haydan continuava observando-os e Christian parecia muito mais interessado em puxar a barra da capa do pai e tentar, sem sucesso, amarrá-la à barra do vestido da mãe.

— Eu vou voltar — ele sussurrou. — Não garanto que seja intacto, mas eu voltarei.

Luiza o olhou, um pouco menos abalada.

— Acho melhor que volte inteiro ou eu vou acabar de arrancar os pedaços que faltarem assim que pisar novamente neste castelo.

— Não vai... Você vai me dar uma bebida bem forte, costurar meus ferimentos, me repreender e me obrigar a comer aquele mingau horrível. Depois, vai se aconchegar ao meu lado e sussurrar palavras de conforto até eu dormir. Eu mal posso esperar para voltar.

Ela não conseguiu se conter e choramingou baixinho, então se virou para ele e o abraçou.

— Vou preparar o pior mingau que você já tomou!

Jordan riu da promessa dela, confiante de que voltaria. Para ele, não havia espada no mundo que vencesse sua vontade ferrenha de voltar para casa. Mas Luiza estava preocupada. Enquanto não entrasse o ano de 1427, ela não conseguiria ter certeza de que adiara aquele fim terrível que o conde estava marcado para ter. Já impedira as mortes, mudara a vida dele e, consequentemente, de todos em Havenford, lhe dera filhos e garantira um futuro melhor para a história dos Warrington. Mas e o conde? Como ficaria sem ele? O que aconteceria com Elene e seus filhos?

Tinha certeza de que, se Jordan morresse, Rodney iria pedir para ser tutor das crianças, alegando que precisavam de um parente para isso. Ou, então, Elene teria de se casar às pressas para dar um padrasto aos gêmeos e impedir que Rodney tivesse livre acesso aos seus filhos.

Mas ela não queria, amava o conde. Como Luiza suportaria manter-se naquela vida, que já não era completamente sua, tendo que dividi-la com outro homem que não amasse? E quanto a Rodney, tinha certeza de que o mataria antes que ele conseguisse pôr as mãos nos seus filhos.

Haydan ainda era pequeno demais para assumir o título e as responsabilidades; isso não podia acontecer. Se o conde morresse, além de conseguir forças para não sucumbir pela dor, ela teria que travar outra guerra pela segurança dos filhos e do castelo até Haydan crescer mais.

— Você precisa voltar, Devan. Nós dependemos disso. Depois que colocar os Golwin para fora, tem de virar seu cavalo e retornar imediatamente, entendeu?

Ele parecia que estava compartilhando os pensamentos dela, pois respondeu num tom de quem entendia o recado.

— Eu sei — ele disse baixo. — Mantenha o castelo fechado até eu voltar.

Ela assentiu.

— Eles estão espalhados e não temos um cerco que impeça sua chegada a Havenford, a área é muito extensa. Estou levando a maior parte dos nossos homens e deixando o suficiente para defender o castelo. Se algo acontecer, voltaremos imediatamente, está bem?

— Vou manter esse castelo bem fechado. Aliás, se você demorar muito, também vai ficar uns dias de castigo do lado de fora — disse ela, dando uma batida na superfície rígida que protegia o peito dele.

Cold havia levantado a possibilidade de os Golwin dessa vez terem articulado um plano diferente. Eles estavam derrubando os castelos ao noroeste, mas podiam estar também atraindo o conde e seu exército para lá. Assim, teriam mais facilidade de fazer um cerco a Havenford, que estaria com contingente de homens desfalcado. Ninguém sabia exatamente o tamanho das tropas que os Golwin juntaram nesses últimos cinco anos de calmaria. Por isso, os arqueiros e besteiros seriam os principais a ficarem no castelo. Devido à posição elevada de Havenford, eles podiam manter um cerco à distância por dias.

Segundo a estratégia traçada pelo conde, ele levaria a maior parte da infantaria, que se movia rapidamente e tinha armas leves como espadas, alabardas, piques, lanças... E também a cavalaria, que era a forma mais veloz de seu exército atacar e que voltaria mais rápido para o castelo caso fosse preciso. Mensageiros experientes e que conheciam cada canto daquelas terras seriam divididos entre os dois lados. Falcões treinados e fumaça seriam os sinais de que Havenford estava sob ataque.

A ideia era retornar e fazer um cerco ao redor do cerco inimigo que estivesse rendendo o castelo. Assim, a campanha dos Golwin teria que fugir para o sul, onde seria encontrada pelas tropas dos castelos de outros vassalos. Mas o plano real na mente dos homens era eliminar todos, prendendo-os na armadilha entre as forças de Havenford e as tropas que retornariam.

No fim, ir atacar o castelo era uma armadilha. Se os Golwin surpreendessem o conde com uma, iriam receber outra. Porque, a menos que eles viessem com um exército digno de um rei, não havia possibilidade de derrubar os portões de um dos castelos mais bem protegidos da Inglaterra em menos de três dias, que era o tempo máximo que o conde levaria para retornar.

— Ninguém vai ultrapassar esses portões — disse Luiza, retomando sua determinação e falando num tom de quem estava pronta para a guerra.

Estou partindo mais uma vez. Novamente preso nessa armadura que não sinto mais ser minha segunda pele. Os Golwin, que pensei terem nos deixado em paz, retornaram mais fortes e numerosos. Demoramos a receber a notícia e já não sei mais quantas pessoas morreram. Eles atacaram as vilas e os servos sem nenhuma piedade. Temos que partir imediatamente, mas não creio que chegaremos a tempo de impedir que dominem os Eldren que ainda não fugiram.

Elene está apavorada. Não entendo por que dessa vez está sendo diferente. Ela não me diz e só a vejo ficar mais triste a cada dia. Estou há meses pedindo que ela me diga o que a aflige. Não quero deixá-la agora e muito menos gostaria que meus filhos passassem dias sem a minha presença.

Minha esposa se irritaria ao saber que procurei Délia, com a esperança de que me ajudasse. Eu pedi que não lhe desse mais daqueles seus remédios. Délia me disse que não quer lhe dar nada, pois desconfia que Elene possa estar esperando outro filho. Agora eu que partirei aterrorizado. Sei que nada posso fazer. Mas deixá-la com essa possibilidade me tira o controle. Estou casado há pouco tempo, tenho dois filhos pequenos e, mesmo assim, não consigo paz para ficar em casa.

Os Driffield estão aqui. Apesar de fortificado, sei que seu castelo não deve ter resistido bem aos ataques. Vou acolhê-los enquanto tudo é recuperado. E pode parecer interesseiro de minha parte, mas, se vou deixar minha família, pelo menos, os Driffield são mais do que experientes em cuidar de uma.

De uma vez por todas, Golwin tem que parar de invadir meus domínios e castigar meus vassalos. Espero encontrá-lo vivo, pois vamos nos resolver dessa vez. Quando eu realmente tiver que partir, não vou aceitar que minha família fique com a incerteza de um novo ataque deles. Pois eu sei que, se não eliminar o mal pela raiz, no momento que eu me for, eles cairão como cães famintos sobre minha família.

    O conde partiu e Luiza se mostrou forte, porque era assim que todos os habitantes do castelo deviam vê-la, mas era como se sentisse que uma parte sua não estava presente e ela nunca a recuperaria. Os gêmeos não entendiam o que o pai ia fazer, mas já sabiam identificar quando viam os homens armados. Só que, dessa vez, eram muitos soldados. O pátio estava repleto com os principais guerreiros e comandantes, além do mar de homens que continuava pela famosa descida em curva do castelo. Brice Driffield estava voltando para suas terras, ia ajudar a expulsar aqueles homens de sua casa, mas sua esposa e seus filhos ficariam no castelo com a condessa.

    Christian observava tudo com olhos enormes e Haydan dava aqueles gostosos gritinhos de bebê enquanto levantava a espadinha de madeira que o pai fez para ele, e que Luiza sempre escondia. Iriam se passar três dias antes de ela sequer saber se ele conseguira chegar ao seu destino. Mas aquela quentura e o barulho típico de tropas se aproximando não iam deixar Havenford.

CAPÍTULO 25

Desde que nasci, Havenford jamais passou por tamanho desafio. Nós ainda não havíamos sido desafiados ao limite. Não sabíamos do que éramos capazes de fazer para salvar todos que estavam no castelo. Eu não conhecia meu limite até enxergar aquela fumaça, até vislumbrar as asas de um de meus gaviões rodeando por cima da minha cabeça. As garras afiadas apertaram meu braço dolorosamente e o que eu já sabia estava na breve mensagem amarrada à ave. Todos os motivos que regiam minha vida estavam encurralados pela morte certa.

O castelo de Havenford já enfrentara inúmeras guerras. Mesmo quando nem estava completamente construído, a força de sua estrutura foi testada, mas nunca como foi em 1426. Foi preciso que os maiores inimigos dos Warrington retornassem depois de cinco anos para fazer frente às defesas do monstro que era aquele castelo.

As últimas grandes guerras haviam sido há tanto tempo que ninguém que as testemunhara ainda vivia, mas a história não mentia quando dizia que aqueles muros eram inexpugnáveis. E a colina onde Havenford se orgulhava em estar instalado desencorajava seus inimigos. A maioria não conseguia nem subir até os portões. Aquela colina devia ser amaldiçoada ou encantada, dependia do lado em que se lutava.

Mas, naquele outono, ela foi severamente desafiada, assim como a força das muralhas, a coragem dos homens e mulheres que ali habitavam e a perícia dos guerreiros que juraram defender aquela terra com sua vida. Os Warrington sempre foram bons estrategistas; não era apenas na força que se erguia aquela família. E era certo que pareciam estar de volta às guerras entre famílias, pois os Golwin tinham sede acumulada, estavam planejando aquele ataque há muito tempo. E a notícia de que o conde havia não apenas se casado, mas agora tinha herdeiros foi a gota d'água para eles. Com a perpetuação dos

Warrington, não haveria chance de conseguir o que queriam sem uma guerra.

Após a morte do conde, o primeiro pedaço de terra que os Warrington perderam foi aquele que os Golwin queriam. Com medo da guerra, Rodney o vendeu por um preço irrisório. Os Driffield e os Eldren sofreram muito ao mudar de suserano. — Parte retirada do antigo caderno de anotações de Marcel, antes de Elene.

Luiza continuava vendo mais e mais pessoas atravessarem os portões do pátio externo de Havenford. Já havia gente amontoada em todos os cantos, a cidade estava vazia. O comércio dentro das muralhas funcionava freneticamente. Barracas estavam sendo montadas e todos os espaços livres estavam ocupados — as pessoas precisavam se instalar sem atrapalhar a movimentação dos cavaleiros.

Ao ver Aaron, o mesmo rapaz que a pintara no dia de seu casamento, assim como fez as pinturas mais recentes da família, ela se adiantou para alcançá-lo. Ele sempre estava montando guarda em algum local do pátio interno e era fácil encontrá-lo. Depois que Luiza descobriu que, além de pintor, ele também era o melhor arqueiro do castelo, ele virou um alvo repetido para conversas interessantes.

— Aaron! Não tente se esconder de mim! — ela o interceptou. — Eu ainda não sei usar o arco como quero. Tem que me dar mais uma aula.

— Mas, milady, quando o conde retornar e souber que andei lhe ensinando a usar uma arma...

— Meu marido me ensinou o básico sobre espadas e adagas. Acha que ele se importará se eu souber o básico sobre arcos? Ao menos tenho boa pontaria, não posso dizer o mesmo sobre minha habilidade com espadas. E, além disso, é uma ordem. Você vai terminar de me ensinar a usar o arco.

Aaron não tinha outra opção senão obedecê-la. Na ausência do conde, era ela quem dava as ordens ali. E a condessa cismara que seria de muito mais ajuda se soubesse usar armas. Não que ela fosse se alinhar nas muralhas para disparar; Aaron preferia ser castigado por desacato a permitir que ela levasse uma flechada no rosto. Tinha certeza de que com isso o conde concordaria.

Mas, por outro lado, entendia. Ela lhe dissera que isso podia ajudar a defender seus filhos, caso algo desse errado. Aliás, eles estavam apenas se precavendo, porque a guerra continuava bem longe dali, a ponto de os guardas das torres sequer conseguirem enxergar movimentação.

Mesmo assim, Luiza continuava com aquela sensação de que todos sabiam algo que ela não sabia, pois o povo começara a se refugiar atrás das muralhas assim que o exército de Havenford partira, há três dias. Ninguém arriscava ir muito longe, havia uma tensão no ar que ela nem conseguia descrever, e os soldados, todos eles, estavam em seus postos o tempo inteiro. E muito bem armados, como se, em vez de um horizonte limpo, houvesse um grande exército batendo à porta deles.

As coisas nas terras dos Driffield não estavam boas. Para falar a verdade, era um verdadeiro inferno. Acontecera uma chacina, pois, quando os Golwin finalmente derrubaram as defesas, não pararam de matar mesmo após a rendição. Os Eldren estavam caindo quando os homens de Havenford entraram pelo lado leste das terras. Imediatamente bateram de frente com os Golwin, que já haviam tomado toda a área até a fronteira com as terras do conde.

Eles levaram um tempo em combate, dando sobrevida às defesas do pequeno castelo. Mesmo assim, Jordan achou que eram poucos soldados. Estranhamente, não gostou disso. Não encontrou Hugh por ali — talvez ainda estivesse nas terras dos Driffield ou nem se dera ao trabalho de ir a uma batalha que já considerava vencida. Os homens do conde conseguiram retomar a estrada leste e chegar ao castelo. A família de Lorde Eldren fugiu por um túnel que partia da dispensa do castelo e encontrou o conde.

— Cold, volte com eles — o conde determinou, segurando o guerreiro pela cota.

— Sim, milorde. É exatamente isso que preciso fazer! — Cold confirmou ao levantar o elmo.

Não sabiam se haviam pensado a mesma coisa, mas chegaram à mesma conclusão. O conde continuaria até as terras dos Driffield. Cold destacou mais sete homens para acompanhar os Eldren e partiu na frente como batedor porque ele tinha pressa de voltar para Havenford.

— E papai? — Haydan perguntou quando Luiza tentou colocar os gêmeos para dormir pela terceira vez. Eles estavam acostumados ao pai vir dar-lhes boa noite e contar-lhes histórias que nem precisava ler.

— Vai voltar logo — ela informou, procurando soar o mais confiante possível.

— Amanhã? — O garoto manteve o entusiasmo de quem aprendera a falar há pouco tempo e ainda usava poucos tons.

— Não, depois.

— Amanhã-amanhã? — ele insistiu, querendo saber se o pai voltaria depois de amanhã.

Ela sorriu e beijou o filho várias vezes antes de ajeitá-lo novamente no berço. Olhou Christian, mas ele felizmente já havia adormecido, ou ela também teria de enfrentar sua insistência.

— Siga o exemplo de seu irmão e descanse — ela disse ao gêmeo mais velho e deixou o quarto para que ele ficasse quieto e finalmente adormecesse.

Chegando ao seu aposento, Luiza pediu para Erin deixá-la sozinha e sentou-se na cadeira ao lado da janela, como vinha fazendo desde que o conde partira. Não tinha mais apetite e seu sono demorava a chegar e, quando vinha, era agitado. As lágrimas rolavam por sua face enquanto encarava o horizonte, na esperança de ver a bandeira dos Warrington tremulando, sinalizando que seu marido estava voltando para casa.

A cada dia, sua preocupação ia consumindo ainda mais o seu autocontrole. Várias vezes ao dia gostaria de se trancar no quarto e chorar de medo e preocupação, mas não podia. Quem guiaria aquelas pessoas se justamente a condessa sucumbisse ao desespero? Como iria manter seus filhos calmos e servir-lhes de exemplo se fosse a primeira a se acovardar? Não, tinha esses momentos solitários durante a madrugada para se lamentar. O resto do tempo não lhe pertencia.

Quando o sol começou a iluminar o campo, os homens já estavam recolhendo os corpos há horas. Mas agora dava para ver a dimensão da batalha. A túnica marrom e verde dos Golwin parecia um tapete contínuo devido ao número de corpos dos soldados que estavam cobrindo o chão enlameado dos limites da propriedade dos Eldren. A luta havia avançado, e as forças de

Havenford obrigaram os Golwin a recuar do castelo que foi retomado.

Como observara o conde, pelo menos ali o inimigo tinha poucos recursos contra o exército do suserano. Era isso que o estava deixando inquieto. Assim que desmontou, Jordan encontrou uma superfície plana e seca e abriu seus mapas, avaliando novamente a extensão de terras, caminhos, bosques, colinas e tudo mais. Ele conhecia muito bem as suas terras — pelo menos todos esses anos de solidão e dedicação ao seu trabalho como suserano daquela região lhe renderam muitas vantagens.

> Não tenho esperanças. Os Driffield foram liquidados, os Eldren jazem aos meus pés enquanto equilibro essa pena, e eu sei que isso não acabou. Uma parte dos Golwin está sendo jogada em valas, mas o resto não está aqui. Simplesmente não está. E eles têm poucas opções, ou atravessaram a fronteira entre minhas terras e as deles, recuando... Ou foram mais fundo dentro de meus domínios e vão atacar outro de meus vassalos. Há também a possibilidade de estarem a dois dias de viagem daqui, indo me visitar sabendo que não estou lá.

— Milady! Milady! Acorde! Pelo amor de Deus! Acorde! — Erin balançava Luiza, que havia deitado tarde e estava sentindo-se exausta e enjoada.

— Deixe-me descansar um pouco mais... — ela pediu, mal conseguindo abrir os olhos.

— Milady, eles estão se aproximando. Os guardas da torre mais alta enxergaram o brilho do metal sob a lua. Quando o sol nos iluminar, já estarão a meio caminho.

Os olhos de Luiza se abriram imediatamente e focalizaram a janela. Lá fora, a aurora se aproximava, o céu estava arroxeado e o sol ainda não conseguira nascer, estava apenas dando indícios de que viria.

— De onde eles estão vindo? — Luiza sentou-se rapidamente, lutando contra a dor de cabeça e o mal-estar.

— Oeste — respondeu Erin, que só fora informada ao acordar, mas os guardas os haviam avistado há pelo menos uma hora.

Luiza ficou de pé e sentiu-se tonta, correu até o balde e colocou para fora todo o conteúdo de seu estômago, o pouco que conseguira ingerir no jantar. Assim que terminou, ficou de pé novamente, lavou a boca e o rosto e foi para trás do biombo se vestir. Deixou Erin ajudá-la, já que seus músculos ainda pareciam adormecidos.

— Leve as crianças para a sala segura na ala leste do castelo. E fique com elas, tente mantê-las dormindo pelo menos até o meio da manhã — comandou Luiza, virando um gole de sidra para tirar o gosto ruim da boca.

— Milady, não vai ficar lá conosco? Por favor, precisa ficar segura.

— Eu estarei segura. Estou dentro dos muros de Havenford e nós não vamos cair — disse com determinação e amarrou bem o laço do cinto em sua cintura.

O pátio interno estava mais silencioso do que de costume e era de se esperar o contrário. Os homens sabiam o que tinham que fazer, os comandantes davam ordens para todos os lados, mas ainda não gritavam.

Luiza correu escada acima até o topo da torre, passou pela capela onde se casara e chegou onde os observadores ficavam. Agora, o céu já estava bem mais claro, apesar de os raios de sol ainda não terem iluminado o castelo. Ao longe, ela podia ver que os cavalos e as fileiras de homens vinham separados. Ela logo entendeu que não provinham de um mesmo local, aqueles homens estavam espalhados pelas terras do conde e foram se reunindo enquanto iam para Havenford. Foi uma boa estratégia dos Golwin. Cruel também.

Eles deixaram parte dos soldados nas terras dos Eldren, sabendo que seriam massacrados pelas forças dos Warrington, e moveram o resto a partir das terras dos Driffield e da fronteira, em tropas separadas. Então rumaram para o castelo por caminhos diferentes, e agora iriam se reunir completamente quando alcançassem seu destino. A estrada que dava para o noroeste estava livre, pois foi para lá que o conde se dirigiu com seus homens.

— Vamos ser sitiados, milady. Estão armando a estratégia para nos cercar como uma meia-lua. Não temos estrada na colina pela parte de trás do castelo exatamente para que não possamos ser atacados por dois lados — explicou o líder dos guardas do observatório.

— Podemos resistir — ela afirmou. Tinha que acreditar nisso.

— Se algum dia Havenford cair, vai ser muito depois que morrermos, milady — afirmou o homem, com a mesma fé que a condessa.

As pessoas entravam correndo no castelo e refugiavam-se na parte de trás, que não seria atingida diretamente pelo confronto. No meio daquele pandemônio de homens armados, carroções carregados de armamentos e cavalos indo de um lado para o outro, Betia, aquela mulher bem pequenina, ia correndo e desviando de tudo. Ela segurava um copo e um pequeno embrulho. Gritava para saírem da sua frente e tentava enxergar por cima dos obstáculos que sempre eram maiores do que ela.

— Milady! Milady! Eu lhe imploro, quando eles chegarem, precisa sair daqui — pedia a criada enquanto andava rápido para seguir sua lady.

— Não vou a lugar algum, Betia. Você é quem vai ficar lá dentro com Erin e meus filhos — determinou Luiza.

— Não tomou seu desjejum.

— Não tenho fome.

— Por favor! Vai cair no meio da batalha! — Ela empurrou o copo com leite e insistiu até que Luiza consumisse ao menos metade e depois lhe deu o pedaço de pão e ficou seguindo-a até que comesse tudo. Ela tinha certeza de que a condessa estava esperando outro bebê, mesmo que Luiza se recusasse a reconhecer os sintomas. Délia e Betia estavam preocupadíssimas, mas era difícil convencer Luiza a fazer o que queriam porque ela simplesmente não agia como ela ou os outros esperavam de uma dama.

Quando o sol finalmente iluminou tudo, não era necessário subir à torre mais alta para avistar o inimigo. Os homens nas ameias já podiam enxergar e esperavam com suas armas nas mãos. Arqueiros e besteiros estavam espalhados por toda a extensão dos muros. Mas a maior concentração e onde havia os mais habilidosos era no muro do portão. Era ali que deveriam manter o inimigo a uma distância considerável do castelo.

Aquela subida da colina era o pior inimigo dos que almejavam Havenford, muitas tropas já sucumbiram ali, caíam lá de cima e eram massacrados pelos arqueiros do castelo. E a colina era alta e incerta demais para ser escalada. Isso impossibilitava que os inimigos levassem torres móveis para atacar o muro. O castelo parecia ter sido construído a partir da pedra da colina, totalmente ligado a ela. Em volta dele não dava para passar, era apenas pedra e vegetação. Só havia a parte frontal a ser atacada e tinha que ser um número grande de soldados, atacando rápido e com muita violência para passar do funil que era a subida e chegar aos portões. Havenford era uma verdadeira obra de arte da defesa de sua época.

Luiza fechou as mãos e sentiu seu coração acelerado. O número de Golwins ia aumentando conforme o tempo passava, e vinham de todos os lados. Aaron estava colado nela e não ia deixá-la de jeito nenhum. As tropas estavam começando a afunilar a estrada quando, em meio à poeira, surgiu uma comitiva em alta velocidade, passando bravamente pela estrada no meio dos soldados inimigos, a mesma por onde Jordan partiu. Eram poucos homens, cerca de oito cavalos. Estavam sem bandeira, sem túnica e cavalgando como se fugissem do inferno.

— Quem vem lá? — gritou o líder dos arqueiros do portão para o homem da torre.

— Soldados! Mas carregam duas mulheres e creio que crianças também!

Ficou óbvio o porquê do desespero: estavam fugindo e estavam atrasados, pois passavam num território muito perigoso com inimigos dos dois lados. Isso ficou claro quando os homens dos Golwin notaram os oito cavalos cavalgando loucamente em direção ao castelo, e alguns homens da cavalaria do inimigo se destacaram e saíram em perseguição. Seis cavalos iam à frente e dois mais atrás. Estes se apressaram e alcançaram os homens, que agora seguiam atrás da pequena comitiva. Logo foi possível ver um homem caindo, um cavalo tombando e gritos sendo trocados. Os cavaleiros atrasaram os perseguidores e a comitiva seguiu em direção ao castelo.

— Abram os portões! — gritou Luiza.

— Milady, não podemos abri-los com a iminência de uma guerra! — disse um dos homens que comandava as ferramentas de abertura dos pesados portões.

— Abra! São os Eldren! Abra agora! — ela exigiu.

Abrir os portões de Havenford o suficiente para seis cavalos em alta velocidade entrarem não era algo muito rápido, eram portões muito pesados e que estavam lacrados, já preparados para a guerra. Quando finalmente conseguiram soltar as pesadas trancas e abri-lo, os cavalos entraram imediatamente e em fila, já que não foi possível abrir o suficiente.

— Falta um! — gritou o homem da torre.

Luiza correu para as ameias. Um dos homens que protegia a comitiva ficara para trás, certamente morto. O outro cavalgava muito rápido com cinco cavalos o perseguindo e outros se destacando logo atrás. Haviam visto os portões abrindo e a cavalaria dos Golwin vinha em alta velocidade, procurando aproveitar a oportunidade.

— Temos de fechar! — gritou um dos homens da torre. — Fechem agora!

— Não! — gritou Luiza.

— Fechem! — tornou a gritar o homem.

Ela viu quando o homem que vinha sozinho a cavalo levou uma flechada e vacilou, mas continuou agarrado às rédeas, olhando os portões fixamente como sua última esperança de viver. Ele sabia cavalgar naquela subida da colina, pois virou a curva traiçoeira em alta velocidade e sem perder o controle do cavalo. Luiza correra escada abaixo, chegou ao portão e segurou-se nele como se pudesse evitar que fechasse. Aaron correu para ajudá-la e o cavalo entrou tão rápido que derrubou os dois.

O estrondo do portão foi ouvido logo em seguida, assim como aquele som peculiar dos arcos e logo depois de inúmeras flechas sendo disparadas. Os homens recolocavam as trancas e os apoios de madeira no portão e os arqueiros disparavam sem parar, fazendo a parte da cavalaria que se adiantara para o castelo recuar rapidamente, voltando pela descida da colina e já deixando alguns corpos na subida.

— Cold! — Luiza foi correndo ajudar o homem que estava caindo do cavalo. Aaron, que era sua nova sombra, correu para ajudá-la.

Ela ajeitou o guerreiro no chão, mantendo-o sentado e olhando a flecha cravada em suas costas, um pouco abaixo da linha da axila do lado esquerdo.

— Obrigado, milady. Obrigado por não fechar as portas do castelo para mim... — Ele estava bem, seu único ferimento era a flechada, mas demonstrava sinais de exaustão. Devia estar cavalgando sem parar há uns dois dias e sem dormir também.

— Eu sabia que era você. Quando se aproximou da subida... Eu sabia. —

As lágrimas vieram aos olhos dela, por imaginar já começar perdendo logo Cold, a quem já se afeiçoara tanto. Afinal, ele estava sempre por perto dela e das crianças.

— Ele está vivo, milady. Muito vivo — Cold informou sem que ela precisasse perguntar sobre o conde e recebeu um sorriso como recompensa.

— Esses bastardos! Estávamos certos! Vieram direto para Havenford e chegaram antes do previsto.

— Você precisa ter cuidado, Cold — respondeu Luiza, antes que ele tentasse se levantar.

Délia agora tinha vários assistentes que deveriam cuidar dos feridos na batalha. Vieram ajudar Cold enquanto Luiza ia ver como estavam os Eldren, mas ainda pôde escutar o grito de dor de Cold quando retiraram a flecha.

Duas horas depois, Cold estava com o ferimento enfaixado e já de pé nas ameias dando ordens. Os Golwin finalmente formaram o exército e Havenford estava sitiada. O aviso prévio foi o som de uma corneta e o grito dos homens. Um minuto depois, o ataque começou, investiram contra o castelo, tentando estratégias novas, que obviamente foram planejadas enquanto juntavam esse novo exército.

Os arqueiros de Havenford disparavam sem piedade e os besteiros derrubavam um homem a cada flecha certeira. Mas as flechas dos Golwin também estavam caindo do lado de dentro e acertando, mesmo que disparadas sobre pressão, já que não se podia bobear por um segundo naquela estrada.

Os barulhos eram altos, as crianças estavam assustadas, os Driffield reviviam o terror pelo qual passaram e os Eldren ainda estavam em choque depois da fuga desesperada.

Luiza via o chão à frente de seu castelo ir mudando, havia fogo na vila, a estrada estava ficando vermelha e os gritos de morte ficariam em seu ouvido ainda por muito tempo.

A fumaça começou a despontar mesmo de longe e Jordan parou seu cavalo. Foi quando ouviu o som inconfundível das aves. Dois gaviões voavam por cima dele e de seus homens, fazendo círculos no ar, e ele olhou o horizonte. Morey levantou o braço, e o gavião treinado desceu direto para posar em seu antebraço. O conde nem precisava ler a mensagem atada ao pé de Myra, que veio pousar em seu braço. Ele gritou para que aumentassem a velocidade e reunissem todo o seu exército. Havenford estava sob ataque.

Mais um estrondo do lado de fora. Luiza correu pelo pátio e viu mais um dos homens passando carregado, uma flecha cravada em seu peito.

— Milady! Algumas flechas estão com veneno! Não pode ser atingida! — informou Aaron, passando o braço pelas costas dela e correndo para que se abrigassem em um dos corredores cobertos. — Precisa voltar para o pátio interno.

Ela entrou rapidamente para ver como as coisas estavam. As mulheres corriam de um lado para o outro carregando ataduras e baldes. Ela subiu a escada e foi direto a parte leste do castelo e, quando entrou na sala, todos se levantaram. As duas famílias de vassalos de seu marido estavam reunidas lá. Lady Eldren chorava, havia perdido um dos filhos durante o ataque à sua casa e ainda não conseguira se acalmar.

Erin também estava lá e, quando os gêmeos viram a mãe, vieram correndo e choramingando, reclamando sobre o barulho, sobre sua ausência e pedindo pelo pai.

— Acalmem-se, nós continuamos seguros — disse Luiza, tentando tranquilizar as duas famílias. Sabia que conviveria com aquelas pessoas por um bom tempo, já que suas casas deviam estar em péssimas condições.

— Nós queremos ajudar, não podemos ficar aqui escondidos como um bando de ratos — pediu Rey Driffield, que, depois do irmão mais velho que estava lá fora lutando, era o único homem em idade suficiente naquela sala para se responsabilizar pelas mulheres e crianças. Ele tinha quinze anos e ainda estava sendo treinado como escudeiro.

— Podemos ajudar também a cuidar dos feridos — ofereceu-se Angela, mãe de Rey.

— Vocês já estão sendo de muita ajuda ficando com as crianças. Mais tarde, quando tivermos mais feridos, então precisarei de ajuda — ponderou Luiza, lançando-lhes olhares de agradecimento.

Ela preferia que, por enquanto, eles permanecessem escondidos, afinal, haviam conseguido fugir de suas casas, não queria que caíssem mortos no meio do seu pátio depois de tanto esforço. E sabia bem que, em breve, faltariam mãos para costurar e fazer curativos. Ela deu a Rey, que era ativo demais para não ter um propósito em sua mente, a tarefa de proteger as mulheres e crianças ali. Havia mais dois meninos com treze e catorze anos, não grandes como Rey, mas, naquela época, já estavam familiarizados com espadas. E Luiza disse-lhes para ajudar Rey na tarefa.

Eles escutaram outro estrondo e o som de gritos. Nervosa por não saber o que estava acontecendo, Luiza decidiu que não podia ficar ali dentro. Ela chamou Erin num canto e mostrou-lhe uma adaga bem afiada, mas não lhe deu, apenas estendeu, ela pegaria se quisesse.

— Escute bem, Erin, se acontecer qualquer coisa comigo, você terá o dever de proteger os meus filhos. Terá de fazê-lo com a sua vida. Mas apenas se aceitar.

Em vez de gastar tempo dizendo que nada aconteceria a Luiza e que o castelo aguentaria e tudo mais que todos ali preferiam acreditar, Erin pegou a adaga e segurou seu cabo com força.

— Eu aceito, milady. Juro que ninguém colocará as mãos nos gêmeos sem ter de me matar primeiro, e eu farei absolutamente tudo para protegê-los.

— Um juramento digno de um cavaleiro — disse Cold, parado atrás delas.

As duas se viraram ao mesmo tempo e olharam para Cold, que estava parado próximo a elas, nem parecendo que haviam arrancado uma flecha de suas costas há poucas horas. Erin ficou corada na mesma hora, isso sempre acontecia quando Cold falava com ela, pior ainda se fosse um elogio como agora.

Luiza saiu e Cold a acompanhou. Na verdade, a seguiu, pois foi exatamente por isso que ele voltou ao castelo. Sua principal função era protegê-la, e ele não pretendia falhar.

— O que está acontecendo, Cold? Qual a situação real?

— Acho que deveria ver, milady.

Ela achou estranho que ele a deixasse se aproximar das ameias, mas aproveitou a oportunidade e subiu rapidamente. A bela paisagem que olhava diariamente estava transformada. Estava tudo cheio de fumaça por causa do fogo que os soldados inimigos atearam a várias casas da vila. O campo verde das terras de Havenford estava tomado por homens e havia virado lama e sangue. Mas, ao longe, já havia algumas barracas. Inúmeros cavalos se amontoavam dos dois lados. E havia mais soldados do que esperara.

— Estamos sitiados, milady. E temos de aguentar o ataque por pelo menos mais dois dias. Foi o tempo que levei para retornar, mas minha pequena comitiva estava em fuga a toda velocidade, parando só para os cavalos descansarem. O nosso exército viaja mais devagar.

— Depois que eles chegarem, o que faremos?

— É quando Havenford vai ter que mostrar do que é feito, milady. Pois todo o exército inimigo vai avançar contra nós enquanto o nosso os encurrala.

Luiza ficou em silêncio sem saber a qual conclusão chegar e sabendo que Cold não teria uma resposta para sua pergunta.

— Há um túnel, milady — ele disse de repente.

— O quê? — Ela tornou a virar-se para encará-lo.

— Se nossa defesa for burlada, o inimigo vai estar em fuga para dentro de nossos muros. E virão atrás da família do conde para usar como moeda de troca. Mas minha missão é não deixar que isso aconteça. Se o portão cair, levarei milady e os herdeiros pelo túnel e depois para Londres, onde ficaremos até ser seguro retornar.

— E meu marido?

— A ordem de levá-la em segurança junto com seus filhos foi dele, milady. — Vendo como ela estava ficando cada vez mais aflita pela possibilidade de partir sem saber notícias do conde, Cold completou: — Ele sabe se cuidar. Não vai perecer nesse campo.

Nada disso conseguiu acalmá-la. Era uma promessa vazia. Todo cavaleiro perecia um dia e nem sempre era do jeito que deveria. Quando a noite caiu, já estava tudo calmo, e o silêncio era profundo, como se não houvesse um exército inimigo sitiando o castelo. Se não fosse o caos que estava e a arrumação frenética que seguia para aguentar outro dia, Luiza poderia fingir que nada acontecia.

Havenford seguia inabalada, nem tomara conhecimento do primeiro dia de ataque. Só mesmo os feridos e mortos comprovavam o que acontecera, já que os muros se mantinham iguais. Ela sabia que, nesse momento, enquanto embalava o filho contra seu peito, Hugh Golwin estava em uma daquelas tendas organizando sua estratégia para derrubar o castelo.

Os homens tinham de parar e descansar ou não chegariam inteiros em casa. E era imprescindível que chegassem a Havenford rapidamente e atacando com força. Mas Jordan não conseguia descansar, embora soubesse que precisava. Tentava controlar sua mente, mas era ela quem o controlava. Precisava crer que Cold havia conseguido levar os Eldren em segurança, e agora estava ao lado de sua esposa, pronto para entrar em ação. Se isso não tivesse acontecido, era melhor rezar pela alma de Aaron. Se algo acontecesse a Cold, ele era o único dentro do castelo que sabia do túnel e seguiria com a missão. Era um segredo que precisava ser tão bem guardado que poucos podiam saber.

— Milorde, se empreendermos o mesmo ritmo amanhã, chegaremos a Havenford no próximo entardecer. Não podemos ir mais rápido, temos de poupar os homens. Sugiro que retardemos o passo, assim chegaremos daqui a um dia. Ao amanhecer, conforme planejamos antes — informou Morey, enquanto o conde tentava parar de andar de um lado para o outro.

— Eles vão ter de aguentar. Só chegaremos ao amanhecer — respondeu Jordan, parecendo frio em sua decisão, mas estava torturado. Não era falta de confiança em seu castelo, mas era muito difícil ter de tomar uma decisão como essa quando era dominado pela aflição por sua esposa e seus filhos, que estavam lá encurralados e sem ele.

Mais outro dia colocando o pouco que havia ingerido para fora, dessa vez Luiza estava sentindo dor e tontura. E, quando Erin entrou trazendo o café da manhã que ela nunca tomava, não estava sozinha. Escondida atrás do biombo com a bacia de água fria, Luiza prendeu a respiração ao ver as gotas de sangue no pano que estava usando como esponja para se lavar intimamente.

— Milady, precisamos lhe falar.

Quando Luiza colocou a cabeça para fora do biombo para ver quem fazia parte do "nós", encontrou Erin com cara de quem pedia desculpas e Betia e

Delia atrás dela.

— Milady, não pode continuar assim — disse Délia, cheia de tato. — Pode fazer mal no estado em que está.

— Não pode continuar assim? — A pergunta de Betia foi pura exclamação. — Milady tem que parar com essa agitação agora. Não adianta mais esconder, nós já sabemos que está carregando outro filho.

Luiza ficou muda por alguns instantes enquanto tentava lavar as gotas de sangue para que elas não descobrissem. Quando terminou, respirou fundo e saiu de onde estava.

— Vocês estão certas, eu tenho certeza de que carrego outra criança, e é exatamente por isso que não vou me esconder nos fundos do castelo — declarou ela.

— Milady, pelo amor de Deus... — começou Betia, que, sem saber que ela sangrara, já estava com medo de que perdesse o bebê.

— O conde não está aqui. Nós estamos em guerra e meus filhos estão aqui dentro. Essa gente está aterrorizada e os soldados estão dando suas vidas por nós. Meu marido me disse para manter os portões fechados até ele voltar. E é isso que vou fazer! Não vou ficar encolhida numa sala esperando acontecer. — Luiza andou decididamente até a cama, pegou a túnica que estava usando por cima do vestido, porque a sobreveste longa a atrapalharia, e amarrou-a firmemente. Subiu as meias, prendeu-as e calçou as botas.

— Eu a entendo, milady. Mas milorde ainda prefere você e seus filhos vivos acima de tudo — disse Betia, sem opção por não poder discutir as decisões da condessa, mas com uma vontade imensa de aprisioná-la dentro do quarto. Mas, do jeito que já a conhecia, desconfiava que a danada daria um jeito de descer pela janela.

— Não é minha hora de morrer ainda — respondeu Luiza. E rogava que também não fosse a hora do conde nem do bebê em seu ventre.

O castelo tinha fontes de água própria e alimento estocado para aguentar o cerco por um bom tempo. O problema era mantê-los longe dali, pois atrás dos muros não havia homens suficientes para combater abertamente com uma força daquele tamanho. Luiza sentia-se como se tivesse caído dentro de um daqueles filmes de guerras medievais, e estava odiando. Ali, o sangue era real, não havia mãos suficientes para fazer os curativos, os mortos realmente precisavam ser queimados e padre Ofrey nem tinha tempo de abençoar todos.

— Se vai ficar aqui, tem de se proteger também — disse Cold, ao colocar um elmo curto e aberto na frente sobre a cabeça da condessa. Ele não sabia sobre o seu estado; ela proibira as mulheres de contarem a qualquer um. Não precisava de mais essa. Se soubesse, era provável que ele a amarrasse dentro do quarto.

— Essas coisas pesam — comentou ela, reclamando também da túnica pesada que ajudaria a protegê-la das flechas.

— Milady não quer ser um guerreiro? — Cold rebateu, com surpreendente bom humor.

Ela chegou a sorrir, mas nem deu tempo de pensar numa resposta. Uma pedra grande voou por cima deles e atingiu o muro do lado direito do pátio.

— Eles estão vindo! — gritou um dos guardas da torre sul.

As flechas começaram a ser disparadas nas torres, tentando cegar os pontos de vigia do castelo.

— As catapultas estão subindo a colina! — avisou outro guarda, dessa vez, da guarita do lado esquerdo do portão.

Mais homens subiram para as paredes-escudo. A frente do castelo era feita somente dessas paredes construídas em pedras com mais de oito metros de espessura e dez de altura, exatamente para aguentar o choque de pedras e outros objetos disparados por catapultas. Mas não podiam impedir o barulho e o impacto que faziam o chão tremer. Dentro do pátio, os homens empurravam as pesadas catapultas para devolver o fogo inimigo.

— Esquerda! — gritava Aaron do ponto central de defesa do portão. — Para trás! Até a linha de seis metros!

O comandante dos arqueiros havia morrido no dia anterior com uma flecha disparada por uma besta que entrou pelo seu olho direito e ficou fincada em sua cabeça. Imediatamente, Cold nomeara Aaron o novo comandante. Não dava para ficar pensando muito no meio da batalha, o rapaz era o arqueiro mais talentoso do castelo e tinha um bom raciocínio para estratégias.

— Agora! — comandou Aaron e fez um sinal com a mão.

Uma pedra passou por cima da parede-escudo e bateu contra o teto da guarita, carregando tudo. Quem estava embaixo correu, Cold agarrou a condessa e se jogou no chão com ela, e os dois bateram contra a parede embaixo do corredor coberto que levava ao prédio de acomodações dos cavaleiros. Os destroços atingiram o chão exatamente onde eles estiveram. Luiza instintivamente levou as mãos ao ventre e ficou encolhida como se assim pudesse proteger o bebê que carregava.

Antes que pudessem se recuperar, outro estrondo balançou os muros. Uma pedra acabara de acertar o portão e, dessa vez, ele sentiu o abalo, balançou inteiro e os homens responsáveis por defendê-lo correram para reforçar as vigas que o mantinham. Outra pedra e as enormes quebradiças de ferro rangeram. Cold levantou rapidamente.

— Fique aqui, só saia se for para se proteger em um local melhor.

Luiza ficou de pé, não tão rápido quanto ele, mas se recuperou, recolocou o elmo que voara de sua cabeça e olhou para os estragos no pátio. As pessoas que estavam refugiadas no castelo tentavam ajudar como podiam, mas a maioria estava morrendo de medo. Ela viu uma mulher presa embaixo do que parecia ser um pedaço do telhado. Correu e foi ajudá-la, mesmo que agora as flechas estivessem penetrando a defesa e caindo dentro do pátio externo.

— Derrubem aquela catapulta! Derrubem! — Cold gritava enquanto subia a escada para as ameias da parede-escudo que foi atingida por mais uma pedra enorme e tremeu. — Eu quero aquela porcaria no chão!

A catapulta que estava estrategicamente colocada para atingir apenas o portão precisava ser tirada dali. Cold dava instruções para os homens empurrarem as catapultas do castelo enquanto olhava a marcação na subida para dizer exatamente para onde mirar. Aaron e os homens atingiam a catapulta com flechas incandescentes, mas ela era grande demais e forte. Outra pedra e o barulho foi aterrorizante, como se o próprio diabo batesse nos portões do inferno para tentar sair e acabar com tudo que houvesse do outro lado. Só que, no caso deles, ele queria entrar em Havenford.

— Agora! — gritou Cold, levantando o braço em um sinal.

As pedras passaram voando por cima da cabeça dos homens, uma foi direto na pá da catapulta e a outra pegou do lado esquerdo, desestabilizando uma das rodas. A última pedra dos Golwin foi disparada, bateu contra o portão com menos força e a catapulta começou a balançar no lugar; os homens tentavam endireitá-la.

Aaron mandou que atirassem e os arqueiros miraram nos soldados que tentavam salvá-la, mas não havia muito mais o que fazer. A catapulta foi tombando, quem estava do lado correu, ela caiu e virou mais uma vez, despencando pelo lado direito da subida da colina e se despedaçando lá embaixo. Os homens nas ameias gritaram por essa pequena vitória, mas não havia acabado por hoje.

De noite, o fogo queimava dentro e fora do castelo. Houve muitas baixas dos dois lados. Mas, dentro de Havenford, os mortos não eram apenas soldados. Luiza vira corpos de civis sendo carregados, as mulheres que corriam para acudir os homens haviam sido atravessadas por flechas e ela vira até o corpo de uma criança sendo embrulhado para ser queimado junto com os outros. Não quisera ver mais, e entrou para encontrar seus filhos assustados, com os rostos marcados pelas lágrimas.

Os gêmeos só conseguiram dormir na cama junto com a mãe, ambos agarrados a ela. No mesmo quarto, Lavine e o filho dormiam em uma cama improvisada. Erin ficara perto da porta e Cold se arranjara numa palheta no corredor. Ele não confiava em ficar lá fora, não importava se o portão continuava trancado — nunca se sabe onde a traição pode aparecer.

— Milorde, precisa parar de olhar esse mapa. Vamos retomar a viagem em três horas. — Morey sentou-se sobre uma tora de madeira. Eles não estavam nem montando o acampamento para não perder tempo. Faziam fogueiras, achavam o melhor lugar para dormir e comer, de preferência perto de alguma fonte de água, e um bom lugar para os cavalos descansarem. Na hora de seguir viagem, era só apagar tudo e montar.

— Imagino que esteja tão ansioso quanto eu — respondeu o conde, lembrando-se que a esposa e o filho de Morey também estavam no castelo. E mais uma vez estavam juntos em uma batalha, prontos para proteger um ao outro.

— É um exercício para os nervos — concordou Morey, que finalmente entendia o que era lutar por algo que não estava junto com ele no meio da luta. Sua missão ainda era manter o conde vivo e ajudá-lo a vencer, mas não podia negar que agora ia muito além disso, pois uma coisa dependia da outra.

A noite estava escura e nuvens cobriam a lua, dificultando a vigia dos homens das torres. O cheiro de queimado dos corpos que foram incendiados envoltos em lençóis ainda permanecia no ar. Tinham que se livrar dos mortos rapidamente, não só pelo cheiro, mas também pelas doenças e espaço que tomavam. O campo em volta da colina do castelo estava permeado por pequenos pontos flamejantes: as fogueiras dos homens dos Golwin.

Para quem olhava lá de baixo, o castelo parecia apagado, como se estivesse quase perdendo sua força. Ao menos os Golwin tinham fé nisso. Sabiam que, pela primeira vez, haviam causado danos sérios a Havenford e encontraram alguns pontos fracos que precisavam explorar. Finalmente o gigante da colina ia cair.

Mas Hugh, líder dos Golwin, também tinha pressa por outro motivo: ele sabia que a maior parte do exército estava voltando. Havia colocado toda a força no último ataque, para conseguir tomar o castelo antes que eles retornassem. Assim, teria a proteção da fortaleza e a família do conde para barganhar. Tão logo entrasse, ia se livrar de um dos filhos de Jordan, pois, ao seu entender, gêmeos eram criação do diabo, ainda mais réplicas idênticas. Na verdade, era melhor exterminar ambos, não dava para saber qual era o bom, e ele não queria herdeiros de Jordan voltando para vingá-lo.

E a condessa, Hugh ouvira dizer que era bela como uma ninfa da floresta. Sentiria muito prazer em fazer uso dela, depois devolveria. Se Jordan vivesse, queria vê-lo conseguir suportar a esposa usada por ele e sem seus filhos demoníacos. Ou, talvez, fosse uma ideia melhor queimar a mulher no topo de alguma torre.

Seus espiões também lhe contaram sobre como o povo local pensava que ela era uma benção, uma criatura mágica, que sobreviveu ao impensado e trouxe vida de volta a Havenford. Para ele, isso podia ser resumido a bruxaria, ainda mais depois que ela pariu os tais gêmeos. Quando aquela gente maldita de Havenford visse sua adorada condessa humilhada e queimando, ele queria ver quem não se ajoelharia e juraria lealdade a ele.

Segundo seus cálculos, tinha toda a manhã para o último ataque. Durante a tarde, o conde chegaria, e, mesmo que estivesse com menos soldados, ia armar alguma coisa para afastá-lo do castelo. Hugh sabia que seria difícil aguentar o ataque do exército dos Warrington, ainda mais porque já tivera muitas baixas atacando o castelo. Mas também sabia que ainda tinha muitos homens e que havia causado inúmeras perdas do outro lado. Então, só precisava ultrapassar a barreira do portão, e Havenford, finalmente, seria da sua família.

— Não consegue dormir, milady? — indagou Cold, parando ao lado de Luiza nas ameias.

Ele podia ver o cansaço em sua face; as olheiras não podiam ser disfarçadas sob aquela pele clara. Ela escondia hematomas e machucados por baixo de seu uniforme improvisado de luta. Seu traje era uma mistura estranha de seu vestido mais grosso, mangas rasgadas, túnica pesada e masculina, meias quentes, botas rústicas e o principal adorno: sua coragem.

Seu cabelo vermelho não estava vívido como sempre, estava empoeirado e parcamente trançado. Era uma guerra e nem a condessa tinha tempo para sua aparência. Ele nem podia sonhar que ela enfrentava enjoos, vômitos e dores ocasionais enquanto seu corpo lutava para enfrentar aquela situação adversa e manter o bebê que crescia em seu ventre, desafiando a promessa de morte para todos que estavam dentro do castelo.

— Hoje, vai ser pior. Eu sei que vai... — respondeu Luiza, olhando o horizonte escuro.

— Ah, vai sim. Vai ser pesado, dessa vez, precisaremos ter muita fé na força desses muros e na coragem dos homens. O portão está fragilizado. Provavelmente precisaremos descer a grade, o castelo ficará impenetrável até para nossas forças, mas é nossa última jogada.

— Não pensei que logo o portão seria o ponto fraco — murmurou ela.

— Nem eu, mas os donos do castelo sim. Ou não teriam criado aquelas guaritas logo acima e, desde que cheguei aqui, a segurança naquele ponto vive sendo melhorada. Mesmo assim, vamos nos preparar para a invasão, milady. Estamos com menos arqueiros, muitos feridos e eles vão escalar nossos muros.

Luiza assentiu e ficou pensando nas pessoas inocentes que estavam refugiadas ali dentro. A palavra *invasão* dava toda uma nova cor a algo que já estava saturado.

— Vamos mandar todos para dentro e trancar o pátio interno. Temos de manter a luta no pátio externo o máximo que pudermos. — Luiza seguia falando, pensando em tudo que o conde lhe ensinara sobre o castelo. — Queimaremos as pontes. As crianças e as mulheres vão descer para a ala oeste. Os homens, todos eles, ficarão no pátio interno e no salão. Se os guerreiros falharem, confio que até o mais simples fazendeiro fará de tudo para proteger as mulheres e crianças que estarão lá atrás — ela disse, enquanto repassava o mapa do castelo mentalmente.

Cold nunca teve tanto respeito por ela. Estava agora ultrapassando o respeito obrigatório que teria pela condessa, mas via alguém que pensava como um dos guerreiros mais destemidos e estava disposto a lutar também.

— E nós vamos lutar, milady. E manter esse portão de pé — ele lhe assegurou. — Até que o conde chegue e arranque a cabeça desses malditos visitantes indesejados.

De fato, lá embaixo, os homens trabalhavam incessantemente no reforço do portão. Vigas eram levantadas, as dobradiças, reforçadas, a grade, checada, assim como os últimos recursos para impedir a entrada. Tinham que ter fé que o portão aguentaria as próximas horas de provação, quando ele seria uma das estrelas principais.

A trombeta começou a tocar. Ainda estava escuro; o horizonte mal dava sinal do dia se aproximando. Pelo jeito, os Golwin estavam com pressa. Mas os Warrington também. Luiza levantou de onde estava. Parecia que tinha acabado de se recostar, mas, desde sua conversa com Cold, já haviam se passado quatro horas.

Haydan apertou o braço da mãe, a pequena mão fazendo toda a força de que era capaz. Ele sabia que ela ia deixá-los novamente. E agora, até aquele bebê estava começando a se habituar aos sons da batalha. Já não chorava assustado ou nervoso. O que o estressava era a falta dos pais. Não via o rosto do pai há dias e sua mãe estava sempre apreensiva e ficava lá dentro por curtos períodos. Era muito pequeno para entender. Christian reclamava mais, rebelava-se e chorava. Haydan fazia coisas como apertar o braço da mãe e olhá-la, como se realmente entendesse.

— Mamãe já volta. Fique bem, meu amor. Cuide do seu irmão. — Ela também falava com ele como se pudesse entendê-la.

Mais um sinal. Dessa vez, foi bem alto, avisando todo o castelo e as redondezas; parecia uma trombeta grave emitindo som através das pedras.

— Erin, confio em você. Se a hora chegar, pegue meus filhos e fuja com eles.

Antes que a criada respondesse, ela se levantou; havia deitado com quase todas as roupas. Recolocou as peças que faltavam, lavou o rosto, prendeu bem o cabelo e partiu.

Quando o céu clareou, mesmo que sem sol, com nuvens acinzentadas e parecendo branco, os homens já estavam gritando: *Estão vindo!*

— É o sinal de Havenford. Estamos perto! — disse o conde, mesmo que ninguém mais parecesse ter escutado.

Silêncio. Era assim no meio da batalha, como se o barulho do metal, da madeira, dos gritos de guerra e de dor não fossem nada. Porque eram os únicos sons que se escutava. O resto do mundo se calava. A corda tremendo quando mais uma flecha saía zunindo e atingia a carne do oponente. Esse som era a música. Mas os agudos, produzidos pelo metal contra metal, ainda não haviam entrado. O som da pedra contra o muro gigantesco do castelo, os tambores poderosos. O chão tremia a cada acerto. A madeira do portão rangia. Os passos nervosos dos arqueiros sobre o passadiço. A pausa. Homens gritaram, rodas moviam-se ruidosamente. Os tambores pararam e entraram os agudos a todo vapor.

— Eles entraram! — Aaron gritou, avisando aos homens do castelo. Ele girou o arco para as costas e, no mesmo movimento, sacou a espada e cravou a lâmina no peito largo de um inimigo que acabava de pular da ponte de madeira para o muro do castelo.

Os Golwin estavam se infiltrando. Usavam pontes de madeiras suspensas em enormes construções do mesmo material, que deslizavam até a única parte do castelo que dava para se aproximar assim: o muro dos portões. Cold tinha uma espada na mão esquerda e um escudo na direita. Matava com ambos, ia derrubando Golwins para todos os lados quando passava. Os que caíam vivos para dentro de Havenford eram rapidamente aniquilados pelos homens que esperavam embaixo. Quem caía para o lado de fora era pisoteado pelos próprios companheiros.

— Protejam o portão! — Cold gritava enquanto corria para lá, sem conseguir passar rapidamente.

Um pouco abaixo, a poucos metros dos muros, Luiza puxava uma fila de mulheres. Elas precisavam chegar aos feridos e resgatar aquelas pessoas perdidas e amedrontadas no meio da guerra. Um soldado inimigo caiu pelos degraus, mas se recuperou rapidamente e ficou de pé à frente delas. Luiza sentiu o fio da espada passando perto quando esta bateu contra a pedra. Ela agarrou outra mulher, a puxou para direita, fugindo da arma, sacou a adaga e rasgou a cintura do soldado inimigo. Então, se jogou para a esquerda, esquivou-se novamente da espada e empurrou a mulher que estava atrás para cima das outras.

Uma flecha atravessou o espaço entre elas e entrou certeira no olho direito do homem. Todas gritaram com a visão e nem tiveram tempo de agradecer a Aaron, continuaram seu caminho para salvar os feridos.

A defesa dos muros estava ocupada lutando com os Golwin que se infiltravam pelas pontes. As catapultas dos inimigos estavam livres, mas uma delas recebeu uma das pedras que vinha de dentro e ficou com a mira e a potência prejudicadas. Os inimigos batiam contra o portão com uma tora de madeira pontuda, mas ele tinha reforço de ferro o prendendo, ou já teria cedido.

A entrada estava enfraquecendo, e as flechas voavam sobre os inimigos com menos intensidade. Cold chegou ao ponto principal da defesa, sangrava e estava rasgado em sabe-se lá quantos lugares do corpo. Mas dera um prejuízo enorme para o outro lado. Mais uma pedra e o portão sentiu — havia agora um buraco enorme na estrutura de madeira. Os soldados inimigos continuavam batendo com a tora. As vigas do lado de dentro estavam caindo, e os soldados lutavam para mantê-las. O portão ia ceder a qualquer momento.

— Derramem! — Cold gritou e fez sinal para que os homens do lado de dentro do portão se afastassem.

O sol já iluminava o castelo quando o líquido fumegante caiu como uma cortina dourada, refletindo o brilho solar, e derramou-se como uma calda. Se fosse em outra situação, seria lindo. E a música tocou novamente. Assim que a cortina de óleo fervente tomou a frente do castelo, os gritos de agonia também tomaram conta da sinfonia. Homens morreram queimados, mas não conseguiam partir imediatamente. Então, viviam aqueles segundos de tortura excruciante. A pele empolando, a dor tão absurda que levava ao desmaio e, pouco depois, a libertação da morte. Esse espetáculo de dor brilhante com o sol adorando ajudar o calor momentâneo deu alguns minutos de folga aos homens do castelo.

— Desçam a grade! — comandou Cold.

O último recurso caiu, matando todos que tomaram o lugar daqueles mortos pelo óleo. Outra morte horrível: ficar preso embaixo da grade pesada de ferro negro e pontudo que empalava uma pessoa a partir da cabeça ou de qualquer ponto do corpo que entrasse. Sim, os últimos recursos de Havenford eram cruéis. Mas, quando chegavam a esse ponto, era porque só viveria quem tivesse a coragem de aumentar o rombo da perversidade. No meio da guerra, a única bondade que se pode dar ao luxo de ter é dar ao inimigo uma morte rápida.

Eles, definitivamente, não estavam em segurança. Haviam apenas ganhado tempo. Agora, a catapulta inimiga castigava a grade, enquanto eles tentavam dar uma sobrevida ao portão que ficava por trás. Os Golwin continuavam entrando. Os sons de lutas de espada estavam para todo lado. Explosões eram ouvidas perto do muro, pois tentavam abrir buracos e fragilizar a proteção. Eles iam cair. A defesa do castelo não aguentaria até o início da tarde. Era o maior e mais bem armado exército que já haviam enfrentado e sem todo o seu contingente de defesa.

Os gaviões e falcões sobrevoaram o castelo, fazendo círculos no ar e piando alto. O som que faziam foi ouvido acima de todo aquele barulho. Cold e Aaron viram as aves. Símbolos dos Warrington, aquelas aves de rapina estavam no estandarte e na bandeira que tremulava acima da torre mais alta. E ainda eram treinadas para atacar, sempre levavam mensagens e acompanhavam a tropa. Luiza parou no meio do pátio ao ver uma das aves dar um voo rasante antes de seguir a outra de volta para o campo. Aquela ave branca, seguindo a outra vermelha, tinha que acreditar que se tratavam de Myra e Redish.

— Vamos nos proteger! — ela disse às outras mulheres. — Levem esses feridos para dentro. Agora!

Elas estavam sendo perseguidas, e os Golwin já estavam dentro do castelo, espalhando terror para todo lado. Eram poucos os que passavam pelos guardas do muro, mas alguns se esgueiravam e conseguiam. Eram instruídos a encontrar a família do conde e viam a condessa, mas não a reconheciam, especialmente porque Luiza teve a presença de espírito de esconder o cabelo e não estava trajada como uma condessa estaria.

Mesmo assim, fora atacada e machucada. Mas lutara bravamente com a espada leve que sabia manejar, a mesma que usara para amedrontar Rodney. Ela agia protegendo as outras e garantindo que os feridos fossem socorridos. Já havia perdido sua adaga, quando a deixou no pescoço de um Golwin que encontrou esganando uma das mulheres. Mas agora começava a sentir dor. Estava com medo de não conseguir segurar a vida que levava no ventre. Continuava sangrando.

— Ataquem! — Aaron gritou para os arqueiros e besteiros que ainda tinha sob seu comando. — Eles têm de recuar!

Com sobrevida, a defesa do castelo atacou. Como se uma corrente de ar os jogasse para frente, empurrando de volta a pressão que os inimigos faziam. Flechas incandescentes acertavam as pernas da catapulta. Outras com pontas de ferro entravam pelas armaduras e continuavam chovendo sem parar sobre os atacantes abaixo dos muros. Os cavaleiros jogavam os Golwin lá de cima, usando-os como armas contra os que estavam subindo, e incendiavam as pontes de madeira, que começaram a tombar. O pouco que restava do óleo quente foi despejado à frente do portão.

O plano começou a dar certo, estavam recuando. Dava tempo de ao menos uma respiração antes de retomar a luta. Mais atrás, os homens pararam de subir a colina, já que os da frente recuavam, fazendo todos pararem, como em uma rua engarrafada. Logo se formou uma espécie de lago de homens, prontos para avançar, mas estagnados pelos que estavam à frente sendo forçados a recuar para se proteger.

O som de guerra do castelo soou novamente, grave como o som forte saindo por canos longos de pedra e tão forte que avisava toda a região que Havenford estava pronto para a luta. Uma vez significava que o castelo estava sob ataque e todos deviam correr para protegê-lo. Mas tocou três vezes, o que não fazia sentido, pois já estavam lutando desde as primeiras horas da manhã. Três significava que sairiam para ataque externo.

— Faça-os recuar! — Cold gritava. Até ele estava com um arco nas mãos. — Atirem até a última flecha. Faça-os recuar agora! — ele comandou todos os soldados.

Os homens obedeceram. Não tinham noção do plano, não sabiam quanto tempo se passara, estavam imersos na luta. Mas sabiam que tinham de obedecer àquela ordem se também quisessem viver. Era dia, mas as flechas com fogo voavam em destaque contra o céu, que não se decidia e agora as nuvens encobriam o sol novamente.

— Mais! Ataquem! Ataquem!

Os Golwin ficaram atordoados com a repentina violência da defesa do castelo — como se estivessem desesperados, pois não tinham mais nenhum recurso para defender-se. Hugh guiava seus homens, mandando que avançassem; tinham de reprimir o ataque. Não podiam deixar que os empurrassem colina abaixo como estavam fazendo agora.

O sinal do castelo soou longo dessa vez, como se alguém tivesse usado seu último fôlego para soprá-lo. Quem estava no alto já podia ver o que estava acontecendo. Mas os homens lá embaixo só agora começavam a escutar o tropel dos cavalos, o chão tremendo e os gritos de guerra. Só então entenderam que os Golwin que recuavam do alto da colina não o faziam apenas para fugir das flechas, mas para reforçar a defesa lá embaixo. Porque, agora, eram eles que seriam atacados.

As catapultas do castelo pararam de jogar pedras. Ninguém do lado de fora parecia ter notado isso, afinal, não podiam correr o risco de acertar o próprio exército.

Os Golwin começaram a se virar lentamente. Agora, não havia mais sol para refletir no metal que vinha contra eles. Mesmo assim, a espada do conde brilhava à frente deles. E foi rápido. Quando montaram a defesa com as lanças, os Warrington já estavam em cima deles. Foi exatamente como um lago estagnado que era atingido pela força do mar revolto após a tempestade. Então, os Golwin ficaram presos entre a colina, o castelo e o exército do conde, que chegou mais cedo do que esperavam.

Eles recuaram com toda força de volta para Havenford, que atacava com todas as flechas que ainda tinha. Agora, tentavam romper o portão desesperadamente para fugir dos homens que estavam de volta para proteger sua terra.

— Mantenham o portão! — Cold gritava lá de cima, e lágrimas quase turvaram sua visão quando ele viu os homens chegando. Ele nunca esteve desse lado, jamais pôde ver a beleza da salvação que seus companheiros representavam.

Os homens seguravam as vigas usando toda a força que tinham. Os outros lutavam para afastar os inimigos. O castelo continuava aguentando. Pelo estandarte vinho e pela cor das túnicas, dava para ver que os Warrington estavam vencendo a defesa dos Golwin e já subiam pela colina, lutando para tirá-los de perto do portão.

Dentro do castelo, se desenvolvia outra luta. Os homens simples, fazendeiros, padeiros, ferreiros, artesãos haviam conseguido matar os poucos Golwin que se esgueiraram para dentro do pátio interno. Mas a porta que dava para a sala onde estavam os Eldren, Driffield e Erin com os filhos do conde foi escancarada. Quatro homens entraram, usando roupas de servos, mas eram inimigos. Os guardas estavam caídos logo atrás deles.

Erin tirou a adaga do cinto e passou os gêmeos para trás dela. As mulheres ficaram de pé, procuraram armas pelo aposento. Os filhos adolescentes de Lorde Driffield e Lorde Eldren sacaram as espadas e se postaram à frente, prontos para lutar como guerreiros adultos. Mas eram apenas três garotos com idades entre doze e quinze anos contra quatro homens bons o suficiente para matar os guardas da porta.

Sem se intimidar, os garotos aguardaram. Rey, o mais velho, pegou a bandeja para usar como escudo e ficou à frente. Os homens avançaram, obviamente não preocupados em ter de matar aqueles garotos. Eles sabiam que os gêmeos estavam ali atrás, protegidos por aquela gente inofensiva, e, pela descrição que receberam, não viam a condessa presa ali.

— Saia da frente, garoto — disse o primeiro guerreiro. — Se sair correndo agora, não o mataremos. Só queremos os gêmeos.

Rey era o segundo filho de Lorde Driffield, e tinha em mente que agora era a melhor proteção para sua mãe, seus irmãos, a esposa e os filhos de lorde Eldren, a criada e os filhos do conde. Mesmo que lhe dissessem que poupariam todos se deixassem apenas os gêmeos, ele não desistiria. Jamais seria um cavaleiro se abaixasse a espada e deixasse que levassem os bebês.

— Não posso. Deem meia volta e vão ajudar seus homens a não conseguir a conquista deste castelo. Não há nada para vocês aqui — rebateu, com a voz soando bem adulta.

— Eu avisei, garoto. — O homem avançou para ele. Não o estava subestimando, mas definitivamente não esperava que o garoto fosse atirar a adaga e cravá-la bem no meio do seu pescoço. — Maldito... Cheirando a leite — o homem murmurou antes de cair com a boca borbulhando sangue.

Quando os outros três viram o que aconteceu, partiram para cima de Rey, que começou a enfrentar um dos homens. Seu irmão e o filho dos Eldren assumiram o segundo. Sobrou o terceiro, que partiu para cima das mulheres. Elas afastaram as crianças e se protegeram com o que puderam. Jogaram pratos, bateram com candelabros, empurraram cadeiras, quebraram canecas e jarras e tentaram feri-lo com as pequenas facas que tinham. O homem fez um corte feio no braço de Lady Eldren, deixou a irmã de Rey inconsciente e pegou Angela, lady Driffield, como refém.

— Passe os gêmeos para cá ou mato a mulher — avisou o homem.

— Mate-o, Rey! Mate-o! — Angela dizia para o filho, assim ele não pararia de lutar com o outro homem.

— Cale a boca! — O terceiro bateu com o cabo da espada na cabeça de Angela. Ela gemeu de dor, mas não cedeu.

Erin mantinha os gêmeos bem seguros, agarrados à sua saia. Era hora de cumprir sua promessa à condessa. Não importava o que aquele homem fizesse, ela não ia deixar que pegasse as crianças. Ela começou a se mover, surpreendendo o homem. Caminhou com Haydan e Christian em direção a uma porta escondida que dava em outro aposento, de onde pretendia fugir.

— Mulher! — o homem gritou.

Angela lhe deu uma cotovelada e recebeu um corte no peito que seria destinado à sua garganta se não tivesse agido. Ela correu para a filha. O homem perseguiu Erin. Rey se distraiu e foi derrubado, e o homem que lutava com ele correu para pegar um dos garotos. Mas ele se levantou e segurou o oponente pelo cabelo espesso. Este se virou para cravar-lhe a espada no abdômen. Rey esperava por essa, então desviou-se e cortou o pescoço do homem. Ele segurava o cabelo com tanta força que causou uma decapitação. Erin virou os gêmeos para que não vissem. Rey pulou sobre a cadeira e viu que os garotos já estavam machucados. Ele lançou a espada, que entrou pelas costas do segundo atacante. Mesmo assim, o homem continuou de pé.

Erin preparou-se para lutar com o terceiro. Pegou o candelabro e jogou, mas ele se desviou. Vendo que estava sozinha, ordenou a Haydan que corresse; Christian sempre o seguia. Então ela se atracou com o homem, a adaga na mão. Ele a prendeu, apertando-a e machucando. Ela lutava, liberando o braço e golpeando nenhum lugar em especial, desde que fosse a carne do atacante. Ele lhe deu um murro, ela viu tudo girar e bateu contra a parede. O homem saiu correndo atrás das crianças. Mesmo zonza, ela levantou e foi atrás dele.

No meio da colina, Hugh virou o cavalo e partiu cavalgando a toda para cima do homem que tanto odiava. O último usurpador de sua família. O conde comandava os homens, e vez ou outra sua espada matava mais dois ou três dos Golwin, manchando ainda mais sua terra de sangue. Ele gritava, mandando que retomassem a colina, quando foi atingido.

Emaranhou-se com Hugh enquanto rolavam pelo chão poeirento da colina, que virara terra molhada de suor e sangue. Não sabia quem o derrubara do cavalo, mas caíra pronto para a luta. Ele levou um chute nas costelas antes que conseguisse ficar ereto, mas desviou-se de outro, apesar da dor. Jordan segurou o homem pelo elmo e o rodou, arrancando a proteção de sua cabeça e deixando-o confuso por alguns segundos. Eles trocaram murros, procuraram armas e executaram golpes para desarmar.

O conde perdeu seu elmo e achou melhor, pois voltaram à força bruta dos punhos, e ele precisava enxergar onde batia. Hugh pegou uma adaga do chão e enfiou na parte de cima da coxa do conde, que não tinha tempo de sofrer esse golpe se quisesse viver. Ele a segurou com força e retirou, trincou os dentes pela dor e girou no lugar, evitando um golpe e cravando a mesma adaga no braço do inimigo com tanta força que ela atravessou. Havia revolta em seus olhos, estava dominado pelo ódio pelo que aquele homem queria lhe tomar.

Ele não viera à sua porta com coragem para lutar por algo de direito, lhe apunhalara pelas costas e queria usar sua família, tudo que ele mais amava, para conseguir mais terras. Um maldito pedaço de terra que não pertencia aos Golwin desde antes dos avós de ambos nascerem e foi concedido em uma disputa. Ou seja, antes, não era de nenhuma das duas famílias.

— Ladrão! Família de ladrões! Devolva minhas terras! — gritou Hugh, antes de jogar uma lança que quase arrancou o braço do conde.

Jordan puxou a espada que estava em um dos vários corpos caídos, porque a sua estava longe demais. Enquanto lutavam, eles tinham que ao mesmo tempo se desviar da luta dos outros. Ele não estava sentindo dor, sua exaustão já fora esquecida. Estava tomado por tamanho ódio que não conseguia ficar parado. Agora, não havia nada que pudesse pará-lo. Jordan andou até o homem, que também pegara uma espada, e esperava o golpe da arma. Mas o conde fez o metal se chocar e, ao invés de investir numa luta de armas, ele chutou o peito de Hugh com a sola de sua bota, jogando-o para trás, tamanha era a força cega que tomava seu corpo.

— Só havia uma regra! — Jordan avançou para cima dele, levantando a espada, seu olhar fixo, seus dentes chegando a trincar. — Jamais atente contra a minha família! — rugiu o conde antes de empalá-lo com a espada longa. A arma entrou pelo pescoço, passou pela espinha e cravou-se no chão, deixando-o inclinado e preso ali. Ao morrer, Hugh ainda tinha um sorriso doentio no rosto, como se soubesse que seus homens haviam conseguido alcançar e exterminar o que o conde tanto prezava.

A grade não podia ser suspensa agora, então o exército dos Warrington estava preso do lado de fora, terminando de exterminar os Golwin. Luiza chegou correndo na sala onde deixara seus hóspedes e seus filhos. Betia a acompanhava, pois ficava seguindo-a todo o tempo que estava dentro do castelo. Seu coração parou quando viu tudo quebrado, as pessoas feridas, os mortos no chão e nem sinal de Erin, Haydan e Christian.

— Rey acabou de ir atrás deles! — disse Angela, apontando para a porta secundária.

— Não! — Ela correu, o grito angustiado de dor de uma mãe achando que perdera seus filhos.

Ela encontrou-os pelo rastro de sangue no chão. Começou a se sentir mal assim que viu o líquido vermelho. Suas pernas fraquejaram, Betia a alcançou e ajudou-a a continuar andando. Chegaram ao solar e encontraram Rey ajoelhado; o sangue vinha dele. Estava muito ferido, mas mesmo sem força segurava a mão de Christian enquanto mantinha um punhal na mão. Provavelmente não tinha mais forças para levantar a espada pesada.

O terceiro homem tinha rasgado as roupas de Erin e a machucado, mas sangrava. O que levava a crer que Rey entrara, impedira alguma coisa, lutara com o homem, separara os gêmeos e fora ferido.

Haydan estava no chão, segurava o braço cortado e o rosto estava coberto de lágrimas. Erin ainda mantinha a adaga na mão, mesmo que esta tremesse. E acabava de dar outro golpe no homem, que, após a luta com Rey, estava bem mais fraco.

— Meu filho! — Luiza andou o mais rápido que pôde até ele, pois não estava conseguindo correr. A dor no ventre voltara ao ver tudo aquilo. Ela o afastou do homem, abraçando Haydan com força.

Erin caiu sentada. Mesmo que o homem estivesse vivo, ela não tinha mais forças. Havia lutado com tudo que tinha e com força que nem sabia possuir. Olhou para Rey com gratidão, ele salvara sua vida e dos bebês, mas agora parecia estar morrendo por isso. Ela engatinhou na direção dele para ajudá-lo. Betia observou a cena e viu que o homem estava se levantando e indo em direção a Luiza, parecendo ter ganhado forças ao ver o cabelo vermelho que escapara da touca da mulher que estivera procurando o dia todo.

Era ela a condessa que seu chefe mandara que pegasse a todo custo. Ela nem fazia ideia de quantos homens haviam morrido tentando encontrá-la. E, agora, ela estava junto com os gêmeos malditos. A cozinheira andou calmamente até a espada de Rey, levantou-a com as duas mãos, foi até o homem e, calculadamente, a cravou nas costas dele, atravessando o coração.

— Não é assim que fizeram conosco? Atacaram-nos pelas costas. Pois bem, sinta o gosto de querer levar minhas crianças embora! — Betia empurrou o homem que, dessa vez, caiu morto. — Ninguém mexe com minhas crianças e não se vê comigo.

Ao ver que o homem estava morto, Rey largou o braço de Christian, que correu para a mãe. Ele ficou mais assustado ao ver que seu irmão estava ferido. Luiza abraçou os dois e chorou baixo. Logo chegou mais ajuda. Angela veio cuidar do filho, Erin foi para perto da condessa e começou a chorar também. Mas depois adormeceu de exaustão. Joan veio cuidar dos ferimentos da filha, e Betia ajudou Luiza a enfaixar o braço do bebê, tão pequeno e com um corte tão feio que lhe deixaria uma cicatriz.

A luta durou até o meio da tarde, e os homens demoraram a ver que seu líder estava morto. Então os que sobraram debandaram, perseguidos pelos homens do conde, que matariam todos que encontrassem. O castelo demorou a ser aberto, a grade ficou emperrada, o portão estava extremamente abalado. Precisariam ser muito rápidos na reconstrução, pois a defesa não podia ficar comprometida.

Quando o conde entrou, girou seu cavalo no pátio e não foi descansar nem ordenou que todos finalmente pudessem largar as armas.

— Mais uma vez, mantivemos esses portões fechados, defendemos nossas famílias e vencemos. Mas perdemos muitos e estamos fragilizados. Vamos trabalhar mais uma noite, e amanhã dormiremos em paz e rezaremos por nossos mortos — disse ele, antes de desmontar.

Os homens praticamente largaram as espadas e pegaram as ferramentas. O portão começou a ser reforçado imediatamente. Todos que estavam no pátio interno foram liberados e iniciaram a limpeza. O pior é que teriam de retirar também os inimigos, e cavar uma fossa bem grande e funda para atear fogo aos corpos. Seriam dias e mais dias de limpeza e reconstrução. Além de choro e lamentação, pois Havenford perdera muita gente.

Jordan tinha muitas pessoas para cumprimentar e agradecer. Visitaria todas as famílias que perderam alguém na guerra e ajudaria a reconstruir a vila. Como a principal parte da cidade ficava mais perto do rio e também do outro lado, os danos foram menores. Os próximos meses seriam difíceis, a próxima colheita estava prejudicada e a caça também não seria a mesma.

O campo à frente da colina virara um nada, exatamente o que era o final da batalha.

Felizmente, as terras eram amplas e a horta ficava atrás. Não haveria fartura, mas também não passariam fome e daria para ajudar os camponeses a sobreviverem até a nova plantação. Tinham sorte por ainda faltarem alguns meses para o inverno ou estariam com problemas ainda maiores do que tinham.

Ele observou quando Morey caiu nos braços de Lavine. O homem literalmente despencara sobre a esposa, estava ferido e Jordan o vira lutar com um desespero fora do normal para conseguir chegar ao castelo. Cold pulou de uma das guaritas e o conde o surpreendeu ao abraçá-lo.

— Eu sabia que podia confiar que defenderia esse castelo — disse o conde, sem nem imaginar o que seria deles se, além dele, seus dois principais cavaleiros não fossem instruídos sobre a defesa do castelo.

Cold fez um sinal para Aaron, que se aproximou, bem mais confiante do que era antes, quando chegou ali e tinha aquele jeito meio tímido.

— Não faria nada sem seu novo comandante dos arqueiros — informou ele.

Jordan o agradeceu e parabenizou pelo novo cargo, o que era cômico, já que supostamente ele deveria aprovar a nomeação. Ficou claro que nem precisava.

— Eu tenho muito para fazer, mas... Perdoem-me. — Mesmo mancando, ele deixou todos ali e entrou no castelo. Estranhou que Betia não o estivesse aguardando. E ninguém estava lhe falando nada, como se não quisessem dizer.

CAPÍTULO 26

O conde mancou pela escada e encontrou a comoção de guardas que estavam tão tensos que ele pensou até que iam barrar sua entrada. Mas eles se afastaram ao vê-lo. Betia estava ajoelhada, passava unguento nos joelhos machucados de sua esposa, que apertava os filhos contra seu corpo. Haydan estava com o braço enfaixado e Christian parecia magoado, além de estar sujo de sangue. Erin dormia enrolada como uma bola sobre o banco embaixo da janela e havia sangue pelo chão. Ele fechou os olhos por um segundo, como se não fosse conseguir escutar mais essa notícia ruim sobre o que acontecera ali. Mas avançou e Betia levantou-se rapidamente.

— Até que enfim, milorde. Estava pensando em ir buscá-lo com a colher de pau! — disse ela, enquanto avaliava-o criticamente e via logo que estava ferido, pois sangue escorria pela sua perna, e seu rosto dava dicas de que apanhara um bocado. Mas não comentou, virou-se e provavelmente foi buscar a agulha.

Ele abraçou Elene, que nem havia se mexido, apenas continuava lá agarrada aos gêmeos. Os dois se contorceram nos braços da mãe, agarrando-se ao pai assim que ele os abraçou. Agora, as crianças começavam a entender que todo o terror passara. Afinal, a mãe ainda estava ali e o pai voltara. Ainda não sabiam o que era uma guerra, mas sabiam que acabara.

Jordan ficou abraçado a eles sem dizer absolutamente nada. Apenas ficou ali, com toda a sua família reunida entre seus braços e os outros com quem se importava em volta. Isso, sim, era algo pelo qual lutar.

— Desculpe-me por ter demorado tanto — ele disse por fim. — Me ajoelharia aos seus pés, mas minha coxa está com um pequeno furo...

— Um pequeno furo? — respondeu ela, a voz embargada por ter novamente a chance de falar com ele; seu marido não perecera naquele campo. — Se o conheço bem, deve estar com a coxa aberta de fora a fora.

— Nem tanto, meu amor, nem tanto... — Ele sorria, feliz em escutá-la o alfinetando como sempre fazia.

— Nem muito menos, não é? — Ela se virou para ele e deixou que os gêmeos pulassem para o pai, que os segurava com dor em todos os lugares, mas mantinha-os bem junto a ele. — Mas você voltou, não importa onde esteja furado ou rasgado dessa vez.

— Eu lhe prometi. Sempre vou voltar para você e nossos filhos.

Ela assentiu e abriu os braços, abrangendo o marido com os dois filhos. Mas nem tudo seria bonito quando todas as notícias fossem dadas e os mortos contados.

Lorde Driffield voltou com um dos braços inutilizado para lutar e soube que seu filho estava à beira da morte. Eles também não podiam voltar para casa por uns meses, até reerguerem seu castelo que os Golwin destruíram. Os Eldren já haviam perdido um dos filhos na batalha em suas terras. Agora, a mãe estava ferida e seu marido, de cama por, pelo menos, uma semana, com um ferimento horrível no abdômen. Talvez nem sobrevivesse.

E Erin levou um enorme choque ao acordar. Jordan não sabia como dar a notícia. Ele olhou Joan, que esperava ansiosamente, mesmo que no fundo já soubesse o que era. Então, levou a mulher até o lado de fora e ela caiu em prantos, com Betia e Délia tentando ampará-la. Erin passou correndo por elas e se jogou sobre o corpo que estava estendido sobre o lençol branco em que os homens o haviam colocado. Seu pai estava morto. Não adiantava dizer agora como ele foi um guerreiro bravo e fiel. Sucumbira como um cavaleiro honrado, no meio da batalha.

— Ele morreu jurando que ninguém entraria aqui para machucá-las. Protegeu o portão até derrubar o último homem. — Cold levantou Erin do chão quando os homens levaram o corpo para a capela. Ela chorava tão copiosamente, que ele a abraçou e manteve-a de pé.

Joan ficou doente com a morte do marido que tanto amava. Passou os três dias seguintes sem querer comer ou se levantar. Só foi à missa e ao enterro que, pelo volume de mortos, era para outros cavaleiros também. Erin estava desconsolada e ficava sozinha pelos cantos. Luiza procurou lhe dar uma folga, tomou conta dos gêmeos o tempo todo e não a chamava para nenhum outro serviço. A garota visitava muito Rey, como se ajudar a cuidar dele fosse um consolo. Já perdera o pai, não queria perder mais essa vida. Ainda mais alguém que se arriscara para salvá-la.

Depois de quatro dias à beira da morte, o rapaz finalmente parecia estar respondendo a todos os cuidados que recebia. Quando se levantasse, receberia muitas condecorações por seus atos heroicos. Mal caberia em si quando soubesse que podia ficar ali para aprimorar o treinamento e vir a ser um cavaleiro, pois não havia sido mandado a nenhum lugar porque sua família estava sem dinheiro para bancar.

Admito não ter um vocabulário vasto o suficiente para descrever o sofrimento que vi no rosto dessas pessoas. Já perdi as contas das batalhas em que levantei minha espada. Não sei mais quantas cicatrizes tenho. Mas algumas marcas simplesmente não nos deixam. Não são como minha mão, que finalmente pude voltar a usar para escrever. Nem o braço de meu filho, que sarou, ou as pernas de minha esposa, que já não têm marcas. A morte está sempre comigo e sempre descubro que não dói menos, não passa mais rápido e não melhora se chorar. Faz-me pensar como ainda não chegou a minha vez.

Os meses depois da guerra foram difíceis para todos, tanto para os feridos quanto para aqueles que estavam de luto, e mesmo os que não foram diretamente afetados. O trabalho era dobrado, o castelo estava sendo reconstruído, muitas barracas ainda estavam armadas no pátio externo e em volta da colina, pois as casas da vila eram reerguidas lentamente. Dava para aproveitar o material que não foi queimado, mas boa parte ainda precisava ser produzida.

E Luiza estava passando por mudanças, algo entre ela e Elene. Suas decisões não eram mais suas, talvez nunca tivessem sido. Assim que chegou ali, boa parte do tempo era como se estivesse sozinha. Elene se escondia em sua concha, precisando de ajuda para enfrentar seus fantasmas e força para seguir naquele caminho. Mas sua relação dupla com tudo ficou mais forte depois do nascimento dos gêmeos e se intensificou no ano anterior, quando ficou em desespero, esperando a morte do conde a qualquer momento. E agora ela também tinha seus momentos fora dali.

— Milady! Milady! — Erin entrou correndo no quarto de Luiza.

Há meses Luiza não escutava Erin gritando por ela. Afinal, estava se comportando. Sua barriga estava bem redonda agora, mas ainda tinha medo pelo bebê porque houvera outros sangramentos. E, além disso, Erin estava se conformando, ao menos voltara a conversar e fazer suas tarefas com o mesmo empenho de antes.

— O que há, Erin? — perguntou ela, virando-se rapidamente para a porta, imaginando tudo, menos as palavras que viriam a seguir.

— Milorde! — Erin pausou por um segundo apenas para respirar, viera correndo desde o primeiro andar do castelo. — Ele não está se sentindo bem.

Luiza foi andando o mais rápido que podia atrás dela com aquela barriga pesando à sua frente. Entrou no gabinete do primeiro andar, aquele mesmo onde costumava trabalhar. Encontrou o marido perto da janela do meio, curvado, com uma mão sobre o peito e a outra se apoiando no batente. Ele parecia sentir dor e puxava o ar como se não viesse. Joan e Betia já o amparavam.

— Eu disse para não chamá-la — Jordan murmurou quando apoiou a outra mão. Tentava parecer melhor para que ela não se preocupasse.

— O que você está sentindo? — Ela chegou até ele e o segurou, colocando a mão sobre seu peito onde a dele estivera. — Puxe o ar devagar. Venha, vamos sentar.

Ela o ajudou a ir até a cadeira com a assistência das outras. Délia entrou com um suposto tônico. Jordan ficou segurando a mão de Luiza, apertava e mantinha os olhos fechados, e pressionou a palma dela contra seu peito, como se isso pudesse parar a dor. Ela aproximou o tônico de seus lábios e fez com que ele bebesse alguns goles.

— É um tônico, o mesmo que a mãe de milorde tomava.

Luiza ignorou o motivo para Délia ter tido a ideia de dar o mesmo remédio que a mãe do conde tomava. Mas, de fato, enquanto segurava sua mão ali e respirava mais calmamente, a cor foi retornando ao rosto dele.

— O que é isso? — Luiza indagou ao olhar o vidro e depois Délia.

— Tônico, milady. À base de plantas naturais. A antiga condessa, mãe do conde, bebia o mesmo.

— Ela tinha esse mal-estar?

— Não muito... — respondeu a mulher.

— Mas tinha... — concluiu Luiza. Ela olhou o marido e ele estava com os olhos semicerrados, apenas olhando-a. Ela pegou sua mão e colocou sobre seu ventre avantajado, como se o lembrasse de mais um motivo para aguentar. Jordan sorriu enquanto ela segurava seu dedo mindinho e apertava como se mantivesse uma chave.

— Foi apenas um mal-estar — ele disse baixo, recuperando-se aos poucos.

Morey entrou no aposento e andou até perto do conde, que ainda parecia muito concentrado em respirar.

— Ajude-me a levá-lo para cima — Luiza disse ao cavaleiro. Estava a ponto de pedir para que chamassem alguém, pois elas não aguentariam o peso dele pela escada.

Jordan foi deitado em sua cama e ela ficou ao seu lado. Mesmo quando ele dormiu, continuou ali. Achou a experiência horrível, pois, se estivesse em seu tempo, ia obrigá-lo a imediatamente fazer todo tipo de exames. Mas o que fazia em pleno século XV? Não tinha check-up, tomografia, ecocardiograma... Nada. Só podia rezar.

Dois meses depois, o conde nem parecia que havia passado mal em qualquer dia da sua vida. Estava ótimo, só que a guerra lhe cobrara uma pequena consequência se comparada à de muitos outros. A sua coxa, aquela onde Hugh cravou a adaga, agora incomodava e, quando resolvia doer, o que era totalmente imprevisível, ele mancava por aí. Podia estar ótimo, até correndo e, do nada, a dor vinha. Nada que atrapalhasse sua vida, mas não teria a mesma confiança para correr por muito tempo ou aguentar manobrar um cavalo durante todo o dia como as batalhas costumavam exigir.

Em vez de ficar triste por isso, ele ficou surpreso. Depois de passar a vida dessa forma incerta, saindo inúmeras vezes com a espada na mão, só agora lhe fora cobrado algum tributo físico. Era verdade que seu corpo era todo costurado, com cicatrizes para todo lado, mas só agora ficara uma sequela permanente.

Jordan sentia que a coxa começava a doer, mas não parava de andar por aquele corredor. Dessa vez, não o deixaram ficar dentro do quarto. Na verdade, ele esteve lá, mas depois de um tempo as mulheres o expulsaram, até sua esposa lhe disse para sair. Algo estava errado, ele sabia, não era nenhum idiota só porque não entendia de partos. Elas pareciam esquecer que ele não era inexperiente nisso, era o quinto parto que presenciava como pai.

Luiza estava perdendo sangue, mas a criança não saía. Délia estava nervosa e Betia já tivera de tomar um chá calmante. Erin entrava e saía com mais e mais panos sujos de sangue. Vez ou outra, ele escutava outro grito de dor quando mais uma contração sacudia o corpo já castigado da esposa. Estava assim há horas. Ele não queria mais, iria começar a arrancar os cabelos. Sabia que não deviam ter outro bebê, já haviam recebido seu milagre com a chegada dos gêmeos. Pedir mais era pecado. E ele não conseguia nem pensar na possibilidade de a vida lhe cobrar um preço alto demais. Outra vez.

— Erin! — Ele obrigou a garota a parar, enquanto ela trazia outra bacia com mais panos limpos — O que diabos está acontecendo lá dentro? Se não me disserem, vou entrar e pronto. Estou cansado de ver rios de sangue por aí, não é isso que me manterá longe da cabeceira de minha esposa!

— Milorde, ela não quer que fique lá — respondeu Erin. — Está assustada e com dor. Eu acho que... — Erin balançou a cabeça. — Ela só não quer que a veja sofrendo.

Se o rosto dele ficasse mais branco, viraria um fantasma.

— Uma droga que vou deixá-la lutando sozinha para pôr nosso filho no mundo! Chega disso, não sei por que aceitei que me colocassem para fora. — Ele abriu a porta para Erin e entrou logo depois. Andou decididamente até a cama, puxou a mesma cadeira de antes e sentou-se ao lado da cabeceira. Então, passou a mão pelo cabelo suado da esposa e afastou os fios de sua face. O tom vermelho de seu cabelo acentuava a palidez.

Em vários momentos, Luiza sentia como se fosse deixada de lado. Era como um lembrete de que, apesar de tudo e de todas as decisões que podia tomar, era o corpo de Elene que estava cansado e ambas estavam a ponto de chorar de desespero. Ela moveu o rosto, reconhecendo o toque dele, e abriu os olhos. Délia a havia deixado descansando. Apesar das contrações que iam e vinham, ela estava exausta e cochilou por um momento.

— Nem pense em me dizer para sair. Daqui ninguém me tira até que esteja bem e tenha colocado nossa criança no mundo.

Ela estava com medo de perder o bebê, conseguira segurá-lo no ventre até agora, não sabia ao certo, mas tinha certeza de que estava adiantada. Ainda faltava um pouco para os nove meses, mas não dava mais. Nasceria antes do tempo, mas a criança simplesmente não vinha e a estava consumindo. Luiza achava que estava sendo castigada por todo o exagero que cometera durante a batalha no castelo.

— Tudo bem... — Ela sentiu-se confortada pela presença dele. Praticamente se agarrou ao braço que ele lhe dera para se apoiar.

Ela fechou os olhos por mais uns minutos, então outra contração veio. Agora o conde começava a entender por que o colocaram para fora. Teve ímpetos de se rasgar ao meio ao vê-la sofrer daquela maneira. Ela se contorcia na cama, imersa em dor, tremendo e agarrando-se a qualquer coisa que pudesse se segurar. Seu grito de dor cortou o coração dele, e lágrimas lhe vieram aos olhos. Evitou-as e segurou a mão da esposa, tentando lhe chamar atenção.

— Acho que está na hora de pôr essa criança para fora, meu amor. Estou falando sério, já dá pra ver que esse nos dará trabalho.

Ela o escutou, mas não o olhou. Délia operava sua mágica à frente dela e, dessa vez, ela deu um grito de aviso, chamando Betia e Joan para perto da cama. Enfim conseguira que o bebê despontasse. Erin permanecia na cabeceira, mas, do outro lado, incentivando também. Ainda custou, mas finalmente Délia puxou o bebê, que não chorou. Parecia até que estava dormindo. As lágrimas desciam pelo rosto de Elene, por não escutar seu bebê chorar. O conde a amparava, mas estava abalado e olhava para a pequena criatura ensanguentada que estava nos braços da mulher.

Délia virou o bebê, bateu em suas costas, colocou o dedo em sua garganta e o balançou. Lavou seu rosto, e a pequena criaturinha engasgou algumas vezes. Depois, timidamente começou a choramingar e, quando recebeu outro tapa nas costas, chorou, parecendo muito aborrecida pelo fato de a importunarem tanto quando mal chegara ao mundo.

Elene chorou mais, dessa vez de alívio. Apoiou-se contra o marido, que não tinha palavras, sua voz sumira — ele fora a extremos em poucos segundos.

Achara ter perdido mais um filho e sentira-se dilacerar, mas pior foi pensar que sua esposa teria de passar pela terrível experiência de dar à luz a um bebê morto.

Um momento como esse ajudava o conde a entender o motivo de sua prima ter se jogado da torre. Era um sentimento muito arrasador perder um filho, e eles perderam três; quatro, se contassem o feto. Ela devia estar no auge do desespero sem seus outros filhos e amamentando um bebê que, no fundo, não queria.

— É uma menina! — exclamou Betia enquanto limpava o bebê. — Uma menina, milorde! — Era óbvio o motivo da emoção da criada; ela estava lá quando o conde perdeu a filha. Sabia o quanto ele sofrera, mas tinha fé que isso não tornaria a acontecer.

Infelizmente, o conde e sua esposa não teriam mais filhos. Ele preferia assim, pois tinha sua família a salvo. Mas ninguém sabia dizer por que, não havia métodos contraceptivos efetivos naquela época e, por mais que bebesse as invenções de Délia, Luiza não acreditava nelas. Talvez, Elene não pudesse mais tê-los — o nascimento da filha foi realmente muito duro para ela.

Estou abismado, aliviado e preocupado. Temos um novo bebê, uma menina pequenina e frágil, exatamente como era minha filha que não está mais aqui. Meu sono não vem, abandonou-me no minuto em que minha filha chorou. Receio por ela, e minha esposa ainda precisa se recuperar. Não tem sido dias calmos, apesar da dádiva de um novo filho.

A propósito, nossa filha se chama Helena, um nome em homenagem à sua mãe. Rogo que minha pequena Helena viva para entender seu próprio nome.

A pequena Helena tirou muitas noites de sono de todos no castelo. Luiza precisava dormir e se recuperar, mas sempre acordava para perguntar sobre seu bebê. E o conde... Bem, ele se resumia à preocupação e apreensão. Mas, quando chegou aos três meses, sendo muito bem amamentada pelo leite materno, Helena foi crescendo e ficando cada vez mais vivaz. Luiza amaldiçoou aquela época em que vivia tantas vezes que, em algumas, foi flagrada pelo marido, que chegava a olhar com preocupação. Ela falava de incubadora, teste do pezinho, nebulizador e outros nomes estranhos que o conde chegou a perguntar se ela falava de algo relacionado à alquimia. Luiza inventava alguma história ou dizia que ele entendera errado e mudava de assunto.

Quando Helena completou cinco meses, eles estavam finalmente aproveitando a novidade. Os gêmeos nem estranharam a irmã, só achavam que era uma criaturinha pequena que podiam fazer de bichinho de estimação. Fora isso, gostaram muito dela. Como o conde era um pai amoroso com todos eles, os dois não ficaram com ciúme do novo xodó do pai. Ele carregava aquela coisinha pequena enrolada em uma manta para todo lado, mas levava Haydan e Christian também. Só que agora os obrigava a segui-lo.

Os gêmeos já estavam grandes o suficiente para não serem mais carregados e levados o bastante para precisarem de vigia constante. Luiza o acusava de querer treinar os filhos para cavaleiros desde o berço. Ele dizia que era um absurdo, mas era a mais pura verdade. Mas sua pequena Helena, não. Ela seria uma dama bela e educada, com certeza com todos os "maus hábitos" da mãe. E ela já tinha uma marca de Elene, algo que carregaria para as futuras gerações dos Warrington: o cabelo vermelho. Os delicados cachinhos que despontavam na cabeça de Helena eram vermelhos, da cor de morangos maduros.

Foi em meados de agosto de 1427 que o conde comunicou à esposa que não teriam mais filhos. Eles, obviamente, não sabiam que ela não conseguiria mais tê-los, mesmo que quisesse. Jordan se recusava a ver a esposa passar por aquele sofrimento de novo, tinha medo que, da próxima vez, perdesse ela e o bebê.

— Por isso que deveriam ter inventado o anticoncepcional na Idade Média — resmungou ela.

— Está falando sozinha novamente, Elene. E outra vez no meio de uma conversa. Devo começar a me preocupar? — indagou o conde, olhando-a seriamente.

Ela ignorou e resolveu retomar o assunto. Estavam falando sobre isso no canto do salão, já que Jordan estava evitando ficar sozinho com ela por motivos muito óbvios.

— E como pretende cumprir seu intento, milorde? — Como sempre, ela usava o tratamento formal quando o estava provocando ou seduzindo. Dessa vez, era o primeiro caso.

— Não vai me convencer, Elene.

Eles não discordavam sobre a parte dos filhos. Ela achava que três já eram o suficiente que aguentava criar, ainda mais sem babá eletrônica, pediatra, mamadeira, fralda descartável, chupeta, carrinho... Felizmente, havia Erin e a outra menina que a auxiliava, porque, sinceramente, algum benefício de lady ela queria ter ali. Elene era tão parva quanto ela no que dizia respeito a bebês. Mas, já que não tinha anticoncepcional e os outros métodos eram extremamente duvidosos, ela iria fazer o quê?

— E vai aceitar os chás de Délia. Eles são efetivos. Se não fossem, nosso castelo teria o quíntuplo de habitantes — argumentou o conde.

— Dá para acreditar que estamos tendo uma discussão sobre prevenção de gravidez e tamanho da família em pleno século quinze? Isso é tão século vinte e um...

— Elene... — Ele lhe chamou atenção. Quando ela começava a divagar e falar coisas estranhas, o conde pensava que estava novamente falando sozinha e esquecendo do assunto em questão.

— Então vá dizer a ela para fazer chás melhores. Não vou tomar nada com gosto de esterco!

— Você não sabe que gosto tem esterco. E está fazendo isso só porque não quer concordar comigo e admitir que em ambas as vezes teve de sofrer para pôr nossos filhos no mundo, mas nada como a segunda. Pois bem. — Ele se aproximou para poder falar mais baixo, afinal o salão não era um lugar privativo e era incrível como todos eram fofoqueiros. — Até resolvermos isso, acho melhor suspendermos a... relação.

As sobrancelhas dela se elevaram.

— E quando foi que retomamos? — perguntou ela, falando baixo também.

Cartas do PASSADO   341

— Bem, não completamente... — o conde falou mais baixo ainda e seus olhos esquadrinharam o salão; não deviam estar falando de suas intimidades ali.

— Claro, você desenvolveu um medo muito estranho, se é que me entende.

— Não estou com medo, só quero vê-la completamente recuperada.

— O que eu já estou há uns três meses.

— Na sua concepção — ele respondeu.

— Sim, claro. A sua é totalmente sem noção de tempo ou espaço. — Ela cruzou os braços e o encarou. — Então, como pretende cortar relações comigo de vez, vou me mudar para o meu antigo quarto. — Dito isso, ela lhe deu as costas e saiu pelo meio do salão sem lhe dar chance de réplica.

Ele odiava quando ela fazia uma dessas saídas intempestivas. Sempre escolhia um momento ou local certo, pois sabia que ele ia preferir continuar depois e longe de todos os curiosos que iam espalhar sua intimidade aos quatro cantos do reino.

No dia seguinte, Délia já estava desesperada, parecendo muito com Betia, que, segundo Jordan, vivia em estado constante de desespero inexplicável. Ela tentava misturar tudo que pudesse com os chás. Flores, sementes, ervas, frutas... E não tinha ideia se fazendo essa mistura ia tirar o efeito milagroso dos tais chás. Claro que tudo isso virou história contada de porta em porta e agora todos sabiam que o conde e a esposa estavam tentando evitar ter filhos. Padre Ofrey lhes passou um sermão, pois isso era contra as leis da igreja. Eles fingiram aceitar e disseram se arrepender, mas o conde continuava muito resoluto em sua ideia.

Délia, mais discretamente, continuou seus experimentos, e Betia ameaçou o padre com a colher. Ela lhe disse que ele sabia muito bem que todas as mulheres tomavam isso e não chamava ninguém para um sermão particular. O conde e a esposa já estavam com seus problemas, não precisavam do padre em seu encalço. Ele ameaçou a cozinheira com a ira divina e coisas do tipo, mas acabou tendo que passar muito mais tempo na torre da capela, já que o castelo era território da enfezada Betia.

Mas a cozinheira estava muito certa, o conde estava com imensa dificuldade de manter a rixa com a esposa. Ela, obviamente, nunca esteve doente, estava apenas de resguardo e, para Luiza, dois meses eram suficientes. Quando ele retornou da batalha contra os Golwin, a esposa logo após ficou em repouso forçado e passou por uma gravidez cansativa e preocupante. Depois, ficou dois meses em mais repouso, que ela, obviamente, desobedeceu várias vezes, mas ele não.

Agora, estavam brigados. Não era necessário fazer as contas para adivinhar há quanto tempo eles estavam separados. Luiza vivia dizendo que esse tipo de coisa, de onde ela vinha, era preciso até de terapia de casal para solucionar. Depois, ela apelou, acusando-o de não a desejar mais após a gravidez. Jordan lhe mostrou toda a extensão do seu desejo, em vários sentidos literais, mas resistiu antes de consumar seu "ponto de vista".

Minha esposa é impossível. Gênio ruim é algo abaixo dela. Elene deu aula na escola de rebeldia matrimonial. Tenho pena das freiras com quem ela viveu por tanto tempo. Mas só Deus sabe que eu não viveria um dia sem essa mulher em minha vida. Devo estar completamente fora de mim por aceitar ir a Londres justo agora. Não sei o que farei com ela na corte. Se num lugar tão afastado como Haverford, ela é incontrolável, não consigo conceber o que fará com meu juízo fora daqui.

Foi nesse ínterim que eles viajaram à corte pela primeira vez após o casamento, finalmente obedecendo àquele sutil pedido do duque de Gloucester, que agia como regente. O momento não podia ser pior, mas era o primeiro disponível. Assim que pisaram em Londres, Elene, guiada pelo conhecimento histórico de Luiza sobre tudo que era a corte, fez um sucesso enorme. Parte disso só porque ela queria enlouquecer o conde de vez.

Jordan estava preocupado, pois seu exército mal se recuperara da batalha contra os Golwin, e agora ele era convocado a ceder a maior parte dele para a guerra que a Inglaterra travava contra a França. Ele, secretamente, já não tinha mais a mesma opinião sobre a utilidade daquela guerra. E isso tendo lutado nela durante parte de sua juventude. Se cada um se mantivesse nas suas fronteiras, pensava que nada disso aconteceria. Mas ele não podia ir, tinha seu posto a zelar como suserano e não podia ceder seus homens, afinal, Havenford ficava perto da Escócia, que era aliada da França.

— Chega, Elene! Acabaram os passeios pelo jardim, cada hora agarrada ao braço de um daqueles lordes cheios de tiques nervosos! Não vai mais ficar matraqueando sobre estratégias com o duque. E muito menos achar que pode ir caçar também! Nós não estamos em casa! — O conde andava de um lado para o outro no quarto luxuoso que Gloucester fez questão de lhes dar.

O duque era um homem educado, culturalmente bem informado, conversava muito bem, era inteligente e diplomático. Luiza sabia tudo sobre ele, e até quando ele ia morrer, e que ia se casar com sua atual amante depois de um fim de casamento vergonhoso. Ela fez logo amizade com ele, que estava visivelmente encantado, e ela, deslumbrada por conhecer personalidades sobre as quais estudou. E o conde estava visivelmente fora de si. Ele nunca teve que dividir Elene antes e odiou a experiência. Estava irritadiço, frustrado e exalando possessividade para todos os lados.

A maior parte disso se devia ao fato de que, para piorar a situação, eles estavam separados, por teimosia de ambos e, na opinião de Luiza, um pouco da cabeça antiquada do marido. Ela constantemente precisava se lembrar de que era ela quem estava na época errada, não ele.

— Você praticamente não quer que eu deixe o quarto — ela respondeu de onde estava, perto da janela, onde via outros membros da corte passeando.

— Seria bom! Não deveríamos ter aceitado ficar no castelo. Não gosto daqui. Ainda tenho uma casa perto o suficiente de Londres para ficarmos lá.

— Só quer deixar a cidade por minha causa.

— Especialmente. — Ele bufou, parecendo um touro enjaulado andando de um lado para o outro à frente da porta. — Vou terminar meus assuntos com Gloucester e voltaremos para casa. Lá é mais seguro do que aqui.

Apesar de Luiza saber tudo sobre a corte, era ele quem a vivenciava. Sabia o que acontecia e odiava o fato de que, cada vez que ela estava apoiada nos braços de um daqueles bajuladores vestidos como pavões, eles estavam lhe dizendo coisas que não deviam e fazendo propostas indecentes. E os passeios em locais mais privativos para tentar tomar certas liberdades e colocar as mãos além do pulso de uma dama eram de conhecimento geral.

No momento, ele já perdera a conta de quantas requisições de passeios havia negado por ela.

— Você disse que não gostava daqui, que as coisas aqui não são como no campo. Não devem ser mesmo, lá você ainda não tinha começado a me dar ordens! — ela reclamou.

— Não chegam nem perto! E ao menos aqui você poderia começar a fazer o que eu falo.

Uma leve batida na porta chamou a atenção de ambos. Um criado do castelo, usando traje real, mandava os cumprimentos e convidava a condessa a juntar-se ao lanche no jardim. Ficou implícito que, se o conde quisesse acompanhá-la, obviamente, estava convidado. Mas queriam ela. Jordan nem se sentiu insultado; ele não era mesmo conhecido por suas grandes habilidades sociais. Nunca foi dos mais engraçados e bajuladores, nem acumulava amantes. Na roda da fofoca real, ele era descrito como rico, amargurado, ameaçador, solitário e bonito demais para ser desperdiçado lá nos confins da Inglaterra.

Quando era solteiro, as damas queriam-no de todas as formas para saciar seu desejo e cavar um casamento. Agora, não interessava mais como marido, pois dera seu nome à outra. Mas, se estivesse disposto, tinha muitas camas esperando por ele. E seus assuntos com os outros lordes não costumavam ser sociais, eram sempre práticos, relacionados a propriedades, comércio e finanças. Também tinha aliados políticos, econômicos e de variados interesses. Mas sem amantes famosas ou participação assídua nos eventos de Londres, seus assuntos para a hora da diversão não eram exatamente o que interessava àquelas pessoas.

O conde dispensou o lacaio e fechou a porta.

— Parece que a estão aguardando — ele informou. — Não tenho o que fazer por lá agora, então vou descansar. — Jordan foi para o lado da cama, recolhendo-se em sua concha. Sabia que não ia conseguir dormir sabendo que ela estava lá. Mesmo assim, ia se obrigar a ficar ali e parar de tentar controlar os passos da esposa. Nunca a tratou assim antes, mas, se tal sentimento realmente corroesse, ele já não teria nem os ossos para contar a história.

Luiza ajeitou o vestido e colocou sua colorida sobreveste; era uma desfeita recusar um convite. No lado do castelo em que ficavam, não dava para ver os jardins protegidos onde a corte se reunia. E Jordan achou melhor não ver mesmo. Ele se livrou de boa parte da roupa, jogou aqueles sapatos que ele odiava para um canto qualquer e deitou-se na cama, recostando-se contra os travesseiros de plumas. Fechou os olhos, como se houvesse alguma chance de dormir, mas não queria vê-la se arrumando para deixar o quarto. Estava dominado pelo ciúme, então ver a esposa ficando mais bonita do que já era para que outros a apreciassem realmente não era uma opção saudável.

— Estarei no jardim, Jordan — ela avisou quando deixou o aposento.

Jordan continuou da mesma forma em que estava, não fingia que dormia, ele até assentiu para o aviso dela. Mas estava se propondo a descansar o corpo, já que sua mente não ia lhe dar trégua e ia ficar presenteando-o com imagens envenenadas de outros homens perto dela. Até conhecer Elene, Jordan nunca imaginou que pudesse se comportar assim. E se ele fosse junto ia criar problemas. No dia anterior, já tinha ameaçado o barão de Trouville por propor coisas indecorosas. E quase agrediu o filho do conde de Rossler, pois ele estava enfeitiçado por sua esposa e não conseguia esconder.

O conde sabia como era o feitiço dela, caíra nele há alguns anos e ficara como um trouxa a ponto de todos notarem. Mas só lamentava pelo rapaz. Se tocasse nela de novo, ia cortar sua garganta. Ao menos Cold se mantinha no seu papel, ele era o guarda da condessa e mesmo ali continuava seguindo-a.

Assim que chegaram, houve outro episódio desagradável. Há pouco tempo, lorde Arrigan arranjou outra pobre coitada para se casar, uma jovem com um bom dote e uma propriedade que rendia bastante anualmente. Mas parece que, depois do episódio com Elene, o lorde desistiu das beldades e arranjou uma moça apagada e com aparência de mal nutrida. Ela desaparecia nos volumosos vestidos usados na corte e já estava esperando o terceiro filho, cumprindo o único papel que tinha no casamento.

Para sorte dela, Arrigan deixava-a no campo quando vinha à corte ficar com suas amantes. Tudo parecia ter sido esquecido, mas, quando ele colocou os olhos em Elene, saudável, bela e solta pelo salão para socializar com todos, perdeu a cabeça. Aliás, literalmente. Pelo menos, Erold, o tutor de Elene, dissera uma verdade. Arrigan desenvolveu algum tipo de fixação por ela, por isso ia aceitar se casar e, em vez de receber um dote, daria um bem grande.

Lorde Arrigan voou para cima dela. Com o peso extra que ganhara desde a última vez que ela o vira, Elene mal o reconheceu. Só se deu conta quando aquelas mãos odiosas já estavam tocando-a e aprisionando com tanta força que ela não conseguiu se soltar nem lhe dando chutes. Ele tinha aquele olhar fixo de quem não pensava direito e dizia palavras sem nexo, como se ela lhe pertencesse e merecesse ser punida pela traição.

O conde dissera a Erold que iria arrancar as mãos de Arrigan se ele tornasse a tocar Elene. Mas quase arrancou a cabeça dele. Pelo menos uns quatro daqueles lordes bem-vestidos foram precisos para impedir que o conde matasse o homem, mas só Cold foi capaz de tirá-lo de cima dele. Porque ia arrancar a cabeça dele ali mesmo. Quando Jordan se virou para procurar Elene e viu-a lutando para se soltar, nem se lembrava de como chegara até lá, só sabia que aterrissara em cima de Arrigan.

Seis homens tiveram que carregar Lorde Arrigan dali, completamente desacordado depois de levar a surra da sua vida, com o rosto e o corpo quebrados e um corte do lado do pescoço que só não o degolou porque Cold usou toda a sua força para puxar o conde. Ele ia ficar com sequelas. E tinha muita gente que ia lembrar-se disso por anos. Elene não conseguia parar de rir quando se lembrava do marido em cima do lorde, que ficou estatelado no chão como um mamão podre.

No fim, ninguém soube o motivo da briga e tiveram de ficar nas especulações. Arrigan não queria que soubessem o que ele fizera nem que lhe tomaram a noiva por quem ele pagou e nunca recebeu. E o conde, enquanto o esganava e machucava sua garganta com a adaga, lhe dissera que, se ele abrisse a boca, nunca iam encontrar seu corpo para dar a certeza da morte. Então, Arrigan disse que eles tinham uma rixa antiga, e ele não devia ter insultado a condessa no meio do salão, e ficou acertado que Jordan o atacou por isso.

Para sua surpresa, o conde conseguiu adormecer por alguns minutos, cochilou e, quando acordou, encontrou a esposa sentada na pontinha da cama. Continuava arrumada, com seu longo cabelo vermelho enfeitado e coberto por um véu porque ela se recusava a usar aqueles chapéus horrorosos que estavam na moda. Ela já retirara a sobreveste, pois ele via apenas o vestido de corpo justo e a saia ampla em branco, creme e dourado adornando seu belo corpo. Parecia uma perfeita cortesã.

E o conde se achava um egoísta por querer sua Elene de volta, com o cabelo solto e os vestidos bonitos, mas práticos, que às vezes escorregavam de seus ombros e lhe permitiam vislumbrar até o topo macio de seus seios. Ali, os decotes quadrados já estavam profundos e todos os outros estavam vendo um pedaço do colo de sua esposa. E vestida assim ela não parecia com uma feiticeira da floresta, apesar de o duque ter dito que ela fazia jus ao apelido. Agora, Elene era a ninfa da floresta com quem o conde casara, pois não era bem-visto pela igreja chamar alguém de feiticeira.

Em Havenford, ela usava suas invenções, pedindo ajustes práticos nos vestidos, não usava nada que arrastasse atrás dela e preferia corpetes confortáveis. Calçava botas que mandava fazer, sapatos sem o incômodo bico fino e com presilhas copiadas das botas do marido. Era livre. O conde era condescendente, só queria que ela fosse feliz ali, gostava da esposa ativa e prática, capaz de amarrar a anágua nas coxas para se mover e enfrentá-lo.

— Devan... — ela murmurou, esticando o braço e tocando a mão dele que estava descansada sobre o colchão de plumas.

Ele levantou seus olhos claros para ela e ficou contemplando seu rosto por alguns segundos, apreciando quão bela ela era. E como vinha sentindo sua falta, a cada dia mais. O conde sabia que só devia ter cochilado por no máximo meia hora, então ela retornara antes do esperado.

— Sinto tanto a sua falta — ela disse baixo, enquanto o olhava.

Jordan piscou algumas vezes, tomado pela felicidade e surpresa de escutar isso dela. Jamais imaginara que Elene fosse retornar antes e tão sinceramente lhe confessar isso.

— Estou em estado de desespero, Elene. Não consigo viver ao seu lado sem realmente tê-la. Quando foi que chegamos a isso?

Ela se aproximou dele, procurando seus braços e seu conforto depois de tanto tempo. Jordan sentou-se rapidamente e também foi para ela, abraçou-a e puxou-a para mais junto dele, sentindo os braços dela se apertarem em volta de seu corpo.

— Eu não sei — respondeu ela. — Não me importa. Eu não quero mais ficar longe. Se o que precisamos é voltar para casa, então vamos embora agora. É Havenford que guarda o nosso amor.

O conde balançou a cabeça levemente e acariciou o cabelo dela, retirando o véu, os enfeites e desfazendo o penteado tão arrumado. Então ele segurou o rosto dela, feliz em rever aquelas ondas vermelhas e soltas por cima deles.

— Não, meu amor. Havenford sempre nos protegerá. Mas o nosso amor vive em nós. E nada pode mudar isso.

Nem mesmo o tempo, Luiza sabia. Ela levantou o rosto para ele, e o conde beijou-a com carinho, depois com saudade e desejo. Sentiu satisfação em tirar aquele vestido dela e ter sua Elene de volta. Ela não precisava de nenhum daqueles adornos para ser a visão mais bela que os olhos dele já haviam tido o privilégio de ver. Jordan livrou-se do que ainda vestia e deitou-se nu junto a ela, como estavam acostumados a fazer. Ela se entregou a ele completamente e ele a teve com tanto amor quanto era possível partilhar com outra pessoa. Cada toque, beijo, carícia, até mesmo suas investidas prazerosas em seu corpo eram uma forma de dizer o quanto a amava. E a beleza do ato era receber exatamente o mesmo de volta. Elene o amava e isso nunca mudaria.

CAPÍTULO 27

Em 1431, a vida em Havenford estava bela e calma, com alegres tardes de muito barulho e falação. Era assim agora, os garotos estavam grandes. Quanto maiores ficavam, maiores eram suas travessuras. E Helena era um furacão ambulante; ela achava que podia com os irmãos. Quando não gostava de alguma coisa, investia contra eles como uma verdadeira desbravadora. O pior era que, se eles dessem mole, ela batia mesmo. No caso dos gêmeos, Elene incentivava e às vezes ajudava nas coisas que eles aprontavam dentro do castelo. O conde os disciplinava, mas era com ele que os dois viviam suas aventuras fora das muralhas.

Já Helena, até tentava aceitar a disciplina da mãe, que devia educá-la para ser uma dama. Apesar de Elene não ser exatamente a mais indicada para isso, corria com as saias nos tornozelos, lutava de espada de madeira com os filhos e Luiza não sabia nada sobre ser uma dama medieval. Além disso, o conde deixava Helena se comportar como uma monstrinha. Ele se emocionava quando a via correndo por aí, aquela coisinha pequena com os cabelos vermelhos e esvoaçantes da mãe, desesperada para alcançar os irmãos, que já tinham o dobro do tamanho dela.

Haydan e Christian estavam ficando altos e destemidos como o pai e abusados como a mãe. Quando fizessem sete anos, deveriam iniciar o treinamento para cavaleiros, sendo enviados para outras propriedades. Fato era que o conde não confiava em quase ninguém para isso, e seus vassalos não tinham muita atividade com cavaleiros precisando de aprendizes. Elene já estava sofrendo por antecedência por ser separada dos filhos.

Então o conde decidiu que eles aprenderiam ali, afinal todos nas propriedades vizinhas e até em outras muito longe queriam mandar seus filhos para serem treinados em Havenford, por motivos bem óbvios. Depois daquela última batalha histórica contra os Golwin, os pedidos aumentaram ainda mais, o conde nem tinha lugar para tantos aprendizes e não estava precisando do dinheiro dos pais deles. Seus filhos iriam ser treinados ali, mas sob algumas condições.

Um dia, tudo que ele tinha ficaria sob a proteção deles, então tinham de ser cavaleiros de verdade. Portanto, seriam tratados como todos os outros, dormiriam no mesmo lugar, fariam as mesmas tarefas e receberiam os mesmos castigos e gratificações. Haydan seria o aprendiz de Cold, que era bem menos coração mole do que Morey e ia pegar pesado com o futuro conde de Havenford.

Christian, que demonstrava um pouco menos de entusiasmo com uma espada, acompanharia Rey, o mais jovem cavaleiro do conde. Ele mostraria ao garoto como era ser um jovem cavaleiro talentoso e entusiasmado. Rey ainda gostava de treinar com o conde, mas já fora sagrado cavaleiro, e sua principal função, quando não estava em missão, era auxiliar Cold na proteção da condessa e dos filhos.

Luiza estava cada dia se sentindo mais estranha. Não tinha uma palavra para descrever, mas era como se tivesse trocado de lugar com Elene. Antes, a outra parecia sumir e deixá-la no comando. Agora, situações aconteciam e ela não se dava conta, às vezes não acompanhava.

E, do mesmo jeito que Elene um dia deixou que ela soubesse todo o seu passado, agora, ela a deixava saber o que havia acontecido, mas, no momento atual, no qual ambas estavam vivendo. E ela vinha sonhando novamente com a sua casa, aquela lá em 2012. Sonhos longos e confusos sobre seu antigo trabalho, as pessoas que conheceu lá e até o conde. Mas, em outras noites, os sonhos eram de Elene, imagens de sua infância, sua irmã e seus dias no convento.

— Venha, Chris! Venha logo! — Haydan correu na frente.

Era inverno. Dessa vez, a neve havia chegado cedo, proporcionando ao conde e à esposa várias noites de intimidade à frente da lareira. Agora, eles haviam redecorado o quarto, e a lareira que mais usavam era aquela, pois, com três filhos tão atentos, não dava para se arriscar em outro local do castelo.

— Sem avisar não vale, Dan! — Christian correu atrás do irmão, os dois vencendo facilmente a leve camada de neve que já conseguia afundar suas botas.

Rey seguia na frente, olhando o caminho e, no final do grupo, ia Cold. No meio, ia Elene, que estava adorando passear fora das muralhas do castelo e poder chegar novamente perto da floresta. Um pouco à frente, ia Erin, que carregava a pequena Helena. Fazia tempo que não saíam no inverno. Na verdade, para a menina, era a primeira vez que ia tão além das muralhas; ela estava descobrindo um mundo novo.

— Quem cair primeiro é mulher do padre! — gritou Elene para os filhos, sabendo que uma hora ou outra eles iam cair na neve. E se padre Ofrey escutasse essa piadinha dela, ia levar sermão por pelo menos meia hora.

Helena estava muito bem no colo de Erin, vendo tudo com os olhos arregalados. Mas foi só ver Haydan passar correndo que começou a se contorcer para descer. Erin olhou para Elene, que fez sinal para ela deixar. Quando Helena fincou as botinhas na neve, se desequilibrou e segurou nas pernas de Erin, então olhou para a mãe à procura de apoio. Elene assentiu e deu mais alguns passos, como se demonstrasse. A pequena partiu desajeitada em direção à mãe e a alcançou, percebendo que era mais fácil do que pensava. Aí, já estava perdido. Ela foi atrás de Christian, que passara pouco depois do irmão, e a mãe seguiu-a de perto.

— Vem, vermelhinha! — gritou Haydan, bem à frente, fazendo a irmã se esforçar mais para alcançá-los.

Eles chegaram à beira da floresta, onde pretendiam fazer um lanche, mas Rey parou de repente e ficou tenso. Ele lançou apenas um olhar por cima do ombro para Cold e tudo aconteceu muito rápido. A primeira flecha passou a centímetros do ombro de Haydan, obviamente mirando seu peito. Cold gritou e correu. Rey recuou, agarrando o herdeiro do conde e indo ao chão. Christian foi esperto o suficiente para fazer o mesmo e se encolher junto ao jovem cavalheiro, que o puxou para baixo dele também. Elene escutou somente os gritos e, enquanto corria, ela via apenas a filha, parada e sozinha no meio de tudo. Erin não chegaria a tempo e Cold corria para a condessa.

Elene jogou-se no chão, agarrando Helena, e uma flecha passou por cima de sua cabeça. A segunda, mirando o pequeno corpo da menina, entrou com tudo pelo ombro da condessa, a ponta atravessando e aparecendo na parte de trás. Ela tombou, protegendo a filha com o corpo. Cold estava por cima delas, protegendo ambas e evitando que a segunda flecha atingisse Elene. A trombeta de alarme dos guardas da torre soou; eles obviamente podiam ver a movimentação do pequeno grupo de onde observavam a região.

As folhas perto da beira da floresta se moveram. Estava claro que não eram muitos homens ou eles teriam avançado para cima da família do conde. O atirador estava fugindo. Rey levantou rapidamente e puxou a adaga, pois a espada atrapalharia a se embrenhar na mata. Ele só parou por um segundo para olhar Cold e saber se era seguro deixá-lo sozinho.

— Vá! — Cold gritou.

Rey se embrenhou na floresta, partindo em perseguição a quem estivesse ali. Ele era muito rápido e treinara ali várias vezes. Se pudesse, ele ia pegar quem fosse. Poucos minutos depois, mais guardas chegaram ao local e entraram na floresta. Quando o conde escutou o aviso da trombeta, nem precisou pensar. Sua família inteira saíra; pela primeira vez, estavam se aventurando longe das muralhas e da cidade. Depois de tanto se privar da liberdade, se acharam seguros e foram. Quando Jordan saiu correndo pelos portões do castelo, sabia que não encontraria algo bom.

— Milady, não se mexa muito — pediu Erin, se ajoelhando ao lado de Elene.

Haydan e Christian correram para a mãe. Elene olhou para eles procurando ferimentos. Ela empurrou Helena para os braços do irmão mais velho, que a levantou, abraçando-a, pois ela estava chorando de medo. Tomada pela dor, Elene deitou-se contra a neve e tremeu ao sentir o frio. O sangue do ferimento manchou o solo branco e deixou seus filhos apavorados. Haydan apertou a irmã, e Christian levantou e saiu correndo de volta para o castelo. No meio do caminho, ele encontrou o pai e agarrou sua mão para levá-lo até lá.

Jordan encontrou a esposa deitada na neve com Erin amparando sua cabeça e Cold de pé bem ao lado, a expressão dura pela ira. Sua cota de malha evitara que a flechada que ele levou para proteger a condessa tivesse penetrado muito e, tomado de fúria, ele já até a arrancara. Foi o tipo de ataque que ele não podia prever. Em volta de Elene e pela área do ataque, flechas estavam fincadas no chão, talvez mais umas cinco. Os arqueiros não tinham uma visão privilegiada, pois deviam estar muito escondidos, já que Rey esteve a um metro deles. O conde sentiu o coração se apertar ao ver a esposa deitada na neve, seu sangue e seu cabelo, ambos vermelhos, colorindo o tapete branco que se estendia embaixo dela.

— Malditos bastardos... — Ele foi até ela e checou seu ferimento. Sangrando como estava e com uma flecha atravessada no ombro, ela tinha de ser levada para um local aquecido imediatamente.

— Vou chamar Délia, milorde — disse Erin, preocupada com a condessa.

— Não, vamos levá-la para dentro. Só precisamos nos livrar da flecha.

Com pesar no coração pela dor que iria infligir à esposa, o conde sentou-a e Erin a segurou. Ele quebrou a ponta da flecha, como estava acostumado a fazer em si mesmo e já fizera em muitos outros. Até então, era a parte fácil, ele trocou um olhar com Erin, que já sabia o que estava por vir e segurou a condessa com mais força.

Obrigando-se a manter os olhos abertos para ver bem o que estava fazendo, Jordan segurou a flecha com uma mão e com a outra manteve o ombro da esposa no lugar, então puxou a haste de madeira, retirando-a do corpo da esposa. Elene, que estivera quieta, tentando se concentrar em algo além da dor, arregalou os olhos e gritou em agonia, lágrimas começando a descer pelo seu rosto gelado, mesmo quando um momento depois ela desmaiou.

Segurando as próprias lágrimas pela esposa e pelo ódio que crescia dentro dele, o conde tomou-a nos braços com cuidado e levou-a de volta para o castelo. Christian seguia atrás deles, sendo confortado por Erin e tão aterrorizado quanto Haydan, que ia mais atrás, levando Helena no colo; ele não a deixara ver a cena que se desenrolara ali na neve. Mas ela escutara o grito de dor da mãe e tremera nos braços do irmão, agarrando-se ao seu traje grosso.

Délia trabalhou rápido na limpeza do ferimento, aproveitou o fato de a lady estar desacordada e vasculhou toda a área à procura de farpas. O sangue foi estancado e ela já havia dado os pontos dos dois lados do ombro da condessa. Os gêmeos ficaram sentados no banco embaixo da janela, os dois tensos e com os olhos pregados na mãe, que, antes de poder descansar, foi obrigada a tomar uns antídotos de Délia, para o caso de haver veneno na flecha.

Helena não quis sair, agarrou-se às pernas de Haydan e fez a maior birra de todas. Ela só aceitou ir com o pai, que a carregou para fora do quarto para alimentá-la. Betia, que agora amava tanto a condessa quanto um dia amou e se devotou à mãe do conde, ficava indo e voltando, tão inquieta e desesperada que era incapaz de sentar e esperar.

— E Rey? — Jordan perguntou, parado na ponte entre o castelo e a torre da capela, olhando para a floresta.

— Nada dele ainda — respondeu Morey. — Os homens que entraram na floresta mais cedo já foram longe demais para os alcançarmos agora.

O conde apoiou-se na beira da abertura que dava uma visão privilegiada de todo o castelo e seu entorno. Suas mãos apertavam a madeira rígida com a qual foi construída a ponte coberta. A mesma por onde sua Elene caminhara há quase oito anos vestida de noiva. Ele sentia tanto ódio que sua garganta doía, e todos os músculos de seu corpo pareciam estar retesados.

— Milorde... — Cold chegou à entrada da passagem. — Rey voltou.

Jordan virou-se rapidamente e seguiu Cold escada abaixo. Eles desceram pela torre, pois era mais rápido, nem falaram nada, simplesmente foram. Rey estava esperando na primeira sala do pátio interno, onde os cavaleiros se reuniam para sair. Ele estava todo arranhado dos galhos da floresta e sujo de terra também. Aos pés dele, jazia um homem mediano que mal se mexia, molhado por ter sido jogado e arrastado pela neve. E seu rosto estava inchado, resultado de ter apanhado. Rey dera uma surra daquelas nele quando conseguiu alcançá-lo tentando sair da floresta para a vila. Ele batera até o homem não conseguir mais se mover. Quando o estava arrastando de volta, os homens que foram à procura dele os encontraram e os trouxeram de volta.

— Eram dois, milorde, o outro fugiu — disse Rey quando deu espaço para que o conde se aproximasse.

Jordan estava tomado por tamanha fúria que, quando se aproximou do homem, Morey o segurou. O capanga de quem fosse já estava jogado ao chão e Rey fizera um bom trabalho. Se o conde colocasse as mãos em cima dele, ia matá-lo com um aperto em seu pescoço. E não era isso que ele queria, mas talvez nunca sentira tamanho ódio na vida.

Aquele homem ou seu parceiro, sem tomar nenhum conhecimento da causa, sem se preocupar com quem eram Elene ou seus filhos, aceitara apenas por dinheiro matar a sua família. E sua esposa estava lá em cima agora, sofrendo. Se havia algo que ele nunca esqueceria era o grito de dor de Elene quando ele arrancou a flecha de sua carne. Alguém ia ter que lhe dar conta disso, ele não aceitava mais que seus filhos não pudessem viver livremente pelas suas próprias terras porque alguém estava espreitando à espera de uma oportunidade.

— Golwin? — Morey perguntou a Rey.

— Creio que não.

O conde soltou o ar e se aproximou do homem, retomando seu controle. Então o levantou do chão rudemente; o corpo do capanga doía em todos os lugares.

— Obrigado por isso, Rey — o conde disse, desviando rapidamente o olhar para o rapaz de vinte anos que morava em sua propriedade desde os quinze. — Eu desconfio que sei de onde ele vem. — Jordan balançou o homem no ar, daquele jeito que os membros chegam a dar um tranco e param. — Você veio do oeste, bem além de minhas terras. Não é? — Quando o homem apenas gemeu, ele o levantou mais. — Não é?

— Sim!

— Diga o nome dele.

— Clemência.

— A única clemência que você vai ter aqui vai ser uma morte rápida. Diga o nome!

— Eu não sirvo a ninguém... Sou um mercenário!

Resposta errada. Quebrado como estava, um murro do conde quase fez o homem desmaiar. Ele imploraria para parar de sentir qualquer dor agora. Mas a próxima coisa que ia começar a sentir era o sangue escorrendo. Quando ele viu o brilho do fio da adaga, sua língua desenrolou rapidamente.

— Quem lhe pagou?

— O homem é parente da mulher! Eu não o conheço!

O conde largou o capanga no chão. Ele gritou de dor e se virou sobre a pedra. Os três cavaleiros soltaram maldições, todos sabendo de quem se tratava. O conde se afastou antes que ele voltasse até aquele desgraçado que jazia no chão e batesse nele até a morte. O que não ia demorar muito. Depois, ele se sentiria um covarde por acabar com aquela escória de homem, que já estava quase morto.

— Executem — Jordan decretou antes de deixar o local. — Nenhum homem que fere minha esposa vai ficar vivo em minhas terras. Encomendem sua alma e queimem o corpo.

Ao ouvir as palavras frias, o homem que estava no chão gritou e tentou ficar de pé, como se tivesse alguma chance de fugir. O conde retornou para o interior do castelo, tentando tirar a existência daquele verme de sua mente e o fato de que acabara de dar uma sentença de morte sem pensar duas vezes. O capanga seria decapitado ou enforcado, isso os seus homens decidiriam.

Ele retornou ao quarto de Elene, que já estava acordada. Os três filhos estavam com ela, os gêmeos sentados com cuidado sobre a cama, receosos em deixar a mãe depois do que viram à beira da floresta, e Helena sabia que ela se machucara, mas ainda não entendia a gravidade dos fatos. Quando Jordan entrou, Erin levou os gêmeos para comer alguma coisa, já que eles passaram as últimas horas em vigília na cabeceira da cama e a pequena aceitava ir junto facilmente quando os irmãos também concordavam.

— Está doendo menos? — o conde perguntou, nesse momento sem palavras para expressar o que sentia por ela ter sido ferida dessa forma.

Ela sorriu e fechou um dos olhos como se dissesse que estava mais ou menos.

— É isso que você sente quando leva uma flechada?

— Creio que sim, mas meu corpo castigado já se resignou. O seu nunca deveria conhecer tal dor. — Ele se aproximou, mas, antes de tocá-la, foi até a bacia no canto, derramou mais água e lavou as mãos e os antebraços. Afinal, havia tocado naquela porcaria de homem que talvez fosse o responsável pela flecha que a acertou. Depois de se secar, ele voltou até ela e segurou sua mão.

— Eu poderia dizer que nada é pior do que a dor do parto. Mas esse tipo de dor é bem diferente... Eu acho que não cheguei a desmaiar nem para dar à luz aos nossos bebês.

— Não desmaiou, você é muito forte. — Jordan tentou sorrir, mas, no momento, não conseguia. — Perdoe-me, Elene. Falhei em minha promessa.

— Você não falhou em nada que me prometeu.

— Prometi que não deixaria nada mais machucá-la. E falhei. — Ele balançou a cabeça negativamente e olhou para a própria mão, que segurava a dela.

Elene gemeu de dor ao tentar se mover para chegar perto dele. Então ela apenas apertou sua mão.

— Você não falhou em nada. Pare já de achar essa tolice. Nós estamos bem aqui, vivos, e eu sou a mulher mais feliz do mundo ao seu lado. Não conseguiram antes e não vão nos matar. Nossos filhos saíram ilesos. Sei que ambos levaríamos quantas flechadas fossem necessárias por eles. Você não falhou. — Ela apertou sua mão com força. No momento, era o máximo que podia fazer sem que seu ombro parecesse estar sendo atravessado outra vez.

O conde virou-se e se apoiou na cama com os braços. Chegando bem perto dela, tomou cuidado em não tocar o ombro ferido.

— Eu te amo, Elene. — Ele beijou seus lábios com tanta delicadeza que parecia até que ela havia sido ferida no rosto. — Por você, eu aguentaria todas as flechas da Inglaterra. Mas não é essa a vida que darei a você e aos nossos filhos, prisioneiros em sua própria casa. Não é assim que vamos viver.

— O que você vai fazer, Devan? — Ela o seguiu com os olhos, tomada por um mau presságio.

— No momento, vou até o salão, mas volto em breve. Você deveria dormir um pouco. O sono sempre nos cura mais rápido, sou prova viva disso.

— Não me enrole! Não está lidando com alguém que conheceu ontem. O que você vai fazer?

Ele ficou encarando-a como se decidisse de que maneira iniciaria o assunto.

— Você disse que a propriedade dos Montforth foi usurpada de sua família, que ela não é de Reavis por direito.

— Devan... — ela começou, já sabendo aonde esta conversa ia dar.

— É o lar de seus pais, que provavelmente já perdeu a maior parte das pessoas que você conheceu na infância, mas ainda é o lar que você conheceu até a morte deles. E é também a herança que você deixaria para sua filha.

— Você não vai fazer isso. — Ela balançou a cabeça.

— Ele não tem mais dinheiro para manter o local, eu sei que está tudo em ruínas. Mas teve dinheiro suficiente para mandar matar você e nossos filhos! Pelas marcas na neve, as flechas estavam concentradas em você e Helena! Aquele bastardo! — O conde estava ainda mais revoltado com a vilania de

Erold. Sua família queria vê-lo pelas costas e também a seus filhos homens, pois assim o título e o dinheiro ficariam com eles. Mas Erold não ganharia nada com sua morte, ele queria acabar com Elene e com sua pequena filha apenas por crueldade.

Tomado de raiva, o conde preferiu se afastar da esposa. Ele quase disse que iria arrancar a cabeça daquele porco do Erold, mas guardou para si. O problema era que Elene não era tola, ela já o conhecia e sabia o que estava por vir.

Custou apenas uma semana para eles partirem. O conde esperou até que a esposa estivesse melhor e já se movendo. Elene ficou com os filhos, sem conseguir convencê-lo a não ir. Jordan não estava mais saindo em incursões e rondas da guarda e, nos últimos anos, as coisas tinham estado calmas naquelas terras, ainda mais se comparado à última guerra do castelo. E agora o conde se concentrava mais no treinamento dos aprendizes que eram mandados para Havenford e nos futuros soldados do castelo.

A propriedade dos Montforth, chamada Mounthill, não ficava próxima das terras do conde e, no final do inverno, a viagem também se tornava mais lenta. Mesmo assim, o conde e seus homens empreenderam a jornada rumo ao oeste. Erold já recebera a notícia de que o ataque acontecera e Elene fora ferida, mas apenas um dos homens voltara para receber o resto do pagamento e ainda queria a parte do outro que foi capturado. Algo que Erold, obviamente, não lhe deu, ele mesmo havia roubado de outro para poder pagar a armadilha.

Miserável e no limite das dívidas, Erold já fora abandonado até pela esposa, que alegou ser impossível viver naquele lugar. Ela fugiu de volta para sua família. Era incrível como as mulheres fugiam dele; era a terceira que conseguira executar a tarefa com sucesso, deixando o homem mais amargo. E até hoje ele culpava Elene pela sua má sorte, já até esquecera Dora, a irmã dela. E, para piorar, a maldita estava vivendo feliz e com todo o conforto, parindo os rebentos do intratável e podre de rico conde de Havenford. Erold não conseguia suportar isso. Ela tinha todos os criados que quisesse à sua disposição e ele não tinha mais ninguém nem para limpar sua latrina.

Os poucos guardas que ainda viviam na propriedade estavam lá mais pelo fato de lhe proporcionar um teto para dormir e local para caçar do que por lealdade ao homem que se autointitulava lorde de Mounthill. Eles nem vigiavam os arredores, não faziam mais rondas e tampouco trocavam turno na torre. Quando notaram os homens de Havenford, eles já estavam quase à sua porta, com a bandeira à frente tremulando aquele brasão muito conhecido. Eles não precisaram fazer cerco e muito menos sitiar o castelo. Se fizessem força demais, iam acabar derrubando as muralhas. Os guardas se renderam, abriram os portões e pediram para jurar lealdade ao conde.

— O lugar está praticamente abandonado, milorde. Os criados partiram e os poucos soldados que restam querem ver Erold pelas costas. Eles desejam apenas ter um local para morar — informou Cold, que acompanhara o conde. Dessa vez, Morey ficara tomando conta da segurança do castelo.

Ao ver o estado do lugar, Jordan não ficou irritado. Na verdade, aquilo o entristeceu. Sua esposa ficaria arrasada ao ver como o lugar em que crescera se transformara em algo decadente e abandonado.

— Eu só o quero vivo — disse o conde.

Era claro que havia leis reconhecidas pelo rei e por seus súditos. Mas cada feudo também mantinha as suas próprias. De acordo com a lei, Mounthill pertencia a Dora e Elene, e Erold era o tutor. Elene agora era a condessa de Havenford, e isso significava que Mounthill pertencia ao conde. E ele tomou posse. Seus homens se instalaram, montaram acampamento e já saíram para avisar nas vilas próximas que precisariam de mão de obra para a reconstrução e criados para limpar e cozinhar.

Seria necessário também os serviços de artesãos, madeireiros, padeiros e todos mais que fossem úteis na reconstrução do castelo. Comparado a Havenford, o lugar era pequeno, não seria difícil trazê-lo de volta à vida. Mas, se tinha algo ali que não ia viver, era o filho de uma porca que tentara fugir ao saber que o conde estava à sua porta.

Erold estava com aparência envelhecida, decaído, sujo e tinha tanta sede de vingança que parecia louco. O homem foi julgado e executado do lado de fora de Mounthill — só a forca condenava aqueles que atentavam contra a vida de outro nobre. Jordan agora tinha outra propriedade para incluir nas contas e planos que fazia com o auxílio da esposa. O lugar ia ter que começar a render em pelo menos dois anos para ir pagando o dinheiro gasto na reconstrução e, depois, com as plantações, uma vila com ponto de comércio para a região e alguns arrendatários, esperava que a propriedade se mantivesse sozinha.

— Seu maldito! Deixou-me sem notícias por um mês! — reclamou Elene, quando o marido retornou mais de um mês depois. Ela bateu tanto no peito dele que ele se lembrou daquele dia que ela pensou que seria levada embora.

— Era inverno e você morava mais longe do que eu pensava — respondeu Jordan, puxando-a para mais perto.

— Um mês sem saber de você — ela murmurou com tristeza e se encolheu junto ao peito dele, as lágrimas quentes descendo timidamente pela sua face. Jordan abraçou-a apertado e escondeu o rosto em seu cabelo, puxou o ar, sentindo o cheiro dela, e fechou os olhos. Por um momento, esqueceu que estavam em um salão repleto de gente, com seus criados, cavaleiros e os filhos os olhando e aguardando.

— Um mês sem tocá-la — ele sussurrou de volta.

— Um mês sem ser tocada, sem escutá-lo, sem nada. Seu maldito! — Ela levantou o rosto e o encarou. — O que fez com aquele homem?

— Ele morreu. Agora você é lady Mounthill, como sua mãe foi um dia. Nem tudo dos Montforth vai desaparecer, viu? Helena pode até morar lá um dia.

Elene se esticou e o beijou nos lábios, ali mesmo na frente dos outros, afinal, os dois ainda continuavam fingindo que estavam sozinhos.

Erin também ficou feliz com a volta deles. Ela não era mais a menina baixinha e de aparência infantil que Elene conheceu quando chegou ao castelo. Estava já com vinte e dois anos e ficara dez centímetros mais alta do que a mãe e a avó. E, a essa altura, já devia estar casada e com ao menos um filho em seu encalço. Mas ela vivia no castelo sob a proteção da condessa, mesmo assim, pretendentes não lhe faltavam. Era bonita como a mãe, com aquele longo e brilhante cabelo negro, e bem cuidada como a ama de uma condessa deveria ser. Era tão mimada por Elene que mais parecia uma jovem dama.

Havia cavaleiros no castelo que a desposariam a qualquer momento. Mas, mesmo já considerada velha para casar naqueles tempos, quando moças podiam ser entregues aos maridos aos doze anos, Erin esperava alguém. Talvez alguém que, ela temia, nunca viesse a enxergá-la. Antes, ela pensava ser pela sua idade e por ser pequena e magra demais, com a aparência de uma criança bem mais nova. Mas as coisas mudaram, ela havia crescido e, agora que os filhos do conde não eram mais bebês, Erin tinha muito tempo livre e continuava esperando. Apesar de sua esperança começar a ceder.

— Lavine está grávida novamente — Luiza comunicou ao marido, que se ajeitava na cama, envolvendo-a. E, ao menos agora, após acordar, ela parecia estar sozinha e sem Elene, que se tornara uma mandona de primeira e roubava quase todo o seu dia.

— Mas que demora. Eu pensei que Aleck ia ser filho único para sempre. — Jordan passou o nariz pelo ombro da esposa, que ainda se espreguiçava languidamente.

— Sim... Acho que nós que fomos rápidos demais.

— Você, milady. Tão apressadinha que quis logo dois filhos ao mesmo tempo — o conde zombou; eles sempre brincavam com isso. Ele beijou o ombro dela, suas mãos ainda acariciando levemente seu abdômen e os seios. Por enquanto, ele estava plenamente satisfeito pelas últimas horas que passou com a esposa na cama.

— Devan, você sabe que Erin é apaixonada por...

— Você não esquece essa história — interrompeu. — Ela nunca lhe disse com todas as palavras.

— Ela não precisa! — Ela virou-se para ele e segurou seu rosto. — Será que você não pode ajudar?

— Se ele só pensar que eu estou falando de sua vida pessoal...

— Dê-lhe tempo livre! O problema dele é ter sempre algo lhe ocupando a mente.

— Elene...

— Eu os quero felizes. Nunca vi um homem distante e fechado como ele.

— Ele a acha muito nova.

— Ela era nova, agora é uma mulher, Jordan! Tem vinte e dois anos! Ele não é mais velho do que você!

— Está me chamando de idoso, milady? Eu não parecia tão velho assim até poucos minutos atrás.

Luiza riu e deitou-se sobre seu peito para beijá-lo. Se ela continuasse tão carinhosa assim, iam voltar ao que estavam fazendo antes de adormecerem mais rápido do que planejavam. Ela parou, observando o rosto dele — havia tanto amor no seu olhar, poderia ficar em seus braços o dia todo.

— É claro que você não é velho... — Ela acariciou seu rosto com as pontas dos dedos. Tocou as marcas que começavam a aparecer na testa e perto da boca. Naquela época, um homem de trinta e seis anos já era considerado bem mais velho do que nos tempos dela. A expectativa de vida era muito mais baixa. Talvez, por isso, ele já estivesse brincando com sua idade. Mas, para ela, Jordan ainda precisava viver muitos anos. Nem chegara aos quarenta. E Elene tinha apenas vinte e sete anos. Ela esperava que ainda tivessem muitos anos para envelhecer juntos.

— E você é muito mais jovem do que eu... Mas dizem que feiticeiras não envelhecem na mesma velocidade que as outras mulheres. — Ele piscou para ela.

Luiza jogou a cabeça para trás e gargalhou. Fazia um tempo que não se lembravam de brincar com essa história. Ela sentiu falta disso. Logo, ambos estavam rindo ao lembrar-se das histórias de quando ela chegou ali. Parecia ter sido há muito mais tempo do que os oito anos que estavam casados. E, quando pensavam sobre o assunto, achavam muito pouco, ainda havia tanto o que fazer juntos. E, obviamente, um pouco depois estavam novamente de volta ao que estiveram fazendo antes.

CAPÍTULO 28

Seguindo as ideias de Luiza, o conde deu mais tempo livre a Cold. Ele estava precisando de férias, segundo as opiniões da condessa. Como regulava a idade de Jordan, ele ficou pensando se era por já estar com a idade demandando descanso. E agora havia Rey... O rapaz era um verdadeiro fenômeno. Como cavaleiro e em qualquer outro aspecto. Com aquele cabelo castanho-claro, alto, esbelto e atlético, ele andava levando as mocinhas à loucura. Pena que ele parecia ser tão cheio de escrúpulos quanto o conde, que ele tomava como modelo a ser seguido.

Então não ia haver filhos bastardos e filas de amantes para o rapaz. Para tristeza das moças. Não que isso deixasse Cold tranquilo, isso só significava que Rey tinha mais interesse em se casar do que ter inúmeras namoradas.

— Afinal, ele pediu ou não? — Cold perguntou, quando parou perto de uma pilha de feno.

— Pare com isso — Erin respondeu. — Já basta minha avó confundindo as coisas. Nós não somos namorados, somos amigos. Ele salvou minha vida, cuidei dele quando estava quase morto sobre a cama. Isso forjou uma amizade. Não é você que tem que querer ameaçá-lo com uma espada, é o contrário!

Irritada por Cold não conseguir enxergar a verdade, Erin afastou-se para a moita mais perto e se abaixou novamente, começando a colher as folhas que sua tia-avó pedira.

— Você anda com ideias demais na cabeça — resmungou ele.

— Não ando com ideia alguma. Sei bem o que pensar há alguns anos. Sabe, já tenho vinte e dois. Não tenho mais quinze. E, mesmo naquela época, eu já era muito apta. Minhas conhecidas já tinham filhos aos quinze anos.

— E com quinze anos você parecia uma criança desgarrada de dez. É óbvio que não ia ter filhos naquela idade! — Cold tratava a ideia como absurda. Não conseguia nem imaginá-la tendo que lidar com um homem naquela época, provavelmente ele teria matado o desgraçado que tentasse abusar dela.

Erin se levantou, tirou uma frutinha silvestre da moita e arremessou-a na cabeça de Cold. Ele se virou para olhá-la, já estreitando os olhos, pronto para lhe dizer que ela havia aprendido as piores coisas com lady Elene.

— E por acaso eu pareço uma criança desgarrada agora?

Cold até virou o rosto para não ficar reparando demais. Erin continuava magra como era o tipo físico de sua mãe, não havia nada exagerado nela, nem grandes seios ou quadris largos, era toda harmônica. Ela era esguia, mas ficara muito atraente. Tinha o corpo feminino e o rosto belo, com lábios pequenos que pareciam formar uma fruta rosada. E com todos os mimos da condessa, ela usava vestidos práticos, mas bonitos e de qualidade, seu cabelo vivia penteado e, depois que virou adulta, passou até a usar sabão perfumado como a lady. Cold tentava nem chegar perto dela.

— Eu a vi aprender a andar, Erin... — Cold havia chegado em Havenford para ser instruído como escudeiro quando tinha apenas sete anos, e já havia completado doze quando Erin começou a engatinhar no pátio interno e ser carregada pelo pai, que, na época, não passava de um rapazote.

Ela bufou, pegou a cesta e saiu andando. Como havia saído para acompanhá-la no exterior do castelo, Cold simplesmente a seguiu.

— E eu o vi nu, Cold! Que diferença faz?

— Você não viu coisa nenhuma!

— Vi sim! Você estava nu e se vestindo. Eu tinha dezesseis anos e você tinha acabado de ir se lavar depois de cometer a tolice de se deitar com a peituda da mulher do padeiro!

— Dá para falar isso baixo? Não gosto da minha vida pessoal estampada por aí — ele sussurrou, olhando para os lados, esperando que ninguém tivesse escutado.

Erin cruzou os braços, fazendo a cesta bater ao lado de sua cintura.

— Você por acaso ainda dorme com aquela mulher?

— Não, foi só naquele tempo e... Eu não vejo por que estou lhe explicando isso.

— Cold, seu idiota. Por que você não me enxerga? Estou cansada de esperá-lo. Faço isso desde que tinha catorze anos! Já se passaram oito anos! Você não procura ninguém e também não me procura. Quer morrer sozinho?

Cartas do PASSADO

— Você é nova demais para mim, Erin. Em pouco tempo, estarei com os cabelos brancos e lento, e você mal terá chegado aos trinta anos.

— Você é dois anos mais novo do que o conde, seu grande tolo! Por acaso ele está com cabelo branco e lento?

— Case-se com alguém da sua idade, Erin. Nós já falamos sobre isso.

— E foi tão inútil quanto agora. Você me vigia, espanta todos os meus pretendentes, cisma que Rey quer algo comigo, mas não me quer! — Erin virou-se e tomou o caminho do castelo. — Não vou mais esperá-lo, Cold. Então, eu que ficarei velha. Eu quero ter minha própria família.

Naquele dia, a falecida filha do conde completaria doze anos se a morte não a tivesse reclamado tão cedo. Ele não se esquecia dos três filhos que perdeu — todo aniversário deles Jordan ia até seus túmulos visitá-los. E, quando ia para aqueles lados de suas terras, parava e ficava lá observando as três pedras talhadas com nomes e datas que indicavam os túmulos.

Agora, ele tinha companhia para a visita. Elene e seus três filhos deixavam flores e rezavam à frente dos túmulos, ele fazia questão de ensinar seus filhos a dar valor à vida e a respeitar os mortos. Eles também visitavam o túmulo dos avós e lhe deixavam flores, lamentando não tê-los conhecido.

Era 1434 agora, os gêmeos estavam com nove anos e Helena em breve completaria sete. Luiza estava achando engraçado que Elene tivesse feito trinta anos há um mês — ela não sabia se envelhecia junto, continuava não sabendo nada sobre isso. Só podia afirmar que Elene retomara o controle sobre sua vida e, agora, era ela quem vivia com ela, e não o contrário.

Seus sonhos continuavam vívidos, ela vivia os seus, que se passavam no futuro, e os de Elene, passados agora e no passado. Será que Elene estava sonhando com ela e vendo de onde ela viera? Seus sonhos eram vívidos e, até neles, Jordan era uma presença marcante, mesmo em outra época.

O conde estava indo bem com seus recém-completados quarenta anos. Eles foram longe, muito mais do que ela imaginara, e contariam uma história completamente diferente sobre suas vidas. Havenford permanecia de pé, forte e bela. E eles seguiriam por mais quantos anos Deus lhes desse. Estavam vendo seus filhos crescerem e o conde podia vislumbrar o futuro. Não havia flecha traiçoeira em seu peito, sua história não terminara trágica e abruptamente, e havia amor no seu enfraquecido coração.

Luiza sabia o que o afligia, talvez um coração bondoso sofresse muito. Ou simplesmente não fosse justo. Mas Délia continuava preparando seu tônico, ela estava ficando idosa, desafiava a expectativa de vida média e já tinha uns cinquenta e tantos e suas manias aumentaram. Mas se mantinha firme cuidando da família do conde e de todos que a procurassem.

— Você está grávida? Pelo amor de todos os santos, de quem? — Betia estava menos rechonchuda e mais velha, mas continuava dando seus ataques e a colher de madeira ainda cantava nas costas de quem saísse da linha.

A condessa continuava rindo como se fosse a melhor piada que ela escutara nos últimos anos.

— Eu não acredito nisso! — Joan andava de um lado para o outro à frente da filha. — Você escolheu não se casar, me deu o desgosto de achar que nunca teria netos e agora está grávida?

Mas Erin tinha um olhar triunfante de quem sabia o quanto lhe custara conseguir ter essa notícia para dar. Só ela sabia como fora difícil.

— Sim, estou. Vovó Délia confirmou.

— Délia está caduca! — gritou Betia.

— Não estou, não! E essa gravidez já está bem adiantada, a barriga dela que está pequena! — gritou a mulher de perto da janela onde estava sentada.

— Do jeito que custou, é capaz de nascerem gêmeos também! — provocou Luiza, deixando as mulheres mais nervosas.

— Traga aquele garoto aqui! — gritou Betia, sacando a colher de pau sabe-se lá de onde. — Não! Deixa que eu vou lá criar um ovo naquela cabeça loira! Ah, se vou! — Betia saiu intempestiva pelo salão do castelo.

— Mamãe, como Erin ficou grávida? — perguntava Helena, saltitando ao lado da mãe, que corria para seguir as mulheres e não perder um minuto da bagunça.

— Fazendo o que não devia! — gritou para a filha, pois só assim seria possível escutar no meio da algazarra.

— Como assim? — insistiu Helena, tentando que a mãe desse atenção às suas inúmeras perguntas.

Erin correu, tentando deter a avó, a tia-avó e a mãe. Com aquela falação, as outras criadas e as conhecidas por quem elas passavam iam se juntando ao grupo, querendo saber o que estava acontecendo. E Luiza seguia junto, com Helena em seus calcanhares.

— Não foi ele! Pelo amor de Deus! Voltem aqui! — gritava Erin.

— Saia da frente! Isso é um assunto de família! Se aquele rapaz pensa que só porque seu pai não está mais aqui isso vai ficar assim, está muito enganado! Nós vamos acertar as contas com ele! — Joan, que tinha as pernas mais jovens que a mãe, liderava o cortejo que já atravessava o pátio rumo ao anexo, onde os homens deviam estar a essa hora do dia.

— Eu não quero saber se ele é filho de um barão, ele vai ter que dar conta disso! — dizia Betia.

Quando aquele bando de mulheres entrou na área de treinamento dos homens, criando a maior confusão, gritando, falando e tomando conta do espaço, os garotos, rapazes e cavaleiros tiveram de parar tudo. O conde saiu de onde estava e foi para o meio do pátio saber do que se tratava, e acabou engolido pela falação das mulheres que reclamavam com ele.

— Ali! — gritou Betia.

Antes que pudessem detê-la, ela partiu para cima de Rey, e a colher de pau cantou no lombo dele. O rapaz tentava se proteger e ela batia mais ainda.

— Achei o danado! Pega ele, Joan! Põe esse garoto aqui na minha frente que ele vai se ver comigo! — dizia Betia.

Joan também sacou o chinelo e deu no rapaz, ambas o acusando de engravidar Erin e dizendo que agora ele teria de casar.

— Cold! Segura ele para mim. Nós vamos ter uma conversa.

Como Cold se ofereceu para tomar conta delas quando o marido de Joan morreu e sempre resolvia suas questões, inclusive mantinha os olhos em Erin, espantando os espertinhos que se engraçavam para cima dela, era óbvio que esperavam que ele fizesse alguma coisa. Mas ele nem estava por perto.

— Não foi ele! Parem de bater nele! — falou Erin, entrando no meio e tentando proteger Rey.

— Mas que diabos está acontecendo aqui? Parem já com essa algazarra! Só quem decide alguma coisa aqui sou eu! — decretou o conde, colocando fim à falação.

— Eu duvido que Rey tenha feito isso aí! — opinou Helena, se metendo no meio e sendo puxada pelo pai antes que fosse derrubada.

Quando a roda abriu e Betia se aproximou do conde, já foi logo dando as boas novas.

— Erin está grávida, milorde! — ela anunciou, e a cara de assombro do conde quando olhou para a criada pessoal da esposa causou gargalhadas em Luiza.

— Mas com quem ela se deitou? — questionou ele, deixando a garota vermelha como um pimentão e levando um cutucão da esposa.

— E o culpado é ele! — Betia, Joan e Délia apontaram para Rey, que ficou pálido e seus olhos quase pularam das órbitas.

— Isso é verdade, rapaz? — o conde perguntou, cruzando os braços e olhando feio para ele.

— Não! Eu nunca... — Rey acalmou a respiração, se recompôs e andou até Erin. Ele segurou suas mãos. — Erin, não importa de quem seja esse filho, se você precisa de alguém para lhe amparar, eu me caso com você — declarou ele, com toda a sua honra e devoção à amiga estampadas no rosto.

— Ai, meu Deus! — Erin foi quem ficou pálida agora.

— Ele pode casar? — A pergunta em tom agudo de Helena despontou no meio do burburinho.

— Muito bom! — disse Betia, embainhando a colher de pau.

— Não! Pode ir tirando as mãos de cima dela, garoto! — Cold foi abrindo caminho no meio da multidão que fizera a roda para testemunhar a resolução do caso.

— Onde você esteve, Cold? — ralhou Joan. — Precisávamos de você para pegar o garoto fujão aí! — Indicou Rey.

— Ele não vai se casar com Erin nem por cima do meu cadáver! — Cold se enfiou entre Rey e Erin e soltou as mãos deles. — O filho é meu!

— Ah, meu Deus! — soltou Betia antes de perder as forças e ver tudo rodar.

Foi uma comoção geral, e o grito de assombro e surpresa da plateia tomou conta do pátio. Erin ficou mais pálida do que antes. Os gêmeos tiveram que segurar Betia para que não caísse estatelada. Joan ameaçava ter um mal súbito. Délia levou a mão ao peito e ficou paralisada. Luiza dava pulinhos e comemorava. O conde ainda permanecia em choque. Morey batia na coxa de tanto rir. Lavine estava chocada. Helena pulava para conseguir ver melhor e acabou pedindo ao pai para levantá-la. E as coisas mudaram de figura.

Logo depois que Cold assumiu a paternidade e os segundos de choque passaram, Rey virou-se e deu um murro caprichado no rosto do pai da criança. Cold foi ao chão e Rey pulou para cima dele, agarrando na túnica e o levantando. O rapaz havia ficado grande e forte, não era mais nenhum menino, e dava conta de Cold.

— Como ousa desonrar Erin dessa forma? — perguntou Rey, ainda segurando Cold. — Retrate-se imediatamente ou vai se ver comigo! — Ele empurrou Cold, fazendo-o cambalear.

— Rey! Não precisa ser tão violento! — disse Erin, cutucando o ombro do amigo.

Mas Cold ajeitou a roupa e lançou um olhar gélido para o rapaz. Ele sempre morreu de ciúmes da estreita amizade que se desenvolveu entre Rey e Erin depois dos acontecimentos fatídicos da batalha contra os Golwin. E, quanto mais os anos passavam e Rey virava um cavaleiro e Erin tornava-se uma mulher, mais Cold temia que eles se acertassem. O fato de ter sangue nobre não impediria Rey, ele era o tipo que quebraria uma regra por amor, e sua família era nobre, mas sem recursos. E também um bocado loucos, os Driffield provavelmente festejariam e os acolheriam para dividir o aperto.

— Não precisa mais ficar protegendo-a com tanto afinco. Ela agora tem a mim — soltou Cold, enciumado.

— Dá nele, Rey! Dá nele! — gritava Betia, já muito recuperada e com a colher de pau na mão. Ela obviamente já havia mudado de lado.

— Pode ficar de joelhos — disse Rey, ignorando o fato de Cold ter sido um dos seus professores. Ele cruzou os braços e se postou ao lado de Erin. — E não se esqueça de pedir permissão ao conde — continuou, com voz de comando. Agora, era ele quem defendia os direitos de Erin ali.

— Não quero me casar com ele obrigada! — rebateu Erin, parando a cena que se desenvolvia. — Já esperei por muito tempo, posso casar com Rey. — Ela dizia isso apenas para provocar, não tinha a menor intenção de obrigar seu melhor amigo a subir ao altar.

Rey se engasgou e tossiu algumas vezes, mas manteve a pose e assentiu. Amigos eram assim, apoiavam ao outro no que fosse, mas ele esperava que ela tivesse um bom plano em mente. Porque, se o filho era de Cold e ela resolvesse que ia se casar com Rey, o rapaz estaria mortalmente encrencado.

— Só por cima do meu cadáver! E muito morto! Não me obrigue a desafiar o garoto para um duelo! — disse Cold, já soltando fumaça. — Você vai se casar comigo e muito rápido! Essa criança vai ter meu nome!

Erin escondeu um sorrisinho e virou o rosto, piscando para Luiza, que piscou de volta. Ah, se os outros soubessem que elas andaram planejando isso há meses...

— Milorde, visto que Erin está sob sua proteção, quero humildemente pedir-lhe permissão para desposá-la. — Cold se inclinou à frente do conde numa posição de respeito.

Luiza apertou o braço do marido e cochichou no ouvido dele, depois olhou Cold com um sorrisinho diabólico no rosto. Era bom nem Jordan saber o quanto ela estava metida nisso.

— Eu lhe dou minha permissão desde que Erin concorde em desposá-lo. E tem de agir como um verdadeiro cavalheiro e ir pedir a mão dela conforme a tradição. — Até o conde teve de segurar o sorriso antes de dizer as próximas palavras. — De joelhos.

Quem estava na chuva era para se molhar. Do jeito que Erin teve de esperar, Cold deveria mesmo era se arrastar aos pés dela.

— Erin... — Cold se apoiou em um dos joelhos e abriu a mão à frente e acima de sua cabeça. — Você me daria a honra de passar o resto de sua vida ao meu lado, de aceitar-me na saúde e na doença e de ser a mãe dos meus filhos?

Erin queria aceitar imediatamente. Mas a condessa fora muito clara, havia sido uma espera muito longa. Ela tinha de espezinhar mais para valer a pena, não podia ir se entregando assim sem as devidas garantias.

— Só? — perguntou ela, chocando os outros.

Cold assentiu como quem sabia que merecia. Só não estava gostando de fazer isso na frente de Rey, que se mantinha ao lado de Erin, olhando ironicamente para o futuro noivo.

— Você me daria também a honra de aceitar todo o meu afeto...

— Afeto? — Rey se intrometeu e Cold um dia ainda lhe daria uma surra por isso.

— Aceitaria o amor que tenho para lhe dedicar e passaria sua vida ao meu lado? — completou Cold.

— Sim, isso eu aceito! — concordou Erin finalmente, aceitando a mão que Cold lhe estendia.

Ele a puxou para seus braços e todos aplaudiram. Betia, Délia e Joan foram dar os parabéns aos noivos, mas Cold não escapou de umas colheradas. Rey soltou o ar e passou a mão pela testa, chegara mesmo a ver a corda em seu pescoço. A roda foi se fechando de novo em volta deles, todos querendo parabenizá-los.

— Eu só queria saber quando foi que Cold acabou sucumbindo aos encantos de Erin... — comentou o conde enquanto voltava para o castelo ao lado da esposa.

— Ah, numa certa noite muito fria, em que ele ficou de vigia e ela tinha uma manta nova e extremamente quente... — Luiza sorria, mal cabendo em si de felicidade.

— Você não está envolvida nisso, não é? Não foi aquela manta que ela ganhou de aniversário?

— Claro que não! Deve ter sido alguma outra — respondeu cinicamente.

O conde não caiu na história dela, mas não precisava insistir, já estava feito.

— Parece que tudo aqui acontece no inverno... — comentou ele.

No entanto, foi no verão de 1436 que Luiza viu seu chão mudar de cor novamente. Ela tinha acabado de passar um inverno maravilhoso. Erin estava casada e seu bebê tinha um ano e alguns meses, era uma menina com os olhos cinzentos como os de Cold. Já o guerreiro estava se mostrando um marido esforçado. Ao lado de Erin, nem parecia aquele homem calado e arredio. Vivia sorrindo com sua filha no colo e nem sentia mais ciúmes de Rey. Depois de ter conseguido lhe dar uns tabefes, voltara às boas com o rapaz, que era um dos padrinhos da criança.

— Ela ainda é tão pequena! — Helena dizia enquanto dava o dedinho para Callie segurar. Com oito anos, ela nem se lembrava de que já havia sido menor que Callie e, como era uma miniatura de Elene, estava com um tamanho muito bom para sua idade.

— Eles ainda não voltaram, milady.

Apesar de agora ser uma mulher casada e mãe, Erin mantinha-se à fiel escudeira da condessa. Não abandonara seu posto nem quando estava com uma barriga enorme. Luiza teve que obrigá-la a parar, pois ela não saberia o que fazer se Erin entrasse em trabalho de parto quando estivesse sozinha com ela.

— Sim... — Luiza estava novamente sentindo o mesmo que Elene, como quando chegou ali e ainda estava no comando. A aflição que sentiu foi tão forte que só podia ser dupla, a mesma que sentira em 1426, quando passou o ano todo aterrorizada, esperando pelo pior. — Já faz tanto tempo... Estou começando a odiar anos que terminam com seis.

— Do que está falando, milady? — perguntou Erin, ajeitando a filha no colo.

— Não é nada.

— Mamãe, mamãe! — Haydan entrou correndo. Com quase doze anos, ele estava enorme e ficando forte devido ao treinamento que recebia como escudeiro. Seria um homem bonito como o pai e ótimo com uma espada. Christian parecia que se daria melhor planejando as estratégias, mas isso não significava que não estivesse tão grande e sendo tão bem treinado quanto o irmão. Eles continuavam idênticos, mudando apenas a cor dos olhos e alguns pequenos detalhes que a maioria das pessoas não notava.

— Como sempre, você está gritando por mim pelos quatro cantos do castelo — ela respondeu, tentando mostrar um humor que não sentia.

Mas Haydan chegou até ela e olhou-a daquele jeito totalmente dele, intenso e direto demais para o rosto de uma criança. Então ela sabia que ele não viera à toa.

— Haydan... — Ela se aproximou dele. — Diga a que veio.

— Papai... — Ele suspirou e, quando a encarou novamente, já eram os grandes olhos assustados de uma criança que precisava do conforto da mãe.

A cidade estava pegando fogo. As pessoas corriam em desespero e subiam pela colina, achando que estavam sendo atacadas. O pânico era geral, homens a cavalo passavam pelo meio da rua de terra com espadas em riste, matando todos que estivessem pela frente. No encalço deles, os cavaleiros em túnica vinho perseguiam os soldados e atiravam flechas. A cidade estava sob ataque, mas o castelo não. Eram homens sem cores, mercenários atacando sem piedade. Este ano, o período de ataques que precedia o inverno parecia ter começado bem antes.

— Não tenham misericórdia! Eu quero todos esses assassinos derrubados! — dizia o conde, incitando seus homens a responderam à altura.

Como sempre, os homens de Havenford confiavam em seu comandante e investiam a seu comando, organizados e com propósitos claros, sem perder-se na confusão que os mercenários causavam. Aquele era seu território, eles deviam aproveitar essa vantagem contra o inimigo. Eles derrubavam os homens de seus cavalos e os continham enquanto a guarda montada do castelo invadia a cidade e retomava o controle.

Jordan entrava nas casas e retirava todos que podia, algumas estavam perdidas e não dava nem para entrar e ele tinha que escutar o grito de quem tentava fugir e era morto pelo fogo antes de sufocar com a fumaça. As casas dos comerciantes, maiores e com dois andares, representavam um problema. Quando não teve por onde sair, Jordan e um de seus soldados pularam para o teto da casa ao lado, que cedeu e eles caíram, quebrando cadeiras, se machucando e se atrasando para voltar à batalha.

Cold e Rey se dividiam do lado de fora, e tinham como missão derrubar os homens dos cavalos e eliminar o máximo possível. Aquele ataque veio como uma surpresa e, quando chegaram à cidade, o caos já estava instalado. Os inimigos vieram pela floresta, puxando seus cavalos pelas rédeas e, em vez de tentar atacar o castelo, investiram na cidade, que estava grande e próspera, cheia de comerciantes com posses suficientes para valer a pena se arriscar contra a guarda do castelo que, sem dúvida, iria descer.

O conde definitivamente não era mais tão rápido quanto há dez anos; desde o ferimento na perna, sua lendária agilidade não era mais a mesma. Por outro lado, sua técnica com a espada se aperfeiçoara, ele derrubava os homens com um golpe e sua força ainda não o abandonara. Podia socá-los e chutar para longe e quebrar ossos nesse processo.

Mas, esta tarde, ele não estava lutando contra aqueles mercenários destreinados e cruéis em seu objetivo de roubar e causar destruição no caminho. Seu inimigo era invisível, era parte dele, alguém contra quem não podia lutar nem com toda força e inteligência que tinha. Seu maior inimigo nesta tarde era aquele que mantinha seu corpo vivo.

Quando Luiza chegou à cidade, ela viu a destruição do fogo, as pessoas machucadas e tentando se ajudar. Os homens arrastavam os corpos desconhecidos dos mercenários e juntavam os cavalos. Cold olhava para ela diretamente, e a condessa foi andando rapidamente em sua direção, os punhos fechados como se pudessem lhe dar mais força e as unhas machucando suas palmas.

O conde estava com a mão direita sobre o lado esquerdo do peito, e segurava com força como se fosse isso que estivesse mantendo o problema controlado. Rey o amparava de um lado, e Morey tinha as mãos no ar, muito perto, querendo tocá-lo, mas parecia até que estava com medo. Jordan mal respirava, ele simplesmente não podia, tinha receio de que aquela dor piorasse, e não era por causa da queda, de suas costelas machucadas, sua perna que doía ou o pulso esquerdo que estava ferido.

— Devan! — Luiza o segurou, suas mãos pegando dos dois lados de seu gibão rígido e feito para luta.

Ele provavelmente a estava esperando. Jordan caiu de joelhos, e ela foi junto com ele, criando uma poça verde-clara com todo o tecido lustroso de seu vestido.

— Elene... — Ele deixou que ela segurasse seu rosto, impedindo que tombasse, os olhos claros que a estavam molhando eram turvos. — Leve-me para casa — sussurrou.

Ela teve que engolir em seco algumas vezes enquanto impedia que as lágrimas descessem; ainda não tinha motivos para chorar, não tinha que ser fraca agora. Afinal, já o recebera ferido várias vezes e tinha certeza de que essa seria apenas mais uma dessas ocasiões. Luiza ficou de pé junto ao marido e olhou para frente, para nenhum ponto especial, sequer enxergava as pessoas que estavam por perto com faces preocupadas e tentando ver se o conde estava ferido.

— Coloquem-no no cavalo. Meu marido não vai se deitar nesse chão frio — ela declarou e buscou força interior enquanto Morey e Rey o ajudavam a andar e Cold trazia o grande corcel do conde e o ajudava a montar.

Os gêmeos esperavam no pátio, extremamente injuriados por sua mãe ter proibido que eles deixassem o castelo. Ela gritou com eles como nunca haviam visto, chegando a assustar Helena, enquanto dizia que jamais iria deixá-los em perigo enquanto os pais estavam fora de Havenford. Eles entenderam por que ela fez isso quando viram o pai ser carregado para o quarto, e sua mãe segui-lo com um olhar desesperado e amedrontado, que eles também nunca haviam visto.

Ela estava precisando de Elene agora — dessa vez estava amedrontada. Cederia seu lugar a ela como vinha acontecendo. Por que ela não tomava o controle de sua vida de novo? Justo agora, quando estava aterrorizada demais, Luiza gostaria que fosse como alguns dias em que precisava ser informada do que Elene andou aprontando.

Jordan reabriu os olhos quando já estava confortável em sua cama. Délia o fez beber o seu tônico e, como ele parecia dormir ou estar inconsciente, Luiza passou o tempo banhando-o. Ela percebeu que ele estava acordado enquanto fechava a túnica limpa que Morey ajudara a vestir nele. O conde sorria levemente enquanto a observava.

— Como está? — ela perguntou baixo, aproximando-se dele.

— Nós precisamos conversar — ele respondeu tão baixo quanto ela.

Morey estava nervoso e preocupado. Ele já vira o conde na cama dezenas de vezes, curando todo tipo de ferimentos, coberto de sangue, com partes do corpo abertas e sendo costurado para tudo quanto é lado. Mas, esta tarde, não havia uma gota de sangue ali, e era isso que o assustava. Ele os deixou a sós.

Os filhos deles estavam na antessala aguardando e ele lhes disse para esperarem mais um pouco enquanto o conde falava com a esposa. Suas mentes de criança ficaram aliviadas pelo fato de o pai ter acordado, mas Haydan ficou de pé e foi até perto da janela, seu olhar expressivo e sério refletido no vidro, e ao menos ele não conseguia mais se enganar dessa forma. A ingenuidade da infância já fora obrigada a deixá-lo desde que entendera as responsabilidades que teria quando assumisse o lugar do pai.

— Devan, eu não sei o que é isso, mas creio que dessa vez terá de obedecer e ficar na cama — Luiza dizia ao marido, totalmente aterrorizada. Ela deixara de ter sentimentos duplos. Amedrontava-a não sentir-se dividida agora.

— Elene... — Ele apertou sua mão, ainda olhando-a com um leve sorriso. Se estava sentido dor ou qualquer mal-estar, não demonstrava. — Chegue mais perto, preciso sentir seu cheiro novamente. Venha aqui. — Ele levantou a mão e segurou seu rosto, trazendo-a para ainda mais perto e beijando-a.

Luiza deixou seu corpo se apoiar no colchão. Jordan segurava-a firmemente junto a ele, beijando-a intensamente como se fosse a primeira vez ou a última em que poderia tê-la tão junto a ele, tragando-a um pouco, precisando ficar com uma lembrança vívida dos lábios de sua amada antes que seu tempo acabasse. Ela virou o rosto algumas vezes, procurando seu gosto tanto quanto ele. Não queria pensar em perdê-lo, queria apenas sentir o alívio de beijá-lo novamente depois de ter de trazê-lo de volta ao castelo, pensando que seria a última vez que se veriam.

— Minha amada lady... — ele murmurou para ela quando seus lábios se separaram e passou os dedos por seus cabelos ruivos enquanto admirava seu rosto e guardava a imagem dos seus olhos.

Sem conseguir evitar, uma lágrima desceu pelo seu rosto quando o ouviu chamando-a assim; trazia tantas lembranças. Mas sorriu e passou a mão pelo cabelo loiro dele. Podia jurar que estava mais claro em algumas partes, como nas têmporas — seu conde estava envelhecendo e as marcas nas laterais de seus olhos agora já eram visíveis e mal completara quarenta anos.

— Ousada e teimosa também, meu amado lorde.

— E não havia como deixar de ser. — Ele sentou na cama, contra os travesseiros apoiados na guarda, e ela percebeu que ele não estava recuperado, pois seus braços tremeram ao sustentar seu corpo pesado. — Deixe as crianças entrarem — ele pediu depois de ter guardado mais um tempo para apreciá-la.

Quando a mãe abriu a porta para a antessala, os gêmeos nem precisaram escutar nada, entraram correndo com Christian levando Helena no colo. Ela pulou para o chão e, no mesmo impulso, saltou para cima da cama e do pai.

— Papai! O que aconteceu?

— Helena... — Haydan se inclinou e tentou tirar o peso da garota de cima do pai.

— Deixe-a, Dan. Ainda posso aguentar minha filha. — Ele passou o braço em volta da menina e lhe falou sobre os homens que invadiram a vila.

Não passou despercebido nem a Luiza nem aos gêmeos que ele não mentiu para Helena, mesmo que para tranquilizar seu coração jovem. Mas a história a entreteu. Depois ele conversou com os filhos, juntos e separadamente. Luiza não soube o que ele disse a cada um, ficou apenas segurando Helena junto ao corpo enquanto olhava o marido quase de forma ressentida, porque ela sabia o que ele estava fazendo. Estava pensando que partiria e os deixaria.

— Vovó! Vovó! Acorde! — Era a voz de Erin enquanto sacudia Betia.

— Deixe sua avó velha dormir, menina! — Betia bateu a mão como se espantasse um mosquito e nem abriu os olhos.

— Venha agora, vovó. É o conde...

Betia pulou da cama, vestiu-se correndo, enrolou-se num xale grosso e saiu rápido atrás da neta com seus chinelos rústicos batendo na pedra. Quando ela entrou na antessala, encontrou os principais cavaleiros do conde, Lavine com seu filho e Rey aguardando Erin e segurando sua pequena afilhada no colo. Betia viu tudo rodar e não soube como foi parar dentro do quarto. Ele abriu os olhos brevemente e sorriu para ela, que esticou a mão trêmula, e ele apertou com mais força do que ela esperava. Então, ela não aguentou mais e teve que ser carregada para fora e instalada numa das poltronas perto da lareira.

Délia não podia fazer nada, não conseguia tampouco. Estava tão fora de si quanto a irmã e começou a chorar convulsivamente enquanto murmurava palavras desconexas sobre a mãe do conde e o tônico e sobre como ela a viu partir sem poder fazer nada. Exatamente do mesmo jeito, bela e saudável em cima da cama e, no momento seguinte, morta. Jordan também sabia disso, ele passou aquela noite na cabeceira da mãe, e foi ele quem a carregou para o quarto quando ela caiu, e o último aperto foi na mão dele.

— Elene... — ele murmurou baixo e ela apertou sua mão.

Ele apenas murmurava seu nome, e ela se abaixava perto dele e escutava o que lhe dizia. Ninguém nunca soube o que era, parecia estar lhe passando instruções, que ela queria se recusar a escutar, mas não podia. E contava onde deixava tudo que ela precisaria. Antes de todos chegarem, ele havia pedido papel e, com a mão firme, fez algumas anotações, assinou documentos e ainda escreveu duas cartas. Mais tarde, todos saberiam que uma foi para os filhos e outra para Elene. E ninguém as leria a não ser seus destinatários.

> Hoje, nossa cidade foi atacada. Não sei quem eram ou se havia algum mandante, parece que eram apenas mercenários em busca do que pudessem roubar e consumir. Várias casas foram incendiadas, perdemos alguns moradores e consegui cair de um telhado. Minhas costelas não estão contentes com isso. Mas contivemos o incidente.
>
> Essa é a última vez que escreverei sobre Havenford. Meu lar, minha terra natal, meu povo. Nasci aqui e morrerei aqui. Deixarei frutos para florescerem nessa terra e minha última oração será por eles. Eu recebi muito mais do que esperava. Deus sabe que minha vida não estava marcada para durar tanto e, em recompensa, ele me permitiu ser o homem mais feliz do mundo. Daqui para frente, Elene, o amor de minha vida, continuará essas anotações.
>
> Eu nunca mais acordarei para ver aqueles belos olhos verdes com os quais sonhei por tantas noites e sonho até hoje. Não verei meus filhos se tornarem adultos e se casarem. Mas eu vivi ao lado deles, eu conheci a felicidade. Vai doer apenas mais um pouco antes do amanhecer.

— Devan... — Ela balançou os ombros dele quando passou muito tempo de olhos fechados. Mas era sua última oração.

Haydan tentava amparar a mãe. A despeito de sua tristeza e do desespero pelo qual estava passando, Elene precisava dele. Ela ia sucumbir se ninguém segurasse sua mão agora, e Helena estava agarrada a Christian, que não conseguia segurar as lágrimas como o irmão.

— Por favor, Devan! — Elene ficou de joelhos sobre a cama, segurou a mão dele com força e levou até o seu coração, que batia rapidamente. — Não me deixe agora, por favor. — As lágrimas desciam sem parar pelo seu rosto, molhando seu vestido, pingando sobre a túnica do conde e sobre a mão que ela apertava contra seu coração descompassado.

— Eu nunca vou deixá-la, Elene.

— Não...

— Escreva-me.

— Não!

— Eu sei...

Ele olhou diretamente para seus olhos verdes, porque era tudo que queria ver pela última vez. Queria ter a sensação de que tudo poderia começar outra vez e não terminar. A mão dele apertava a sua enquanto ela o via a encarando até começar a desfocar lentamente e seus olhos se fecharem.

A essa altura, Luiza não tinha ideia dos soluços de Elene, os sons pareciam longe, sua visão começou a ficar turva e ela achava que estava gritando enquanto tentava se agarrar ao conde. Sabia que seu choro era convulsivo, sua garganta estava apertada e inchada. Sua cabeça começou a doer insuportavelmente, e ela ainda gritava para que ele voltasse para ela. Mesmo quando tudo ficou negro e já não havia mais o conde e Elene a deixara, ela ainda chamou por ambos no escuro da inconsciência.

CAPÍTULO 29

Quando Luiza voltou a si, sentiu que estava sentada em algum lugar duro e recostada contra a parede. Ela moveu a cabeça levemente e ficou sem coragem de abrir os olhos; apenas sentia que as lágrimas começavam a vir.

— Vamos, não precisa chorar. Está doendo tanto assim?

Ela reconheceu a voz e imediatamente abriu os olhos. Piscou algumas vezes devido à claridade, mas sabia com quem estava falando.

— Marcel! Marcel! — Ela o abraçou, sem acreditar que estava de volta. — Ele morreu! Eu não pude salvá-lo dessa vez. Ele se foi.

— Vamos, vamos. Acalme-se, foi uma bela pancada — dizia Marcel, tentando acalmá-la.

Luiza sentiu dor no lado esquerdo da cabeça e levou a mão até lá. Fechou os olhos novamente e tornou a se recostar. Sua cabeça rodava e sua mente estava uma bagunça.

— Ela acordou? Finalmente!

Luiza escutou passos se aproximando rapidamente, pessoas vindo correndo para perguntar como ela estava. Alguém se abaixou à frente dela, apoiando a mão em seu joelho, e encostou uma bolsa gelada em sua cabeça. Ela moveu o rosto nessa direção, adorando o conforto da sensação contra aquele galo que já começava a se formar.

— Olhe para mim. Você está bem? Fale comigo.

Os olhos dela se abriram imediatamente ao som daquela voz. Luiza piscou várias vezes, olhando para o homem à sua frente. Ela obviamente ainda estava muito confusa, mas não era possível que estivesse vendo coisas.

— Devan? Devan! — Ela tocou o rosto dele com as duas mãos, tateando para ver se era real.

— Ao menos ela se lembra do meu nome! — disse ele, virando rapidamente a cabeça para quem estava em volta, provocando risos. — Ei, como está? — Ele se aproximou mais, falando baixo com ela como se não quisesse assustá-la, e segurava a bolsa de gelo contra sua cabeça.

— Como você... — Ela não sabia bem qual pergunta formular. Olhou para baixo. Usava jeans e sapatos de salto grosso com uma blusa e um cinto em volta da cintura. Tudo muito moderno. Olhou as mãos e viu anéis, mas não aquele único que Elene usava. Tinha certeza de que seu cabelo também não era vermelho. Ela levantou a cabeça e ficou apenas olhando para o homem à sua frente.

— Como eu... O quê? — Ainda ajoelhado, ele passou a mão pelo seu cabelo, afastando-o do rosto, e retirou a bolsa para olhar o local. — Acho que você vai ficar com um galo por um tempo. Essa janela abriu de repente com a ventania.

— Em que ano nós estamos? — perguntou ela, seu raciocínio começando a voltar.

— Em 2012 — ele respondeu, franzindo o cenho.

— E você se chama Devan...

— Sim, acabou de me chamar pelo nome. — Ele levantou a mão à frente dela. — Luiza, quantos dedos têm aqui? — questionou, devido às perguntas sem sentido que ela fazia.

Seu nome! Ele acabara de dizer seu nome verdadeiro!

— Três... Onde estamos?

— Na Inglaterra.

— Não. Esse é o castelo... — Ela olhou para cima, mas não conseguia nem formular a pergunta.

— Castelo de Havenford — ele respondeu por ela.

Os olhos dela se arregalaram. Então engoliu a saliva com certa dificuldade e tentou se levantar. Devan segurou-a e ajudou, mas ficou meio desconfiado de soltá-la com medo que caísse, então pediu que alguém trouxesse seus chinelos de pano. Levou alguns minutos para alguém voltar e ele a retirou de cima daqueles saltos e a fez calçar os chinelos mais confortáveis e menos perigosos.

— Marcel! Onde está aquele livro? — ela quis saber, agora mais recuperada depois de um analgésico e uma xícara de chá.

— Qual deles?

— Aquele com os nomes e as árvores genealógicas. Onde está?

— Qual família você quer ver?

— Os Warrington.

— Minha família? — perguntou Devan, estranhando. — Não precisa, temos um livro próprio aqui no museu.

Ele levou-a até a mesa, a mesma do conde. Luiza apoiou as mãos nela. Estava forte e com a madeira brilhante e bem conservada. Devan trouxe um livro enorme e o colocou sobre a mesa.

— Mas você sabe quase toda a nossa árvore genealógica. Outro dia, até me corrigiu quando errei o nome de um ancestral. Por que quer ver isso agora?

Ela ainda não podia começar a falar com ele. Não justamente com ele! Ainda não se sentia real. Nada daquilo parecia ser real agora, não até que ela... Luiza abriu o livro com pressa, e foi folheando-o. Era em papel de alto relevo com uma película brilhante sobre as fotos, algo da melhor qualidade, com uma capa dourada e rígida com bordas em ouro. Ela chegou até a seção marcada para o famoso conde de Havenford e parou.

Ao lado dele estava a foto. Na verdade, a pintura de Elene. Sozinha, posando dentro do castelo, seu rosto em evidência e o olhar fixo e decidido. Luiza tocou a pintura e ficou olhando-a por alguns segundos. Abaixo, havia um texto sobre eles. Ela nem precisava ler, sabia tudo que havia ali. Na página ao lado estavam três pinturas: os três filhos. Os gêmeos Haydan e Christian, loiros como o pai, e abaixo a adorável Helena, ruiva como a mãe. O que estava escrito ali, ela também sabia, então virou a página.

Luiza sentou-se quando se deparou com os fatos que não sabia. Após a morte do conde, Elene comandou o castelo, mantendo-o exatamente do jeito que era, como o marido gostaria. Ela não se casou novamente, e dedicou-se a Havenford e aos filhos. Elene também morreu jovem, mas acima da expectativa de vida da época. Partiu em 1448, aos quarenta e quatro anos. Ela chegou a conhecer dois de seus netos.

As lendas românticas diziam que, assim que a pequena Helena, o xodó do conde, casou-se e estava encaminhada na vida, ele veio buscar a esposa, e ela faleceu dormindo, sem nenhum indício de que estava indo embora.

Haydan tornou-se o novo conde de Havenford desde o dia em que o pai morreu, mesmo que fosse novo demais para assumir o papel. E ele o honrou, não esqueceu nada do que os pais ensinaram e, com dezessete anos, já havia assumido seu posto como lorde do castelo e recuperou a suserania. Christian deixou o castelo do pai para cuidar de sua própria propriedade, mas não era longe, afinal, ele e o irmão mais velho, além de gêmeos, não conseguiam ficar muito tempo longe um do outro. Ambos se casaram e tiveram filhos, dando continuidade aos Warrington.

Helena casou-se aos dezoito anos. Seus irmãos a protegeram e tiveram certeza de que ela só precisaria ir com quem quisesse. Aquela família acreditava no amor, então todos eles casaram-se apenas com quem desejaram.

Para surpresa de Luiza, Helena casou-se com Rey, que havia se tornado o comandante do exército de Havenford. Ele era quinze anos mais velho do que ela e tinha todo aquele senso de honra e cabeça-dura também. Luiza podia imaginar como ele deve ter relutado em aceitar o que sentia por Helena, mas sua menina era persistente e deve ter conseguido dobrá-lo. Bem, não "sua" menina, a filha de Elene. Mas, ainda assim, seria eternamente sua, ao menos enquanto sua memória estivesse viva.

— Os Montforth ainda vivem — Luiza disse com certo orgulho.

— Sim, vivem através de toda a minha família — confirmou Devan, olhando-a. Enquanto ela ficou estudando o livro, ele permaneceu por ali, apenas observando.

Bem, ele era real, e ela ia ter que encarar isso. Luiza levantou-se novamente. Parecia que toda a história dos Warrington começava a voltar à sua mente sem que precisasse do livro. Ela já sabia que Helena também teve gêmeos, e esses foram os netos que Elene conheceu antes de morrer e ir encontrar seu amado conde. Ela andou até Devan e lhe devolveu o pesado livro. Ele o deixou sobre a mesa novamente e chegou perto dela. Na verdade, muito, muito perto.

— Está bem agora? — ele perguntou baixo.

— Sim. Creio que sim — respondeu ela, sem a menor convicção.

— A cabeça dói?

— Não muito. E não vejo mais tudo rodando.

— Isso é bom, Luiza.

Ela apenas piscou. O modo como ele pronunciava seu nome era exatamente como Jordan pronunciava Elene, como se demorasse em sua língua, como se gostasse de dizê-lo. E ele... Caramba, não era à toa que começara a chamá-lo de Devan ao vê-lo. Ele era assustadoramente parecido com o conde.

Bem, seu cabelo tinha um corte bem mais curto e atual, mas, mesmo assim, os fios loiros caíam-lhe pela lateral da testa quando saíam do lugar. A barba rente devia ser feita com algum barbeador elétrico e moderno, num estilo bem século XXI, e não à navalha como antigamente. Suas roupas eram totalmente atuais, jeans escuro, camisa de botão com mangas dobradas, suéter preto por cima e sapatos de couro. Sim, nem perto de túnicas e gibões.

Obviamente, não havia espada nenhuma em sua cintura, mas ele era tão alto e tinha o formato do corpo tão parecido que ela estava a ponto de ficar tonta novamente. Ele era um pouco mais magro, mais atlético e esguio; com certeza não crescera aqueles músculos como um cavaleiro que vive em um campo de batalha. Devia praticar esportes para ter esse físico, mas certamente atividades desse século, sem envolver nada cortante e muito menos a morte de outras pessoas. Também não havia uma cicatriz atravessando sua bochecha, mas tinha uma no lado direito da testa, onde deve ter levado pontos em um hospital, e não de uma senhora com uma agulha amedrontadora.

Luiza também sabia que era ela mesma. Nada de pele claríssima e um longo cabelo vermelho como o fogo. Seus olhos também eram verdes como a relva, mas ela duvidava que alguém fosse compará-la a uma feiticeira da floresta. Se olhasse no espelho, veria seus traços, perturbadoramente similares, mas não iguais. Suas unhas estavam bem pintadas, seu cabelo, repicado e ela usava calcinha e sutiã dos mais modernos.

Seu passado era o mesmo de antes, o pai, falecido, e sua mãe morava em outro país. Tinha uma vida solitária; com o trabalho atual, sua conta não estava mais zerada, e o único lugar que ela tinha para morar era aquele fornecido pelo emprego... Mas, ainda assim, era bem melhor do que ter os pais possivelmente assassinados, não poder ver a irmã, ter tido sua morte encomendada duas vezes, ter sido vendida para um noivo e quase estuprada no dia do acordo.

É, ela estava de volta à sua vida. Onde havia hambúrgueres na esquina da cidade abaixo, celulares tocando e um climatizador alterando a temperatura interna do castelo. Bem-vinda de volta, Luiza. Se ao menos você lembrasse alguma coisa da sua própria vida nos últimos tempos, seria um ótimo começo.

— Eu gostaria de ver a galeria — pediu, afastando-se dele, pelo bem de sua tontura.

— Tudo bem, eu te levo lá. — Se Devan achou o pedido estranho, não disse nada.

Quando ela se virou para ver quem mais estava no cômodo foi que realmente reparou onde estava. A biblioteca do conde estava magnífica. Em nada lembrava aquele local sem adornos, cheio de caixas nas quais ela trabalhava e tampouco um ambiente medieval. Era, certamente, uma mistura de épocas. Mas estava linda e conservada.

Os lustres grandes e dramáticos tinham influência neogótica e foram instalados no século XVIII, e atualizados para os dias atuais. As tapeçarias enormes ainda refletiam a época do conde, assim como a mesa e a estante de livros que ia do chão ao teto. O piso de madeira polida estava repleto de tapetes persas, e os móveis, cheios de estofados de cetim e madeira escura, deviam vir da França de Luís XIV e da época vitoriana.

Estava tudo muito bem iluminado, as grandes janelas tinham vidraças translúcidas e dava para sentir que havia um sistema de refrigeração interno. Ela teve vontade de chorar de emoção. Como o conde ficaria feliz ao saber que incontáveis gerações mantiveram o castelo e contribuíram para o que ele era agora. Ela mal podia esperar para ver o resto.

— Venha — chamou-a Devan.

Ao sair, ela deu de cara com o salão, que estava espetacular. A escadaria já não era a mesma, era de mármore rajado, com corrimão em ouro, madeira e grades verdes formando desenhos. Todas as janelas tinham cortina, os espaços estavam repletos de móveis, estátuas, vasos e decorações das mais variadas épocas, provando que os Warrington viveram ali desde sempre e jamais abandonaram o castelo.

— Havenford é lindo — comentou ela.

— Sim, eu também acho. — Ele sorriu. — E a cada dia que passa parece que se torna mais.

Ele pegou a mão dela e a conduziu para um corredor do lado esquerdo. Tudo parecia voltar à mente de Luiza como ondas; informação demais para ela processar. O castelo estava aberto à visitação desde sempre, não era um hotel, mas o salão frontal era um museu, assim como a galeria e várias outras áreas estavam abertas. Havia cursos sobre história nas salas que davam para o jardim traseiro construído no século XIX.

Os jardins laterais recebiam casamentos com muita frequência. Os noivos e alguns convidados podiam se hospedar na antiga casa dos criados, um hotel que vivia com as reservas lotadas e, atualmente, não tinha nada de velho, fora reformado e tinha um andar a mais do que no século XV. Sem contar que ganhara todo tipo de modernidades para a boa estadia dos hóspedes.

Havenford era o principal ponto turístico da área e alimentava o comércio local. A cidadezinha ao pé da colina continuava sendo um destino muito romântico, onde casais iam namorar, passar lua de mel e aniversário. E tinham aquele castelo cheio de lendas e romance para passear e um rio, por onde barcos e canoas decoradas levavam os turistas.

Os Warrington haviam investido naquela região. Entre seus bens estavam o maior hotel local e algumas pousadas, casas e lojas. Estava tudo tão diferente. Em vez de falidos e usando um nome que não lhes pertencia, os descendentes do conde sobreviveram e floresceram.

— Você mora aqui. — Não dava para distinguir se era uma pergunta ou uma afirmação.

— Sim, no segundo andar. — O tom dele dava a entender que ela sabia muito bem disso.

— O segundo andar foi modernizado há anos, mas é independente do resto do castelo, pode ser trancado e serve como casa para a sua família — ela recitou isso mais para a memória dela do que para ele.

— No momento, só para mim. Os outros adoram o castelo, mas preferem viver mais perto das cidades grandes. Acho que sou o único que ama o charme provinciano e o ar medieval da cidadezinha ao pé da colina. Nada me falta aqui e sempre há um Warrington vivendo no castelo. Espero que isso nunca mude.

— E você se chama Devan, como o conde.

Eles entraram na galeria e foram para o começo dela. A história contada através de pinturas originais começava nos tataravós de Jordan, no século XIV, e fazia menção aos ancestrais da família.

— Foi como eu lhe disse. Em todas as gerações de Warrington, alguém recebe o nome do conde. Dessa vez, eu fui o felizardo, mas não gosto que me chamem de Jordan. E nem comece com isso, prefiro Devan, que já é incomum — ele falava como se eles já tivessem tido aquela conversa várias vezes. — E, por incrível que pareça, tenho as fotos e as pinturas para provar que, no passado, vários que receberam o nome do conde se pareceram com ele. Mas vovó diz que sou um fenômeno assustador e devo ser algum tipo de reencarnação. Acho isso no mínimo macabro, mas ela adora essas histórias atípicas.

Luiza se lembrava de que Rachel Warrington era a avó dele. Diferente de antes, a família era verdadeira, a linha sanguínea seguira fiel até hoje.

— Mas se você é o filho mais velho... — Sim, ela começava a lembrar dos fatos. — Isso quer dizer que atualmente você é o conde!

— Luiza, não comece com isso. — Ele sorriu; ela provavelmente vivia lhe dizendo isso. — Ser conde hoje em dia é apenas uma convenção e uma garantia de entrada no círculo dos mais esnobes da Inglaterra. Só isso.

— Milorde. — Ela fez uma reverência, implicando com ele. Ela realmente devia estar fazendo isso há algum tempo. — Você é o conde de Havenford, é também barão de Riverside e lorde de Mounthill.

— Fico feliz que sua memória esteja de volta. — Ele estava sendo irônico, e ela adorou isso. — Mas não coloco meus pés em Riverside desde que retornamos de lá. E Mounthill é o mais belo hotel da região, muito bem conservado. Hospedei-me lá há pouco tempo. Minha irmã mora lá... Creio que já lhe disse isso.

Eles andaram pela galeria, e ela parou exatamente na seção do conde. No quadro principal dele. Jordan foi retratado no castelo, naquele local à frente da janela do meio da biblioteca. O pé sobre uma pedra, trajes azul-escuros com o gibão decorado e colorido com as cores dos Warrington, a capa que usava quando ia sair e a espada de cabo trabalhado com um gavião na ponta, como era o símbolo da família. Seu cabelo claro era levado pelo vento e atrás dele toda aquela linda paisagem das vastas terras sob o seu comando como suserano.

Luiza já não podia mais lembrar quando havia sido feito. Mas com certeza fora após o casamento; ele não posara para nenhum quadro como este antes de Elene chegar. Havia na galeria mais quadros do conde, um dele adolescente ao lado do pai, outro bem jovem, talvez com vinte e poucos anos, mais um perto dos seus quarenta anos e seu retrato oficial, da época em que se casou. Como não havia fotos naquela época, e Aaron era tão talentoso, ela sabia que a ideia de registrar tantos momentos viera de Elene, influenciada por ela.

— São os originais? — ela perguntou, louca de vontade de tocá-los, mas sabia que não podia. Além disso, cada um tinha um vidro protegendo.

— Claro que sim, eles nunca deixaram este castelo, a não ser para pequenos retoques e restauração das molduras. — Devan parou e olhou-a. — Você sabe disso. Ontem mesmo estava falando sobre como é fantástico a forma como mantivemos o patrimônio histórico da família.

Ela nem podia acreditar. Luiza tinha memórias de três situações, ainda se lembrava de ter chegado àquele castelo e não haver nada. Ninguém sabia onde estavam os quadros originais do conde e, antes, com a morte tão prematura de Jordan, ele não chegara a posar em sua maturidade; a última vez que foi retratado foi naquele quadro com uns vinte anos.

— Sim... Agora eu me lembro — respondeu ela, totalmente incerta. Que diabos será que realmente acontecera enquanto ela estava lá na Idade Média bancando Elene?

Eles seguiram e, logo ao lado do conde, após um daqueles painéis duplos de texto que contava sobre a vida dele, encontraram Elene. Luiza chegou mais perto do vidro, olhos abertos, fascinados e fixos. O primeiro quadro dela era justamente aquele em que posara vestida de noiva, magnífica e bela demais. O cabelo vermelho, o véu dourado e os olhos tão verdes eram o principal contraste, o vestido retratado pelos olhos adoradores de Aaron contra a paisagem branca e coberta de neve. Era um quadro lindo.

— Luiza... — Devan havia se aproximado também, e estava bem ao lado dela, que se sobressaltou com a proximidade. Esteve tão absorta que não notou a aproximação dele. — Eu já devo ter lhe dito isso, talvez umas dez vezes. Mas não canso de me fascinar. Você já notou o quanto é parecida com ela? — Ele olhou novamente para a tela.

— Creio que sim... — Ela foi olhar o próximo quadro. Agora, Elene estava ao lado de Jordan e junto com os gêmeos, que ainda eram bebês. Cada um segurava um filho. Luiza tinha certeza de que Haydan estava nos braços da mãe, e Christian, com o pai. Mas ela já não lembrava mais desse dia. Eles pareciam tão felizes.

— Mesmo? Você negou das outras vezes que mencionei isso. — Ele a seguiu e a deteve quando pararam em frente a um quadro em que Elene estava sozinha, o típico retrato de rosto e metade do torso feito especialmente para quadros que apresentavam a árvore genealógica de uma família.

— Sim, eu... Só não queria admitir. — Mas agora ela mesma vira, olhara para o espelho e notara a semelhança. A ligação que ela tinha com Elene ia além de qualquer explicação.

Ele segurou o rosto dela dessa vez. Luiza tentava lembrar, mas as memórias sobre quando chegara ali e como o conhecera ainda não vinham. Estava confusa, eram situações demais se misturando em sua mente.

— Impossível — ele disse lentamente, seus olhos alternando entre o rosto dela e a face de Elene que os encarava do quadro. — É impressionante, você é simplesmente... Vovó provavelmente vai ficar emocionada ao conhecê-la. Ela adora Elene. De todos os personagens de nossa história, ela diz que o mais importante não é o conde e, sim, Elene. Sem ela, nenhum de nós estaria aqui.

Ela ia conhecer a avó dele? Quando? Luiza estava forçando a mente, sentindo-se como no dia que conheceu o conde e tinha acabado de descobrir que não era mais ela mesma.

— Por quê?

— Porque foi Elene quem salvou nossa família. O conde ia morrer solitário, como indica tudo que ele escrevia, mas ela escreveu para ele e o destino quis que, mesmo sobre uma tragédia, eles se encontrassem. — Ele pausou. — Caramba, por que estou lhe dizendo isso? Você sabe a história deles.

— Não, diga-me. Por favor — pediu. Ele ainda não soltara seu rosto, e os dedos dele o tocavam gentilmente.

Devan ficou olhando-a por um momento, como se analisasse seu pedido e resumisse a história em sua mente antes de continuar.

— Bem, ele se apaixonou perdidamente por ela. — Devan moveu as mãos até seu pescoço, as pontas de seus dedos massageando levemente enquanto olhava-a com atenção. — Sabe, bem ao estilo romance de época, que tinha tudo para virar uma tragédia grega. Eles se amavam. Ela o salvou, verdadeiramente. Deu-lhe uma nova chance de viver e eles reviveram minha família. Minha avó diz que é a inspiração deles que mantém todos os descendentes nesse firme propósito de continuar. Ela adora essas histórias. Ninguém sabe mais sobre eles do que minha avó. E bem... Talvez Marcel, que é outro fissurado pela história do conde.

— É uma história linda — murmurou ela, emocionada a um ponto que ele não imaginava.

Ele sorriu ternamente. Talvez ela já tivesse visto aquele sorriso antes, mas ainda a deixava assombrada pela semelhança, pelos traços que ele herdara do conde. Seus olhos pareciam mais azuis do que o tom acinzentado de Jordan, mas talvez fosse a luz. Seu nariz era bem feito, um pouco mais afilado, provavelmente por nunca ter levado tantos socos como o conde.

— Você é linda — respondeu. Seus olhos, que antes estiveram tão intensamente presos aos dela, desceram para seus lábios. Ela sentiu os dedos dele pressionarem sua face e, em seguida, seus lábios se tocaram. Ele a beijou, não uma, mas duas vezes, e não parecia estar fazendo isso pela primeira vez, pois ele a conhecia. Sabia o que estava fazendo e gostava disso. Não havia simplesmente fechado seus olhos, ele os cerrara e franzira a testa, beijando-a com saudosa sofreguidão como se estivesse há horas precisando fazer isso.

Luiza piscou algumas vezes, surpresa pelo beijo, e se deixou levar pela paixão dele. Ela esperou que ele a soltasse, mas Devan não parecia disposto. Na verdade, parecia querer aproveitar o momento como se não fosse comum que eles ficassem sozinhos durante o dia. E agora ela sabia que não era. Eles não tinham tido muito tempo nos últimos dias em que o castelo recebeu pessoas do mundo todo para seus famosos cursos e palestras e, no final de semana, um amigo de Devan ainda havia se casado ali e convidado todos eles.

— O que aconteceu depois que o conde morreu? — Ela se afastou dele e passou para o próximo quadro. Agora, a família estava reunida, e Helena, com no máximo dois anos, também estava lá. Ela gostaria de poder abraçar aquele bebê, era tão fofo e pequeno ali no colo do pai.

— Elene ficou de luto eternamente. Ela não aceitou mais ninguém, apenas continuou em Havenford tomando como objetivo manter tudo como o conde deixara e criar os filhos. Haydan assumiu todas as funções do pai aos dezessete anos. É triste que eles tenham partido tão cedo, mas ao menos foram felizes. Os escritos do conde provam isso e, após a morte dele, Elene continuou escrevendo.

Ela se virou rapidamente para ele.

— Mesmo? Ela realmente escreveu?

Ele sorriu ante o entusiasmo dela.

— Sim, até o último dia de sua vida. Só era triste porque ela também escrevia cartas para o conde, como se ele as respondesse. — Devan deu de ombros e balançou a cabeça. — Eram tocantes e cada carta realmente parecia uma resposta. Ela devia sentir muita falta dele.

Mesmo ainda estranhando a relação deles, Luiza procurou o conforto dele. Ela encostou-se nele e apoiou a cabeça. Não conseguiu deter as lágrimas que vieram aos seus olhos, porque as cartas que Elene escrevia, todas respostas ao conde, vieram à sua mente. Uma vez, Marcel lhe disse que Elene devia fazer isso para não deixar que a saudade a derrubasse. Luiza preferia ficar com sua versão romântica de que eram respostas sim, mesmo que apenas aos sonhos de Elene.

— Não chore... — Ele enxugou suas lágrimas gentilmente. — Você sempre chora quando chega à parte da história em que o conde morre. Ficou meia hora chorando quando leu a última carta que o conde escreveu para a esposa.

— Ele escreveu do leito de morte. Ele sabia que ia morrer naquela noite. — Ela choramingou e ele a abraçou.

— Sim, creio que sabia. — Ele não podia fazer nada além de concordar, afinal, toda bela história de amor tinha seus momentos trágicos, e ele sabia bem que seus ancestrais enfrentaram muitos desses momentos.

Ela se separou dele novamente e foi olhar o quadro com as crianças, e seguiu para uma época que não viu: os filhos adultos do conde, tão parecidos com ele. Depois, ambos com suas esposas e seus filhos. Luiza ficou olhando avidamente para o rosto das mulheres, esperando que elas tivessem feito os filhos de Elene felizes.

Ela demorou mais tempo no quadro de Helena já adulta. Ela era muito parecida com a mãe, mas tinha traços do conde, como o nariz, que era obviamente dele. Ao lado, havia um quadro dela e de Rey, já casados. Rey continuara o bonito rapaz que ela conheceu, só que com uma feição mais madura do que aquele jovial cavaleiro que ela guardava na memória.

Ao lado de cada seção e embaixo dos quadros, havia painéis com texto contando um pouco de cada personagem da família e de suas uniões e filhos. Também dava a data de nascimento e morte. Ao menos após o fim abrupto da história do conde e de Elene, os outros viveram bastante, vários até ultrapassaram a expectativa de vida de suas épocas. A galeria se estendia pelo castelo, rodeando todo o salão, e se dividia em duas partes. Depois dos personagens mais famosos, as fotos ficavam mais juntas, com textos curtos e partes da família no mesmo retrato. Eles percorreram toda a galeria, parando nos principais personagens de cada geração.

Chegaram à foto de Rachel Warrington, a avó de Devan. A foto dela era grande, iniciando uma nova seção da família. Ela nunca se casou e só teve um filho, que criou sozinha. E dali saíram netos e bisnetos para todo lado. Era um emaranhado de gente que levou Luiza a crer que, no geral, aquela família realmente gostava de ter filhos.

Já chegando ao final da galeria atual, havia mais uma foto grande, iniciando outra seção. Era Devan, vestido formalmente, com um leve sorriso e posando para a pintura, que tinha também uma foto menor ao lado. Abaixo do quadro, havia seu nome completo, data de nascimento e algumas informações da sua vida. E nada mais. A parede que se estendia ao lado da foto dele estava vazia, esperando pelos próximos quadros e pequenos textos.

Devan descansou as costas na parede vazia ao lado da foto dele e cruzou os braços enquanto a olhava.

— Acha que faz jus? Não parece ter sido há milhões de anos?

Ela olhou dele para a foto e retornou o olhar. Olhou o texto para ver a data em que foi tirada, há quatro anos. Quando ele tinha vinte e oito anos.

— Eu já lhe disse que não. Você está absolutamente idêntico. — Ela se surpreendeu com o que disse. Estava lembrando! — Bem, na verdade, na foto, você está parecendo mais com um conde, então me agrada mais.

Ele riu dessa última observação dela. Luiza lembrava agora que ao menos esse Devan tratava seu título de conde com muita discrição. Nos dias atuais, as pessoas em geral não prestavam mais atenção, até mesmo na Inglaterra, onde os títulos faziam parte da cultura, não representava o mesmo. E, mais do que nunca, não significava mais que a pessoa era rica. Mas, levando em conta que eles estavam em um castelo e ele morava ali, devia poder se manter plenamente, para dizer o mínimo.

— O que mais você quer ver agora? — perguntou ele, olhando-a de onde estava.

— Você dorme no quarto do conde? — Luiza quis saber com curiosidade genuína. Ela queria ver como ficara o quarto que Elene dividiu com o marido.

Devan franziu muito rapidamente o cenho e havia um leve sorriso no seu rosto. Ele usou as costas para se empurrar da parede e deu um passo até ela, olhando-a de forma curiosa também. Ele achava que ela estava brincando.

— Claro que sim, Luiza. — Ele falava baixo, afinal, o assunto era apenas deles, mesmo que soubesse não haver mais ninguém no longo corredor que fazia um arco. Na época que aquelas galerias foram construídas, ninguém se preocupou em atenuar os ecos. — Você acordou lá hoje cedo, lembra?

Luiza ficou apenas piscando enquanto o olhava. As engrenagens do seu cérebro trabalhavam na afirmação dele.

— Lembro... — respondeu de forma hesitante.

— Não parece muito lembrada. — Subitamente ele não parecia mais tão seguro. — Foi tão ruim assim?

— Não! — Ela fez tanto esforço para se lembrar que começava a vir algo. E suas bochechas foram ficando coradas. — Foi ótimo. O quarto é...

— É algo mais, não é? — completou, ajudando-a a ficar menos embaraçada. — Fiquei fascinado quando me mudei para cá, apesar de vir aqui desde garoto. Dormir nele parece diferente, mesmo após me acostumar. — Pausou, observando o rosto dela. — Eu gostei de tê-la lá. E... — Ele estava ultrapassando alguma barreira pessoal para dizer isso. Ela podia notar pelas hesitações e a forma como procurava as palavras certas. — Acordar ao seu lado é muito bom.

Ele começava a soar perigosamente como alguém que ela conhecera... E caramba! Ela dormiu com ele. Que vida maldita era essa em que ela tinha dormido com aquele homem e não lembrava direito? Mas ela precisava lhe dizer algo, ela precisava lembrar! Agora, não havia Elene nenhuma escondendo informações, era a memória dela. E algo lhe dizia que ela andara dormindo fora da própria cama muitas vezes.

— Devan, eu... — *Não faço ideia do que lhe dizer!*, pensou. Então simplesmente o abraçou.

Pareceu funcionar porque ele a abraçou de volta, apertando-a carinhosamente contra o corpo dele. E ela gostava disso, na verdade, adorava quando ele fazia isso. Não precisava de memória para saber disso, estava lá, podia sentir. Ela o conhecia, ela realmente o conhecia.

— Tudo bem, Luiza. Não precisa.

Precisava sim, ela sabia que sim. Já o conhecia, ele não era o cara que fingia um coração duro e trancava as palavras dentro da boca. Ele lembrava o conde... Ele iria lhe dizer e iria demonstrar o quanto era preciosa para ele. Droga, a questão era que agora era ele que era o conde. E não mais aquele que existiu no século XV e foi feliz ao lado de Elene.

— Eu estou acordando muito ao seu lado? — perguntou, esperando que não soasse estranho, mas precisava saber.

— Está querendo saber se por acaso estamos transando que nem dois coelhos e acordando o castelo todo? — Ele tentou não sorrir quando ela ficou vermelha. — Isso seria na sua concepção ou na minha?

— Faz diferença? — Ela ainda estava achando injusto demais suas memórias sobre dormir com ele não terem retornado. Mas lembrou de que, tirando umas hesitações na hora de aprofundar muito o que iria dizer, ele era direto.

— Ah, faz! Na minha, você acordaria lá todos os dias. Na sua, bem... Você não é fácil de conquistar.

Quão adiantada será que estava aquela história? Sem saber, ela sorriu para ele, totalmente encabulada, e seguiu pelo corredor, deixando a galeria.

Cartas do PASSADO 395

— Você realmente já vai voltar ao trabalho tão rápido? Por acaso sua cabeça parou de doer?

— Está só um pouco dolorida... — Ela tocou o lado da cabeça onde a janela bateu.

Devan se aproximou, e ela esperou, como se ultimamente estivesse sempre esperando que ele chegasse mais perto. Ele tocou sua cabeça com cuidado e envolveu seu ombro com o braço. Ele era alto e ela sentia-se envolvida e protegida nos braços dele. Ele beijou sua têmpora e foi beijando pelo seu cabelo como se fizesse isso com uma criança, prometendo que a dor ia passar. Luiza envolveu a cintura dele com os braços e deixou-se apoiar, já sabendo como se moldar àquele corpo rijo e acolhedor.

— É melhor lhe dar um analgésico. Não quero que viaje por aí com dor e um galo na cabeça. Vamos colocar mais um pouco a bolsa de gelo.

Ele se afastou de repente, e ela não entendeu o motivo. Parecia que algo o havia lembrado de não chegar tão perto, não se abrir tanto. E ela ia viajar? Quando?

— Se estão pretendendo continuar fingindo que ninguém sabe do tête-à-tête de vocês, então o namorinho gostoso nas galerias e no salão do castelo precisa ser cancelado. Até a moça da faxina, que só aparece às sextas, já sabe! — disse aquela voz inconfundível e com o tom zombeteiro de sempre.

— Afonso! — Luiza correu para os braços do amigo, como se não o visse há anos. Mas era assim que se sentia.

— Que amor todo é esse? Só porque quase teve a cabeça arrancada resolveu me adorar? — brincou, mas recebeu-a num abraço.

— É só que... É bom te ver e é bom não ter tido a cabeça arrancada. — Ela sorriu e disfarçou.

— É sempre bom te ver, queridinha. Agora pode voltar lá para o conde... Digo... pro bofe... o chefe! Ih, lascou. Não sei mais do que chamar.

Os dois riram. Ela imediatamente se lembrou de que, pelas costas de Devan, ela, Afonso e Peggy só o chamavam de "o conde". Algo que ele odiava, mas os três se divertiam com todos os apelidos que os empregados do castelo tinham.

Ela seguiu Devan pelos corredores do castelo. A cozinha obviamente não ficava mais fora do salão como foi na época do conde. Agora, era na parte traseira e era um ambiente muito moderno. Nada de leitões assando no espeto ou tábuas espalhadas para todo lado com animais abertos. Era tudo de madeira e inox, limpo e brilhando.

— Você ficou desacordada por certo tempo e antes não quis almoçar. Está com fome?

— Sim, um pouco.

Ele lhe fez um sanduíche e parecia já saber o que ela comia. Fez um para ele também e eles comeram em silêncio. Ele não se aproximou mais dela e estavam sozinhos agora. Luiza sabia o que estava acontecendo, algo que a deixava aflita, mas não podia lembrar totalmente. O que começava a vir a sua mente agora que estava ali comendo era o início de tudo. Como chegara ao castelo, como fora Devan quem lhe dera as boas-vindas, e não a odiosa Betty.

Ali, ela era uma trainee com um contrato de um ano, que podia ser estendido para dois. E seu trabalho era supervisionado por Marcel e, às vezes, por Devan. Não era como antes, em que tudo era simplesmente jogado na mão dela. Estava aprendendo muito e lembrava que começara a descobrir sobre a vida do conde e de Elene enquanto Devan lhe contava, sentado no sofá embaixo da primeira janela da biblioteca, que era a central de trabalho de Marcel e onde ela fora alocada.

Ela se apaixonara por ele naquela biblioteca. E descartou o sentimento tão rápido quanto aconteceu, decidida a não se envolver com seu empregador. Sem contar que caso de amor com um conde era algo que só existia mesmo nos romances. Ela soube que ele tinha terminado um relacionamento poucos meses antes de ela chegar. Toda essa resolução durou pouco tempo, e o afastamento não fez bem a nenhum dos dois. Ele até foi viajar para outros países na turnê de lançamento do novo livro de sua série best-seller, mas parece até que voltou mais apaixonado do que antes.

— Eu lembro! — ela exclamou, falando sozinha.

— Mesmo? Do quê? — perguntou, deixando ainda metade do sanduíche no prato. Seu apetite não estava querendo aparecer agora, então apenas bebeu o chá gelado.

— De você...

— E havia se esquecido? — Ele limpou a boca com um guardanapo e ficou olhando-a de uma forma tão direta que ela precisou desviar o olhar.

— Bem, eu o conheci há um ano e... Caramba, como demorou a resolvermos que enxergávamos um ao outro.

Devan levantou e levou seu prato para a geladeira e o dela para lavar.

— Eu a enxerguei no minuto em que cruzou as portas do castelo. Mas eu não podia e você não queria. — Ele deu de ombros e abriu o freezer, pegando mais gelo e colocando dentro da bolsa de borracha. Deu a ela e deixou a cozinha.

Luiza ficou sozinha e, na verdade, sentiu-se solitária; todo aquele castelo gigantesco parecia muito maior na ausência dele. Principalmente porque ela começava a lembrar de tudo, e a forma como ele a deixou piorava muito a situação. Ele chegara muito perto novamente, estava a ponto de ir bem lá no fundo com ela, mas o alarme tocou.

Curiosa, Luiza andou pelo castelo, olhando como estava agora: bem cuidado e parecendo um lar que permitia a visita de muitas pessoas. Todos os cômodos tinham móveis próprios e cores distribuídas como se alguém pensasse no todo e não em apenas um ambiente. E peças originais estavam espalhadas para todos os lados, bem conservadas, etiquetadas e restauradas. Só alguém que vira como o castelo ficara ao ser abandonado e como ele fora na época do conde para saber o que significava ele estar tão vivo. Dava para ver que quem morou ali o tratou como um lar e não como uma posse.

— Está melhor? — Marcel quis saber ao passar por ela.

— Sim, estou. — Ela assentiu, ainda com a bolsa de gelo que estivera em sua cabeça.

— Como foi a vida com o conde? — ele questionou enquanto continuava pelo corredor.

— O quê? — Ela pensou ter ouvido errado e até girou no lugar.

— Nada, meu bem. Perguntei apenas onde está o conde. Mas não importa, falo com ele mais tarde.

Sim, Luiza só podia ter escutado errado. Ela seguiu para o seu quarto, agora que lembrava onde era. Estava dormindo em um dos inúmeros quartos livres no segundo andar. Mas os outros estavam instalados na ala mais nova do castelo, uma extensão da ala leste, construída em 1862. Era um prédio que tinha aposentos extras para a família e, agora, quartos e áreas pessoais para os poucos empregados que moravam ali. Luiza deveria estar no outro prédio, mesmo que lá não houvesse mais lugar para ela. Mas estava no castelo, ocupando o espaço pessoal de um dos quartos de hóspedes destinados a visitas muito bem-vindas antigamente.

Ela não precisava ter contato com o conde; seu quarto ficava no limite da ala, depois de um corredor com porta própria e saída para a escada da ala extra, mas, de uns tempos para cá, as portas duplas que davam para a casa dele nunca estavam trancadas.

Depois de tomar banho e lembrar de onde estava tudo no quarto, Luiza saiu novamente e foi andando pelo corredor largo e longo do castelo. Era todo iluminado, com luzes nas paredes provenientes de candelabros de ouro com inspiração barroca. Ainda assim, mesmo já tendo visto aqueles corredores bem mais sombrios quando a única iluminação eram as velas, Luiza apertou o passo para chegar a uma sala no final do corredor. Havia passado por incontáveis portas e duas curvas que levariam a outras alas do castelo, mas continuara em frente. Não bateu para entrar, não era o quarto de ninguém, parecia mais com uma sala de estar grande e toda mobiliada.

Os temas no andar de cima eram menos gritantes no sentido de não terem as épocas tão definidas como no primeiro andar, onde as pessoas podiam visitar. Ali tudo parecia uma confusão humana de um lar que foi se formando durante séculos. Os objetos estavam misturados, ela via porcelana chinesa com francesa, uma cristaleira cheia de peças russas e inglesas. Sofás dos recentes anos sessenta junto com poltronas verdadeiras da época georgiana e mesinhas de centro turcas. Tudo bem distribuído, obviamente de forma planejada.

Afinal, não se morava num castelo como aquele dando um jeitinho aqui e ali; todas aquelas peças estavam catalogadas e tinham suas informações no sistema. Era um lar, mas ainda assim era viver em um local que existia há mais de oito séculos.

Luiza entrou em outro cômodo e empurrou uma porta de madeira e vidro que dava em uma varanda. Não era como as varandas de prédios, era em cima de um cômodo, como um pequeno terraço, acompanhando a arquitetura do castelo. Aquela área nem foi feita para o propósito atual, e sim para os arqueiros poderem ficar ali e proteger uma das entradas do pátio interno. Mas a visão era tão vasta e bela quanto foi naquela época, então, ao longo do tempo, os moradores adaptaram.

— Você está aí?

Deitado em uma espreguiçadeira de madeira escura e com estofado branco e macio, Devan olhava a paisagem e tinha um livro aberto sobre o peito. Se estivesse de dia, ia parecer que estava se bronzeando, mas agora só se estivesse tomando banho de lua. Música baixa tocava de um Ipod posicionado em um conjunto de pequenas caixas. Aquilo sim era modernidade, quase uma profanação. Quando, em toda a sua vida, o conde e Elene imaginariam que haveria um aparelhinho revolucionário como aquele produzindo música em seu castelo? E era o atual conde que estava promovendo esse choque de épocas. Luiza achou o fato interessante. Quais marcas será que o conde atual deixaria no castelo para as próximas gerações dos Warrington descobrirem?

— Sim. Sou um pouco previsível, gosto de ficar aqui nesse horário, como já deve ter notado.

Ela não notara nada, fora parar lá como um prévio conhecimento, mas não se lembrava de já tê-lo encontrado naquele local. Luiza sentou-se na espreguiçadeira ao lado da dele e ficou ali, confortavelmente instalada. Será que já fizera isso antes?

Devan não estava querendo dizer nada. Tinha decidido que agora não havia mais o que fazer. Ele passara os últimos meses fazendo tudo que podia por ela. Soltara o verbo, se declarara, levara-a para passear, e até para remar naqueles malditos barcos do rio lá embaixo. Preparara surpresas, usara todo o seu tempo livre para passar com ela, levara-a para dormir fora, como se Havenford já não fosse suficiente para uma noite romântica com alguém. Mas ele estava tentando tudo. Qualquer coisa que a fizesse finalmente entender que ele a queria por muito mais tempo do que um caso de alguns meses.

Até que seu tempo acabou. E ele decidiu que só dependia dela e já se arrastara o suficiente. Mas que grande idiota apaixonado ele era. Obviamente que, se ela viesse para o seu quarto por livre e espontânea vontade, não ia conseguir não sentir falta dela por antecipação. Hoje mesmo estava lá na galeria tão enlouquecido por ela, enquanto tentava manter uma conversa lógica, que teve que beijá-la ali mesmo.

— Não quer dividir? — ele perguntou quando ela se ajeitou na espreguiçadeira ao lado.

Luiza pulou da sua espreguiçadeira e foi para a dele. Estava feliz por ele ter convidado, como se antes não tivesse confiado em sua memória para saber se poderia. Devan passou o braço em volta dela, apertando-a bem junto a ele, e beijou-a demoradamente, depois inalou seu cheiro enquanto sentia o corpo curvilíneo moldar-se ao seu. Pensava se estava tão fora de si assim.

Já chegara aos seus trinta e poucos, e tinha uma boa cota de relacionamentos na bagagem. Luiza nunca dissera, mas será que perdera completamente a habilidade de ler uma mulher? Especialmente a sua? Porque ela já era sua. Podia ficar se escondendo o quanto quisesse, mas, se a deixasse ir, sabia que em, no máximo uma semana, ia perder a cabeça e ir atrás dela. Até lá, já estaria muito mais magoado do que estava agora, se isso fosse possível, e com toda a sua segurança acabada. E tudo por causa de uma mulher que ele não conseguia saber se estava apaixonada como ele.

Quando Luiza acordou, horas depois, passara tanto tempo que já era dia claro novamente. Ela se moveu na cama, mas aquela não era sua cama. Não, claro... Era a cama do atual conde. Mas tinha certeza de que, apesar de dormir ali, ao lado dele, esta noite não estiveram abraçados. Ela sentia que saberia se estivesse acordando de um sono que passara nos braços dele. Esse, infelizmente, não foi o caso.

Falando nele, Devan saiu do banheiro terminando de abotoar a camisa. Ela sentou-se no colchão macio e teve de apoiar as mãos. Aquela peça robusta e enorme o suficiente para ser monstruosa e com quatro postes para o dossel verde, que estava completamente aberto agora, era a cama do conde. Podia estar reformada, até um pouco diferente, mas ela tinha certeza que de aquela era a mesma cama que Elene passara sua noite de núpcias e muitas outras ao lado do marido.

Ela não sabia o que fazer agora; em sua primeira noite de volta ao seu tempo, descobriu que nunca esteve sonhando. Todas as noites que adormecia lá na época de Elene e achava que estava sonhando com o seu próprio tempo era verdade. Não sonhou, ela viu. Os sonhos começaram assim que Elene passou a tomar mais conta da própria vida, então Luiza sonhava com o castelo, com Marcel, Afonso, Peggy e o conde no tempo dela.

— Creio que já estou atrasada para o trabalho — disse ela, empurrando as cobertas. Não precisava se encabular, estava vestida como quando o encontrara no terraço. Se sua memória estivesse certa, se ele não estivesse agindo dessa forma estranha, ela sabia que teria acordado nua.

Devan virou-se, a meio caminho da porta. Ele olhou-a como se estranhasse o que ela estava dizendo.

— Não precisa trabalhar hoje, Luiza. De qualquer forma, não teria muito tempo. — Ele continuou para a porta, mas parou. — Já arrumou as malas?

Ela não se lembrava de ter arrumado mala alguma e, devido ao que vira em seu quarto na noite passada, as malas nem haviam sido retiradas do closet. E todas as suas roupas estavam em seu devido lugar; absolutamente nada fora empacotado.

— Não.

— Sugiro que comece. Ou não dará tempo.

Ele saiu do quarto rapidamente. Algo o afligia, ele estava inquieto e ressentido. Mas ela não conseguia se lembrar do que estava deixando-o irritado. Sentia-se novamente como se não estivesse sozinha na própria mente, como quando Elene escondeu seu passado. E agora tudo estava borrado, a vida de Elene não era mais sua, eram lembranças que podiam ter vindo de um livro ou mesmo de um filme, e não da sua própria vida.

Depois de tomar banho e se arrumar no próprio quarto, Luiza desceu pela escadaria principal de Havenford com uma sensação de já ter feito isso diversas vezes. Afonso veio correndo e a abraçou, dizendo que ela era uma filha desnaturada, que ele ficaria sem ninguém para dividir o seu babado. Isso começou a trazer as memórias dela. Mesmo assim, como se fosse outro dia qualquer, ela rumou para a seção que não era mais sua e entrou, pronta para trabalhar.

— Bom dia, Marcel.

— Você ainda está aqui?

— Por quê?

— Seu voo. Não era meio-dia ou algo assim?

— Uma e meia — ela corrigiu, sem saber de onde vinha isso. Os buracos em suas lembranças simplesmente eram preenchidos, sem nenhum aviso. Hoje, já lembrava praticamente de tudo que aconteceu desde que chegou ao castelo. E isso a deixava em uma situação difícil.

— Você sabe que daqui até o aeroporto mais próximo leva algum tempo.

— Umas duas horas?

— Por aí. — Ele parou para olhar o relógio — São nove horas agora. Como não está me dando um contrato assinado, creio que está pronta para partir, não é? — Marcel a olhava, tentando parecer natural e com uma expressão leve, mas não conseguia disfarçar o desapontamento estampado em sua face.

Não, nem um pouco. E que droga de contrato era esse? Ela nem abrira as malas para começar a arrumá-las. Luiza negou, procurando se dar alguns minutos para lembrar, então deu meia volta e rumou para a cozinha, onde encontrou o conde. Ou melhor, Devan. Se ela começasse a se referir a ele dessa forma, ia se complicar. Ele estava sentado à mesa tomando café no maior estilo nobre inglês; ao menos isso ele não ia poder negar.

A porcelana fina estava arrumada em volta, a xícara cheia de café, dois bules, um com chá e outro com mais café, croissants intocados, dois tipos de geleia, pão italiano recém-tirado do forno, bolo, suco de laranja, frutas picadas, patês e manteiga. Além de frios à sua escolha. Ela ficou imaginando se ele montou aquilo tudo sozinho; lembrava vagamente de uma moça que cozinhava, mas ela morava lá embaixo na cidade.

— Imaginei que viria tomar seu desjejum antes de ir. — Ele parou a xícara de café a meio caminho da boca, olhou para o relógio antigo que ficava pendurado no extremo da cozinha e retomou o movimento.

Talvez ele não comesse aquilo tudo, pois havia mais um prato com farelos; Marcel devia ter estado ali. E havia um conjunto de café com dois pratos, talheres e xícara, montado para ela. Além de outros pratos usados perto da pia.

— É, eu... — se não fosse para dizer o que devia, ela não precisava falar muito além de um "adeus" — estou com fome.

Ele dobrou o jornal que estava lendo. Aquela situação lhe passava familiaridade, como se ela já tivesse tomado aquele café várias vezes. Mas, se sua memória não estivesse corrompida, das outras vezes, Devan estava falando.

— Quando acabar, vamos pegar suas malas para colocar no carro.

Ele ia levá-la? Para melhorar mil por cento a situação, ele realmente ia levá-la ao aeroporto? Duas horas ao lado dele, com certeza sem dizer nada!

— Não estão prontas — ela respondeu, antes de colocar um pedaço de croissant na boca.

Ele apenas olhou para o relógio e deixou a cozinha. Bem, ele era o conde, por mais que negasse. Não ia se humilhar aos pés dela mais do que já fizera e ela não se lembrava. Nem seu famoso ancestral se jogara aos pés de Elene para implorar-lhe que permanecesse lá naquele inverno. Então, não ia ser ele que ia começar a jogar a dignidade aos pés de uma mulher que não lhe dava respostas concretas. Já fora claro não apenas com palavras, mas também com ações, fez tudo que podia e agora a questão era com ela. E ia ter que dar um jeito de não ir atrás dela, mesmo que precisasse se dopar.

A moça que cozinhava apareceu e começou a conversar com Luiza, que, felizmente, lembrava-se dos assuntos, mas não do nome da mulher. Ela a ajudou a retirar a mesa e colocar tudo na máquina de lavar; só queria ganhar tempo. Pois, quanto mais ficava no castelo, mais sua memória voltava. Estava quase tudo completo agora. Todo o quebra-cabeça do que mudara com a existência de Elene.

Eram onze horas. Luiza estava oficialmente muito atrasada para a viagem até o aeroporto. Ela saiu à procura de Devan. Ele não estava na biblioteca com Marcel, nem no gabinete no segundo andar, nem na varanda onde gostava de matar o tempo, ou em qualquer outro local do museu e de sua casa na parte de cima do castelo. Também não saíra. Ela entrou no último lugar que deixara de checar: a galeria.

Estava afinal de volta onde tudo recomeçou para ela nessa época, e ao mesmo tempo junto do que fora sua outra vida. As imagens eram vívidas, encarando-a enquanto vencia o trajeto até a área principal da galeria, destinada ao mais famoso conde de toda a linhagem dos Warrington.

Devan estava lá, sentado na namoradeira vitoriana que ficava bem em frente ao quadro de Elene. Aquele em que ela estava posando na biblioteca do castelo, olhando diretamente para o pintor, pronta para ter sua imagem eternizada exclusivamente para ser retratada na árvore genealógica da família. Ele nem pareceu escutar os passos de Luiza se aproximando. Seus olhos estavam fixos na tela e um notebook repousava em seu colo, seus dedos sobre as teclas, mas ele não digitava.

— Eu devia ter vindo aqui primeiro — ela falou ao se aproximar.

Ele se sobressaltou com a voz, olhou-a e depois levantou o pulso para ver a hora. Pulou de pé e deixou o notebook sobre o assento.

— Não vi a hora passando! Estamos atrasados! — Ele consultou o relógio novamente. — Na verdade... Você vai perder o voo.

Ela deu de ombros e sentou-se na namoradeira onde ele estivera. Passou a observar a mesma foto que ele, mas desviou o olhar para a pintura de Elene com o conde e os três filhos. Essa era sua preferida. Eles simplesmente pareciam realizados e, naquela época, ainda teriam mais anos juntos. Ela sentia-se feliz pela vida que tiveram.

— Ela não parece que está falando com você através do olhar? Como se tivesse algo a lhe contar? — perguntou ele, olhando novamente para o retrato de Elene.

— Sim... Ela tem esse efeito. O olhar expressivo.

Ele não disse nada, apenas continuou olhando para a pintura. Mas ela lembrava que ele já lhe dissera que era perturbador a forma como os olhos dela eram parecidos com os de Elene.

— Apenas por curiosidade, quando mandar investigar sua árvore genealógica, me envie o resultado. — Agora, olhava outro ponto qualquer, não parecia mais querer Elene lhe lembrando da mulher que estava a ponto de deixá-lo. Era provável que fosse passar um tempo com a irmã em Mounthill, pois, ali no castelo, as imagens de Elene ficariam o tempo inteiro lembrando-o de que fora deixado.

Luiza estava pensando que, na verdade, ela não ia conhecer a avó dele se fosse embora. E não precisava investigar sua linhagem, ela sabia muito bem que tinha algum tipo de ligação com Elene. Não só pelo fato de serem extremamente parecidas, mas pelo que viveu com ela. Mesmo que agora as memórias da vida que dividiu com Elene não fossem mais claras, ela ainda sabia das cartas, ainda escrevera cada uma delas.

Um dia, amara aquele conde do século XV, sentira o que Elene sentia por ele, sentira o amor que tinha pelos filhos e a dor de perder o único homem que amou. Tudo aquilo era como uma verdade distante para ela. Existiu, mas já não existia mais. Ela estava de volta à vida dela agora, perdida no mar de lembranças e ao mesmo tempo totalmente ciente do que se passara e de como se sentia em relação a tudo e todos.

Sua mãe ainda estava em outro país com seu padrasto e a deixara há muito tempo, e seu pai estava morto. Seu dinheiro havia acabado antes de chegar ali e estava desesperadamente procurando um emprego na sua área. Assim chegou a Havenford. Continuava sem nada fora dali, nem ninguém. Ainda era exatamente a mesma pessoa, na mesma situação. O que mudara fora o castelo e tudo que estava relacionado a ele. Obra de Elene, uma mudara a vida da outra. Mas sua vida real permanecia como se deixada de lado.

— Hum... Eu teria que descender de Helena. Ela que era muito parecida com a mãe.

— A filha mais velha de Haydan também herdou os traços e o cabelo de Elene.

— Mas a filha de Helena foi quem herdou tudo isso e mais o temperamento da avó — disse ela, baseada no fato de que os filhos do conde continuaram escrevendo, assim como seus netos e bisnetos.

E a paixão pela escrita era tão forte na família que não havia apenas um autor de sucesso entre os Warrington, mas pelo menos uns cinco. O próprio conde atual estava levando conhecimento histórico e o conteúdo de suas pesquisas para o grande público. No seu segundo livro, ele acabou se tornando um fenômeno de vendas ao mesclar tudo com suspense, alguns personagens muito cativantes e pitadas de romances encantadores baseados em valores fortes na família, como honra e caráter. Agora, ele era um best-seller internacional e tinha cinco livros publicados.

O próximo projeto dele iria ser o mais ousado. Ele queria escrever sobre a vida do seu ancestral mais famoso: o segundo conde de Havenford, marido de Elene. Mas, de acordo o que ele andara contando a Luiza, o livro começava na juventude do conde, só que, quando Elene entrava na história, tudo passava a ser muito focado nela. Talvez por isso ele passasse tanto tempo ali na galeria e olhava tanto aquele quadro enquanto escrevia.

Falando muito sério, Luiza achava que, às vezes, ele o olhava com saudosismo. O que era absolutamente estranho. Normal, ao menos na concepção dela, era ela ficar olhando para o quadro de Jordan com tristeza. Isso complicava um pouco o resumo, pois o atual conde, que estava ao lado dela, também se chamava Jordan e também era Devan. Será que ela estaria ali ou voltaria para ver os próximos a receberem tal honra?

— E muitas outras depois dela... Olhando os retratos da minha família, sempre encontramos alguma bela ruiva perdida. E não estou falando daquelas que pintaram o cabelo.

Eles ficaram em silêncio à frente dos quadros, como se esperassem que algo acontecesse. Cada um imerso nos seus pensamentos.

— Sabe, eu também gosto da varanda no verão e na primavera, e das lareiras do castelo no inverno — ela comentou, como se continuasse alguma conversa que eles guardaram inacabada.

— E no outono?

— Depende... É transitório aqui nesta parte do país.

Ele assentiu e olhou para o relógio em seu pulso.

— Você perdeu o voo, Luiza.

Ela virou o rosto, tirando o olhar dos quadros e pensando em como era bom ouvi-lo dizer o seu nome, o verdadeiro.

— Eu sei.

Ele levantou, andou à frente do banco e parou do lado esquerdo, por onde eles haviam vindo.

— Você deixou que o tempo passasse e tomasse a decisão por você. Não pôde se decidir entre ir agora ou amanhã, então deixou rolar. Isso não é se decidir. — Ele prosseguiu pelo caminho.

— Nunca houve voo algum — ela disse sem realmente se mover ou olhar para onde ele estava, continuando a encarar os próprios joelhos.

Devan parou antes de dar o próximo passo, mas não virou de frente. Estacou ali e virou um pouco o rosto, como se fosse escutar melhor a explicação que era bom ela continuar a dar.

— Eu não ia embora. Prefiro ficar aqui e prolongar meu contrato.

Ele tensionou a mandíbula e soltou o ar, como se precisasse relaxar, mas não confiou nele mesmo para dizer uma palavra. Então, preferiu sair da galeria, pois subitamente o espaço parecia pequeno. Luiza levantou e o seguiu, tendo que apressar os passos para alcançá-lo.

— Eu não deixei acontecer! Eu decidi! — insistiu, andando atrás dele.

— Nós já estamos nisso há algum tempo, Luiza. Foi sempre você a dar um passo atrás. Dessa vez, você não quis nem pisar. Você deveria ter marcado esse voo há uma semana. Por que não me disse antes? Eu não gosto de ser feito de palhaço. — Ele ainda não parara de andar, e os dois estavam cortando o salão principal do castelo como se fossem fazer uma formação de guerra para marchar.

— Eu não marquei! E, sinceramente, não tinha certeza do que fazer, ainda tentava arrumar um jeito de lidar com isso. Mas ia lhe dizer ontem!

Devan parou de repente e encarou-a tão seriamente como nunca havia feito, com seu olhar direto e as costas bem eretas.

— E, durante todos esses dias, todas as vezes que eu me aproximei e disse as maiores tolices para convencê-la a ficar, você não ficou tentada a sequer uma vez dizer o que sentia? Onde estava sua mente, Luiza?

— Aqui, mas presa e confusa. — Ela balançou a cabeça.

— E eu que me danasse, não é mesmo? — Ele não podia entendê-la, preferia ter sido desiludido de vez a ter se dedicado à pura incerteza. — Fiquei esses últimos meses agindo como um tolo. Um completo idiota, achando que ainda podia vencer o jogo até o apito final. Quando nunca teria apito algum.

Ela suspirou longamente enquanto o via seguir para fora do castelo. Era dia de visitação e já haviam aberto as portas principais. Luiza o acompanhou com o olhar, vendo-o sair para o pátio até desaparecer. Ela fechou os punhos e saiu decididamente atrás dele. Quando chegou ao lado de fora, levou um susto. Não tinha visto o exterior do castelo ainda. O pátio estava todo calçado, de forma muito mais moderna do que na época de Elene, com pedras assimétricas, um chafariz e passagem para o jardim lateral. Havia até mesas e cadeiras; algum paisagista fizera um trabalho e tanto ali.

Luiza viu que Devan saiu para o pátio externo e teve que correr, mas seus sapatos de saltos quadrados não eram bons para aquele tipo de piso. Sua memória funcionou, fazendo-a lembrar das incontáveis vezes que Elene desceu aquele caminho correndo, geralmente para se meter em algo que não devia. Sua mente estava concentrada em vencer o caminho sem tropeçar e seguir mais rápido. O sol da manhã não estava ajudando, era um desses dias de céu azul que traria muitos turistas para passear por todo o espaço do castelo.

O passo de Devan era acelerado, ele usava sapatos confortáveis e tinha pernas longas que o levavam a descer até o portão sem esforço, muito habituado àquele caminho. Ele não costumava ir até aquela pedra que era vista da janela, preferia sair do castelo pelos portões, os mesmos famosos pela última grande guerra vivida por todos em Havenford. Dizia a lenda que as pontas afiadas da grade ainda eram as mesmas, fundidas ao ferro atual, que, no momento, era mais um enfeite do que arma mortal para proteger o castelo. Mesmo assim, se precisassem dela, cumpriria seu papel e desceria à frente dos gigantescos portões.

— Devan! — Luiza gritou, enquanto fazia o caminho pelo meio do amplo pátio, que agora estava regular, e tinha uma estátua no meio com um enorme gavião de mármore pousado no topo e vigiando os portões. — Não ouse descer por essa estrada!

Ele não sabia que ela o estava seguindo, passou pelos portões que ainda não estavam completamente abertos e seus passos passaram a fazer barulho nas pedras que cobriam o caminho. Ele foi andando até perto da curva e voltou, passou as mãos pelo cabelo, mas não fez diferença, pois ali ventava muito.

Quando chegou aos portões e colocou as mãos neles, reparando que também eram bem diferentes, assim como o sistema para abri-los, que agora era moderno e não à base de força bruta, Luiza respirou fundo e saiu do castelo.

Sua visão foi tomada por aquele vasto espaço, a cidade lá embaixo, o rio depois dela e imediatamente o vento fustigou seu rosto e transformou seu cabelo numa massa viva em volta da cabeça. Ela o afastou do rosto e viu Devan, parado mais à frente, seus braços cruzados, a pose rígida e os ombros largos. Seu olhar não era o de um suserano observando seus domínios, mas bem poderia, pois ele parecia um neste momento.

Foi impossível não se lembrar do dia que Elene deixou o castelo para enfrentar o tio. Dessa vez, não havia vestido longo nem capa esvoaçando. Ela usava um vestido acinturado e moderno, mas, sabendo o que faria, o apoio silencioso dos arqueiros não faria mal.

— Se eu lhe disser que, desde ontem, minha cabeça não está muito clara, você acreditaria? — ela falou, parando a alguns passos de distância.

Devan olhou por cima do ombro, para ver se não estava imaginando a voz dela.

— E aí você ferrou a minha cabeça também. — Ele se virou e, quando a olhou, parecia que diria mais alguma coisa, mas balançou a cabeça negativamente e guardou para si qualquer tolice que fosse adicionar à sua pilha já bem alta.

— Não, eu só ia lhe dizer ontem e não pude. — Ela sabia que soava louco, já que estivera sozinha com ele durante tempo suficiente para falar. Só que, no dia anterior, ela ainda não havia lembrado de tudo.

— Você também não me disse que requisitou um aumento no tempo de duração do seu contrato. Por que subitamente está me escondendo isso? Ou esteve sempre se escondendo enquanto sabe absolutamente tudo sobre mim, como se eu fosse mais um dado do seu trabalho. — Ele moveu os braços, abrindo as mãos com as palmas para cima. — De certa forma, eu sou. Mas eu não sabia que isso implicava em me deixar longe de você.

— Eu quero ficar. Por isso pedi mais tempo de contrato.

Agora, era ela quem estava andando pela frente dos portões do castelo, mas, antes que pudesse ir longe demais, ele a segurou pelo pulso e olhou-a fixamente. Não estava nada satisfeito, sua expressão era grave e o olhar, intenso.

— Eu não dou uma droga para o contrato. Pedi que você ficasse aqui comigo. Eu a amei e não escondi isso. Você não precisava largar nada, apenas ficar e parar de esconder o que há entre nós. — Ele ainda segurava o pulso dela. — Estamos há meses nisso. E faz um ano que a quero e você simplesmente não é minha. O que a prende?

Outra vida, ela pensou. O passado que não lhe pertencia, aquele que ela abraçou, deixando sua vida para trás. Agora não estava mais presa. Luiza amava esse Devan; o conde de outro século foi o amor da vida de Elene. Foi belo e inesquecível, ela sentiu por ele um amor que sabia não existir fora dos livros, mas não era a sua vida. Era o passado que não lhe pertencia mais.

— Nada. Eu sou sua. Eu fiquei.

O cenho dele ficou um pouco menos carregado e ele deu um passo para perto, sua mão escorregou para a dela, as pontas dos dedos passando por sua palma.

— Mesmo que não prorrogassem o seu contrato?

— Não preciso de um para ficar com você. O contrato é apenas uma desculpa para ficar. Mas não preciso mais de uma. Eu escolho você.

Ele ficou observando seu rosto, daquele mesmo jeito atento e pensativo.

— Não posso prorrogar seu contrato de trainee — respondeu ele.

Ela assentiu rapidamente, começando a pensar em onde arranjaria emprego naquele local. Se ia ficar, precisava de algo mais para fazer e ter renda própria.

— Não me importo. Realmente, não.

— Acho melhor voltar a se importar, pois preciso contratá-la. Não vai se ver livre assim de mim e muito menos desse castelo. Ambos precisam de você.

— E quando ia me dizer isso? — Ela se lembrava de tudo que ele fez por ela, mas era importante saber que ela também era necessária ali, pois essa seria a sua história. Dessa vez, era ela que poderia mudar o futuro.

Podia não haver mais lutas de espadas para enfrentar, mas Devan tinha sua própria história de vida, e era nela que Luiza pretendia existir e fazer diferença.

— Eu tinha decidido esperar até a última chance que você tivesse para escolher ficar. Preciso que queira passar o resto dos seus dias ao meu lado, seja como for.

— Então não me contrate. Eu prefiro você. Prolongar o contrato era só uma desculpa para continuar no mesmo lugar que você.

— Eu acredito, mas você é ótima no que faz. Marcel vai enlouquecer sem você. Não sirvo para muita coisa quando paro para escrever, e você sabe que eu viajo bastante.

Luiza ficou apenas olhando-o. Ainda tinha um emprego e ia poder se manter sozinha, porque ela só sabia viver assim há anos, dando um jeito aqui e ali. Durante o tempo que viveu no castelo, conseguiu fazer algumas economias, mas, assim como aconteceu em Londres, se a fonte secasse, ia tudo acabar num piscar de olhos. E ela não estava dando a mínima para nada disso agora. Podia estar sem nada outra vez, mas iria arriscar da mesma forma.

— Você ainda me quer, milorde?

Ele sorriu, sem nem se importar com o tratamento — ela podia chamá-lo do que quisesse.

— Como nada mais no mundo.

Devan puxou-a pela mão para mais perto e passou um dos braços por sua cintura, mantendo-a bem junto a ele. Luiza o abraçou, deixando as mãos em suas costas, e levantou o rosto para ele.

— Eu também te amo, Devan.

— Prometa-me que nunca mais vai bater essa cabeça.

— Não prometo nada até que me beije e o meu feitiço sobre você esteja completo, porque eu ainda vou bater muito a cabeça, tenha certeza.

— Minha bela endiabrada, o que mais você pode aprontar com um homem completamente enfeitiçado? — ele disse antes de envolvê-la bem apertado contra seu corpo e beijá-la longamente bem em frente aos portões de Havenford.

Os dois guardas do portão, completamente diferentes dos antigos arqueiros que vigiavam a entrada, ficaram olhando enquanto os dois permaneciam grudados, esquecidos de onde estavam. Eles também não perceberam os flashes dos turistas que chegavam para visitar o castelo e davam de cara com aquela cena; alguns acharam até que fazia parte do "show", para combinar com a história romântica contada pelos guias. Afonso apareceu acima deles, nas ameias sobre o portão, e ficou de lá gritando para procurarem um quarto. Peggy correu pela descida com a câmera na mão, planejando tirar uma foto para o mural da sala dos funcionários.

Logo, os funcionários do castelo se amontoaram para ver e começaram a aplaudir e gritar vários "finalmente", e os visitantes entraram no meio, mesmo sem saber da história que todos ali acompanharam. Mas nada além deles importava; haviam conseguido encontrar o caminho do amor que fora deixado naquele castelo. Estavam finalmente juntos e, num futuro breve, Havenford veria não apenas mais uma lady bem atípica, como também conheceria seu novo conde.

EPÍLOGO

Para a dama que sempre amarei,

Eu peço que leia esta carta apenas um dia após minha partida, quando rogo que suas lágrimas já não lhe turvem mais a visão. Quero que mergulhe suas mãos na bacia sobre a cômoda e lave seu belo rosto com água fria. Sei que está lá. Então, volte e continue lendo.

Minha amada Elene, você foi o milagre da minha vida. Sem você, minha história teria terminado em meio à solitária escuridão. Eu sei disso, nós dois sabemos. Não há remédio que cure o amor, assim como não há nada que o extermine. E o meu será eterno, durará para sempre na lembrança, nos escritos e nas páginas da história. Alguém sempre se lembrará e saberá que eu a amei mais do que a minha vida. Nosso amor chegará até o último de nossos descendentes.

Viva por nós dois e pelos frutos que nossa união gerou. Seja o brilho do sol como foi para mim. Não existe em meu mundo mulher mais maravilhosa do que você e não esperaria nada diferente de quem você é. Minha condessa, a heroína de meus devaneios, continue escrevendo nossa história. Ela é a prova do quanto o amor é real.

Minha bela feiticeira da floresta, a mulher mais corajosa que conheci, mantenha as portas de nosso castelo fechadas. Guarde nosso maior tesouro. E saiba que estará escrito para sempre nas páginas da história o quanto eu a amei.

Jamais deixe que o brilho de seus olhos se apague.

Para sempre seu,
J.D. Warrington

AGRADECIMENTOS

Preciso muito agradecer de novo a todas vocês que se apaixonaram pelo que eu escrevia na época que lancei esse livro pela primeira vez e seguem até hoje me lendo. Para mim, já somos amigas de longa data e, com seu apoio, continuei escrevendo e conhecendo mais leitoras maravilhosas.

Agradeço às editoras da Charme por terem acreditado na história de Havenford e decidido relançar um livro que não era inédito.

E meu agradecimento especial para Elimar Souza, possivelmente a pessoa mais dedicada a esse livro. É por causa dos argumentos dela que ele vai sair de novo. Sempre a vi cair de amores e fazer de tudo por diversos livros, e só tenho a agradecer que acabou acontecendo com um dos meus.

Agradeço a Papapa pela sua existência em minha vida. E também às minhas amigas da época do colégio, que liam meus escritos e me incentivavam tanto. Um obrigada especial e nostálgico às leitoras do meu antigo site, que ficaram anos acompanhando minhas histórias da adolescência e leram boa parte do primeiro rascunho desse livro.

ÁRVORE GENEALÓGICA

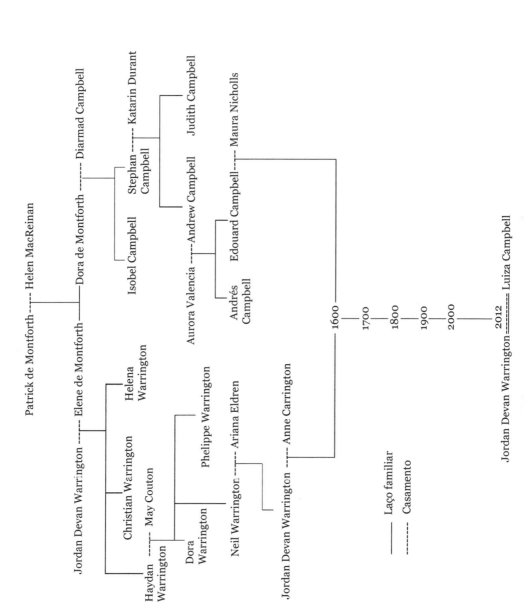

Entre em nosso site e viaje no nosso mundo literário.
Lá você vai encontrar todos os nossos
títulos, autores, lançamentos e novidades.
Acesse www.editoracharme.com.br

Você pode adquirir os nossos livros na loja virtual:
loja.editoracharme.com.br

Além do site, você pode nos encontrar em nossas redes sociais.

 https://www.facebook.com/editoracharme

 https://twitter.com/editoracharme

 http://instagram.com/editoracharme